EVA BRAUN

1. Un jour mon prince viendra

JEAN-PIERRE CHARLAND

EVA BRAUN

1. Un jour mon prince viendra

ROMAN

J'AI LU

Juste quelques mots

Je ne livre pas ici une étude sur le nazisme, pas même une biographie d'Eva Braun, comme en font les historiens ou les journalistes.

Il s'agit d'un roman que j'espère plausible, et sensible, qui regarde une époque dramatique avec les yeux d'une jeune vendeuse employée dans un commerce de photographie.

Jean-Pierre Charland

Les personnages

Bormann, Martin (1900-1945) : Conseiller et secrétaire d'Adolf Hitler, il fut le responsable de l'administration du Parti national-socialiste des travailleurs allemands.

Braun, Eva (Eva Anna Paula ; 1912-1945) : Fille de Fritz et Fanny, cette employée de magasin devint la maîtresse, puis l'épouse d'Adolf Hitler.

Braun, Fanny (née Franziska Katharina Kronberger ; 1885-1976) : Fille d'un vétérinaire, couturière à Munich, elle épousa Fritz Braun.

Braun, Fritz (Otto Wilhelm Freidrich ; 1879-1964) : Après son apprentissage de la menuiserie, il devint professeur dans une école professionnelle. Il épouse Fanny Kronberger.

Braun, Gretl (Margaretha Berta ; 1915-1987) : Troisième fille de Fritz et Fanny Braun.

Braun, Ilse (Josephine Marie ; 1909-1979) : Première fille de Fritz et Fanny Braun.

Brückner, Wilhem (1884-1954) : Membre du Parti national-socialiste, il fut l'adjudant-chef et le garde du corps d'Adolf Hitler.

Fegelein, Hermann (Hans Georg Otto Hermann ; 1906-1945) : Officier de la SS, il dirigea des escadrons de la mort sur le front de l'Est. Il épouse Gretl, la sœur d'Eva Braun. Exécuté le 28 avril 1945.

Goebbels, Joseph (1897-1945) : Il obtient un doctorat de l'université de Heidelberg en 1921. Membre du Parti national-socialiste des travailleurs allemands dès 1924, il occupe le poste de ministre à l'Éducation du peuple et à la Propagande de 1933 jusqu'à son suicide, en 1945.

Göring, Hermann (1893-1946) : Après avoir servi dans l'infanterie pendant la Grande Guerre, il devient pilote. Devenu membre du Parti national-socialiste des travailleurs allemands en 1922, il est élu député en 1928. Quand Adolf Hitler occupe le poste de chancelier, il accumule les responsabilités. Il se suicide en 1946.

Hanfstaengl, Ernst (1887-1975) : Membre du Parti national-socialiste, soutien financier d'Adolf Hitler dans les années 1920, il s'occupa des relations avec la presse étrangère jusqu'en 1937. À ce moment, il quitta l'Allemagne.

Himmler, Heinrich Luitpold (1900-1945) : Membre du Parti nazi, il dirigea la police (dont la Gestapo) et la SS. Les camps de concentration comme les camps d'extermination furent placés sous son autorité. Il se suicida après avoir été capturé par les Américains.

Hitler, Adolf (1889-1945) : Né en Autriche, il participe à la Grande Guerre sous l'uniforme allemand. Il dirige ensuite le Parti national-socialiste des travailleurs allemands. Devenu chancelier en 1933, il accapare bientôt tous les pouvoirs et déclenche la guerre en 1939. Celle-ci fait, selon les estimations, entre soixante et quatre-vingts millions de victimes. Il se suicide en 1945.

Hoffmann, Heinrich (1885-1957) : Photographe personnel d'Adolf Hitler, père d'Henriette (Henny) et de Heinrich. Il employait Eva et Gretl Braun. Lors de la procédure de dénazification entamée contre lui en 1946, il fut classé dans la catégorie des « grands coupables » et condamné à quatre ans de prison. Ses biens furent saisis.

Kronberger, Franz-Paul (1858-1933) : Vétérinaire, il fut le père de cinq filles (Josefa, couramment appelée Pepe ; Franziska, ou Fanny ; Anni, qui deviendra religieuse ; Paula et Bertha) et d'un garçon mort en bas âge.

Kronberger, Josefa (1882-1927) : Née Winbauer, surnommée Sefi par sa famille, elle épousa Franz-Paul Kronberger, de qui elle eut cinq filles et un garçon mort à dix-huit mois.

Maurice, Emil (1897-1972) : Membre du Parti national-socialiste, il fut le chauffeur d'Adolf Hitler à compter de 1925. Sa relation avec Geli Raubal lui fit perdre ce poste.

Mitford, Unity Valkyrie (1914-1948) : Proche des fascistes anglais et fascinée par Adolf Hitler, elle s'établit à Munich. Désespérée par la déclaration de la guerre en 1939, elle tenta de se suicider.

Ostermayer, Herta (devenue Schneider par son mariage avec Erwin, en 1936) : Meilleure amie d'Eva Braun.

Raubal, Angela Franziska Johanna (née Hitler ; 1883-1949) : Demi-sœur d'Adolf Hitler, elle épousa Leo Raubal et, après son veuvage, Martin Hammitzsch. Elle fut la mère de Geli Raubal.

Raubal, Geli (Angela Maria, couramment appelée Geli ; 1908-1931) : Fille de la demi-sœur d'Adolf Hitler, elle habita chez ce dernier de 1929 à sa mort en 1931.

Schaub, Julius (1898-1967) : Assistant personnel, puis à la fin de la guerre aide de camp d'Adolf Hitler. Arrêté par les Américains en avril 1945, il demeura prisonnier jusqu'en 1949. Lors de la « dénazification » de l'Allemagne, il ne fut accusé d'aucun crime.

Schreck, Julius (1898-1936) : Membre du Parti national-socialiste, il fut de 1926 à 1936 l'un des chauffeurs d'Adolf Hitler.

Winbauer, Alois (1896-1983) : Neveu de Josefa Kronberger, cousin de Franziska Braun, il habita chez cette dernière pendant un certain temps.

Chapitre 1

Berchtesgaden, le samedi 3 juin 1944

Dès avant neuf heures, Eva se tenait sous les grandes arches de l'entrée du chalet de montagne aux allures de palace, pour être certaine qu'un nombre suffisant de voitures Mercedes décapotables s'alignent au pied du grand escalier pour convoyer tout le monde à Salzbourg. À sa grande surprise, elle vit s'approcher son amant.

Au bout de presque cinq ans de conflit armé, Hitler semblait avoir vieilli du double. Son allure la surprenait toujours. Dans son esprit, elle voyait toujours l'homme dans la force de l'âge rencontré en 1929, dans un accoutrement rappelant celui des gangsters des films américains : un trench-coat et un chapeau de feutre mou. Il ajoutait alors une petite touche inquiétante, une cravache de cuir de rhinocéros. Les rues n'étaient jamais tout à fait sûres pour le chef d'un parti politique aux ambitions révolutionnaires.

— Tu aurais pu rester au lit, dit Eva.

Le Führer – un mot signifiant simplement le chef, le dirigeant, le guide : un terme plutôt banal, utilisé dans un autre contexte – ne commençait jamais sa journée avant midi, d'habitude. Il haussa les épaules, sans répondre. Il retrouverait sans doute sa chambre bientôt. Elle ajouta :

— À midi…

Cet homme menait la guerre la plus meurtrière depuis le début de l'histoire de l'humanité. Dans des circonstances aussi dramatiques, Eva n'osa pas formuler « Seras-tu avec nous ? » Cependant, il la comprit à demi-mot.

— J'ai annulé la réunion avec les généraux, comme promis. Je vous tiendrai compagnie lors du repas de noce.

Qu'il lui consente du temps, à elle et à sa famille, toucha Eva profondément. Comme s'il s'agissait d'une offrande inespérée. Pourtant, elle dit à voix basse :

— Les Américains…

— Qu'ils débarquent, fit-il avec colère, et nous leur donnerons une leçon. Pour l'instant, ces marionnettes des Juifs se cachent en Angleterre.

Même avec elle, la rhétorique habituelle lui revenait spontanément. Aux yeux du Führer, Churchill et Roosevelt s'étaient engagés dans la guerre pour le compte de la « juiverie internationale ». Des millions de personnes mouraient pour servir les intérêts de la tribu d'Israël. « Actuellement, nos ennemis sont inaccessibles », songea la femme. Les V-2, les armes de la vengeance, s'avéraient trop capricieux pour atteindre une cible, même aussi vaste qu'un camp militaire, et aucun avion allemand ne passait plus la Manche.

Par contre, une fois sur le continent, les Américains comme les Britanniques se frotteraient à une armée rompue au combat. Ce débarquement était imminent. Il ne restait qu'à connaître la date et l'endroit précis. Pour s'épargner la répétition des arguments habituels, après s'être assurée que personne ne les regardait, Eva posa la main sur son avant-bras.

— Je te remercie, c'est très généreux de ta part.

Le contact dura quelques secondes seulement. En public – des milliers de personnes habitaient les environs du chalet –, elle s'attachait encore à maintenir la fiction de son statut de secrétaire, ou de photographe. Hitler hocha la tête en guise d'appréciation pour le compliment.

— Tu transmettras mes souhaits de bonheur aux nouveaux mariés, je les leur répéterai de vive voix lors du déjeuner.

Puis le chef de guerre disparut dans la grande demeure.

Les voitures s'alignaient dans l'allée, arborant chacune deux drapeaux à croix gammée, placés de part et d'autre du capot, près des phares. Fanny, la mère d'Eva, se sentait un peu troublée : marier sa plus jeune fille alors que la cadette demeurait célibataire rompait avec la tradition. Quand elle fit mine de monter dans le premier véhicule, son époux dit d'une façon un peu rude :

— Ilse va venir avec nous.

La rebuffade visait à blesser son épouse. C'était la dernière d'une longue liste, après tant de saouleries et de violences. Comme si souvent auparavant, Eva accourut avec l'espoir de calmer le jeu.

— Papa, d'habitude c'est la fiancée qui monte avec ses parents et...

— Je vois ta mère tous les jours, mais comme ma grande fille habite à l'autre bout du pays, j'aimerais bien lui parler un peu.

Ilse aurait dû protester, lui dire qu'ils auraient l'occasion de bavarder pendant la journée, ou même dans les quelques jours à venir. Pourtant, elle demeura coite, affichant un visage impavide.

— Ça ne fait rien, dit Fanny, soucieuse de mettre fin à une scène pénible. Pourras-tu me faire une petite place ?

Maintenant, elle s'accrochait au bras d'Eva.

— Évidemment. De toute façon, voilà qui libère un siège dans ma voiture.

Selon la planification d'Eva, les parents accompagneraient Gretl dans le premier véhicule ; elle, son aînée Ilse et son amie Herta monteraient dans la seconde. Ce ne serait pas le cas. La blonde entraîna sa mère.

— Tu pourras t'asseoir devant, avec le chauffeur.

Derrière le volant se trouvait un homme sanglé dans un uniforme noir, une casquette sur la tête. Les lettres SS sur les pointes de son col le reliaient aux escadrons de protection, initialement destinés à assurer la sécurité du chef. La réputation de brutalité de l'organisation rendait la proximité de tous ses membres un peu inquiétante.

— Je préférerais rester près de toi.

— Madame Braun, je tiendrai compagnie à ce monsieur, intervint Herta Schneider.

Amie fidèle d'Eva depuis plus de vingt ans – lors de leur première rencontre elle s'appelait Herta

Ostermayer –, elle était très proche de la famille. Bientôt, elle occupa la place libre à l'avant, et les deux autres montèrent derrière.

— Nous ne sommes que six, et je compte autant de Mercedes, dit Fanny en regardant devant et derrière.

— Des gardes du corps occupent les premiers et les derniers véhicules, puis dans un instant il y aura ceux de Bormann et d'Himmler.

Au lieu des parents du futur marié, ces hauts personnages serviraient de témoins. Pour ce jeune homme, se montrer avec de pareils alliés visait à témoigner de son importance nouvelle au sein du régime. La mère grimaça un peu. La simple présence de ces notables augmentait certainement le risque d'un attentat. La voiture en tête du convoi démarra bientôt, pour s'engager sur la pente raide conduisant vers la petite ville de Berchtesgaden.

Au passage, Eva tourna la tête afin de contempler l'hôtel Platterhof. Lors de ses premières visites au chalet, douze ans plus tôt, la jeune femme avait séjourné à cet endroit. Une bonne petite catholique, née dans une famille respectable, ne couchait pas dans la même maison qu'un célibataire. D'ailleurs, dans cette petite ville de montagne, certaines façades de maison rappelaient l'engagement religieux de la population : elles portaient de grandes fresques représentant des scènes de l'Ancien et du Nouveau Testament. Et des croix de chemin se trouvaient ici et là dans la campagne. Le respect des convenances s'imposait dans un milieu pareil.

Une nouvelle inquiétude s'emparait maintenant de la mère.

— N'est-ce pas dangereux de circuler ainsi, dans un convoi ?

Ses yeux scrutaient le ciel. En ce beau matin du début du mois de juin, elle ne craignait pas une averse soudaine sur ces voitures découvertes, mais plutôt la grêle de balles des avions américains ou britanniques.

— Voyons, Göring est le maître du ciel, dit Herta avec dépit, nous n'avons rien à craindre.

La femme se tourna à demi pour voir les occupantes de la banquette arrière. Nerveusement, Eva regarda le chauffeur. Les SS ne brillaient pas par leur sens de l'humour. En Allemagne, un commentaire caustique comme celui d'Herta pouvait faire mourir. L'amie de la famille s'empressa d'ajouter :

— Pas dans ces montagnes… Ils ne peuvent pas aller aussi loin.

L'hésitation indiquait qu'il ne fallait pas trop s'y fier. Munich, à peu de distance de l'endroit où elles se trouvaient, avait été bombardé brutalement le 24 avril précédent. Aucun objectif ne paraissait maintenant trop éloigné de l'Angleterre.

Pourtant, Herta dit encore :

— Au moins si nous n'allions pas à la queue leu leu.

Au total, finalement, ce n'étaient pas moins de dix Mercedes décapotables qui filaient vers l'Autriche. Oui, n'importe quel pilote devinerait avoir affaire à des personnages importants. Heureusement, contrairement aux bombardiers, les chasseurs n'allaient vraiment pas aussi loin.

Très vite, le convoi avait passé la frontière autrichienne, pour s'engager vers le nord. Le trajet traversait les Alpes. De chaque côté de la route se dressaient les montagnes, imposantes avec leurs parois grises, décorées çà et là de bouquets de conifères. Après une demi-heure, les voitures arrivèrent à Glazenbach. Salzbourg ne se trouvait plus très loin maintenant.

Les témoins de cette procession tournaient les talons pour s'éloigner de la route, ou bien baissaient la tête quand ce n'était pas possible. Après toutes ces années de régime nazi, chacun savait que les voitures noires portant la croix gammée n'apportaient rien de bon. La présence de femmes élégantes parmi les passagers ne rassurait qu'à demi.

Puis ils entrèrent dans la ville gothique et baroque à la fois, avec ses immeubles élégants. Mozart y était né un peu moins de deux siècles auparavant. Un monastère, bâti sur une colline, et surtout la forteresse d'Hohensalzburg, au sommet d'une autre, dominaient la ville. La place de l'hôtel de ville se trouvait tout près de la rivière Salzach. L'édifice, avec sa tour ornée d'une horloge, n'en imposait guère, comparé à l'église collégiale située tout près.

L'arrivée de la flotte de Mercedes produisit son effet. Des SS pénétrèrent dans l'édifice pour sécuriser les lieux. Comprenant que l'escadron vêtu de noir n'avait rien contre eux, au moins ce jour-là, des badauds formèrent une ligne à une distance respectueuse. Eva descendit de voiture et fit quelques pas. Son amie vint prendre son bras tout en lui adressant un petit sourire contraint.

— Son humeur ne s'améliore pas…

Herta faisait allusion à la scène survenue au moment de monter dans les voitures.

— Certains hommes regrettent d'avoir épousé leur femme. Papa regrette de l'avoir épousée deux fois.

Le nombre de SS disait suffisamment l'important statut des personnes honorant Salzbourg de leur présence. Si Martin Bormann provoqua un lot de murmures, car son visage n'était pas vraiment connu du public, Heinrich Himmler n'inspirait qu'une seule émotion : la terreur. Chef de la SS et de la Gestapo*, il se trouvait à la tête d'organisations responsables de la mort de millions d'individus. Sa seule présence suscitait l'effroi.

Papa Fritz était descendu de la voiture avec son aînée et sa benjamine. Les deux chefs nazis s'avancèrent vers eux, et Himmler s'engagea dans une conversation avec la future mariée. Bientôt, le fiancé arriva à son tour, lui aussi sanglé dans l'uniforme noir de la SS. Hermann Fegelein avait gravi rapidement les échelons pour devenir général de brigade. À son cou, il portait une croix de fer première classe, et des feuilles de chêne sur son col. Ces décorations soulignaient son courage devant le feu ennemi. Le nouveau venu embrassa sa promise, et lui adressa quelques mots qui parurent lui plaire beaucoup.

— Gretl est bien jolie, dit Herta.

Son petit sourire en coin signifiait « d'habitude, c'est toi la plus élégante des deux ». Gretl portait une robe de satin blanc descendant bas sur ses jambes.

— J'ai fait venir ma couturière de Berlin pour s'occuper de sa tenue, et de la mienne.

---

* Geheime Staatspolizei : Police secrète d'État.

Tout de même, Eva tenait à préciser être la responsable de la métamorphose.

— Mais n'est-ce pas un peu audacieux ?

Son interlocutrice désignait sa propre poitrine, une façon de faire allusion au décolleté de la fiancée.

— La dentelle lui monte jusqu'au cou. Même papa a l'air d'apprécier.

Maintenant, Fritz conversait avec sa fille et son beau-fils. Fanny se tenait un peu à l'écart, se demandant sans doute comment s'intégrer à ce groupe. Heureusement, Ilse se dévoua pour lui faire la conversation.

— Comme mes parents doivent se sentir rassurés ! s'exclama Eva. Elle s'engage dans le mariage à vingt-neuf ans, ou presque, sans être enceinte.

« Voilà qui tient du miracle », songea Herta Schneider. Gretl avait la réputation – fondée – d'avoir flirté avec tous les hommes du chalet de montagne du Führer. Cela faisait bien du monde. Fegelein le lui rendait bien, car il avait accablé de ses assiduités toutes les femmes fréquentant ce même endroit.

— Leurs deux autres filles les déçoivent beaucoup, continua Eva. Ilse assistera à la petite fête de tout à l'heure avec son second mari. Elle en a un de trop, et moi il m'en manque un.

Même en compagnie de hauts personnages du régime, le général de brigade attirait maintenant l'attention de nombreux curieux. Un homme se tenait difficilement sur des béquilles, près d'un compagnon guère en meilleure forme. Il était si près des deux femmes qu'Eva entendit :

— Celle qui va épouser ce gars-là a intérêt à ne pas avoir une goutte de sang juif, sinon elle se retrouvera dans une fosse commune en Pologne.

Elle résista à l'envie de dire à l'inconnu que leur famille n'avait pas été souillée par du sang juif depuis au moins deux siècles. Son amant avait effectué une enquête. Puis ses yeux se posèrent sur la poitrine de l'inconnu. Il portait quelques médailles, dont une témoignant de son service sur le front de l'Est. Il avait laissé une jambe en Russie. Des centaines de milliers d'autres avaient payé plus cher encore.

— Tu l'connais ? demanda le compère de l'unijambiste.

— C'était mon officier supérieur, là-bas. J't'en ai parlé, on s'promenait de ville en ville, et puis les youpins placés sur notre chemin…

L'autre lui fit signe de se taire. Chacun devait feindre une totale ignorance de certains événements. L'allusion à ces massacres avait toutefois suffi à imprimer un masque de tristesse sur le visage d'Eva. Son amie serra son bras, sans rien dire.

Près de l'entrée de l'hôtel de ville, Friedrich « Fritz » Braun, le père de la mariée, jetait un regard courroucé dans leur direction.

— Allons les rejoindre, dit Herta, sinon nous raterons la cérémonie.

Pourtant, celle-ci offrit un spectacle bien médiocre. Un petit fonctionnaire municipal replet rappela les exigences de l'État à l'égard des nouveaux mariés, s'assura que tous les deux soient d'ascendance aryenne, puis leur demanda s'ils souhaitaient s'unir. Deux signatures au bas d'un document suffirent pour régler l'affaire, comme pour l'achat d'une maison en copropriété.

Évidemment, un membre de la SS ne pouvait passer ensuite devant un prêtre catholique pour bénir cette union. L'organisation avait son culte, ses saints et son dieu.

Avant de reprendre la route de Berchtesgaden, Fritz Braun exprima quelques récriminations sur l'inconfort du trajet. Pourtant, la société Mercedes construisait les meilleures voitures d'Allemagne. Eva ne réagit pas. Le spectacle du mariage de sa sœur lui donnait le vague à l'âme. Son père réussit toutefois à la mettre tout à fait en colère.

— Et toi, vas-tu te marier bientôt ?

Tous fixèrent les yeux sur la blonde. Fritz lui avait déjà posé cette question une dizaine d'années plus tôt, au moment où il avait soupçonné la liaison de sa fille. Il lui avait alors interdit de revoir Adolf Hitler. En vain.

À la fin, ce fut Ilse, pourtant peu encline à défendre sa cadette, et encore moins l'amant de celle-ci, qui prit sur elle de répondre :

— Il a une guerre à gagner.

Le père laissa entendre un ricanement sceptique.

Quand le convoi s'arrêta devant le grand escalier du chalet, Hitler se tenait en haut des marches, les bras croisés sur la poitrine, souriant. Son costume civil et son chapeau de feutre mou lui donnaient un peu l'allure d'un oncle démodé. Les nouveaux mariés furent les premiers à le rejoindre.

— Maintenant, la petite princesse est devenue madame Fegelein. Félicitations, dit Hitler.

Il lui prit la main pour l'embrasser, une attention qu'il adressait à la plupart des femmes croisant sa route. Puis il serra celle de l'époux. Ensuite, il répéta l'opération avec les parents Fegelein, les parents Braun et même Ilse. Malgré les reproches sous-entendus avant d'entamer le trajet de retour, Fritz se montra obséquieux devant Hitler. Les témoins du mariage, Bormann et Göring, furent reçus comme il convenait entre collègues. Herta Schneider, une habituée du chalet, reçut un accueil moins affecté. Le chef absolu du Reich prit le temps de s'informer de la santé de ses deux fillettes. Eva fut la dernière à le rejoindre. Elle eut droit à un baisemain.

— Alors c'est fait, nous avons réussi ? chuchota-t-il à sa maîtresse.

Depuis longtemps, ils cherchaient un bon parti pour Gretl. Adolf semblait satisfait du résultat. Lui-même peu enclin à épouser Eva, il s'amusait toutefois à trouver des conjoints à tout le monde.

— Ils sont vraiment mariés, je me suis assurée d'entendre distinctement le « oui ».

Ce petit mot, elle attendait en vain de le prononcer depuis dix ans au moins. Et surtout de l'entendre dans la bouche de son amant.

Dans le chalet, la longue table de la salle à manger principale était dressée.

— Maintenant, je dois aller me changer, dit Eva.

Monter à l'étage lui prit une minute. Une jeune femme se tenait dans sa chambre tendue de blanc.

— Tout s'est bien passé ? demanda-t-elle.

— Oui, Anneliese. Mais rien de commun avec une grande cérémonie dans une église fleurie.

La domestique attendit afin de prendre la robe dont se débarrassait sa patronne. Une autre de couleur vieux rose, en satin, était étendue sur le lit aux allures de divan turc, avec ses nombreux coussins. Quand la servante la lui présenta, Eva fit non de la tête, puis elle dit : « Je dois aller là. » Une porte donnait dans la salle de bains, une autre dans la chambre d'Adolf. D'abord, elle appuya ses mains sur le lavabo pour se regarder longuement dans le miroir. La glace lui renvoya l'image d'un visage attristé. Devant les autres, elle faisait bonne figure, mais une fois seule, le masque tombait.

Le temps de se soulager, de s'assurer que ses bas de soie ne présentaient aucune échelle, et elle retourna dans sa chambre. Sa domestique, femme de chambre, coiffeuse et confidente tout à la fois, l'aida à enfiler sa robe, attacha les boutons dans son dos. Le vêtement de satin vieux rose bouffait un peu aux épaules, et soulignait son corps mince et musclé. Eva s'assit ensuite devant sa table à maquillage. La domestique donna quelques coups de brosse à ses cheveux. La mise en pli de la veille résistait toujours. La servante plaça un pendentif autour du cou d'Eva, et une broche décorée de deux pierres roses pour retenir ses cheveux du côté droit.

— Merci, je peux continuer seule.

Elle corrigea son maquillage, puis mit ses chaussures à talons hauts qui allongeaient ses jambes, tendaient ses mollets. Après un dernier examen satisfait, elle descendit l'escalier. Au moment d'atteindre la dernière marche, un sourire avenant revint sur son visage.

Chapitre 2

Dans la grande salle dotée d'une immense fenêtre escamotable, le photographe Heinrich Hoffmann attendait avec son appareil Leica accroché au cou. Parce que Hitler détestait attendre, très vite il disposa les invités devant un mur. Il s'agissait d'une compagnie un peu disparate, comme il arrivait toujours dans ces circonstances.

Aussi sérieux que devant une assemblée politique, le Führer se tenait au premier rang, au centre, maintenant vêtu de son uniforme gris de chef des armées. Gretl tenait son bras droit, Eva le gauche. La première était flanquée de son mari, la seconde de sa mère. Les parents Fegelein et leur autre fils, Waldemar, étaient là aussi, de même qu'Ilse Braun et son nouvel époux. Les témoins Himmler et Bormann se tenaient à l'arrière.

Certains haut gradés de l'armée, et des amis de la mariée ou de sa sœur, avaient rejoint le groupe. Parmi ces gens figuraient Herta Schneider et l'une de ses nièces, le comédien Heini Handschumacher flanqué de sa femme. D'autres artistes aussi. Il s'agissait de la compagnie habituelle de la petite vendeuse de magasin devenue la maîtresse de l'homme le plus puissant du monde.

Quand tous les invités se trouvèrent enfin dans la salle à manger, midi était passé depuis un bon moment déjà. Les couverts étaient disposés sur la table. Les panneaux de bois noueux, sur les murs, donnaient un charme rustique à la pièce. Évidemment, le propriétaire des lieux occupa la place d'honneur, avec la mariée à sa droite, l'époux ensuite. À nouveau, Eva se plaça à sa gauche.

Il se tourna vers elle pour murmurer :

— Te voilà très élégante.

Eva le remercia d'un sourire, même si ce jour-là ce n'était pas tout à fait vrai. Pour une fois, elle laissait Gretl s'afficher comme la plus belle. Cette délicatesse s'imposait d'autant plus que, d'habitude, la pauvre Gretl portait les vêtements qu'elle ne mettait plus.

Quand tout le monde fut assis, Adolf se leva et déclara :

— Nous allons boire à la santé du nouveau couple.

Hitler porta sa flûte à sa bouche, mais il se contenta d'y tremper les lèvres, sans avaler une goutte de champagne. De son côté, Göring but la sienne d'un trait, puis fit signe à l'un des serveurs debout contre le mur de la grande salle de la remplir à nouveau.

Le Führer reprit la parole et s'attarda un peu longuement sur l'importance, pour les femmes allemandes, de faire des enfants en grand nombre, rappelant que les mères les plus fertiles méritaient des médailles.

— Adie, murmura Eva.

L'homme la regarda, sans doute quelque peu agacé. Pourtant, il leva son verre à nouveau, formula des vœux de bonheur éternel. Sur un geste d'Eva, un serveur s'approcha d'Hitler avec un grand sac. Le Führer le prit pour l'offrir à la mariée.

— Madame Fegelein, un modeste présent pour souligner notre affection.

L'usage du pluriel voulait englober Eva, et pour cause : c'était elle qui avait choisi ce cadeau, un sac à main. Quant à savoir qui l'avait payé, c'était peut-être Adolf, ou alors le Parti national-socialiste, ou l'État allemand… Tout se confondait, dans une dictature absolue.

Après le repas, les convives quittèrent la table, un peu soulagés. La présence du chef intimidait tout le monde, y compris ses familiers. Les conversations se tenaient à mi-voix, chacun évitait les éclats de rire. Tout le monde se taisait si Hitler prenait la parole. Et dans ce cas, le risque était grand de subir un long monologue plus ou moins décousu. Le Führer débutait sur un sujet, puis passait à un autre, puis un autre, au gré des idées lui venant à l'esprit.

Une fois tout le monde sorti, Eva s'attarda un moment pour demander à Adolf :

— Tu ne viens pas avec nous ?

— Un homme qui ne boit pas, qui ne fume pas, qui ne danse pas, ça devient une nuisance dans une noce.

Son sourire paraissait juste un peu navré. Elle posa la main sur son avant-bras, lui dit « Au revoir », puis descendit l'escalier.

Comme la grande salle du chalet pouvait recevoir des officiers de l'état-major pour une réunion de travail impromptue, la noce se déplaça jusqu'à la maison de Martin Bormann, située à peu de distance. Quelques invités supplémentaires, des comédiens surtout, se joignirent alors à la compagnie. Des gens qu'adolescente Eva admirait au gré de ses visites dans les salles obscures et de la lecture des magazines, tout en rêvant d'appartenir à leur monde. Maintenant, quand elle leur faisait l'honneur d'une invitation, tous accouraient.

En l'absence du Führer, le ton des conversations montait, l'alcool coulait à flots. Et on n'en resterait pas là. Un peu avant l'heure du dîner, les fêtards montèrent à nouveau dans des Mercedes pour poursuivre les célébrations dans la maison Kehlstein, le nid d'aigle construit sur un piton rocheux de la montagne Hoher Göll.

Depuis la maison de Bormann, une route longue d'un peu moins de six kilomètres conduisait à une aire de stationnement. À tout moment pendant le trajet, les voitures frôlaient un précipice vertigineux. Une fois les autos garées, les invités durent encore parcourir à pied un tunnel d'environ cent trente mètres, pour monter dans un ascenseur aux parois de bronze poli et couvrir encore la même distance à la verticale. La construction de l'immeuble de pierre au sommet avait représenté une véritable prouesse technique. À une altitude de plus de deux mille mètres, la vue était magnifique, à moins que des nuages ne dissimulent les vallées, tout en bas.

Une grande table de forme octogonale avait été montée dans la grande salle, prenant presque toute la place. Toutefois, dans la pièce contiguë, on pouvait danser ou prendre un verre au bar. Un petit orchestre formé de membres de la SS faisait les frais de la musique, constituée d'airs bavarois et de valses. C'étaient des musiciens amateurs qui faisaient de leur mieux, mais la gaieté et l'enthousiasme des convives compensait pour les fausses notes.

La tradition voulait que les époux ouvrent le bal. Toutefois, Eva attira bientôt toute l'attention sur elle. Waldemar, le frère du marié, lui aussi un SS décoré des médailles les plus prestigieuses, l'entraîna dans la danse. Son talent, et surtout celui de sa partenaire, réduisirent les autres convives au rôle de spectateurs. Puis un tango langoureux ajouta encore de l'électricité dans l'air.

Eva laissait la musique l'entraîner. Le temps, le lieu et l'espace n'existaient plus. Seulement les bras d'un partenaire jeune et fougueux, ses mouvements volontiers lascifs, la chaleur que son corps dégageait, sa respiration saccadée. Les mains de Waldemar s'attardaient un peu trop sur certaines parties de son corps pour que les convenances soient respectées. Il y avait au moins un spectateur qui ne s'en formalisait pas. Hermann Göring, appuyé au bar, les regardait de ses petits yeux porcins, une flûte dans une main, et l'autre posée sur la bouteille de champagne pour être certain que personne ne la lui chiperait.

Bientôt, Hermann Fegelein prit le relais de son frère et il n'abandonna plus cette belle-sœur qui établissait désormais un lien direct entre lui et le Führer. Juste avant que les musiciens ne fassent une pause bien méritée et que les convives passent à table, à la fin d'une danse, le nouveau marié prit sa belle-sœur par la taille et la souleva juste assez pour que ses yeux se trouvent à la hauteur des siens. Dans les comédies musicales américaines, dont Eva ne se privait jamais, une scène pareille se concluait par un baiser brûlant.

L'homme reprit ses sens, la reposa sur le sol, puis rejoignit Gretl. Le lendemain, certains témoins jugeraient que l'officier n'avait pas épousé celle des sœurs Braun qu'il préférait.

Même si à cette altitude le temps demeurait frais, et même froid au milieu de la nuit, la sueur mouillait le creux des reins d'Eva. Et puis sa dernière cigarette datait de plus d'une heure… il lui fallait en allumer une autre.

Depuis la grande salle, des portes permettaient d'accéder à une promenade. Une fois dehors, Eva aspira à pleins poumons l'air frais, léger. Dans le ciel, malgré la lumière venant des fenêtres, des étoiles demeuraient visibles, et la lune au-dessus des montagnes voisines.

— Un temps parfait pour les bombardements, souffla-t-elle entre ses dents.

Plus aucun territoire allemand ne se trouvait à l'abri, maintenant. Si la retraite montagnarde du Führer était fortement protégée par des batteries de canons antiaériens, cela ne la rendait pas inaccessible. Tous les jours et toutes les nuits, des avions survolaient le pays.

Ces pensées moroses l'amenaient à aspirer la fumée au point de s'étourdir, et à la relâcher par les narines. Chaque fois, le bout incandescent de la cigarette la transformait en une cible parfaite pour un chasseur aux pensées assassines, ou un tireur d'élite.

Elle haussa les épaules, aspira à nouveau. Tous les habitants du Reich vivaient sous la même menace.

Un point incandescent s'approcha, puis la voix de Christa – pour Emilie Christine – Schroeder lui parvint :

— Voilà qui me rappelle les noces des caciques du parti avant la guerre, comme Goebbels ou Göring. Ils sont tous ici, avec leurs médecins particuliers, le photographe de la cour…

Christa était l'une des secrétaires d'Hitler, embauchée peu après la prise du pouvoir en 1934. Le ton s'avérait moqueur, avec une pointe de reproche peut-être. Eva passa à la défensive :

— Voilà des années que Gretl les côtoie à chacune de leurs visites ici. Leur présence me paraît toute naturelle. Et dans le cas d'Hoffmann, il s'agit de son patron comme du mien.

Évidemment, la mariée connaissait ces gens, en tant que petite sœur de la maîtresse du grand patron. Une maîtresse qualifiée de « photographe adjointe » au début, puis de secrétaire particulière. Pour rester bien en vue du Führer, il convenait de faire des ronds de jambe à la courtisane et même à sa parenté.

— Tout de même, nous sommes en guerre ! Ces gens-là ont sûrement mieux à faire.

« Mieux à faire que d'assister aux noces de cette tête de linotte », compléta Eva mentalement.

Toutefois, la rancœur de la secrétaire s'adressait surtout à son interlocutrice. Malgré toute son admiration pour le maître absolu de l'Allemagne, Christa ne pouvait cacher sa déception de le voir avec une compagne aussi… ordinaire. Il ne s'agissait pas d'une comédienne comme l'épouse de Göring, d'une grande dame de la bourgeoisie comme celle de Goebbels, ni même d'une championne de natation comme celle du docteur Brandt.

Rien qu'une simple préposée au comptoir d'un commerce. À ce compte-là, Christa se demandait « Pourquoi elle, et pas moi ? » Pourtant, en les regardant, la raison sautait aux yeux.

— Voilà dix ans qu'ils s'arrangent pour être près de leur chef, dit Eva d'une voix abrupte. Je suppose que pour eux c'est le meilleur endroit où faire leur travail.

Ces notables possédaient des maisons dans les environs. D'ailleurs, tellement de gens avaient acheté ou fait construire des propriétés sur la montagne que la retraite du Führer ne lui procurait plus un isolement propice au repos. Il avait voulu s'éloigner du gouvernement, mais le gouvernement l'avait suivi. À ces commis de l'État s'ajoutaient des milliers de militaires chargés d'assurer la sécurité de tout ce beau monde.

— Je suppose, convint la secrétaire. En tout cas, c'est une jolie noce. En temps de paix, des photographies des célébrations orneraient tous les journaux du pays.

Un nouveau reproche implicite. La secrétaire aurait dû faire de l'escrime, car ses touches étaient précises, et douloureuses.

— Vous savez que c'est impossible. Mon existence doit demeurer secrète.

Eva tira une dernière bouffée, puis jeta son mégot après l'avoir éteint sur la pierre de la rambarde. Officiellement, personne ne connaissait son existence. Jamais elle ne s'était tenue près de son amant dans une activité officielle. Alors pourquoi faire écho au mariage de la sœur d'une secrétaire particulière ?

Le silence perdura un certain temps. Eva s'apprêtait à rejoindre les invités quand Christa dit encore :

— En tout cas, ça lui fait un beau mariage, et Hoffmann pourra lui donner des dizaines de photos pour son album, et à vous aussi pour les vôtres.

L'allusion tira un demi-sourire à son interlocutrice. Toute sa vie s'alignait en images dans des livres reliés de toile.

— Et ça lui fait un beau mari, aussi, continua l'autre. Il semble vous plaire…

— J'ai l'impression que tout le monde à Berchtesgaden lui a fait les yeux doux, y compris vous. Dans mon cas, vous savez que mon cœur n'est pas libre.

— Si vous l'aviez rencontré il y a quelques années ? Il y a dix ans, par exemple ?

Oui, dix ans plus tôt, peut-être que cet homme grand, charmeur, séduisant aurait fait chavirer son cœur.

— Il y a dix ans, j'étais déjà avec le Führer.

Même dans les conversations privées, elle le désignait toujours comme son chef, son guide. Cette fois, Eva se décida à mettre fin à cette conversation désagréable.

— Mais j'entends un tango à l'intérieur. J'espère que Gretl me prêtera encore Hermann, le temps d'une danse.

Puis elle regagna la salle des festivités. Christa laissa échapper un petit juron. Elle suivrait Hitler jusqu'au bout de l'enfer, si nécessaire. Mais le choix de sa compagne lui demeurerait toujours incompréhensible.

Au milieu de la soirée, des gardes du corps avaient dû venir récupérer Hermann Göring, fin saoul, pour le reconduire chez lui. Quand les derniers convives décidèrent de quitter le nid d'aigle, ils marchaient parfois avec peine. Le même convoi de Mercedes se reforma pour retourner au chalet. Certains invités, comme Bormann ou Himmler, s'en séparèrent pour regagner leur domicile situé à proximité, d'autres descendirent à l'hôtel Zum Turken. D'autres encore logeaient chez Hitler.

Au milieu du grand escalier, Eva dit à ses compagnons :

— Il est trop tôt pour aller au lit. Moi je vais continuer la fête en bas. Qui m'aime me suive !

Si les nouveaux mariés allèrent dans leur chambre, accompagnés de rires moqueurs et de commentaires salaces, Eva, les médecins et leurs épouses de même que des membres du personnel se retrouvèrent dans une salle où on avait construit une piste de quilles. Une table et des chaises se trouvaient là, ainsi que les celliers. Personne ne souffrirait de la soif.

La douleur commençait juste derrière son œil droit, pour irradier jusqu'à la nuque. Un petit frisson agita sa paupière. Ses yeux s'ouvrirent pour révéler des iris d'un bleu très pâle. La lumière du jour augmenta la douleur d'un cran. Le cognac la laissait de plus en plus souvent dans cet état. Comme d'habitude, Eva se promit de ne plus recommencer. Un engagement qui ne durerait pas plus longtemps que son malaise. Les mouvements pour s'asseoir sur le bord du lit s'enchaînèrent au ralenti, tout comme les pas pour se rendre à la salle de bains. La cuvette se trouvait assez près de l'armoire à médicament pour lui permettre de prendre de l'aspirine en restant assise, et du robinet pour l'avaler avec un demi-verre d'eau.

« Celle qui va épouser ce gars-là a intérêt à ne pas avoir une goutte de sang juif, sinon elle se retrouvera dans la fosse commune. »

Les mots du soldat estropié lui revenaient en mémoire, en boucle, comme un disque rayé. Puis ces mots cédèrent la place aux images de toutes ses danses avec Hermann. Maintenant que l'ivresse était passée, elle regrettait. La petite sœur accrochée à ses basques pendant toute son existence se faisait remettre sur le nez son statut de benjamine le jour de ses noces. Déjà elle portait toutes ses vieilles robes, comment pourrait-elle supporter le soupçon d'être aussi la seconde pour son mari ? Eva se promit de lui écrire un mot avant la fin de la journée.

De retour dans sa chambre, elle entrouvrit sa porte. Deux terriers écossais se précipitèrent vers elle et se dressèrent sur leurs pattes arrière pour lui griffer les jambes avec celles du devant.

— Stasi, Négus, je vous ai manqué ?

À genoux, elle les caressa un moment, répétant les petits mots que les femmes de son âge adressaient d'habitude à leurs plus jeunes enfants. Après un moment, les chiens décidèrent de mettre fin aux épanchements en sautant sur le lit servant aussi de divan. Son mal de tête lui enleva toute envie de les relancer. Autant s'habiller. Une culotte de coton blanche et une camisole assortie feraient l'affaire. Elle chercha une robe convenable pour cette journée ensoleillée. La bleue avec de petites fleurs blanches serait parfaite jusqu'à la fin de l'après-midi. Mais il lui faudrait être plus présentable pour le dîner.

Le temps de décrocher le téléphone posé sur sa table de travail et de composer trois chiffres, elle dit :

— Anneliese, peux-tu venir ?

Les jours de lendemain de fête, la servante passait une bonne partie de sa journée enfermée dans sa minuscule chambre, à attendre près de son téléphone. Elle arriva un instant plus tard pour trouver sa patronne déjà assise devant sa table à maquillage. Le froncement de sourcils signalait un mal de tête, ce n'était pas le temps de sortir le fer à friser. La brosse à la main, elle attendit les ordres.

— Tout remettre en place suffira.

Bientôt, la servante murmura :

— Hier, la réception était magnifique. J'ai regardé les gens partir et revenir de la noce.

— Oui, tu as raison.

— Et sa robe…

La conversation continua un moment sur les tenues des dames, puis la jeune femme se tut, se mordit la lèvre inférieure, puis osa :

— Mademoiselle, quelqu'un vous a dit ?

Devant le silence, elle enchaîna :

— Rome est tombée aux mains des Américains.

Eva battit des paupières, sa migraine augmenta d'un cran. Sa première intention fut de protester, de dire quelque chose comme « C'est impossible ». Mais mieux valait rester coite.

— Nous n'allons pas perdre la guerre, n'est-ce pas ? bredouilla la servante, apeurée.

Le Führer disait ce qu'il fallait croire, et il réaffirmait sans cesse l'imminence de la victoire. Tout était question de volonté, selon lui. Juste émettre un doute à ce sujet pouvait entraîner la mort.

— Ne dis pas des choses comme ça !

Sa voix contenait trop de colère, elle se reprit un ton plus bas :

— Tu le sais bien, bientôt des armes nouvelles vont changer le cours des événements.

En tout cas, c'est ce que le ministre à l'Éducation du peuple et à la Propagande, Joseph Goebbels, répétait sur tous les tons. Plutôt que de s'engager dans une discussion sur ce sujet, Eva préféra en changer :

— Gretl est partie tôt ce matin, je suppose ?

Pourtant, cette information, elle la connaissait mieux que son interlocutrice. Sa cadette s'était mise en route vers Garmisch avec son époux au moment même où la fête en bas, près de la piste de quilles, se terminait.

— Oui. Une employée m'a dit tout à l'heure que sa chambre était vide. Elle reviendra ?

— D'habitude, les femmes habitent chez leur époux.

— Je le sais bien, mais le général Fegelein est en poste ici, ou alors au quartier général du Führer, à l'est.

On utilisait souvent l'expression « la Tanière du loup » pour désigner cet endroit, le centre de commandement d'un homme ayant volontiers utilisé le nom d'emprunt de Wolf, des années plus tôt, et l'ayant même imposé à sa demi-sœur.

— Tout de même, son foyer, dorénavant, c'est la maison de son mari.

Ainsi, Gretl serait seule à Garmisch, la petite ville située dans les Alpes à deux heures de route, alors qu'Eva serait dans ce chalet de montagne, qu'elle désignait volontiers du nom de Grand Hôtel, à cause du nombre important de personnes qui y venaient et en repartaient. Excepté les domestiques, elle en était de loin la résidente la plus régulière. La perspective de son isolement à venir la rendait morose. Heureusement, Anneliese terminait de placer ses cheveux. Bientôt, elle quitterait la pièce pour se distraire un peu.

Même s'il était midi passé, l'appétit ne venait pas. Tout de même, rester à jeun n'aiderait en rien sa migraine. Au moment où Eva descendait au rez-de-chaussée, Traudl – un diminutif heurtant moins l'oreille que son nom de baptême, Gertraud – la croisa à mi-chemin dans l'escalier.

— On ne peut pas aller dans la grande salle, les généraux s'y trouvent avec le Führer.

Comme presque tous les après-midi quand le patron séjournait dans son chalet de montagne. La jeune secrétaire baissa la voix pour demander :

— On vous l'a dit ?

Ce jour-là, un seul sujet retenait les pensées de tout le monde : Rome. Eva acquiesça d'un geste de la tête, puis ajouta :

— J'allais manger un peu, tu viens ?

Malgré le vouvoiement d'un côté, le tutoiement de l'autre, toutes deux s'entendaient bien. D'abord à cause de leur âge. Traudl n'avait que vingt-quatre ans. Et puis elles étaient nées dans la même ville, Munich, avaient fréquenté les mêmes endroits. Elle accepta de bonne grâce, même si son petit-déjeuner datait de moins d'une heure. De toute façon, le Führer s'attarderait encore pendant des heures devant des cartes militaires, il ne risquait pas de lui dicter quoi que ce soit avant d'en avoir terminé.

Au rez-de-chaussée, dans la salle à manger, se trouvaient une grande table rectangulaire et une plus petite, carrée, placée dans une alcôve. Une servante vint toute de suite demander à Eva ce qu'elle désirait. Si pendant des années son statut avait fait l'objet de conversations murmurées, maintenant plus personne ne doutait qu'elle fût la maîtresse des lieux. Ce serait une simple soupe de légumes, et pour elle et sa compagne du thé.

— C'était très impressionnant, hier, dit la secrétaire, l'air rêveur.

Eva eut un pincement au cœur. Elle en venait parfois à cesser d'espérer. Ses propres épousailles viendraient peut-être après la victoire, dans cette retraite d'Adolf à Linz.

— Comme je ne peux pas organiser mon mariage, je m'occupe de ceux des autres, répondit Eva avec dépit.

Quatorze ans à attendre qu'une cérémonie fasse d'elle madame Hitler, l'épouse de l'homme qui avait été… non, qui demeurait toujours le plus grand chef d'État et le plus grand chef de guerre de l'histoire de l'humanité. Plus grand qu'Alexandre, César ou Napoléon !

Pourtant, elle ne put réprimer sa frustration.

— Ainsi, j'aurai enfin un statut dans cette maison. La belle-sœur de l'officier d'état-major Hermann Fegelein !

Il s'agissait de l'officier de liaison entre le chef de la SS, Heinrich Himmler, et Adolf Hitler. Traudl ne sut quoi répondre. Ces accès de mauvaise humeur, à ce sujet, revenaient régulièrement. Si le personnel les commentait à voix basse, la moindre remarque devant la principale intéressée, ou tout autre membre éminent du parti, vaudrait un renvoi immédiat, peut-être pire.

Après le repas, Eva sentit son mal de tête diminuer. Pendant une petite demi-heure, elle demeura sur la terrasse, allongée sur une chaise longue. Comme la lumière lui faisait mal aux yeux, elle décida de regagner sa chambre. Une fois enfermée avec ses deux chiens, elle chercha l'un de ses albums photo, le premier d'une très longue série, avec l'intention de le feuilleter. Il s'agissait en quelque sorte d'une biographie en image, une espèce de conte de fées dont la fin, elle le savait maintenant, ne serait jamais « Ils furent heureux et eurent beaucoup d'enfants ». À ce sujet, elle partageait le sort de millions d'Allemandes.

Les feuilles étant un peu collées, c'est la troisième page qui s'ouvrit directement sous ses yeux. Dans le coin gauche, elle vit une petite fille nue, âgée d'un peu plus de deux ans, dans une cour à l'herbe arrachée par endroits. C'était à l'arrière de la propriété de ses grands-parents, à Beilngries, une petite ville où, enfant, elle passait tous ses étés. Grand-papa Kronberger avait sa clinique vétérinaire au rez-de-chaussée, et lui et sa famille habitaient aux étages supérieurs.

— C'était il y a longtemps…

Négus leva la tête, lui adressa un regard un peu chargé de reproches pour avoir été tiré de son sommeil. Plus diplomate, Stasi feignit de n'avoir rien entendu. Pour prendre cette photo, sa mère avait utilisé l'un de ces petits appareils américains de marque Kodak. L'événement datait d'un peu avant la guerre, celle de 1914.

— J'étais bâtie comme madame Bormann.

Cette fois, aucun de ses compagnons à quatre pattes ne se donna la peine de bouger. L'enfant sur l'image était potelée, et son ventre, sur une adulte, aurait tout de suite fait penser à une grossesse. Comme madame Bormann en avait enchaîné dix en treize ans, personne ne se souvenait plus de la jolie Gerda mince et enjouée.

Adolescente et jeune adulte, Eva avait multiplié les efforts pour faire fondre cette couche de gras. L'une de ses mains se posa instinctivement sur son ventre pour le pincer, afin de vérifier sa minceur. Puis elle tourna une page, chercha le faire-part annonçant sa naissance. Pas très riches, ses parents avaient utilisé des cartes portant la publicité de Nestlé, la compagnie suisse d'alimentation. Un bébé joufflu se trouvait aux commandes d'un avion rappelant l'appareil mis au point par les frères Wright.

Chapitre 3

Munich, le mardi 6 février 1912

La naissance d'« Eva Anna Paula Braun », disait le faire-part.

Le nombre de prénoms tenait peut-être à l'indécision de ses parents, placés dans l'obligation de choisir bien vite. Pourtant, le couple s'était montré très prévoyant à cet égard. L'enfant à naître s'appellerait Rodolphe, pour commémorer le fils d'Elisabeth de Wittelsbach, la fameuse impératrice Sissi. Cette dernière était née à Munich plusieurs décennies plus tôt. Il s'agissait tout de même d'un choix de mauvais augure, le prince étant mort dans des circonstances mystérieuses – meurtre ou suicide ? – à Mayerling.

Déjà père d'une fille, Ilse Josephine Marie, née le 1er juin 1909, Papa Fritz avait espéré avoir un fils.

Sefi Kronberger – sitôt baptisée en 1851, tous s'étaient empressés d'oublier son véritable prénom, Josefa – était venue de Beilngries afin d'aider sa fille Fanny à accoucher, et ensuite à se « relever ». Si Ilse avait été expédiée chez une voisine lors de cet événement, dans sa pièce de travail Fritz noyait sa nervosité dans une pinte de bière blanche. Quand sa belle-mère lui fit part de l'absence du petit bout de chair entre les cuisses de l'enfant, quelques litres supplémentaires ne suffirent pas à effacer tout à fait sa déception. Pourtant, son épouse avait quatre sœurs, et son unique frère était mort peu après sa naissance. Le résultat était prévisible.

Quelques jours plus tard, la famille parcourait la faible distance séparant l'appartement de la rue Isabella de l'église catholique Sainte-Ursule, une bâtisse de brique rouge décorée de deux colonnes en façade. La lumière blanche d'un matin de février passait par les fenêtres ornant la belle coupole quand le curé versa l'eau sur le front du gros bébé. Curieusement, la tête de celle qui aurait plus tard une chevelure blonde et ondulée se couvrait à la naissance d'une toison noire et raide.

La cérémonie terminée, Fritz avait pu retourner à son travail de professeur de menuiserie à l'école technique de la place Élisabeth.

À quel âge emmagasine-t-on les premières images qui nous accompagneront jusqu'à l'âge adulte ? Faire la part des véritables souvenirs et des faux, des récits et des descriptions entendues ensuite ne s'avère jamais facile.

Au moment de se remémorer son enfance, des scènes un peu floues, en teintes de gris, jouaient dans la tête d'Eva, comme un film à la pellicule séchée, tachée par les ans. C'était un peu avant Noël 1914, elle avait trente-quatre, presque trente-cinq mois. Dissimulée derrière sa mère, la fillette s'accrochait des deux mains au tissu rugueux d'une jupe noire, penchant juste un peu la tête de côté pour voir un homme très grand – en réalité d'une taille moyenne, comme elle le saurait plus tard – vêtu d'un uniforme très sombre. La femme s'était avancée vers cet inconnu pour l'enlacer. Pourtant, son malaise paraissait évident. Puis elle avait dit :

— Effie, ne te cache pas et viens embrasser papa.

Fanny la prit sous les bras pour la soulever à la hauteur de son père qui enleva sa casquette pour révéler un crâne déjà passablement dégarni. Au moment où ses lèvres se posèrent sur la joue de la gamine, cette dernière se raidit. Presque trente ans plus tard, Eva croyait se souvenir encore de la forte odeur de tabac à pipe sortant de sa bouche.

— Je lui fais peur ?

La voix se révélait rugueuse, tout le contraire d'une caresse.

— Elle est tellement morose depuis quelques mois. Je pense que son papa lui manque beaucoup.

Fritz avait regagné l'armée dès le mois d'avril précédent, dans un contexte de tension internationale croissante. Il suffisait d'une étincelle pour enflammer la poudrière qu'était l'Europe, et elle était survenue le 28 juin.

— À son âge, elle ne doit pas vraiment se rendre compte.

L'homme marqua une pause, chercha autour de lui.

— Mais où se trouve ma princesse ?

— Chez une voisine.

Devant la mine contrariée de son mari, Fanny ajouta :

— Je ne pensais pas que tu rentrerais si tôt.
L'explication ne lui rendit pas son sourire.

— Bon, je vais m'étendre un peu, je suis fatigué.

Le soldat laissa son sac sur le sol, dans l'entrée de l'appartement, et se dirigea vers la chambre conjugale.

— Tu viens ? dit-il en se tournant à demi.

— Eva...

— Tu peux toujours l'envoyer chez la même voisine.

Ainsi, la fatigue lui pesait moins que son désir du repos du guerrier. Il se reposerait si bien qu'exactement neuf mois plus tard naîtrait un troisième enfant.

Peut-être que ce Noël n'était pas le souvenir le plus ancien d'Eva. D'autres images lui revenaient parfois. Les unes baignées dans une lumière vive, les autres sombres et sales.

La lumière d'abord. Rue Isabella, un grand espace sous la toiture – un grenier en fait – permettait d'entreposer tout ce qui n'entrait pas dans les appartements. Des meubles brisés auxquels des bricoleurs entendaient donner un jour une seconde vie, et des coffres. Pleins de trésors, pensait la petite fille. Pour les adultes plus prosaïques, il s'agissait de grandes malles contenant des vieux vêtements, des draps ou des couvertures, et tous les menus objets relégués dans ce musée aux souvenirs.

— Ne touche pas à ça, ce n'est pas à nous, disait Fanny.

De toute façon, les serrures et fermoirs étaient trop difficiles à actionner avec ses tout petits doigts.

Les jours de grand soleil, même en hiver, il régnait là une chaleur bienvenue. De toutes petites fenêtres rondes servaient à l'aérer. Judicieusement alignés, ces œils-de-bœuf permettaient à l'air de circuler. Les ménagères avaient trouvé un autre usage à ce grenier. Des cordes tendues d'une poutre à l'autre servaient à accrocher des vêtements ou du linge de maison pour les sécher.

— Tu devrais t'asseoir là, disait encore la mère. Tu risques de te blesser dans tout ce bric-à-brac.

Un fauteuil généreusement rembourré se montrait invitant. Privé de ses pattes, il se trouvait juste à la bonne hauteur pour une enfant dotée de jambes si courtes. Couchée en travers, les mollets posés sur l'un des bras, la tête sur l'autre, Eva contempla un moment ses pieds pointés vers le plafond. Ses bas avaient la fâcheuse habitude de tomber sur ses chevilles, ses bottines étaient sur le point de rendre l'âme, après avoir servi à Ilse, et sans doute auparavant à deux ou trois cousines. La teinture noire effacée par endroits laissait voir le cuir grisâtre.

Fanny se déplaçait derrière de grands draps. L'œil-de-bœuf derrière elle la révélait en ombre chinoise, une ombre noire plus grande que nature. Et les grains de poussière flottant dans l'atmosphère prenaient une teinte dorée, des pépites microscopiques.

Puis d'autres souvenirs encore, ceux-là d'un endroit sombre et humide.

— Fais attention de ne pas salir ta robe.

Les divers lieux appelaient toujours des recommandations maternelles. Parfois d'un ton sec – comme dans la rue le « Fais attention de ne pas rester dans le chemin du tramway » –, d'autres fois plus doux : « Ne laisse pas tomber ta poupée, son visage de porcelaine pourrait se briser. » Dans la cave, elles concernaient toujours la propreté.

— La poussière de charbon sur une robe blanche, ça ne pardonne pas.

Ces expéditions avaient pour but de ramener en haut des morceaux de coke pour alimenter le gros poêle, ou alors des légumes. Chaque locataire y avait son coin. Ce devait être au tout début de la guerre, ou même avant, car bien vite la pénurie avait rendu tout le monde méfiant. Chacun en venait à garder ses provisions sous clé, à cause des vols devenus monnaie courante.

Mais c'étaient des moments d'intimité, où elle devenait fille unique. Où se trouvait Ilse ? Sans doute chez des voisins, pour jouer avec des grandes de cinq ou six ans.

Cette cave, jamais la jeune Eva ne s'y risquait toute seule, à cause des monstres cachés dans les recoins les plus sombres. Elle avait trouvé de nouvelles appellations pour ces créatures de l'ombre : des Français, des Anglais, des Russes. Des termes mystérieux, entendus dans la bouche d'adultes, avec une frayeur palpable. Des êtres assez terribles pour faire peur aux grands.

À Noël, le sapin érigé dans le salon des Braun paraissait bien chétif, comme pour s'accorder au moral du pays. En marchant vers l'église catholique Sainte-Ursule pour la messe de minuit avec sa mère et sa sœur Ilse – luthérien, Fritz était resté à la maison avec sa bière, sa pipe et son chat –, Eva se rendit compte de la très large proportion de femmes parmi les paroissiens.

— Maman, les papas sont où ?

— Sont à la guerre, idiote ! répondit Ilse.

— Ilse, Ilse, ne parle pas ainsi à ta petite sœur.

Déjà, elles arrivaient devant le temple de brique rouge. Ce ne fut qu'une fois assises sur leur banc que Fanny prit la peine de répondre à la benjamine tout en lui enlevant le grand foulard enroulé autour de son cou.

— C'est vrai, les papas sont tous à la guerre.

— Pourquoi ?

Elle entendit distinctement le mot « stupide » formulé par son aînée. Malgré la blessure, elle ne détourna pas les yeux de sa mère.

— Pour nous défendre. Tout autour, nous avons des ennemis. Des Russes, des Français, des Anglais.

Encore ces monstres. Ils n'habitaient pas que dans les sous-sols. Les mots contenaient une menace diffuse – et terrible – pour la petite, mais l'énumération troubla Ilse.

— Nous allons gagner, hein, maman ?

Lors des Noël de 1914, 1915 et même 1916, personne ne doutait encore de la victoire dans tout le Reich allemand.

— Bien sûr, nous allons gagner. Nous avons l'empereur Guillaume à la tête de nos armées, et aussi le roi Léopold.

L'empereur d'Allemagne, le roi de Bavière. L'un et l'autre étaient bien trop vieux pour participer aux combats, et les fils du premier comme du second ne se révélaient pas être des foudres de guerre.

— Ça devait durer trois mois, tout le monde devait être revenu pour Noël, commentait Fanny.

Bien du temps avait passé, assez pour rendre tout le monde moins optimiste. Cela devait être à l'été 1915. Après un goûter, Eva et sa sœur aînée avaient regagné leur chambre. La première s'était relevée et s'était placée dans l'embrasure de la porte laissée ouverte. La lueur d'une chandelle jetait un très faible éclairage dans le salon. Le couple occupait un petit canapé, la conversation se déroulait à voix basse.

— Ça ne durera plus longtemps, maintenant. Les Russes se font massacrer, nos armées sont proches de Paris.

Pourtant, les soldats de part et d'autre s'enterraient dans des tranchées, aucun côté ne paraissait susceptible de mener une opération décisive sur le front.

— Et toi ?

— Ça va mieux, tu le vois bien.

Une succession de malaises avaient tenu Fritz Braun loin des combats. Sa guerre, il la mènerait le cul collé à une chaise, affecté à la tenue de livres dans un hôpital.

Avant de devenir soldat, Otto Wilhelm Friedrich Braun, plus simplement Fritz, enseignait la menuiserie dans une école professionnelle. Maintenant, il avait trois filles, dont la dernière âgée de deux semaines à peine : Margaretha Berta, plus simplement Gretl, comme l'héroïne du conte des frères Grimm. Le trio profitait de jouets en bois fabriqués pour elles seules par leur père.

Le plus remarquable de ces jouets était la grande maison de poupée placée dans la chambre des deux plus vieilles. Le toit et des pans de mur se détachaient afin de révéler les diverses pièces : les chambres, le salon, la salle à manger, la cuisine et la salle de bains. Dans chacune, des meubles taillés dans du pin, scrupuleusement à l'échelle, permettaient aux fillettes de s'imaginer maîtresses d'une grande demeure.

Quand Eva tendit la main pour prendre un minuscule canapé, elle entendit :

— Touche pas.

Ilse tenta de le lui retirer des mains. Le « non » un peu geignard de la petite s'accompagna d'un mouvement de recul, pour se mettre hors de portée de son aînée.

— Donne, c'est à moi.

— Non, c'est à nous.

Âgée de plus de trois ans maintenant, les concepts de propriété ne lui échappaient pas. Ni à sa sœur, qui en avait cinq.

— À moi. Quand papa l'a fait, tu n'étais même pas née.

Les yeux bleus d'Eva se voilèrent de larmes ; elle se leva pour se précipiter vers la chambre de ses parents en criant « Maman ! » Fanny se trouvait à demi étendue sur le lit, Gretl pendue à son sein. Ayant trouvé la place d'aînée déjà prise lors de sa naissance, ce bébé avait enlevé à la blonde celle de benjamine le 31 août précédent.

Il ne lui restait que la place de l'enfant du milieu. Cela ne valait guère mieux que pas de place du tout.

Au mois de décembre 1916, Fritz Braun bénéficia à nouveau d'une permission. Cette fois, il ne laisserait pas sa semence à sa femme en guise de souvenir. L'idée de récolter une quatrième fille en septembre 1917 ne lui disait rien. À l'armée, on apprenait à éviter les naissances à répétition. Ce genre de stratégie troublait la bonne catholique qu'était Fanny, mais dans un pays en guerre tout se raréfiait, y compris la vertu.

La présence de rouleaux de toile d'un gris-vert soutenu donnait à l'appartement l'allure d'un entrepôt de tissu. Laissée seule depuis plus de deux ans déjà à cause de la guerre, Fanny était revenue à son métier de couturière. Assembler des uniformes militaires lui permettait de récolter une pitance. Il demeurait possible de la compléter en rétrécissant les vêtements de ses voisines. Tout le monde maigrissait.

— Vas-tu habiter avec nous ? demanda Fanny à son mari.

Fritz avait déplacé un rouleau de cotonnade pour s'asseoir sur un fauteuil. Son épouse le vit avec un peu de crainte sortir sa pipe pour l'allumer. Un pauvre conscrit hériterait peut-être d'un uniforme déjà troué par une brûlure.

— Je suis soldat, pas fonctionnaire. Les soldats ne rentrent pas à la maison à la fin de la journée.

Tout de même, un homme affecté à la tenue de livres dans un hôpital militaire de Munich faisait un bien piètre combattant. Comme un peu à contrecœur, il concéda :

— Mais nous pourrons nous voir plus souvent. Même quand j'aurai seulement quelques heures de libres.

Peut-être cette proximité lui pesait-il, car bientôt il effectuerait le même travail dans un hôpital militaire de Würzburg, à un peu plus de deux cents kilomètres de Munich.

— Ici, cela ne nous conviendra plus à ton retour. Avec deux chambres et trois enfants…

Maintenant, Fanny gardait Gretl dans sa chambre toutes les nuits, mais cela ne pourrait durer après la démobilisation du chef de famille. Après tout, il ne risquait pas de finir dans un trou vaseux dans l'est de la France, ou en Belgique. D'ailleurs il le comprit bien ainsi :

— Mon traitement, à l'école, ne s'avère pas si généreux.

— Un salaire régulier de fonctionnaire permet de vivre moins à l'étroit qu'ici.

Fritz secoua la tête, sceptique. Toutefois, l'opinion de Fanny l'emporterait finalement.

— C'est haut, se plaignit Eva.

À cinq ans, en 1917, ses petites jambes se fatiguaient lorsqu'il fallait grimper jusqu'au dernier étage – l'immeuble en comptait cinq – du 93, rue Hohenzollern. Comme le logement de la rue

Isabella où la famille habitait autrefois, le nouvel appartement se trouvait dans le quartier Schwabing de Munich, un quartier un peu bohème, peuplé d'artistes et d'étudiants. Une boulangerie au rez-de-chaussée et divers commerces aux alentours faciliteraient les courses… quand, bien sûr, des vivres seraient disponibles. Actuellement, les privations de guerre laissaient les étals à peu près vides. Quelques cafés donnaient sur la petite place, juste en face, ce qui contribuait aussi au charme des lieux.

— Encore un petit effort, dit Fanny en tendant la main à Eva. Nous y sommes presque.

— Moi j'y arrive, commenta Ilse, rendue dix marches plus haut.

Elle se retourna pour jeter un regard méprisant sur sa cadette.

— Tu auras neuf ans à ton prochain anniversaire, tempéra la mère, c'est normal que ce soit plus facile.

Fanny tenait Gretl sur sa hanche, avec son bras droit. Si habiter au dernier étage permettait de moins entendre les bruits de la rue – quoique le « clang-clang » des roues du tramway sur les rails d'acier fût bien audible –, gravir les marches demeurerait un exercice exigeant pour les années à venir.

Tout de même, au moment de déverrouiller, Fanny esquissa un sourire satisfait. Des fenêtres donnaient sur deux rues, ce qui procurait un excellent éclairage. Le nombre de pièces permettait à chacun de prendre ses aises. Le papier peint fleuri était du dernier chic. Une petite chambre sous les combles conviendrait parfaitement pour loger une domestique… quand le couple pourrait se permettre un luxe semblable. D'ici là, coudre des uniformes permettait de joindre les deux bouts.

Fritz Braun était arrivé dans l'appartement à la fin de l'après-midi, revêtu de son uniforme. Si Ilse avait trouvé suffisamment d'audace pour se précipiter vers lui, les bras de l'homme ne s'étaient pas ouverts pour l'accueillir. Tout de même, il lui fit la bise sur les joues. Gretl, quant à elle, le regardait comme s'il s'agissait d'un parfait inconnu. À trois ans, elle l'avait rencontré tout au plus une demi-douzaine de fois, lors de permissions très brèves. Debout dans un coin, un pouce fiché dans la bouche, elle le regardait de loin.

Eva demeurait accrochée aux jupes de sa mère, à demi dissimulée derrière l'une de ses jambes.

— Tu ne me reconnais pas ?

Oui, elle savait qu'il s'agissait de son père. Après tout, ils avaient vécu pendant plus de deux ans ensemble, avant la guerre. Il lui paraissait toujours grand, et son crâne s'était dégarni un peu plus. Elle tenait de lui la blondeur de ses cheveux, et le bleu de ses yeux.

— Tu l'intimides. Nous vivons entre femmes depuis si longtemps…

La gamine ne le quittait pas des yeux. Un geste, une parole aurait suffi pour la mettre en confiance. Ni l'un ni l'autre ne vint.

Lors des permissions, le petit aparté dans la chambre à coucher précédait les repas, et même la conversation. Au moment de se mettre à table, Fritz put constater la pauvreté du rationnement de la ville. La soupe contenait à peine quelques bouts de légumes et beaucoup d'eau. Eva contemplait sa tranche de pain noir.

— Il n'y a pas de beurre ? demanda-t-elle à sa mère.

— Mais si, regarde.

Fanny approcha sa propre tranche de la lampe pour montrer le côté un peu luisant. Elle dit à l'intention de Fritz :

— Nous n'en trouvons presque plus. Pas plus de cent grammes par mois.

— Ce n'est pas mieux à l'armée, je t'assure.

L'homme mentait sans doute. Il travaillait dans un hôpital, où, ne serait-ce que pour permettre aux convalescents de se remettre sur pied et de retourner combattre, l'ordinaire devait dépasser celui des civils. D'ailleurs, Fanny entendit mettre les pendules à l'heure :

— Les travailleurs achètent du pain fait de farine mêlée de bran de scie. Les légumes ou les fruits sont à peine mangeables. Quant à la viande…

La femme regarda ses filles, puis dit à voix basse :

— Je te mets au défi de trouver un pigeon, un chien ou un chat à Munich. Pour les chevaux, à part ceux de l'armée, on n'en voit plus. Tout le monde tire les charrettes à force de bras.

Le silence des enfants, leurs yeux effarés, lui firent comprendre qu'elle en avait trop dit. Le chat de la maison avait disparu mystérieusement. La misère était si grande que des travailleurs des usines de munitions se mettaient en grève, des syndicats et des militants politiques réclamaient la fin immédiate des combats. En plein conflit, ces propositions frisaient la trahison, les chefs encouraient la prison, voire le peloton d'exécution.

— Quand même, nous y arrivons, surtout grâce à papa, continua Fanny. D'ailleurs, bientôt nous rejoindrons les Kronberger pour les grandes vacances.

À part pour Ilse, on ne pouvait pas vraiment parler de vacances : trop jeunes pour aller à l'école, les plus petites vivaient un congé perpétuel, et la mère de famille reviendrait bien vite en ville pour se livrer à ses travaux de couture.

— N'est-ce pas que nous avons toutes hâte de revoir papa ? dit la femme en s'adressant aux petites.

Aux yeux de Fritz, un seul papa devait exister pour elles : lui-même. Les allusions aux Kronberger affectaient toujours son humeur. Évidemment, un vétérinaire jouissait de meilleures ressources qu'un professeur de menuiserie. Fanny remarqua son air maussade. Mieux valait ne plus y faire référence.

Bientôt, les filles regagnèrent leur chambre. Eva partageait celle d'Ilse. Ainsi, même la nuit elle n'échappait jamais à la présence envahissante de l'aînée. Gretl couchait dans celle du couple depuis sa naissance, mais en raison de la présence de son père ce soir-là elle rejoignit les autres.

Après quelques minutes, la cadette quitta son lit pour sortir discrètement. Peine perdue.

— Où vas-tu ? demanda l'aînée.

— J'ai soif.

— Encore ? Tu vas mouiller ton lit.

Elle, cela ne lui arrivait jamais. Une fille parfaite en tous points, mais toujours disposée à évoquer les imperfections des autres. Eva lui lança un regard mauvais, puis sortit de la pièce. Dans le salon, la bougie brûlait encore, et un murmure lui parvenait. Elle s'approcha assez pour entendre :

— Maintenant que les Russes ont abandonné la partie, nous l'emporterons sûrement.

L'épouse tentait de s'en convaincre depuis la révolution du mois d'octobre précédent dans le grand pays situé à l'est. Au moins, la prise du pouvoir par les bolchevistes à Moscou avait eu ça de bon.

— Que fais-tu des Américains ? L'Allemagne a un ennemi de moins, et un de plus. Très riche, celui-là.

— Ces cow-boys ne sont pas prêts à combattre.

— Pas encore, mais ça ne tardera pas. C'est pour ça que nous allons tenter une offensive cet été, avant que leur puissance en hommes et en matériel ne se fasse sentir.

Ces calculs, tout le monde devait les faire derrière des portes closes. Devant les autres, émettre un doute sur la victoire pouvait être dangereux. Dans ce cas, de terribles conséquences pendaient au nez des pessimistes.

Chapitre 4

Même si Beilngries se trouvait à une centaine de kilomètres de Munich, s'y rendre représentait une véritable expédition, surtout avec trois enfants accrochés aux jupes, et une valise dans chaque main.

D'abord, il fallait prendre le tramway. La conductrice – des femmes occupaient maintenant les emplois des hommes – présentait un visage fatigué, comme tout le monde en Allemagne après trois ans et demi de guerre. Au moment de descendre à la gare centrale, Fanny et ses trois filles constatèrent la présence de dizaines de soldats. Plusieurs affichaient les visages sombres de ceux qui, après un séjour à l'hôpital ou une permission chez les leurs, regagnaient leur poste en première ligne. D'autres, épuisés, les traits creusés par la souffrance, revenaient définitivement à la maison avec une jambe, un bras, un poumon en moins.

Ceux-là n'étaient pas loin de se trouver chanceux. Au moins ils revenaient et ils seraient capables de mener une existence à peu près normale. Tous ne pouvaient en dire autant.

Et puis certains estropiés du corps ou de la tête, les ombres de ce qu'ils avaient été, avaient des regards de déments. En allant vers le quai d'où un train les amènerait vers le nord, Eva s'arrêta devant un homme à qui il manquait la moitié du visage. Un artisan avait fabriqué un masque avec une feuille de fer-blanc. Un œil, des cils, un sourcil dessinés d'une main maladroite ne faisaient pas du tout illusion. Surtout, la tache de rouge sur la joue créait un effet troublant, rappelant les poupées aux visages de porcelaine.

Rendue dix pas plus loin, Fanny se retourna pour dire :

— Effie, tu dois nous suivre.

Pourtant, les yeux levés vers le mutilé, bouche bée, la gamine ne bougea pas. La ficelle devant tenir le masque de tôle passait sous le nez, sous l'oreille pour remonter dans les cheveux et revenir sur le côté. L'adhérence se révélait imparfaite, au point où une zone de couleur pourpre, du tissu cicatriciel, demeurait visible.

Fanny déposa une valise, dit à Ilse de la surveiller, puis revint sur ses pas pour prendre la main d'Effie.

— Viens...

Puis, en levant la tête vers l'inconnu, elle lui dit :

— Il faut l'excuser, monsieur, c'est une enfant.

Le blessé laissa entendre un grognement. La souffrance, ou peut-être la colère d'être devenu un phénomène de foire, lui enlevait les mots. Ou alors les shrapnells lui avaient aussi emporté une partie de la langue. Il s'éloigna en traînant la jambe.

— Cela ne se fait pas, regarder les gens ainsi.

— T'as vu son visage ? Il en a plus.

— C'est la guerre, Effie.

Les assiettes vides, c'était la guerre aussi. Tout comme les nuits froides à cause de la rareté du charbon, l'absence de papa, tous les infirmes de moins de vingt-cinq ans dans les rues, la main tendue pour obtenir la charité. D'aussi loin qu'elle se souvenait, tout le mal s'expliquait de la même façon : la guerre.

— Qui a fait ça ?

— Les Français, ou les Anglais, ou les Russes, ou les Américains. Comment savoir ?

Cela faisait tellement de gens contre les seuls Allemands. Comme si le monde entier était après eux. Fanny n'entendait pas répondre au nouveau « Pourquoi ? » de sa fille. De toute façon, aucun politicien, aucun journal ne pourrait jamais expliquer de façon satisfaisante les raisons de ce massacre.

— Tes grands-parents nous attendent, nous devons y aller.

Le train se trouvait à quai. La grande majorité des passagers portaient l'uniforme. Pour des enfants dont la plus vieille n'avait pas encore dix ans, et la plus jeune à peine trois, tous ces hommes paraissaient plutôt effrayants.

Le trajet dura plus de quatre heures, avec des arrêts dans toutes les gares pour laisser monter ou descendre des militaires, et très peu de civils. Parfois, le train demeurait longtemps immobile sur une voie secondaire, le temps de laisser passer un autre convoi.

À Beilngries, la vieille maison un peu biscornue du docteur Kronberger se trouvait rue Principale, mais en périphérie de la petite agglomération. Sa clientèle habitait dans la campagne environnante.

Il pouvait s'occuper de petits et de gros animaux dans sa clinique au rez-de-chaussée, mais la plupart du temps le vétérinaire se déplaçait.

Quand Fanny frappa à la porte du logis, sa mère Josefa – Sefi –, une vieille femme, les cheveux d'un vilain gris, vint ouvrir en s'essuyant les mains sur son tablier. Après les bises, ce furent les « Ho ! » et les « Ha ! » devant les filles devenues si grandes. Pourtant, la dernière visite datait d'un mois à peine. Si le père se montra moins enthousiaste, il ne boudait pas son plaisir. Lui arborait des favoris et une moustache rousse.

Pendant les minutes suivantes, autour de la table familiale, les adultes conversèrent entre eux de façon animée. La visiteuse prenait des nouvelles de ses quatre sœurs : Josefa (appelée Pepe, pour la distinguer de la mère), Anni, Paula et Bertha. Tout comme son gendre Fritz, le vétérinaire avait peut-être rêvé de voir une demi-douzaine de garçons poursuivre sa lignée. Le ciel, ou le sort, en avait décidé autrement.

Ilse, Eva et Gretl se tenaient bien droites sur leur chaise, soucieuses de ne pas interrompre les grandes personnes. Bientôt, bien plus que les échanges des adultes, l'odeur de chou retint leur attention. Leurs regards chargés d'envie se portaient parfois en direction du gros poêle recouvert de tuiles de céramique vernissées. Eva en particulier entendait son ventre gronder.

— Ton mari travaille toujours dans un hôpital ? interrogea le père.

— À Würzburg. Compte tenu de l'état des transports, autant dire à l'autre bout du monde.

— Pourtant il a été à Munich pendant un moment, commenta sa mère. Il n'a pas pu obtenir de demeurer là ?

Fanny commença par hausser les épaules, puis laissa tomber dans un souffle :

— Ses supérieurs devaient trouver sa présence essentielle ailleurs.

Ou, plus probablement, le menuisier maintenant chargé de la tenue de livres n'avait pas plaidé bien fort pour demeurer à proximité de sa famille. Le vétérinaire n'entendit pas, ou ne voulut pas entendre le dépit dans la voix de sa fille.

— En tout cas, il a de la chance. Grâce à quelques ennuis de santé dès 1914, il a échappé à la mitraille pour se la couler douce sur le bord du Main.

Il s'exprimait comme si son gendre se trouvait en vacances.

— Tout de même, la plupart des pères de famille échappent tout à fait à l'enrôlement, dit Fanny avec humeur.

Cela, c'était vrai à l'époque où tout le monde s'attendait à un affrontement d'une durée de trois mois. Maintenant, l'état-major ne se montrait plus aussi prévenant au moment d'appeler les conscrits.

— Il s'est porté volontaire avant même l'éclatement du conflit, ajouta-t-elle.

Sefi y voyait plus d'opportunisme que de patriotisme. Aussi la suite porta sur un tout autre registre :

— Entre vous ?

Des yeux, la visiteuse désigna ses enfants pour justifier son silence. La grand-mère voulut alléger l'atmosphère et se leva avec le plus bel entrain.

— Alors, les filles, j'espère que vous avez faim, parce que j'ai cuisiné des bonnes choses pour vous.

Le « Oui ! » enthousiaste d'Eva lui valut un regard sévère de la part de Fanny. Le savoir-vivre exigeait un peu de retenue chez des visiteurs, même affamés. Ilse, elle, leva le nez en affectant le mépris le plus total, celui de l'aînée très bien élevée qui ne se permet pas ces écarts de conduite.

Le statut de bébé de la famille autorisait généralement Gretl à bien des accrocs à la bienséance. La seconde fille, de son côté, s'attira plus que sa part de reproches au cours du repas.

En portant la première cuillerée de soupe à sa bouche, elle produisit un « slurp » malsonnant.

— Elle mange comme un petit cochon, ricana l'aînée.

— Je vois des cochons tous les jours, intervint le vétérinaire avec une mine sévère. Effie mange comme une petite fille privée de tout par la guerre.

Le vieil homme lui adressa un gros clin d'œil chargé de bienveillance, et se vit récompensé par un charmant sourire. L'homme remarqua la dent de lait manquante juste sur le devant, en haut, ce qui la rendait encore plus mignonne.

— Une gentille petite fille, ajouta-t-il.

Rabrouée, Ilse se renfrogna, alors que sa cadette sentit son cœur se gonfler d'amour.

Après une nuit passée dans les chambres de l'étage, les Braun se joignirent à leurs hôtes pour se rendre à l'église catholique Sainte-Walburge pour l'office religieux. Les femmes composaient la meilleure part de l'assistance ; les hommes, ceux qui avaient entre dix-sept et quarante ans, peu nombreux, présentaient des signes évidents de leur déchéance physique : du pied-bot à la tuberculose, en passant par les divers stades de la syphilis.

Pendant son sermon, le prêtre appela Dieu au secours des troupes de l'empereur Guillaume afin d'abattre tous les ennemis du pays. Personne ne paraissait comprendre que dans tous les autres pays belligérants, d'autres curés répétaient ces mêmes imprécations, d'autres groupes de croyants demandaient au Ciel de ramener indemnes des fils, des époux et des fiancés à la maison. Pourtant, du haut des cieux, le Créateur paraissait tout disposé à laisser les hommes démêler eux-mêmes le désordre créé sur terre.

Après la messe, Sefi Kronberger servit le reste de la soupe préparée la veille.

— Maman, dit Fanny, je m'excuse de devoir partir en vitesse, mais tu sais, le train n'attendra pas.

Puis elle ajouta à l'intention de ses filles :

— Dépêchez-vous, nous devons être à la gare dans quarante minutes, tout au plus.

La recommandation était bien inutile : l'appétit venait sans mal à qui ne mangeait pas suffisamment tous les jours. Pendant ce temps, le vétérinaire ouvrait les deux valises apportées la veille pour y placer des choux, des navets, des betteraves. Quand il ajouta un jambon, sa fille intervint :

— Je me sens si mal, j'ai l'impression de vous priver de l'essentiel.

— Voilà le bon côté de ma situation : les paysans acceptent de payer les consultations en nature.

— Vous obtiendriez une petite fortune pour ce jambon.

— Sur le marché noir ? Tu imagines le scandale, si un notable comme moi se faisait prendre ?

Pourtant, il se livrait à cette contrebande pour le profit de ses enfants et de ses petits-enfants. Surtout ces derniers. Fanny le comprit bien ainsi.

— Je ne trouve plus rien en ville. Je n'arrive même plus à utiliser tous mes coupons de rationnement.

— Les cultivateurs vendent à peu près tout à l'armée. Évidemment, c'est nécessaire pour nourrir des millions de soldats. Ce n'est pas comme en France ou en Angleterre. Eux reçoivent des vivres de l'Amérique. Nous ne pouvons compter que sur nous-mêmes.

Voilà qui respectait fort peu les principes du fair-play. Quelques minutes plus tard, après de multiples remerciements et des bises encore plus nombreuses qu'à l'arrivée, la visiteuse s'apprêtait à quitter ses parents.

— Vous viendrez passer l'été avec nous ? demanda Josefa.

— Je ne sais pas trop... J'ai besoin de mes honoraires de couturière, sinon je n'y arriverai pas.

Elle marqua une pause, puis continua :

— Les filles, de leur côté...

Évidemment, si elle pouvait gagner de l'argent sans avoir à nourrir ses enfants, sa situation n'en serait que meilleure.

— Vous viendrez m'aider à soigner tous ces animaux malades ? demanda le grand-père aux fillettes.

— Vous allez me montrer comment on fait ? répondit Eva qui ne cachait pas son enthousiasme devant cette perspective.

— Pour les vaches tu es un peu petite, mais les veaux sont juste à la bonne hauteur.

Le sourire de la blonde disait tout son bonheur à cette perspective. Le rituel des bises se répéta à nouveau, souligné par des « Au revoir » et « À bientôt ». Enfin, Fanny prit les deux valises, se réjouissant de les trouver si lourdes.

— Ilse, tu vas tenir la main de tes sœurs.

Gretl tendit spontanément la sienne, mais Eva protesta :

— Je suis assez grande pour marcher seule.

Comme pour le prouver, elle s'engagea la première en direction de la gare.

Déjà, on était en septembre 1918. Pour Eva, l'année du grand bouleversement de son existence – le premier d'une longue liste. D'aussi loin qu'elle se souvenait, tous les matins Ilse prenait seule le chemin de l'école. Si son lever se révélait toujours assez bruyant pour réveiller sa cadette, au moins après son départ la vie devenait plus agréable. Seule avec Gretl, la petite blonde pouvait enfin jouir du statut d'aînée jusqu'au début de l'après-midi. Dans ce rôle, elle se montrait plutôt magnanime, pleinement consciente du désagrément de se faire bousculer.

Et voilà qu'elle aussi devait maintenant quitter la maison au petit matin. Pour une fois, Eva se laissa prendre par la main sans rouspéter. La présence des estropiés de guerre dans les rues ajoutait à son inconfort. Heureusement, l'école catholique ne se trouvait pas très loin. Tout de suite, la réalité se révéla pire que ses craintes. Elle-même, sa sœur et toutes les autres élèves portaient du noir. Les religieuses portaient du noir. Un peu plus et elle verrait le ciel et la terre prendre la même couleur.

— Toi, tu vas là-bas, avec les petites.

— Je veux rester avec toi.

— Tu ne peux pas venir avec les grandes.

Pour la convaincre, Ilse dut la pousser dans le dos. Des fillettes de six ans, les nouvelles, s'étaient regroupées dans un coin de la cour, les yeux vers le sol, silencieuses. Eva demanda en les rejoignant :

— Vous voulez être mes amies ?

Les autres la regardèrent, intriguées. L'une lui adressa un sourire, puis une seconde. Finalement, l'existence se révélerait peut-être supportable... L'une des écolières portait un brassard sur sa manche droite. Noir sur noir.

— Ton père ?

Elle secoua la tête de droite à gauche.

— Mon grand frère.

Eva hocha la tête avec un air entendu. Mourir à la guerre devenait si banal. Jusqu'à ce qu'une religieuse leur fasse signe d'entrer, Caecilia évoqua ce grand garçon disparu dans un trou boueux, en Belgique.

Après quelques jours à l'école, Fanny constata que sa cadette était bien différente de son aînée. À la maison, Ilse se montrait toujours désireuse de rendre service, pour la vaisselle, pour la lessive, pour toutes les corvées. C'était aussi une élève modèle : elle écoutait la maîtresse, faisait ses devoirs dès que possible, ramenait des carnets de notes flatteurs.

Eva, de son côté, se lançait dans une tâche avec enthousiasme, puis se lassait bien vite. Tout la distrayait : un claquement dans la rue, un oiseau dans le ciel, ou simplement le bruit du vent. Et le même scénario se répétait à l'école, où la présence d'enfants de son âge offrait de multiples occasions de se distraire.

— Qu'allons-nous faire de toi ? se décourageait Fanny quand elle ramenait un mot de l'institutrice signalant son indiscipline.

Bien vite, Eva trouva une solution à ce problème. Il suffisait de faire disparaître le morceau de papier incriminant dans la cuvette des toilettes, et de tirer la chasse.

Le mardi 29 octobre 1918, dans l'appartement de la rue Hohenzollern, la directive surprit les fillettes quand elles quittèrent le lit :

— Non, vous n'irez pas à l'école aujourd'hui.

Les journaux, les échanges de correspondance, et peut-être surtout le bouche-à-oreille évoquaient des désordres un peu partout dans l'Empire allemand. Que les informations circulent aussi vite dans un pays soumis à une censure sévère tenait du miracle. Dans des villes portuaires, des marins se révoltaient, des soldats les affrontaient dans des batailles rangées, provoquant d'autres révoltes, et d'autres répressions.

— Ce matin, la sœur doit nous interroger sur les opérations de calcul, se plaignit Ilse.

Sa cadette grimaça devant cet argument. Le zèle de son aînée risquait de lui faire perdre sa journée de congé.

— Eh bien, si la sœur veut se promener dans les rues ce matin, qu'elle se fasse violer par les bolchevistes ! Mais ça n'arrivera pas à mes filles.

Les bolchevistes. Ce mot était apparu l'année précédente, et depuis on le répétait partout : au marché, dans les boutiques, dans la rue, sur le parvis de l'église et même du haut de la chaire. N'avaient-ils pas quelque chose à voir avec le retrait de la Russie de la liste des ennemis de l'Allemagne ? Mais alors, après une si bonne action, en quoi pouvaient-ils être si dangereux ?

— C'est quoi, les bolchevistes ? demanda Eva.

— Des méchants, répondit Ilse.

Elle affichait son air méprisant habituel devant les signes d'ignorance. Pour Eva, des gens qui lui valaient un congé ne pouvaient être si mauvais. Ses yeux se tournèrent vers Fanny pour connaître la vérité.

— C'est une maladie qui vient dans la tête de certains hommes. Ils deviennent fous.

Voilà qui n'éclairait pas tellement sa lanterne. Fanny s'était dirigée vers l'entrée de l'appartement pour s'assurer que la porte était bien verrouillée. Cette précaution ne lui parut pas suffisante, alors elle se mit en tête de pousser un meuble du salon devant la porte, laissant de profondes éraflures sur le beau parquet.

Mais cela ne servirait sans doute pas à grand-chose si des hommes entendaient entrer de force. Son inquiétude se communiqua à ses filles aînées, et Gretl laissa voir des yeux effarés, le prélude à des pleurs.

— Venez dans le salon avec moi.

La mère se dissimula dans l'angle d'un mur, la plus jeune accrochée à ses jupes, le visage caché dans les plis du rideau. De son point d'observation, Fanny voyait un bout de la rue Hohenzollern, et un autre de la rue Teng.

— Les méchants vont venir ? demanda Ilse.

— Peut-être pas.

La mère regretta de ne pouvoir se faire plus rassurante. À Munich, les usines de guerre employaient des milliers d'ouvriers. Dans les casernes militaires, les effectifs se limitaient à des contingents d'estropiés, nettement insuffisants pour réprimer une révolte.

— C'est quoi, violer ?

Décidément, ce jour-là Eva entendait enrichir son vocabulaire. Le son de centaines de voix chantant *L'Internationale* leur parvint. La mère espérait que personne parmi les siens n'apprenne le sens de ce mot de la plus affreuse façon.

Mais les voix passèrent leur chemin, la porte ne fut pas défoncée, et personne ne se fit violer.

À l'école, pendant les récréations, Ilse rejoignait ses amies et feignait d'ignorer l'existence même de sa petite sœur. Eva ne s'en portait pas plus mal. Sa tête blonde et ses yeux bleus, sa capacité de sourire spontanément à tous les nouveaux visages la rendaient apte à se faire des amies. Surtout, son imitation de la religieuse enseignante, si elle lui avait valu quelques réprimandes et même une retenue, la rendait populaire.

Toutefois, au début de l'après-midi, Ilse se tenait fidèlement à l'intersection la plus proche pour attendre Eva, tendait la main vers elle à son arrivée, pour recevoir toujours la même réponse :

— Je peux marcher seule.

Par seule, elle voulait dire sans tenir la main de personne.

— Ça va, avec la maîtresse ?

— « Cesse de t'agiter, ne parle pas à tes camarades, fais tes exercices d'écriture… »

Vraiment, son imitation de la religieuse n'était pas mauvaise.

— Et j'en ai assez des coups de règle sur les mains…

— Montre-moi.

La fillette obtempéra. Une marque rougeâtre striait bien sa paume.

— Tu devrais te tenir tranquille.

Eva voulait bien tolérer ces mots de la part de la maîtresse, mais reconnaître ce rôle à sa grande sœur ne lui plaisait pas. Aussi elle détala avec toute la force de ses jambes dans une rue perpendiculaire.

— Où vas-tu ?

Ilse lui emboîta le pas, tout en lui criant de revenir. Elle s'inquiétait d'autant plus que des cris parvenaient à ses oreilles. Soudain il y eut un grand bruit, comme une explosion. Un coup de feu, tout près. Eva s'arrêta tout net devant une petite place. Des hommes hurlaient des mots incompréhensibles, sur la guerre, sur la paix à signer tout de suite, sur la lutte des classes. Certains brandissaient des gourdins au-dessus de leur tête.

Et à l'autre bout de la place, un homme vêtu d'un uniforme verdâtre tenait un pistolet à la main. Il venait de tirer un coup de feu en l'air.

— Rentrez chez vous !

Les manifestants firent plutôt un pas en direction de l'officier.

— En position, dit ce dernier en se tournant vers la vingtaine de militaires qui l'accompagnaient.

Il leur donnait l'ordre d'épauler. Mais les soldats se lançaient des coups d'œil, incertains sur la manière d'agir.

— En position ! répéta l'officier.

Un soldat fit un pas vers les manifestants tout en levant son arme au-dessus de sa tête, pour bien montrer qu'il ne comptait pas en faire usage. L'officier pointa son pistolet dans sa direction, puis cria :

— Plus un pas !

L'ordre n'eut d'autre effet que de convaincre deux autres soldats de s'éloigner aussi de leur peloton. Eva demeurait tétanisée au coin de la rue. Toutes les conversations inquiètes entre les plus grandes à l'école, ou entre les adultes quand elle accompagnait sa mère au marché ou dans les commerces des environs de la place Hohenzollern prenaient leur sens : la guerre était rendue à Munich, dans son quartier, près de son école. Pire, elle opposait des Allemands entre eux.

Le capitaine devenait de plus en plus nerveux. Il tira en direction du premier insoumis, le touchant à une épaule. Les manifestants s'avancèrent en redoublant les cris, des militaires firent feu, mais en direction de leur supérieur. Quand celui-ci s'affala sur le sol, la foule se dispersa rapidement en emportant le soldat blessé. Ce développement laissait présager l'arrivée d'autres officiers, de troupes supplémentaires, avec parmi elles peut-être des hommes résolus à faire feu sur les émeutiers.

Les événements n'avaient duré qu'une ou deux minutes tout au plus. Eva s'avança vers l'officier étendu sur le sol. Quelques balles l'avaient atteint, elle voyait les taches rouges allant en s'élargissant sur sa tunique. Ilse avait suivi sa sœur tout en répétant sans cesse : « Allons-nous-en, c'est dangereux. » L'aînée lui mit la main sur l'épaule, tira un peu, la cadette résista.

— Il est mort, tu penses ?

Le capitaine émit un râle, comme pour la contredire. Toutefois, ce serait le dernier. Les deux filles reculèrent de trois pas.

— Maintenant, rentrons à la maison, sinon maman va nous punir.

L'aînée concoctait déjà sa version des événements susceptible de la disculper : Eva avait échappé à sa surveillance, elle l'avait poursuivie pour la ramener.

— Il est mort.

La gamine se décida à obéir.

La situation était si inquiétante que Fanny ne songea même pas à punir sa cadette pour avoir échappé à la surveillance de l'aînée.

— Comment est-ce possible ? Des soldats qui tuent des officiers !

Ces interrogations furent émises, sous différentes formes, à quelques reprises pendant et après le dîner, sans obtenir de réponse. Puis la mère envoya ses aînées dans leur chambre, et elle offrit la place libre dans son lit à Gretl.

Une fois couchée, Eva se tint toute raide sur son lit, s'efforça de ne pas bouger. Mourir, c'était ça : cesser de bouger, puis se retrouver dans une boîte. Être loin de la France ou de la Belgique ne la protégeait plus. Fanny redoutait que ces hommes – le mot « bolchevistes » lui semblait trop mystérieux, « méchants » lui convenait mieux – n'entrent dans l'appartement pour tuer tout le monde. Et les violer. À entendre la terreur dans la voix de sa mère, elle supputait que c'était encore pire que la mort.

Chapitre 5

Les nouvelles devenaient de plus en plus mauvaises. Au marché, la veille, des ménagères évoquaient la défaite. Presque deux millions de morts, trois ou quatre fois plus de blessés, tout ça pour en arriver là ! Dans les rues, dans les lieux publics, un adulte sur deux portait un brassard noir. Grand-papa Kronberger s'était lamenté sur le mauvais sort lui ayant donné cinq filles. Pourtant, cela lui évitait ce genre de chagrin. Fanny s'estimait chanceuse de vivre la même situation… même si elle croyait que le monde ne connaîtrait plus jamais de guerre. Pas après celle-là. Jamais les hommes ne seraient assez fous pour recommencer.

À Munich, les manifestations s'enchaînaient à un rythme si rapide que Fanny connaissait par cœur les paroles de *L'Internationale*. Le 7 novembre, tous les hommes de la ville encore valides semblaient marcher dans les rues. Des membres de la troupe venue pour les forcer à rentrer dans les usines ou les ateliers avaient rejoint les manifestants. Une seule chose la soulageait : personne ne rapportait d'épidémie de viols dans la ville.

Puis, en soirée, une rumeur se répandit. Une autre. Une voisine vint frapper vers sept heures.

— Le roi… le roi est parti !

Déjà, des bruits de voix venus de la rue s'amplifiaient.

— Comment ça ?

— Les communistes ont pris la ville.

À peine la visiteuse fut-elle partie que Fanny cria :

— Les filles ! Nous allons à l'église ! Venez !

— Mais… ce n'est pas dimanche, protesta Eva.

— Dépêche-toi, mets ton manteau.

La mère sortit Gretl du lit pour l'habiller en vitesse, puis elle s'engagea dans l'escalier en la tenant dans ses bras.

— Ilse, prends la main de ta sœur.

L'aînée voulut obtempérer, mais la cadette s'éloigna. Dehors, tous les habitants de la rue se retrouvèrent ensemble… Tous, sauf les socialistes et les communistes, ce qui faisait tout de même beaucoup d'exceptions. Les gens convergeaient vers l'église Sainte-Ursule.

Dans le temple aux dimensions si extraordinaires pour une petite fille, tous les sièges dans la nef furent bientôt occupés. Les prières murmurées faisaient comme un bourdonnement. Fanny égrenait son chapelet, Ilse affectait une mine recueillie, les mains jointes devant sa poitrine. Parmi ces gens, plusieurs portaient le deuil : un vêtement noir, ou un simple brassard. Maintenant, quand Eva en voyait un, instantanément le souvenir de l'officier étendu sur le pavé lui revenait. Désormais, cet inconnu habitait dans sa tête en permanence.

Bientôt, un prêtre vêtu d'une chasuble arriva par une entrée latérale et marcha directement vers la chaire. En ces temps de désordre et de censure de la presse, il commença par donner les dernières nouvelles. Ou plutôt une version des derniers événements en accord avec la perception du haut clergé allemand. Dans les rues, des hommes chantaient toujours *L'Internationale* :

C'est là lutte finale
Groupons-nous et demain
L'Internationale
Sera le genre humain

Pour les enfants, ce refrain devenait plus familier que n'importe quelle comptine. L'ecclésiastique haussa le ton pour couvrir le vacarme :

— Au cours des derniers jours, des conseils ouvriers ont usurpé le pouvoir dans de nombreuses villes de Bavière. Certains se présentent même comme des soviets, comme en Russie.

Exactement un an plus tôt, des soviets – des conseils ouvriers – renversaient le tsar Nicolas et établissaient une république bolchevique dans cet immense pays.

— Devant les menaces que les émeutiers font peser sur sa vie, aujourd'hui notre souverain Louis a quitté le pays pour gagner l'Autriche.

Un murmure parcourut l'assistance, et on entendit des plaintes et des gémissements. Fanny y alla même d'un « Mon Dieu, protégez-nous ». La dynastie des Wittelsbach se voyait chassée de Bavière. Pour les têtes couronnées, prendre la fuite s'imposait dans ces temps de bouleversements. L'été précédent, le monde entier apprenait l'exécution de tous les membres de la famille impériale de Russie. Y compris le petit garçon et les quatre filles, si jolies sur les images publiées dans le journal. Pour Eva, tout devint clair : ces hommes chantant la chanson entraînante tuaient des enfants.

La suite du sermon la convainquit tout à fait que le même scénario pouvait très bien se répéter.

— Kurt Eisner, un journaliste juif, dirige le gouvernement révolutionnaire provisoire.

La précision de la religion vint avec un ton empreint de mépris. Les bolchevistes, c'étaient aussi des Juifs.

— Son mot d'ordre vous dira la nature de ce régime : « Longue vie à la paix, à bas la famille royale. » Nous allons prier ensemble.

Une heure plus tard, Fanny reprenait le chemin de la maison, Gretl dans les bras. De son côté, dans la plus totale obscurité car plus personne ne se souciait d'entretenir les réverbères, Eva accepta sans rouspéter de tenir la main de son aînée. Le trajet du retour dura longtemps, car quand venaient des groupes d'hommes avinés, dont certains portaient des armes, la petite famille se cachait dans l'encoignure d'une porte, ou même dans une arrière-cour.

Le samedi 9 novembre 1918, le même scénario se répéta : une rumeur alarmante, une marche forcée jusqu'à l'église Sainte-Ursule dans des rues où régnait une atmosphère de révolution, un prêtre catastrophé. Cette fois, les paroissiens apprirent la fin de l'Empire allemand. Après la démission du chancelier – le Premier ministre – Max von Baden, la république avait été proclamée. Ce nouveau régime politique rendait nécessaire la nomination ou l'élection d'un président, mais il n'avait que faire d'un empereur.

Guillaume II avait abdiqué son trône pour se diriger vers les Pays-Bas afin d'y vivre une retraite paisible. Pour les Allemands, il s'agissait maintenant de se faire une raison : les institutions familières disparaissaient et les nouvelles suscitaient la plus grande méfiance. D'autant plus que dans diverses villes se formaient des soviets – des comités d'ouvriers et de soldats – désireux de suivre les traces des bolcheviques russes.

Le lundi 11 novembre 1918, la guerre se termina et l'Allemagne l'avait perdue. Pour Fanny, et pour tous les habitants de Munich sans doute, cela ne se comprenait guère. Depuis quatre ans, les journaux étaient unanimes : les troupes avaient combattu à l'est et à l'ouest des frontières de l'empire, jamais un ennemi n'y avait mis les pieds. Malgré tout, l'Allemagne avait perdu.

Les malheurs du temps remplissaient les églises de femmes, d'enfants et d'estropiés. À nouveau, le curé se fit le porteur des dernières nouvelles au moment de monter en chaire :

— Aujourd'hui, à la onzième heure du onzième jour du onzième moi, l'armistice entrera en vigueur.

Le temple se prêtait mal aux manifestations de désespoir. Pourtant, un murmure parcourut l'assemblée. Le prêtre reprit :

— Les révolutionnaires qui ont chassé Son Altesse impériale, et en Bavière Sa Majesté le roi, nous ont livrés à nos ennemis. Après deux millions de morts, nos armées ont été poignardées dans le dos par les révolutionnaires juifs.

Des cochers aux grands bourgeois, des soldats aux généraux, la fable tiendrait pour des décennies. Le judéo-marxisme et le judéo-bolchevisme avaient défait l'Allemagne, alors que ses armées demeuraient invaincues sur les champs de bataille.

Les manifestations se poursuivaient toujours dans les rues de Munich, avec comme fond sonore des chants révolutionnaires et, parfois, des coups de feu. Comme une partie croissante des protestataires venaient directement des casernes, plusieurs emportaient avec eux leur arme.

Fanny limitait au maximum ses sorties. De toute façon, les marchands n'avaient à peu près plus rien à vendre, la confection d'uniformes était au point mort et presque aucune famille ne pouvait faire faire des vêtements, ni même modifier ceux existants. Le besoin de quitter l'appartement de la rue Hohenzollern disparaissait.

Quant à recevoir des visiteurs, les occasions s'avéraient plus rares encore. Aussi, en entendant le bruit de coups de poing contre la porte vers neuf heures du soir, Fanny laissa échapper un cri apeuré, et Ilse, la seule des filles toujours debout, fit entendre le sien comme un écho, mais deux octaves plus haut.

Eva rejeta ses couvertures au pied de son lit, trouva le plancher glacial au moment de se lever. Elle arriva dans le petit hall d'entrée au moment où l'inconnu recommençait son vacarme.

— Ils vont nous tuer ? demanda-t-elle d'une voix inquiète.

Ce ne fut qu'à ce moment que le visiteur jugea bon de faire entendre sa voix :

— Tu vas ouvrir ? C'est moi, Fritz.

— Fritz ? Attends un peu.

L'opération prit un certain temps, car il fallait d'abord pousser le meuble placé contre l'huis afin de retarder un peu les intrus. L'émotion des retrouvailles ne paraissait pas étouffer l'époux, car sa première remarque fut :

— Penses-tu que cela empêcherait l'un de ces bolcheviques d'entrer ? Un bon coup d'épaule suffirait.

Même si Fanny était du même avis, elle songea que partager l'information avec les filles ne rendrait service à personne.

— Tu les as croisés sur ton chemin ?

— Impossible de les manquer. Certains ont arraché les pavés des rues pour bloquer le passage. Pour un piéton, ça ne change pas grand-chose, mais aucun véhicule automobile, aucun cavalier ne pourrait passer à travers.

Les émeutiers se mettaient ainsi à l'abri d'une attaque rapide de la part de l'armée, ou de la police.

— Pour ça, il faudrait l'un de ces tanks, ajouta Fritz.

Il s'agissait de l'une des innovations susceptibles de changer le cours d'une guerre, et de multiplier le nombre de morts. Les Britanniques avaient été les premiers à l'ajouter à leur arsenal.

Puis il songea enfin que des retrouvailles, après des mois d'absence, devaient s'accompagner de certains épanchements. Il se pencha donc pour embrasser la joue de sa femme. Cela agit comme un signal, Ilse se précipita, les bras ouverts, pour l'enlacer et poser sa tête contre sa poitrine.

— Ah ! Ma princesse !

Ses mains caressèrent ses cheveux châtains, puis il l'éloigna un peu pour lui demander :

— Tu as certainement ramené d'autres beaux carnets de notes de l'école.

Pour un professeur, même de menuiserie, les bons résultats scolaires étaient essentiels.

— Oui, j'ai encore été la première.

La seconde fille se tenait à trois pas, intimidée. Elle risqua quelques mots avec l'espoir qu'ils lui valent un peu d'attention :

— Moi aussi, j'ai de bonnes notes.

— Menteuse, commenta l'aînée, tu viens de commencer, t'as pas eu d'examen encore.

Le père la regarda un moment, puis passa sa main dans ses cheveux blonds comme pour les emmêler.

— Espérons que tu pourras dire la même chose à Noël, pour de vrai cette fois.

Il n'attendit aucune repartie, son attention se portait déjà sur la plus jeune, maintenant debout à l'entrée du couloir, suçant son pouce.

— Ça c'est mon bébé. Comme tu as grandi !

Il la souleva dans ses bras pour poser une bise bruyante sur sa joue. La cadette regardait la scène, malheureuse de sa place dans la famille, entre la princesse et le bébé.

Les épanchements étaient terminés. L'homme revint vers la porte afin de prendre son sac de toile sur le palier.

— Tu feras attention, il peut y avoir des poux. Des blessés revenaient du front avec toute la vermine des tranchées.

L'idée de se charger de la lessive avant de ramener ses vêtements à la maison ne semblait pas lui être venue. Ni d'ailleurs celle de passer par un bain public. Fanny songea qu'il lui faudrait le lui conseiller le lendemain. Elle en serait quitte pour nettoyer tous les vêtements et la literie le matin suivant, et ensuite utiliser un peigne aux dents très fines pour débarrasser les chevelures de tous les membres de la maisonnée des insectes indésirables et des larves.

Mieux valait oublier ces questions pour les heures à venir.

— Viens t'asseoir dans la cuisine, je vais nous servir à boire.

Le sac de toile resta sur le sol dans l'entrée, le meuble servant à bloquer la porte demeura à la même place. Il serait toujours temps de le remettre contre le mur le lendemain. Son époux occupa la chaise au bout de la table, Fanny chercha deux verres et une bouteille de liqueur de gingembre. Il n'en restait qu'un fond, cela ferait l'affaire en période de grande pénurie.

— Maintenant, les filles, il est temps de retourner au lit, dit Fanny.

— Non, je veux rester avec papa, plaida Eva.

— Il est tard, et tu as de l'école demain.

— Mais demain, papa sera reparti !

Il s'agissait du scénario de sa permission précédente : une arrivée tardive, et un départ hâtif le lendemain. Fanny regarda son époux, une interrogation dans les yeux.

— Non Effie, cela ne risque pas d'arriver, je n'y retourne pas. Puis dans un jour ou deux, moi aussi je devrai retourner en classe.

La femme le regarda, intriguée, puis elle répéta :

— Allez, au lit vous trois. J'irai vous embrasser tout à l'heure.

De mauvaise grâce, elles obtempérèrent, Gretl plus déçue que les deux autres. Ce retour signifiait la fin de son séjour dans la chambre de ses parents. D'ailleurs, Fanny l'entendait bien ainsi. Dans un premier temps, elle proposa de placer le petit lit dans la chambre du fond, celle donnant sur la cour, inoccupée depuis le déménagement rue Hohenzollern.

— Non, pas toute seule, geignit la petite.

Comme lors des permissions précédentes, elle se retrouva avec ses deux aînées. Si Fritz était vraiment revenu pour de bon, il serait temps de revoir l'aménagement du logis dans les jours à venir.

Pour Eva, fermer les yeux et oublier la présence de son père à quelques mètres s'avérait impossible. Très vite, elle se releva tout doucement pour aller se placer près de la porte de la cuisine. De son poste d'observation, elle voyait l'homme en uniforme, les deux coudes sur la table.

— La guerre est terminée, disait Fanny, tu n'as plus rien à faire dans l'armée.

— Ce n'est pas terminé. Un armistice permet de cesser les combats le temps de négocier un traité. Ici, en France et en Angleterre, la majeure partie des soldats demeureront en uniforme. Mais comme je suis professeur et qu'une génération complète de jeunes hommes sans formation reviendra bientôt à la vie civile, mes supérieurs ont pensé que je serais plus utile dans mon emploi habituel.

— Et s'il n'y a pas de traité ?

— Le bal va reprendre.

Serait-ce vraiment possible ? Déjà les Russes s'étaient retirés de la guerre pour mettre fin à la boucherie. Parmi les belligérants, aucun ne voudrait recommencer, et les Allemands saignés aux quatre veines sans doute moins que les autres. Fritz en tout cas en était convaincu.

— Mais ça n'arrivera pas. Pas avec le gouvernement que l'on a présentement.

— Ce sont vraiment des communistes ?

— La femme Luxemburg, et l'autre, Liebknecht, certainement. Ils se désignent comme des spartakistes. Le mot vient de Spartacus, le chef d'une révolution d'esclaves à Rome.

L'histoire romaine ne figurait pas à la liste des matières au programme des apprentis menuisiers de Bavière, mais son statut de professeur, même dans une école professionnelle, exigeait un petit vernis culturel. Des lectures éparses et des visites à la Glyptothèque – la collection d'objets gravés – et à la collection des antiquités, des établissements construits à l'initiative de Louis Ier de Bavière et placés l'un en face de l'autre, le lui procuraient.

— Je n'ose plus trop sortir, expliqua Fanny. Eva et Ilse ont même vu un officier se faire tuer par les révolutionnaires.

— Ce sont des criminels. Ils m'ont arrêté à quelques reprises sur le chemin, comme si la ville leur appartenait.

Un simple sergent démobilisé ne devait pas avoir trop à craindre d'eux, à moins de crier des slogans royalistes. Pour les officiers et tous les autres notables, ces gens représentaient une véritable menace.

— Enfin, remarqua Fanny, je suis heureuse que ce soit terminé. Bientôt, nous trouverons à nouveau de quoi manger.

— Comment ça, terminé ?

Fritz avait crié. Son épouse regarda en direction de la chambre occupée par les filles. Leur vie comportait suffisamment de motifs d'inquiétude, elles pouvaient certainement faire l'économie des sautes d'humeur de leur père.

— Nous aurions pu les battre, continuait celui-ci, mais ces lâches ont quémandé la paix. Si nous retrouvons un vrai gouvernement, au lieu de ces criminels, nous finirons le travail.

Fanny soupira. Après deux millions de morts du côté allemand – on parlait de dix millions de victimes pour l'ensemble des belligérants –, et trois ou quatre fois plus de blessés, un esprit de revanche s'exprimait déjà. Ces va-t-en-guerre devaient se retrouver surtout parmi les soldats demeurés à l'arrière.

— Les gens crèvent de faim. Littéralement. Les journaux n'en parlent pas, mais je suis certaine que les privations ont fait bien des victimes, dit-elle.

Dans un pays en guerre, la censure montait les bonnes nouvelles en épingle et interdisait la publication des autres. Toutefois, si les femmes Braun survivaient grâce à la générosité de parents vivant à la campagne, qu'en allait-il des familles livrées à elles-mêmes ?

— À côté de ce que vivent les hommes au front, ce n'est rien, répondit-il. Nous avons affronté les plus grandes privations.

Fanny fut sur le point de rappeler à son mari que lui n'avait rien enduré de semblable. C'était un soldat assis dans un bureau. La paix du ménage exigeait cependant qu'elle se taise. Elle dit néanmoins :

— Nous devrions aller dormir, maintenant. Tu auras sans doute beaucoup à faire demain, et moi aussi.

Sur ces mots, elle se leva, plaça les verres vides près de la bassine servant à faire la vaisselle. Soucieuse de ne pas se laisser surprendre, Eva regagna sa chambre en trois pas, puis plaça sa couverture par-dessus sa tête. Sa mère la trouva feignant le sommeil quelques minutes plus tard.

Novembre s'était terminé dans le plus grand désordre, et décembre commençait sous de très mauvais auspices. Dans un pays toujours techniquement en guerre, l'information demeurait soigneusement contrôlée. Toutefois, les gens comprenaient ce qu'ils avaient sous les yeux. Même les enfants dans une classe de première année.

— Elle est morte ?

Eva ouvrait de grands yeux effarés. Des soldats qui recevaient des balles dans la poitrine mouraient, cela elle l'avait constaté de ses propres yeux. De vieilles personnes aussi, comme des grandes-tantes ou des grands-oncles, du côté de sa mère.

Cela devait arriver du côté de son père, mais il venait de loin, trop loin pour effectuer des visites fréquentes. Contrairement aux Kronberger, les Braun lui demeuraient inconnus.

— Oui, elle est morte, je te dis. J'habite la même rue. Tout le monde en parlait ce matin.

Elles évoquaient Caecilia, la première élève qu'Eva avait considérée comme une amie, lors de la rentrée.

— Ça s'peut pas, elle a notre âge.

— Je te le jure. Dans ma rue, les gens parlent de la grippe espagnole.

— C'est quoi, espagnole ?

Gerda haussa les épaules. Le mot faisait partie de tous ceux qu'elle ne connaissait pas. Le bruit d'une cloche retentit, toutes les fillettes s'alignèrent en fonction de leur âge, puis entrèrent sagement dans leur classe. Le vendredi précédent, deux élèves manquaient dans la classe des petites. Ce matin, huit chaises demeuraient vides, et la maîtresse avait l'air un peu effrayé.

— Ma sœur, elles sont toutes mortes ? demanda Eva.

La panique de la religieuse monta d'un cran.

— Voyons, que dis-tu là ?

— Les autres filles. Paraît que Caecilia est morte. Les autres aussi ?

Maintenant, toutes les écolières se tournaient vers elle, la peur bien visible sur les visages. La bonne sœur ne semblait pas la plus rassurée dans la pièce.

— Ne dis pas des choses semblables…

— C'est vrai, renchérit Gerda. Elle habite rue Elisabeth, comme moi.

La nonne perdit la toute petite contenance qui lui restait.

— Je ne sais pas, personne ne m'en a parlé, bredouilla-t-elle.

Elle regrettait visiblement d'avoir été laissée ainsi dans l'ignorance.

— Pourquoi nous avons une grippe espagnole ? demanda une autre élève. Nous sommes en Allemagne.

Eva se sentit soulagée de ne pas avoir eu à poser la question.

— Je suppose que des gens ont été malades dans ce pays en premier. La grippe se transmet d'une personne à l'autre.

— Nous allons toutes être malades ? questionna quelqu'un.

La religieuse hésita un moment, puis déclara :

— Attendez-moi, je reviens dans un instant.

Jamais ces élèves n'étaient demeurées si sages en l'absence de leur maîtresse. L'entrain habituel de toutes ces petites filles paraissait éteint. Cette maladie passait de l'une à l'autre ! Quand la sœur revint, flanquée de la directrice, ce fut pour renvoyer tout le monde à la maison. Trop de fillettes manquaient, le danger devenait trop grand.

Effrayées toutes les deux, Eva et Ilse rentrèrent en se tenant la main. Juste au moment de pénétrer dans le petit hall, des éclats de voix leur parvinrent du salon.

— Tu as parlé de poux, en revenant l'autre jour, mais pas de… ça !

— Ce sont des choses qui arrivent. Un hôpital, c'est l'endroit rêvé pour attraper ce genre de bestioles.

— Tu me prends pour une idiote ? Je sais comment un homme attrape des morpions, et ce n'est pas en tenant les livres d'un hôpital. C'est dans un bordel.

Fanny aurait dû s'en douter. Contrairement à son habitude, Fritz s'était montré bien peu empressé de profiter des avantages légitimes du mariage. Cette attitude cadrait mal avec des semaines d'abstinence. L'homme avait sans doute espéré se débarrasser de sa petite infestation avant de l'approcher à nouveau.

— Vous parlez de la grippe espagnole ? questionna Eva depuis l'embrasure de la porte.

Surprise, Fanny se retourna.

— Que faites-vous ici, vous autres ?

— L'école est fermée aujourd'hui, expliqua Ilse. La directrice nous a dit que c'était à cause du grand nombre d'élèves grippées.

La religieuse se montrait mieux disposée à justifier ses décisions aux plus âgées. Pour les plus jeunes, cela s'était limité à l'annonce d'un congé.

— Grands dieux, mes pauvres petites… Allez vous coucher, je vous apporterai quelque chose de chaud.

Garder le lit, avaler beaucoup de liquide : les recettes habituelles ne vaudraient pas grand-chose contre la grippe espagnole. L'époux fortement soupçonné d'un accroc à son contrat de mariage profita de l'occasion :

— Bon, je dois aller au collège.

Jamais il n'avait trouvé autant de plaisir à une obligation professionnelle. Fanny n'allait pas le laisser prendre la fuite si facilement :

— La pièce du fond... Nous n'y mettrons pas Ilse, tu l'occuperas.

L'homme fixa sur elle un regard mauvais, il décrocha son chapeau pour le mettre sur sa tête puis il sortit.

— Maman ! Je veux cette chambre, protesta l'aînée.

— Voyons, tu t'entends bien avec tes sœurs. Ce sera mieux ainsi.

— Si papa va dans l'autre chambre, je vais coucher avec toi, dit Gretl, très heureuse de ce nouveau développement.

— Ça, nous verrons. Pour le moment, vous coucherez toutes les trois dans la même pièce.

Au cours des trois dernières années, Fanny avait trouvé rassurant de garder la plus jeune près d'elle, et de faire coucher ensemble les plus vieilles. En gardant soigneusement close la dernière chambre, elle économisait un peu de chauffage. Maintenant, quelqu'un l'occuperait.

Chapitre 6

Dans l'école fréquentée par les deux filles Braun, quelques élèves avaient été portées en terre, victimes de la grippe espagnole. La mère leur avait interdit de se présenter aux funérailles, à cause de la contagion. Toutefois, cette maladie tuait plus souvent des gens dans la force de l'âge que des enfants ou des personnes âgées. Ainsi, deux religieuses enseignantes n'avaient pas survécu.

Atteintes elles aussi, Eva et Ilse en avaient été quittes pour quelques jours passés au lit, à se faire dorloter par leur mère. Pour celle-ci, il s'agissait d'une heureuse diversion à la tension régnant dans l'appartement. Les quelques visites du médecin avaient grugé les ressources déjà limitées du ménage. Pour Eva, la menace sur sa vie paraissait irréelle : les vieillards mouraient, comme ses grands-parents et les soldats partis à la guerre.

L'ambiance morose dans le logis de la rue Hohenzollern pesait autrement plus lourd sur son moral que la menace de la contagion. À l'heure des repas, Fritz présentait un visage fermé, ses réponses à tous les efforts des enfants pour entamer une conversation ressemblaient à des aboiements. Les soirs où il demeurait à la maison, il se réfugiait dans la pièce donnant sur la cour arrière, avec sa pipe et quelques bouteilles de bière.

Le plus souvent, toutefois, il sortait vêtu de son uniforme, avec un pistolet pendu à son ceinturon. Devant l'agitation politique, des officiers – parfois soutenus financièrement par des généraux de l'armée régulière ou même de grands bourgeois – rassemblaient des hommes dans des milices vouées à préserver l'Allemagne de la peste bolchevique. À en juger par son haleine à son retour à la maison, la lutte se déroulait essentiellement dans l'une ou l'autre des immenses brasseries de Munich.

Remise de la grippe, pour la première fois depuis la fermeture des écoles au début du mois, Eva se risqua dehors le 23 décembre. Sa mère commença par l'obliger à enfiler deux paires de bas de laine, puis elle lui posa un châle sur les épaules et croisa les pointes sur sa poitrine.

— Je ne pourrai plus bouger, habillée comme ça, protesta la petite.

Comme pour le prouver, la gamine fit trois pas dans l'entrée, raide comme un piquet, agitant un peu les bras comme s'il s'agissait de morceaux de bois.

— Reviens ici pour enfiler ça.

Fanny tenait un manteau de drap raccommodé à quelques reprises déjà.

— Moi aussi, je voudrais sortir, dit Ilse. C'est toujours elle qui y a droit.

— Sois raisonnable, Gretl ne peut rester seule.

La petite se tenait un peu en retrait, suçant son pouce. Avant d'entendre « Eva peut s'en charger », la mère enchaîna :

— Encore ce matin je t'ai entendue tousser, ce ne serait pas prudent.

Ce rappel n'eut pas l'heur de la convaincre tout à fait, surtout qu'Eva remarqua :

— Ce n'est pas vrai, ce n'est pas toujours moi.

— Si, c'est vrai…

L'évocation des sorties précédentes se poursuivit le temps que Fanny s'habille à son tour.

— Je me demande pourquoi je n'ai pas des filles comme Blanche Neige et Rose Rouge, dit-elle rêveusement.

Les deux petites sœurs du conte de Grimm s'entendaient à merveille, au point d'épouser l'une un prince précédemment transformé et ours, l'autre le frère de celui-ci.

— Parce que c'est une histoire inventée, remarqua Eva avec à-propos.

Puis, avant de voir son privilège de sortir disputé à nouveau, elle s'engagea dans l'escalier en imitant un automate. Comme ceux du carillon de l'hôtel de ville célébrant le mariage du duc Guillaume avec Renata de Lorraine. Après des recommandations supplémentaires, sa mère la rejoignit pour prendre sa main. Dehors, la petite place Hohenzollern paraissait lugubre. Étant donné la rareté du charbon, des gens avaient d'abord arraché les branches des arbres pour les brûler, puis les troncs avaient subi le même sort. Et à la place de paysans venus vendre des jambons, des oies bien grasses ou des chapons, des militaires démobilisés à cause de blessures ou des travailleurs licenciés des usines de fournitures militaires tendaient la main.

— Tu te souviens des marchés de Noël d'avant la guerre ? demanda Fanny.

— Non, pas vraiment.

— Encore en décembre 1914, ils étaient bien approvisionnés. Après…

Inutile de s'engager dans une description des années de pénurie. Toutes les deux se dirigèrent vers la place Élisabeth. Là aussi erraient de nombreux mendiants, mais au moins la ménagère trouva de quoi composer un menu convenable pour le surlendemain.

Dans la vie d'une enfant, les grandes vacances et les fêtes de fin d'année marquaient le temps. Celles de 1918 seraient tout aussi modestes que celles des années précédentes. Peut-être plus. Au rationnement sévère s'ajoutait une atmosphère sinistre : l'Allemagne comptait ses morts et ses blessés, et ses habitants se répétaient : « Tous ces sacrifices, toutes ces promesses de victoire facile, pour en arriver là ! » Pour ajouter à ces difficultés, l'épidémie de grippe espagnole prenait plus de vies encore que la boucherie des tranchées.

Tout de même, Fanny avait déniché un petit sapin sur la place Élisabeth, et il restait assez de décorations intactes sauvées des Noël d'avant-guerre pour le décorer convenablement. Le 25 décembre, au moment de se lever, les filles ne trouvèrent aucun présent sous l'arbre. Les bises et les embrassades sincères de la mère, et celles du père, accordées de mauvaise grâce, leur procurèrent un plaisir bien limité.

Après un déjeuner composé d'une seule tranche de pain noir et d'un café de chicorée, l'homme s'enferma dans son repaire, pour n'en sortir qu'un peu après midi. Il portait son uniforme et son arme. Quand sa femme l'aperçut, elle s'exclama :

— Tu ne vas quand même pas aller jouer au soldat aujourd'hui ! De toute façon, la guerre est terminée.

— Ce que je fais ne te regarde pas ! aboya-t-il. Tu n'as pas remarqué ? Nous sommes en pleine guerre civile.

Les trois fillettes entendirent l'échange de paroles amères. Gretl se réfugia dans la chambre des enfants en pleurant. Les deux plus âgées demeurèrent près de la grande maison de poupée placée en plein milieu du salon. D'habitude, celle-ci se trouvait dans la pièce du fond, avec quelques jouets de bois et des poupées. Le retour de Fritz changeait toutes les habitudes de la maisonnée.

L'argument de la guerre civile laissa l'épouse interdite un moment, puis elle rétorqua :

— Et c'est en défendant les dynasties des Hohenzollern et des Wittelsbach que tu ramènes ces odeurs d'alcool et des parfums bon marché de tes catins ?

Compte tenu de toutes les pertes de vie dues à la guerre, les hommes survivants et en un seul morceau pouvaient compter sur l'attention de nombreuses femmes laissées sans compagnon.

— Si tu me chasses de la chambre à coucher, ne te surprends pas si je regarde ailleurs. Après ce que nous avons vécu, nous avons besoin de... réconfort.

Si le ton devenait railleur, il n'en était que plus menaçant.

— Les autres ont peut-être rapporté des médailles. Toi, ce sont des morpions.

Le bruit d'une grande claque se fit entendre, ensuite celui d'un corps trébuchant dans une chaise, puis tombant sur le sol. Les fillettes restèrent immobiles, paralysées. Leur père arriva dans le salon d'un pas vif, donna un coup de pied dans la maison de poupée, l'envoyant voler dans un coin de la pièce. Puis il sortit, claquant la porte derrière lui.

La peur, la rage impuissante firent se plier en deux Eva pour vomir son maigre repas. Ilse, en larmes, courut dans la cuisine, pour trouver sa mère étendue sur le sol, les épaules secouées par des sanglots.

Pendant les jours suivants, Fritz s'arrangea pour quitter la maison fort tôt, et rentrer tard, habituellement après l'heure du coucher des enfants. Eva s'efforçait de repousser le sommeil afin de le voir, de lui parler. Toutefois, les portes fermées avec force, les jurons, les conversations murmurées des parents, marquées par des éclats de voix, l'impressionnaient trop. Au mieux, prétextant une envie soudaine, elle l'apercevait un bref instant dans le salon ou la cuisine. Chaque fois, il lui disait d'une voix ni hostile, ni vraiment affectueuse :

— Tu dois retourner te coucher, Effie. Demain, tu vas à l'école.

L'épidémie de grippe espagnole semblait relâcher son emprise sur la ville, et les religieuses recevaient à nouveau des élèves depuis le début de l'année 1919.

Le 15 janvier, toutefois, Fritz revint plus tôt que d'habitude à la maison, fortement aviné, surexcité.

— Ça y est, la vermine a été éliminée !

Devant son air satisfait, Fanny rompit un moment la grève du silence commencée à Noël pour demander :

— De quoi parles-tu ?

— À Berlin, les corps francs ont éliminé les chefs du Parti communiste.

Les corps francs, c'étaient ces petites milices formées de vétérans, vouées à combattre les révolutionnaires.

— Éliminé ?

— Ils ont tué Liebknecht et la femme Luxemburg, et d'autres chefs. Maintenant que nous en avons fini avec les Juifs bolchevistes de Berlin, il faut faire la même chose à Munich.

Aucune de ces paroles n'avait de sens pour Ilse et Eva, et encore moins pour Gretl. La seconde comprenait surtout qu'aux ennemis de l'extérieur, déjà nombreux – plus personne ne parlait des Russes, mais les Anglais, les Français et les Américains continuaient de menacer l'Allemagne –, s'ajoutaient ces communistes, ou bolchevistes.

— Bon, moi j'y retourne…

Fritz n'avait fait que passer, pour prendre les quelques billets dissimulés dans sa commode, dans la chambre. Les derniers événements méritaient d'être célébrés avec faste.

Le samedi suivant, le 19 janvier, Fanny se préparait à sortir. Avant de quitter la maison, elle donna ses instructions à Ilse :

— Tu vas t'occuper de Gretl pendant une petite heure.

Depuis le matin, les deux fillettes les plus âgées avaient multiplié les querelles pour des riens. En fait, elles réagissaient tout simplement à la tension régnant dans l'appartement depuis le retour du père.

— Eva, toi tu vas m'accompagner.

— Pourquoi elle, et pas moi ?

Cela revenait sans cesse, comme une rengaine ennuyeuse.

— Parce que tu es capable de garder la plus jeune, mais pas celle du milieu.

Eva détestait être désignée de cette façon. Née trop tôt ou trop tard – elle hésitait entre les deux –, elle vivait avec l'impression de ne pas exister vraiment. Justement, en préparation de la première communion, les religieuses avaient commencé à évoquer les limbes, l'endroit où se retrouvaient les enfants non baptisés. Ce lieu devait être sa vraie patrie.

— Mets ton manteau et suis-moi.

La mère endossait déjà le sien. L'instant d'après, elle aidait la cadette. Dehors, un froid humide régnait sur la ville. Une couche de neige de deux ou trois centimètres recouvrait le sol. Fanny accélérait le pas, tenant fermement la main de sa fille dans la sienne. La petite avait un peu de mal à suivre le rythme.

— Nous allons où, maman ?

La mère consentit après une hésitation :

— À l'église. Je veux parler à un prêtre.

— Nous ne sommes pas dimanche.

La logique de l'enfant n'eut pas raison de la détermination de la mère. Bientôt, elles entraient dans l'église Sainte-Ursule, empruntaient l'allée de gauche pour aller vers la sacristie. Un ecclésiastique attendait là, une haute silhouette noire impressionnante.

— Ah ! Vous voilà, madame Braun. Et cette jeune fille, c'est Eva.

Il avait fait ses devoirs avant leur arrivée, poussant le zèle jusqu'à consulter le registre paroissial. La petite fille le dévisagea sans rien dire.

— Bon, si vous voulez me suivre dans mon bureau.

Il attendait la paroissienne, mais pensait bien la recevoir en tête-à-tête. Il ajouta :

— Mais votre fille… Peut-être serait-il mieux de la laisser ici pour faire une petite prière.

— J'aime mieux la garder dans mon champ de vision. Elle déborde d'énergie.

Cela valait mieux que d'évoquer son côté dissipé. Elle dit encore, un ton plus bas :

— Puis à son âge, elle ne comprendra rien.

Le prêtre retrouva son siège derrière une petite table, puis désigna les chaises à ses visiteuses. Une fois rendue là, Fanny ne savait plus trop par quel bout commencer.

— Madame, vous souhaitez me parler de votre ménage.

Finalement, la présence de sa fille de bientôt sept ans lui rendait la confession plus difficile.

— Mon mari… Les choses n'allaient pas très bien avant la guerre, puisqu'il s'est enrôlé dès avril 1914. Mais depuis son retour, plus rien ne fonctionne.

Le prêtre hocha la tête d'un air entendu.

— Dans les circonstances, tous ces soldats reviennent chargés de colère. Faire tous ces sacrifices, pour arriver à un résultat qu'ils ne comprennent pas vraiment... Il faut lui laisser le temps de s'adapter à la vie civile. Au moins, je comprends qu'il a retrouvé son emploi ?

— À l'école technique. Les cours ont repris il y a quelques jours. Voilà bien l'avantage d'être fonctionnaire.

À cet égard, sa situation s'avérait meilleure que celle de la majorité des anciens combattants. Même s'il avait perdu beaucoup de son pouvoir d'achat, son salaire valait infiniment mieux que le chômage affectant la majorité des vétérans.

— Vous voyez, bientôt, la routine...

— Il a fréquenté des femmes... légères. Je le sais, car il est revenu contaminé.

L'autre souleva les sourcils. Les maladies vénériennes, en particulier la syphilis, avaient rendu de nombreux soldats inaptes au combat. Fanny suivit le cours de ses pensées.

— Rien de si grave, du moins je l'espère, mais impossible de douter de ses mœurs au cours des dernières années.

Eva ouvrait de grands yeux. Au moment de l'épidémie de grippe, les grandes personnes parlaient de contamination. Son père risquait-il de connaître le même destin que Caecilia ?

— Vous savez, madame, dans le contexte d'une guerre longue et cruelle, la vertu compte parmi les victimes.

— Il tenait les livres dans un hôpital.

— Cela ne le mettait pas à l'abri du climat général.

Ainsi donc, son confesseur excusait facilement le coup de canif au contrat de mariage. Visiblement déçue, Fanny souleva la manche de son manteau pour dégager son poignet. Eva vit une marque bleutée.

— Il y a des coups, aussi. Actuellement je suis la seule victime, mais je crains pour les filles.

Une fillette âgée de six ans, onze mois et dix-sept jours comprenait finalement beaucoup plus de choses que les mères ne le jugeaient possible. Elle parlait de violence, une violence la menaçant. Seule l'allusion aux femmes légères lui demeurait totalement incompréhensible.

— Nous ne pouvons plus rester sous le même toit.

Ce père retrouvé il y avait si peu de temps, elle risquait de le perdre encore.

— Vous pensez à une séparation de corps ?

— Si je veux refaire ma vie un jour…

Le prêtre remua sur sa chaise, visiblement mal à l'aise.

— Votre mari est protestant, mais vous êtes catholique. Pour vous, le mariage est indissoluble.

Cela créait une situation inusitée : l'époux pouvait divorcer tout en restant fidèle aux préceptes de sa religion, mais pas l'épouse.

— S'il ne s'agissait que de moi, j'endurerais la situation. Mais je dois protéger mes filles.

La scène de la maison de poupée volant dans la pièce lui restait en mémoire. Ce geste lui semblait tellement cruel.

— Dans ce cas, vous pouvez vivre sous des toits différents, mais vous demeurerez mariés aux yeux de l'Église.

Après une longue hésitation, la paroissienne hocha la tête de haut en bas. La conversation se prolongea encore un peu, puis, en traînant sa fille à sa suite, elle rentra à l'appartement.

— Papa va aller vivre ailleurs, dit Eva à sa sœur Ilse sur le ton du chuchotement.

Toute la journée, Eva avait été hantée par cette nouvelle. Elle ne se sentait pas la force d'aborder le sujet avec sa mère. Quant à en parler avec son père, cela lui paraissait impossible. Aussi avait-elle attendu le moment de regagner sa chambre pour se réfugier dans le lit d'Ilse et lui faire cette confidence.

— Tu inventes ça !

Le ton de son aînée trahissait pourtant une réelle inquiétude. À dix ans, elle avait conscience de l'existence de couples « séparés » parmi les relations de la famille.

— Le curé l'a dit : sous des toits différents.

— Alors peut-être que maman ira vivre ailleurs.

Ilse savait bien que son père payait le loyer, c'était la même chose pour les parents de toutes ses amies, à l'école.

— Mais nous ?

— D'habitude, les enfants vivent avec leur mère.

Décidément, chez les écolières les plus vieilles, les conversations portaient sur des sujets de grandes personnes.

— Pourquoi pas avec papa ?

Sans maman, sans la princesse, sans le bébé ! Elle l'aurait pour elle toute seule. Dans ce cas, il lui parlerait peut-être un peu.

Très tôt le samedi matin, le 2 février, le visage fermé et arrivant mal à refouler sa colère, Fritz Braun quitta l'appartement de la rue Hohenzollern avec une petite valise. Debout dans l'embrasure de la porte de leur chambre, les enfants le regardèrent partir. Eva comprit juste à ce moment qui, de sa mère ou de son père, devait quitter les lieux. Les enfants retournèrent se réfugier sous les couvertures.

Peu de temps après, Fanny alla dans la chambre des filles et leur dit nerveusement :

— Nous allons rendre visite à grand-papa et grand-maman.

Cette annonce était venue régulièrement pendant les années de guerre. Comme l'armistice n'avait réglé en rien le problème des vivres, une expédition de ce genre permettrait de s'approvisionner un peu.

— Papa va venir avec nous ? demanda Gretl.

Pourtant, elle aussi avait assisté à son départ.

— Non, tu l'as vu, il est parti en voyage, intervint Ilse.

— À la guerre ?

Si ce concept n'évoquait rien de précis dans son esprit, il s'agissait de l'endroit où allaient tous les papas.

— Oui, à la guerre, dit la mère avec une pointe d'impatience.

Cette réponse pouvait satisfaire la benjamine, mais elle plongeait les deux aînées dans la plus grande perplexité.

— Allez faire un brin de toilette, les filles. Nous mangerons un petit quelque chose avant d'aller prendre le train.

Quand elles furent parties, Fanny chercha une valise dans sa chambre pour y mettre quelques pièces de vêtement. La plupart appartenaient à Eva.

Ce ne fut que lorsque le train quitta la gare de Munich pour aller vers le nord que Fanny, plus calme, expliqua :

— Papa vivra ailleurs, dorénavant. Alors, Ilse, tu pourras avoir une chambre pour toi toute seule.

L'aînée accueillit la nouvelle avec un sourire ambigu. Des trois, elle seule mesurait les conséquences de leur nouvelle situation familiale. Aussi, ce gain d'espace viendrait avec tout un lot de désagréments. Gretl s'empressa de déclarer :

— Moi, je vais retourner coucher avec toi.

— Non… Non, tu es trop grande pour ça. Tu partageras la chambre avec Eva, quand elle reviendra.

L'information mit un moment avant de faire son chemin.

— Revenir d'où ? dit la blonde.

— Pendant quelque temps, tu resteras chez tes grands-parents.

Tout à coup, tout son monde paraissait basculer.

— Mais… Je veux rester avec toi !

— Voyons, tu aimes beaucoup aller chez tes grands-parents Kronberger.

Fanny disait vrai. D'ailleurs, Eva avait parfois séjourné à Beilngries toute seule. Toutefois, ce jour-là, ce projet ressemblait à un exil, pas du tout à des vacances.

— Mais je dois aller à l'école !

Qu'elle évoque une obligation scolaire témoignait de son désarroi : d'habitude, tous les motifs lui paraissaient bons pour échapper aux bonnes sœurs.

— Tu iras à l'école là-bas.

— Mais pourquoi ?

— Réorganiser mon existence sera difficile, je ne pourrai pas tout avoir à l'œil. Gretl est trop jeune pour demeurer seule chez ses grands-parents, et Ilse pourra m'aider à m'occuper d'elle.

— Tu es trop turbulente, ricana l'aînée.

À l'école, les religieuses utilisaient le mot « dissipée », ou « étourdie ». Ses longues minutes de piquet, dans un coin, traduisaient très bien leur appréciation de son attitude.

— Ilse, ne dis pas des choses pareilles à ta sœur.

Pourtant, la blessure demeurerait là. Et si sa mère préférait l'exiler pour garder à ses côtés l'aînée et la benjamine, peut-être son père avait-il quitté la maison à cause d'elle.

Sur tout le trajet vers la gare, la petite famille fut confrontée aux habituelles scènes : des hommes paradaient avec des drapeaux noirs ou rouges – ces derniers en gueulant les paroles de *L'Internationale* –, ou des brassards de ces mêmes couleurs, pour les moins exhibitionnistes. Toutefois, d'autres à la mine tout aussi patibulaire patrouillaient les rues, vêtus d'uniformes militaires souvent disparates. Certains portaient ces casques d'acier adoptés par l'armée pendant les derniers mois des combats. Les membres de ces « corps francs », ces petites milices privées composées de soldats démobilisés, se considéraient chanceux de trouver une maigre solde et le sentiment de remplir une mission importante.

Quant à leurs maîtres, certains rêvaient de rendre leurs trônes aux familles royales et sa gloire à l'Empire allemand ; d'autres caressaient des projets de dictature aux contours encore flous.

Si, le samedi matin, des insultes fusaient entre ces divers groupes, une fois l'obscurité venue ils échangeaient des coups, ou même des balles. Fanny s'imaginait bien son époux parmi ces hommes, heureux de trouver une scène pour réaliser enfin ses projets guerriers.

Dans la gare, la multitude habituelle d'éclopés, eux aussi portant des uniformes militaires, ou ce qu'il en restait, tendaient la main pour recevoir quelques pfennigs.

Le trajet en train prit plusieurs heures. Méchamment, Ilse revint sur le fait que sa mère voulait se débarrasser de l'une de ses filles. Si les remontrances de Fanny l'amenèrent finalement à cesser ces « taquineries », la tortionnaire maintenait la pression avec des regards par en dessous et des ricanements. Eva se sentait comme les héros du conte des frères Grimm, Hansel et Gretel. Toutefois, il lui manquait les petites pierres blanches pour marquer le chemin du retour à la maison.

À Beilngries, les Braun retrouvèrent les grands-parents avec plaisir. Déjà, une odeur de soupe au chou régnait dans la cuisine au plafond bas, faisant gronder les ventres des citadines.

— Vous voilà enfin ! s'exclama Sefi.

Eva comprit brusquement que tout ce scénario concernant sa propre existence était déjà écrit, sans que personne n'ait jugé utile de l'en aviser. Son grand-père prit sa petite valise pour s'engager dans l'escalier :

— Je vais déposer ça dans ta chambre.

Eva le suivit pour constater qu'elle occuperait la chambre donnant sur la petite rivière Sulz. Au moins, ce serait mieux que le petit cagibi sous les combles dont elle héritait d'habitude.

— Tu n'as pas l'air heureuse de venir ici, commenta le vieil homme en déposant la valise sur le plancher.

Il portait une grosse moustache rousse déjà toute soulignée de poils blancs, en forme de guidon de vélo, et des favoris broussailleux. Il ressemblait à la photographie de l'empereur Guillaume Ier, accrochée en bas, dans le salon. Cet homme, mort en 1888, devait avoir fait une grande impression sur lui pour qu'il fasse l'effort de lui ressembler trente ans plus tard.

— Je veux rester avec mes parents.

Il s'assit sur le lit afin d'être à la hauteur d'Eva. Un frémissement à la commissure des lèvres, un voile sur les yeux de la fillette laissaient présager des pleurs prochains.

— Tu sais qu'ils vont vivre chacun dans leur maison.

— Pourquoi ?

— Des histoires de grandes personnes.

Des larmes roulèrent sur ses joues.

— Parce que je suis une mauvaise fille ?

— Qui a dit ça ?

Même à six ans – sept dans quatre jours –, elle comprenait qu'on ne dénonce personne. Elle se contenta donc de hausser les épaules. Le grand-père avait élevé cinq filles, la psyché féminine n'avait plus de secret pour lui. Il dit :

— Ce n'est pas pour ça, car tu es la plus gentille fille du monde.

Eva se précipita pour mettre ses bras autour du cou de son grand-papa, pour le serrer très fort. Il caressa son dos, puis lui donna de petites tapes affectueuses. Puis le vieil homme l'éloigna un peu pour voir ses yeux.

— Tu verras, tu seras bien avec nous pendant ces quelques semaines, puis tu retrouveras ta mère.

— Vous êtes certain ?

— Tu n'imagines pas qu'elle pourrait t'abandonner ?

Le mouvement de sa tête de gauche à droite n'exprimait pas une absolue conviction.

— Bon, allons les rejoindre, sinon il ne restera plus de soupe pour nous.

Son sourire lui disait de ne pas le prendre trop au sérieux. Dans la cuisine, ils trouvèrent les autres assis autour de la table, à discuter.

Le lendemain matin, les Kronberger et les Braun entrèrent dans l'église Sainte-Walburge. Le petit édifice, situé rue Pfarrgasse, avait été construit à la fin du dix-septième siècle. Deux rangées de bancs s'alignaient de part et d'autre de l'allée. L'autel baroque, dans le chœur, et ceux placés à droite et à gauche étaient taillés dans de la pierre noire.

Un notable comme le docteur Kronberger avait son propre banc, alors que d'autres paroissiens s'entassaient debout à l'arrière. La chasuble, l'encens, le latin, tout cela produisait un effet sur l'imagination d'Eva. Les récits extraordinaires de la vie des saints et des martyrs tout comme les miracles – en particulier l'idée de ressusciter les morts – lui plaisaient beaucoup, la transportaient dans un univers magique. Cela ne durait pas, toutefois : l'immobilité forcée, le silence la lassaient bien vite.

De retour à la maison, l'odeur de viande mise à cuire dès le matin leur rappela des jours meilleurs. Décidément, la vie d'un notable à la campagne présentait des avantages considérables.

— Nous en avons tout à fait perdu l'habitude, commenta Fanny en prenant place à table.

— J'ai des amis en haut lieu, dit son père avec un sourire narquois.

Évidemment, en ces temps de pénurie, connaître un paysan valait mieux que connaître un ministre. Lui, il en voyait au moins quatre ou cinq tous les jours.

Chapitre 7

Finalement, Fanny avait décidé de prolonger son séjour chez ses parents de deux jours. Revenir dans son appartement ne la rassurait guère. Les quelques nouvelles venues de Munich, grâce à des voyageurs, la terrorisaient. D'un autre côté, elle se souciait de ne pas abuser de la générosité de ses parents.

Quand tous les enfants furent couchés, assise tout près du poêle de céramique dans la cuisine au plafond bas, elle confia à sa mère :

— Ça m'inquiète un peu de retourner seule à la maison.

Après une pause, elle se fit plus explicite :

— Il a la clé…

— Tu crois qu'il pourrait s'en prendre à toi ? demanda Sefi.

— Ce ne serait pas la première fois, répondit-elle.

Ses parents arrondirent les yeux. Au moment de la promesse de mariage, tous les deux avaient tenté de la décourager : un luthérien, travailleur manuel en plus, ne représentait pas un très bon parti. Pour acquérir le statut enviable d'employé de l'État, Fritz était allé chercher une année de formation supplémentaire afin d'enseigner dans une école professionnelle. Cette preuve de bonne volonté pour améliorer son sort avait fait fléchir les beaux-parents.

Après une pause, Fanny ajouta :

— Dans les circonstances actuelles, les policiers en ont plein les bras avec les révolutionnaires. Une femme pourrait bien disparaître sans que personne ne le remarque.

Sefi écarquilla les yeux ; Fanny regretta aussitôt de l'avoir inquiétée de cette manière.

— Non, non, j'exagère certainement... Mais depuis son retour à la maison la tension a été insupportable. J'ai fait de mon mieux pour éviter que les filles se trouvent seules avec lui.

— Il s'en est pris à elles ?

La mère secoua la tête de droite à gauche. Faire voler une maison de poupée d'un coup de pied ne comptait sans doute pas comme une violence exercée contre des enfants. Ou plutôt si. Pire qu'une gifle, en réalité : il détruisait un signe tangible de son affection pour elles.

— Que vas-tu faire pour assurer ta subsistance ?

— Fritz s'est engagé à pourvoir à mes besoins et à ceux des enfants. Je vais essayer de me refaire une clientèle à titre de couturière, mais par les temps qui courent, les élégantes se font rares dans les rues de Munich.

À cause de la pénurie de tissu et de la chute du mark, mais aussi parce qu'à une époque où des comités ouvriers exerçaient le pouvoir dans la ville, mieux valait ne pas afficher sa richesse. Ç'aurait été s'exposer à des pillages.

La vieille Sefi demeura songeuse un moment, puis proposa :

— L'un de mes neveux songe à poursuivre des études à l'université de Munich l'automne prochain. Peut-être pourrais-tu le prendre en pension ? Ça t'aiderait financièrement, et puis avec une présence masculine dans la maison…

Fritz se tiendrait certainement plus tranquille. Le vétérinaire songea un moment à prêter son vieux pistolet, une antiquité, à sa fille. Mais mettre des armes dans les mains d'une personne incapable de s'en servir augmentait le danger.

— Tu vas être très sage, n'est-ce pas ?

Fanny se tenait devant Eva, les deux mains posées sur ses épaules. La gamine s'efforçait de retenir ses larmes. Dans un coin de la cuisine, Ilse la regardait avec, comme d'habitude, un certain dédain.

— Oui, maman.

— Bon, je reviendrai te voir le plus vite possible, mais tu sais, maintenant les billets de train vont représenter une dépense importante pour moi.

Autrement dit, la prochaine visite ne surviendrait pas de sitôt. Grand-maman Sefi jugea bon de se faire rassurante :

— Ne t'inquiète pas, elle sera très bien avec nous.

— Oui, oui, je le sais bien.

Puis elle reprit, après un effort pour conserver sa contenance :

— Alors je te souhaite bon anniversaire un jour à l'avance, et sois sage.

Après avoir embrassé sa fille, elle se dirigea vers la porte d'un pas résolu, puis se retourna pour dire :

— Ilse, Gretl, souhaitez bon anniversaire à votre sœur.

L'aînée s'exécuta la première, sans y mettre de conviction, suivie de la benjamine. Toutefois, cette dernière ne réalisait pas tout à fait la situation. Au moment de quitter les lieux, elle demanda :

— Maman, pourquoi Evie ne vient pas avec nous ?

— Je te l'ai expliqué ce matin, en déjeunant.

Il lui faudrait recommencer. Après leur départ, Eva demeura plantée au milieu de la pièce, le cœur gros, au bord de la crise de larmes.

— Si tu veux aller jouer dehors, dit la grand-mère, tu en as le temps avant le déjeuner. Cet après-midi, nous irons voir la directrice de l'école.

Désireuse de cacher ses larmes, la fillette décida de se rendre sur la rive de la Sulz, un petit affluent du Main. En plein hiver, avec ses arbres dénudés, son ciel bas et gris et les eaux boueuses, le paysage s'accordait très bien avec ses états d'âme.

Comme convenu la veille avec la directrice, le mercredi 6 février, jour de son septième anniversaire, Eva Braun commença à fréquenter l'école primaire de Beilngries, tenue par des religieuses. Au moins, le costume des bonnes sœurs lui était familier. En entrant dans la classe, elle constata que chacun des petits pupitres accueillait deux élèves. La maîtresse lui désigna une place libre.

En s'asseyant, elle adressa spontanément un sourire à sa voisine. Quels que soient ses états d'âme, la fillette y arrivait sans mal, comme par automatisme. Mais son visage retrouvait sa tristesse quand personne ne la regardait.

La matinée lui procura quelques surprises. D'abord, malgré les trois semaines ratées à cause de la grippe espagnole, ses nouvelles camarades étaient moins avancées qu'elle dans le programme. Ensuite, au lieu de la petite robe noire réglementaire, les écolières s'habillaient à leur guise. Peut-être à cause du rationnement du tissu depuis 1914, ou de la pauvreté de la clientèle, il s'agissait de vieux vêtements, trop grands ou trop petits. En tant que couturière, Fanny se faisait un devoir de bien vêtir ses filles. Enfin, sa voisine immédiate, et sans doute de nombreuses autres dans la pièce, répandait une petite odeur désagréable, celle de l'étable.

À la récréation, elle put apprendre une demi-douzaine de prénoms ; à la fin de la semaine, aucune de ses camarades ne lui serait inconnue.

Comme à Munich, les leçons se terminaient en fin de matinée. Cela laissait les enfants libres de profiter de leurs après-midi. Dans la grande maison de la rue Principale, Eva put déjeuner d'une tranche de pain noir et d'un morceau de fromage. Son grand-père la rejoignit bientôt. Il répandait la même odeur que sa voisine de pupitre à l'école. Sa tâche l'amenait à visiter plusieurs fermes.

— Ça te dit de venir avec moi, cet après-midi ?

— Où ?

— Chez un fermier. Une vache va vêler.

— Franz-Paul, tu crois que c'est un spectacle pour elle ?

Sefi se doutait bien qu'à la ville, les fillettes apprenaient les « mystères de la vie » par petites touches. Le spectacle d'une naissance – même animale – lui ferait franchir plusieurs étapes à toute vitesse. L'homme haussa les épaules.

— Nos filles n'en ont pas souffert, non ?

Aussi, une heure plus tard, son manteau boutonné jusqu'au cou, elle acceptait la main de son grand-père pour grimper dans la voiture et s'installer sur la banquette près de lui. Le vieil homme portait une espèce de cape de feutre verte et un petit chapeau de même couleur, avec une plume fichée dans le ruban. Comme s'il entendait incarner le parfait Bavarois.

— Nous allons loin ?

— Moins de deux kilomètres. Si je n'avais pas à traîner mon sac, nous pourrions marcher jusque-là.

Comme son grand-père grimaçait un peu chaque fois qu'il se levait d'un siège, Eva se doutait bien que même les mains vides, il devait préférer ce moyen de locomotion afin de ménager ses articulations. Il claqua la langue, encouragea son cheval de la voix pour l'inciter à avancer. Bientôt, les champs labourés de part et d'autre de la route ou les animaux dans les pâturages firent les frais de la conversation.

Ils descendirent devant une bâtisse de pierre aux murs un peu ventrus. Une section servait de demeure à la famille du paysan, une autre, la plus grande, d'étable. Un homme vint vers eux. La petite fille remarqua les bottes couvertes de crottin, puis la longue pipe au fourneau muni d'un petit couvercle.

— Docteur, vous voilà enfin !

— Votre gars m'a joint au moment où j'allais me mettre à table. Bon, allons-y.

Les deux hommes entrèrent dans l'étable sans prêter attention à la gamine. Elle les suivit néanmoins. L'odeur lui agressa les narines. Il lui faudrait un moment avant de s'y faire tout à fait. Dans la pièce sombre et basse, le grand-père s'arrêta derrière une vache rousse. Eva aperçut une patte lui sortant du corps. Une seule.

— Il va falloir retourner son veau.

— Vous pourrez la sauver ?

Un animal comme celui-là représentait une jolie somme. Le vétérinaire regrettait d'avoir pris le temps de manger avant de répondre à l'appel.

— En tout cas, je vais faire tout ce que je peux.

Tout en parlant, il avait enlevé sa cape, puis ce fut au tour de sa veste. En relevant ses manches haut sur les bras, il se retourna vers sa petite-fille et dit :

— Effie, je suis certain que tu trouveras à t'occuper quelque part ailleurs.

Même si en sortant de table son grand-père disait ne pas se soucier de la voir effectuer un apprentissage accéléré, maintenant le spectacle de son bras enfoncé dans la matrice de l'animal lui paraissait un peu trop troublant.

— Là-haut, la chatte a eu des petits.

Le cultivateur pointait son doigt vers la réserve de foin. Bientôt, la fillette trouva une échelle fixée à même le mur. Une demi-douzaine de barreaux lui permirent d'accéder au fenil. L'espace était encombré du foin restant après deux mois d'hiver. Heureusement, une chatte et ses quatre petits s'avéraient infiniment plus faciles à trouver qu'une aiguille… surtout à cause des miaulements.

Un instant plus tard, assise sur ses talons, elle contemplait une scène touchante. Les chatons tétaient leur mère. Celle-ci paraissait lassée de s'astreindre à cet exercice. À tout le moins, on pouvait interpréter ainsi son long regard. Mieux informée de ces choses, Eva aurait compris qu'après quelques semaines, le temps du sevrage était arrivé.

— Comme ils sont beaux, tes bébés.

À peine audible, le murmure ne dérangea rien à la scène, ni même sa main tendue pour caresser leur fourrure.

— Eva ?

Depuis largement plus d'une heure, la petite fille avait entendu son grand-père et le fermier échanger des paroles étouffées, des ahanements, et les meuglements de douleur de la vache. Puis, au cours des dernières minutes, plus rien.

— Oui, grand-papa ?

— Tu viens ? Nous devons repartir.

— ... J'ai trouvé les chats.

Elle vint se placer près de l'échelle pour voir les deux hommes.

— Ils sont tellement beaux.

— Si t'en veux un, la petite, sers-toi, dit le paysan.

— ... Grand-papa ?

Le vétérinaire échangea un regard avec son client.

— Moi, j'ai pas assez de souris pour nourrir quatre chats de plus. Ça fait que bientôt je vais m'en débarrasser.

Inutile de préciser « en les noyant ou en leur tordant le cou ». L'un des chatons de la portée aurait la vie sauve grâce à une fillette désireuse d'aimer un être vivant qui ne risquait pas de l'abandonner lui aussi.

— Tu as entendu ? Comme c'est ton anniversaire, considère que c'est un présent de ma part, et de celle de monsieur Schattenhofer.

— Oh ! Merci !

Elle disparut pour retourner près de la portée, déjà troublée par le choix cornélien qu'elle allait devoir faire. Si elle avait compris que les trois autres ne survivraient pas à cette semaine, la situation l'aurait émue encore plus. Puis la fillette céda à un coup de foudre. Un chaton tourna les yeux vers elle. L'un vert, l'autre ambré. Ce petit caprice de la nature lui vaudrait une vie remplie de cajoleries.

En tenant le chaton d'une main, la fillette réussit à descendre. Reconnaissante mais intimidée, elle vint se planter devant le paysan pour lui dire un « Merci » ému. Coupant court aux effusions de joie, le grand-père lui dit :

— Viens plutôt jeter un coup d'œil au miraculé.

Le veau se trouvait près de sa mère, debout sur des pattes tremblantes.

— Comme il est beau !

Sans son petit fardeau, Eva aurait certainement mis ses bras autour de son cou.

— Il va survivre ?

La grippe espagnole lui avait permis de réfléchir sur les concepts de santé et de maladie, de vie et de mort.

— Je pense bien, même s'il semblait résolu à ne pas voir le jour.

Les deux hommes échangèrent une poignée de main, le vétérinaire dit : « Vous me tiendrez au courant. » Près de la voiture, Eva détacha son manteau pour placer le chaton contre sa poitrine.

— Comme ça, il n'aura pas froid.

— Referme-le tout de même un peu, pour te tenir au chaud aussi.

Le vieil homme ajusta les pans du vêtement lui-même, puis, en disant « Je vais t'aider », il la prit sous les aisselles pour la soulever jusqu'à la banquette. Le cheval avait à peine effectué quelques pas sur la route qu'un son étrange se fit entendre.

— Tu entends ? demanda-t-elle, intriguée.

Décidément, des connaissances importantes échappaient aux enfants des villes.

— Il ronronne. Ça signifie qu'il se sent bien avec toi.

Dans la grisaille de l'hiver, le sourire de la fillette avait quelque chose de lumineux. L'homme se sentit ému plus que de raison. Après quelques minutes il demanda :

— Comment vas-tu l'appeler ?

Un pli marqua le front d'Eva, puis cela lui parut limpide.

— Il nous le dit lui-même : Prrrr.

Son imitation d'un ronronnement paraissait assez réaliste.

— Il sera bien le seul à porter ce nom à Beilngries.

L'affirmation lui donna l'impression d'avoir eu une merveilleuse idée. Tout à coup, son septième anniversaire lui sembla le plus beau de sa vie.

— Mais si c'est une chatte ?

— Prrrrll.

La terminaison en « l », habituelle pour les diminutifs féminins, lui paraissait aller de soi.

— Quand nous arriverons je te dirai s'il s'agit d'un monsieur ou d'une dame.

Cette importante question ne méritait pas une réponse immédiate.

— Tu vas bien t'en occuper, hein ? demanda le grand-père.

— Oui !

Puis la pénurie persistante l'inquiéta :

— Nous pourrons lui donner un peu de lait ?

— Certainement. Avec des souris, cela lui permettra de devenir un gros chat.

Un petit rire exprima son amusement, et sa joie. Déjà, elle s'imaginait s'endormir tous les soirs avec le son du ronronnement près de son oreille.

Après deux semaines, Eva s'était faite à sa nouvelle existence. Parmi les petites filles, certaines étaient devenues des compagnes de jeux. Les religieuses ne se révélaient ni meilleures, ni pires que celles de Munich. Elles enseignaient l'amour et la crainte de Dieu – surtout la crainte – et l'horreur du péché. En février, le climat maussade l'incitait à rentrer rapidement chez ses grands-parents après la classe pour manger un peu – et même plutôt beaucoup, dans ce contexte de pénurie.

Puis, invariablement, elle quittait la table en disant :

— Je vais voir si je peux aider grand-papa.

Ces mots tiraient un sourire à sa grand-mère.

Au rez-de-chaussée, dès l'entrée, une odeur assaillait les narines d'Eva. Des chats, des chiens, parfois même des volailles ou des porcs se trouvaient là pour recevoir des soins. Une salle plus soigneusement nettoyée permettait des chirurgies occasionnelles sur de gros animaux. Les vétérinaires étaient encore appelés les « médecins des chevaux ». Franz-Paul Kronberger jouait ce rôle à la perfection.

Invariablement, la fillette lançait depuis la porte :

— Je peux nourrir les malades ?

La réponse était toujours positive. En multipliant les caresses et les conversations avec les animaux à poils ou à plumes, elle y consacrait la meilleure partie de ses après-midi.

Début mars, la routine à Beilngries fut bousculée par une visite inattendue. En revenant de l'école, Eva trouva sa mère et ses sœurs assises dans la cuisine des Kronberger. Elle se précipita dans les bras de Fanny qui présentait des yeux rougis, tant par les insomnies que par l'inquiétude. Si Ilse se raidit sous les bises, Gretl les accepta et les rendit de bonne grâce.

— Que faites-vous ici ? voulut-elle savoir.

Fanny refoula difficilement un sanglot, et d'un geste de la main elle repoussa la question. Cela tenait surtout à son désir de ne pas raconter plusieurs fois la même histoire, car au moment où le grand-père vint les rejoindre pour passer à table, elle commença :

— Savez-vous ce qui est arrivé au président Kurt Eisner ?

— Le communiste ? répondit le vétérinaire. Il a été tué en pleine rue, n'est-ce pas ? Je n'ai pas de détails, car les journaux n'arrivent plus ici. Les nouvelles, maintenant, viennent de quelqu'un qui a croisé quelqu'un qui est parent avec quelqu'un. Rien de fiable.

Surtout, tous les récits gagnaient en horreur en passant d'une oreille à l'autre, à un point tel que leur ressemblance avec la réalité devenait de plus en plus ténue. Eisner présidait depuis l'automne précédent la république des conseils – des comités d'ouvriers ou de soldats – instaurée à Munich.

— C'est arrivé le 22 février, reprit Fanny. Il devait se retirer bientôt, à cause des menaces et des critiques. Un ancien officier de l'armée, maintenant étudiant, l'a assassiné.

Eva se remémora le meurtre de l'officier, en pleine rue. Toutefois, n'en ayant jamais vu, elle s'interrogea sur l'uniforme porté par un président.

— Deux heures après, continua Fanny, un garçon boucher membre du conseil révolutionnaire a tué deux députés conservateurs, et il a blessé une autre personne. Il a tiré depuis les sièges réservés aux spectateurs avec son revolver, en pleine assemblée législative.

— Seigneur Dieu ! Dans quel monde vivons-nous ? s'exclama Sefi en faisant un signe de croix.

Puis elle se rendit près du poêle pour déplacer ses marmites, sans raison. Les tâches routinières n'arrivèrent pas à donner une certaine normalité à une situation qui n'en avait plus du tout.

Fanny poursuivit :

— De crainte d'une nouvelle révolution, cette fois fomentée par la droite, les conseils ouvriers ont organisé une grève générale. Les plus importants journaux ont été fermés, il n'y a plus de tramway, aucune nourriture n'entre dans la ville.

Ainsi, des centaines de milliers de personnes risquaient de mourir de faim. Le couple Kronberger ouvrait de grands yeux. Les désordres politiques touchaient aussi les campagnes, mais sans garnisons militaires et sans grandes concentrations d'ouvriers, cela n'allait pas plus loin que des discussions obstinées dans les tavernes et les brasseries et, parfois, des échanges de coups de poing.

— Comment avez-vous fait ? voulut savoir le père.

La question rappela à Fanny des émotions cruelles. Elle utilisa sa serviette pour s'essuyer les yeux.

— Nous avions encore un peu de vivres, mais cela devenait trop dangereux. Des groupes de communistes en armes se promènent dans les rues pour terroriser les gens. La nuit, ils défoncent les portes des logis des mieux nantis pour battre les occupants et piller toutes leurs possessions. Certains se font assassiner.

La femme marqua une pause avant de continuer :

— Ils sont entrés dans les appartements du premier et du deuxième de notre immeuble. Ils devaient être trop saouls pour monter jusqu'au cinquième.

Grand-mère Sefi répéta son « Seigneur Dieu », puis renifla bruyamment. Silencieuse jusque-là, Ilse se mit à pleurer. À dix ans, elle réalisait quels dangers avaient pesé sur sa tête.

— Ils ont chassé le roi à Munich, puis l'empereur à Berlin, dit le grand-père. Si on les laisse faire, tous les prêtres et toutes les religieuses vont se faire égorger. Comme en Russie.

Les récits sur la révolution bolchevique évoquaient des massacres horribles. Tous les Allemands respectables, c'est-à-dire ceux que leurs sympathies politiques ne poussaient pas à gauche, craignaient que leur pays ne suive le même chemin. Voilà ce qui arrivait quand un peuple perdait ses chefs traditionnels. Et personne n'ignorait l'identité des coupables de ce gâchis : les criminels de novembre qui avaient renversé les familles régnantes et forcé la signature de l'armistice.

— Comment avez-vous fait pour vous rendre à la gare ? demanda Sefi.

— Fritz est passé hier pour voir comment nous allions. Ce matin il est revenu avec des hommes des corps francs pour nous escorter.

— Il a porté la valise, précisa Gretl.

— Dieu le bénisse, murmura la grand-mère.

Soudainement, la cote de popularité du mari indélicat s'accrut dans la grande maison. Peut-être assez pour lui valoir une rédemption.

— Il fait partie de ces organisations ? demanda Franz-Paul.

— Des corps francs ? Oui. Ils sont des milliers, des gens opposés aux Rouges. La troupe de Fritz rêve de ramener la monarchie des Wittelsbach. Selon lui, une grande armée de volontaires se forme dans le Nord pour venir nettoyer Munich.

Pendant un moment, elle évoqua les vétérans recrutés par leurs anciens officiers, très souvent encadrés par des militaires toujours en service, pour faire échec à la révolution bolchevique. Après des récits aussi dramatiques, Eva retrouva sa chambre, et Prrrr – il s'agissait d'un monsieur, finalement – avec plaisir.

La petite Eva continuait d'accumuler une provision de souvenirs susceptibles de lui tenir compagnie pendant toute une vie. Des souvenirs qui lui donneraient une perception bien négative du monde. Tous les soirs après souper Fanny évoquait des événements, des scènes pénibles de sa vie quotidienne à Munich : des paysans se faisant voler tous leurs biens en se rendant au marché de la place Élisabeth, de jeunes bourgeois rossés pour avoir porté le bleu et le blanc, les couleurs de la dynastie des Wittelsbach, et, pour faire bonne mesure, des sympathisants communistes – très souvent porteurs d'un brassard rouge – laissés pour morts.

Quand Fanny en eut terminé avec ses propres souvenirs, les confidences de ses connaissances meublèrent ses récits. Sa peur de retourner dans une ville devenue dangereuse était profonde. Décrire cet enfer justifiait aussi sa dépendance vis-à-vis de ses parents.

D'un côté, Eva se réjouissait de la présence des siens, mais de l'autre, la compétition de ses sœurs pour accaparer l'attention des grands-parents, et du pauvre Prrrr maintenant devenu l'objet de toutes les attentions, la rendait jalouse. Et son regret de n'être pas fille unique la faisait se sentir coupable.

Chapitre 8

Beilngries, le lundi 5 mai 1919

Le printemps venu, la campagne prenait des airs pimpants. Les champs présentaient une belle teinte verte, les routes, boueuses peu de temps auparavant, s'asséchaient. Avec le retour du beau temps, Eva élargissait son cercle d'amis. Elle suivait souvent des camarades un peu plus âgées, et des garçons de l'école voisine. Pour elle, élevée dans un milieu entièrement féminin – son père était revenu depuis si peu de temps, et reparti si vite –, les garçons paraissaient être bien étranges, souvent grossiers... mais rien de suffisamment rebutant pour réduire son intérêt pour eux.

Ces jeunes l'entraînaient dans des expéditions qui l'éloignaient de la maison de ses grands-parents. La rivière Sulz exerçait chez elle une grande fascination. Des barques abandonnées et à demi remplies d'eau la faisaient se prendre pour une grande exploratrice. Les bois permettaient à Eva et à ses nouveaux amis de jouer aux gendarmes et aux voleurs, et par un curieux transfert culturel aux cow-boys et aux Indiens. Cela tenait à la popularité des romans de Karl May dans les pays de langue germanique. L'Apache Winnetou était devenu le compagnon imaginaire de deux générations d'enfants allemands et autrichiens.

Toutefois, compte tenu du contexte politique, c'étaient les jeux de guerre qui revenaient le plus souvent. Il s'agissait de revivre les batailles de la Marne, de Verdun ou de Passchendaele. Dans ces combats imaginaires, les Allemands gagnaient toujours. Les discussions devenaient très véhémentes au moment de désigner ceux qui incarneraient les Français, personne ne voulant hériter de ce mauvais rôle. Plus récemment, un nouveau cadre belliqueux s'imposait : la guerre civile.

Comme Beilngries se trouvait à l'abri des désordres des grandes villes, les plus grands partageaient leurs connaissances.

— Il y a deux ou trois jours, les bolcheviques se sont fait massacrer dans les rues de Munich, expliquait Peter.

Il disait « bochvik », mais ses informations étaient exactes. Immédiatement, parce qu'elle gardait un souvenir inquiet du désarroi de sa mère, Eva ouvrit toutes grandes ses oreilles.

— Les patriotes les ont alignés contre un mur, eux et les Juifs, pour les fusiller.

Le garçon âgé de douze ou treize ans tenait un fusil de bois assez bien imité. Il fit le geste d'épauler tout en criant « paw, paw ». Il mettait en joue ses camarades, et faisait mine de les abattre l'un après l'autre. Quand ce fut au tour d'Eva, celle-ci se sentit étrangement mal à l'aise, comme si la menace de recevoir une balle en plein cœur était réelle. De tous ces enfants, elle seule avait assisté à une scène de ce genre.

— Comment tu sais ça, toi ? demanda quelqu'un à Peter.

— Mon frère est venu, hier. Il fait partie des corps francs. Trente mille hommes ont été réunis pour éliminer l'armée rouge. Il en a lui-même fusillé quelques-uns.

Cela pouvait tenir à une bravade, celle de l'aîné venu visiter sa famille, ou celle de cet adolescent tout heureux de se parer d'une petite gloire par personne interposée. Mais la répression ayant entraîné des centaines d'exécutions, selon les dires de grand-papa Kronberger, le récit était tout à fait plausible.

— Moi, je fais le général des corps francs. Et je choisis Hans comme assistant, dit Peter.

Les plus grands s'imposaient toujours comme étant les capitaines, les commandants ou les colonels. Celui-là affichait déjà une ambition certaine et il avait choisi un adolescent aussi costaud que lui comme adjoint : la victoire des patriotes était assurée.

— Qui dirigera les communistes ? enchaîna-t-il.

Même si aucun enfant ne comprenait exactement ce dont il s'agissait – au moins, les Français portaient un uniforme d'un curieux bleu ciel les rendant faciles à identifier –, le rôle paraissait odieux.

— Il faut quelqu'un. Allez, c'est juste un jeu, on ne vous fusillera pas pour de vrai.

L'argument eut l'heur de convaincre un garçon de la campagne environnante, Max. Le nouveau général des communistes s'empressa de pointer du doigt une des filles :

— Brunehilde !

Spontanément, il choisissait une blonde aux formes déjà généreuses. Sans doute rêvait-il à une conquête d'un genre différent. Ils étaient bien une quinzaine, de sept à treize ans, réunis dans une grange en partie effondrée. Tous les garçons avaient été choisis les premiers lors de la formation des équipes et Eva ne fut donc pas surprise d'être parmi les dernières. Après tout, son statut de citadine et son âge en faisaient une combattante condamnée à une capture rapide. La dernière fut Gertraud, une fille un peu bossue et bigleuse.

Indépendamment des protagonistes en présence et du combat à livrer, le scénario demeurait toujours le même : un groupe se dispersait dans les environs, l'autre se mettait en chasse dix minutes plus tard. Les prisonniers capturés étaient traînés « en prison ».

À un signal donné, ils furent sept à s'égailler dans les environs. Gertraud colla à la nouvelle venue, certaine que celle-ci ne l'insulterait ni ne la bousculerait, comme les autres le faisaient si souvent. Pour Eva, c'était augmenter la possibilité qu'elle se fasse attraper tout de suite. Pourtant, elle fit l'effort de monter dans un arbre. Au plus dense de la ramure d'un pin, elle échapperait certainement à tous les regards. Mais la simple présence de la petite infirme demeurée au sol, les yeux tournés vers le haut, constituait une indication aussi limpide que si un panneau avait signalé sa cachette.

Peter et Hans arrivèrent bien vite. Le premier cria :

— J'te vois, Evie.

La petite communiste d'adoption lâcha un gros mot, mais elle commença docilement sa descente.

Malgré un pantalon très pudique, et propre, sous sa robe, le fait d'avoir quatre yeux pointés en sa direction l'intimida un peu. Au sol, les adolescents saisirent chacun l'un de ses bras pour l'entraîner vers la prison – une section de la grange où le jeu avait commencé. Gertraud n'excita nullement leur convoitise. Son « Et moi ? » misérable ne lui valut aucune réponse.

En prison, assise sur une poutre à moitié pourrie posée sur le sol de terre battue, les genoux relevés jusqu'à toucher sa poitrine et les mains posées dessus, Eva commençait à s'ennuyer. Au gré de l'arrivée des bourreaux et de leurs prisonniers, la conversation reprit lentement.

— On va vous aligner contre le mur et…

À nouveau Peter mima une exécution sommaire. Cela tenait certainement à un fantasme malsain. Ce n'était pas le seul.

— Ouais, mais avant de les fusiller, dit-il à Hans, son camarade, autant s'amuser un peu. Les violer, par exemple…

Les filles savaient être les seules victimes potentielles de cet « outrage », comme disaient pudiquement les adultes. Le silence dura un instant, puis Eva demanda :

— Violer, c'est quoi ?

Des mois plus tôt, sa mère avait utilisé ce mot, sans vouloir le lui expliquer ensuite. Peut-être qu'ici on voudrait éclairer sa lanterne. Peter échangea un regard avec Hans, puis déclara :

— On va te montrer.

Peut-être avaient-ils convenu du déroulement des événements à l'avance. Avoir le même âge leur valait les mêmes curiosités. L'aide de camp saisit Eva par les épaules pour la renverser sur le sol, le général se précipita sur elle, l'écrasa de tout son poids et exerça quelques mouvements de va-et-vient sur son corps. Il trouva naturellement le rythme ; peut-être n'en était-il pas tout à fait à son coup d'essai.

— Eh ! Arrête ça !

— Tu voulais savoir !

Comme il ne faisait pas mine se relever, la gamine commença par tenter de le repousser. N'y arrivant pas, elle ferma le poing droit pour frapper le garçon au visage. Chanceuse, elle l'atteignit en plein dans l'œil. Il laissa échapper une plainte, leva la main pour lui rendre la pareille, puis se retint juste à temps.

— Je t'ai dit d'arrêter.

Se tortillant sous lui, Eva réussit à se dégager, puis se releva.

— C'est stupide, ton jeu !

D'un mouvement vif de la tête elle replaça les boucles blondes tombant sur ses yeux, puis sortit de la grange. Les animaux soignés par son grand-père, et même la compétition de ses sœurs pour obtenir l'attention de celui-ci, lui paraissaient plus avenants que certains habitants de Beilngries.

Au moment d'entrer dans la grande maison de la rue Principale, la jalousie pinça le cœur d'Eva. Ilse hantait certainement les grandes salles du rez-de-chaussée. Elle pouvait le faire toute la journée : sa mère n'avait pas exigé qu'elle fréquente l'école du village.

— De toute façon, avait expliqué Fanny aux Kronberger, c'est une si bonne élève. Elle est rendue plus loin dans le programme que les petites filles d'ici !

L'argument avait un peu blessé le vieux couple, convaincu que leur petite communauté n'avait rien à envier à la grande ville. Pour Eva, il s'agissait d'une profonde injustice. Impossible pour elle de faire l'école buissonnière, même si elle se trouvait tout aussi en avance sur les autres.

Ce jour-là, elle alla rejoindre son grand-père dans une salle de soins, pour le trouver en train de mettre une attelle à la patte d'un veau. Elle demeura un peu à l'écart, admirative devant le savoir-faire du vieil homme.

— Comme ça, cet après-midi ma petite assistante est allée courir la campagne ?

Il fronçait les sourcils et adoptait une voix faussement sévère. Eva ne se laissa pas décontenancer et changea de sujet :

— Ilse était ici ?

— Où ça ? Moi je ne l'ai pas vue.

L'homme comprenait bien la concurrence entre les sœurs, aussi il ajouta :

— Les animaux, c'est plus ton domaine que le sien.

L'appréciation lui valut un grand sourire.

— En tout cas, j'aurais été bien mieux de venir ici après le déjeuner.

Son interlocuteur fronça les sourcils, intrigué. L'instinct de la petite fille lui disait de garder le silence sur la conclusion de l'étrange jeu. Sur le chemin du retour, elle avait conclu que ce va-et-vient entre ses jambes relevait de l'impureté. Aussi, quand son grand-père s'enquit de la raison de sa mine un peu chagrine, elle répondit :

— Un garçon nous a raconté que des soldats sont entrés à Munich pour tuer tous les méchants.

Si les mots « bolchevique » ou « communiste » ne lui disaient pas grand-chose, elle comprenait néanmoins parfaitement que tous ses proches les condamnaient sans appel. Son interlocuteur hésita un moment avant de convenir :

— J'ai entendu la même chose. Mais je pense qu'ils ont été emprisonnés, pas tués…

Si cette version édulcorée des faits risquait moins d'effrayer sa petite-fille, en réalité, il avait entendu parler de six cents exécutions. Il continua, comme si de rien n'était :

— Ta mère compte rentrer en ville demain, ou après-demain.

La nouvelle troubla Eva profondément. L'idée de quitter cette grande maison et les animaux du rez-de-chaussée l'attristait. Il fallait qu'elle soit bien ingrate pour ne pas se réjouir sans réserve d'un retour à la maison.

Pour la seconde fois, Fanny était dans la cuisine de ses parents, les mains sur les épaules de sa seconde fille.

— Mieux vaut que tu finisses ton année scolaire ici, maintenant, d'autant plus que tu en as déjà raté une grande partie l'automne dernier, avec la grippe espagnole.

Cette fois, aucun désarroi chez la gamine. La routine de Beilngries lui était familière et elle aimait beaucoup ses grands-parents.

Aussi, elle répondit d'un simple hochement de la tête de haut en bas. Sa mère continua un ton plus bas, pour ne pas être entendue de Sefi :

— Je ne sais pas si nous reviendrons l'été prochain. Après toutes ces semaines à vivre aux crochets de mes parents, j'aurais l'impression d'abuser.

À nouveau, Eva opina du bonnet.

— Merci d'être aussi raisonnable.

L'échange de baisers ne prit qu'un instant. Puis vinrent à nouveau les mêmes paroles que celles de leur dernier au revoir :

— Ilse, vient embrasser ta sœur.

Celle-ci s'exécuta de plus ou moins bonne grâce. Gretl ne présenta aucune réticence. Quand Fanny s'approcha de la porte, sa mère alla la rejoindre.

— Je suis confuse de venir comme ça me réfugier ici à chaque difficulté. Je devrais savoir me débrouiller.

— Voyons, c'est la révolution. Pour une femme laissée seule…

Pourtant, aucune des autres sœurs Kronberger n'était venue se réfugier chez ses parents.

— Tu rediras à papa à quel point je vous suis reconnaissante. Maintenant, je dois partir.

Elle fit passer ses filles devant. Au moment de sortir, Fanny essuya brièvement ses yeux de sa main gantée, puis elle referma la porte derrière elle. Elle était partie. Dans la cuisine, Eva fixait le plancher, confuse.

La grand-maman se glissa derrière elle et lui dit doucement :

— Tu es bien avec nous, n'est-ce pas ?

Comment répondre autrement que par l'affirmative à pareille question posée par sa bienfaitrice ?

— Et puis tu as des bonnes amies à l'école…

Ses premières, en réalité. Son passage en classe, l'automne précédent, ne lui avait pas vraiment laissé le temps de créer des liens. D'abord parce qu'elle était terriblement impressionnée par la vie scolaire, ensuite à cause de la grippe.

— … en plus, il y a tous nos invités, en bas…

La grand-mère parlait des animaux malades ou blessés logés au rez-de-chaussée. Cette fois, la fillette sourit vraiment.

— Je vais aller nourrir les lapins.

Sefi eut envie de lui dire de ne pas trop s'attacher, surtout de ne pas leur donner de nom, car ils finiraient inévitablement dans une assiette. Toutefois, elle préféra ne pas souligner cette cruelle réalité.

Fin juin, par un beau matin, Eva accompagnait Sefi à la boulangerie de Beilngries, située en face de l'église Sainte-Walburge. Plus âgée que son époux, la femme avait déjà les cheveux tout blancs. Son éternelle robe noire et sa silhouette épaisse la vieillissaient encore plus. Pour la petite fille, elle semblait venir de temps très anciens.

Le marchand, un gros homme au nez tout rouge, commenta en lui tendant deux pains noirs :

— Ça y est, la guerre est officiellement terminée. Le foutu gouvernement a signé le traité, à Versailles.

Les journaux avaient rapporté l'événement la veille, avec force détails.

— Ça vaut mieux que la situation incertaine qui dure depuis novembre, non ?

Pour être certains que les Allemands finiraient par se résigner, les Alliés avaient maintenu un blocus du commerce. Impossible d'obtenir des aliments grâce à l'importation. Dans les milieux les mieux informés circulaient des statistiques horribles : la pénurie ainsi renforcée aurait entraîné des centaines de milliers de morts supplémentaires, en particulier parmi les vieillards et les enfants.

— Là, nous sommes tenus pour seuls responsables de la guerre. Comme si nous avions tué l'archiduc, à Sarajevo !

L'archiduc François-Ferdinand d'Autriche, héritier d'un empire, y avait été assassiné le 28 juin 1914. Un enchaînement de menaces et d'ultimatums avait conduit à la grande boucherie. En attribuant la responsabilité du conflit à la seule Allemagne, les Alliés se disculpaient trop aisément.

— En plus, nous paierons des réparations à ces salauds, continua le marchand.

En vertu du traité, le pays responsable de la Grande Guerre devrait « réparer » sa faute, c'est-à-dire rembourser les pertes subies par ses ennemis. Comme à l'ouest les combats s'étaient déroulés essentiellement en Belgique et dans le nord-est de la France, ce dernier pays recevrait la part du lion des rétributions.

— On ne connaît même pas le montant ! Mes enfants, et ensuite les enfants de mes enfants qui ne sont même pas encore nés, sont déjà ruinés !

Le boulanger aurait pu affirmer « et les enfants des enfants de mes enfants », et il aurait dit vrai. Quoi qu'il en soit, cette fois, il avait réussi à démoraliser complètement sa cliente.

— Vous avez sans doute raison, monsieur. Je n'ose même plus vous souhaiter une bonne journée.

Ni même un bon siècle. Dehors, comme si une menace nouvelle pesait sur elle, Eva prit sa main pour regagner la rue Principale. Après un long moment, elle demanda :

— C'est vrai, ce qu'il a dit ?

— À propos des réparations ?

Grâce aux religieuses, la petite fille comprenait bien les concepts de faute et de pénitence. Ces paiements en faisaient office.

— La guerre, c'est notre faute à nous ?

Les divers sens de ce dernier mot lui étaient familiers aussi. Le « nous » des Allemands, celui des Munichois, puis celui des Braun. Qu'en était-il de la responsabilité des enfants, et en particulier des filles ? Car selon ce marchand, les enfants actuels et à venir se trouvaient punis. Être responsables de tous ces malheurs leur vaudrait l'enfer, d'abord sur terre, puis après leur mort.

— Dans une bagarre, c'est toujours le gagnant qui écrit l'histoire. Il décide comment ça a commencé, et comment ça s'est terminé.

— Pourtant, c'est toujours la perdante qui va se plaindre aux religieuses.

Eva avait l'habitude d'hériter du mauvais rôle, dans ces circonstances.

— Mais pour les grandes personnes, il n'y a pas d'arbitre avec une grande robe noire.

La vieille femme paraissait le regretter. La raison du plus fort lui paraissait bien injuste.

L'année scolaire s'était terminée sans grande joie, mais sans drame non plus. Eva se tenait loin des premiers rangs, et des derniers aussi. La place du milieu lui convenait très bien dans la hiérarchie scolaire, bien qu'elle la détestât dans sa famille. Perdre l'essentiel de ses loisirs pour gagner quelques rangs lui paraissait sans aucun intérêt.

L'été venu, sa mère et ses sœurs vinrent passer quelques semaines chez les Kronberger. Si, avant la guerre, ces séjours visaient à se retrouver ensemble, maintenant s'ajoutait le désir de prendre congé des privations.

Pour Eva, la belle saison était l'occasion de revoir ses tantes Josefa, Antonia – à qui l'on s'adressait respectivement avec les diminutifs Pepe et Anni –, Paula et Bertha. À ce groupe s'ajoutaient encore des cousins et des cousines. Heureusement, la maison des grands-parents comptait huit chambres ; elle ressemblait à une auberge. Aussi seule Gretl partageait son lit pendant ces quelques semaines. Et, évidemment, Prrrr le chat. C'était même une bonne occasion de connaître Gretl. Au point d'en devenir très proche, éventuellement.

Puis, au début du mois d'août, les Braun se retrouvèrent dans la grande salle de l'étage servant à la fois de cuisine et de salle à manger pour de nouveaux au revoir.

— Maman, je me sens tellement gênée... disait Fanny.

Tout dans son attitude confirmait que c'était la vérité. À ses pieds, une valise lourdement chargée de victuailles justifiait le malaise.

— Tu sais, avec le jardin et les animaux de basse-cour nous ne manquons de rien.

Comme elle se trouvait située en bordure de Beilngries, la maison profitait d'un grand potager et d'un jardin planté d'arbres fruitiers. Ses occupants ne souffraient guère de la pénurie.

— Sans compter que maintenant, l'argent ne vaut plus rien. Les paysans paient souvent en nature.

— Tout de même, toi et papa vous êtes très généreux.

Des bises, des remerciements et des « Ce n'est rien » suivirent, soulignés de larmes. Alors que sa mère et ses sœurs s'engageaient dans l'escalier pour descendre au rez-de-chaussée, Eva profita d'un peu plus d'intimité. Les articulations plus très souples de Sefi lui interdisaient de se pencher, et la fillette dut rejeter la tête vers l'arrière pour voir ses yeux au moment de dire :

— Merci, mamie.

— Tu as aimé vivre avec nous ?

— Oui, beaucoup.

La réponse était inévitable de la part d'une fillette bien élevée et soucieuse de faire plaisir, aussi jugea-t-elle bon de préciser :

— Vous allez me manquer !

La vieille dame la prit par les épaules pour la serrer contre elle, puis elle dit :

— À nous aussi, à nous aussi, et c'est très vrai. Tu vas nous manquer. Pendant tous ces mois, tu nous as donné l'impression d'avoir trente ans de moins. Tu reviendras ?

Gravement, la gamine acquiesça, puis elle jeta ses bras autour du cou de l'aïeule. Peu après, dans la grande salle du rez-de-chaussée, Eva remarqua sa sœur Ilse qui se pinçait les narines avec ses doigts gantés. Décidément, les odeurs de la campagne ne lui plaisaient pas.

Dès le matin, Eva était venue dire adieu aux patients à plumes ou à poils de son grand-père. Ce fut en pleurant qu'elle enlaça le vieil homme en disant :

— Je vais m'ennuyer de vous, et de tout ça.

— Et moi, mon assistante va me manquer. Au moins, tu as les photographies.

Amoureux de la technologie, il possédait un appareil. Il avait immortalisé sa petite-fille en compagnie de divers animaux, dont de gros bœufs de labour, des vaches et des veaux. Eva hocha la tête en reniflant bruyamment.

— Et puis celui-là te rappellera Beilngries à chacun de ses ronronnements.

De la main, il lui désignait un panier d'osier où le chat était couché. Pour le moment, Prrrr n'avait guère envie d'exprimer son plaisir de cette manière. Un instant plus tard, Eva marchait derrière sa mère et ses sœurs en serrant le grand panier dans ses bras.

— Ne t'en fais pas, ce ne sera pas si long. Si tu es sage, je te sortirai de là.

Fanny lui avait expliqué qu'on ne pouvait tenir un chat dans ses bras pendant un trajet de quatre heures en train, mais elle ne se tenait pas encore pour battue. Devant, sa mère portait deux valises, l'une remplie de provisions, et l'autre pleine de vêtements. Ilse devait se charger de celle d'Eva.

— Elle peut s'occuper de ses affaires, protesta-t-elle après avoir parcouru une centaine de pas.

— Tu vois bien qu'elle en a plein les bras. Et puisque tu es la plus vieille, c'est normal que tu assumes des responsabilités.

Pour une fois, Eva n'envia pas le statut d'aînée. Sur le chemin, quelques fillettes et même deux garçons vinrent lui faire leurs adieux. Ces six mois lui avaient permis de créer quelques liens.

Chapitre 9

Munich, septembre 1919

Le jeune homme avait vingt-trois ans. C'était un peu âgé pour entreprendre des études universitaires, mais la guerre avait mis l'existence de toute une génération entre parenthèses. Quand il frappa à la porte, Eva vint se planter dans le petit hall, curieuse.

— Je suis le cousin Alois, se présenta-t-il. Alois Winbauer.

— Entre, dit Fanny.

Elle ferma la porte derrière lui. La différence d'âge entre eux l'autorisait à le tutoyer. Elle continua :

— Je te montre la chambre tout de suite.

Il transportait une petite valise. Quand ils s'engagèrent dans le couloir, la gamine les suivit. La pièce donnant sur la cour contenait toujours le lit de Fritz, de même que sa table de travail et son fauteuil.

— Tu crois que cela te conviendra ?

— ... C'est beaucoup mieux que ce que j'espérais.

Peu d'étudiants de l'université de Munich profiteraient d'autant d'espace, et du statut d'homme de la maison. Il connaissait bien les motifs de son séjour. Le prix de la pension aiderait cette femme à joindre les deux bouts, et surtout sa présence empêcherait le mari de venir faire sentir sa colère dans l'appartement.

— Je serai très bien ici.

Son sourire disait sa sincérité.

— Bon, je te laisse t'installer. Je prépare du café, tu nous rejoindras.

Évidemment, elle parlait de chicorée. Le vrai café était à peu près introuvable en Allemagne, même près d'un an après la fin de la guerre. Elle tourna les talons et mit sa main dans le dos de sa fille pour la pousser un peu.

— Viens, laisse ton oncle un moment.

Comme il était son aîné de treize ans, ce terme convenait mieux que « petit cousin ». Une dizaine de minutes plus tard, le garçon venait les rejoindre dans la cuisine. Eva se tenait bien droite sur sa chaise, tenant son chat dans ses bras, serré contre sa poitrine. Bien élevée, elle n'adresserait pas la parole la première à un adulte. Alois eut la gentillesse de prendre l'initiative :

— Tu as un beau chat, dit-il en se penchant un peu vers elle.

— Il s'appelle Prrrr.

— Oh ! Je suis certain qu'aucun autre ne porte ce nom dans l'immeuble.

Elle le regardait de ses grands yeux bleus, souriante, ses cheveux blonds coupés court. Il s'agissait d'un premier coup de foudre.

— Aucun. Vous pourrez jouer avec lui.

Voilà un privilège qu'elle accordait pour la première fois.

— Je le ferai si je vois qu'il s'ennuie.

Il marqua une pause, pour caresser le chat toujours dans les bras de sa petite-cousine, puis continua :

— Tu as des sœurs, je pense.

Lui rappeler l'existence des deux autres gâchait un peu son plaisir. Ce fut Fanny qui répondit en versant la chicorée dans la tasse devant lui :

— Ilse se trouve chez une voisine. Quant à Gretl, je m'étonne qu'elle dorme encore.

À quatre ans, elle était bien trop grande pour faire encore la sieste. Après avoir bu une gorgée du liquide un peu âcre, Alois reporta son attention sur sa petite-cousine.

— Eva, toi aussi tu te prépares à retourner à l'école, tout comme moi ?

Elle fit oui de la tête.

— Tu as hâte ?

Cette fois, elle secoua vigoureusement la tête pour dire non.

— Je ne connaîtrai personne, dit-elle d'un ton geignard.

— Voyons, ce sera la même école que l'an dernier.

L'an dernier, c'était une autre vie. Depuis, il y avait eu le retour de son père, la grippe espagnole, le départ de son père, l'exil à Beilngries, puis son retour avec les membres de sa famille. Gretl choisit ce moment pour apparaître dans l'embrasure de la porte de la cuisine. N'étant plus le centre d'attention, Eva se renfrogna un peu.

Pour la cinquième année d'affilée, les célébrations de Noël menaçaient de n'apporter aucune joie aux Munichois. Eva Braun n'avait aucun souvenir de temps plus heureux. Pas plus qu'Ilse, pourtant née en 1909. Au moment de quitter la maison le samedi 21 décembre, Fanny dit à sa cadette :

— Viens à l'église avec moi. En revenant, nous nous arrêterons au marché afin d'acheter un sapin.

La femme gérait ses enfants comme dans l'histoire de la chèvre, du chou et du loup : Eva était trop jeune – et trop dissipée à ses yeux – pour s'occuper de la plus jeune, et laisser la blonde avec Ilse entraînerait inévitablement une querelle. Ce qui n'empêcha pas l'aînée de protester :

— Je veux y aller aussi. Pourquoi c'est toujours son tour ?

Le froid humide de décembre ne lui disait rien, d'habitude. Son premier souci était de s'assurer que sa cadette ne profite pas de plus d'attention qu'elle-même.

— Nous en reparlerons.

Puis elle partit avec la main de la cadette dans la sienne. Le trajet jusqu'à l'église Sainte-Ursule leur parut bien long. Eva tenait les pans de son manteau contre sa gorge, pour se protéger un peu du froid. Elle apprenait à ne plus voir les anciens soldats ou les ouvriers réduits au chômage tendre la main. La misère était devenue le cadre familier de son existence.

— Nous pourrions aller patiner demain après-midi ?

— Je ne sais pas, dit sa mère. Nous n'avons plus vraiment de vêtements assez chauds pour affronter ce froid.

En fait, le manteau doublé de laine porté par Ilse encore l'année dernière était devenu trop petit pour elle, tout en demeurant trop grand pour sa seconde fille. Même les revendeurs avaient épuisé leur stock de marchandises. Il ne restait plus que des haillons. Comme personne n'était mieux nanti dans leur quartier, au moins les enfants de la famille Braun ne souffraient pas de la comparaison avec leurs petits voisins.

À l'église, Fanny se dirigea tout droit vers la sacristie, où un prêtre l'attendait, comme l'année précédente. Plus vieille, Il opposait cette fois de mieux comprendre les problèmes des grandes personnes. Pourtant, la paroissienne préféra encore garder sa fille près d'elle.

Le prêtre commença d'ailleurs par s'adresser à la gamine :

— Ma petite, tu feras ta première communion le printemps prochain, n'est-ce pas ?

Impressionnée par ce porteur de soutane, Eva répondit d'un hochement de tête affirmatif.

— Elle aura huit ans au mois de février prochain, précisa Fanny.

— Donc tu connais déjà ton catéchisme ?

La fillette répéta le même mouvement. Peut-être las de la trouver si peu bavarde, l'homme reporta son attention sur la mère.

— Madame Braun, vous et votre mari êtes séparés, je pense.

— Depuis bientôt un an.

— Voilà une situation qui porte… à scandale. Vous êtes certaine qu'aucune autre solution ne s'offrait à vous ?

Elle tourna les yeux vers sa fille, comme pour dire : « Des oreilles innocentes nous écoutent. »

— Disons que mon ménage comptait une, ou plusieurs, femmes de trop.

— Ce sont là des inconvénients que la plupart des bonnes chrétiennes savent endurer. Une souffrance à offrir à Dieu, en quelque sorte.

— Et aussi les coups, contre moi ou contre mes filles ?

Cette fois, Eva savait parfaitement de quoi il était question : les querelles incessantes avec son père. Encore maintenant, elle y pensait, tard la nuit, se demandant quelle faute sa mère avait commise. Ou elle-même.

Le prêtre sembla déstabilisé par la réplique de Fanny et son ton agressif.

— Oui, bon, l'Église accepte ce genre de situation, quand toutes les autres ont échoué. Toutefois, cela ne peut être un premier pas vers le divorce. Ce que Dieu a uni…

— … que l'homme ne le sépare pas.

Fanny dissimulait mal son agacement de s'entendre rappeler des évidences semblables.

— Moi aussi, j'ai appris mon catéchisme, ajouta-t-elle sèchement.

L'autre accusa le coup, puis reprit un ton plus bas :

— Souvent, même des bons chrétiens considèrent que mieux vaudrait divorcer. Cela ne peut être. Dans un pareil cas, je devrais vous refuser les sacrements. Je tenais à vous le rappeler.

L'une de ses voisines était-elle venue la « rapporter » au curé, après une conversation à la porte d'une boulangerie ou d'une boucherie ? Faudrait-il s'interdire toute confidence, à l'avenir ?

— Mon mari boit. Je ne voudrais pas que ses abus nous mettent dans la misère, mes filles et moi.

Le prêtre regarda la petite fille. Décidément, celle-ci se trouvait bien vite exposée aux turpitudes du monde adulte.

— La doctrine catholique est très claire à ce sujet.

Pendant quelques minutes encore, ils se livrèrent à un dialogue de sourds. Il opposait les préoccupations d'une mère de famille aux prises avec un homme qui peinait à respecter ses engagements financiers, et un ecclésiastique visiblement peu sensible aux responsabilités incombant au commun des mortels.

En sortant dans la rue, Fanny demeura morose un long moment, tellement que la jeune fille conserva le silence. Enfin, la maman murmura :

— Te sens-tu capable de marcher jusqu'à la place Élisabeth ?

— Oui.

— Bon, alors allons-y.

Le marché public s'y tenait tous les samedis. Elles y arrivèrent après de longues minutes. Au premier coup d'œil, la pénurie était évidente. Peu nombreux, les paysans se tenaient près de charrettes presque vides. On trouvait un peu de viande, des pommes de terre, des navets, des carottes ayant souffert du froid ou de pluies trop abondantes. Fanny tâta quelques légumes, puis murmura pour sa fille :

— Sans tes grands-parents, je me demande bien ce que nous ferions. Tu imagines le prix que grand-papa obtiendrait pour ses vivres sur le marché noir ?

Non, Eva n'imaginait pas, toutefois ce genre de question appelait toujours la même réponse : beaucoup. La veille, un colis venant de Beilngries était arrivé à la gare. Chaque fois, Fanny se demandait s'il était possible de deviner son contenu. Dans ce cas, quelqu'un le subtiliserait nécessairement. Cette délicate attention améliorerait l'ordinaire pendant toute la période des fêtes.

En plus de la pauvreté de l'offre, la présence de nombreux vétérans, des estropiés pour la plupart, rendait tout le monde mal à l'aise. Ceux à qui il manquait un membre faisaient en sorte de placer le moignon sous le nez des badauds, pour attirer la pitié. Ou ils s'approchaient pour montrer leur gueule cassée. Certains paraissaient infiniment honteux de leur situation de mendiant. Ils demeuraient un peu à l'écart, prêts toutefois à se battre pour le moindre trognon tombé d'une charrette. Une fois la nuit tombée, tous seraient sans doute disposés à détrousser l'une ou l'autre des acheteuses.

Comme pour contribuer à la morosité ambiante, les paysans semblaient avoir mis les sapins les plus décharnés dans leur charrette. Dans les circonstances, la ménagère se résolut à choisir le moins laid, négocia ferme pour l'obtenir pour quelques pfennigs. Au moment de sortir son petit porte-monnaie de sa poche, elle regarda soigneusement tout autour, craignant que quelqu'un ne le lui arrache des mains.

Munich, mars 1920

Alois Winbauer ne paraissait guère s'inquiéter de ses études. Toutes les semaines, il passait une soirée ou deux dans les brasseries munichoises pour entendre les derniers messies politiques autoproclamés, de gauche ou de droite.

Même si la république des conseils était chose du passé, les communistes demeuraient toujours assez nombreux pour menacer le gouvernement. Surtout, divers mouvements ultranationalistes, quelques-uns monarchistes, d'autres affreusement racistes, se faisaient compétition pour « restaurer la grandeur de l'Allemagne ». Un projet ambitieux dans un pays vaincu, ruiné, et tenu pour responsable de la dizaine de millions de morts et d'un nombre beaucoup plus grand d'invalides inaptes au travail. Comme chacun de ces groupes avait ses milices, l'Allemagne était une poudrière que la moindre étincelle pourrait faire exploser.

De retour à la maison, l'étudiant devait rendre compte de la situation. Fanny ne sortait que pour se rendre au marché et à l'église, et le jeune homme lui permettait de se faire une idée sur les événements politiques.

À la fin de mars 1920, un nouveau soubresaut de la vie publique vint préoccuper Fanny.

— Le chancelier Kapp, qui est-ce exactement ?

— Wolfgang Kapp ? Il n'a jamais vraiment été chancelier.

Devant les sourcils froncés, il précisa :

— L'une des nombreuses armées privées qui accablent notre pays a occupé Berlin avec la complicité du gouverneur militaire de la ville. Ces gens ont voulu mettre Kapp au pouvoir. Le gouvernement légitime d'Ebert s'est réfugié à Dresde. Les ouvriers ont lancé une grève générale, ce qui a obligé ces putschistes à reculer après quelques jours. Mais la situation n'a rien de rassurant : l'armée a refusé de soutenir le gouvernement. Le pouvoir appartient aux manifestants capables d'user de violence, dans ce pays.

Alois secoua la tête. En Allemagne, au moment de se coucher, personne ne savait avec certitude qui exercerait l'autorité au réveil.

— Seigneur Dieu ! s'exclama Fanny. Je ne reconnais plus mon pays. Un bon gouvernement, c'est celui qui maintient l'ordre, pour que les travailleurs puissent travailler, les tramways circuler à l'heure, les enfants aller à l'école.

Elle se remit à préparer le repas du soir. Son cousin avait pris une bière dans la glacière, et il s'apprêtait à regagner sa chambre quand Eva arriva de l'école.

— Mon oncle, allez-vous m'aider à faire mes devoirs ?

À l'école, les religieuses insistaient beaucoup sur la politesse envers les adultes. Non seulement demeurait-elle assez formelle avec ce parent inconnu jusqu'au mois de septembre précédent, mais elle adoptait maintenant l'habitude de vouvoyer sa mère. Dans le cas de son père, qu'elle voyait une heure ou deux toutes les semaines, la chose s'avérait très facile : il demeurait un inconnu.

— Voyons, ma grande, Alois a ses propres devoirs à faire. Lui aussi va à l'école.

Pour la gamine, qu'une personne de cet âge s'astreigne encore à la vie d'écolier semblait inconcevable. Cela lui paraissait comme un châtiment inhumain. Elle en était déjà à compter les jours la séparant de la fin des classes. En mars, il en restait encore un nombre déprimant.

— C'est du calcul…

La matière lui paraissait si complexe que toute forme d'aide – même copier sur une camarade de classe – lui semblait justifiée.

— Bien sûr, ma belle. Ça me permettra de vérifier si je n'ai pas oublié.

Le sourire de l'enfant témoignait de sa grande reconnaissance. Le jeune homme reprit sa place à la table de la cuisine, Eva se tint tout près de lui, debout, de façon que son épaule touche à la sienne. Pendant la demi-heure suivante, les additions, les soustractions et même les retenues les occupèrent. Il l'appelait « ma belle », riait volontiers de ses mouvements d'humeur, puis la ramenait à la tâche sans jamais se faire trop insistant.

Quand Ilse revint de l'école à son tour, elle commenta :

— Comment veux-tu apprendre, si tu ne fais pas tes devoirs toi-même ?

— Mais je les fais !

Elle se sentait tout à fait blessée par la remarque ; son visage s'attrista, au point qu'Alois se pencha pour chuchoter dans son oreille :

— Ne t'en fais pas, elle est jalouse.

Pour Eva, cela prit la forme d'une révélation : ses yeux bleus, son teint rosé, son sourire facile pouvaient lui valoir des attentions de la part des adultes, de l'affection même… Au point que son aînée, l'élève modèle, la fille parfaite toujours disposée à assumer sa part des tâches ménagères, soit jalouse de l'attention que lui accordait un oncle tombé du ciel.

Quelques jours plus tard, alors qu'il revenait de la brasserie Hofbräuhaus en fin de soirée, Alois trouva Fanny assise dans la cuisine avec son matériel de couture et quelques mètres de tissu.

— Vous avez trouvé une nouvelle cliente, ou est-ce pour vous-même ?

— Oh ! je n'ai pas les moyens de me confectionner de nouveaux vêtements…

Le garçon devenait une présence suffisamment familière pour qu'elle évoque ses problèmes financiers devant lui. De toute façon, sa pudeur aurait été inutile : sa mère avait pris l'initiative de cet arrangement domestique pour l'aider à joindre les deux bouts.

Fanny continua :

— C'est pour la femme du médecin, au coin de la rue. Si j'avais plus de clientes, je me ferais un revenu intéressant, assez pour me permettre d'acheter une machine à coudre. Ces temps-ci, chaque robe passe par dix propriétaires avant de finir en serpillière.

Parler de sa misère la déprimait toujours un peu. Elle secoua la tête pour chasser les pensées moroses, puis changea de sujet :

— Alors, as-tu découvert le sauveur de l'Allemagne, ce soir ?

— En tout cas, j'ai entendu quelqu'un qui semble convaincu de le devenir.

La femme leva les yeux de son ouvrage pour le regarder.

— Il s'appelle Adolf Hitler. Un drôle de petit bonhomme avec une moustache en forme de brosse à dents. Un Autrichien.

— Alors que fait-il en Allemagne ?

— Munich doit lui plaire. Au point où il a fait toute la guerre dans un régiment bavarois.

Cela rendait sans doute légitime sa prétention de diriger un jour les destinées de son pays d'adoption.

— Son nom ne me dit rien.

— Dans les brasseries, il est de plus en plus adulé. À la Hofbräuhaus, au début il regroupait deux douzaines d'hommes dans une petite salle. Maintenant, certains soirs ils sont des centaines.

L'établissement pouvait recevoir jusqu'à cinq mille consommateurs. Quelqu'un se gagnait de nombreux fidèles en s'y produisant.

— C'est un communiste ?

— Que non ! Plutôt l'ange exterminateur des communistes. Mais à ses yeux, communistes et Juifs se confondent.

À ce chapitre, sa position n'avait rien de bien original : l'expression « judéo-bolchevisme » devenait familière à tous ceux que la politique intéressait.

— Et il compte bien vider l'Allemagne des uns et des autres.

— Pour les communistes, je comprends. Quand je pense à ce qui s'est passé dans la Ruhr !...

Dans cette région, les communistes avaient formé une armée rouge forte de cinquante mille hommes pour s'emparer du pouvoir. L'armée régulière et les corps francs les avaient renversés, laissant deux mille cadavres sur les pavés.

— ... Mais dans le cas des Juifs, non, reprit-elle. Qu'est-ce qu'ils font dans cette histoire ?

Alois haussa les épaules, comme pour exprimer sa propre incompréhension.

— Hitler prétend que les Juifs sont responsables de la guerre. Ici, en Angleterre, en France et aux États-Unis, ils contrôlent la finance, l'industrie, le commerce. Et finalement, avec leur argent, ils contrôlent aussi les gouvernements.

Dans un scénario semblable, un petit groupe – moins d'un pour cent des Allemands étaient juifs – réussissait à accaparer la richesse des nations en les lançant les unes contre les autres. Pour cela, il fallait leur prêter une intelligence redoutable.

— Mais eux, ils ne vont jamais au combat, ajouta Alois.

— C'est ridicule. La femme pour qui je confectionne cette robe a perdu ses deux fils lors de la bataille de la Somme.

— En tout cas, Hitler en est convaincu, lui, et il semble gagner de plus en plus de gens à son idée. Ce soir, il a prétendu que si l'Allemagne avait gazé douze mille Juifs malfaisants en 1914, nous aurions gagné la guerre. Car en plus de jeter l'Europe dans ce conflit, ce sont eux qui ont signé l'armistice d'abord, et le traité de Versailles ensuite.

Ce raisonnement gagnait de plus en plus de croyants. Les Juifs étaient responsables du déclenchement du conflit – et non les Allemands, comme le prétendaient les Alliés dans le traité – et de la défaite. Une grande conspiration vouée à la perte de cette grande nation.

— Pour croire à des idées pareilles, il faut sans doute avoir avalé des litres et des litres de bière. Bon, moi je m'arrête. Je m'arrache les yeux à coudre à la lumière artificielle.

Tous les deux échangèrent encore quelques mots, puis la logeuse fut la première à passer par la salle de bains. Heureusement, Alois avait eu la bonne idée de laisser dans les latrines de la brasserie la majeure partie de sa consommation de bière. Autrement, attendre son tour lui aurait été pénible.

Chapitre 10

Au cours de l'hiver et du printemps 1920, les vivres étaient rares au marché de la place Élisabeth. Le blocus imposé par les Alliés pour forcer la signature du traité de Versailles rendait plus difficile encore de s'approvisionner à l'étranger.

L'été venu, les Braun dépendaient toujours autant des provisions reçues de Beilngries. À tous les problèmes d'approvisionnement s'ajoutait un taux de change tout à fait désavantageux. La chute du mark incitait les grossistes à vendre les vivres à des pays étrangers pour être payés en dollars, en livres ou en francs. Il ne restait plus grand-chose pour les Allemands.

— Est-ce que je suis jolie ?

Eva était dans la chambre de sa mère, debout devant un miroir qui lui permettait de se voir des pieds à la tête. Fanny avait déniché quelques mètres de tissu bleu, assez pour faire une nouvelle robe à chacune de ses filles. L'effet était un peu étrange : on aurait dit des jumelles d'âges différents. Les deux plus jeunes se ressemblaient, partageant les traits de leur père. Cependant l'aînée tenait ses cheveux, la couleur de ses yeux et même un nez un peu busqué de sa mère.

Poser la question à Ilse l'exposait à une réponse un peu cruelle.

— La robe est jolie, pas toi. Je me demande comment tu fais pour être aussi joufflue… Voles-tu de la nourriture chez les voisins ?

Son visage, tout comme son corps, présentait des courbes trop accentuées. Dans ce dernier cas, l'effet tenait sans doute beaucoup à sa taille plutôt petite. Le ruban très large dans ses cheveux, attaché grâce à une grande boucle, n'améliorait pas l'ensemble. À ce sujet toutefois, ses sœurs partageaient le même sort. Fanny semblait incapable de priver ses filles d'un pareil ornement.

— Pourquoi me dis-tu une chose pareille ?

— Tu as demandé si tu étais jolie, non ? Je ne fais que te répondre.

Voilà qui n'allégeait pas la tension dans l'appartement. Toute cette nervosité tenait à la visite de Fritz, l'époux en disgrâce. Il tentait, avec beaucoup de maladresse, de demeurer présent dans la vie de ses enfants.

— Vous êtes prêtes ?

La voix de la mère leur parvenait du salon.

— Dans un instant, répondit Ilse.

C'était maintenant son tour de se planter devant la glace afin de s'admirer. À treize ans, on pouvait deviner sa silhouette de femme : mince, très droite, assez petite de taille. Voilà qui ne pouvait surprendre, ses deux parents l'étaient aussi.

Dans le salon, Gretl était assise sur une chaise apportée de la cuisine. Fanny se montrait plus nerveuse encore que ses filles. Elle baissa la voix pour dire à son neveu :

— Je suis gênée de te demander ça, mais j'aimerais que tu restes dans ta chambre, cet après-midi. Tu comprends...

Même sans témoin, elle n'aurait pu ajouter « il m'a déjà frappée ». La situation lui faisait un peu honte, comme si son propre comportement avait justifié les coups.

— Oui, je comprends. Je vais profiter de l'après-midi pour étudier un peu. Cela fera plaisir à mes professeurs.

Son demi-sourire indiquait qu'il ne s'agissait pas seulement d'un prétexte ; il désirait qu'elle ne se sente pas trop mal à l'aise de lui faire cette demande.

— Je ne pense pas qu'il arrivera quoi que ce soit, mais...

— Je demeurerai là, ne vous inquiétez pas.

Décidément, grand-maman Sefi avait déniché le garde du corps le plus compréhensif qui soit. Des coups contre la porte attirèrent leur attention.

— Je m'empresse de retourner à mes livres de littérature allemande, dit le jeune homme en s'esquivant.

Fanny passa ses mains sur ses hanches, comme pour lisser le tissu de sa robe. En se dirigeant vers le petit hall, elle éleva la voix pour dire :

— Dépêchez-vous, votre père arrive.

Les jeunes filles se matérialisèrent comme par magie juste au moment où elle ouvrit. Fritz portait une veste de laine et un petit chapeau de feutre tyrolien. L'allure typique du petit fonctionnaire bavarois.

— Bonjour, fit-il en affichant une fausse jovialité. Décidément, les femmes de cette maison sont toutes très jolies.

Son épouse eut droit à un baiser très chaste sur la joue.

— Ma princesse, viens ici.

Eva savait qu'il ne parlait pas d'elle. Ilse s'avança avec l'assurance de celle qui se sait la préférée. De son côté, la blonde regardait son père avec un regard intense, fascinée par ce presque inconnu. Après des bises sonores sur les joues de son aînée, le visiteur la regarda.

— Eva…

La main sur son épaule, l'effleurement de la moustache sur sa joue la firent rougir, l'effet d'un mélange de timidité, de honte d'elle-même et de plaisir. Puis l'homme se redressa pour dire :

— Et voilà mon bébé, Gretl.

Il la prit sous les bras pour la lever dans les airs, mettre ses yeux au niveau des siens, puis l'embrasser à son tour. Quand il fut assis dans son fauteuil habituel, dans le salon, sa femme se rendit dans la cuisine pour prendre une bière dans la glacière, et une chope dans l'armoire.

— J'espère que tu la trouveras assez fraîche.

— Oh ! Merci.

Son visage trahissait un peu de surprise. Sa consommation d'alcool figurait en tête de liste des reproches de sa femme, et voilà qu'elle lui servait à boire. Il fit sauter le bouchon à bascule, puis versa la bière de façon à obtenir exactement la quantité de mousse voulue.

— Tu ne prends rien ?

Fanny fit non d'un geste de la tête. Elle prit place sur le canapé, entre ses filles les plus âgées. Gretl était demeurée debout près du fauteuil de son père, pour quêter une caresse ou un mot gentil. Un long silence inconfortable suivit, tellement que la mère intervint pour y mettre fin :

— Ilse est encore première de sa classe.

Eva ressentit un pincement au cœur lorsque son aînée se leva, comme à un signal, pour prendre le bulletin sur une table et le tendre à son père. Puis elle demeura plantée devant lui, les mains jointes dans son dos.

— Ah ! Je vois quelques notes parfaites.

Puis il énuméra les matières l'une après l'autre, tout en donnant les chiffres.

— C'est très bien. Viens.

L'homme se leva à demi, tendit la main pour la placer sur sa nuque et l'embrasser encore sur la joue. Elle regagna sa place. À nouveau, ce fut le silence inconfortable.

— Eva, murmura la mère.

La cadette se leva pour prendre son bulletin et le tendre à son père à son tour. Depuis les commentaires peu amènes de sa sœur dans la chambre, elle tentait de rentrer le ventre, et se tenait un peu penchée vers l'avant, les bras ballants.

— Toi aussi, tu as de bons résultats.

Il ne se donna pas la peine de lire tout haut les notes. Pour essayer de rétablir une certaine égalité, Fanny intervint :

— Le printemps dernier, Eva a fait sa première communion. Elle connaît son catéchisme par cœur.

— Ah ! C'est important, la religion.

Les mots n'étaient pas très convaincants dans la bouche d'un homme qui n'empruntait que rarement le chemin du temple luthérien le dimanche. Eva retrouva sa place, le cœur brisé. Pourtant, il n'y avait pas tellement de distance entre ses résultats et ceux de sa sœur. Rien qui ne justifiait que l'une se présente en vainqueur, et l'autre en vaincue.

— Mais mon bébé ne va pas encore à l'école. Viens ici.

Il prit Gretl sur ses genoux. Pendant un moment il demanda à la petite comment elle occupait ses journées, ensuite la conversation avec les autres reprit difficilement, avec, encore une fois, de longs silences pénibles. Après une quarantaine de minutes pendant lesquelles chacun essaya de faire preuve de la meilleure volonté, la mère dit à ses filles :

— Pourriez-vous aller dans votre chambre un moment ? Je veux parler à votre père.

Elles quittèrent la pièce avec une mauvaise volonté certaine. Malgré leur inconfort, elles auraient voulu prolonger encore la rencontre. Eva s'étendit sur son lit, prit son chat et le déposa sur sa poitrine.

— Moi aussi, j'ai eu de bonnes notes, lui souffla-t-elle dans l'oreille.

L'animal répondit avec un ronronnement.

Le fait de se retrouver en tête-à-tête n'allégea nullement l'atmosphère tendue entre les adultes.

— Que penses-tu de l'idée de divorcer ?

Dans la lettre pour inviter son mari à cette rencontre, Fanny avait annoncé ses couleurs.

— Pourquoi ? Nous sommes bien ainsi, non ? Bon, j'ai eu un peu de difficulté à joindre les deux bouts, mais avec les prix qui augmentent sans cesse…

À quelques reprises, le versement des sommes convenues était venu avec du retard.

— Nous devrions fixer tout ça dans un document légal. Ainsi, tu pourrais refaire ta vie.

L'hécatombe de la guerre avait privé de nombreuses femmes de leur compagnon. Même pour un homme au revenu sérieusement entamé par le soutien d'une première famille, Fritz demeurait un parti très convenable.

— Si tu en parles, c'est sans doute que tu as un homme en vue.

— Ne sois pas ridicule. Je suis catholique, pour moi, le mariage est éternel.

L'argument porta. Elle lui offrait sa liberté, sans pouvoir en profiter vraiment elle-même. La discussion roula sur des détails pratiques de leur situation, puis Fritz la quitta en disant : « Je vais y penser. »

Les Noël semblaient se suivre rapidement et, au grand dam de la population allemande, se ressembler. En 1920 aussi, seuls les vivres venus de Beilngries permirent aux Braun de satisfaire un peu leur gourmandise, et le sapin lui-même semblait avoir souffert d'une diète sévère.

Le 26 décembre, la mère, ses trois filles et le cousin Alois revêtirent leurs vêtements les plus chauds pour marcher en direction du Jardin anglais. Le grand espace vert, créé plus d'un siècle auparavant, se trouvait à un peu plus de deux kilomètres de distance. Gretl protesta pendant la majeure partie du chemin, réclamant d'être portée par le jeune homme.

— Voyons, tu n'es plus un bébé, dit Fanny.

— Si, je suis un bébé.

À tout le moins, tout récemment on s'adressait encore à elle en utilisant ce mot. Et puis à cinq ans, elle pouvait bien le prétendre. Quatre billets de tramway auraient trop pesé sur le budget de la couturière. La mère prit l'une de ses mains, Ilse, l'autre. Marchant derrière, Eva prit celle de son « oncle », tout en lui adressant un sourire un peu timide. Elle n'était pas loin de se trouver aussi chanceuse que les jeunes femmes de dix-huit ou vingt ans s'accrochant au bras d'un rescapé de la Grande Guerre.

Les passants lui rappelaient que tout le monde n'avait pas cette chance. Bien des grandes filles allaient deux par deux – et ce serait leur sort pour toute une vie – et maints éclopés tendaient la paume pour recevoir quelques pfennigs. Eux non plus ne rêvaient plus d'un mariage heureux.

— Ils me font peur, murmura l'enfant.

— Leur seul tort est d'avoir été blessés… ou de ne pas avoir trouvé d'emploi au moment de leur retour.

Ces mots devaient rassurer Eva. En réalité, à cause de la misère ambiante, aucun de ces individus n'aurait hésité à vider les poches d'une enfant de huit ans. Toutes ces années à tuer ceux d'en face émoussaient certainement un peu leur sens moral.

Pour se rendre au Jardin anglais, il fallait suivre la rue Hohenzollern vers l'est, puis prendre à gauche la rue Mandi. Ainsi, le petit groupe arriva au lac Kleinhesseloher. Même si de petites affiches avertissaient les badauds des dangers de marcher sur la glace, de la rive on voyait plusieurs patineurs. Certains portaient des lames fixées à leurs chaussures avec des lanières de cuir. Fanny préféra louer des patins plus modernes, avec les lames solidement attachées aux semelles. Cela condamnait chacune à garder ses chaussures accrochées au cou pendant la majeure partie de l'après-midi. Les laisser sous un banc ou dans un buisson était trop risqué. À Munich, une proportion importante des habitants n'avait rien à se mettre aux pieds.

Quand arriva l'été 1921, au moment où leur locataire regagnait sa famille pour les grandes vacances, les Braun effectuèrent à nouveau leur pèlerinage à Beilngries. Pour Eva, cela signifiait retrouver ses grands-parents, des compagnons de jeux connus lors de son séjour à l'école du village, les animaux et les expéditions dans les champs ou sur les rives de la Sulz. Parfois, quand elle allait à la rivière, elle se munissait d'une canne à pêche. Prrrr, tout comme les autres chats de la maison, profitait de ses succès, et ne souffrait pas trop de ses échecs. Les restes de table le gardaient très gras.

Le soir, après le souper, elle se réfugiait dans le salon avec un livre de contes. Les frères Grimm avaient sa préférence. Son silence, inhabituel, permettait aux autres d'oublier sa présence. Dans la cuisine, sa mère abordait souvent le sujet de son mariage raté. Un soir, Eva surprit une conversation. Même si les deux femmes parlaient tout bas, elle parvint à entendre beaucoup de choses.

— Il n'a pas protesté à l'idée du divorce ? chuchotait Sefi.

— C'est un luthérien.

Cela le rendait juste un peu plus susceptible d'accepter ce dénouement. Le ton narquois témoignait de son propre malaise : maintenant, son confesseur la surveillerait de près, disposé à lui refuser les sacrements si un autre homme entrait dans sa vie. Elle reprit, encore plus bas :

— Honnêtement, je l'ai trouvé accommodant. Malgré le contexte économique actuel, il assume plutôt bien ses responsabilités auprès des filles.

La vieille dame hocha la tête, convenant que Fritz sortait de ce mariage avec une certaine élégance.

— Il continue de les voir ?

— Il passe des soirées à la maison, mais leurs rapports demeurent empruntés, maladroits.

Ensuite, même si Eva percevait encore le bruit des voix, le sens des mots lui échappa. Tout à coup, Sefi parla un peu plus fort, comme sous l'effet de la surprise :

— Tu reprendrais avec lui ?

— En tout cas, si son humeur avait toujours été aussi conciliante que maintenant, je n'aurais pas réclamé de me séparer.

L'idée de voir son père revenir dans le domicile familial troublait Eva. Pendant ses visites, elle était ambivalente : d'un côté, elle ne savait trop quoi lui dire, quelle attitude adopter ; de l'autre, elle aurait tellement aimé se blottir dans ses bras…

— Vivre chacun chez soi coûte si cher. Le traitement d'un professeur, dans cette époque de misère, serait bienvenu.

Sefi hocha la tête. Après tout, l'argent jouait un rôle essentiel dans la plupart des unions. L'amour passait vite, la passion ne survivait généralement pas au premier enfant. Mais le désir d'une existence à l'abri de la misère durait toute une vie.

Pendant l'été 1921, les quatre femmes Braun étaient revenues à Beilngries afin de bénéficier de la campagne, et gagner un kilo ou deux, ou trois dans le cas de Fanny. La honte de dépendre encore de ses parents ne réduisait en rien l'étendue de ses besoins.

Pourtant, aux yeux des Kronberger, il existait un autre motif pour elle de rougir devant les voisins : sa vie conjugale. À la boulangerie, invariablement des amies d'enfance lui demandaient :

— Franziska, j'espère que ton mari n'est pas malade.

— Non, il se porte bien.

— Pourtant, les écoles sont fermées, à ce temps-ci de l'année. D'habitude, il est avec toi.

Dans une petite ville catholique de Bavière, avouer une séparation de corps n'était pas du meilleur effet. Quant à un divorce, ce serait l'anathème. Bien vite, ses explications boiteuses avaient fait le tour de la petite agglomération. Au point de faire d'elle un sujet de conversation.

Mécontente, grand-maman Sefi serrait les dents. Invariablement, en revenant vers la maison elle demandait :

— Fritz te demande-t-il des nouvelles des filles pendant ton séjour ici ?

Fanny hésita un moment avant de répondre.

— Assez régulièrement.

— Et entre vous ?

Si au moment de la séparation ses parents s'affichaient en accord avec la situation, les longs sermons du curé sur la dépravation morale du pays les rendaient plus sévères.

— Quand la distance améliore les relations entre des époux, c'est que la séparation s'avère le meilleur remède aux difficultés conjugales.

La vieille femme hocha la tête, mais Fanny devinait que cette justification ne la satisfaisait pas tout à fait. La suite lui en fournit la preuve.

— Tu sais, les choses ne sont pas toujours faciles avec ton père. Ça fait partie de notre fardeau de femmes.

Cela, Fanny n'en doutait pas. Franz-Paul se montrait volontiers autoritaire, et sa nostalgie du régime impérial l'amenait à critiquer tout changement, même le plus infime.

Ce jour-là, le vétérinaire se trouvait dans une ferme des environs, debout devant une étable. À son plus grand plaisir, Eva avait retrouvé sa place à ses côtés. Si pendant les premiers jours ses sœurs lui avaient disputé ce privilège, bien vite elles lui avaient abandonné la place en répétant, le nez plissé : « Ça pue. »

De cela, à certains moments, la blonde Eva pouvait bien convenir. Toutefois, la plupart du temps, tous ces animaux lui semblaient adorables, d'un petit poussin jusqu'au plus gros bœuf. En plus, grand-papa faisait de véritables miracles. Devant une vache refusant de s'alimenter, il avait émis l'hypothèse qu'elle avait avalé un morceau de métal, par exemple un bout de fil de fer d'une clôture. Son traitement se révélait particulièrement astucieux : lui faire avaler un gros aimant de forme oblongue. « Si c'est ça, avait-il dit, ça sortira par l'autre bout. »

Aujourd'hui, le paysan commentait :

— J'l'ai pas suivie tous les jours, mais elle a recommencé à manger, pis là ça va mieux.

— Alors, ou j'avais raison, ou elle se payait un petit carême.

— Mais l'aimant, j'l'ai jamais revu.

— Si vous le trouvez, gardez-le en souvenir.

Puis il y eut un petit malaise. Le bonhomme montra un panier déposé sur le sol, près du mur.

— Comme paiement, ça ira ? L'argent, ces temps-ci…

— Ça ira.

Une poignée de main scella l'affaire. Le vétérinaire marcha en direction de sa voiture. Le cheval mangeait l'herbe près du chemin, une activité qui lui enlevait tout désir de courir la campagne. Juste à ce moment, un attelage composé de deux bœufs arrivait des champs.

— Je peux aller les voir ?

Eva n'attendit pas la réponse pour courir vers les bêtes. Ces bovins placides ne risquaient guère de la blesser. Elle caressa la grosse tête du premier, puis du second, leur murmurant quelques mots.

— Grand-papa, tu as ton appareil ?

Le plus souvent, il l'apportait avec lui pour photographier des malades ou des estropiés à quatre pattes. Il ne se fit pas prier, sortit la grosse boîte noire de la carriole, et l'instant d'après, il immortalisait la scène : une petite blonde caressant la robe d'un animal dont le garrot se situait un peu au-dessus de sa tête. Plus d'une éternité plus tard, cette photographie se trouverait toujours dans ses albums.

Eva revenait toujours à Munich avec des sentiments mitigés. Si abandonner la liberté que lui offrait Beilngries lui pesait, retrouver ses amies, même si c'était au prix d'un retour à l'école, lui procurait toujours le même plaisir.

L'appartement de la rue Hohenzollern convenait bien à une famille comptant trois enfants, mais les Braun vivaient une situation particulière. Alois Winbauer occupait toujours la grande pièce donnant sur la cour, ce qui condamnait les trois filles à partager une chambre. Ilse, surtout, vivait mal cette cohabitation, mais sa proposition de prendre la place de son père dans le lit conjugal avait été rejetée sans la moindre discussion par Fanny.

Septembre 1921 apporta un nouveau changement. Même si les conditions matérielles du foyer demeuraient plutôt difficiles, Fanny s'efforçait de maintenir les apparences. Ainsi, deux après-midi par semaine, une dame du voisinage venait donner aux filles des leçons de piano.

L'instrument occupait presque tout un mur du salon, et des fleurs de soie placées dans un vase et déposées dessus apportaient une certaine gaieté à la pièce. Le piano était un peu désaccordé, mais l'oreille des jeunes disciples de sainte Cécile n'était pas assez fine pour faire la différence. Quant à l'enseignante, satisfaire sa faim valait bien d'endurer une succession de fausses notes.

Cet après-midi-là, Ilse s'appliquait justement à torturer le piano, alors que ses cadettes patientaient dans la cuisine.

— J'aime pas ça, la musique, se plaignit Gretl.

Occupée à préparer le repas, Fanny répéta son argument habituel :

— Les jeunes filles bien doivent jouer d'un instrument.

— J'veux pas être une jeune fille bien.

— En voilà, une idée ! Dans la rue, tout le monde envierait ton sort.

Fanny avait raison. Avoir des grands-parents à la campagne leur valait de manger un peu mieux que plusieurs voisins, et les talents de couturière de leur mère les rendaient plus élégantes. Pour qui aimait les rubans dans les cheveux, évidemment. Ce jour-là, toutes les trois en portaient un blanc, orné d'une grande boucle sur le côté droit de la tête. Demain, il serait bleu, ou rouge. Cela leur donnait un air endimanché tous les jours de la semaine.

Toutefois, peu d'enfants devaient envier les leçons de piano.

Eva renchérit :

— C'est vrai, les filles les plus riches, à l'école, étudient la musique.

La petite blonde occupait une chaise de l'autre côté de la table. Une interdiction formelle de quitter la maison la condamnait à faire des exercices de calcul depuis près d'une heure. Sa mère craignait trop qu'elle ne revienne pas à temps pour sa leçon. Elle avait la faculté d'oublier ses obligations les plus déplaisantes. Bientôt, le silence annonça qu'Ilse en avait terminé de sa corvée.

— Vas-y, Gretl, dit la mère.

— Après Effie.

— Non, toi d'abord.

Eva comprit que son dernier bulletin de notes lui valait de passer la dernière. En la gardant à cette table, sa mère entendait lui donner le temps de se réconcilier avec la règle de trois. Au moment de sortir pour rejoindre des amies, l'aînée lui jeta un regard moqueur. Ilse aimait faire sentir sa supériorité, et afficher de façon bien arrogante le surcroît de liberté que son assiduité au travail lui procurait.

Quand les notes discordantes provinrent du salon, Eva commença :

— Tu dis souvent que nous manquons de tout, mais tu donnes à manger à madame Schmidt.

Il s'agissait de la professeure de musique. La pauvre acceptait les paiements en nature.

— Nous avons plus de nourriture que d'argent.

Finalement, grand-papa faisait passer à Munich une part de ses honoraires pour enrichir la culture de ses petites filles. Eva se promit de faire un effort particulier, juste pour lui faire plaisir.

Chapitre 11

Munich, automne 1921

Fanny avait raison, son ex-époux se montrait plus attentionné depuis que le divorce avait été prononcé. Dès son arrivée, ce jour-là, il commença par distribuer des petits jouets de bois : des véhicules, des petites figurines. Même si ces objets convenaient mal à des filles de leur âge, celles-ci affichaient leur satisfaction. En guise de récompense, le père réclama que chacune s'assoie devant le piano à tour de rôle pour lui montrer ses progrès.

Aucune ne s'avérait une musicienne particulièrement douée, mais Ilse réussissait à faire preuve de suffisamment d'assurance pour convaincre son enseignante, ainsi que son père, du contraire. À cet exercice succéda un autre qui mit encore l'aînée en évidence : la présentation des résultats scolaires. Ilse profita à nouveau de son petit moment de gloire. Eva de son côté reçut un seul commentaire :

— Je suis sûr que tu pourrais faire mieux.

Puis, sans transition, il enchaîna :

— Et toi, mon bébé, tu aimes l'école ?

Gretl leva les bras quand il fit le geste de la prendre, et c'est sur ses genoux qu'elle lui expliqua en long et en large combien sa nouvelle réalité d'élève ne lui plaisait guère. Elle ne pouvait présenter des résultats seulement quelques semaines après être entrée à l'école. Toutefois, son petit visage en cœur opérait son charme sur les religieuses. L'avenir lui souriait déjà.

Quand les filles regagnèrent leur chambre, les parents Braun continuèrent la discussion à voix basse. Fritz tendit une enveloppe, Fanny l'ouvrit pour en voir le contenu.

— Cela ne suffit pas.

— C'est le même montant que d'habitude.

— Mais les prix montent sans cesse.

— Et mon salaire n'augmente pas… Enfin, pas assez vite pour compenser les augmentations des prix.

L'inflation n'avait jamais cessé depuis le début de la guerre. Tous les pays belligérants connaissaient des difficultés économiques depuis la fin de la production de munitions et le retour de millions de jeunes hommes à la vie civile. Pour les Allemands, l'obligation de soutenir la population sans ressources empêchait toute reprise. Trois ans après la fin des combats, le pouvoir d'achat du mark était divisé par dix. Les pays vainqueurs se révoltaient de n'avoir pas encore reçu les paiements des réparations.

— Je ne peux pas y arriver avec ce que tu me donnes.

Le ton de la femme contenait infiniment plus de désespoir que de colère.

— Si au moins je n'avais pas à payer un logis ailleurs, en plus de celui-ci…

Fanny le regarda froidement, puis prononça d'une voix abrupte :

— Tu peux toujours partager la chambre de l'une de tes nombreuses conquêtes.

Invariablement, au marché de la place Élisabeth, une âme charitable se chargeait de la tenir au courant des péripéties de la vie amoureuse de son ex-époux. Après tout, le quartier Schwabing n'était pas si grand, les allées et venues d'un professeur n'échappaient à personne.

— Là tu as un locataire, en avoir un autre ne changerait pas grand-chose. Et les filles apprécieraient ma présence.

Fanny trouva l'argument tout à fait raisonnable. Toutefois, Fritz gâcha rapidement cette impression positive.

— Pour les élever convenablement, il faut la présence de leur père.

Irait-il jusqu'à dire : « Je connais bien les filles faciles, je ne veux pas qu'elles le deviennent » ? Heureusement, il mesura la portée de son impair, aussi il battit en retraite prudemment.

— Bon, penses-y. Ton cousin terminera certainement ses études bien avant que l'Allemagne ne sorte de la misère.

L'homme quitta son fauteuil pour se diriger vers la porte. Elle le raccompagna. Fritz avait réussi à l'inquiéter assez pour qu'elle ne se hérisse pas trop quand il se pencha pour lui embrasser la joue.

Munich, janvier 1922

Fanny et Eva étaient dans le tramway qui les emmenait vers un grand magasin situé près de la gare centrale. Fanny avait l'espoir de renouer vraiment avec son travail de couturière et elle devait renouveler sa provision de fil. La distance depuis la rue Hohenzollern était suffisante pour justifier de prendre le tramway. Maintenant, il devenait impossible de circuler en ville sans croiser des hommes vêtus d'une chemise brune, portant un brassard décoré d'une croix gammée.

— C'est qui, ça ? demanda Eva en apercevant deux de ces militants monter dans la voiture.

Fanny continuait d'user de stratégies pour limiter les occasions de disputes entre ses deux filles aînées. Maintenant, Ilse et Eva se partageaient la responsabilité de « garder » Gretl, la plus jeune. Ce jour-là, la blonde méritait de participer à la petite expédition.

— Des membres d'une milice. Tu le sais bien, on en trouve des douzaines depuis la fin de la guerre. Même ton père a couru les rues avec son pistolet à la hanche.

Au début, l'enseignant s'était joint à des hommes se dévouant pour obtenir le retour du roi de Bavière et de l'empereur, à Berlin. Ce genre de projet était désormais bien dépassé. Maintenant, l'homme penchait pour un chef politique désirant obtenir la sécession de la Bavière de la fédération allemande.

La gamine suivit ces inconnus des yeux quand ils s'arrêtèrent près d'une banquette pour dire à un passager :

— T'es un Juif, toi.

— Non, dit l'autre après une hésitation.

— Fais pas semblant. Avec ton gros nez et tes yeux de porc, tu ne peux pas te cacher.

— Non, je vous assure…

Le malaise gagnait tous les passagers. Ce genre de scène se répétait souvent. Pouvoir désigner des responsables pour les misères du temps aidait peut-être à les affronter.

— Va-t-il falloir te déculotter pour en avoir la preuve ?

Fanny se pencha sur Eva.

— Cesse de les regarder.

Pourtant, Eva ne pouvait détourner les yeux de cette scène.

— Que veut-il dire ?

Fanny n'avait pas du tout envie de se lancer dans un exposé sur les pénis, circoncis ou non.

— Laissez-le tranquille, dit un passager à l'autre bout de la voiture.

— Tiens, quelqu'un qui aime les Juifs !

Les deux chemises brunes allaient faire un mauvais parti au gêneur quand le conducteur eut la bonne idée de mettre les freins et de crier par sa portière entrouverte :

— Monsieur l'agent, deux gars harcèlent mes passagers.

Le policier debout sur le trottoir voyait bien les membres de la SA*, mais il n'avait pas l'air d'avoir envie de se frotter à eux. Pourtant, ces derniers choisirent de descendre pour aller exprimer leur envie d'en découdre auprès d'autres individus au nez un peu fort, et aux cheveux trop foncés.

* Sturmabteilung : Section d'assaut.

— Pourquoi ils aiment pas les Juifs ? demanda Eva.

Sa mère feignit de n'avoir rien entendu.

— C'est parce qu'ils ont tué Jésus ?

Impossible qu'une jeune fille éduquée par des religieuses ignore totalement son histoire sainte.

— Ah ! Nous voilà rendues.

Fanny quitta son siège, puis descendit du tramway en traînant la gamine. Sur le trottoir, celle-ci répéta :

— C'est parce qu'ils ont tué Jésus ?

— Ça, ça fait longtemps. Je ne sais pas pourquoi ils ne les aiment pas…

Pour la ménagère, le sujet demeurait visiblement aussi difficile à aborder que les pénis et les circoncisions. Toutes les deux entrèrent dans le grand magasin Oberpollinger. Construit presque vingt ans plus tôt, il se trouvait rue Neuhauser. Avant la guerre, on y trouvait de tout, comme il convenait dans ce genre d'établissement.

Mais en ce jour de janvier 1922, les étagères étaient à peu près vides. Les clientes présentes semblaient surtout chercher à alimenter leur nostalgie d'un temps meilleur. Fanny connaissait bien les lieux, pour avoir fréquenté avec assiduité le rayon des tissus vendus au mètre. Une section contenait du matériel de couture. Elle put refaire sa provision de fil et d'aiguilles, puis elle s'arrêta devant une machine à coudre Bernina.

— Vous souhaitez en acheter une ? demanda un vendeur. Vous ne trouverez pas mieux, elle a été fabriquée en Suisse.

Son ton indiquait le plus profond scepticisme. Avec raison.

— Je vois deux zéros de trop sur cette étiquette.

Le commis eut un rire bref.

— Et en plus, je dois en ajouter un toutes les semaines. Avec l'inflation, plus personne à Munich ne peut s'en procurer une.

Comme tout le revenu du pays servait à soutenir les chômeurs et les vétérans inaptes au travail, sans compter les paiements de réparations, le mark perdait sans cesse de la valeur face aux autres monnaies, dont le franc suisse. Tout produit fabriqué à l'étranger devenait inaccessible aux Allemands.

— Mais la production de machines à coudre a certainement repris ici... Une Kohler ou une Faudels...

— Elles sont tout de suite vendues à l'étranger, parce que...

Fanny devinait la suite. Pour les étrangers munis de monnaie forte, le pays vaincu devenait le lieu des bonnes affaires. La ménagère décida de rentrer à la maison, sa fille toujours sur ses talons, sans attendre la fin de l'explication.

Un jour de février 1922, en revenant de l'école en compagnie de son amie Nelie – ce diminutif passait mieux que Cornelia –, Eva aperçut deux hommes vêtus de brun. Ils bousculaient un troisième portant une vareuse et une casquette :

— T'es un communiste, toi.

Les petites filles s'arrêtèrent, écarquillant les yeux devant la scène.

— Tes maîtres sont à Moscou, sale traître.

Leur interlocuteur lança son poing pour atteindre l'un de ces hommes, sans lui faire le moindre mal, puis il détala rue Teng. Évidemment, les autres le suivirent tout en criant des menaces.

— C'étaient des policiers ? demanda Eva.

— Ils sont en noir d'habitude, avec un drôle de casque, tout dur.

— Mais l'autre, c'était un communiste.

Même à son âge, le terme demeurait bien vague. Des scènes semblables la ramenaient aux affrontements dans les rues vers la fin de 1918, ou alors à la fuite de la famille vers Beilngries au début de l'année suivante.

— Moi, je rentre à la maison.

Nelie joignit le geste à la parole et son amie la regarda rentrer chez elle, de l'autre côté de la place Hohenzollern. Ensuite, Eva se dépêcha de rejoindre l'appartement du cinquième étage, montant deux marches à la fois.

— J'ai vu une bataille avec des communistes ! lança-t-elle en franchissant la porte.

— Ne va pas te placer dans des situations dangereuses, lui répondit sa mère.

Eva se sentit un peu blessée par le manque de compassion de Fanny. Après tout, il ne s'agissait pas d'une expérience agréable. Heureusement, Alois se trouvait déjà à la table de la cuisine, un gros livre ouvert devant lui.

— Comment sais-tu qu'il s'agissait de communistes ? demanda-t-il.

— Les autres les ont accusés. Ils ont même parlé de Moscou.

La fillette avait retenu des enseignements des religieuses que le maître de ces gens-là, Lénine, habitait dans cette ville. Elle ajouta :

— Ils portaient un uniforme brun. C'étaient des policiers ?

— En brun, non. Sans doute des membres des Sections d'assaut. Ils ont leur propre uniforme.

On utilisait le plus souvent l'acronyme SA, ou on parlait tout simplement des « chemises brunes ».

— J'en ai vu déjà traîner du côté du marché, ou dans le tramway, alors que j'étais avec maman. Ils ressemblaient à des voyous.

Elle reprenait là la condamnation sans équivoque de Fanny.

— Qui sont-ils ? demanda la gamine.

— La petite armée privée d'Adolf Hitler.

Fanny, occupée à préparer le repas, écoutait les explications. Les journaux parlaient de plus en plus souvent de cet homme. Il donnait des discours dans quelques brasseries et restaurants de la ville, et la presse résumait le contenu de certains d'entre eux.

— Je ne comprends pas pourquoi le gouvernement n'interdit pas ce genre de mascarade, dit Fanny.

— Plusieurs mouvements politiques ont des organisations de ce genre. Y compris les communistes, répondit Alois.

— Tout de même, ils ressemblent à des bandits.

— Ce sont des vétérans, souvent incapables de se trouver un emploi. Vous savez combien l'économie tourne au ralenti. La plupart de ces hommes se sont trouvés très jeunes dans l'armée, sans avoir eu la possibilité d'apprendre un métier.

« Ils n'en apprendront pas un en se battant dans les rues », songea la ménagère.

— Le parti de cet Hitler…

Son nom ne lui venait pas en mémoire, son neveu dut le lui rappeler :

— Le Parti national-socialiste des travailleurs allemands*. Nazi, pour faire plus simple.

— Ils deviennent importants ?

— En nombre, pas tellement. Mais ce sont des fanatiques qui suivent les enseignements de leur prophète.

— Y compris la haine des Juifs, dit Fanny avec dépit.

Cette information lui était restée en mémoire. L'antisémitisme existait dans tous les pays d'Europe, et des groupuscules politiques formulaient les menaces les plus horribles. Dans les désordres de l'après-guerre et avec la crainte croissante du communisme, ces discours trouvaient un écho chez plusieurs.

— Oui. Si ce n'était pas si dangereux, cela deviendrait ridicule. La dernière fois que je suis allé à la Hofbräuhaus, il a réclamé la peine de mort pour tout Juif pris avec une jeune fille blonde.

Ces dernières paroles stupéfièrent Fanny et terrorisèrent Eva. Le bruyant retour d'Ilse à la maison, en compagnie de Gretl, détourna la conversation. La plus jeune avait commencé l'école l'automne précédent, et l'aînée l'accompagnait matin et soir. Après quelques phrases échangées avec ses filles,

* Nationalsozialistische Deutsche Arbeiterpartei, désigné sous le sigle NSDAP.

Fanny revint à leur conversation tout en retournant à la préparation de son repas.

— Cet homme est complètement fou !

Quant à Eva, la question de la couleur des cheveux lui fit poser cette question :

— Pourquoi tuer les Juifs qui… sortent avec les blondes ?

Même à dix ans – à quatre jours près –, elle savait bien que les bons partis n'étaient pas si nombreux. Juifs ou pas. Les religieuses avaient beau parler du peuple qui avait tué le Christ, cela s'était passé il y avait longtemps, de l'avis même de sa mère.

— Ce sont des racistes.

Alois comprit que le sens de ce mot échappait à Eva. Mais le lui expliquer ne s'avérait pas si simple.

— Ces gens prétendent que les Juifs appartiennent à une autre race.

Cette précision rendait les choses plus confuses encore.

— Chez ton grand-père, mon oncle Kronberger, tu as vu des vaches de diverses races.

— Comme les Angeln, les Rotburn…

Les choses qui l'intéressaient lui restaient facilement en mémoire. Dommage que les sujets scolaires ne soulevaient pas ses passions.

— Si on les croise…

Alois se demanda si son explication ne l'entraînerait pas sur un sujet délicat, compte tenu de l'âge de son interlocutrice. Surtout que Fanny, penchée sur son poêle à charbon, les regardait à la dérobée.

— Les veaux ne ressemblent pas nécessairement à leur mère, fit remarquer la fillette.

Décidément, grand-papa l'avait exposée à des sujets peu familiers à la plupart des petites Munichoises.

— Voilà ! Les nazis ne veulent pas de mélanges entre les gens.

Le petit cours sur l'élevage risquait de soulever un lot de questions que Fanny trouvait bien prématurées. Alors elle dit d'un ton qui ne tolérait pas de réplique :

— Maintenant, laisse ton oncle tranquille et fais tes devoirs.

— Mère…

Cela aussi venait de l'éducation des religieuses. Ce mot leur paraissait infiniment plus chargé de respect que le « maman » de sa prime enfance.

— Ne discute pas. Tu sais que si tu ne les fais pas avant le souper, tu ne les feras pas du tout.

Un pli au milieu du front, Eva sortit un cahier d'écolier, une plume et un encrier. Décidément, la sœur enseignante tenait à transformer toutes les petites filles en mathématiciennes. Heureusement, Alois acceptait de bonne grâce de l'aider, juste pour ses beaux yeux, disait-il.

Déjà, on était à l'été 1922. Fin juin, Alois Winbauer se tenait dans l'entrée de l'appartement des Braun, une valise posée près de lui.

— Cousine Fanny, je vous remercie de m'avoir reçu ainsi dans votre famille.

— C'est plutôt à moi de te remercier.

— Je vais garder un excellent souvenir de votre cuisine.

La femme se renfrogna un peu, soupçonnant une ironie blessante. Eva se tenait un peu en retrait, au bord des larmes.

— On ne trouve plus rien au marché.

— Justement. Tout le monde peut faire de la bonne cuisine quand on a de tout. Mais les mille et une façons de préparer les pommes de terre, c'est autre chose.

Ils se firent la bise, sincèrement peinés de se quitter après trois ans d'une cohabitation agréable. Quand le jeune homme fit mine de prendre sa valise pour descendre, Eva se précipita pour s'en emparer.

— Je vais la porter.

— Voyons, Effie ! voulut la raisonner Fanny.

Ce fut peine perdue, déjà sa fille se trouvait à une demi-volée de marches. Après un dernier sourire adressé à sa logeuse, Alois descendit derrière Eva. Il la retrouva dehors, sur le trottoir. Des larmes coulaient sur ses joues. Un instant, il craignit de la voir insister pour l'accompagner jusqu'à la gare. Pourtant, elle lui tendit la valise.

— J'aimerais que tu restes toujours.

Les mots trahissaient presque un amour de grande personne.

— Mais tu sais bien que maintenant que j'en ai fini avec l'université, je dois aller là où il y a du travail.

Gravement, elle hocha la tête pour indiquer qu'elle comprenait. Touché, il dit encore :

— Nous nous reverrons cet été chez grand-maman Sefi. Tiens, nous irons à la pêche ensemble.

En guise de réponse, elle se précipita contre lui, serra ses bras autour de son corps. Ne sachant plus que dire, il caressa les cheveux blonds de sa main restée libre.

— Nous irons pêcher juste tous les deux.

Après avoir esquissé un geste de la tête pour donner son assentiment, Eva se dégagea très vite et se précipita dans l'immeuble, puis se lança tout de suite dans l'escalier, cette fois pour aller au sous-sol, au risque de gâcher sa robe à cause de la poussière de charbon. Voilà une autre ironie de ces temps difficiles. Si tout le monde manquait de combustible pour faire à manger et se chauffer l'hiver, il demeurait encore tout à fait possible de ruiner ses vêtements.

À dix ans et quelques mois, elle vivait une seconde peine d'amour. La première avait été avec son père.

Munich, été 1922

L'inflation continuait de ruiner le pouvoir d'achat des travailleurs. Les grèves se succédaient malgré l'effort des pouvoirs publics pour réprimer les manifestations, ou peut-être à cause de celui-ci. Chaque jour, la menace d'une révolution pesait. Le Parti communiste, d'un côté, fourbissait ses armes ; de l'autre, différents mouvements de droite menaçaient de le devancer. À Munich, le Parti national-socialiste gagnait en popularité.

Aussi ce fut avec un grand soulagement que Fanny effectua la migration estivale habituelle vers Beilngries. Elle portait sa valise et celle de Gretl, et

Ilse la sienne. Quant à Eva, en plus de son bagage, il lui fallait transporter Prrrr dans un panier d'osier.

— Tu aurais dû laisser ce sac à puces sur le palier, dit l'aînée en regardant la benjamine monter difficilement dans un tramway avec ce fardeau.

— Jamais !

La protestation d'un ton haut perché laissait présager des larmes prochaines. L'idée de perdre son chat, après avoir perdu son oncle, lui paraissait intolérable.

— Franchement, Ilse, gronda la mère. Je me demande quel plaisir tu trouves à ce genre de taquinerie.

Peut-être le mot « taquinerie » rendait-il imparfaitement compte de ces piques si méchantes. L'une revenait plus souvent que les autres : « vache stupide ». L'amour fraternel s'exprimait de façon bien étrange entre elles.

Dans la petite ville au nord de Munich, les femmes Braun formaient une bien curieuse procession. Elles marchaient l'une derrière l'autre, la plus âgée devant, la plus jeune à la queue. La grande maison du vétérinaire reprenait des allures d'hôtel quand quatre filles de la maison y venaient avec leur progéniture. Quant à la cinquième, Anni, son statut de religieuse lui permettait de dépendre moins que les autres des ressources des parents.

À nouveau, Eva devait partager son lit avec Gretl et son chat. Cet arrangement ne lui déplaisait pas. Elle avait les mêmes compagnons de lit à Munich. Souffrant de l'humeur de son aînée, elle se montrait plutôt attentionnée pour sa cadette. Et puis l'idée de passer quelques semaines dans ces lieux la rendait plus souriante. Une fois ses quelques vêtements rangés dans un vieux coffre, elle se précipita au rez-de-chaussée afin de renouer avec les « patients » de son grand-père.

Quand Fritz Braun frappa à la porte du numéro 1 de la rue Principale, Sefi alla ouvrir. Son « Bonjour, comment allez-vous ? » sonnait faux.

— De nos jours, toute personne capable de se nourrir à peu près bien doit se compter parmi les plus chanceux. Alors oui, je vais bien.

L'ancien soldat se tenait droit comme au garde-à-vous, mais c'étaient tous ces regards désapprobateurs qui lui donnaient cette raideur... Toutes les femmes Kronberger paraissaient prêtes à le juger et à le condamner sans appel. Le docteur Franz-Paul, sans doute mieux disposé à son égard, quitta son siège pour lui serrer la main ; les autres se contentèrent d'une inclinaison de la tête.

— Elles se trouvent dans le salon, dit laconiquement Sefi en lui désignant une porte fermée.

La pièce servait seulement à recevoir des personnages importants, comme les supérieurs hiérarchiques du vétérinaire, le curé au moment de sa visite paroissiale, et quelques autres visiteurs. Ce jour-là, Fanny et ses filles occupaient le canapé et un fauteuil. Toutes se levèrent à son entrée. Les bises à ses filles, et celle, plus légère, à son ex-femme, prirent un instant, de même que les quelques mots pour s'enquérir de l'état de santé de chacune.

— Que faites-vous pour vous amuser, pendant toutes ces semaines ?

— Aujourd'hui, j'ai accompagné grand-papa dans une grande ferme, raconta Eva avec enthousiasme. Un cheval s'est blessé.

Son récit ne souleva pas beaucoup d'intérêt chez son père. Au moins, ceux d'Ilse et de Gretl ne furent pas vraiment mieux accueillis. Cela lui épargna un accès de jalousie. Bientôt, Fanny demanda :

— Les filles, pourriez-vous nous laisser seuls, votre père et moi ?

Elles sortirent à contrecœur. Ensuite, le silence dura un long moment, jusqu'à ce que Fritz trouve le courage de dire :

— J'aimerais revenir à l'appartement.

Son ex-épouse allait protester quand il leva la main pour l'arrêter.

— Je ne peux pas continuer comme ça. Un petit pain noir me coûte huit marks. Au moins, je n'aurais plus à payer une chambre ailleurs. Les choses n'iront pas en s'améliorant.

Pendant un moment, il lui expliqua combien son retour dans l'appartement familial permettrait de consacrer plus d'argent aux autres besoins de chacun. Fanny se retint d'exprimer le fond de sa pensée : son ex-époux profiterait ainsi des largesses du docteur Kronberger.

— Je ne demande pas… que nous redevenions… euh… comme avant. Je veux juste occuper la pièce laissée libre par le jeune Winbauer.

— Je vais y réfléchir encore.

La femme quitta son siège en disant :

— Maintenant, tu accepteras bien de dîner avec nous ?

Voilà qui lui permettrait de retourner à Munich avec un certain espoir au cœur, et le ventre plein.

Chapitre 12

Septembre 1922 apportait son lot de changements pour les Braun. D'abord, après des années passées dans un établissement du voisinage, Ilse devait poursuivre ses études secondaires dans une école catholique. Alors que tous les autres se trouvaient toujours à table, elle se tenait debout, impeccable dans sa belle robe noire. L'uniforme permettait d'identifier les élèves du couvent des « sœurs anglaises », une congrégation enseignante créée des siècles plus tôt par Mary Ward. Ses disciples dirigeaient des institutions d'enseignement dans de nombreux pays.

— C'est loin, se plaignait-elle. Je dois me lever avant tout le monde, alors que les religieuses ont un pensionnat.

— Nous ne pouvons nous permettre de payer pour un pensionnat, tu le sais bien, dit sa mère. Et puis en tramway, le trajet te prendra tout au plus une demi-heure.

— Tout de même…

Son insistance impatienta Fanny.

— Mais si c'est trop difficile pour toi, nous pouvons encore t'inscrire à l'école de la rue Teng, juste à côté.

— Tu as dit que je méritais de fréquenter le couvent de Mary Ward en récompense de mon bon travail pendant toutes ces années !

En chantant ses propres louanges, la jeune fille donna l'impression de grandir de deux ou trois centimètres. Elle ne mentait pas : des années à se maintenir parmi les trois premières de sa classe lui valaient ce traitement spécial. « Tu le mérites bien », avait dit Fanny.

— Oui, mais en tant qu'externe.

Cela lui valait le privilège de fréquenter l'établissement créé au dix-septième siècle, pas très loin du palais d'été de la famille royale des Wittelsbach. Prudemment, elle décida de ne plus insister.

— Bon, alors j'y vais.

Elle quittait la cuisine quand sa mère dit :

— Surtout, fais bien attention. Si tu vois des manifestants, rebrousse chemin. Encore la nuit dernière, nous avons entendu des coups de feu.

Les grèves se succédaient, tout comme les affrontements entre les corps francs et les membres du Parti communiste. Même les enfants devaient apprendre à faire la différence entre les militants inoffensifs – peu nombreux – et les autres.

— Ça ira. Je ne porte ni brassard rouge, ni croix gammée.

Quand elle fut partie, Fanny reprit, à l'intention d'Eva :

— Tu tiendras ta petite sœur par la main tout le long du chemin, et si jamais vous courez un danger, tu la ramèneras ici.

C'était risquer qu'Eva invente une menace juste pour faire l'économie d'une journée de classe.

Quelques minutes plus tard, les deux plus jeunes partirent pour l'école.

Sur le chemin, Eva assuma au mieux son rôle de grande sœur. Gretl, de son côté, posait un regard apeuré sur tous les hommes croisés sur son chemin.

— Ne crains rien, les communistes ne font pas de mal aux enfants.

Ou du moins, elle l'espérait de tout son cœur. Depuis aussi loin qu'elle se souvenait, les Rouges incarnaient une menace. Le péril semblait peser un peu plus tous les jours, en proportion de la détérioration de la situation.

— Mais ceux-là ?

La fillette pointait le doigt vers une demi-douzaine d'hommes vêtus d'un uniforme brun.

— Ceux-là non plus.

La plus jeune marqua une pause, puis reprit sur un tout autre sujet :

— Quand nous reviendrons à la maison, papa sera là.

— Peut-être pas à notre retour, mais certainement quand nous irons au lit.

Encore plus qu'Ilse elle-même, Eva regrettait que cette dernière ne soit pas pensionnaire. Au moins, cela lui donnerait l'occasion de parler un peu à son père sans se voir interrompre avec des mots comme : « Et toi, ma princesse, ça se passe bien à l'école ? » La blonde acceptait mieux la situation quand il évoquait « son bébé », Gretl. Elle-même la considérait comme une petite enfant souvent morose.

Les désordres politiques incessants avaient facilité le retour de Friedrich « Fritz » Braun au domicile familial. La présence d'un homme dans la maison rassurait la mère et ses filles. Le vendredi 8 septembre, aidé par un collègue qui s'esquiva tout de suite après, Fritz déposait une lourde malle dans le petit hall de l'appartement, de même qu'une valise.

— Bon retour chez toi, dit Fanny avec la meilleure grâce possible.

Il saisit très bien son malaise, au point de vouloir la rassurer.

— Ne crains rien, ça ira. Si tu peux prendre ton bout, nous allons la mettre dans la chambre. Je ne voudrais pas érafler le plancher en la traînant.

Bientôt la grosse malle se trouva dans la pièce du fond. Fritz fit un tour sur lui-même pour renouer avec l'endroit. Un lit étroit garni de coussins rappelait un canapé, des étagères permettaient de ranger des livres, la table de travail s'encombrerait bientôt de planifications de cours. Déjà, il s'imaginait installé dans son fauteuil, une pipe vissée entre les dents.

— Ça ira ?

Fanny s'inquiétait un peu de le voir changer d'idée, maintenant.

— Tout sera parfait.

Il pourrait passer tout son temps dans cette pièce, et n'en sortir que pour aller à la salle de bains et dans la cuisine. Bientôt, tous ses vêtements se trouvèrent rangés dans la penderie et une commode, ses livres placés sur les étagères, et ses outils dans un coffre.

L'amour, le vrai, celui que l'on donne et que l'on reçoit en égale proportion, est une chose rare. Et plus rare encore la naissance d'un amour éternel par un coup de foudre. Eva Braun le rencontra pourtant à dix ans et demi, cet amour-là, à sa toute première journée à l'école secondaire Luise von Heydenaber, un établissement pour filles situé rue Teng, tout près de son domicile.

Jusqu'au mois de juin précédent, elle avait assumé avec beaucoup de générosité son statut de grande à l'école primaire, toujours attentive à ne pas bousculer les plus jeunes. De toute façon, comme Gretl faisait partie de ces dernières, la moindre indélicatesse serait venue aux oreilles maternelles.

Lors de sa rentrée à l'école secondaire, Eva maîtrisait mal son trac. Comptant parmi les plus jeunes, face à des camarades de seize ans pour les plus vieilles – des femmes, quasiment –, elle s'attendait au pire. En entrant dans la cour de l'établissement, elle se trouva face à face avec une brunette aux yeux foncés.

— Toi aussi, tu es nouvelle ici ?

L'autre fit oui de la tête.

— Tu veux être mon amie ?

C'étaient les mêmes mots qu'à sa première journée à l'école primaire, et la réponse fut aussi la même. Pourtant, tout était différent. Sa nouvelle amie s'appelait Herta Ostermayer. Elle prit son bras, puis proposa :

— Tu viens ? Ces filles qui regardent vers le sol sont certainement des nouvelles, elles aussi.

Dix minutes plus tard, des rires fusaient parmi le petit groupe. L'amour avait quelque chose de contagieux, et il permettait de conjurer la timidité, le sentiment d'être maladroite, la peur de l'échec. Surtout cette crainte, incrustée dans son âme.

Après un mois à l'école, la complicité entre les deux filles ne se démentait pas. Les meilleurs moments étaient sans conteste les cours de callisthénie, une forme de gymnastique proposée surtout aux jeunes filles ou aux femmes. Si les exercices de musculation en étaient absents, l'usage d'appareils comme les barres parallèles, les barres fixes et les anneaux permettaient de sculpter les corps. Friedrich Ludwig Jahn avait inventé cette discipline près d'un siècle auparavant.

Chaque fois que la trentaine de jeunes filles se retrouvaient dans la cour, vêtues d'un maillot noir et ample les couvrant du cou jusqu'aux cuisses et de grands bas de même couleur, les fous rires ne manquaient jamais. Ce fut au terme de l'une de ces séances d'entraînement qu'Eva proposa :

— Ça te dirait de venir à la maison ?

L'autre hésita un moment avant d'accepter. Une fois son assentiment obtenu, la blonde jugea utile d'ajouter :

— Cependant, ne t'attends pas à une invitation à dîner. Ma mère serait prête à se battre pour un trognon de chou.

La précision mit Herta un peu mal à l'aise, et encore plus la réflexion qui vint ensuite :

— Je me demande comment je fais pour avoir ça.

Du pouce et de l'index, elle pinça la couche de gras à sa taille.

— Chez toi, cela se passe bien ? demanda Herta.

L'entraînement physique permettait de constater que les jambes de certaines filles ressemblaient à des bâtonnets, que d'autres saignaient des gencives ou perdaient des dents. Pourtant, les enfants les plus pauvres n'allaient sans doute pas à l'école.

— Oui, ça va.

Quelques informations biographiques avaient déjà été échangées. Eva savait que monsieur Ostermayer se livrait au commerce. Une activité vague à souhait susceptible d'enrichir quelqu'un.

L'appartement de la rue Hohenzollern se trouvait tout près. Quand elles s'engagèrent dans l'escalier, Herta remarqua :

— C'est haut…

— Oui, mais regarde mes mollets. Rien que du muscle !

Ce n'était pas la stricte vérité. Si la présence d'un peu de gras ne déparait pas l'enfance, à dix ans, sa silhouette l'inquiétait déjà. Au dernier étage, en ouvrant la porte, elle cria :

— Maman, je veux te présenter une amie !

Fanny vint dans le petit hall afin d'échanger quelques mots. D'un coup d'œil compétent, elle apprécia les vêtements de qualité et tout à fait neufs, pas ceux que l'on se passait de l'une à l'autre.

— Bienvenue chez nous, Herta.

Elle continua à l'intention de sa fille :

— Allez dans ta chambre. Tout à l'heure je vous servirai du thé.

Ce genre de largesse étonna Eva. La ménagère souhaitait faire une bonne impression sur cette petite-bourgeoise. Les filles s'engagèrent dans le couloir.

— Au fond, c'est la chambre de mon père.

Quand elles furent dans la petite pièce encombrée de trois lits, Herta demanda :

— Que veux-tu dire ?

Heureusement, Gretl devait s'être attardée chez une camarade de classe et Ilse revenait de l'école un peu plus tard.

— Ils ne sont pas mariés. Enfin, ils ne le sont plus. Ils appellent ça un divorce. Alors, ils ont chacun leur chambre.

Sans qu'elle se considère experte de ces questions, un divorce ne paraissait pas très catholique à Herta.

— Et ça veut dire que je couche ici avec mes deux sœurs.

La voix contenait un peu de dépit.

— Seule avec Gretl, ça irait, mais Ilse…

Herta n'entendait pas parler de l'aînée pour la première fois. Sans transition aucune, Eva esquissa son meilleur sourire, puis déclara en se levant :

— Mais je ne t'ai pas montré mon chat !

Elle disparut dans le couloir en appelant Prrrr, puis elle revint avec l'animal dans les bras.

— C'est mon grand-père qui me l'a donné. Je t'ai dit qu'il était vétérinaire ?

En trois semaines, au moins cent fois.

Bientôt, Fanny les appela pour prendre un thé plutôt clair – s'agissait-il d'un souci d'économie, ou parce qu'à dix ans, c'était une boisson trop stimulante ? À son arrivée, Fritz fit l'effort de se montrer affable pour cette visiteuse disposée à l'appeler « monsieur le professeur », sans se soucier que l'enseignement de la menuiserie ne méritait pas ce titre.

Toutefois, dès le retour d'Ilse de son couvent, Eva proposa :

— Si tu veux, je vais te reconduire chez toi.

Elle craignait que son aînée, pleine de ressources, ne trouve le moyen d'écorcher cette amitié.

Une fois la glace brisée, Herta était retournée chez les Braun à deux ou trois reprises. Sa rencontre avec Ilse lui avait fait apprécier son statut de fille unique, et celle de Gretl, le regretter. Puis Fanny consentit enfin à ce qu'Eva passe une nuit chez les Ostermayer. Son hésitation tenait à la différence de fortune, facile à deviner. Et aussi au fait que jamais elle ne rendrait l'invitation : loger quatre filles dans la même chambre serait catastrophique.

Lorsque Eva partit pour l'école, le jour de cette visite, sa mère lui répéta à plusieurs reprises :

— Tu vas te montrer polie, n'est-ce pas ? Et tu mangeras tout ce qu'il y aura dans ton assiette, mais sans en redemander une seconde fois.

Son insistance réussit à mettre la blonde tout à fait mal à l'aise. Aussi, à la fin de la classe, elle demanda à son amie :

— Tu es certaine que je ne dérangerai pas ?

— Voyons, nous nous sommes entendues...

Le ton un peu impatient de son amie attrista Eva.

— Oui, bien sûr. Je m'excuse...

Puis vint la confidence :

— Je me sens intimidée.

— Ne sois pas stupide, viens.

Le qualificatif aurait pu la blesser, mais la bise empressée la réconforta tout à fait. En fin d'après-midi, c'est bras dessus, bras dessous que les jeunes filles se présentèrent devant la demeure des Ostermayer. Il s'agissait d'une vraie maison, avec un jardin à l'arrière, pas d'un appartement dans un immeuble à logements multiples. Quand elles entrèrent dans le hall, une domestique arriva tout de suite.

— Anna, vous nous préparez un goûter ?

— Oui, mademoiselle.

Certains habitants du 93, rue Hollenzollern avaient des domestiques logeant sous les combles, et même grand-papa Franz-Paul à Beilngries. La présence de celle-là augmenta le malaise d'Eva d'un cran. Puis ce fut la mère qui apparut, vêtue d'une jolie robe, bien coiffée.

— Ah ! Je te rencontre enfin, Effie. Je peux t'appeler ainsi ?

Sans attendre de réponse, elle embrassa la joue droite, puis la joue gauche.

— Herta ne cesse de parler de toi. Bon, nous nous retrouverons au souper.

Puis elle disparut.

— Viens dans le salon, maintenant.

La visiteuse se laissa entraîner dans une pièce cossue. Elle admira les fauteuils et le canapé, le tapis épais, le papier peint élégant. Son malaise devenait palpable, au point que son hôtesse crut bon de préciser :

— Tout ça, c'est à mon père ; moi je n'ai rien de plus que toi.

Eva demeura interdite un moment, puis répondit avec son meilleur sourire.

La tasse de chocolat chaud et les biscuits convainquirent Eva de redoubler d'efforts aux cours de callisthénie durant tout le prochain mois. Une heure plus tard, elles passaient à table. Le père d'Herta se montra tout aussi aimable que sa mère.

La visiteuse ne pouvait s'empêcher de regarder le père de famille à la dérobée, cherchant quelles qualités lui permettaient de réussir dans la vie. Les différences avec Fritz ne manquaient pas : une barbe grisonnante plutôt que des joues glabres, un sourire facile plutôt qu'un visage toujours fermé, et le désir de la mettre à l'aise par des questions sur son existence.

Dans ce cadre élégant, Eva se réjouissait que Fanny ait toujours insisté sur le bon maintien à table. Le dos bien droit, les joues un peu brûlantes à cause de toute cette attention, elle répétait les « Monsieur » et les « Madame », disait merci à la domestique quand elle servait ou desservait. Elle trouvait les portions suffisamment généreuses pour n'avoir aucune envie d'en redemander.

Quand tout le monde sortit de table, Herta l'entraîna dans sa chambre. À nouveau, l'élégance de la pièce la troubla. Plutôt que de rejouer la scène de la pauvresse, Eva s'engagea dans des confidences :

— Mes parents veulent se remarier.

Déjà, l'évocation du divorce avait troublé son amie. Plutôt que de la rassurer, ce retour sur le droit chemin lui parut étrange.

— Alors pourquoi avoir divorcé ?

La blonde haussa les épaules. Fanny ne faisait pas de confidence à ses filles, mais à moins d'être sourde, elle ne pouvait ignorer qu'il existait d'autres femmes. Quant à donner un sens à ces mots, impossible. Sa connaissance des choses de la vie lui venait du comportement des animaux à la campagne, et des bribes de conversation entendues dans la cour de récréation.

— Cela signifie-t-il que tu auras une chambre à toi ?

La cohabitation avec Ilse figurait en tête de ses récriminations.

— Seulement avec Gretl, ça m'irait.

Puis, après une pause, elle continua :

— Je ne pense pas. Ils arrivent à rester polis l'un avec l'autre, mais ça n'en fait pas des amoureux.

Si la mécanique lui échappait, Eva n'associait plus le mot « mariage » avec l'amour. Les dernières heures s'étaient révélées propices à un apprentissage à cet égard. Les Ostermayer paraissaient complices. Évidemment, elle tendait à trouver admirable tout ce qui était dans cette maison, et peut-être que la situation s'avérerait moins idyllique pour un autre regard que le sien.

— C'est comme s'il se trouvait pensionnaire dans son propre logis. Comme l'oncle Alois.

Même là, elle exagérait. Les rapports de Fanny avec le jeune homme s'étaient révélés cordiaux. Un peu comme si la vie lui avait montré à quoi pouvait ressembler une relation avec un fils. Pendant de longues minutes, Eva évoqua une vie familiale sans joie. Ensuite, trop pudique pour fondre en larmes devant son amie, elle évoqua la fatigue pour se réfugier dans la chambre d'amis.

Devant la multiplication des grèves des travailleurs ruinés par la hausse des prix et des manifestations des chômeurs, le gouvernement avait décrété la loi martiale. Des militaires patrouillaient les rues, les forces de l'ordre se donnaient le droit de disperser toutes les réunions à coups de fusil, et d'arrêter qui leur plaisait.

Dans cette ambiance troublée, Friedrich Braun et Franziska Kronberger unirent leurs destinées pour la seconde fois devant les autorités civiles le jeudi 16 novembre 1922. Comme le mariage catholique était indissoluble, inutile de repasser devant monsieur le curé. Quand ils revinrent au 93 de la rue Hohenzollern, les enfants les attendaient dans le hall, intimidés. Dans de pareilles circonstances, convenait-il d'adresser ses vœux d'un bonheur éternel béni par une famille nombreuse ?

Fanny décida de rompre le malaise en disant :

— Bon, Ilse, tu vas m'aider à préparer le souper, et toi, Eva, occupe-toi de ta sœur.

La blonde en avait l'habitude. Prenant la main de Gretl, elle l'entraîna dans la chambre pour lui faire la lecture.

Les combats avaient pris fin plus de quatre ans auparavant. Depuis, la situation paraissait pourtant s'envenimer sans cesse.

Quand, le 22 décembre, Fanny invita Eva à l'accompagner pour faire des courses, ce fut l'occasion de le constater une nouvelle foi. Déjà, en sortant de l'immeuble, la place Hohenzollern offrait un spectacle navrant. À cette date de l'année, d'habitude, les marchands dressaient un grand sapin, décoré avec soin.

À la place, la mère et sa fille virent des cabanes de planches, des abris de fortune pour des chômeurs. Plusieurs portaient les stigmates de la guerre. Eva les regardait avec de grands yeux effarés. À bientôt onze ans, les récits sur l'horreur des combats prenaient pour elle tout leur sens. Et un chiffre comme deux millions de victimes devenait plus clair que « beaucoup de morts ».

À ce moment de l'année, un marché de Noël se tenait traditionnellement sur la place de l'hôtel de ville. Des marchands proposaient de la viande, des pâtés, des confiseries, des alcools. Certains offraient du vin chaud épicé. Le budget des Braun ne permettait pas à Fanny de se rendre là-bas. Et de toute façon, aucune chance de faire bombance en 1922.

Le marché de la place Élisabeth ferait bien l'affaire. Toutefois, Fanny s'étonna d'y voir aussi peu de paysans. La plupart jugeaient la clientèle trop peu nombreuse pour se donner la peine d'effectuer le trajet. Dans les quelques charrettes, les choux, les patates, les navets coûtaient des sommes astronomiques. Elle tâta un lapin du bout des doigts et demanda : « Combien ? »

— Vingt mille marks.

La ménagère haussa les sourcils, stupéfaite.

— Ben quoi ? Une paire de culottes coûte le triple.

Elle s'éloigna en secouant la tête, écœurée. Un moment plus tard, apprendre qu'un demi-kilo de beurre valait maintenant treize mille marks la renvoya directement chez elle.

— Vraiment, j'ai de bien jolies filles, dit Fritz.

La cherté des vivres amenait des ménagères à se débarrasser de tous les vêtements en trop pour une misère. Pour Fanny, il était facile de faire quelques retouches pour les revendre, ou rajeunir les plus beaux. Dans le petit hall de l'appartement, la mère et ses filles décrochaient leur manteau. La messe de minuit exigeait un petit effort d'élégance supplémentaire. Fanny demanda à Fritz :

— Tu pourras t'occuper du réveillon ? Enfin, si on peut parler de réveillon…

— Bien sûr. Ne t'inquiète pas.

Lui ne semblait pas s'inquiéter. Comme si la situation le laissait indifférent.

Les Braun se dirigèrent vers l'église Sainte-Ursule pour assister à la messe de minuit. Comme cette année-là Noël tombait un lundi, il s'agissait de la seconde cérémonie religieuse de la journée.

Dans les rues, des fidèles – en majorité des femmes – suivaient le même chemin. Aucun éclat de rire ne fusait, les souhaits de joyeuses fêtes manquaient terriblement de conviction. Sur le parvis de l'église, Eva aperçut Herta encadrée par ses parents. Catholiques eux aussi, les Ostermayer saluaient les Braun depuis que les jeunes filles étaient amies.

La brunette s'avança.

— Joyeux Noël, madame Braun. Ilse, Gretl.

Celles-ci n'eurent droit qu'à une inclination de la tête.

— Effie, je peux te parler une minute ?

Eva consulta sa mère du regard, puis s'éloigna un peu.

— Comment vas-tu ?

De la part d'une gamine de son âge, la question paraissait un peu étrange.

— Ce sera votre premier Noël en famille depuis longtemps.

Le remariage des parents de son amie lui paraissait la chose la plus étrange du monde.

— Oh ! Ça va. Papa est luthérien, alors nous voilà ici entre femmes.

— Je voulais te donner ça.

Discrètement, la brunette glissa quelque chose dans la poche de son manteau. Un petit objet enveloppé dans un mouchoir. Tout de suite, Eva se sentit misérable de ne pas y avoir pensé. Ce jour-là, les gens échangeaient des présents.

— Je n'ai rien…

Sans la laisser terminer, Herta lui embrassa la joue en vitesse, puis s'éloigna pour rejoindre ses parents.

Même s'il s'agissait des mêmes que lors des années précédentes, les décorations dans l'église paraissaient ternes. Comme la cérémonie ne commencerait pas avant une quinzaine de minutes, Eva murmura :

— Maman, je peux aller voir la crèche ?

Tout de suite, Gretl dit « Moi aussi ». La mère donna son accord d'un geste de la tête. La crèche avait été montée à l'avant de l'église, du côté droit. Les statuettes représentant les personnages de la Sainte Famille, des bergers, des rois mages et surtout des animaux provoquèrent des échanges murmurés entre les filles. Discrètement, Eva sortit le petit présent de sa poche pour le porter sous son nez. Une odeur de cannelle. Un moment, elle songea à aller se confesser pour pouvoir manger ce biscuit en toute discrétion. Cette idée lui fit honte.

Au moins, les cantiques surent les transporter dans un autre temps, dans un autre monde. En rentrant à la maison, la famille retrouva Fritz dans la salle à manger. Il avait mis le couvert, placé des plats sur la table. Visiblement, une bouteille de schnaps lui avait tenu compagnie. Le geste lent et la prononciation hésitante mirent Fanny de très mauvaise humeur. Puis elle vit le gros objet couvert d'une toile placé devant le sapin rachitique, pauvrement décoré.

— C'est pour moi ? demanda Gretl.

— Pour vous trois… même si à ton âge, tu en profiteras le plus.

Les derniers mots lui donnèrent une assurance de propriétaire. Elle souleva le tissu, pour découvrir la grande maison de poupée. Secrètement, il l'avait récupérée dans le grenier pour la remettre en état. Une tentative pour effacer le passé.

— Oh ! Merci !

La fillette se précipita, les bras tendus. Son père souleva joyeusement son bébé pour lui faire la bise. Quand il l'eut posée, les plus vieilles eurent droit à un câlin. Malgré la frugalité du réveillon, l'atmosphère s'allégea. Eva se sentait heureuse de se retrouver en famille. Se trouvant dans de meilleures dispositions, elle sortit le biscuit de sa poche.

— Herta m'a donné ça. Je vais le couper en parts égales.

Déjà, elle cherchait un couteau.

— Non, dit Fritz. Garde-le.

La blonde posa un regard inquiet sur celui-ci.

— Elle te l'a donné, non ? Par amitié. C'est à toi.

Oui, c'était son amie. Cette fois, impossible de refouler ses larmes. L'envie lui vint de se précipiter dans les bras de son père ; sa pudeur l'en empêcha. Le geste d'affection refoulé trouva à s'orienter ailleurs.

— Si c'est à moi, je peux en faire ce que je veux, non ?

L'homme hocha la tête de haut en bas.

— Dans ce cas, tiens, Gretl.

Décidément, son statut de bébé de la famille lui valait toutes les attentions, et aucun sentiment de fierté ne la retenait d'en abuser.

Chapitre 13

Berchtesgaden, le dimanche 4 juin 1944

En fin d'après-midi, Eva avait regardé à regret ses amis partir du chalet de la montagne les uns après les autres. C'était maintenant le tour du comédien Heini Handschumacher et de sa femme Sophie.

— Merci de nous avoir invités, dit cette dernière. On ne voit plus de mariages aussi grandioses, depuis quelques années.

La remarque comportait une part de reproche. Tous les Allemands enduraient un sévère rationnement ; apprendre que les puissants faisaient ainsi bombance aurait été du plus mauvais effet.

— Depuis le temps qu'elle attendait, dit Eva.

Pour se marier à vingt-neuf ans, Gretl paraissait être un bien mauvais parti. Évidemment, l'hécatombe de la guerre et les misères l'accompagnant décourageaient certainement bien des gens de fonder une famille.

— Ah ! Il ne s'agissait que d'attendre le bon, dit Heini en se penchant pour lui embrasser la joue.

« Même si moi j'ai trouvé, je ne suis pas en meilleure posture », songea la blonde. Comme pour conjurer sa frustration, elle inclina la tête sur le côté, un geste qui lui venait au moment de jouer de son charme.

— Je pense que je vais regarder encore *Vive l'amour*, cette semaine.

L'homme avait joué dans cette comédie musicale, l'histoire peu crédible d'une chanteuse espagnole. Rien d'un chef-d'œuvre, mais en temps de guerre ce film procurait un heureux divertissement.

— N'oublie pas *Orient-Express*. J'y interprète un détective. C'est un de mes meilleurs rôles !

Il ne fallait pas le prendre au pied de la lettre : ni ce rôle ni la qualité de son jeu ne lui vaudraient une place dans les anthologies.

— Allons, c'est une histoire écrite par une Anglaise ! Comment oserais-je, alors que le docteur Goebbels fait la guerre à la propagande étrangère ?

En réalité, cela ne présentait pas un bien grand obstacle à ses yeux. Depuis le début de la guerre, elle avait vu tous les grands succès américains dans la grande salle du rez-de-chaussée du chalet, ou alors près de la piste de quilles, au sous-sol, un privilège dont la quasi-totalité de ses compatriotes était privée.

— Je devrais aller l'aider à boucler sa valise, remarqua Sophie en regardant vers l'escalier monumental.

La femme ne blaguait qu'à demi. Le train qui reliait Berchtesgaden à Munich partirait dans moins de trente minutes. Bientôt, il serait trop tard pour rejoindre la gare à temps. Heureusement, Herta Schneider apparut à ce moment. Le couple monta dans la voiture, laissant les deux autres à leurs adieux. Eva prit la brune dans ses bras tout en plaidant :

— Tu devrais rester encore un peu. Ici, bientôt, il n'y aura plus que les domestiques et moi.

— Tu sais bien que je dois rejoindre mes filles. Mes parents ne peuvent pas toujours s'en occuper, et puis ce sera moins dangereux pour elles quand nous serons dans une ville assez petite pour ne pas attirer l'attention des bombardiers.

Elle espérait qu'une localité ne comptant aucune base militaire ni aucune industrie vouée à l'effort de guerre ne soulèverait pas l'intérêt de l'aviation ennemie.

— Je sais, je sais, je suis bien égoïste. Tu vas tellement me manquer.

Elles s'enlacèrent à nouveau, puis Eva dit en refoulant ses larmes :

— Bon, si tu n'y vas pas, tu vas rater ton train.

Une minute plus tard, les trois occupants de la banquette arrière se retournèrent pour saluer de la main la femme demeurée seule au pied de l'escalier. Eva leur rendit leur salut, puis les regarda disparaître. Ce fut la tête basse qu'elle rejoignit sa chambre, s'essuyant les yeux du revers de la main.

Depuis la veille, les limousines Mercedes se succédaient au pied du grand escalier du chalet. La prise de Rome par les Alliés entraînait un va-et-vient des généraux. Pendant la majeure partie de la journée du 5 juin 1944, la grande salle du rez-de-chaussée demeura interdite aux civils habitant le Grand Hôtel.

Malgré le temps plutôt frais, Eva revêtit son maillot de bain pour s'allonger sur la terrasse. Un peu plus, et elle aurait demandé à un chauffeur SS de la conduire au lac Koenig. La perspective de s'y trouver seule la découragea. Sans de nombreux amis pour lui tenir compagnie, le cœur n'y était pas. À la fin, lassée, elle regagna sa chambre. Au milieu de l'escalier, elle s'arrêta pour écouter les conversations dans la grande salle, sans succès. Lors de la conception de l'édifice, l'architecte avait pensé à la présence de curieux.

Autant s'étendre pour une sieste. Puis, le sommeil ne venant pas, se perdre à nouveau dans les albums photo, afin d'alimenter sa nostalgie. Plusieurs photographies la montraient en compagnie d'Herta.

Le personnel de cuisine commença la préparation du repas à l'heure habituelle, tout en sachant que les derniers événements risquaient de retarder le dîner. De son côté, Eva appela sa domestique, Anneliese, afin de lui faire retoucher sa coiffure. Les boucles perdaient de leur ampleur : demain, mieux vaudrait se rendre à Berchtesgaden afin de faire refaire sa mise en plis.

— Mademoiselle… commença la petite bonne.

Eva chercha ses yeux dans le miroir, comme pour l'encourager à continuer.

— À l'est, les Russes avancent sans cesse. Je suppose que le Führer ira bientôt rejoindre la Tanière du loup.

Peut-être était-ce une façon détournée de dire que le chef ferait mieux de retourner près des combats au lieu de passer des heures à discuter de l'opportunité de faire saillir sa chienne Blondi, ou d'évoquer le moment où il prendrait sa retraite dans la ville de Linz.

— Il regagnera son quartier général au moment opportun.

La mauvaise humeur dans le ton de sa patronne laissa Anneliese interdite. Puis elle se rendit compte que pour la seconde fois en autant de jours, de façon détournée elle avait mis en doute l'issue finale du conflit.

— Je ne voulais pas dire…

— Bon, aide-moi maintenant à enfiler ma robe.

Ce soir-là, Eva entendait porter la dernière création de sa couturière berlinoise, arrivée la veille par le train. Le tissu de soie la drapait très bien. Elle gaspillerait un peu ses effets, puisque aucune des femmes des principaux notables du régime ne se trouverait à table. Depuis des années, la blonde tentait de se faire plus belle que toutes les autres, une façon de souligner sa place dans l'entourage du chef.

Une fois dans la salle à manger, Eva se retrouva en compagnie des secrétaires et de quelques officiers de liaison. Ceux-ci servaient d'intermédiaires entre le Führer et les différents chefs du régime, comme Himmler ou Göring. La plupart de ces personnes tenaient un verre. L'heure de l'apéritif se prolongerait jusqu'à l'arrivée d'Hitler.

— Tout de même, le voyage de noces sera plutôt bref, commenta un jeune homme à l'intention de Traudl Junge.

Grand, blond et athlétique, son interlocuteur, Heinz Linge, servait à titre de valet d'Adolf Hitler. Dans son uniforme noir de la SS, il avait fière allure.

— Les circonstances ne sont guère propices aux longs voyages…

Eva comprit qu'ils évoquaient le mariage de Gretl et d'Hermann Fegelein. Celui-ci serait bientôt de retour pour reprendre son service, dans ce chalet d'abord, puis en Prusse. Elle en eut la preuve quand l'officier demanda :

— Savez-vous quand le général reviendra, mademoiselle Braun ?

— Notre Führer ne me tient pas au courant des mouvements de son personnel.

Qu'après toutes ces années quelqu'un pense encore possible de lui soutirer des informations la heurtait un peu. L'autre lui adressa un sourire amusé. Ils étaient de vieilles connaissances, Linge ayant commencé son service auprès d'Hitler en 1935.

— Je suppose que non, mais peut-être votre sœur vous confie-t-elle des informations sur les mouvements de son époux.

Cette fois, la blonde afficha un sourire plus amène.

— Si jamais Hermann lui révélait des secrets, je pense qu'elle saurait se taire, et sinon, moi je le saurais.

Son statut de belle-sœur lui permettait d'évoquer le général SS de cette façon familière. Elle enchaîna, afin de détourner l'attention de ses interlocuteurs :

— Traudl, Hans a été affecté en France, n'est-ce pas ?

Celle-ci se montra hésitante. Ne venait-on pas d'évoquer l'obligation de demeurer discret ? Aussi ce fut Hinge, un ancien collègue de son mari, qui répondit :

— Oui, avec des centaines de milliers d'autres.

C'était une façon de dire qu'il s'agissait d'un secret bien émoussé. Un voile d'inquiétude passa sur le visage de la secrétaire. Non seulement les Américains et les Anglais venaient du sud, comme le prouvait la chute de Rome, mais bientôt ce serait du nord. Personne ne doutait d'un éventuel débarquement en France. Heureusement, un claquement signala que les portes de la grande salle étaient maintenant ouvertes. Bientôt, les invités viendraient prendre place à table.

D'abord, quelques généraux arrivèrent. Hitler se fit attendre ; Eva devina qu'il s'attardait dans la salle de bains, à l'étage. Quand le chef entra dans la pièce, le silence se fit. La jeune femme remarqua encore son visage blême, sa démarche un peu hésitante. Chaque jour semblait le faire vieillir d'une année. Il gagna la place d'honneur et sa compagne se hâta de s'asseoir à sa gauche.

— Comment vas-tu ?

Sa sollicitude l'agaça un peu.

— Les Juifs ne cessent de multiplier les embûches, mais nous finirons bien par avoir le dernier mot.

Jamais Adolf ne variait son interprétation de l'histoire : la race juive conspirait pour abattre la race nordique, ou aryenne. Churchill au Royaume-Uni et Roosevelt aux États-Unis n'étaient que des pantins entre leurs mains.

Elle répondit d'un sourire, et sous la table, sa main se posa sur le poignet de son compagnon. Il tourna vers elle un visage de vieillard.

Une fois le repas terminé, tout le monde se retrouva dans la grande salle. Des fauteuils profonds et bien rembourrés formaient des îlots. À nouveau, Eva se plaça à la gauche de son Führer. Pendant un long moment, l'homme demeura silencieux. Personne n'osait entamer la moindre conversation. Enfin, Hitler commença :

— Quand ces traîtres de socialistes ont abandonné le combat et signé l'armistice en 1918, je me trouvais à l'hôpital, rendu aveugle par une attaque au gaz. Manipulés par les Juifs, ils nous ont poignardés dans le dos.

Il continua longuement sur ce sujet d'une voix monocorde, répétant les arguments déjà rendus publics dans son ouvrage *Mon combat** en 1925, et dans une multitude de discours. Pendant des heures, dans un monologue entrecoupé de longs silences, le Führer se remémora les années de lutte, la période pendant laquelle un petit caporal inconnu s'était hissé à la tête de l'Allemagne. Tous les invités présents connaissaient les événements relatés, mais ils feignaient la plus grande attention. Finalement, Eva eut pitié d'eux.

— Alfie, dit-elle dans un souffle, soucieuse que personne n'entende ce diminutif, je suis fatiguée. Nous devrions monter.

Hitler la regarda un moment et une nouvelle fois elle apprécia ses yeux d'un bleu soutenu. Il s'appuya lourdement sur les bras de son fauteuil

* *Mein Kampf.*

afin de se lever. Puis, sans autre forme de procès, il monta l'escalier. Sa compagne lui tenait le bras, comme pour lui éviter de chuter. Elle s'arrêta devant la porte de sa chambre, posa la main sur la poignée.

— Tu viendras me rejoindre ? demanda-t-elle.

Comme il hésitait, elle précisa :

— Nous pourrons parler un peu.

C'était une façon de dire qu'elle ne s'attendait à aucun ébat amoureux. Un certain soulagement se lut sur le visage d'Hitler.

— Je te rejoins.

Puis Hitler se rendit dans sa propre chambre. Il trouva son pyjama et son peignoir sur le lit. Son valet Linge était déjà passé pour tout préparer.

Chez elle, Eva s'empressa d'enlever sa robe pour la jeter sur une chaise. Les bas, les sous-vêtements suivirent le même chemin. Anneliese rangerait le lendemain. Ce fut toute nue qu'elle passa dans la salle de bains. Après quelques minutes, elle frappa contre la porte donnant accès à l'autre chambre, pour indiquer qu'elle en avait terminé. Ensuite elle enfila une chemise de nuit, puis son peignoir.

Dix minutes plus tard, il la rejoignait, les cheveux en bataille, vêtu lui aussi de façon très pudique. Tous les deux affalés contre les coussins encombrant le lit, ils demeurèrent silencieux. Il s'agissait d'un vieux couple maintenant, la passion ne prenait plus guère de place dans leur relation. Tout de même, Eva se souleva sur un coude pour embrasser ses lèvres, retrouvant l'odeur habituelle du rince-bouche Odol, et celle du savon. Puis elle se blottit contre lui, la tête au creux de son épaule.

Berchtesgaden, le mardi 6 juin 1944

L'agitation avait gagné les locaux administratifs de l'armée sur l'Obersalzberg après une communication radio chiffrée reçue avant le lever du jour. Un premier général en fut informé, puis un second, jusqu'à ce qu'ils soient une demi-douzaine tirés du lit.

— Rommel a été averti ? demanda l'un.

— Il se trouve au chevet de sa femme malade, dit un autre. Son personnel a refusé de le déranger.

— De toute façon, il s'agit d'une diversion. Le débarquement aura lieu dans le Pas-de-Calais, pas en Normandie.

Cette certitude avait incité son état-major à laisser dormir le chef du Groupe d'armées B. Pour la même raison, Adolf Hitler continua de profiter de son sommeil. Vers six heures, l'agitation qui régnait dans la grande pièce du rez-de-chaussée tira Eva du lit. En peignoir, elle descendit afin de voir ce qui se passait. D'autres personnes – des officiers de liaison, des officiers de l'état-major et même des secrétaires – faisaient la même chose. La blonde s'approcha de Linz pour demander :

— Que se passe-t-il ?

— Les Américains et les Anglais ont débarqué en Normandie. Des parachutistes d'abord, mais maintenant des barges accostent sur les plages. Le patron avait raison, finalement.

Depuis des semaines, Hitler prédisait une attaque à cet endroit, alors que les généraux penchaient plutôt pour le Pas-de-Calais.

— Personne ne l'a averti ?

— Pourquoi ? Nos soldats vont les repousser. À son réveil, il y aura de bonnes nouvelles à lui annoncer.

Évidemment, les plans de défense avaient déjà été arrêtés ; le Führer devrait attendre les comptes rendus afin de les amender, si nécessaire. Le tirer du lit ne donnerait rien.

Berchtesgaden, le vendredi 9 juin 1944

Finalement, les Alliés avaient pu s'accrocher aux plages de Normandie. L'espoir de les rejeter à la mer subsistait toujours, mais les choses se révélaient plus difficiles que prévu. Toutefois, ce jour-là, ce fut Eva Braun qui se fit réveiller très tôt le matin. Traudl Junge se tenait devant la porte, toujours en vêtements de nuit.

— Munich a été bombardé.

Ce n'était pas la première fois, mais que cette ville du sud de l'Allemagne puisse être atteinte ainsi témoignait bien de la puissance de l'ennemi.

— Qui t'a dit ça ?

— La nouvelle s'est répandue pendant la nuit parmi les gardes SS. Des centaines d'hommes viennent de cette ville, des membres de leur famille tentaient de les rejoindre. Comme Linge sait qu'il s'agit de ma ville aussi, il est venu me le dire.

Être l'épouse de l'ancien collègue du valet du Führer lui valait ce genre d'attention.

— Je vais téléphoner à mes parents.

Sans beaucoup d'égards pour la secrétaire, Eva referma la porte et alla décrocher l'appareil placé sur sa table de travail. Un soldat du standard voulut bien la mettre en communication avec l'appartement de la rue Hohenzollern. Il fallut un long moment avant que Fritz ne réponde à la sonnerie. Devant son « Qu'est-ce que c'est ? » abrupt, Eva demeura silencieuse un moment.

— Père, je suis si contente d'entendre votre voix. Les bombes ont épargné Schwabing, cette fois ?

— Schwabing sans doute pas, mais les environs immédiats, oui.

— Les destructions sont importantes ?

— Imagine-toi que je ne suis pas allé courir les rues.

Le mouvement d'humeur trahissait sans doute la peur qu'il avait éprouvée. Il prit un ton plus aimable pour continuer :

— Je pense que oui. En tout cas, quand nous sommes sortis de l'abri antiaérien, des flammes montaient haut dans le ciel, vers l'est.

— Maman se trouve loin ?

Son inquiétude lui faisait oublier le « Mère » plus formel.

— Juste à côté. Je te la passe.

Le timbre de la voix de Fanny témoignait des terreurs de la nuit.

— Eva, c'est bien toi ? Là-bas, il ne s'est rien passé ?

La présence de la résidence du Führer sur l'Obersalzberg était connue des Alliés, de même que celle d'un gouvernement complet. Il était curieux que les bombardiers ne viennent pas écraser entièrement la montagne sous des tonnes d'explosifs.

— Non. Mais de votre côté ?

— Des vitres cassées, l'air irrespirable. Je me demande bien comment ça peut se produire...

La suite pourrait bien constituer une trahison.

— Maman !

Des oreilles indiscrètes écoutaient sans doute la conversation. Celles du soldat au standard téléphonique, mais peut-être aussi celles, innombrables, de la Gestapo. Fanny le comprit bien ainsi.

— Heureusement, nous avons un abri dans la cave.

Malgré les assurances d'Hermann Göring de contrôler le ciel au-dessus de l'Allemagne, les abris antiaériens étaient nombreux. Et malgré tout, le nombre des victimes augmentait sans cesse.

Eva reçut un appel d'Herta Schneider en milieu de journée. Le ton très grave, celui des mauvaises nouvelles, l'amena à s'asseoir avant de demander ce qui se passait.

— Cette nuit, Bogenhausen a été bombardé.

— Ma maison a été touchée ? L'appartement du Führer ?

— Je ne sais pas... Écoute, il s'agit de Heini.

Heini Handschumacher. Moins d'une semaine plus tôt, lui et sa femme dansaient au mariage de Gretl.

— Comment va-t-il ?

— L'immeuble où il a son appartement a été touché de plein fouet.

— Comment vont-ils ?

Herta ne répondit pas immédiatement.

— Lui et Sophie ont été tués.

L'information lui fit l'effet d'un coup en pleine poitrine.

— Tu es certaine ?

— Les Muller ont téléphoné chez mes parents. Les corps ont été retrouvés sous les décombres. J'ai décidé de rester encore un jour ou deux ici, le temps d'aller aux funérailles, ensuite je retournerai chez moi.

Quand elle avait quitté le chalet, Herta avait évoqué un retour au domicile conjugal, mais elle s'était finalement attardée à Munich. Militaire, son époux se trouvait affecté à l'un ou l'autre des théâtres d'opérations et retrouver une maison vide ne lui disait rien. Maintenant, la capitale de la Bavière lui paraissait sans doute trop exposée aux bombardements.

— Quand les funérailles auront-elles lieu ?

— Demain matin.

— J'y serai.

La conversation se poursuivit encore quelques minutes, puis la jeune femme raccrocha. La guerre durait depuis cinq ans, mais elle et la plupart de ses amis avaient échappé à ses effets néfastes. Même à un rationnement sévère. Cette fois, des proches, des voisins mouraient.

Bientôt, une Mercedes décapotable attendit au pied de l'escalier. En haut, Adolf Hitler paraissait préoccupé.

— Tu reviendras demain, sans faute ?

— Sans faute. Comme tu peux le voir, j'ai laissé mes chiens à Anneliese.

Les deux terriers noirs ne se trouvaient jamais à plus de dix pas de la jeune femme. Aujourd'hui, à grand regret, elle les avait enfermés dans sa chambre.

— Alors sois prudente.

— Je passerai devant ton appartement pour m'assurer que tout est en ordre.

— Les gardes m'auraient averti, si l'immeuble avait été touché.

Même en l'absence du chef, une demi-douzaine de SS protégeaient sa demeure.

— Tout de même, j'irai voir.

Un bref instant, Eva pensa l'embrasser, mais la crainte d'une rebuffade en public la retint. Même sur la montagne, où personne n'ignorait la nature de leur relation, son amant tenait encore à conserver une distance entre eux. Elle posa la main sur son poignet et exerça une légère pression.

Le trajet jusqu'à Munich prenait trois bonnes heures. Assise sur la banquette arrière, des verres fumés sur les yeux pour les protéger, Eva tendait son visage vers le soleil, comme pour en emmagasiner la chaleur. Elle demanda au chauffeur d'allonger un peu son trajet afin de longer le lac de Chiem sur quelques kilomètres, jusqu'au village de Prien. Des années plus tôt, elle se joignait aux excursions d'Hitler dans les environs, pour des pique-niques.

En fin d'après-midi, la voiture entra dans la ville. De la fumée montait encore des édifices incendiés une trentaine d'heures plus tôt. Sur la place du Prince-Régent, l'immeuble portant le numéro 16 tenait toujours debout, de même que le théâtre de l'autre côté de la rue. Toutefois, une forte odeur d'incendie enveloppait tout le quartier.

— Pouvez-vous aller au 36, rue Holbein ? C'est juste à côté.

— Bien sûr, mademoiselle.

Il emprunta la rue Muhlbaur. Dès l'intersection de la rue Holbein, Eva mesura l'ampleur du drame. Un pâté de maisons s'était totalement effondré.

— Je vais à gauche ?

La réponse vint dans un murmure. Très vite, la voiture s'arrêta devant le numéro 36. Du bel édifice, il ne restait qu'un amoncellement de pierres grises. Les immeubles voisins avaient subi le même sort. La jeune femme imagina le bel Heini, tellement insouciant dans son dernier film, *Vive l'amour*, écrasé sous ces gravats. Il était mort en compagnie de sa femme. Quelle pitoyable consolation.

— Vos amis habitaient là ?

Eva refoula un sanglot, dit « Oui » d'une voix brisée. Respectueux, le chauffeur SS détourna le regard. Il laissa un peu de temps passer et demanda :

— Et maintenant ?

— À la maison.

La rue Wasserburger se trouvait à une minute à peine. La voiture en mit le triple pour y arriver à cause des amoncellements de débris. De belles maisons bordaient cette artère bourgeoise. Certaines avaient souffert du bombardement, mais tenaient toujours debout. La jeune femme logeait au numéro 12. En comparaison des demeures voisines, la petite résidence paraissait bien modeste.

— Elle n'a pas souffert, remarqua le chauffeur.

La passagère attendit de tout voir de plus près avant de se prononcer. Elle descendit, examina la toiture visible au-dessus du mur abritant son domicile. À la fin, elle se tourna vers l'homme derrière le volant pour dire :

— Demain matin, vous me conduirez à l'église, et vous m'attendrez jusqu'après la cérémonie.

— Je serai devant votre porte à neuf heures.

Elle se dirigea ensuite vers la grille donnant accès à la propriété et l'ouvrit. Dans la cour, elle se rappela les années avant la guerre. Particulièrement les festivités rassemblant tous ses amis, certains qu'elle avait connus à l'école secondaire, d'autres dans la boutique du photographe Hoffmann, et puis ceux rencontrés après l'arrivée d'Hitler au pouvoir.

La porte s'ouvrit et la domestique vint sur le seuil pour l'accueillir.

— Mademoiselle Braun, quel grand malheur ! J'ai passé toute la nuit dans l'abri antiaérien.

Difficile de savoir si Paula Mittelmeier évoquait le malheur du bombardement, ou celui de sa mauvaise nuit.

— Il y a eu des dégâts ?

— Des carreaux cassés. Je les ai remplacés par du carton.

Moins d'une heure plus tard, un homme s'affairait à les changer. Être la maîtresse du maître absolu de l'Allemagne lui valait de nombreux privilèges, dont celui d'obtenir sur-le-champ les services de quiconque dans le pays.

L'église Saint-Gabriel se trouvait au coin des rues du Prince-Régent et Versailler, tout près du domicile d'Eva Braun. L'édifice tout en brique vieux de moins de vingt ans déparait un peu ce quartier bourgeois. Le clocher de forme carrée portait une horloge, et le fronton la statue de saint Gabriel.

Eva descendit de la Mercedes juste devant le temple. Depuis le trottoir, elle reconnut Herta. Elle marcha d'un pas rapide vers le parvis pour la serrer dans ses bras.

— Quel malheur, murmura-t-elle dans l'oreille de son amie.

— Ça arrive partout en Europe depuis cinq ans.

Le rappel de cette réalité toute simple eut l'effet d'une douche froide. Pourtant, Eva n'irait pas jusqu'à admettre qu'une seule personne était responsable d'avoir déclenché cette hécatombe.

— Mais ceux-là, je les connaissais. En plus, lancer des bombes du haut du ciel contre des personnes inoffensives, c'est tellement lâche…

Herta préféra retenir ses commentaires. Hitler avait commencé le massacre. Personne d'autre. Heureusement, des connaissances approchèrent, ce qui vint mettre fin à la conversation. La plupart avaient assisté au mariage de Gretl une semaine auparavant.

Bientôt, cette dernière descendit d'une voiture. Eva la serra longuement contre elle. Tout en pleurant, les deux sœurs évoquèrent la noce, la mine réjouie du comédien et de sa femme. Puis Eva consulta sa montre :

— Entrons, maintenant. Ça va commencer dans une minute.

Le petit groupe prit place à l'arrière de l'église. Le décor attira d'abord leur attention. Le carrelage blanc et noir évoquait un jeu d'échecs. Des deux côtés de la nef, le chemin de croix tout en mosaïque rappelait les dessins pieux sur les murs extérieurs des maisons de la région des Alpes. Puis leur attention se porta au bout de l'allée centrale. Devant l'autel, deux cercueils de bois étaient placés sur des tréteaux. Dans les premières rangées se tenaient les membres des familles des victimes.

Le prêtre leur adressa un sermon de circonstance, sur les malheurs du temps, sur les vies fauchées. Pour sa propre sécurité, l'officiant n'oublia pas l'allusion à la grande croisade contre le communisme dans laquelle le pays était engagé, et il invita chacun à prier pour la victoire finale.

Puis des employés des pompes funèbres épuisés par leur surcroît de travail des deux derniers jours poussèrent les cercueils vers les grandes portes. L'assistance quitta lentement le temple. Dehors, Eva Braun embrassa toutes ses connaissances. Herta resta la dernière avec Gretl.

— Vous allez toutes les deux revenir au Grand Hôtel avec moi. Nous avons certainement les abris antiaériens les plus solides et les mieux équipés du pays.

— Je dois retrouver mes filles, dit Herta.

— Tu les crois en sécurité chez tes parents ? Nous les récupérerons avant de rentrer.

Son amie se montra hésitante. Le calme de sa petite maison du sud de la Bavière l'attirait. D'un autre côté, Eva avait bien raison : nulle part ailleurs elle et ses enfants ne seraient mieux nourries, ni mieux protégées que dans le grand chalet. À la fin, elle donna son assentiment, tout en précisant :

— Pour quelque temps seulement. Je veux vraiment rentrer à la maison. Mon mari souhaite certainement me voir là.

Au domicile conjugal, comme toutes les bonnes épouses allemandes dont les conjoints combattaient l'ennemi. Eva en convint aisément. Puis elle dit à sa sœur :

— Toi aussi, tu reviens à Berchtesgaden.

Elle précisa, devant l'hésitation de sa benjamine :

— De toute façon, Hermann reviendra occuper son poste auprès du Führer. Il préférera te savoir près de lui.

L'argument la convainquit tout à fait.

Deux heures plus tard, Eva et son amie occupaient la banquette arrière de la Mercedes, avec chacune l'une des filles d'Herta sur les genoux. Gretl se trouvait à la place du passager, à l'avant.

— Que vas-tu faire ?

Comme Eva ne comprenait pas, Herta continua :

— Que vas-tu faire quand le Führer regagnera son quartier général en Prusse, ou alors à la frontière française ? Moi, à ce moment-là, je rentrerai à la maison.

— Je ne sais pas… Sans toi, je me sentirai terriblement seule sur la montagne.

Ces mots contenaient un petit chantage, mais son amie n'y céderait pas.

— Je reviendrai peut-être ici.

Elle voulait dire dans sa petite maison du quartier Bogenhausen.

— Je pourrai visiter des gens, ou recevoir…

Décidément, la solitude à venir lui pesait terriblement. Herta passa un bras sur ses épaules pour la rapprocher d'elle et lui embrasser la joue.

Chapitre 14

Beilngries, le samedi 31 mars 1923

Les Braun devaient prendre le train pour rejoindre les Kronberger. Pendant tout le trajet vers la gare, les scènes habituelles de désolation s'étalèrent sous leurs yeux. La crise économique ramenait les communistes dans les rues. Des manifestations au son de *L'Internationale* succédaient à celles de groupes de droite. Sur les flancs de chacune, les miliciens en uniforme devaient assurer la sécurité.

En réalité, toutes ces organisations paramilitaires cherchaient l'occasion d'échanger des coups de poing. Quand les esprits s'échauffaient, les gourdins et les couteaux succédaient aux mains nues. Et les plus déterminés à cet égard demeuraient les porteurs de chemises brunes. Visiblement, quelqu'un veillait à les former au combat. Dans les conversations, on évoquait le jour où quarante-cinq d'entre eux avaient résisté avec succès à un effectif dix fois plus nombreux désireux d'empêcher la tenue d'une assemblée du Parti national-socialiste. Même si chacun comprenait que des chiffres de ce genre devaient être considérés avec scepticisme, ces récits témoignaient de la faculté des nazis de contrôler la rue.

Aux manifestants s'ajoutaient les malheureux habituels : la multitude de chômeurs, les blessés de guerre plus ou moins gravement handicapés, les vétérans à la recherche d'un emploi. Parmi eux, plusieurs n'avaient jamais touché un salaire depuis 1918, et pour la plupart aucune occupation civile de toute leur vie.

À Beilngries, dans la grande demeure de la rue Principale, Fritz Braun demeura en retrait pendant les échanges d'étreintes et de bises. Eva demanda un véritable bilan de santé des animaux de la région à son grand-père. Bientôt, elle irait constater par elle-même l'état des patients du rez-de-chaussée.

Puis Franz-Paul s'approcha du père pour lui tendre la main :

— Bienvenue à la maison, Fritz.

Si le ton n'était pas tout à fait cordial, il n'exprimait aucune hostilité. Au moment où Fritz embrassa la joue de Sefi, la vieille femme se raidit bien un peu. Toutefois, malgré la mine réprobatrice affichée par la grand-mère, ce retour à la normale faisait plutôt son affaire : la présence d'une divorcée dans la famille écorchait un peu la réputation de tous ses membres.

Ses devoirs de maîtresse de maison la forcèrent à écourter les retrouvailles.

— Maintenant les filles, allez mettre vos bagages dans les chambres, et apportez ceux de vos parents. Eva, tu occuperas la même chambre que d'habitude. Gretl couchera avec toi.

La précision lui fit plaisir. Qu'elle possède son propre espace dans la maison lui donnait un statut particulier. Elle s'engagea dans l'escalier avec sa valise dans une main, et celle de sa mère dans l'autre. Gretl portait le panier contenant le chat.

Au cours de l'après-midi, trois tantes arrivèrent, chacune flanquée d'un époux et de sa progéniture. Au grand plaisir d'Eva, Alois Winbauer fit son entrée à son tour. Au cours des derniers mois, il avait déniché un emploi de journaliste, ce qui était presque un miracle dans les circonstances économiques difficiles.

— Mon oncle ! s'exclama la blonde en se précipitant vers lui.

Elle lui encercla la taille de ses deux bras, posa sa tête contre son ventre.

— Effie, intervint la mère, une grande fille ne se comporte pas ainsi.

Le jeune homme s'amusa plutôt de ces effusions. En emmêlant les cheveux de la fillette avec sa main, il remarqua :

— Te voilà maintenant à la mode, coiffée à la garçonne.

— Comme les actrices, sur les affiches des cinémas.

Sa première et seule visite dans une salle obscure datait de quelques mois seulement. L'expérience avait suffi à en faire une enthousiaste. Depuis, ses progrès en lecture avaient été remarqués par les institutrices. Cela tenait à sa fréquentation assidue des pages artistiques des journaux, de certains magazines et de petits romans à l'eau de rose.

— Qui sait, un jour tu seras peut-être l'une d'elles.

Le plaisir lui mit du rose sur les joues. Ilse et Gretl vinrent à leur tour saluer Alois, mais bien vite l'attention de celui-ci se reporta à nouveau sur la cadette.

— Les maîtresses ne te maltraitent pas trop ?

Elle lui répondit d'une grimace.

— Quelle discipline préfères-tu ?

— La callisthénie.

La réponse tira un ricanement moqueur à Ilse. Obtenir ses meilleurs résultats dans le gymnase ou la cour de récréation lui paraissait ridicule.

La grande table de la cuisine ne pouvait recevoir tous les invités. En conséquence, les enfants dînèrent les premiers. Trois lapins payaient de leur vie le sens de l'hospitalité des Kronberger. Puis on invita les petits à regagner leur chambre, pour « laisser les grandes personnes entre elles ».

Le motif paraissait bien injuste à Eva qui, après avoir attendu une demi-heure, se releva pour descendre l'escalier et s'asseoir à mi-chemin entre le premier et le second étage. Des voix montaient de la cuisine.

— Jamais ils n'auraient osé faire ça du temps de l'empereur Guillaume, commentait le grand-père.

L'abdication des Hohenzollern lui paraissait être la pire calamité du dernier siècle. Depuis, le pays allait à vau-l'eau.

— L'an dernier, tout comme l'année précédente, l'Allemagne n'a rien payé des réparations prévues au traité de Versailles.

Les paroles de cet oncle, l'époux de tante Bertha, provoquèrent un grognement réprobateur de tous les autres. L'entente signée en 1919 saignait l'Allemagne. Pour toutes les personnes présentes, voilà qui représentait la pire injustice de l'Histoire.

— Nous n'avons pas payé parce que nous crevons de faim, protesta l'un. Et puis c'est une exigence scandaleuse.

— Je ne dis pas qu'ils ont raison. Mais comme ils ne recevaient pas leurs lingots d'or, ils sont venus les prendre eux-mêmes.

Depuis le mois de janvier, les armées de la France occupaient la région de la Ruhr, la plus riche de toute l'Allemagne, pour la vider de son charbon, de ses métaux. Depuis, les syndicats soutenaient une grève générale, et le gouvernement prenait en charge les personnes inactives. Si l'exercice ruinait le pays, au moins ces étrangers n'en tireraient rien.

— Ce traité est inique ! dit quelqu'un. Les Alliés nous traitent comme les habitants de l'une de leurs colonies. À leurs yeux, nous ne valons pas mieux que les nègres.

— C'est pour ça qu'ils ont envoyé des régiments de nègres pour nous occuper.

La présence des troupes coloniales sur le territoire national était perçue comme une ignominie. Ce fut grand-maman Sefi qui se fit la plus explicite :

— Ces sauvages violent les femmes, même les petites filles. Dans vingt ans, toute cette province sera peuplée de négrillons.

À nouveau, une allusion au viol. Eva se souvenait du comportement étrange de ce garçon, au terme d'un jeu de guerre. Maintenant, elle se faisait une image plus claire de ce dont il s'agissait. L'idée d'avoir l'un de ces Africains sur le ventre lui paraissait intolérable.

— Et ils fusillent des gens…

— ... des braves gens que des Juifs pointent du doigt !

L'époux de tante Bertha reprenait l'un des thèmes favoris d'Adolf Hitler. La suite le prouva :

— Dire qu'on pouvait les battre, et que les sociaux-démocrates, à Berlin, ont signé la paix…

La plupart des Allemands continuaient de croire qu'en 1918, la victoire était à portée de main. Les partis de droite et les milieux militaires soutenaient cette fiction.

— Tous ces bolcheviques, on devrait les aligner contre un mur et les fusiller.

Les gouvernements des conseils, à Berlin comme à Munich, laissaient le plus mauvais souvenir. Toutes les rumeurs sur les horreurs dans l'Union des républiques socialistes soviétiques donnaient aux Allemands la certitude d'avoir échappé de justesse à un malheur aux proportions épouvantables.

— Ce sont les sociaux-démocrates qui ont signé l'armistice, intervint une voix plus posée, de même que le traité de Versailles. Pas les communistes.

— C'est la même chose. Eux aussi, contre le mur.

Puis Eva entendit une voix courroucée :

— Effie, que fais-tu là ?

Fanny se tenait au pied de l'escalier, un pli sévère au milieu du front.

— … Je voulais aller aux toilettes.

— Il y a un pot près de ton lit.

— Pour sentir ça toute la nuit, non merci !

— Quand on dort, on ne sent rien, dit la mère.

Après une petite pause, elle dit avec un sourire complice :

— Bon, vas-y, et ensuite ouste, tu remontes.

Eva descendit prestement, passa devant toute la compagnie pour se rendre dans le petit réduit où se trouvait la cuvette.

Munich, le 1er mai 1923

— Tu vas attraper un mauvais coup, si tu vas là-bas.

La famille se trouvait encore à table dans l'appartement de la rue Hohenzollern. Fritz paraissait vouloir figurer sur une carte postale vantant les charmes de la Bavière, et surtout ses habitants si pittoresques. Il portait des knickerbockers, ces pantalons un peu bouffants s'arrêtant aux genoux, et une veste sans col. Son chapeau décoré d'une plume l'attendait, accroché dans l'entrée.

— Tout de même, je ne suis pas un enfant, je sais me défendre.

Fanny faillit lui rappeler que son service militaire avait été effectué dans un bureau, mais elle trouva mieux :

— Je les ai vus. Ces hommes vêtus de chemises brunes se mettent à plusieurs pour donner une raclée à quelqu'un.

Ce rappel lui enleva tout de même un peu de sa confiance.

— Je serai prudent. Si je ne me présente pas comme un communiste ou un social-démocrate, si je sais applaudir au bon moment, je ne risque rien.

Au moment de partir, il souhaita bonne nuit à ses filles et à sa femme. Visiblement, il entendait continuer sa soirée dans l'une ou l'autre des grandes brasseries de la ville.

Le trajet en tramway ne prit pas longtemps à Fritz. Dans les environs du cirque Krone, les murs se couvraient d'affiches représentant Adolf Hitler dans son uniforme brun. La curieuse moustache rendait son visage facilement identifiable.

Puis il arriva à la porte du grand édifice. Construit en dur, celui-ci affectait une forme circulaire qui rappelait la grande tente utilisée jusqu'en 1919. À l'approche de la porte, la foule se fit plus dense, tout comme la présence des membres de la SA. Ces hommes arrêtaient les badauds ayant l'air trop bourgeois, ou communistes – comme si l'une ou l'autre de ces caractéristiques se détectait au faciès –, pour leur refuser l'entrée.

Juste devant lui, le professeur vit d'ailleurs un homme vêtu d'une vareuse se faire invectiver. Comme celui-là ne détalait pas assez vite, il encaissa un coup de pied dans les jambes. Puis un autre membre des Sections d'assaut s'approcha pour demander :

— Toi aussi, t'es un bolchevique ?

— Certainement pas !

Son interlocuteur soumit Fritz à un examen des pieds à la tête, puis il lui fit signe de passer. Toutefois, les mots « On va te tenir à l'œil » n'avaient rien pour le rassurer.

Au moins trois mille personnes s'entassaient sur les bancs inconfortables. L'éclairage électrique jetait une lumière crue sur l'assistance. Des chaises permettaient à des notables du Parti nazi d'occuper la piste où, encore la veille, des clowns, des éléphants ou des lions amusaient la foule. Fritz se trouva assez près pour reconnaître, parmi d'autres, Rudolf Hess et Hermann Göring. Leur photographie paraissait parfois dans les journaux.

Le chef du Parti nazi devait donner un discours à huit heures. Pourtant, trente minutes après le moment annoncé, Adolf Hitler se faisait toujours attendre. Cela laissa à Fritz tout le loisir d'examiner les lieux. Des colonnes soutenaient le toit de l'édifice, les rangées de sièges formaient autant de cercles concentriques. Elles s'élevaient de façon à permettre à tous de voir la piste à peu près bien.

Lentement, le bruit des conversations devint de plus en plus fort, puis des cris invitèrent l'orateur à se manifester. Enfin, une certaine agitation se produisit du côté de l'entrée de la piste. Des membres des SA, certainement recrutés parmi les plus costauds, formaient un petit peloton marchant au pas. Au milieu d'eux se trouvait un homme plus petit. Il arriva près d'une estrade sommaire construite pour l'occasion. Sur une petite table, quelqu'un avait posé un verre d'eau. Le politicien en prit une gorgée, puis pivota sur lui-même, comme pour jauger la foule.

Ce chef régnait en quelque sorte sur les brasseries de Munich et les journaux signalaient sa présence dans quelques autres villes. Il jouait du silence comme d'un effet oratoire. Lentement, le volume des conversations baissa jusqu'à ce que le silence devienne complet. Un 1er mai, Fritz s'attendait à l'entendre vociférer sur les droits des travailleurs.

Après tout, dans l'appellation « national-socialiste », le second mot permettait de s'y attendre.

Pourtant, le politicien commença d'une voix posée en parlant de son amour « fanatique » de la nation allemande et de la culture allemande, tout en menaçant de représailles ses compatriotes se montrant moins enthousiastes. Cependant, plus que les mots, la voix de plus en plus puissante, les gestes saccadés semblables à ceux d'un automate devenu fou produisaient la plus grande impression. Dans la salle, des cris, des applaudissements témoignaient de l'adhésion de la foule à toute cette rhétorique.

Puis vint la conclusion, un ton plus bas, presque raisonnable :

— Nous avons l'espoir et la conviction qu'un jour l'Allemagne s'étendra de Königsberg à Strasbourg, de Hambourg à Vienne.

Hitler proposait ainsi de redonner au pays ses frontières d'avant 1914, en y ajoutant l'Autriche, pour réunir toutes les populations de langue allemande.

— Nous croyons qu'un jour la Providence ramènera un empire allemand sur lequel ne pèsera ni l'étoile des bolcheviques, ni l'étoile de David des Juifs, un empire sur lequel régnera le symbole des travailleurs allemands : la croix gammée. Et cela signifiera que ce jour-là, ce sera vraiment le 1er mai.

Il fallait que l'orateur ait une voix puissante pour couvrir le bruit de trois mille hommes se levant, puis hurlant leur enthousiasme pour ce projet politique. Comme il l'avait promis à sa femme, Fritz se leva, cria et applaudit comme les autres. Il avait l'impression de participer à un nouveau culte, avec son prophète et sa vérité révélée.

Adolf Hitler descendit de la scène improvisée, retrouva son peloton de gardes du corps et quitta la salle, un peu hébété, visiblement épuisé et couvert de sueur.

Munich, le vendredi 9 novembre 1923

En se présentant à l'école ce matin-là, Eva remarqua les conversations animées entre élèves dans la cour de l'école primaire, et surtout l'affolement des religieuses enseignantes. Gretl confia son inquiétude, et Eva tâcha de se faire rassurante :

— C'est comme ça depuis un an. Ne te fais pas de souci.

Elle aurait pu dire « depuis que je suis née ». Quand sa sœur eut rejoint ses camarades, Eva pressa le pas pour aller retrouver ses compagnes de l'école secondaire de la rue Teng.

— Effie, c'est la révolution ! cria Lieselotte.

Depuis septembre, cette fille se vantait du fait que son père appartenait aux Sections d'assaut, les fameuses chemises brunes. Celui-ci devait parfois trouver difficile de se vêtir pour aller patrouiller dans les rues : elle apportait le brassard à croix gammée, le couvre-chef, et même le poignard de son père pour impressionner ses camarades.

— Qu'est-ce que tu racontes ? dit Eva en s'approchant.

— Hier, Hitler a réuni tout le monde à la Bürgerbraükeller.

Il s'agissait d'une grande brasserie pouvant recevoir quelques milliers de personnes. Quand il habitait l'appartement, l'oncle Alois lui commentait parfois les discours tenus à cet endroit par le révolutionnaire en chemise brune.

— Hitler est monté sur une table avec son pistolet à la main et il a tiré au plafond pour attirer l'attention de tout le monde.

— La sœur devrait faire la même chose en classe, au lieu de taper sur son pupitre, ricana Eva.

L'autre ne se laissa pas détourner de son récit.

— Papa est venu coucher à la maison, il m'a tout raconté. Ce matin, il est retourné là-bas. Des gens importants l'appuient. Tu verras, ce soir on en aura fini avec les communistes.

Non seulement Lieselotte partageait-elle l'enthousiasme révolutionnaire paternel, mais comme tous les nouveaux convertis elle entendait faire des émules. Elle en était à évoquer le programme du parti quand arriva Herta. Eva échangea un regard avec celle-ci, comme pour partager son scepticisme. Quelques minutes plus tard, pour une fois la blonde se réjouit d'entendre le son de la cloche.

Dans l'atmosphère survoltée de l'école ce matin-là, la maîtresse ne trouva rien de mieux que d'inviter toutes les gamines à s'agenouiller afin de demander à Dieu de préserver la Bavière de la révolution. Voilà qui ne donnerait pas aux élèves la sérénité nécessaire aux apprentissages.

Quand la classe prit fin un peu après midi, les plus âgées s'attardèrent dans la cour de récréation. Gretl s'était impatientée, car sa grande sœur ne se présentait pas pour la raccompagner à la maison. Alors elle s'était rendue à l'école secondaire afin de demander à Eva de rentrer tout de suite.

— Attendons encore un peu.

— Moi je veux voir maman.

Déjà, la plupart des élèves autour d'elles se dispersaient. La blonde, de son côté, souhaitait en savoir plus sur les événements en cours.

— Tu connais le chemin, nous le faisons ensemble tous les matins et tous les soirs depuis plus de deux ans.

Ce n'était pas tout à fait vrai. Les jours où Eva entendait s'attarder avec ses amies, la benjamine effectuait le trajet toute seule. Toutefois, ce jour-là, Gretl aurait aimé tenir la main de quelqu'un. Quand les bruits d'explosions lointaines retentirent, la gamine préféra prendre ses jambes à son cou pour aller du côté de la rue Hohenzollern.

— Je vais la raccompagner, proposa Herta.

Son amie la remercia d'un sourire, tout en lui disant : « On se retrouve demain. » À nouveau, des coups de feu se firent entendre. Pour toutes ces jeunes filles, il s'agissait d'un bruit familier.

— Cela vient de ce côté, dit une élève en pointant vaguement vers le nord-est.

— Allons voir, dit Lieselotte.

D'habitude, c'était Eva qui proposait les expéditions de ce genre, mais elle ne bouderait sûrement pas son plaisir parce que l'initiative venait d'une autre. Si quatre autres adolescentes emboîtèrent d'abord le pas, l'affolement de la population et le grand nombre de policiers en découragèrent deux.

Dans les conversations des filles surexcitées, un lieu était évoqué : la place de l'Odéon. Le nom venait de la présence d'un théâtre dans les environs. Sans se concerter, les jeunes filles se dirigèrent dans cette direction. Le nombre d'agents et de soldats devenait de plus en plus grand, ce qui leur confirmait être sur le bon chemin.

Sans en avoir conscience, elles marchèrent bientôt dans la rue Residenz – pour Résidence royale –, empruntant le même chemin que le contingent de chemises brunes dirigé par Adolf Hitler une heure à peine plus tôt. Elles débouchèrent sur la place de l'Odéon, pour la trouver encombrée de policiers criant à tue-tête des ordres et des contre-ordres.

— Les petites, dégagez !

L'agent aux moustaches tombantes paraissait peu enclin à tolérer leur présence. Eva lui adressa son meilleur sourire pour dire d'une toute petite voix :

— Mon père… Je cherche mon père.

Lieselotte aurait dû utiliser cet argument à sa place, mais le sang entre les pavés captait toute son attention. Sur leur gauche se trouvait la Feldherrnhalle, le Hall des chefs de guerre. Il s'agissait d'une loggia donnant sur la place. Deux statues de militaires réalisées avec le bronze de canons fondus ajoutaient à la symbolique.

— Ton père… C'est un agent de police ?

Elle secoua la tête de droite à gauche pour dire non.

— C'est un nazi ?

Eva ne répondit rien. L'autre dit après une pause :

— Rentre à la maison. Ta mère doit t'attendre. Tu as une mère ?

À ce moment Lieselotte laissa entendre un sanglot, comme un hoquet. Eva la prit par le bras pour la conduire rue Residenz. Sa compagne se laissa entraîner pendant un moment, puis se rebiffa et retourna sur ses pas. Eva la regarda s'éloigner pendant un instant, puis se dirigea vers sa demeure. La curiosité l'incita toutefois à retrouver son sourire avenant pour demander à un policier :

— Pouvez-vous me dire ce qui se passe là-bas ?

L'homme avait peut-être une fille du même âge à la maison. Toujours est-il qu'au lieu de l'envoyer paître, il expliqua :

— Ce sont les chemises brunes. Ce fou a essayé de s'emparer du gouvernement par la force. Il doit se prendre pour Mussolini.

Depuis peu, ce dictateur avait pris le pouvoir en Italie. Cela, Eva le savait déjà.

— Des gens sont morts ?

— Oui. Des deux côtés.

Comme des années plus tôt, quand elle avait vu des soldats refuser d'obéir à leur officier. Finalement, ce dernier avait été fusillé par les manifestants. Après avoir entendu cela, la gamine perdit l'envie de poursuivre ses explorations. Autant rentrer à la maison sans plus s'attarder.

L'accueil fut glacial.

— Tu as laissé ta petite sœur rentrer seule, un jour de révolution !

La voix de Fanny était tellement lourde de reproche qu'Eva sentit son cœur sombrer.

— Elle connaît le chemin.

— Un jour comme aujourd'hui !

— Herta l'a raccompagnée, pour être certaine que rien ne lui arrive.

— Herta n'est pas sa grande sœur. Tu étais responsable de sa sécurité.

Comment sa mère pourrait-elle lui pardonner ? Elle se précipita dans sa chambre – et celle de Gretl : depuis septembre, Ilse avait obtenu de loger au pensionnat de son école –, chercha son chat sous l'un des lits, puis se coucha en le serrant contre sa poitrine.

Finalement, Eva s'était privée de manger ce midi-là pour aller sur la place de l'Odéon, et du dîner à cause des reproches de sa mère, au moment de son retour. Aussi le lendemain matin, un samedi, elle arriva à table pour le petit-déjeuner avec un ventre affamé. Gretl lui jeta un regard un peu piteux, comme si elle regrettait d'avoir été la cause de ses malheurs.

Toutefois, Fritz prenait visiblement la chose avec plus de légèreté.

— Comme ça, tu as vu le site de la grande révolution nationale-socialiste ?

Prudemment, elle se contenta de hocher la tête de haut en bas.

— Et puis ?

— Il y avait du sang entre les pavés, sur la place de l'Odéon.

— Les nazis arrivaient par la rue Residenz, et les policiers les ont fusillés sur place. À ce qu'on dit, une quinzaine de manifestants ont été tués. Malheureusement, ils ont raté cet Hitler. Il s'est sauvé en courant.

Comme d'habitude, le repas se composait de pain noir recouvert d'une couche de beurre si mince qu'on ne la distinguait pas.

— Ils ont fait feu comme ça, sans sommation ? demanda Fanny en versant la chicorée dans les tasses.

— Je ne sais pas. Mais quand des centaines d'hommes marchent pour renverser le gouvernement, c'est un acte de guerre.

— Ils étaient armés ?

— Certains l'étaient puisque des policiers ont été tués aussi.

Eva retourna dans sa chambre. Elle en revint avec son sac de toile alourdi de quelques livres, se pencha pour faire la bise à sa mère, puis à son père.

— Bonne journée, les filles, dit ce dernier.

Après être passée par l'école primaire pour y laisser sa sœur, Eva fit tout le reste du trajet en courant. Des camarades auraient certainement des informations supplémentaires sur les événements de la veille.

Au dîner, le sujet de la révolution avortée occupa encore une bonne partie de la conversation. Puis le père tira son portefeuille de sa poche en disant :

— Effie, regarde ça, j'ai un exercice de calcul pour toi. Tu vois le montant, sur ce timbre ?

L'homme posa le petit carré de papier sur la table, sous ses yeux. Eva se pencha, puis lut à haute voix :

— Cinq milliards.

— Un timbre de cinq milliards de marks. Le gouvernement ne met plus de chiffres, il n'aurait pas la place. Milliard est écrit en toutes lettres. Tu as une idée du nombre de zéros qu'il faudrait, après le 5 ?

Du simple fait qu'il pose la question, elle devina que sa meilleure réponse serait « beaucoup ». Mieux valait juste secouer la tête.

— Neuf ! Un cinq, puis neuf zéros. As-tu seulement une idée de ce que ça vaut, cinq milliards de marks, en argent américain ?

— Pas grand-chose ?

— Rien du tout.

Tout le monde le savait, les Américains roulaient sur l'or. Même les pages destinées aux enfants dans les grands journaux ne laissaient aucun doute là-dessus. Là-bas, toutes les familles circulaient en automobile. Mais cette différence de valeur entre l'unité monétaire de base des deux pays dépassait l'entendement.

— Juste après la guerre, continua le père, une bière coûtait un mark, et il fallait un peu plus de quatre marks pour faire un dollar. Maintenant, il faut près de quatre mille milliards de marks pour obtenir un dollar. Alors combien me coûte une bière ?

Eva ouvrait de grands yeux, totalement perdue. Fanny crut bon d'intervenir :

— Fritz, tu sais bien que les enfants n'entendent jamais parler de chiffres pareils à l'école.

— Évidemment que je le sais. Les adultes non plus n'y arrivent pas. Les prix montent si vite qu'entre le moment où je commande une bière et celui où la serveuse la dépose sur la table, le prix a doublé.

L'épouse se retint de dire que s'il faisait le sacrifice de toutes ces bières, elle aurait plus de beurre à mettre sur le pain. La paix – toute relative – du ménage exigeait de ne pas formuler ces perles de sagesse à haute voix.

— Cet Hitler est un imbécile, mais je comprends que des gens risquent leur vie pour le suivre. La situation n'a plus aucun sens.

Au cours de la journée, avec l'aide de ses amies – les pères de certaines fréquentaient les brasseries de Munich –, elle estimerait le prix d'une bière à mille milliards de marks. Des gens qui possédaient l'équivalent d'un million de dollars en marks en 1918 n'avaient plus qu'un peu plus d'un centième de cent fin 1923. L'inflation avait fait disparaître toute l'épargne des ménages allemands.

Toutefois, ceux qui avaient des livres, des francs ou des dollars étaient devenus riches !

En marchant vers l'école, Eva se demandait comment ses parents se débrouillaient pour mettre Ilse en pension depuis le début du mois de septembre. Décidément, les performances scolaires de l'aînée devaient être remarquables pour qu'ils consentent un tel investissement. C'était sa récompense pour être toujours une excellente élève, une excellente fille et une excellente grande sœur. Pas le genre à abandonner la benjamine un jour de révolution…

Chapitre 15

Munich, le samedi 20 décembre 1924

Si le Noël de 1923 avait été misérable pour des personnes dont toutes les économies venaient de se volatiliser à cause de l'effondrement du mark, celui de 1924 se présentait sous de bien meilleurs auspices.

Chez les Braun, un événement créa une petite commotion. Comme il lui arrivait souvent, Fritz dînait avec le journal posé sur la table près de lui. Il commenta :

— C'est donc vrai, ils l'ont laissé sortir de prison.

Il dut interrompre sa lecture un petit moment quand la bonne vint servir le plat principal. La présence de Kristen dans la maison représentait, aux yeux de Fanny, le symbole d'une nouvelle existence, plus douce que la précédente. Un héritage se conjuguait à l'embellie des perspectives économiques pour donner au couple ce petit luxe. De toute façon, il s'agissait presque d'un geste charitable : une famille de Beilngries connue des Kronberger se trouvait dans la misère. En plaçant l'aînée des filles à Munich pour juste un peu plus que le gîte et le couvert, elle avait réduit le nombre de bouches à nourrir.

— Qui est sorti de prison ? demanda Fanny qui suivait de loin l'actualité.

— Le caporal Hitler, celui qui affirme avoir reçu de la Providence la mission de sauver l'Allemagne.

Si Gretl demeurait impassible devant cette nouvelle, Eva comprenait bien de qui il s'agissait. Moins d'un an plus tôt, elle avait contemplé les rigoles de sang coulant entre les pavés de la place de l'Odéon.

— Est-ce que ça veut dire que nous verrons encore des chemises brunes dans les rues de la ville ?

Parmi les milices privées, les Sections d'assaut du Parti nazi étaient demeurées les plus visibles jusqu'au coup d'État raté. Depuis, ces militants de choc s'étaient faits à peu près invisibles.

— J'espère bien que le gouvernement interdira formellement ce parti, pour toujours.

— On ne l'avait pas condamné à une longue peine de prison ? demanda Fanny.

— Cinq ans ! L'administration de la justice n'est plus sérieuse, depuis que les bolcheviques ont chassé la famille royale.

Pour Fritz, le départ du roi Louis III représentait la grande catastrophe responsable de tous les malheurs de la Bavière.

— Alors ils le laissent sortir après un an ! cracha-t-il avec dégoût. Pour bonne conduite, semble-t-il…

La notion même qu'un criminel puisse bien se conduire paraissait incompréhensible pour le chef de famille. Il continua :

— Ils devraient le renvoyer en Autriche, et l'empêcher de revenir au pays. Nous avons assez de nos propres criminels.

Voilà qui paraissait tout à fait raisonnable à Eva. Comme à l'école : chaque classe avait ses élèves turbulentes, mais on ne les échangeait pas de l'une à l'autre.

Le lendemain, l'hiver commençait officiellement. Pourtant, il avait pris un peu d'avance cette année-là. De la neige couvrait les parcs. Sur les trottoirs, il convenait de se montrer très prudent, car les plaques de glace se révélaient traîtresses.

Dans ce contexte, Eva appréciait particulièrement la chaudière à charbon de la maison des Ostermayer. Non pas que l'appartement familial fût particulièrement froid et humide, mais tout, chez son amie, lui paraissait préférable à sa propre réalité. En commençant par la couleur pâle des murs, les meubles moins massifs, et même le costume de la domestique faisant le service à table.

Pourtant, la conversation emprunta le même chemin que chez les Braun. Il n'existait peut-être pas un seul foyer où elle se limitait à la météo maussade ou à la qualité du repas. Le chef de famille abordait lui aussi le sujet de la libération du révolutionnaire :

— J'espère qu'il a compris, maintenant, et qu'il se remettra à la peinture.

— Ou qu'il retournera dans son pays, l'Autriche, commenta Eva.

Chez son amie, elle participait plus volontiers à la conversation. Sans doute parce que ses hôtes ne répondaient pas systématiquement par des froncements de sourcils.

— Tu as raison.

Un peu plus tard, monsieur Ostermayer remarqua :

— Herta m'a dit que tu t'absenterais pendant le congé des fêtes. Où iras-tu ?

— Nous irons faire du ski… je ne sais plus où, exactement. Paraît que c'est à cause des Américains.

L'homme esquissa un sourire à l'intention de sa femme. Bien que l'affirmation parût étonnante, elle n'était pas dénuée de fondement. Il déclara, pour le bénéfice des filles :

— Les Américains ont convaincu leurs alliés d'alléger les demandes de réparations prévues dans le traité de Versailles, en plus d'aider à la stabilisation de la monnaie.

L'homme faisait allusion au plan Dawes, qui portait le nom de celui qui en avait fait la proposition, Charles G. Dawes, directeur du Bureau du budget américain.

— Comme ça, nous n'avons plus des timbres de cinq milliards !

De la conversation avec son père sur la valeur du mark, cet exemple demeurait le plus saisissant.

— Et les troupes étrangères qui occupaient le pays sont parties. Ce monsieur Hitler se voit ainsi privé de son meilleur argument pour fomenter la révolte.

Pour les Allemands, la présence de troupes françaises dans la vallée de la Ruhr représentait un affront insupportable. Supprimer les injustices contenues dans le traité de Versailles figurait au premier rang des objectifs de toutes les organisations politiques du pays.

Ensuite, la conversation porta sur des sujets plus légers, comme la carrière scolaire des deux jeunes filles. La blonde montrait un intérêt très léger pour ses études. Seule la gymnastique ensoleillait ses journées. Au moment de quitter la table pour regagner la chambre d'Herta, elle s'approcha de son hôtesse pour l'embrasser, puis répéta la même opération avec son hôte. Et chaque baiser venait avec un souhait :

— Bonne nuit maman… bonne nuit papa.

Depuis quelques semaines, elle les appelait parfois ainsi. Les adultes échangèrent un regard, esquissèrent un demi-sourire. Ils savaient, parce que leur fille le leur avait dit, qu'Eva appelait ses parents « Père » et « Mère ». La nuance dans le choix de ses mots exprimait tout son malaise à la maison, et son rêve de la quitter.

Tout de même, la tension chez les Braun s'allégeait parfois. La tradition des Noël en famille souffrirait une exception cette année-là. La petite bonne allait retrouver les siens à Beilngries. Fritz, Fanny et les trois filles – Ilse se trouvait libérée de son pensionnat jusqu'à l'Épiphanie – montèrent dans un train à destination du lac Schlier, dans la localité du même nom.

Le trajet dura deux bonnes heures. La conversation porta largement sur les événements des derniers mois, puisque l'aînée vivait maintenant sous un autre toit pendant la majeure partie de l'année. Les mauvais coups des couventines permettaient de meubler le silence. Peut-être à cause d'une nouvelle maturité – après tout, à quinze ans, il fallait se comporter au moins un peu comme une adulte –, Ilse se montrait presque aimable à l'égard des deux plus jeunes. Pourtant Eva affichait une absence totale d'intérêt. Elle fréquentait l'école voisine de la maison parce que ses résultats médiocres ne justifiaient pas la dépense du pensionnat. Aussi la blonde gardait un visage buté.

À l'arrivée, il fallut prendre un autre train, cette fois tiré par un câble, pour se rendre en altitude. L'hôtel, appelé Schlier aussi – le manque d'imagination dans la région devenait flagrant –, comptait une soixantaine de chambres. Il présentait l'allure habituelle des auberges de montagne, avec son toit pointu, son balcon au-dessus de l'entrée principale, les dessins sur les murs de la façade. Des skieurs entraient et sortaient, habillés de lainages, avec des chapeaux attachés sous le menton pour se tenir les oreilles bien au chaud.

Fritz alla à la réception afin de régler le prix des deux chambres, et le reste de la famille se rendit dans la salle à manger pour contempler l'immense sapin bellement décoré. Une quarantaine de familles participeraient à un réveillon sans s'être donné la peine de le préparer. Toutes les épouses appréciaient certainement ce congé. Le père vint les rejoindre avec les clés. Il admira le décor un instant, puis proposa :

— Nous montons ?

Eva partageait une chambre avec ses sœurs, et son lit avec Gretl. Longuement, elle demeura, les coudes sur le rebord de la fenêtre, à regarder la montagne. Une fine pellicule de glace couvrait la vitre. En arrondissant les lèvres, elle souffla pour en faire fondre une partie. Déjà, le soleil avait basculé à l'horizon. Le reflet de la lune sur la neige rendait le décor un peu irréel, métallique.

Trois coups contre la porte communicante amenèrent Ilse à déverrouiller de leur côté.

— Nous allons marcher un peu dehors. Vous venez ?

Les sentiers étaient dangereusement glissants. Au point où la plus jeune ne lâcha pas un instant la main de sa mère. Vers neuf heures, le nez et les oreilles gelés, la famille prit place à une grande table pour un dîner tardif. Parmi tous ces inconnus, chacun ressentait l'obligation de garder les querelles sous le boisseau pour présenter un visage heureux. Les plus compétents à jouer le jeu le devenaient peut-être vraiment.

Le lendemain, le jour de Noël, Eva découvrit des parents totalement inconnus. Fanny tenait très bien sur ses skis. Au point de l'amener à demander :

— Où as-tu appris ?

— Ici et là, quand j'avais la moitié de ton âge. Ton grand-père nous emmenait skier tous les hivers.

Comme pour expliquer comment la chose avait été possible, elle ajouta :

— C'était avant la guerre.

À bientôt treize ans, l'adolescente mesurait combien il lui en avait coûté de naître au mauvais moment. Trop tard, ou trop tôt.

— J'ai même gagné quelques compétitions.

Puis elle s'engagea sur une pente plutôt raide. Décidée à la suivre, Eva, à force de chuter et de se relever, arriva en bas couverte de neige humide.

L'autre surprise survint dans la soirée. Alors que tout le monde, ou presque, se trouvait déjà à table, un employé de l'hôtel vint demander :

— Quelques-uns, parmi vous, accepteront peut-être de nous aider à faire des recherches ? Deux clients ne sont pas encore revenus.

Fritz enleva la serviette pendue à son col et se leva immédiatement, puis, avec quelques autres dîneurs, il alla récupérer ses skis. En guise d'explication, Fanny précisa à ses filles :

— Vous savez, il avait l'habitude de faire ça, avant.

« Avant la guerre », compléta mentalement Eva.

— L'été, il partait souvent à la recherche de randonneurs égarés.

À la fin de la soirée, le professeur de menuiserie revint épuisé à l'hôtel. Les skieurs momentanément égarés avaient été retrouvés. Quelques grogs lui permirent de se réchauffer, et de gagner le lit dans un état d'esprit plutôt joyeux. Trop peut-être au gré de Fanny, qui se présenta au petit-déjeuner avec un air revêche. Très vite, elle regagna les pentes avec deux de ses filles. Eva sut tellement bien perdre son temps qu'elle se retrouva seule avec son père.

— Je peux aller avec toi, aujourd'hui ?

L'autre hésita un instant avant de donner son assentiment. Mais à peine vingt minutes plus tard, il prenait plaisir à prodiguer des conseils, et à féliciter Eva pour son habileté. Pourtant, jusque-là, ses succès en callisthénie et sa fréquentation assidue d'un gymnase ne lui avaient guère valu de reconnaissance.

Munich, le vendredi 6 février 1925

Eva eut treize ans. Au moment de s'asseoir à table pour le petit-déjeuner, elle trouva un présent dans son assiette. Fanny se pencha sur elle pour lui embrasser la joue en lui disant :

— Bon anniversaire, ma grande. Ça, c'est pour toi.

L'adolescente s'en doutait bien. Très vite, elle déchira le papier d'emballage, pour découvrir une boîte de carton portant le mot « Kodak ». Il s'agissait d'un appareil à soufflet, le Number 1 Pocket Kodak, série II. Le fonctionnement de l'appareil lui était familier, puisque sa mère en possédait un semblable, de la série I. En lui donnant celui-là, elle s'exposait moins à voir le sien disparaître de sa commode.

— Tu y feras bien attention. C'est cher, et plutôt fragile.

Eva le savait bien. La gamine lui sauta au cou en disant « Merci, merci, merci, merci ». La litanie se serait prolongée si son père n'était pas entré dans la pièce à ce moment. L'homme eut droit à la même étreinte, toutefois l'effusion se limita à « Merci père ». Son intérêt pour la photographie ne faiblirait pas jusqu'à son dernier jour.

Munich, le lundi de Pâques, 13 avril 1925

Ilse était à la maison. Elle ne regagnerait son pensionnat que le lendemain, au petit matin. Celui-ci se trouvait en périphérie de la ville. Rien n'aurait empêché l'adolescente de passer toutes ses fins de semaine à la maison, mais elle ne le désirait pas.

Sa présence ce jour-là donnait à Fanny l'occasion d'une sortie « entre femmes ». Maintenant que Gretl allait sur ses dix ans, des activités communes à toutes les quatre devenaient possibles. Au début de l'après-midi, le quatuor entra dans le Théâtre d'État, sur la place Gartner. Il s'agissait d'un bel édifice de pierre blanche. Les loges s'alignaient sur trois niveaux des deux côtés de la salle, le parterre comptait plus de trois cents places.

Ce jour-là, l'opérette à l'affiche s'intitulait *Princesse Czardas*, présentée pour la première fois dix ans plus tôt à Vienne. Quand le son des instruments que l'on accorde leur parvint, la benjamine demanda :

— Où sont les musiciens ?

— Juste devant la scène, dans une fosse.

L'enfant leva les sourcils. Dans son esprit, une fosse servait à mettre des cadavres, pas des musiciens. Fanny la prit par la main pour aller vers l'avant, afin de lui montrer ce qu'il en était.

— Pourquoi les placer là-dedans ?

— Autrement, ils nous cacheraient les chanteurs.

Quelques minutes plus tard, elle comprit parfaitement le sens de ces paroles. Le rideau se leva enfin, et toutes les quatre purent entendre l'histoire d'un prince amoureux d'une chanteuse, et s'attrister de tous les obstacles posés sur leur chemin. Voilà qui fournissait un excellent sujet de réflexion pour Eva. Si une chanteuse connue n'était pas un parti suffisamment respectable pour un prince, qu'en serait-il de la fille d'un professeur de menuiserie susceptible de devenir, au mieux, vendeuse dans un magasin ou secrétaire ? Le choix d'un futur époux la troublait déjà.

Après être sorties du théâtre, elles se retrouvèrent dans un café, le temps d'une boisson chaude et d'une pâtisserie.

— Si vous le voulez, nous recommencerons, proposa la mère. Une fois de temps en temps.

Voilà qui agréait parfaitement aux trois jeunes filles.

Le 16 mai, Eva entraînait son amie Herta au cinéma Schaumburg, sur la place Élisabeth. On y présentait les deux parties du film *Hélène de Troie*, réalisé par Manfred Noa. Aucune des deux ne connaissait le terme « péplum » pour désigner ce genre de production, mais toutes les histoires situées dans des temps très anciens les passionnaient. En particulier à cause des comédiens vêtus d'une simple jupette, et des comédiennes drapées dans des voiles légers.

Une fois assises au parterre, toutes les deux laissèrent entendre des fous rires nerveux. Les prêtres, et toutes les autres personnes soucieuses de la moralité de la jeune génération, soulignaient le caractère dangereux des salles obscures. D'abord à cause des histoires aux sujets parfois scabreux projetées sur l'écran. Mais en plus, des hommes venaient parfois y chercher un peu de chair fraîche pour leur plaisir…

C'était devenu une plaie : des vicieux de tous âges se déplaçaient entre les rangées de sièges pour réclamer des services sexuels en échange de quelques marks. Les garçons étaient autant en demande que les filles. Quand l'un d'eux se risqua près d'Eva, celle-ci hurla à pleins poumons :

— Il y a un cochon qui veut me faire des choses !

Puis elle pouffa de rire. L'autre demeura interdit ; il rebroussa chemin en jurant entre ses dents. Avec un peu de chance, plus personne n'oserait s'approcher d'elle d'ici la fin du film. Dans un endroit public, ce genre de défense s'avérait efficace. Quant aux endroits moins fréquentés, toutes les deux les évitaient résolument.

Puis la projection commença enfin. Chacune des parties durait plus de quatre-vingt-dix minutes. La première commençait avec le camp des Grecs ravagé par la guerre, la seconde se terminait avec les funérailles de Patrocle, puis celles d'Hector. Quelques scènes tirèrent des ricanements aux gamines, en particulier quand Patrocle caressait la poitrine, puis les cuisses d'Achille. Eva répéta le premier geste sur sa voisine, provoquant un petit cri de sa part, et des gestes de défense.

Dehors, elles retrouvèrent leur bicyclette, et convinrent de se rendre au Jardin anglais. Sous les arbres, assises sur un banc, elles commentèrent les images demeurées dans leur tête.

— Tu as vu ces deux hommes se faire des câlins ? demanda Eva.

— J'ai surtout constaté que tu voulais les imiter…

Herta fronçait les sourcils et affectait un air sévère. Puis le sourire lui revint :

— J'ai failli crier : « Il y a une jeune cochonne après moi ! »

— C'était pour rire !

La blonde paraissait maintenant s'inquiéter d'avoir été prise au sérieux. Très vite cependant, cette idée quitta son esprit.

— Mais tu crois que c'est vraiment vrai ? Je veux dire, des hommes ou des femmes font vraiment ça ensemble ?

Dans les journaux, dans les magazines, des journalistes évoquaient des situations de ce genre à mots couverts.

— Je suppose. Mon père va souvent à Berlin pour ses affaires. Je l'ai entendu dire à maman qu'il y en a qui « le » font sur la scène, devant des gens.

Même dans les sermons du curé de Sainte-Ursule, la capitale fédérale était évoquée comme la Sodome des temps modernes.

— Ces gens font quoi, exactement ?

La brune haussa les épaules. Si de nombreuses personnes évoquaient le sujet, personne n'allait bien loin quant aux détails. Au même moment, elles surveillaient le manège entre deux jeunes hommes près du lac Kleinhesseloher. La discussion comportait de longs silences pendant lesquels l'un posait la main sur l'avant-bras de l'autre.

Herta donna un coup de coude à son amie, puis les lui désigna d'un mouvement de tête. Bientôt, ils se dirigèrent vers des buissons.

— Eux, ils font ça.

De son index, elle pénétra son poing fermé à quelques reprises. L'autre fit une mine dégoûtée.

— Tu plaisantes ?

Pourtant, les conversations murmurées évoquaient bien ce genre de chose. Décidément, grandir les exposait à découvrir des histoires d'amour bien différentes de celles des contes des frères Grimm.

La tradition des étés passés à Beilngries se poursuivait. Fin juin 1925, tous les Braun prirent le train afin de rejoindre les grands-parents maternels. Fritz présentait toujours un visage un peu maussade. Parmi les époux des sœurs Kronberger, il se faisait l'impression d'être celui qui réussissait le moins bien. Professeur de menuiserie !

Dès qu'ils entrèrent dans la grande maison de la rue Principale, Eva se précipita vers sa grand-mère pour l'embrasser sur les joues, puis elle fit de même avec son grand-père. Elle gardait de son séjour de quelques mois un statut particulier : pas vraiment leur enfant, mais plus qu'une visiteuse occasionnelle.

— Nous avons des malades intéressants, en bas ?

La pilosité du vieux vétérinaire avait maintenant tout à fait viré au blanc. Les favoris touffus et la moustache lui donnaient un air de Père Noël un peu étrange.

— Ah ! Tu verras, un cheval à qui j'ai…

Le vieil homme s'arrêta, incertain de ce qu'il pouvait dire, ou de la façon de le dire.

— Disons que les juments ne l'intéresseront plus du tout, quand il sera un peu remis.

— Je pourrai prendre des photos des animaux ? J'ai un appareil bien à moi, maintenant.

Elle marqua une pause, puis précisa :

— Pas de ses parties, évidemment.

— Évidemment.

Au moment du repas, Eva remarqua combien grand-maman Sefi avait rapetissé. Elle songea que les gens que l'on aimait disparaissaient irrémédiablement.

En juillet, la maison de Franz-Paul Kronberger ressemblait à une auberge de campagne tellement les visiteurs étaient nombreux. Et parmi eux, Alois Winbauer. En le voyant entrer dans la maison, Eva était restée immobile, à l'arrière des autres, intimidée. Une jeune fille ne devait pas se comporter comme une enfant. Cependant, quand le jeune homme ouvrit les bras, elle se précipita vers lui.

— Alors, ma belle, toujours passionnée de calcul ?

Elle lui adressa un sourire désarmant, puis protesta :

— Ne me taquine avec ça.

Pourtant, elle passa une bonne heure à l'entretenir des affres de l'école secondaire.

Dès le lendemain, la blonde réussit à entraîner son cousin à la pêche. Alois accepta de jouer le rôle de premier modèle masculin à la photographe en herbe, d'abord appuyé nonchalamment contre un arbre, puis sa gaule de bambou à la main, concentré sur le bouchon de liège devant lui signalant une touche.

Bientôt tous les deux s'installèrent côte à côte sur la rive, leur ligne à l'eau, mais sans se soucier de prendre quoi que ce soit. Après un long silence, Eva demanda :

— Mon oncle, je peux te poser une question ?

— Vas-y.

Le long silence lui permit de deviner que le sujet serait sérieux.

— Est-ce que je suis jolie ?

La réponse facile était de dire « Bien sûr ». Ce serait aussi la plus décevante. Il la dévisagea un moment avant de dire :

— Voyons ça. Tu as de jolis cheveux blonds, des yeux bleus, un visage bien rond. Tout pour plaire aux hommes.

— Le visage, c'est parce que je suis trop grosse.

— Seigneur ! Qui t'a dit ça ?

Au lieu de répondre, elle se pinça le ventre.

— Penses-tu vraiment que cela efface ton charmant sourire ?

Justement, elle lui sourit en inclinant un peu la tête sur la gauche, puis battit des cils. Pourquoi ne pas essayer avec lui les petits gestes de séduction repérés au cinéma ?

Quand la petite tribu des Braun retrouva la ville à la fin du mois d'août, Fritz se réjouit de retrouver la pièce du fond, celle donnant sur la cour arrière, les bières blondes ou blanches de sa brasserie favorite, et d'autres passe-temps peut-être moins avouables que celui-là.

Eva retrouva son école de la rue Teng sans grand plaisir, mais l'idée de revoir ses bonnes camarades, et surtout son amie Herta, suffisait à la rasséréner. Ilse paraissait tout heureuse de retrouver son pensionnat. Gretl, de son côté, se faisait du mauvais sang au sujet de son passage à l'école secondaire. Depuis plusieurs mois déjà, Fanny répétait à Eva combien il lui faudrait prendre soin de sa cadette dans ce difficile passage.

Et toute la maisonnée devrait s'habituer à une nouvelle présence. Les parents de Kristen, la petite bonne, avaient réussi à redresser suffisamment leur situation matérielle pour la reprendre avec eux. Ils revenaient donc à Munich avec une nouvelle domestique, une cousine appelée Wilhelmine. Pour les Braun, ce serait plus simplement Mina.

Chapitre 16

Garmisch, décembre 1926

Le séjour dans les Alpes, lors de la période des fêtes de l'année précédente, avait marqué Eva. Depuis, à sa passion pour le patin s'ajoutait celle du ski. Pour la première, cela ne posait guère de difficulté : en plus de l'étang du Jardin anglais, Munich comptait quelques patinoires. Pour la seconde, les pentes demeuraient lointaines, et les coûts pour s'y rendre assez élevés.

En conséquence, il lui fallait saisir les occasions qui se présentaient. Comme, par exemple, quêter des invitations de la part des Ostermayer. Et surtout, profiter de toutes les sorties de la classe de son père.

Ainsi, en décembre 1926, elle prit le train pour se rendre à Garmisch en compagnie d'une vingtaine de garçons âgés de dix-sept et dix-huit ans, sa paire de skis – elle possédait maintenant les siens – sur l'épaule. Dans le train, la jeune fille sage devint le centre de toutes les attentions masculines. Les joues toutes roses, un sourire en permanence sur le visage, elle passait d'un banc à l'autre, pour répondre sans cesse aux mêmes questions :

— À quelle école vas-tu ?

— Ton père est-il aussi sévère avec toi qu'avec nous ?

Toutefois, elle se troublait particulièrement en entendant :

— As-tu un petit ami ?

— Je suis bien trop jeune pour ça, répondait-elle invariablement.

À presque quinze ans, c'était certainement le cas. Toutefois, l'absence de toute ironie chez ses interlocuteurs lui disait que déjà sa poitrine et ses hanches lui donnaient des allures de femme.

Friedrich Braun surveillait ces conversations, prêt à intervenir s'il se passait quoi que ce soit d'inconvenant. Ce n'était jamais nécessaire, ne serait-ce que parce qu'aucun de ces jeunes gens n'aurait risqué de se mettre « Monsieur le professeur » à dos.

La station de Garmisch était construite à sept cents mètres d'altitude. Il fallait en gravir encore quelques centaines pour se retrouver au sommet d'une piste skiable d'une envergure raisonnable. Une fois rendue là-haut, Eva tendit son appareil photo à son père en demandant :

— Tu veux en prendre une ?

Comme il avait fait chaud au cours des jours précédents, la jeune fille portait simplement un chemisier à manches courtes, avec une grande boucle à la hauteur du cou. Debout sur ses skis, avec ses cheveux blonds coupés juste en bas des oreilles, elle lui parut tout à fait charmante. De quoi convaincre l'homme de redoubler d'attention face à tous ces adolescents facilement excitables.

Au cours de la journée, il aurait l'occasion de la photographier encore de nombreuses fois, debout au milieu d'un groupe de garçons, ou alors à table le midi, toujours bien entourée.

Munich, janvier 1927

Ces moments de bonne entente avec son père ne duraient guère. La paix du ménage, difficilement préservée, était souvent rompue par des scènes qui variaient peu d'une fois à l'autre. Avant même le lever du soleil, Eva et Gretl entendaient du bruit dans l'entrée : Fritz rentrait après une soirée à la brasserie, et une nuit passée dans des lieux plus glauques encore.

— Où étais-tu ? entendaient-elles.

La voix de Fanny, réveillée aussi par le vacarme, trahissait à la fois de la colère et de la peur. Le passage des années ne rendait pas vraiment son époux plus sage.

— Ça ne te regarde pas !

Puis des pas dans le couloir, la porte de la pièce du fond claquée avec fracas.

— Je peux venir dans ton lit ?

Gretl parlait d'une voix geignarde. Même si elle aurait bientôt douze ans, ces querelles la rendaient morose, dépressive même. Eva souleva un pan de sa couverture pour l'accueillir, puis se pressa contre elle. Dans ces moments, elle en venait à détester son père.

Ce dimanche matin-là, de retour de la messe, affamées puisque à jeun pour recevoir la communion, elles trouvèrent Fritz assis au bout de la table, déjà en train de manger. Mina faisait le service.

— Tu aurais pu nous attendre, reprocha la mère.

— J'avais faim.

— Nous formons une belle famille ! Maintenant, nous allons donc manger à tour de rôle...

— Rien ne vous empêche de vous joindre à moi.

L'effort de la mère pour taire ce qu'elle avait envie de lui répondre la fit grimacer. Elle regagna sa chambre, puis les filles l'imitèrent après une longue hésitation. Quand elles furent seules, Gretl demanda à Eva :

— Pourquoi ils sont comme ça ?

Pour clarifier sa pensée, elle précisa :

— À se détester.

La blonde ne savait quoi répondre. Fanny ne se montrait jamais très explicite à ce sujet, mais Eva comprenait qu'il s'agissait du péché d'impureté. Cependant, elle se contenta de secouer la tête. Au début de l'après-midi, après le repas, les femmes de la maison se retrouvèrent dans le salon. Le ton des conversations demeurait très bas, comme si elles craignaient de déranger l'homme enfermé dans sa chambre-bureau-terrier.

Eva demanda bientôt :

— Maman, je peux aller chez Herta ?

— Tu ne trouves pas que tu exagères ? À la longue, ils doivent être lassés de ta présence ?

La remarque contenait quelque chose de très blessant. Eva gardait ses grands yeux bleus fixés sur sa mère, silencieuse. Cette dernière finit par hocher la tête. À ce moment, Gretl murmura :

— Moi aussi, je veux y aller.

— Mais ce n'est pas ton amie à toi...

Avec le sentiment d'abandonner sa cadette à son triste sort, l'adolescente s'empressa de prendre son manteau, puis dévala les cinq étages. Elle aussi craignait d'abuser de la patience des parents de son amie. Toutefois, mieux valait passer un après-midi à marcher dans les rues que de rester à la maison.

Beilngries, été 1927

Cette année-là, les Braun effectuèrent leur dernier pèlerinage à Beilngries. Toutes les femmes présentaient des yeux rougis, et Fritz affichait un visage de circonstance. Comme si elle avait été soucieuse de ne pas rompre la tradition, Sefi avait attendu l'été pour quitter ce monde. Dans la petite ville, les crêpes noirs ornaient la façade de la maison de la rue Principale. Cela donnerait le ton à tout le reste de leur séjour.

Dans la salle de séjour, tous les meubles avaient été rangés contre les murs afin d'accueillir une compagnie nombreuse. La précaution était heureuse, puisqu'une douzaine de vieillardes entouraient un prêtre. Les quelques époux toujours vivants se tenaient à bonne distance de l'homme de Dieu, sans doute peu désireux de se meurtrir les rotules en se mettant à genoux.

Franziska entraîna ses filles près du cercueil. La grand-mère portait une robe noire, contrastant avec la chevelure de neige. Les rides profondes donnaient au visage l'allure d'une pomme trop mûre laissée sur l'arbre. Même si la mort avait été omniprésente pendant toute sa vie, pour la première fois Eva perdait l'un de ses proches. Des larmes coulaient de ses yeux. Elle et ses sœurs ne s'éloignèrent de la bière qu'au moment où le curé recruta ses paroissiennes les plus dévouées pour dire un chapelet.

Même la petite chambre de son premier séjour à Beilngries lui semblait parfaitement étrangère, avec un cadavre au rez-de-chaussée. Eva dormit mal, la présence de Gretl ne lui apporta aucun réconfort. Le lendemain, pendant les funérailles à l'église Sainte-Walburge, les membres de la famille occupaient les bancs des premiers rangs, près du cercueil. Parmi ce groupe assez nombreux, la blonde reconnut Alois. Elle le salua d'un léger mouvement de la tête, avec l'esquisse d'un sourire. Il lui répondit de la même façon.

Au cimetière, l'assistance se trouva réduite d'au moins la moitié. Franz-Paul Kronberger se tenait juste devant la fosse, les cheveux, les favoris, la moustache hirsutes. Il paraissait effroyablement seul. La petite blonde quitta sa place pour se planter près de lui, et prendre sa main. Le vieil homme serra doucement ses doigts. C'est ainsi qu'ils regardèrent le cercueil s'enfoncer dans le trou humide.

La cérémonie terminée, la parenté regagna la grande maison pour un repas sans joie. Au moment du départ, les étreintes, les baisers et les mots d'encouragement prirent un long moment. Quand Eva dit au revoir à sa tante Paula, celle-ci lui murmura à l'oreille :

— Attends un instant.

Très vite, elle récupéra un grand carton dans la pièce voisine, puis le lui remit.

— Maman nous a dit de te le donner. Tu n'es pas bien grande, elle t'ira, le moment venu.

L'adolescente entrouvrit la boîte, pour reconnaître une robe avec un haut de dentelle noire, et la jupe de même couleur avec des appliqués blancs. L'histoire de ce vêtement lui était familière. Sa mère Fanny et sa grand-mère Sefi l'avaient portée le jour de leur mariage respectif.

— Respecte la tradition, lui glissa Anni à l'oreille en l'embrassant à son tour.

Le présent fit son petit lot de jaloux. Peu après, les Braun reprenaient le train en direction de Munich.

— Maintenant, ce ne sera plus la même chose. Pas sans ma grand-mère.

Eva se tenait à cheval sur une grosse branche d'arbre, ses pieds à un mètre du sol. L'écorce lui éraflait l'intérieur des cuisses, la robe un peu retroussée laissait voir plus de peau que ne le voulaient les convenances. Herta se tenait tout près, appuyée sur le tronc.

— C'est pour ça que tes parents vont demeurer à Munich cet été ?

— Oui et non. Maman ne demanderait pas mieux que de s'y rendre pour s'occuper de grand-papa, mais mes tantes l'ont prise de vitesse. Elles ont décrété que mon grand-père ne survivrait pas aux grandes vacances sans leur présence. Alors ajouter tous les Braun, ça ferait beaucoup.

Peut-être que Fanny n'avait plus envie de passer l'été à Beilngries sans la présence de Sefi. Ses rapports avec son père n'étaient pas si cordiaux.

— Et toi, tu aimerais y aller ?

La blonde hocha la tête doucement. En soi, un été dans la grande ville pouvait être agréable. Toutefois, sa meilleure amie partirait avec ses parents pendant au moins deux semaines, et la plupart des autres feraient de même. Errer toute seule dans le Jardin anglais, ou ailleurs, ne lui disait rien. Les animaux du rez-de-chaussée de la clinique du vétérinaire, ou alors les promenades dans la campagne, lui manqueraient.

— Tu aimerais venir avec nous ?

Passer des vacances avec les Ostermayer lui souriait certainement. Pourtant, elle répondit :

— Je serais de trop, tu le sais bien. Déjà, tes parents doivent me trouver envahissante.

— Quelqu'un t'a fait une remarque à ce sujet ?

Eva fit non de la tête, même si, en fait, sa mère et son père le prétendaient parfois.

— Je peux le leur demander. Je ne crois pas que ça les embêtera. En réalité, à cause de moi ils ne sont jamais juste tous les deux, parce qu'ils ne veulent pas me laisser seule.

Un peu plus, et elle aurait dit : « Ta présence leur donnerait l'occasion de se retrouver en amoureux. » L'interprétation d'Herta était peut-être un peu trop optimiste. Toutefois, Eva souhaitait que ce fût vrai.

Évidemment, Fanny avait commencé par refuser tout net, reprenant ses arguments habituels :

— Tu ne peux pas les envahir comme ça.

Après une pause, elle ajouta :

— Ce ne sont pas des parents.

La formulation hanterait un moment l'adolescente. Dans l'appartement de la rue Hohenzollern, elle se sentait souvent de trop, plus que chez les Ostermayer.

— Herta est fille unique. Quand je suis là, ça donne un peu de liberté à ses parents.

« Comme si un couple rêvait de se retrouver en tête-à-tête, après vingt ans de mariage… » songea la mère. En tout cas, Fanny, elle, ne tolérerait pas une seule journée seule avec son époux. Elle endurait cette existence pour ses filles, sans y trouver aucun plaisir.

— Je ne sais pas… Il faudrait que j'en discute avec sa mère… Dis-lui de m'envoyer un mot, juste pour me dire si elle est d'accord.

Finalement, cette petite période de vacances demanderait des négociations aussi complexes que le plan financier de Charles G. Dawes qui avait sauvé le mark allemand en 1924.

Eva était montée dans la voiture des Ostermayer, sa petite valise à la main. Fanny en était encore à donner des directives à la mère d'Herta, qui finissaient toutes par la même conclusion : « Si elle vous embête, vous la mettez dans le train. »

Assise sur la banquette arrière, la blonde se pencha vers l'avant pour dire au père d'Herta :

— Si ma présence vous dérange, dites un mot et je descends.

L'homme se tourna à demi pour lui sourire.

— Merci, papa Ostermayer !

Cette recherche d'une figure paternelle la rendait pitoyable. Au point de rendre son amie un peu mal à l'aise.

Le trajet vers Gstadt, une toute petite localité sur la rive du lac de Chiem, n'était pas bien long. Les Ostermayer logeaient dans une maison louée. Du balcon à l'étage, on pouvait voir le lac, et deux îles : une petite, l'île des Femmes, et une grande, l'île des Hommes.

— Demain, nous irons là-bas, dit Herta en pointant du doigt la seconde. Il y a là l'un des châteaux du roi Louis II.

— En nageant ?

— Ils louent des barques.

Heureusement, l'invitée avait assez d'argent pour payer son écot, cela réduisait son malaise. La mort de Sefi avait un peu enrichi les Braun, alors elle en profitait. Au cours des deux prochaines semaines, toutes les deux partageraient la même chambre, et le même lit.

Le lendemain, Eva tirait sur les rames. Elle portait un pantalon et une chemisette, une tenue appropriée pour ce genre d'activité.

— Au retour, ce sera ton tour, précisa-t-elle à son amie.

Même si elle comptait sur des exercices de ce genre pour maintenir son poids à un niveau acceptable, les poignées lui blessaient les mains. Après un silence, elle demanda :

— Tu as déjà rencontré des garçons qui te plaisaient ?

Le sujet revenait sans cesse entre elles, avec les mêmes phrases sans cesse répétées. « Je vois un gars, il s'appelle Anton, je crois, à quatre maisons de chez moi. » Seuls changeaient le prénom – il y avait des Fritz, des Helmut, des Hermann – ou la distance de l'un ou l'autre des domiciles. Cette fois, ce fut différent :

— Un cousin m'a présenté quelqu'un. Quand nous reviendrons, je vais l'accompagner à une fête de famille.

— Il te plaît ?

— Je ne sais pas. Je regrette d'avoir accepté, je ne sais même pas danser.

Pourtant, ce n'était pas faute d'avoir tenté d'apprendre. Les deux filles prenaient des leçons depuis deux ans au gymnase de Schwabing. Eva ressentit une petite pointe de jalousie. Déjà à quinze ans et demi – la demie comptait pour beaucoup – la crainte de ne pas trouver le bon parti la hantait.

— À quel genre d'homme rêves-tu ? demanda Eva. Je veux dire, comme époux.

L'autre eut un fou rire.

— À un grand homme. Dommage que la famille royale des Wittelsbach soit chose du passé. Tu m'imagines… Trouver mon prince, comme la *Cendrillon* des Grimm…

— Ne te moque pas de moi, je suis sérieuse. Si je tombe mal, je me retrouverai dans la même situation que ma mère.

Avoir un époux enfermé dans la pièce du fond ne lui disait rien. Comme elle confiait tout à Herta, celle-ci comprit tout de suite.

— Je ne sais pas vraiment. Quelqu'un comme mon père, je suppose.

— Moi aussi !

Puis la blonde éclata de rire devant la mine surprise de son amie. Cette dernière s'esclaffa presque aussitôt à son tour.

— Maman est toujours là. Puis si ce n'était pas le cas, même si je t'aime bien, comme belle-mère tu ne serais pas mon premier choix. Souviens-toi, je suis plus âgée que toi de quelques mois. Ce serait contre nature.

— Tu sais ce que je veux dire. Ils ont toujours l'air amoureux. Puis vous vivez si bien.

L'affection et la sécurité. Aucune fille de quinze ans ne rêvait à autre chose. Plus encore sans doute celles qui, en pleine révolution de 1918, avaient renoué avec un père en colère. Bientôt, la pointe de l'embarcation toucha la rive de l'île des Hommes.

— Maintenant, allons voir le château de notre roi Louis II, dit Herta en sautant sur le sol. Un roi tout à fait fou, mais si séduisant.

Pendant deux semaines, les sites les plus charmants des environs du lac de Chiem retiendraient leur attention. Le temps de faire une provision de souvenirs agréables pour la prochaine année.

Munich, septembre 1927

Le numéro 7 de la rue Bismarck se trouvait à dix, tout au plus quinze minutes de marche du 93 de la rue Hohenzollern. Pour Eva, après la classe, cela représentait une toute petite marche. Au milieu de l'après-midi, elle frappa à la porte d'un appartement au second étage. Son grand-père vint ouvrir. Son visage s'illumina quand il la vit.

— Ah ! Ma petite assistante. Viens m'embrasser.

Elle s'exécuta sans se faire prier, puis demanda :

— Tu es toujours d'accord pour m'accompagner au zoo ?

— Sans animaux avec nous, ce ne serait pas pareil !

Il décrocha un chapeau de feutre vert, avec une petite plume glissée dans le bandeau, puis récupéra son bâton de marche. Dehors, il lui offrit son bras.

— Nous n'y allons pas à pied ? s'inquiéta-t-elle.

— Moins de deux heures de marche, ce n'est rien pour une fille habituée à courir la campagne.

Devant son air surpris, il rit de bon cœur.

— Nous allons prendre le tramway, mais tu devras me guider. Je ne suis pas encore tout à fait habitué.

Le jardin zoologique se trouvait tout au sud de la ville, le long de la rivière Isar. Eva y était allée à quelques reprises. Une fois tous les deux assis sur une banquette, elle lui dit :

— Grand-papa, tout le monde a été surpris de votre décision de quitter Beilngries. Là-bas, vous étiez quelqu'un d'important.

— Et maintenant, je ne suis plus rien ?

— Je ne voulais pas…

Elle s'arrêta devant ses yeux moqueurs.

— À mon âge, castrer de gros chevaux ou des bœufs encore plus gros ne me plaisait plus tellement. Et puis, tu sais, j'ai passé toute ma vie au même endroit. Il ne me reste plus trop de temps pour voir le reste du monde.

L'adolescente acquiesça d'un geste de la tête, comme si elle comprenait. Puis son grand-père ajouta :

— Je la voyais partout, à la maison. Dans chaque pièce…

Comme au cimetière, elle mit sa main dans la sienne. Ce fut dans un silence presque complet qu'ils parcoururent le reste du trajet.

Tout au plus lui signala-t-elle les lieux les plus susceptibles d'intéresser un vieil homme. Quand ils furent au zoo, celui-ci paya les entrées pour deux. À cet endroit, les animaux étaient regroupés selon l'origine géographique. Des canaux divisaient les divers continents. L'enclos des éléphants les attira d'abord.

— Je me demande si j'irai en Afrique un jour, dit Eva.

La question de sa destinée occupait sans cesse son esprit. Trois ans plus tôt, elle s'imaginait devenir comédienne. Son visage un peu lunaire, et sa petite taille, l'avaient privée de cet espoir. Son succès en ce domaine se limiterait aux fous rires de ses camarades de classe devant ses pitreries, ou à ses succès dans des saynètes à l'école. Alors, quoi d'autre ? Championne de patin, de ski ou de natation ? À l'échelle du quartier Schwabing, elle comptait parmi les trois meilleures. À celle de la ville, c'était moins certain. Alors contre le monde entier…

Ses grands projets, ce seraient sans doute ceux de son époux. D'ailleurs son grand-père le voyait bien ainsi.

— Pour ça, il faudrait que tu te déniches un explorateur.

Il marqua une pause, puis continua en lui adressant un clin d'œil :

— Dans une grande ville comme Munich, il doit bien y avoir une école qui forme les explorateurs. Si tu te plantais devant…

— Ne te moque pas. Il y a tant à voir dans ce monde. L'Afrique, ou l'Amérique, je les vois seulement au cinéma, en noir et blanc.

— Mais tu as encore le temps de faire tellement de choses.

Il savait bien que ses meilleures années étaient derrière lui et il s'en désolait.

Quand ils s'arrêtèrent devant la cage des grands singes, elle demanda :

— Qu'avez-vous fait de la maison de Beilngries ?

— Un jeune vétérinaire convaincu d'en savoir tellement plus que moi l'occupe maintenant. Mais au moins, je suis en mesure de vivre très convenablement du loyer qu'il me verse tous les mois.

Sa clinique au rez-de-chaussée et le logis comptant huit chambres aux étages lui procuraient une jolie somme.

L'enclos des gazelles leur parut un endroit très convenable pour évoquer les projets d'une jeune fille. Bras dessus, bras dessous, ils effectuèrent ainsi le tour du monde.

Parce que les Ostermayer possédaient une maison, et que recevoir une douzaine de jeunes gens ne pesait pas sur leur budget, Herta invitait parfois ses amis. Dans le cas des jeunes filles, la chose était facile : il s'agissait de camarades de classe avec qui elle se sentait des affinités. Pour les garçons, l'opération demandait plus de planification. Il fallait chercher parmi les cousins et les grands frères, ou, mieux, parmi les amis de ces derniers.

Ces réceptions se déroulaient les samedis ou les dimanches après-midi. Eva apportait son appareil photo. Cela permettait d'immortaliser ces rencontres, et les couples – éphémères – qui s'y formaient. Ce jour-là, les filles attendaient toujours l'arrivée des garçons quand le son d'une pétarade se fit entendre.

— Ça, c'est Hans, dit Herta en allant chercher son manteau dans la penderie. Il l'a reçue.

— Il a reçu quoi ? questionna Eva.

— Viens voir.

Elle aussi mit son manteau sur ses épaules, de même qu'Ingo – Inge, en réalité –, une brunette au menton un peu long, mais peu économe de ses sourires. Dehors, elles découvrirent un garçon fier comme un paon, juché sur une motocyclette de marque Ardie. Le nom était inscrit en lettres noires sur fond blanc sur le réservoir.

— Depuis quand l'as-tu ? demanda Herta.

— Hier seulement. Quelqu'un devait dormir au service de livraison de l'usine de Nuremberg. Vous venez faire un tour ?

Il fit tourner la poignée, provoquant une pétarade.

— À quatre là-dessus ?

— Chacune votre tour. Toi la première.

Herta regarda la maison, mal à l'aise à l'idée de laisser ses invités. Son hésitation dura peu et bientôt elle enfourcha la moto. Le garçon regagna la rue et effectua un virage assez brusque pour arracher un petit cri à sa passagère.

— Je me demande si je souhaite monter là-dessus, dit Ingo.

— Moi si. Mais je préférerais tenir le guidon.

Un dénommé Peter arriva sur ces entrefaites, leur fournissant l'occasion d'un bout de conversation sur le programme de l'école secondaire. Lui visait l'université, aussi affichait-il sa condescendance. Après avoir fait le tour du pâté de maisons, Hans laissa descendre Herta, et Eva prit sa place. Comme le conducteur occupait la selle triangulaire, il lui fallut retrousser sa jupe pour se mettre à califourchon sur le garde-boue, découvrant abondamment ses cuisses.

— Prends garde à tes pieds ! cria-t-il en se tournant à demi.

Elle réussit à poser le bout de ses chaussures sur les repose-pieds, puis lui enserra la taille de ses deux bras. Jamais la jeune fille ne s'était trouvée si proche d'un représentant du sexe opposé. Cette proximité la troublait infiniment plus que le risque de se retrouver sur le pavé. Quand ils revinrent, elle confia son appareil photo à Hans avant de se joindre à Ingo et Herta à califourchon sur la motocyclette. Herta s'appuya sur le réservoir à essence, ses deux amies se tinrent derrière. Les trois jolis minois se tournèrent vers l'objectif pour immortaliser un moment de plaisir.

De retour dans la maison, l'hôtesse servit des jus de fruits alors que l'une des invités plaçait un premier disque sur le phonographe. La valse faisait bien un peu pompeuse à cette heure de la journée, mais comme ce serait certainement la danse la plus populaire lors de leur premier bal, s'entraîner un peu ne ferait de mal à personne.

Eva demeura un moment plantée le dos au mur, attendant que l'un des garçons se dévoue. Elle en était à se fustiger pour les derniers desserts avalés, sa petite taille et ses seins trop menus, quand Hans s'approcha pour l'inviter. Son bras autour de sa taille et la proximité de son corps ramenèrent Eva à l'émotion qu'elle avait ressentie sur la motocyclette. Toutefois, ses pas suivaient sans mal la musique, et les autres adolescents se transformaient en spectateurs.

— Où as-tu appris à danser ? demanda Hans.

Comme sa compagne fronçait les sourcils, il s'empressa de préciser :

— D'habitude le gars dirige, et la fille suit.

— Oh ! Désolée.

— Non ! Ça me convient, tu danses bien mieux que moi.

— Au club de gymnastique où je prends des cours, nous sommes toujours entre filles ; je pense que je joue le rôle du garçon trop souvent.

Des couples de danseurs les rejoignaient au milieu du salon. Maintenant soustraite au regard des autres, elle gagna encore un peu d'assurance. Son sourire se fit enjôleur, elle inclina un peu la tête.

— À part la valse, vous apprenez autre chose ?

— Des danses américaines, dont le tango.

— Le tango, c'est l'Argentine.

— C'est en Amérique aussi, non ?

Quelques minutes plus tard, Hans l'avait convaincue de lui montrer cette dernière danse. L'enlacement plus étroit, la cuisse masculine se glissant entre les siennes lui ramenèrent en mémoire les questions de son confesseur, à l'église Sainte-Ursule, sur les touchers impurs. Surtout le « seule, ou avec d'autres ? »

En fin d'après-midi, la compagnie s'égailla. Herta fit la bise à son amie, puis lui murmura à l'oreille :

— Tu me raconteras.

Hans s'était offert pour la reconduire à moto. Cela venait après avoir dansé ensemble une dizaine de fois. Eva le retrouva dans la rue. Ses bras autour de sa taille, elle appuya sa joue contre son dos. La place Hohenzollern se trouvait malheureusement tout près. Le garçon appuya sa monture sur la béquille, puis se mit en tête de raccompagner Eva jusque dans l'entrée. Cela trahissait ses intentions.

Il regarda d'abord vers le haut, pour s'assurer que personne ne descendait l'escalier, puis il lui dit :

— J'ai aimé danser avec toi.

Eva l'avait deviné à une raideur dans la région de son bas-ventre.

— Moi aussi…

Cela valait un sésame. Il se pencha pour l'embrasser, si vivement que le choc de ses dents lui fit mal à la lèvre. Le bout de langue la prit par surprise, de même que la main qui empoigna son sein. Elle lui laissa cinq secondes, puis le repoussa.

— Je dois rentrer.

La blonde avait grimpé dix marches quand elle entendit :

— À la prochaine, Eva. Ça te dirait, de venir au cinéma ?

— Oui, si tu veux…

Cependant, elle n'attendit pas la suite. De toute façon, s'il était sérieux, il saurait bien comment la retrouver.

Chapitre 17

Munich, août 1928

Eva s'était présentée chez les Ostermayer tôt le matin, car bientôt un branle-bas de combat régnerait dans la maison. Celui d'une famille s'apprêtant à prendre le train pour se rendre au bout de l'Europe.

— Tu m'abandonnes pour toute une année !

Le ton d'Eva était geignard, les paupières un peu enflées témoignaient de pleurs récents.

— De toute façon, tu iras chez les sœurs. Toi aussi, tu seras absente, répondit Herta.

— C'est à deux heures de train, pas deux jours.

— Pour apprendre l'anglais, l'Angleterre, ce n'est pas le plus mauvais endroit.

Papa Ostermayer croyait que pour une fille de marchand, la maîtrise de la langue de Shakespeare était indispensable.

— Puis tu pourras aller au cinéma avec Hans tout ton saoul.

La voix trahissait une petite jalousie. Le garçon avait répété les invitations à sortir.

— Tu sais bien que ça ne compte pas.

Du bruit vint de l'entrée ; le père d'Herta déposait la malle contenant les affaires de sa fille.

— Bon, maintenant je te laisse, sinon dans trente minutes je risque de courir après le taxi pour te supplier de rester. Mais tu vas m'écrire ?

Eva prit son amie dans ses bras, la serra jusqu'à entendre :

— Oui, je vais t'écrire. Toi non plus, ne m'oublie pas.

Puis la blonde s'élança hors de la maison, s'enfuyant sans un au revoir. Avant midi, elle aurait écrit une longue lettre pour s'excuser de sa puérilité. La lettre arriverait à Londres avant son amie.

1928 serait l'année des départs. Début septembre, Gretl se tenait dans le petit hall de l'appartement près d'une grosse malle.

— Je vais aider, dit Eva en prenant son bout.

Fritz prit l'autre, puis il s'engagea le premier dans l'escalier. Ainsi, la mère et la fille se firent leurs adieux en toute discrétion. Sur le trottoir, le chauffeur de taxi prit le relais afin de fixer le bagage sur le toit de la voiture.

— Je peux me rendre jusqu'à la gare ? demanda-t-elle.

— Tu ferais mieux de rester avec ta mère. L'idée de se retrouver seule lui donne un coup de vieux.

Fanny voyait ses deux filles les plus jeunes quitter la maison le même été. Pendant toute l'année suivante, Ilse, sortie du couvent le printemps précédent, jouerait le rôle de la fille unique.

Quand celle-ci les rejoignit sur le trottoir, Eva enlaça Gretl. Toutes les deux avaient partagé la même chambre au cours des dernières années. Cette intimité leur manquerait.

— Au moins, tu aurais pu venir à la même école que moi, dit la benjamine.

— Ce sera aussi bien comme ça. De toute façon, nous n'aurions été ni dans le même dortoir, ni dans la même classe.

Elles échangèrent des bises, puis la blonde remonta les marches pour pleurer son second deuil de la semaine.

Les parents Braun s'étaient partagé les rôles au moment d'accompagner leurs filles au couvent : Fritz chez les franciscaines à Moedingen, et dès le lendemain Fanny à celui des sœurs anglaises à Simbach, tout juste à la frontière avec l'Autriche.

Les adieux d'Eva à son père avaient été l'affaire de deux minutes juste avant le départ de celui-ci vers son école professionnelle. Au moins, il avait eu la gentillesse de descendre une seconde malle au rez-de-chaussée. Une heure plus tard, Eva se tenait dans l'embrasure de la porte de sa chambre, murmurant des mots doux dans l'oreille de Prrrr, son chat âgé maintenant de près de dix ans.

— Tu vas bien t'en occuper, n'est-ce pas ?

Les griffes d'Ilse étaient plus acérées que celles de n'importe quel félin.

— Ce vieux tas de poils ? Je me demande pourquoi tu le gardes encore.

Devant le regard attristé de sa cadette, elle ajouta :

— Évidemment, je vais m'occuper de lui. Donne.

Le matou dans les bras, elle se trouvait dispensée d'enlacer sa sœur. Les bises légères sur les joues et les « Au revoir » prirent dix secondes. Puis la blonde descendit les marches deux à deux. Sur le trottoir, sa mère surveillait le bout de la rue, impatiente de voir le taxi arriver. Sans téléphone à la maison, elle avait dû se fier à une voisine pour réserver la course.

La voiture s'arrêta enfin devant elles. Le chauffeur protesta bien un peu au moment de placer la malle sur le toit. Ce serait pire quand il constaterait que l'effort ne lui vaudrait même pas un mark de pourboire. Le trajet vers la gare prit quelques minutes. Rendues là, la mère et la fille obtinrent de l'aide pour apporter le bagage sur le quai. Les employés des chemins de fer la mettraient dans le train, d'autres la déchargeraient une fois à destination.

Ce ne fut qu'au moment de monter dans un wagon qu'Eva protesta encore, sans grande conviction toutefois.

— Je ne vois pas pourquoi je dois aller là-bas. S'il me faut passer encore du temps chez les sœurs, ce serait aussi bien à Munich.

— Tu sais pourquoi. C'est une école réputée ; au moment de chercher un emploi, ça te donnera un coup de pouce.

La femme fit une pause, puis elle ajouta :

— Et aussi pour te trouver un bon parti. Tu sais, les gens instruits regardent les diplômes des filles.

Quelques grenouilles de bénitier se réjouiraient peut-être d'y voir le nom des nonnes anglaises. Les formations professionnelles féminines les condamnaient au travail de secrétariat ou à la vente au détail. Tout de même, les trois sœurs Braun compteraient parmi les jeunes Allemandes les plus scolarisées.

— Tu sais, vous mettre dans ces couvents nous coûte les yeux de la tête.

C'était l'argument massue : « Nous nous décarcassons, vous ne pouvez pas lever le nez sur notre générosité. » Que répondre à cela ?

L'Institut de la Vierge Marie des sœurs anglaises se dressait à Simbach, sur les rives de l'Inn. Il s'agissait d'une grande bâtisse aux murs couverts de crépi blanc. La ville autrichienne de Braunau se trouvait juste en face, au bout d'un pont. Avec un peu plus de quatre mille habitants, il s'agissait d'un gros village fournissant des services aux agriculteurs des environs.

Guidée par la responsable des études, Fanny regardait les salles de classe avec des yeux admiratifs.

— Voilà qui est magnifique, s'extasiait-elle.

La ménagère aurait aimé avoir trente ans de moins pour pouvoir étudier à cet endroit. Tout autour, d'autres parents, d'autres élèves se familiarisaient avec les lieux. Déjà, Fanny et Eva avaient visité le réfectoire ; il restait encore le dortoir, sous les combles. L'idée d'occuper un lit étroit parmi une trentaine d'autres filles de son âge, les grandes, réconcilia un peu Eva avec la perspective d'y passer les deux prochaines années.

La jeune fille accompagna ensuite sa mère jusqu'à la gare. Bonne fille, elle voulut la rassurer :

— Ça ira, je pense. Toutefois, je ne m'engage que pour cette année.

— Tu aimeras, tu verras. Quand tu auras mon âge, tu trouveras que c'étaient les plus belles années de ta vie.

« Pour dire ça, sa vie doit être terriblement misérable », songea la blonde en l'embrassant. Une fois de plus, elle se jura d'échapper à ce destin. Son époux serait riche, instruit et follement amoureux, comme dans les comédies américaines.

Les mois passèrent. Malgré toute sa bonne volonté, Eva ne se faisait pas à la vie de couventine. L'enseignement l'ennuyait, les religieuses dans leur costume austère lui paraissaient trahir leur féminité. Et surtout, elles ne rataient jamais une occasion de vanter les avantages de la vocation. Jusqu'à organiser une séance d'« essayage » du froc des novices.

Les mêmes plats fades arrivaient tous les jours sur les tables du réfectoire. Eva mangeait sans plaisir, mais beaucoup trop. À Noël, lorsqu'elle alla passer le congé en famille, elle avait pris cinq kilos. À ce rythme, elle incarnerait sans mal la grosse Bavaroise mère de quatre enfants avant d'avoir trente ans…

Pourtant, des moments joyeux pointaient parfois au milieu de la grisaille. D'abord, la gymnastique et le patin. Ensuite, le théâtre. Malgré les thèmes religieux, les textes insipides, les rôles masculins joués par des filles qui se dessinaient une moustache et une barbe avec un crayon gras – ou peut-être à cause de ceux-ci –, les fous rires se succédaient sans fin. Jamais elle ne se privait de cabotiner afin de se rendre intéressante.

Munich, été 1929

Quand Fanny se présenta à Simbach au printemps 1929 pour ramener Eva à la maison, les premiers mots de cette dernière furent :

— Je ne reviendrai pas ici l'an prochain.

— Voyons, tu en as fait la moitié, déjà.

— J'irai faire la vendeuse, ou la serveuse, ou la domestique, mais je ne reviendrai pas ici.

La mère comprit qu'insister ne servirait à rien. Il lui restait les longues vacances d'été pour la mener à la raison. De nombreuses élèves se dirigeaient vers la gare. Quelques-unes vinrent embrasser la blonde, répétant :

— Tu vas m'écrire ?

— Oui, bien sûr !

Pourtant, aucune ne le ferait. Quand elles furent sur le quai, Eva demanda :

— Qu'arrive-t-il avec la malle ?

— Selon les religieuses, elle sera à Munich en même temps que nous. Nous la récupérerons là-bas.

La mère disait vrai. Elles rentrèrent à l'appartement de la place Hohenzollern en taxi. Les retrouvailles avec Fritz furent empruntées. La grande fille l'embrassa sur la joue, se déclara heureuse de le revoir. Le même scénario se répéta avec Ilse. Cette dernière travaillait comme réceptionniste chez le docteur Martin Marx, un otorhinolaryngologiste. À vingt ans, Ilse était une jolie brunette toute mince.

Parmi toutes les autres choses, Eva lui enviait son tour de taille. Son nez busqué n'enlevait rien de son charme.

Pendant tout le dîner, la conversation porta sur l'année passée à Simbach. Eva ne voulait pas répéter la scène de la gare. Elle laisserait sa mère annoncer sa décision à son mari. Celui-ci reviendrait certainement à la charge avec les mêmes arguments – nous nous sommes saignés aux quatre veines pour te payer cela –, sans plus de succès.

De toute façon, quand Fritz l'emmena dans sa pièce, au fond de l'appartement, pour lui montrer par la fenêtre la BMW stationnée dans la cour, elle prit la résolution de considérer avec un sain scepticisme toutes les allusions aux sacrifices financiers de ses parents. Pas même un ménage allemand sur vingt ne possédait une voiture.

Quand les trois filles Braun se trouvaient à la maison – ce qui n'arrivait plus que pendant les congés scolaires –, la chambre s'encombrait de trois lits étroits. Ce serait le cas pendant l'été, dès que Gretl reviendrait du couvent. En attendant, les deux plus âgées profitaient d'un peu plus d'espace.

Étendue sur le lit, Eva tenait son chat dans ses bras. Quand Ilse revint de la salle de bains, elle lui demanda :

— Ton travail, ça se passe bien ?

— Tu sais, ça n'a rien de bien passionnant. Je prends les rendez-vous, je reçois les clients, je complète et je classe les dossiers.

— Ça me paraît plus intéressant que les cours des bonnes sœurs. Penses-tu qu'il y aurait une place pour moi ?

L'autre laissa fuser un petit rire moqueur.

— Je me disais bien que ta réticence à parler de Simbach cachait quelque chose.

Eva se sentit prise en faute, une impression familière quand elle parlait à son aînée. Après un silence, Ilse continua :

— Mon patron n'a besoin de personne d'autre, mais je peux lui demander si des collègues sont à court de personnel.

— Merci, c'est gentil.

Eva ressentit une bouffée d'affection pour sa sœur. La moindre gentillesse l'émouvait.

Le lendemain, Eva sonnait à la porte des Ostermayer, fébrile. Une domestique vint lui ouvrir. Elle demanda :

— Herta est bien de retour ?

— Oui, oui, mademoiselle Braun.

L'employée se déplaça pour la laisser entrer. Depuis le salon vint une voix familière :

— C'est bien toi, Effie ?

L'instant d'après, la jeune femme venait se jeter dans ses bras. Chacune y alla de son « Comment vas-tu ? » et de son « Comme tu as changé ! » Les questions et les réponses allaient et venaient, sans qu'aucune des deux n'écoute vraiment.

— Viens dire bonjour à mes parents, ensuite nous irons dans le jardin.

Madame et monsieur Ostermayer l'accueillirent comme une habituée de la maison, la sœur que leur fille n'avait pas eue. Puis les deux jeunes femmes se retrouvèrent dehors à l'ombre d'un arbre, un verre de limonade à la main.

— Tu leur as dit ?

L'échange de correspondance lui avait permis de connaître la frustration de son amie dans son couvent.

— Oui, dès l'arrivée de maman à l'école.

— Et… ?

— Si je trouve un emploi, ils me laisseront tranquille.

Ainsi, non seulement ils épargneraient le coût de la scolarité, mais elle assumerait toutes ses menues dépenses.

Eva adopta un ton résolument joyeux pour demander :

— Et toi ? Aucun lord anglais ne t'a demandée en mariage ?

— J'ai croisé des commis de banque, des fils de marchands, mais aucun lord. Quant au mariage, à dix-sept ans, c'est un peu tôt.

Avant vingt-deux ou vingt-trois ans, aucune des deux ne se lasserait d'attendre le bon prétendant. Ensuite, chacune se désespérerait de le trouver.

— Tu as appris l'anglais ?

— Oui, assez pour tenir une conversation ou lire un journal.

— Tu penses que ça t'aidera à obtenir du travail ?

Herta secoua la tête.

— Papa n'est pas chaud à l'idée. Il me promet de me donner des petites tâches dans son affaire.

La visiteuse acquiesça de la tête. Voilà qui illustrait bien la différence de leur condition. Pour les Ostermayer, avoir une grande fille oisive témoignait de leur statut social. Chez les Braun, on était besogneux.

— À la maison, tes parents ?

Herta connaissait l'armistice fragile chez les Braun.

— Tu vas rire, mais j'ai trouvé ça pire au couvent.

— Alors là, tu as vraiment détesté !

Comme elles avaient plus de dix mois de vie à se raconter, la journée y suffirait à peine. Aussi la blonde prit son repas chez ses hôtes.

Ilse avait annoncé la nouvelle au dîner : son employeur lui offrait une chambre dans son domicile.

— Ça ne se fait pas, voyons ! s'exclama Fritz.

— Nous sommes trop grandes pour vivre à trois dans la même chambre. Et comme ça, je n'aurai pas à me taper le trajet tous les jours.

— Une jeune fille de vingt ans ne peut pas habiter avec son patron.

Parfois, le père avait des accents de Martin Luther condamnant les pécheurs. Pour une fois, Fanny se montra une parfaite auxiliaire :

— Tu m'as déjà dit qu'il n'était pas marié. Tu ne peux pas vivre seule avec un célibataire.

— Il ne vit pas seul. Une femme s'occupe de la maison.

— La belle affaire !

Le ton de Fritz s'enfla. À tel point que les deux plus jeunes préférèrent se réfugier dans leur chambre, abandonnant l'aînée dans la tempête. Quand Ilse vint les rejoindre, aucune des deux n'osa ouvrir la bouche. Pas même au moment où des sanglots se firent entendre.

À quatre heures du matin, Eva entendit Ilse se lever et sortir une petite valise de la garde-robe. Elle ouvrit un tiroir de la commode pour prendre des sous-vêtements, puis ses deux meilleures robes dans la penderie. Ensuite, elle quitta la pièce.

Eva se leva pour suivre sa sœur. Pieds nus, elle ne faisait aucun bruit. L'aînée ne s'aperçut de sa présence qu'au moment où elle se trouvait sur le palier.

— Tu t'en vas ?

— Tu les as entendus, non ?

— Tu t'en vas à cause de nous ?

Ilse se tourna vers sa sœur, posa sa main sur son avant-bras.

— Je m'en vais parce que des adultes ne peuvent pas vivre à trois dans une pièce, même si ce n'est que pour l'été. Mais surtout parce que j'endure depuis trop longtemps leurs engueulades. Ils arrivent à s'engueuler sans même prononcer un mot.

C'était une bonne façon de décrire la relation de leurs parents. Des phrases banales, un ton presque affable ou de longs silences, et dessous leur haine réciproque pour s'être infligé cette existence tout juste soutenable. Au cours des six dernières années, ils ne s'étaient jamais touchés.

Ilse continua :

— Quand je revenais du couvent pour passer l'été, je me disais que ça ne durerait pas. Mais non, ils s'entêtent.

La jeune femme descendit trois marches. Eva murmura :

— Bonne chance, Ilse.

L'autre s'arrêta, se retourna le temps de dire :

— Bonne chance aussi. Je ne t'oublie pas, tu sais.

Il fallut un moment à Eva pour comprendre qu'il s'agissait d'une allusion à sa recherche d'emploi.

Sa présence à Simbach réduite d'un an, Eva mesurait les lacunes de sa formation. Dans les circonstances, pour se soustraire à l'ambiance délétère du domicile familial, elle trouva un établissement dispensant des cours de comptabilité et de dactylographie. Fanny accepta de payer les frais. De toute façon, c'était infiniment moins cher qu'une année de plus au couvent.

Puis Ilse lui envoya un petit mot pour lui donner les coordonnées du docteur Günther Hoffmann, dont le cabinet se trouvait rue Thérèse, près du domicile familial. Quand elle se présenta à cet endroit, ce fut pour rencontrer un homme tout gris, le dos voûté. Pendant toute l'entrevue, son regard ne quitta pas ses jambes. L'examen devait l'avoir satisfait, car il accepta de la prendre « à l'essai », contre un salaire de misère.

Le lendemain, Eva prenait place derrière une petite table installée entre la salle d'attente et le bureau du médecin. Dans son esprit aussi, il s'agissait d'un essai.

Après dix jours, Eva se demandait si elle détestait son emploi, ou tout bonnement le travail salarié. Pendant les moments où elle pouvait rêvasser, elle s'adonnait au péché de jalousie. Pourquoi le sort l'avait-il placée dans la famille d'un professeur de menuiserie ? Dans un autre milieu, elle aurait fait comme Herta : regarder les prévisions de la météo dans le journal, et les jours ensoleillés hésiter entre une baignade à la piscine publique la plus proche ou une longue promenade dans le Jardin anglais.

— Tu comprends, expliquait-elle à son amie, je les entends tousser toute la journée. Ça ne peut pas être un rhume en plein été. Je vais finir par attraper la tuberculose.

L'exagération visait à s'attirer un peu de pitié. Le docteur Hoffmann avait principalement une clientèle de vieux messieurs âgés. Ils présentaient un éventail des misères humaines susceptibles de déprimer une jolie blonde de dix-sept ans.

— Tu as une machine à écrire à la maison, n'est-ce pas ?

Eva opina du chef. Comme deux des trois filles Braun avaient fait leur cours commercial, et que la troisième suivrait leurs traces, les parents avaient jugé l'investissement légitime. Les jeunes femmes se trouvaient à la terrasse du Café Heck, un verre de vin blanc à portée de main.

— Mon père a recours à un service de secrétariat quand il a des contrats ou d'autres documents de ce genre à faire dactylographier. Tu comprends, il épargne le salaire d'une autre employée à plein temps.

Il en avait déjà deux. Eva songea un instant au plaisir qu'elle aurait à travailler pour un homme si affable. Puis elle chassa cette pensée de son esprit. Sa présence quotidienne l'amènerait à rêver d'une idylle. Il présentait toutes les qualités masculines qui la séduisaient, sauf une : avoir moins de trente ans.

— Tu sais où se trouve ce service ?

— Rue Tuerken.

Eva venait de remarquer les regards insistants des occupants d'une table voisine. Tout de suite, elle songea au poids pris pendant son séjour à Simbach. Leur intérêt devait plutôt se porter sur Herta.

Les vieux médecins spécialisés dans les maladies pulmonaires se montraient sensibles à la toux, même factice, des toutes jeunes employées. Son patron accepta de la laisser partir un peu plus tôt que d'habitude, le lendemain.

Sa visite au service de secrétariat se révéla à demi satisfaisante. Là aussi, la directrice – une vieille dame revêche – voulut bien la prendre à l'essai. Eva comprit tout de suite qu'elle avait une préférence pour les directeurs masculins. La jeune femme regagna son domicile avec la thèse d'un étudiant de l'université de Munich sous le bras.

Sa bonne volonté fut tout de suite mise à l'épreuve :

— Comme nous avons une voiture, dit sa mère, demain nous irons passer la journée à la campagne. Souhaites-tu nous accompagner ?

S'entasser à quatre dans une BMW 3-15 n'était pas facile, mais la perspective du grand air l'intéressait.

— Malheureusement, je veux profiter de la journée pour commencer mon nouveau travail.

— Tu es déjà lassée de ton médecin ?

Le ton de son père était assez moqueur pour la piquer au vif. Il semblait l'accuser d'une faute de caractère grave : la paresse.

— Là j'ai la chance de pouvoir faire un essai ailleurs sans avoir à démissionner. Pourquoi pas en profiter ?

— Oui, bien sûr, affirma aussitôt Fanny.

Le lendemain, quand les autres furent partis, Eva installa la machine à écrire sur la table de la cuisine, puis elle commença à transcrire un texte abscons sur un auteur tout à fait inconnu du siècle précédent. À tout le moins, inconnu d'elle. Après quinze minutes, la jeune femme savait que ce travail de mercenaire du secrétariat lui rapporterait encore moins que celui de réceptionniste.

Pourtant, une dizaine de jours plus tard, Eva donnait sa démission. Un vieil homme lui avait postillonné dessus au moment de prendre son rendez-vous suivant. En imaginant tous les bacilles de Koch se promenant sur sa table de travail, sa robe et même son visage, elle avait pris sa décision.

Pendant les jours suivants, sa mère l'autorisa à se réfugier dans sa chambre pour dactylographier d'autres thèses, ou des rapports, ou des contrats. Heureusement, ses parents ne lui demandaient pas de payer pension, et sa garde-robe actuelle suffirait à ses besoins pendant quelques mois encore. Si elle ne perdait que quelques grammes chaque mois, au moins elle n'engraissait pas. Ce qu'elle gagnait lui suffisait tout juste à payer des places au cinéma, et accompagner Herta dans l'un ou l'autre des cafés de la ville.

Cela dura jusqu'au début du mois de septembre. Ce dimanche-là, Ilse était venue dîner à la maison. Il s'agissait de la seconde fois depuis sa désertion. L'atmosphère était juste un petit peu plus légère que la première fois. Fritz s'ennuyait suffisamment de sa princesse pour renoncer à jouer au censeur le temps d'un déjeuner. Quant à Fanny, elle était tout simplement heureuse de voir sa fille.

Après le repas, le père leva un doigt vers le ciel, comme si une inspiration soudaine lui venait.

— Evie, aimes-tu passer tes journées enfermée dans la chambre de ta mère ?

La blonde échangea un regard avec son aînée, un peu rougissante. Cette dernière lui avait déniché son premier emploi, et elle l'avait abandonné un mois plus tard. Au risque de passer pour une lâcheuse, elle fit non de la tête.

— Alors j'ai quelque chose qui pourrait t'intéresser.

Le père se leva pour se rendre dans la pièce du fond. Ilse en profita pour lui dire :

— Tu sais, les maladies de la gorge, du nez et des oreilles font rarement mourir. Mais celles des poumons, oui.

La mère lui avait donc donné la raison de sa démission, et sa sœur l'acceptait comme légitime. Quand Fritz revint, il tenait une copie du *Journal illustré de Munich** à la main.

---

* *Münchner Illustrierte Presse.*

— Il y a un nouveau commerce de photographie, rue Amalie. On y cherche quelqu'un.

Il avait parfaitement résumé la petite annonce.

— Remarque, je me demande si ce sera assez bien pour toi, lâcha-t-il ensuite.

Elle se sentit tout aussi mal à l'aise que quand, dix ans plus tôt, il ne voyait aucune des bonnes notes dans son bulletin, sans jamais rater celles de son aînée.

Chapitre 18

Munich, fin septembre 1929

Les deux emplois précédents d'Eva avaient été de bien courte durée, mais cela ne tenait ni à la paresse ni à l'incompétence. Se tenir dans une petite salle où un patient sur deux crache ses poumons dans des quintes de toux interminables était insoutenable. Tout comme s'enfermer dans une chambre afin de transcrire des textes impénétrables.

Peu après être sortie du lit, la blonde se livra à une toilette soignée. Ses cheveux frais lavés paraissaient un peu trop foncés à son goût. L'idée de les blanchir avec du peroxyde la séduisait de plus en plus. Seule la réaction probablement hostile de son père la retenait toujours. Elle trouvait aussi ses cheveux un peu longs : ils lui balayaient les épaules. Cependant, la fin des années 1920 semblait signer la fin des coupes « à la garçonne ». Sa jupe descendait dix centimètres en dessous du genou, son chandail aux lignes sombres ajoutait deux ou trois ans à son âge. De quoi séduire un employeur potentiel.

Dans la cuisine, sa mère l'examina longuement et esquissa un geste de la tête pour donner son assentiment.

— Essaie de paraître sérieuse. Si Ilse a trouvé du travail, tu devrais y arriver aussi.

L'allusion à l'aînée la renfrogna un peu.

— Je parais toujours sérieuse.

L'affirmation était bien un peu exagérée, mais l'idée que sa bonne humeur décourage les employeurs la heurtait. Plutôt que de s'engager sur ce terrain, elle préféra quitter l'appartement tout de suite. Le 25, rue Amalie se trouvait à une petite demi-heure de marche de son domicile, une distance tout à fait raisonnable. Elle emprunta la rue Teng, salua son ancienne école secondaire au passage, puis elle prit la rue Schelling. Une fois rendue à destination, ce fut pour constater que la boutique du photographe Hoffmann se dressait juste en face du Café Stefanie, le rendez-vous des artistes et de la gauche munichoise depuis deux décennies. Quelqu'un l'y inviterait peut-être, un de ces jours.

Sur la façade du photographe, de grandes fenêtres donnaient sur la rue. Immédiatement, Eva s'imagina y passer ses journées. Le va-et-vient des passants – probablement beaucoup de jeunes hommes, compte tenu de la présence de l'université pas très loin – lui fournirait une heureuse distraction. Et puis le soleil devait inonder le local pendant toute la matinée. L'envie impérieuse de réussir cette entrevue lui donna le trac.

L'annonce du journal disait d'utiliser la porte de la rue Thérèse pour se rendre à l'étage. Elle déboucha dans une minuscule salle d'attente où deux jeunes femmes se trouvaient déjà. Tout de suite, la déception se lut sur son visage. Évidemment, elle n'était pas la seule à chercher un emploi. Assise, elle examina ses concurrentes discrètement. L'une paraissait souffreteuse, l'autre avait quelques boutons sur le menton. Ce constat restaura tout de suite son optimisme.

Une demi-heure plus tard, un homme bedonnant, des lunettes à monture de corne sur le nez, la faisait entrer dans son bureau. Tout en désignant la chaise libre, il lui demanda son nom, son âge, son niveau d'éducation. Il n'entendait pas perdre de temps. Ce ne fut qu'au moment de s'asseoir à son tour qu'il se présenta :

— Roemer.

Comme elle s'adresserait à lui en disant « monsieur », son prénom ne servirait à rien. La réciproque, cependant, n'était pas vraie.

— Alors, Eva, connaissez-vous quelque chose à la photographie ?

— Je possède un appareil depuis quelques années.

La réponse tira un sourire à son interlocuteur. Elle le lui rendit en inclinant un peu la tête.

— J'ai bien peur que notre effectif de photographes ne soit complet. Cependant, avoir une employée qui sait que l'on doit mettre un rouleau de pellicule dans un appareil fera changement.

Est-ce que cela signifiait qu'elle avait obtenu l'emploi ? La suite réduisit à peine son enthousiasme :

— Savez-vous vous servir d'une machine à écrire ?

— Oui ! Cela faisait partie du programme, au couvent. Mais je ne suis pas très rapide...

Tout de suite, elle regretta cette précision. Elle ajouta :

— Mais l'été dernier, j'ai pris des cours supplémentaires pour m'améliorer.

— Quelle excellente attitude ! Évidemment, quand on a été formée par les bonnes sœurs, on se montre vertueuse.

La moquerie ne lui échappa pas.

— Et la tenue des livres de comptes ?

— La même chose.

Son sourire disait quelque chose comme « Refaites la même blague ». Elle n'y coupa pas.

— Des saintes femmes ! Vous connaissez Hoffmann ?

La jeune femme fit non de la tête.

— C'est un photographe important. Il a fait affaire avec la famille royale.

Tout de suite, sa pensée alla vers Louis III. La nouvelle de son abdication, en 1918, comptait parmi ses plus anciens souvenirs.

— Il a travaillé en Angleterre aussi. Mais, depuis, ses opinions politiques ont changé. C'est... disons le photographe officiel du Parti national-socialiste, et de son chef.

Voilà qui ne ferait pas plaisir à son père. Pour lui, le petit caporal s'avérait un agitateur démagogue et dangereux.

— Vous le connaissez ?

— La politique me laisse complètement indifférente.

L'autre acquiesça d'un mouvement de la tête, comme s'il s'agissait de la bonne réponse à donner pour une jeune femme.

— Si je vous engage, vous aurez à travailler derrière le comptoir pour répondre aux clients, taper quelques lettres, tenir les livres. Ça vous convient ?

— Certainement, monsieur. Je ferai de mon mieux.

Eva regretta de répondre encore comme une petite fille.

— Pour cent quarante marks par mois.

Machinalement, elle calcula son équivalent en dollars américains, une conséquence de la crise monétaire de 1923, comme s'il convenait toujours de procéder ainsi afin de connaître la vraie valeur des choses. Moins de trente-cinq dollars.

— Ce serait parfait.

À nouveau, l'autre eut un petit sourire moqueur.

— Une lettre vous annoncera si vous êtes engagée.

Roemer se leva pour la reconduire à la porte.

— J'ai regardé dans la vitrine en arrivant. Le local est vide.

— Voilà une personne observatrice, ricana-t-il.

Il lui expliqua :

— Hoffmann tenait commerce rue Schelling, maintenant ce sera ici. Nous allons ouvrir d'ici une semaine.

Près de la porte, elle demanda encore :

— Les autres filles…

— Vous n'êtes pas la seule à lire le *Journal illustré*.

Après une pause, il dit sur un ton plus conciliant :

— Nous voulons embaucher quatre nouvelles employées. Les affaires vont plutôt bien.

Ils échangèrent une poignée de main, puis Eva sortit. Deux autres jeunes filles étaient arrivées depuis le début de son entrevue. Avec elle, cela en faisait cinq. Tout de suite, elle songea : « Ça ne marchera pas. »

Une fois dehors, son optimisme lui revint. À chaque minute, l'idée de travailler à cet endroit lui plaisait un peu plus. Toutefois, elle s'inquiétait de la façon de l'annoncer à son père. Le photographe officiel des nazis, et de cet Hitler. Comme rien ne l'attirait à la maison, Eva décida de se diriger vers la place de l'Odéon. Elle s'engagea dans la rue Thérèse vers l'est, bifurqua vers le sud dans la rue Ludwig.

Une fois rendue à destination, elle contempla la loggia à l'autre extrémité. Presque exactement six ans plus tôt, la jeune femme était venue à ce même endroit. La police venait de tirer sur des nazis désireux de prendre le pouvoir, tuant quatorze personnes, perdant quelques-uns des leurs. Près de la Feldernnhalle, le monument érigé en l'honneur des armées de Bavière victorieuses, du sang tachait les pavés.

Deux jours après l'entrevue, une lettre arriva à l'appartement de la rue Hohenzollern. Elle annonçait à la jeune fille son embauche à un salaire de cent quarante marks par mois, comme convenu. Eva en fit la lecture à table.

— Félicitations, commenta son père.

Elle allait le remercier quand il ajouta :

— Tu changes souvent d'emploi, mais tu en retrouves très vite un autre.

— Il s'agit de trouver le bon. Je l'ai enfin. La photographie, ça vaut mieux que de voir se succéder de vieux phtisiques dans le bureau d'un médecin.

Peut-être que Fritz se sentit compté parmi les « vieux ».

— Mouais… Tout de même, tu ne seras pas photographe, seulement vendeuse.

Ce qui avait commencé par une appréciation positive se terminait avec une pique un peu méprisante. À ses yeux, jamais elle ne faisait quoi que ce soit de bien. Un moment, Eva demeura muette. Fanny se contenta de lui jeter un regard oblique, mais elle n'intervint pas.

— Tout à l'heure, je vais aller chez Herta.

Le père allait protester, lui dire qu'elle passait l'essentiel de son temps dans cette famille, mais la mère le prit de vitesse :

— Comme il sera tard, tu ferais mieux de coucher chez eux.

Les parents échangèrent un regard chargé d'hostilité, puis Fanny ajouta :

— Évidemment, s'ils t'invitent.

Pour ça, Eva ne s'en faisait pas trop. Quand les Ostermayer la voyaient arriver en larmes, l'invitation venait dès les premiers mots échangés.

Le 7 octobre, à huit heures trente, Eva se présenta à l'atelier de photographie Hoffmann. Dans les vitrines, elle vit de grands portraits d'Adolf Hitler avec les mots « En vente ici ». Les admirateurs du chef politique désireux de décorer leur salon trouvaient là tout ce qu'il leur fallait.

Quand elle poussa la porte, elle entendit le tintement d'une clochette. Déjà, une douzaine de personnes étaient sur les lieux, dont le gérant, Roemer. Tous formaient un demi-cercle devant un homme au mitan de la quarantaine, les cheveux un peu trop longs, des habits de qualité, bien que fripés, sur le dos.

— Ah ! fit-il en se tournant vers elle. Voilà notre dernière petite nouvelle.

— Je suis en retard ?

— Non, non ! Tous les autres sont arrivés en avance, c'est tout.

Devait-elle voir là un reproche ?

— Vous vous appelez ?

Des yeux, il la détaillait et, visiblement, appréciait ce qu'il voyait. Eva portait la même robe et le même chandail que lors de l'entrevue. Ses cheveux blonds étaient juste légèrement ondulés. Ses talons ajoutaient un peu à ses cent soixante centimètres.

— C'est Eva Braun, intervint le gérant. Notre petite couventine.

Le dernier mot exprimait bien une petite moquerie, songea-t-elle. L'autre corrigea cette impression :

— La jeune fille qui a étudié à Simbach ! Bienvenue, mademoiselle Braun. Je suis Heinrich Hoffmann.

Le propriétaire avait bien étudié les dossiers des candidates.

— Bon, alors reprenons, dit-il en se retournant vers ses employés. Dans trente minutes nous allons ouvrir les portes.

Il sortit une feuille de papier de la poche de sa veste, lut les diverses tâches avec les noms correspondants. Eva s'inquiéta qu'il ne parle pas d'elle ; Roemer aussi, à en juger par son regard. Hoffmann finit pourtant par dire :

— Et, pour finir, mademoiselle Braun sera derrière le comptoir. Clara, vous lui montrerez ce qu'il faut faire.

Hoffmann savait juger de l'effet d'un joli minois sur les consommateurs. Il venait de changer son affectation à la dernière minute.

Eva en avait maintenant la preuve : s'occuper de passionnés de la photographie s'annonçait bien plus intéressant que d'accueillir des scrofuleux anxieux de rencontrer leur médecin. Clara se montrait pleine de bonne volonté, et apprendre à faire fonctionner la caisse enregistreuse ne s'avérait pas si difficile. Heureusement, il existait une liste des produits mis en vente avec leurs prix, car mémoriser tout cela lui prendrait des semaines.

Elle venait justement de dire à quelqu'un :

— Excusez-moi, monsieur, mais j'en suis à ma première journée.

Il eut droit à son plus charmant sourire, et à la petite inclinaison de la tête vers la gauche. Puis elle se pencha sur le classeur contenant cette liste.

— Ce n'est pas grave, mademoiselle, j'ai tout mon temps.

Le client portait une veste de qualité, et son porte-documents avait dû lui coûter le salaire de cinq jours de travail pour une fille de magasin. Eva devinait avoir affaire à un banquier, ou alors à un de ces avocats ou médecins dont elle lisait le nom dans les « notes sociales » des grands journaux.

— Ah ! Voilà ! Cinquante pfennigs pour un rouleau de film.

Elle tendit la main, reçut les pièces.

— Vous aimez ce travail ?

— Jusqu'ici, tout est parfait. Les clients sont tout à fait charmants.

Puis elle fit un petit « Oh ! » en arrondissant les lèvres et s'empressa d'ajouter :

— Je ne voulais pas… Vous comprenez, avant j'étais chez un médecin. Ici, tout le monde est bien portant, alors…

— … Je suis content que de me voir en bonne santé vous fasse autant plaisir, la coupa l'inconnu d'un ton moqueur.

Elle eut même droit à un petit clin d'œil, puis l'homme tourna les talons. Une femme et deux enfants l'attendaient peut-être dans le quartier élégant de Bogenhausen, mais il ne se privait apparemment pas d'un petit flirt.

Hoffmann se tenait dans l'embrasure de la porte de son bureau. Il apprécia le savoir-faire de la nouvelle.

À sept heures, à table, Eva en aurait pour de longues minutes à raconter cette journée par le menu à ses parents.

— Cette fois, aucune chance que je démissionne. Je suis prête à travailler là jusqu'au jour de mon mariage.

Du coin de l'œil elle regarda son père, puis ajouta avant qu'il ne le fasse :

— Ou jusqu'à ce que monsieur Hoffmann me mette à la porte.

Peu désireuse d'entendre un discours sur le bon vieux temps de la monarchie des Wittelsbach, la jeune femme avait soigneusement évité d'évoquer le lien entre son nouveau patron et le Parti national-socialiste. De toute façon, les convictions politiques du patron ou des clients n'affectaient en rien son travail.

Après une semaine, Eva avait pris les trois chemins possibles pour se rendre à la boutique d'Heinrich Hoffmann : par les rues Kurfurst, Teng et Nord. À deux ou trois minutes près, le trajet prenait le même temps. Cela lui permettait de multiplier les occasions de lèche-vitrines. Au retour, en fin d'après-midi, elle s'arrêtait pour regarder les sacs à main, les chaussures, les robes. Tout ce que ses cent quarante marks par mois ne lui permettaient pas d'acheter.

Devenue familière avec le travail derrière le comptoir, le gérant Roemer lui avait demandé de taper quelques lettres. Le 18 octobre, en après-midi, elle se trouvait affectée au classement de factures. Elle avait attendu le départ de la plupart de ses collègues avant de placer un escabeau près d'une étagère pour grimper et ranger ses documents dans des classeurs. Quand le tintement de la clochette retentit, elle sursauta au point de presque tomber.

Un homme de taille moyenne entra, vêtu d'un imperméable couleur mastic et d'un chapeau mou. Il l'examina de ses yeux d'un bleu intense. Le matin même, Eva avait raccourci un peu sa jupe, même si l'évolution de la mode aurait plutôt exigé qu'elle la rallonge de trois ou quatre centimètres. « J'espère que ce n'est pas fait tout de travers », songea-t-elle sottement.

— Je vous ai fait peur, mademoiselle, je m'en excuse.

Au même instant, les yeux de la jeune femme se posèrent sur la cravache de l'inconnu. Elle apprendrait plus tard qu'elle était en cuir de rhinocéros.

— Ce n'est rien. Je pensais que c'était fermé, vous m'avez surprise.

À ce moment, Hoffmann émergea de son bureau pour se précipiter vers le nouveau venu, un grand sourire sur le visage.

— Vous voilà, chef !

La poignée de main fut cordiale. Le patron suivit le regard du visiteur, pour découvrir Eva toujours sur son perchoir, une main sur une étagère pour assurer son équilibre. Elle révélait juste un peu plus ses jambes que d'habitude, rien qui ferait trop sourciller un confesseur catholique, mais assez pour intéresser des hommes comme lui et son compagnon.

— Ma petite, descendez de là, que je vous présente.

L'employée fit comme on le lui disait, déposant au passage sa liasse de factures sur le comptoir.

— Voici Eva Braun, une nouvelle assistante dont je ne pourrais plus me passer, dit Hoffmann.

L'exagération agaça bien un peu la jeune femme, mais toute son attention se portait maintenant sur cet homme. Il arborait une curieuse petite moustache, identique à celle de Charlie Chaplin, la vedette de si nombreux films américains.

— Monsieur… Wolf.

Le patron hésita un bref instant sur le patronyme ; le visiteur s'en amusa. « Il me prend pour une idiote », songea Eva. Elle tendit la main, l'autre la prit dans la sienne, puis s'inclina pour y poser les lèvres.

— Je suis enchantée de vous connaître, mademoiselle Braun.

La chaleur monta aux joues d'Eva. Le baisemain lui paraissait exagéré. Comme elle reconnaissait l'accent autrichien de cet homme, la chose lui sembla néanmoins plus naturelle. De l'autre côté des Alpes, on avait parfois ces gestes témoignant d'une politesse surannée.

Très maladroitement, elle esquissa une petite révérence tout en disant « Monsieur ».

— Nous y allons tout de suite ? demanda Hoffmann.

Mais comme il remarquait que son ami ne quittait pas la jeune femme des yeux, il continua :

— Quoique nous avons amplement le temps. Nous pourrions manger un peu avant de nous mettre en route. Eva peut aller en face et ramener quelques sandwichs et de la bière.

Monsieur Wolf se tourna vers lui pour dire :

— Seulement si mademoiselle Braun se joint à nous.

Le rose sur les joues d'Eva changea d'un ton. Puis Wolf posa à nouveau les yeux sur l'employée.

— Vous voudrez bien tenir compagnie à deux messieurs bien ennuyeux, n'est-ce pas ?

À la maison, dans une heure le repas serait sur la table. Ses parents fronceraient certainement les sourcils si elle arrivait en retard. Toutefois, elle donna son assentiment d'un geste de la tête.

— Allez en face et prenez des sandwichs pour nous trois. Au fromage. De la bière pour deux, et une eau minérale Fachingen. Dites que c'est pour moi.

Sans prendre le temps de mettre sa veste, elle traversa la rue pour se rendre au Café Stefanie. L'homme derrière le comptoir hocha la tête en entendant sa commande.

— Pour votre patron, je suppose…

Même si son nouveau commerce était ouvert depuis seulement deux semaines, Hoffmann avait déjà ses habitudes dans cet endroit. Après quelques minutes, l'homme revint de la cuisine avec un plateau chargé.

— Vous voulez que je vous aide ?

— Non, merci, je crois que ça ira.

Tout de même, l'homme se donna la peine de venir lui ouvrir la porte. Traverser la rue Amalie se révéla un peu délicat, surtout que deux automobiles et un tramway passèrent devant elle. Entrer dans le commerce fut plus difficile encore, car personne ne vint lui ouvrir. La sonnette signala son arrivée.

— Revoilà mademoiselle Braun ! dit le visiteur.

Il était sorti de l'arrière-boutique en entendant la clochette.

— Nous manquons vraiment de savoir-vivre, j'aurais dû me charger de cela.

Débarrassé de son imperméable et de sa cravache, il parut moins menaçant à Eva. Son sourire réussissait à la mettre à peu près à l'aise.

Il prit le plateau de ses mains, puis retourna vers l'arrière-boutique en disant :

— Venez nous rejoindre. Vous devez être fatiguée, après votre journée de travail.

Derrière régnait un désordre étudié. Des cartons posés sur le sol contenaient des albums, de la pellicule, des appareils photo. Une table était encombrée de paperasse. Le patron s'occupait d'y dégager un petit espace. L'inconnu – pourtant Eva le reconnaissait sans mal – y déposa les provisions.

Quand tous les trois furent assis, elle comprit que l'eau minérale était pour Wolf. Un moment, elle eut envie de refuser de prendre la bière, pour ne pas mettre en péril son image de jeune fille sage. Puis elle accepta le verre, et prit une petite gorgée.

— Mon ami ne vous maltraite pas trop, j'espère ?

Monsieur Wolf parlait du photographe. Elle répondit avec empressement :

— Non, pas du tout ! J'aime beaucoup travailler ici.

— Je me demande si vous diriez la même chose s'il se trouvait ailleurs.

Pendant quelques minutes, la conversation porta sur ce nouveau commerce, sur les ventes de photographies. Puis l'intérêt revint encore sur la jeune femme.

— J'aime beaucoup vos vêtements, mademoiselle Braun.

Voulait-il se moquer de la pauvreté de sa mise, de sa jupe trop courte, de l'ourlet mal fait ce matin ? Elle lissa le tissu sur ses cuisses, puis dit, à nouveau rougissante :

— J'ai fait ma robe moi-même.

S'il entendait la tourner en ridicule, elle lui en fournissait l'occasion.

— Vraiment ? Vous avez du talent. Qui vous a appris ?

— Ma mère.

— Vous avez de la chance de l'avoir encore. À votre âge, j'avais déjà perdu la mienne. Toutes les mères allemandes devraient enseigner la couture à leurs filles.

Que répondre à cela ? Fanny avait longtemps joint les deux bouts grâce à ses travaux de couture. Autant jouer encore sur la candeur.

— De toute façon, je ne pourrais pas m'en acheter une semblable.

— Ah ! Je me disais aussi que mon ami Heinrich ne devait pas être un si bon patron.

— Je ne voulais pas dire…

Mieux valait se taire. Une gorgée de bière lui donna une contenance, puis elle mordit dans son sandwich. Hoffmann et son compagnon la regardaient avec un sourire entendu.

— Vous aimez la musique, mademoiselle Braun ?

La conversation porta un moment sur les derniers succès populaires. Eva alla jusqu'à fredonner son air favori. Puis son plaisir fut tout à fait gâché.

— Moi je n'aime que l'opéra, déclara monsieur Wolf. En comparaison, tout le reste semble si… léger.

— Je n'y connais rien.

Un bref instant, la jeune femme eut l'impression de se trouver en face de son père. Toutefois, la suite différa de ce dont elle avait l'habitude.

— Rien de plus facile que de remédier à cela. Vous allez vous asseoir dans une salle pour écouter. Et comme vous êtes visiblement une personne sensible, vous vous laisserez emporter. La musique fera le reste.

Ses yeux d'un bleu profond demeuraient fixés dans les siens. Sa voix était enveloppante, rassurante.

— Si vous me le permettez, mademoiselle Braun, je vous offrirai des billets. Comme je passe souvent ici, j'en aurai certainement l'occasion. Moi, je m'intéresse surtout à Wagner. Il est tellement... allemand.

Le qualificatif n'était pas si simple à interpréter. Pourtant, elle se dit qu'il n'y en avait sans doute pas de meilleur. D'un signe de la tête, elle lui signifia son intérêt. En vérité, elle ne s'attendait pas du tout à ce qu'il y donne suite.

Quand les deux hommes s'engagèrent dans une conversation sur l'activité prévue pour la soirée, elle se sentit de trop. Après avoir avalé le reste de son sandwich et bu la moitié de sa bière, elle se leva en disant d'une voix timide :

— Monsieur Hoffmann, monsieur... Wolf, je dois rentrer à la maison, sinon mes parents vont s'inquiéter.

— Mademoiselle Braun, dit l'étranger en se levant aussi, j'espère que nous ne vous avons pas placée dans une situation difficile. Si vous le voulez, mon chauffeur peut aller vous déposer à votre porte.

— Mais... ce ne serait pas convenable.

— Vous avez sans doute raison.

L'homme se tourna un instant vers le photographe pour dire, amusé :

— Il ne serait vraiment pas convenable de la laisser avec mon chauffeur.

À entendre le ton gouailleur, elle se dit que mieux vaudrait tenir celui-ci à distance. Le visiteur lui tendit la main, mais ce fut pour prendre la sienne et la baiser à nouveau. Hoffmann la reconduisit jusqu'à la porte et il la referma derrière elle.

Rue Amalie, à une trentaine de mètres, elle aperçut une Mercedes décapotable noire. Sur son passage, le chauffeur la suivit des yeux. Celui avec qui il ne serait pas convenable de la laisser.

Elle avait raison : ses parents accueillirent son explication – « J'ai fait du temps supplémentaire » – avec un scepticisme bien visible. Toutefois, dire « J'ai pris une bière avec mon patron et Adolf Hitler, après la journée » aurait été bien pire.

Le lendemain matin, elle arriva à la boutique à la même heure que d'habitude. Le photographe se présenta un peu plus tard, alla directement vers le comptoir pour lui dire dans un murmure :

— Hier, vous avez certainement reconnu notre invité, n'est-ce pas ?

Elle joua d'abord celle qui ne comprenait pas, puis s'exclama :

— Monsieur Wolf ?

— C'est Adolf Hitler. Il utilise parfois ce nom, pour ne pas attirer l'attention.

La prenait-il pour une imbécile, pour la soupçonner d'avoir cru une seule seconde à cette fable ? Il y avait des centaines de copies de la photo d'Hitler dans ce commerce ! Qu'il abandonne son uniforme brun pour mettre un habit de ville ne le rendait pas méconnaissable. Pourtant elle continua :

— Comment voulez-vous que je le devine ? Je ne m'intéresse pas à la politique.

Un client entrait juste à ce moment. Elle se tourna vers lui, le visage souriant.

— Comment puis-je vous être utile, monsieur ?

Hoffmann se dirigea vers son bureau en secouant la tête. Le chef devait avoir raison : la politique n'était pas l'affaire des femmes.

Chapitre 19

Au cours des années précédentes, le cinéma avait été le premier loisir d'Eva Braun. Il le demeurait encore pour l'employée de magasin mal payée. La meilleure partie de son dimanche y passerait. Toutefois, auparavant, elle tenait à s'imposer une longue marche rapide.

En conséquence, la jeune femme avait donné rendez-vous à Herta Ostermayer près de l'entrée principale du Palais de verre. Cette structure du siècle précédent ressemblait à une grande boîte rectangulaire composée de dizaines de milliers de plaques de verre montées sur une structure de fonte. Comme d'habitude elle arriva la première, pour faire le pied de grue pendant de longues minutes. Le froid humide d'octobre l'amena à relever son col afin de se protéger un peu.

Finalement, son amie arriva.

— Désolée, une vieille tante en visite à la maison insistait pour me dire combien j'avais grandi depuis l'an dernier, et me faire la liste de ses nouveaux petits ennuis de santé. Une longue liste.

Tout en parlant, elle fit la bise à Eva.

— Ne t'excuse pas, j'étais en avance. Tout de même, je commençais à avoir un peu froid.

— Et tu me proposes de marcher en plein air ! Nous aurions pu aller directement au cinéma Schaumburg.

— Tu vois ça ?

Les boutons de son manteau étaient détachés. La blonde en souleva les pans puis se pinça à la taille. Ses doigts saisissaient un bourrelet de chair bien disgracieux.

— Je dois avoir pris dix kilos au pensionnat, et j'en ai perdu deux tout au plus depuis l'été dernier. Dans les circonstances, rien de mieux qu'un peu d'exercice.

Le Palais de verre se dressait près de la rue du Prince-Régent, à l'extrémité sud du Jardin anglais. Les nombreux sentiers de ce parc de six cents hectares leur donneraient l'occasion de faire de l'exercice.

— Nous pourrions tout aussi bien faire le tour de cette exposition, et rester bien au chaud.

Depuis 1854, l'édifice, inspiré du Crystal Palace de Londres, servait à présenter des expositions industrielles ou commerciales, et une vaste collection de peintures allemandes.

— En allant au rythme des petites vieilles ? Certainement pas.

Eva prit son amie par le bras et, à grandes enjambées, l'entraîna dans le jardin public. Les promeneurs étaient nombreux. Le dimanche, alors que la plupart des commerces étaient fermés, seules les vêpres pouvaient le disputer à la marche comme loisir bon marché.

— À ce rythme, je vais me retrouver avec des mollets de portefaix, maugréa Herta.

— Et moi je sculpterai peut-être les miens. Mes jambes ressemblent à des poteaux.

Elle exagérait bien un peu, mais la cheville, le mollet, le genou et la cuisse s'enchaînaient comme des cylindres. Cette pensée ramena dans son souvenir le regard du curieux personnage armé d'une cravache. Lui, il n'avait pas semblé trouver le spectacle si désagréable.

— Décidément, ton humeur est à l'optimisme, aujourd'hui.

L'ironie tira un sourire à Eva.

— Peut-être que oui, puisque je suis résolue à m'entraîner le plus souvent possible, et à t'en faire profiter.

— Cette résolution vient de ton nouveau travail ?

Toutes les deux avaient déjà discuté de son expérience chez Hoffmann.

— Pas seulement à ça. Mais quand même : je vois une quarantaine d'hommes passer devant ma caisse tous les jours, alors…

Voilà une source de motivation que la brune comprenait bien.

— … dans le lot, certains voudront peut-être m'offrir un repas. Le Café Stefanie se trouve juste de l'autre côté de la rue.

— Quelle sorte d'hommes ?

— La sorte qui aime la photographie, je suppose.

Cela incluait sans doute des gens de toutes les classes sociales et de toutes les tendances politiques. Quoique à ce sujet, les photographies du chef du Parti nazi placées en vitrine devaient rebuter une bonne partie des chalands.

Bientôt, elles passèrent sur un petit pont permettant de franchir le ruisseau Eisbach. Parmi les bouquets d'arbres, la Tour chinoise se dressait à proximité. Déjà ancienne, cette construction signalait la présence d'une brasserie en plein air, l'un de ces « jardins de la bière » si nombreux en Bavière.

La fraîcheur de l'air les amena à forcer encore le pas, au point de sentir une pellicule de sueur sur leurs reins. La recette parfaite pour s'enrhumer. Leur promenade les conduisit jusqu'au lac Kleinhesseloher, où se trouvait une autre brasserie.

— Moi, je retourne sur mes pas, dit Herta en s'arrêtant.

Sa compagne regarda la montre à son poignet, puis convint :

— Nous devrons même prendre le tramway, si nous ne voulons pas rater un bout du film.

Sa compagne se priva de commenter les contradictions dans le comportement d'Eva, du trajet ambitieux jusqu'à la nécessité de se presser maintenant. Très vite elles regagnèrent la rue Mandi, puis empruntèrent le transport en commun.

Le cinéma Schaumburg se trouvait sur la place Élisabeth, à peu de distance du domicile de chacune. Le titre du film, *Je baise votre main, madame*, était juste assez suggestif pour qu'Eva ne l'ait pas évoqué devant ses parents. Sa compagne s'arrêta devant l'affiche représentant une femme blonde vêtue d'une robe verte.

— Celle-là a la main un peu haute, commenta-t-elle.

Un homme se penchait sur la femme de la photo pour lui embrasser l'épaule. Sa position lui donnait une vue plongeante sur la poitrine de l'actrice largement offerte à cause de son décolleté.

— Tu connais cette comédienne, Marlene Dietrich ?

— Par les articles de magazines seulement.

Bientôt, elles occupaient des sièges voisins. Il s'agissait d'un film muet. Toutes les deux connaissaient l'existence des *talkies* – les films parlants – grâce aux revues de cinéma, et elles rêvaient qu'un théâtre de Munich présente bientôt *Le Chanteur de jazz*[*].

Ce jour-là, les jeunes femmes se contenteraient d'une technologie plus primitive : un disque permettait d'entendre une chanson reprenant le titre du film. Le scénario évoquait une grande bourgeoise divorcée, madame Gérard. Le simple fait qu'elle soit divorcée témoignait bien de la légèreté des Parisiennes. Son amoureux présentait un embonpoint susceptible de rassurer Eva sur sa propre silhouette. Toutefois, elle savait bien que les exigences à l'égard des hommes et des femmes, à ce propos, différaient.

Décidément, madame Gérard allait de malchance en malchance. Un certain comte Lerski lui faisait le cour – et elle y était sensible – jusqu'à ce que son ex-mari lui apprenne que ce Lerski, un simple serveur, usurpait son titre de noblesse. Le film proposait une petite morale : le divorce n'amenait rien de bon.

— Tu as vu la longueur de ses jambes ? murmura Eva, admirative.

---

* *The Jazz Singer.*

Il fallait en convenir, les films muets présentaient un avantage : ils permettaient de faire la conversation durant la projection.

— C'est une belle femme.

— En comparaison, je ressemble à une naine.

Son mètre soixante laissait Eva bien complexée. Pourtant, Dietrich ne la dépassait que de cinq petits centimètres.

— Tu exagères.

— Et la couleur de ses cheveux est si belle ! Je devrais teindre les miens.

Les images en noir et blanc ne permettaient pas de bien juger, mais la comédienne paraissait d'un blond plus pâle que celui d'Eva.

— Tu as vu la couleur platine, disponible au salon de coiffure du grand magasin Oberpollinger ?

Un « Chut ! » impatient leur fit comprendre que même lors de la projection d'un film muet, certains spectateurs se lassaient des babillages. En sortant du cinéma, les deux amies marchèrent bras dessus, bras dessous. Après un long silence, Eva commença, hésitante :

— Je te disais tout à l'heure que des clients de la boutique me font un brin de cour. Tu connais Adolf Hitler ?

Personne à Munich n'ignorait le nom de cet agitateur capable de remplir de grandes salles quatre ou cinq soirs par semaine avec des discours enflammés. Herta attendit la suite.

— C'est un habitué de la boutique. Je l'ai vu il y a quelques jours.

— Je devine bien que c'est un habitué. Il y a quoi, dix photos de lui dans la vitrine ?

Elle exagérait à peine.

— Il m'a... Il m'a fait un brin de cour.

Cette fois, le silence d'Herta la vexa un peu.

— Je t'assure. Tiens, c'était comme dans le film. Il m'a baisé la main en arrivant, puis aussi quand je suis partie pour revenir à la maison. Pendant tout ce temps, il multipliait les compliments sur ma robe et mes talents de couturière.

— Il a quoi, quarante ans ?

Eva ne le savait pas exactement, mais le chiffre lui sembla plausible. Le jugement de sa compagne vint immédiatement, sans appel :

— Il s'agit de l'un de ces vicieux un peu bedonnants qui regardent les filles de la moitié de leur âge avec des yeux lubriques.

— Non, non...

Pourtant, son regard sur ses jambes avait été insistant.

— Il a été d'une politesse irréprochable, et ses baisemains si cérémonieux...

Le silence s'installa entre elles, le temps qu'elles atteignent la rue Hohenzollern.

— Ma vieille, tu m'inquiètes. Une jolie blonde qui se préoccupe de l'intérêt d'un Charlie Chaplin beaucoup moins beau que l'original...

Elle faisait allusion à sa petite moustache en forme de brosse à dents.

— De toute façon, murmura Eva, pour lui, je ne suis qu'une fille de magasin...

Herta l'embrassa en lui disant « À bientôt ». Il ne se passait jamais plus de deux jours sans que les deux amies se voient. Le trajet vers la maison des Ostermayer lui prendrait encore quelques minutes, aussi elle pressa le pas.

Compte tenu de la présence de grandes photos de lui en vitrine, impossible d'oublier le monsieur avec la moustache ridicule. Toutefois, pendant toute une semaine, Hitler ne se manifesta pas. Puis, un après-midi, Hoffmann sortit de son bureau avec à la main une grande enveloppe de papier kraft qu'il tendit à Eva en disant :

— Ma petite, pouvez-vous aller remettre ceci à monsieur Hitler ?

Dans leur relation de patron à employée, le « pouvez-vous » signifiait toujours « vous allez ». Elle prit la missive.

— Je ne vois pas l'adresse.

— Vous ne savez pas où se trouve le siège du parti ? 50, rue Schelling. C'est à deux pas.

Plus exactement, à un kilomètre.

— Allez-y tout de suite, il les attend. Quelqu'un s'occupera de la caisse à votre place.

L'instant suivant, elle renouait avec l'air frais d'octobre. L'activité dans la rue Amalie lui donnait toujours l'impression de se trouver au centre du monde. La proximité de l'université faisait que de nombreux étudiants allaient et venaient. Plusieurs la saluaient d'un geste de la tête, certains allaient jusqu'à soulever leur chapeau et à dire :

— Mademoiselle, comment allez-vous ?

Ces tentatives pour entamer une conversation la flattaient, mais aucune ne se prolongeait pendant plus de trois phrases. De toute façon, les jeunes filles respectables ne se laissaient pas conter fleurette par de parfaits inconnus. Ses parents lui avaient instillé une saine prudence dans la recherche du bon parti. Et puis, à dix-sept ans, il était bien trop tôt.

Elle arriva devant une maison haute de quatre étages, construite de pierre brune. La Maison brune, pour un parti politique dont les troupes de choc portaient une chemise brune. Le choix de la couleur tenait à un pur hasard : en 1920, un lot de vieilles chemises militaires destinées aux troupes coloniales devait être soldé, et l'organisation avait profité de l'occasion.

Une fois à l'intérieur, elle trouva le grand nombre de membres des SA un peu affolant. Depuis son plus jeune âge, ces hommes étaient pour elle des brutes cherchant noise à quiconque croisait leur chemin. Leur regard n'avait rien de rassurant. La jeune femme demanda pourtant à l'un d'eux :

— Où se trouve le bureau de monsieur Hitler ?

L'inconnu lui montra une pièce au fond d'un couloir. Quand elle y entra, une secrétaire l'examina des pieds à la tête, méfiante. Si son visage présentait des traits réguliers, l'ensemble avait quelque chose de masculin.

— Que voulez-vous ?

— J'ai ceci pour monsieur Hitler.

L'enveloppe se trouvait dans ses mains.

— Donnez, je vais la lui remettre.

Juste à ce moment, une voix vint d'une pièce communicante.

— Ah ! Mademoiselle Braun, vous voilà ! Venez me rejoindre.

Il l'attendait donc. Quand elle fut entrée, Hitler vint à sa rencontre. Il se dirigea directement vers la porte pour la fermer en disant à son employée :

— Merci, mademoiselle Wolf.

Eva s'inquiéta bien un peu. À mots très couverts, lors des cours de secrétariat ou de tenue de livre, les religieuses avaient expliqué que certains patrons devenaient bien entreprenants, une fois à l'abri des regards. Aujourd'hui, lui aussi portait l'uniforme des SA. La crainte d'Eva monta d'un cran lorsqu'il prit sa main pour la porter à ses lèvres. Pourtant, ensuite, il dit avec entrain :

— Asseyez-vous ! Après seulement deux semaines à mon service, la louve devient bien possessive. Je préfère fermer la porte, sinon je suppose que tous mes mots seront répétés.

La louve, le féminin de Wolf... Le politicien avait perçu son malaise, et tentait de la rassurer en expliquant son geste. De cela aussi, on l'avait avertie : des secrétaires s'entichaient de leur patron, ce qui les incitait à faire barrière de leur corps devant toutes les intruses. Décidément, ces nonnes paraissaient très au fait de la vie dans les bureaux.

Une fois assis, Hitler tendit la main pour prendre l'enveloppe, puis il étala une demi-douzaine de photos sur son pupitre.

— Vous en pensez quoi, mademoiselle Braun ?

La blonde se leva de sa chaise pour se pencher devant lui. Instinctivement, sa main se porta sur son col, pour l'empêcher de béer. Les photos montraient l'intérieur d'une grande pièce où des centaines d'hommes se tenaient épaule contre épaule, et tout au fond, à peine reconnaissable, la silhouette du chef nazi.

— Nous étions à la Hofbräuhaus, hier soir.

Il s'agissait de l'une des très grandes brasseries de Munich. Les autres photos montraient Hitler de plus près. Sur la dernière, Hoffmann s'était placé juste au pied de l'estrade. L'effet était un peu étrange, avec les narines bien en évidence. L'homme suivit son regard, vit l'esquisse d'un sourire amusé. Il s'empara du cliché pour le déchirer d'un geste vif.

— Vous avez bien raison, celle-là n'améliorerait pas mon image.

Son visage trahit un bref agacement parce que Hoffmann ne l'avait pas éliminée d'emblée. Puis, à nouveau affable, il demanda en reprenant sa place :

— Alors, mademoiselle Braun, qu'avez-vous fait depuis notre dernière rencontre ?

Que voulait-il dire ? Répondre « Je suis allée travailler tous les jours, sauf dimanche » lui parut ridicule.

— Je suis allée voir un film, au cinéma Schaumburg. *Je baise votre main, madame*.

Hitler demeura un moment interdit, puis s'exclama :

— C'est le titre ?

Dans l'antichambre, un pli profond marqua le front de Johanna Wolf quand elle entendit le grand rire. Eva lui raconta brièvement le scénario, puis termina en disant :

— C'était avec Marlene Dietrich.

— Une très jolie femme…

La remarque blessa un peu la visiteuse, puis elle se reprocha de se montrer aussi ridicule. Il y eut un coup contre la porte, puis la secrétaire passa la tête dans l'embrasure :

— Monsieur Hess devait vous rencontrer cet après-midi.

— Merci de me rappeler à l'ordre. Faites-le patienter un moment.

Hitler attendit que la porte fut refermée avant de poursuivre :

— Mademoiselle Braun, vous aimez le cinéma ?

— Beaucoup.

— Vous avez vu un film parlant, déjà ?

Sans attendre la réponse, il ouvrit un tiroir de son pupitre, sortit deux rectangles de carton.

— Voici des billets pour un film anglais, *Chantage*. Le premier film parlant réalisé en Angleterre. Vous pourrez y inviter votre petit ami.

Eva rougit un peu et, après avoir hésité une seconde, répondit :

— Je n'ai pas de petit ami.

— Alors avec une amie, dit-il en souriant.

Accepter des petits cadeaux de la part d'un homme venait habituellement avec certaines obligations. Elle allait protester, mais n'osa pas. Hitler se levait déjà pour la raccompagner à la porte. Il lui donna les billets tout en disant :

— Au revoir, mademoiselle Braun. Quand nous nous reverrons, vous me direz si vous avez apprécié le film.

Elle attendait un baisemain, mais son interlocuteur ouvrit la porte et lui répéta son « Au revoir » dans un murmure. Se souciait-il que la secrétaire l'entende ? Dans l'antichambre, elle se trouva devant un homme grand, sanglé dans un uniforme brun. Ses sourcils très épais se rejoignaient presque au-dessus d'une paire d'yeux enfoncés dans leurs orbites. Au moment où elle atteignait le couloir, Hitler dit :

— Vous voilà, Rudolf. Entrez, entrez.

La jeune femme se sentit soulagée de retrouver la rue. L'atmosphère dans la Maison brune lui avait semblé oppressante. Peut-être était-ce à cause de la présence de tous ces hommes en uniforme, de leur réputation de violence. Elle décida de marcher un peu. Si jamais Hoffmann lui demandait des comptes, répondre « Il voulait me parler de cinéma » paraîtrait bien étrange.

À pas lents, elle se dirigea vers l'est, s'arrêta devant un édifice portant en façade les mots *L'Observateur populaire**. Des pages de l'édition du matin se trouvaient affichées dans les vitrines. Sur l'une d'elles, un titre disait « Importante chute des cours de la Bourse à New York ». Même sans vraiment comprendre ce dont il s'agissait, elle eut la certitude que cela n'apporterait rien de bon.

— Alors, il a aimé mes clichés ?

Hoffmann se souciait vraiment de l'opinion de ce client. Déjà, Eva comprenait qu'une bonne part du chiffre d'affaires du commerce tenait à son patronage.

— Il a déchiré celle prise en contre-plongée, les autres ont paru le satisfaire.

Des années de lecture de magazines de cinéma lui avaient appris quelques mots du vocabulaire de la photographie. Déjà, elle songeait à lui demander la permission de développer ses propres clichés

* *Völkischer Beobachter.*

dans la chambre noire de l'établissement, quitte à lui rembourser le matériel utilisé.

L'autre hocha la tête, puis commenta :

— J'aurais dû m'en douter. Sur chaque image, il doit incarner le sauveur de la nation.

Ces mots ne portaient aucune trace d'ironie.

— Bientôt, la pellicule ne lui suffira plus, je devrai ériger des statues de marbre, comme celles de la Glyptothèque.

Il s'agissait du musée d'antiquités grecques et romaines situé en bordure de la place Royale. L'homme allait tourner les talons quand Eva dit :

— J'ai vu quelque chose sur la chute des cours boursiers…

— À New York. Oui, je sais.

— C'est grave ?

Il haussa les épaules, puis expliqua :

— Je ne sais pas. En tout cas, si ça va vraiment mal là-bas, nous en subirons les conséquences ici. C'est l'intervention américaine qui a permis de sauver le mark, il y a quelques années.

Toute la journée, un pli marqua le front d'Eva. Depuis sa naissance, les mauvaises années l'avaient emporté en nombre sur les bonnes. Le mauvais sort semblait s'acharner sur son pays.

Depuis quelques mois déjà, Ilse occupait une chambre chez son employeur, l'otorhinolaryngologiste Martin Marx. Toutefois, chaque dimanche, elle arrivait très tôt à la maison afin de pouvoir se rendre à l'église avec sa mère et ses sœurs. Ensuite, elle partageait le repas familial.

Son départ, l'été précédent, avait entraîné une véritable tempête au domicile des Braun. Papa Fritz gardait des vestiges de sa colère initiale. Au retour de la messe, elles le trouvèrent renfrogné, déjà assis à un bout de la table. Mina avait préparé le repas, placé son couvert devant lui. En entrant, Fanny exprima sa surprise :

— Il n'est qu'onze heures trente !

— Je me suis dit que vous auriez faim, puisqu'aucune d'entre vous n'a déjeuné, ce matin, dit-il sombrement.

Pour s'approcher de la Sainte Table, il fallait s'être abstenu de manger depuis minuit la veille.

— Enfin, si vous vous souciez encore de communier, ajouta-t-il.

Ses yeux se portaient sur son aînée. Le reproche était implicite. La cohabitation de sa princesse avec un homme lui paraissait totalement immorale. Celle-ci le comprit bien ainsi.

— Je me confesse et je communie aussi souvent que lorsque j'habitais ici. La seule différence, maintenant, est que je ne perds plus deux heures à faire le trajet aller-retour chez mon employeur tous les jours, et qu'enfin Eva occupe seule la chambre.

— Bon, intervint Fanny, nous n'allons pas discuter de la pratique religieuse des occupants de cette maison à table.

Comme Fritz désertait le temple luthérien depuis le début de la guerre, sa prétention de faire la morale aux autres agaçait son épouse. L'armistice dans le ménage demeurait fragile. Le ton de l'après-midi était donné, les sourires étaient crispés, et peu de temps après le repas l'aînée se découvrit un début de migraine. Dans l'entrée de l'appartement, elle embrassa sa mère, puis se tint immobile devant son père, les yeux fixés dans les siens, silencieuse. Il lui appartint de faire le premier geste.

— Bonne semaine, ma grande.

Sous l'accolade, Ilse se raidit, mais elle réussit à lui retourner son souhait. Comme elle s'approchait d'Eva, cette dernière murmura :

— Je t'accompagne jusqu'à l'arrêt du tramway.

Quand elles furent sorties, Fanny dit à son mari :

— Peux-tu me dire pourquoi tu lui as parlé de ça ?

Lors de ce genre d'échange, le souvenir des coups reçus des années plus tôt lui tordait les entrailles. Toutefois, à cette époque déjà, la défense de ses filles primait. Aussi sa réponse la surprit :

— Elle vit chez un médecin juif !

Dans cette phrase, l'ambiguïté de la situation morale ne l'emportait pas nécessairement en importance. Dans l'atmosphère politique malsaine de la ville, qu'un Juif profite d'une Aryenne passait pour une faute grave contre la grandeur de la race.

— Je ne sais pas comment mes collègues ont pu l'apprendre, mais au collège certains m'ont demandé si elle envisageait de se convertir pour se marier avec lui.

— Notre vie privée, ou celle de nos enfants, ne regarde personne !

— En tout cas, la possibilité d'une promotion m'est passée sous le nez. Il doit bien y avoir une raison à ça.

Sur ces mots, l'homme se retira dans sa chambre. Fanny doutait que sa carrière souffre vraiment de la réputation de sa fille. Sa formation, un long apprentissage réalisé auprès d'artisans, paraissait sans doute bien médiocre comparée à celle de collègues diplômés de l'université.

Après des années d'une relation tendue, les sœurs Braun s'entendaient mieux depuis la fin de leur cohabitation. Après avoir parcouru une cinquantaine de mètres, Eva commença :

— Au travail, j'ai l'occasion de rencontrer plusieurs clients. Souvent des hommes intéressants.

Ilse s'arrêta pour la dévisager, puis dit d'un ton moqueur :

— Tu as trouvé quelqu'un ?

Les joues rougissantes, la plus jeune secoua la tête pour dire non.

— C'est ça, tu as un prétendant.

— Non !

Puis, après une pause, elle confia :

— Enfin, je ne pense pas. Il y a un client qui me donne du « mademoiselle » et me fait des baisemains.

— Seigneur, des baisemains. Il doit avoir cent ans ! C'est un rescapé de la cour des Wittelsbach ?

Elle évoquait la famille royale de Bavière.

— Tu connais Adolf Hitler ?

Cette fois, Ilse devint tout à fait sérieuse.

— Le nazi ? Tu sors avec le chef nazi !

— Je ne sors pas avec lui. Je voulais juste savoir si tu penses que cela pourrait marcher, avec un gars de son âge.

Implicitement, Eva faisait de son aînée une experte des relations entre une toute jeune femme et un homme d'âge mûr. Elle ne se donna pas la peine d'évoquer le caractère platonique de sa relation avec le docteur Marx.

— Je ne sais pas. Tu ne serais pas la première, en tout cas.

Les deux millions de tués à la guerre et un nombre important d'estropiés faisaient des hommes une denrée rare.

— Mais avec Adolf Hitler !

Parmi ceux toujours disponibles à Munich, le chef nazi lui semblait être le moins désirable. La blonde le comprit bien ainsi. En tirant sur le bras de sa sœur, elle dit :

— Viens avec moi.

Après avoir protesté un peu, Ilse se laissa entraîner vers la rue Amalie. Trente minutes plus tard, elles se tenaient devant la vitrine. Une photographie montrait le chef politique dans un uniforme des SA, une autre dans un complet qui lui donnait l'air d'un comptable.

— Cet homme-là te plaît ?

Le ton de la voix exprimait toute son incrédulité.

— Les photos ne lui rendent pas justice, elles manquent de naturel. Mais si tu le rencontrais, tu verrais qu'il a un charme fou.

— Franchement, je n'en ai pas du tout envie.

Pendant quelques minutes, elles échangèrent des propos sur la beauté des ornements pileux des messieurs en général, et de celle de la moustache en brosse à dents d'Adolf Hitler en particulier. Elles se séparèrent sans avoir pu se faire une opinion définitive sur la question.

Chapitre 20

Munich, début novembre 1929

La place Sainte-Marie tenait son nom de la présence d'une colonne surmontée d'une statue de la Vierge. Eva contemplait les quatre *putti* sur son socle, de petits angelots grassouillets, chacun aux prises avec une bête représentant l'une des misères de la ville : le lion de la guerre, le basilic de la peste, le dragon de la famine et le serpent de l'hérésie religieuse. La situation à Munich depuis 1914 n'était guère différente de celle de l'année de son érection, en 1638.

À cause de la tension régnant au domicile des Braun, la même situation se répétait souvent pour Eva. Elle se présentait très tôt au travail, pour n'en revenir que tard. Quant à ses rendez-vous, ils s'accompagnaient de longs moments d'attente, car elle y arrivait invariablement en avance. La jeune femme en vint à contempler la très belle et très longue – près de cent mètres – façade du nouvel hôtel de ville. L'édifice datait tout de même du siècle précédent. Puis Herta arriva enfin.

— La prochaine fois, dit Eva, nous nous rejoindrons à l'église Notre-Dame. Au moins j'y serai au chaud.

— Sans compter que tu aurais amplement le temps de confesser toutes tes fautes.

La brune lui adressait un sourire un peu moqueur. Élevées comme de bonnes catholiques, ni l'une ni l'autre ne mettaient toutefois leur âme en péril.

— Mais pourquoi n'allons-nous pas au cinéma Schaumburg, comme d'habitude ?

— Parce que j'ai des billets pour celui de la porte Sendlinger. Pour voir un film parlant.

La jeune femme sortit les deux rectangles de carton de sa poche pour les lui montrer.

— *Le Chanteur de jazz* ?

— Non, un film anglais.

La rue, la place et le cinéma portaient le même nom : la porte Sendlinger. Au moment de sa fondation par Carl Gabriel en 1913, la salle comptait sept cents places. Il s'agissait alors de la plus grande et plus moderne de la ville.

Au moment d'y entrer, Eva remarqua :

— Tu ne devineras jamais qui me les a donnés.

— Si je ne peux pas deviner, dis-le-moi tout de suite, ce sera plus court.

Son amie gâchait un peu son plaisir.

— Adolf Hitler.

La grande salle était déjà à demi pleine. Elles cherchèrent de bonnes places, juste au centre d'une rangée, assez près de l'écran. Quand elles furent assises, Herta reprit la parole :

— Le chef du Parti nazi te donne des billets de cinéma ?

— Je t'ai dit qu'il se montrait très empressé auprès de moi.

Eva ne s'était pas montrée si affirmative lors de leur précédente conversation au sujet du politicien.

Avoir reçu ces billets en cadeau augmentait son enthousiasme. Herta choisit de garder son scepticisme pour elle.

— *Chantage*. Voilà un bien curieux titre. Tu connais ce film ?

— Une histoire policière.

Comme l'affiche placardée près de l'entrée montrait une jeune femme légèrement vêtue avec un couteau à la main, cela, elle l'avait deviné. Eva poursuivit :

— C'est le premier film parlant produit en Angleterre. Tu m'expliqueras, si je ne comprends pas tout.

C'était bien la difficulté avec cette nouvelle technologie. Les films muets, avec de grands gestes et des gros plans sur des visages expressifs, permettaient même de se passer des cartons intercalés pour clarifier certains rebondissements de l'action. Après un séjour au Royaume-Uni, Herta se voyait confier le rôle d'interprète.

— J'essaierai.

Bientôt, les lumières s'éteignirent. Le nom du réalisateur, Alfred Hitchcock, était bien connu des deux jeunes femmes, car il s'agissait déjà de son dix-septième film. Celui-là racontait l'histoire d'Alice, obligée de tuer un homme pour défendre sa vertu. Ce rôle avait été confié à Anny Ondra, un visage déjà bien connu des cinéphiles allemands.

— C'est étrange, remarqua la brune dès les premières minutes, sa voix semble venir d'ailleurs.

— Parce que ce n'est pas la sienne, expliqua son amie. Son accent allemand heurtait les oreilles anglaises. Alors une autre actrice dit ses répliques.

Décidément, Eva avait fait une petite recherche. Une fois la projection terminée, au moment de quitter la salle, elle murmura après un instant d'hésitation :

— Tu trouves que je lui ressemble ?

Devant l'air d'incompréhension de son amie, elle précisa :

— Je veux dire à Anny Ondra.

Ce genre de question contenait toujours un piège : un « non » la laisserait déçue, un « oui » la laisserait sceptique.

— Disons que si nous mettions cette fille, moi, toi et ta sœur Ilse sur une même ligne et que nous demandions leur opinion aux passants, ils diraient que tu es sa sœur, et nous, les pauvres brunettes, des étrangères.

Eva prit le bras de son amie et lui embrassa la joue. Des cheveux blonds et un joli minois permettaient parfois de sortir du lot.

Quelques jours plus tard, Adolf Hitler se présenta de nouveau au commerce d'Heinrich Hoffmann un peu avant l'heure de la fermeture. Tout de suite, il se dirigea vers le comptoir et prit la main de la caissière pour la baiser.

— Mademoiselle Braun, je suis content de vous revoir.

Le rouge monta aux joues de la jeune femme. Ce petit geste démodé, déplacé même à l'égard d'une personne de son âge, lui procurait un plaisir démesuré. Les regards curieux des autres employés la mettaient un peu mal à l'aise, tout en la rendant plutôt fière.

— Moi aussi, monsieur Hitler.

— Qu'avez-vous pensé de ce film parlant ?

— J'ai hâte qu'on en produise de semblables en Allemagne, car si je lis assez bien l'anglais, à l'oral...

— C'est déjà mieux que moi. Écoutez, je dois voir tout de suite votre patron, mais un de ces jours, nous devrons trouver l'occasion d'en reparler plus longuement.

Au même moment, Hoffmann émergea de son bureau et se dirigea vers eux. Hitler se laissa entraîner par son photographe, tout en jetant vers Eva un regard pouvant signifier « Malheureusement, ce ne sera pas aujourd'hui ».

La crise aux États-Unis avait déjà entraîné son lot de pertes d'emplois en Allemagne, mais tous les journaux soutenaient que cela ne durerait pas. Pour les spécialistes, à tout le moins pour ceux dont les journalistes se faisaient l'écho, il s'agissait d'un simple ralentissement. Donc Eva avait passé une partie du dimanche 23 décembre à parcourir le marché de Noël de la place Sainte-Marie en compagnie de sa mère et d'Herta.

Fanny répétait volontiers que les marchés tenus avant 1914 offraient une plus grande variété de marchandises, et de meilleure qualité. Les deux plus jeunes attribuaient ces remarques à la tendance des aînés à embellir le passé, pour exprimer tout simplement la nostalgie de leur jeunesse. Le jambon, les saucisses, la bière et le vin ne manquaient pas. Ni les biscuits de Noël, les pains d'épice, ou les personnages de la crèche finement sculptés et les bibelots en verre. Des musiciens jouaient les airs habituels en cette saison, sacrés ou traditionnels.

Dix ans plus tôt, malgré l'arrêt des combats, un blocus avait entraîné une famine que l'on estimait responsable de la mort d'un million de civils, peut-être davantage. Évidemment, l'épidémie de grippe espagnole survenue au même moment rendait difficile de juger de l'exactitude de la statistique. À la fin de 1929, tous les espoirs d'une vie meilleure paraissaient permis.

À l'approche de Noël, l'afflux des clients mettait un grand sourire sur le visage d'Hoffmann. De nombreux Munichois immortaliseraient les festivités avec un Leica ou un Kodak tout neuf. D'autres trouveraient un appareil parmi leurs étrennes.

Le 24, un panneau sur la vitre de la porte annonçait « Fermé », les rideaux tirés donnaient une certaine intimité à la petite fête. Sur le comptoir, un lot de bouteilles permettait de se désaltérer. En conséquence, le niveau sonore montait sans cesse, à mesure que l'ébriété gagnait certains. Quelqu'un avait apporté de son domicile un phonographe et quelques disques, on danserait bientôt. Eva entendait bien s'esquiver avant : déjà des commis avaient les mains plutôt lestes. Toutefois, elle se demandait si les mots « Je dois rentrer pour aider maman » seraient assez convaincants.

Puis des coups contre la porte attirèrent l'attention.

— Ah ! Il a pu venir ! dit le photographe en allant ouvrir.

Le chef se trouvait bien là, dans un complet bien coupé. Sa présence amena tout le monde au silence, et quelqu'un enleva même l'aiguille du disque.

Eva esquissa un petit sourire en voyant la cravate à pois. Il fallait bien un célibataire pour choisir aussi mal. Près de lui se tenait un membre de la SA, tout à la fois son chauffeur, son garde du corps et son compagnon lors de longs déplacements en Allemagne. Il tenait dans ses bras une petite boîte de carton contenant des enveloppes.

— J'ai pensé venir vous souhaiter joyeux Noël en personne, commença Hitler, et en profiter pour vous laisser un petit souvenir.

Les employés formèrent un demi-cercle. Hitler prit les enveloppes et se dirigea d'abord vers le gérant Roemer. Il lui en tendit une et lui serra la main. Hoffmann s'occupait de lui dire les noms de chacun. La grande Clara vint ensuite. Le visiteur lui baisa la main. Le geste fut comme un coup d'aiguille au cœur d'Eva.

Quand vint son tour, le photographe dit :

— Vous vous souvenez certainement de notre petite Eva.

— Évidemment. Comment allez-vous, mademoiselle Braun ?

Il attendit la réponse sans lui lâcher la main.

— Très bien, monsieur.

Puis il posa ses lèvres sur les doigts d'Eva. Il chercha parmi les enveloppes restantes pour lui en tendre une. L'instant d'après, l'homme passait à l'employée suivante, répétant les mêmes gestes. Qu'il se souvienne de son nom procurait à Eva une bien mince consolation. Les premiers avaient déjà ouvert leur enveloppe, et y avaient trouvé une photographie autographiée du chef. De dépit, Eva se dit que la sienne irait directement dans la cuvette des WC, sans même la regarder. En attendant, elle la glissa dans la poche de sa jupe.

Quand Hitler s'en alla, elle marcha directement vers son patron et lui dit :

— Monsieur, je vais partir tout de suite.

— Voyons ! La fête commence à peine !

Il avait dû prendre un peu d'avance, car son haleine sentait l'alcool et sa voix était pâteuse. Veuf depuis un peu plus d'un an, des conversations murmurées lui prêtaient maintenant une vie plutôt dissolue.

— J'ai promis à ma mère de l'aider afin de tout préparer pour ce soir.

Fanny se serait bien débrouillée avec l'aide de la bonne, mais cela lui paraissait la meilleure excuse. Après avoir fait le tour de ses collègues pour leur adresser ses vœux, repoussant les plus entreprenants, elle récupéra son manteau et son chapeau pour s'esquiver.

Malgré sa résolution, une fois dans la rue elle chercha l'enveloppe et déchira le rabat pour sortir la photographie. La signature était à peu près illisible. Toutefois, elle put lire au verso :

Mademoiselle Braun,

Je n'oublie pas. Bientôt, nous parlerons cinéma ensemble.

Là aussi, un gribouillis en guise de signature. Le mot « Adolf » ressemblait à un éclair.

Munich, février 1930

S'il n'oubliait pas, Hitler ne semblait guère pressé. Eva avait droit à un baisemain à chacune de ses visites... tout comme quelques autres employées du commerce se trouvant sur son chemin. Puis, au début du mois de février, alors que lui et Hoffmann sortaient du bureau de ce dernier, Hitler s'arrêta près de la porte pour dire :

— Heinrich, que diriez-vous d'inviter mademoiselle Braun à nous accompagner ?

Le photographe eut un petit sourire amusé.

— Bien sûr, chef.

Chef. Déjà, la blonde savait que les membres du parti le désignaient de cette façon. Ou alors le *boss*. Cela lui paraissait un peu irrespectueux : dans les films américains, les dirigeants de la mafia aussi méritaient ce titre. Comme elle regardait vers la caisse, il dit encore :

— Clara prendra le relais, ne vous en faites pas.

Après une brève hésitation, la jeune femme alla chercher son manteau et son chapeau. Dehors, le chauffeur attendait, appuyé contre la Mercedes. Il ouvrit la portière, et Hitler s'écarta en disant :

— Mademoiselle Braun, montez. Heinrich sera très bien devant.

Mal à l'aise, elle obtempéra pourtant.

— Vous connaissez l'Osteria Bavaria ? demanda-t-il en se glissant à ses côtés.

— Le restaurant sur la rue Schelling ? Je n'y suis jamais entrée.

— Moi, j'y suis un jour sur deux.

Il exagérait à peine. L'établissement se trouvait tout près du siège du Parti nazi, de son principal journal et de la boutique de son photographe attitré. Bientôt, ils entrèrent dans le petit établissement. Un employé s'empressa de dire :

— Votre table vous attend, monsieur Hitler.

Sa fidélité à l'endroit justifiait qu'on lui réserve en permanence la même table. Il ne s'agissait pas de la mieux située, puisque placée dans une petite alcôve. Toutefois, on ne pouvait l'apercevoir de la rue, et personne ne pouvait prendre le chef par surprise. Deux hommes se trouvaient déjà à table. Eva reconnut Rudolf Hess, croisé plus tôt à la Maison brune. Hitler le lui présenta de façon formelle, tout comme Julius Schaub, son assistant personnel.

— Maintenant, mademoiselle Braun, vous allez vous asseoir près de moi.

Sous le regard inquisiteur de ces étrangers, elle se sentait rougir. Assis juste en face, Hoffmann paraissait s'amuser de son malaise. Se retrouver en compagnie de quatre hommes, dont deux inconnus, était une première dans sa vie. Son voisin paraissait résolu à la rassurer.

— Alors, quel film avez-vous vu depuis *Chantage* ?

— *L'Homme à la caméra*. C'est un film russe.

Il haussa les sourcils pour exprimer sa surprise.

— Une sorte de documentaire sur la ville d'Odessa. Ça m'a convaincue de ne jamais y aller.

— Je pense que personne n'aimerait aller chez les bolcheviques. Si je le pouvais, j'y expédierais tous les membres du Parti communiste allemand. L'air deviendrait immédiatement plus respirable ici.

Hess et Schaub émirent un bref ricanement, comme s'il s'agissait d'une bonne plaisanterie.

— Mais cela me paraît bien ennuyeux comme sujet, pour une jeune fille comme vous. Rien d'autre ?

— *L'Enfer blanc du Piz Palü*.

L'homme hocha la tête, comme pour donner son appréciation. Pendant la conversation, un serveur avait déposé une bouteille d'eau Fachinger. Hitler dit simplement « Comme d'habitude », puis reporta son attention sur la jeune femme.

— Je ne vous ai même pas laissé le temps de regarder le menu.

Elle ne s'en donna pas la peine. Lors d'une invitation de la part d'un garçon de son âge, Eva se souciait d'adapter sa commande aux moyens de son compagnon. La même précaution ne s'avérait certainement pas nécessaire avec un chef de parti charismatique. Même si elle se sentit un peu gourde, elle murmura :

— Je prendrai comme vous.

Les autres échangèrent des petits sourires.

— Vous prenez des risques. Alors je vous rassure tout de suite, vous ne serez pas déçue. Vous prendrez du vin ?

« Que ferait une femme de la bonne société ? » se demanda-t-elle. Autant jouer la prudence, quitte à passer pour une petite fille.

— De l'eau aussi.

Les autres commandèrent de la viande, du vin, de la bière. Puis Hitler revint à son sujet de prédilection.

— J'ai bien aimé ce film. Leni Riefenstahl est une comédienne remarquable. Elle a été danseuse, mais une blessure l'a obligée à changer de carrière.

« Il préfère les brunes », pensa Eva. « Ou les femmes minces comme une liane. » Elle n'était ni l'une ni l'autre. Des spaghettis accompagnés de sauce tomate se matérialisèrent sous ses yeux. La jeune femme se promit de marcher longuement le soir même, pour contrer l'effet de ce repas sur ses hanches. Pour ressembler à Riefenstahl, il lui faudrait jeûner pendant deux ou trois mois.

Même si les autres paraissaient ne pas apprécier, le chef n'abandonna pas le sujet du cinéma pendant toute l'heure que dura le déjeuner. Ce fut tout juste s'il évoqua la prochaine assemblée politique. Au moment de quitter le restaurant, il prit Eva à part pour lui dire :

— Je vais rentrer avec ces messieurs, mais je peux demander à mon chauffeur de vous reconduire rue Amalie.

— C'est tout près, je vais marcher.

Les autres parurent soulagés de la voir s'esquiver.

— Comme vous voulez. J'aimerais que vous m'accompagniez au cinéma, un jour prochain.

— Je ne sais pas…

— Évidemment, vous demanderez à une parente ou à une amie de nous accompagner. Je ne voudrais pas vous mettre dans une situation compromettante.

« Compromettante pour qui ? Lui ou moi ? » Hitler continua sur le ton du secret :

— Vous avez vu la tête de mes compagnons ? Ne me privez pas d'un véritable moment de détente.

Venez avec votre père, si vous trouvez cela plus prudent.

Imaginer Fritz à ses côtés amusa Eva. Il insisterait pour s'asseoir entre elle et cet homme.

— Herta acceptera. C'est ma meilleure amie.

Déjà, elle devinait combien celle-ci se sentirait impressionnée. Jalouse, peut-être.

— Je vous enverrai un mot à votre travail, ou alors je demanderai à Heinrich de décider avec vous du moment qui vous conviendra le mieux.

Il voulait certainement dire « le moment qui me conviendra le mieux », mais la jeune femme voulut croire à son exquise politesse.

— Maintenant, je dois vous souhaiter une excellente journée.

Elle bafouilla un peu en lui répondant, rougissante. Les notables du Parti nazi s'éloignèrent. Hoffmann vint la rejoindre en disant :

— Nous allons rentrer ensemble.

Après quelques pas, il continua :

— Le chef paraît vous apprécier beaucoup. Il est très sensible à la compagnie des jolies filles.

D'abord, Eva perçut cela comme un compliment. Toutefois, au moment d'entrer dans la boutique, son humeur était devenue morose. Il aimait la compagnie des jolies filles… L'utilisation du pluriel lui paraissait contenir une menace, maintenant.

Un dimanche de février, Eva recruta à nouveau sa bonne amie pour aller au cinéma de la porte Sendlinger.

— Franchement, je me demande ce que je fais ici, grommela Herta.

Elle chercha l'angle d'un mur pour se mettre à l'abri du vent.

— Par ta seule présence, tu me permets de conserver intacte ma réputation, même si je vais passer plus d'une heure dans une salle obscure auprès d'un monsieur assez vieux pour être mon père.

À leur dernier anniversaire, Fritz avait eu cinquante ans, et Hitler quarante. Alors oui, en étant juste un peu précoce, le politicien aurait pu avoir une enfant de tout juste dix-huit ans.

— Je vais me retrouver à côté de quelqu'un dont les idées ne plaisent pas du tout à mon père.

Évoquer les idées de son père lui venait spontanément ; elle semblait leur accorder plus de valeur qu'aux siennes.

— Tout de même, dit sa compagne avec une légère ironie, je pensais t'avoir d'un côté, et lui de l'autre, mais pas toi entre nous deux.

La brune secoua la tête de droite à gauche en levant les yeux au ciel, comme pour dire : « Qu'est-ce que je vais faire de toi ! » Machinalement, elle regarda la montre à son poignet, puis murmura :

— En plus, nous allons rater le début du film.

Au même moment, une grande limousine Mercedes noire s'engageait sur la place de la porte Sendlinger.

— Le voilà.

Hitler descendit, vêtu d'un costume de ville et d'un manteau de qualité. Les retrouvailles commencèrent par un baisemain, puis Eva lui présenta son amie. Herta aussi eut droit à cette marque de politesse surannée.

— Mademoiselle Ostermayer, je suis enchanté de vous rencontrer.

Herta bredouilla une réponse, puis tous les trois entrèrent dans le cinéma. Le politicien semblait être un habitué, à en juger par l'accueil des employés. Quant aux autres spectateurs, les réactions allaient des salutations polies aux regards dédaigneux.

Herta s'engagea la première dans la huitième rangée, suivie d'Eva et de leur compagnon en dernier. Une fois assise à ses côtés dans cette pièce bien chauffée, la blonde sentit l'odeur de savon d'Hitler, et dans son haleine celle du rince-bouche.

— Mademoiselle, en tant que spécialiste du cinéma, vous savez certainement qu'il s'agit du premier film parlant allemand.

À tout le moins, la maison de production l'affirmait dans sa publicité.

— Je lis tous les magazines artistiques disponibles à Munich.

— Décidément, vous êtes une référence sur le sujet.

Les lumières s'éteignirent et bientôt des ombres s'agitèrent sur l'écran. Avant le film, dix bonnes minutes d'actualités leur apprirent l'état du monde. Les nouvelles venues d'Amérique parlaient d'une crise s'agravant tous les jours. Eva regarda l'homme à ses côtés. Hitler paraissait plutôt amusé, un sourire aux lèvres.

Puis commença la projection de *Parce que je t'aime*. Le scénario s'avérait bien mélodramatique : une chanteuse sacrifiait sa carrière pour se marier et avoir une fille. Puis, la soupçonnant de le tromper, son époux la quittait et la privait de voir son enfant. Heureusement, à la toute fin du film, la mère et la gamine se retrouvaient, une scène suffisamment sirupeuse pour tirer une larme à Eva.

En fin d'après-midi, Hitler se pencha en direction de son chauffeur, toujours assis derrière le volant, pour lui dire :

— Je vais prendre le thé avec ces jolies demoiselles, à l'hôtel d'à côté. Je serai de retour dans une heure.

L'homme hocha la tête. Au moment où le politicien revenait vers elle, Eva demanda :

— Il attendra pendant tout ce temps ?

Calé sur une banquette de cuir, il se trouvait mieux assis que sur n'importe quelle chaise de restaurant. Toutefois, il faisait un froid de canard.

— Son bien-être vous préoccupe ?

« Voilà qui me semble la chose la plus naturelle », songea la blonde.

— Ne vous inquiétez pas. Il va sûrement se trouver un endroit bien chaud dès que nous serons entrés au restaurant. Si vous le cherchez, vous le trouverez au bar de l'hôtel. Vous venez ?

L'homme lui offrait son bras, mais elle fit semblant de ne pas le voir. Après tout, ils se connaissaient depuis peu de temps. Herta attendait près de l'entrée du salon de thé, toujours aussi mécontente de faire le pied de grue. Mieux valait la rejoindre avant qu'elle décide de rentrer chez elle.

Bientôt, tous les trois occupèrent une table. Une nouvelle fois, Eva constata la même attitude chez le personnel et les autres clients. Une distance respectueuse, ou alors une hostilité à peine dissimulée.

Hitler commanda du thé et des gâteaux. La conversation porta un moment sur le film, puis il demanda :

— Mademoiselle Ostermayer, travaillez-vous aussi dans un commerce ?

— Non, j'aide maman à la maison.

En réalité, ses journées se passaient dans une oisiveté quasi totale. Deux domestiques se chargeaient de toutes les corvées. Dix minutes plus tard, elle avait donné autant de renseignements sur sa famille qu'il y en aurait dans le prochain recensement. Pendant ce temps, Hitler avait versé du thé dans les trois tasses, puis il offrit des gâteaux.

— Non merci, dit Eva. J'essaie de faire attention…

— Attention ?

Il soulevait les sourcils, sans comprendre.

— … À ma silhouette. Les desserts ne me valent rien de bon. Avec Herta, je fréquente le gymnase de Schwabing toutes les semaines.

Cet aveu lui mettait du rose sur les joues. Le politicien recula un peu sa chaise pour la regarder, puis Herta eut droit au même examen.

— Vraiment, je vous assure, vous êtes parfaites toutes les deux.

À nouveau, il leur présenta l'assiette de gâteaux. La brune se laissa convaincre cette fois, mais Eva demeura résolue dans sa décision de dire non aux calories.

Chapitre 21

Berchtesgaden, le jeudi 6 juillet 1944

Depuis le débarquement de Normandie, l'Obersalzberg grouillait d'officiers. Parmi eux se trouvaient plusieurs nouveaux visages, dont le colonel Claus von Stauffenberg, le chef d'état-major du général Friedrich Fromm, commandant de l'armée de réserve. Après une longue journée de réunion, les femmes purent quitter l'étage et se mêler à tous ces hommes en attendant le repas.

Flanquée d'Herta, Eva Braun s'arrêta devant cette nouvelle figure, remarquable entre toutes. Lors d'une attaque en Afrique du Nord, il avait perdu l'œil gauche, la main droite et deux doigts de la gauche. Les exemples de courage ne manquaient pas au sein des forces allemandes, toutefois celui-là l'impressionna plus que les autres.

— Colonel, dit-elle en tendant la main droite, vous avez toute mon admiration.

Elle se sentit ridicule, à cause de la main manquante, mais l'autre lui sourit en lui offrant celle où il manquait des doigts.

— Je vous vois pour la première fois, n'est-ce pas ?

— Assurément, c'est le cas pour moi. Autrement, je me souviendrais de vous.

Il lui dit son nom, elle lui dit le sien. Puis vint le moment le plus délicat. Comment expliquer ce qu'elle faisait là ?

— Je suis une étroite collaboratrice du Führer.

Le militaire ne demanda pas plus de détails. De toute façon, Hitler arrivait dans la grande salle du rez-de-chaussée et Eva alla le rejoindre. Quand le colonel la vit poser sa main sur l'avant-bras de son amant, il comprit.

Au cours des jours suivants, tous les deux se croisèrent à nouveau, échangeant chaque fois des salutations cordiales. Le 11 juillet en matinée, alors qu'elle fumait une cigarette sur la terrasse, il s'approcha pour demander :

— Voulez-vous m'en allumer une ?

Évidemment, dans son état, même les plus petits gestes exigeaient qu'il demande de l'aide. Il prit une cigarette dans son paquet, puis posa sa main estropiée sur la sienne quand elle l'alluma. Le contact fit un curieux effet à Eva.

— Voilà quelques jours que je suis ici, et je n'ai vu ni Göring, ni Himmler, ni Goebbels. Pourtant ils ont tous une maison dans les environs, n'est-ce pas ?

Il ne s'agissait pas d'une information secrète, les journaux et la radio évoquaient souvent ce second siège du gouvernement.

— Vous les auriez croisés il y a un mois, mais maintenant tous ces gens ont regagné leurs tâches habituelles. Et bientôt, ce sera au tour du Führer.

La tristesse dans la voix d'Eva confirma au colonel la nature de sa relation avec le commandant en chef.

— Dommage…

Devant le regard interrogateur de la blonde, il ajouta :

— Je ne les connais pas vraiment, mais j'ai rencontré l'un ou l'autre à quelques reprises.

Leur absence paraissait vraiment le décevoir.

Berchtesgaden, le vendredi 14 juillet 1944

Comme à son habitude, Adolf Hitler s'était levé tard. Eva attendait dans sa chambre, sa propre porte entrouverte, afin de pouvoir le rejoindre. Quand ils se retrouvèrent, il commença par s'assurer que personne ne se trouvait dans le couloir, puis l'embrassa.

— Allons manger. Dans un instant, Linge viendra faire mes bagages.

Ils s'engagèrent dans l'escalier ensemble. À nouveau, elle constata son pas un peu incertain. Pourtant, à cinquante-cinq ans, il n'était pas si vieux. À table, aucune conversation ne s'engagea entre les convives, et les quelques échanges se firent à voix basse.

Au début de l'après-midi, Eva remarqua une certaine agitation chez les secrétaires et chez les membres du personnel se préparant au départ. Son amant murmura :

— J'aimerais faire le tour des lieux, pour les imprimer dans mon esprit.

« Il ne pense pas revenir ici », songea sa maîtresse. Cette idée lui glaça le sang. Elle se priva de prendre son bras. Pourtant, tout le monde ici connaissait sa relation avec lui. Ils descendirent pour contempler la piste de quilles, puis remontèrent dans la salle à manger. La visite du grand hall les occupa une demi-heure. Pour l'essentiel, ils la passèrent debout devant l'immense fenêtre, pour contempler le paysage alpin. Il n'y avait pas si longtemps, en ces lieux, elle voyait son amant comme le maître du monde.

Engoncé dans son uniforme noir, Linge s'approcha pour dire :

— Nous partirons quand vous serez prêt, mon Führer.

Hitler hocha lentement la tête, puis il se dirigea vers la porte, Eva sur les talons. Dehors, faire le tour de la terrasse lui prit une minute. Le couple s'arrêta en haut de l'escalier. Eva avait envie de crier sa peine, de s'accrocher à lui en disant : « Ne pars pas ! » Cependant, toutes les femmes allemandes saluaient leur mari, leur fiancé ou leur fils avec courage, stoïcisme même, quand ceux-ci retournaient vers les combats. Elle se montrerait digne de toutes celles-là. Elle posa sa main sur l'avant-bras d'Hitler, exerça une légère pression et dit :

— Sois prudent.

— Et toi, profite de cet endroit pour nous deux.

Il regarda le ciel en plissant des yeux.

— Je le ferai, lui répondit-elle.

L'homme hocha la tête, prit ses doigts dans les siens pendant un bref instant, puis s'engagea dans l'escalier. Elle le regarda descendre d'un pas hésitant. Son chauffeur Kempka tint la portière ouverte pour le laisser monter, la referma, puis prit place derrière le volant. Linge était déjà assis, côté passager. Eva demeura immobile jusqu'à ce que la voiture s'éloigne. Le Führer se rendait à la Tanière du loup, sur le front est, pour diriger la guerre.

Herta se tenait à courte distance, prête à venir prendre le bras de son amie. La blonde fit non d'un geste de la tête, puis elle alla s'enfermer dans sa chambre.

Berchtesgaden, le jeudi 20 juillet 1944

Profiter de l'Obersalzberg, de Berchtesgaden, Eva ne faisait que ça depuis 1935, mais surtout depuis le début de la guerre. Herta n'avait pas eu le cœur de retourner auprès de ses enfants depuis le départ d'Hitler. Toutes les deux essayaient de faire « comme avant ». Avant la catastrophe en Russie, avant la chute de Rome, avant le débarquement de Normandie.

Lors des beaux jours d'été, cela signifiait trouver une occasion pour parcourir les huit kilomètres les séparant du lac Koenig. Le personnel se trouvant réduit, elles étaient montées dans le véhicule d'un employé des postes. Quelqu'un viendrait les chercher plus tard. Après s'être baignées dans l'eau froide, les deux femmes profitaient du soleil, seules sur la plage. Plus personne n'avait accès à ce genre de loisir, maintenant. En les voyant, tous les passants devinaient qu'il s'agissait de privilégiées du régime.

Quelques années plus tôt, dans des circonstances analogues, elles parlaient de la prochaine excursion en Italie, ou du retour des armées allemandes victorieuses. Pour Herta, cela signifierait retrouver son mari Erwin. Eva évoquait le jour où elle et Adolf profiteraient d'une retraite méritée à Linz. Partout dans le monde, les femmes de soldats devaient se bercer des mêmes illusions. Mais aujourd'hui, chacune préférait garder le silence et profiter de la douceur du temps.

Soudain un violent crissement de freins les fit se redresser toutes les deux. Un SS apparut bientôt sur la plage. Eva cria :

— C'est le Führer ? Que lui est-il arrivé ?

Pas un instant elle n'avait douté, devant l'empressement et l'air catastrophé du militaire.

— Il va bien, mais vous devez rentrer tout de suite.

— Qu'est-il arrivé ?

— Venez avec moi.

Déjà, il ramassait leurs affaires. C'est en maillot de bain qu'elles montèrent à l'arrière de la voiture. Le soldat roulait tellement vite qu'Eva n'osa même pas le questionner. Celui-ci profita d'une ligne droite pour tourner la tête à demi et dire :

— Il y a eu un attentat. Mais le Führer se porte bien.

Seule la première phrase s'imprima dans son esprit. C'est en larmes, appuyée contre son amie, qu'elle termina le trajet.

Berchtesgaden, le jeudi 20 juillet 1944, en soirée

Martin Bormann avait confirmé le récit du chauffeur. Une bombe avait explosé dans la salle de réunion de l'état-major, à la Tanière du loup. Des officiers avaient été tués, mais la Providence préservait le Führer afin de lui permettre de mener l'Allemagne à la victoire finale.

— Je veux lui parler. Tout de suite !

— Présentement, les communications sont extrêmement difficiles. Nous devons empêcher les conspirateurs de se concerter entre eux.

« Il doit être mort, songea Eva. Ou si grièvement blessé qu'il ne peut parler. »

— Vous ne pouvez pas m'empêcher de communiquer avec lui.

— Soyez raisonnable.

Pendant des heures, l'un et l'autre répétèrent les mêmes mots, la femme de moins en moins maîtresse d'elle-même, l'homme de plus en plus excédé. Puis le miracle se produisit : le téléphone sonna dans le grand hall. Bormann décrocha, puis dit tout de suite :

— Je vous la passe, mon Führer.

Il paraissait un peu vexé qu'Hitler veuille d'abord rassurer sa maîtresse plutôt que de parler au responsable du parti.

— Tu vas bien ?

Elle avait crié. La réponse lui vint d'une voix un peu cassée, mais forte.

— Evchen, je suis content de t'entendre. Tu vois, je le savais, Dieu me préserve pour que je termine mon œuvre.

— Que s'est-il passé ?

— Je vais t'écrire. Au téléphone, on ne sait jamais.

Il y eut une pause, puis elle dit, un ton plus bas :

— Je t'aime tellement. Tu le sais, je te l'ai dit il y a longtemps, je ne vis que pour ton amour. Quand je ne l'aurai plus, je mourrai.

À l'autre bout du fil, il y eut un court silence, puis il murmura :

— Tu sais Effie, je ne suis pas gravement blessé, mais l'explosion m'a bouché les oreilles.

Un peu intimidée, elle regarda Bormann, puis Herta, avant de répéter exactement les mêmes mots. Puis elle ajouta :

— Je vivrai aussi longtemps que tu vivras, puis je mourrai avec toi.

Son amant demeura muet un instant.

— Je t'aime, ma petite.

Cette fois, Eva entendit distinctement les mots. Il devait vraiment être à demi sourd pour dire cela à haute et intelligible voix. Et tous ceux qui l'entendaient, là-bas au quartier général, et aux standards téléphoniques, devaient être bien surpris.

Ainsi donc, c'était ce colonel Stauffenberg, bardé de médailles et à la main manquante, qui avait tenté d'assassiner le Führer… Selon Martin Bormann, des dizaines d'officiers, parmi lesquels des généraux, participaient au complot. Des gens qui, au lieu de se battre pour la victoire, souhaitaient conclure la paix avec les Alliés en leur offrant la tête d'Hitler sur un plateau.

Finalement, la petite préposée à la caisse d'un commerce de photographie donnerait une leçon de loyauté à tous ceux qui la regardaient de haut. Personne ne douterait de son attachement, encore moins de son courage. Après avoir enfin parlé à Hitler, Eva regagna sa chambre, peu désireuse d'échanger avec qui que ce soit. Incapable de dormir, plongée dans ses albums photo, elle entendait revivre en pensée son histoire d'amour.

Chapitre 22

Munich, février 1930

Eva, Herta et Hitler finissaient leur petit goûter au salon de thé après leur séance de cinéma. Comme il l'avait dit à son chauffeur, Hitler se leva de table exactement une heure après s'y être assis. Les deux amies refusèrent son offre de les reconduire en voiture. Un peu plus tard, elles partageaient une banquette de tramway. Eva demanda :

— Que penses-tu de lui ?

Herta demeurait soucieuse de ne pas heurter sa compagne.

— Je pourrais le confondre avec l'un de mes oncles. Un oncle poli, attentionné.

« Mais un oncle tout de même », songea-t-elle. Pas un homme dont on s'entichait à tout juste dix-huit ans.

— Mon embonpoint ne paraît pas lui déplaire

Il avait qualifié sa silhouette de « parfaite ». Sa compagne n'osa pas dire qu'il s'agissait peut-être simplement d'une gentillesse formulée pour faire plaisir, sans plus.

— Si jamais l'occasion se présente, tu accepteras encore de nous accompagner ? Autrement, la situation ferait jaser.

Rien de plus naturel qu'un garçon l'invite au cinéma : dans ce cas elle ne s'encombrait pas d'un chaperon. Toutefois, la différence d'âge avec ce politicien lui mériterait un jugement sévère de la part des autres. À la fin, Herta hocha la tête pour donner son assentiment.

Munich, le lundi 24 février 1930

En arrivant chez le photographe, Eva constata l'état de surexcitation du personnel. Hoffmann se trouvait au centre d'un petit groupe de personnes, des employés, mais aussi des inconnus. Quand elle s'approcha, son patron arrêta de s'adresser aux gens présents et lui dit :

— Eva, tu n'as jamais rencontré mes enfants, je pense. Voici Henriette, Henny pour nous, et Heinrich.

La première devait avoir dix-sept ans, une jolie fille, bien mise, impeccablement coiffée. Elle soumit la nouvelle venue à un véritable examen, puis la salua d'un geste de la tête. Quant au garçon, âgé de quatorze ans, il lui adressa son meilleur sourire, puis lui tendit la main. Cet accueil l'enhardit. Elle demanda au fils de son patron ce qui se passait.

— Tu connais Horst Wessel ?

Devant les sourcils froncés de la blonde, l'adolescent précisa :

— Une chemise brune de Berlin. Les communistes lui ont tiré une balle en plein visage à la mi-janvier.

Cette fois elle hocha la tête. Son père avait évoqué l'événement à table, tout en pestant contre le fait que la menace bolchevique serait bientôt aussi grande que dix ans plus tôt, au moment de la république des conseils.

— Il est mort hier. Maintenant, ce sera la guerre dans les rues.

— La guerre ?

Des images de son enfance lui revenaient, surtout celle de l'officier abattu à la périphérie d'une petite place.

— Nous ne les laisserons pas faire…

Le garçon s'identifiait aux nazis. Rien d'étonnant, son père se présentait comme le photographe officiel du parti. Ce dernier tapa des mains en disant :

— Bon, maintenant au travail.

Heinrich parut un peu déçu de mettre fin à sa conversation. Cette blonde d'à peu près sa taille lui plaisait bien.

À la Maison brune, rue Schelling, Hitler se penchait sur un dossier quand Johanna Wolf vint frapper à la porte de son bureau.

— Chef, le commandant de la SS souhaite vous parler.

— Faites-le entrer.

Hitler se leva pour recevoir le nouveau venu. Un homme plutôt petit, mince, tout de noir vêtu entra dans la pièce. Il salua en claquant les talons, très raide, comme pour se donner un centimètre ou deux de plus, la main tendue à l'horizontale. Quant à Hitler, son salut faisait penser à quelqu'un chassant une mouche. En lui désignant le siège devant son bureau, Hitler dit à son visiteur :

— Mon fidèle Heinrich, avez-vous pu trouver les petits renseignements demandés ?

Éleveur de poulets jusqu'à la faillite de son entreprise l'été précédent, Himmler consacrait maintenant tout son temps à diriger un effectif de gardes du corps vêtus de noir. Avec ses cheveux rasés sur les côtés du crâne, plus longs sur le dessus, ses lunettes à monture de corne et son menton fuyant, il faisait penser à un professeur du secondaire, comme son père l'avait été. Cependant, Hitler reconnaissait en lui un fanatisme qui le lui rendait précieux. Himmler se fit un plaisir de livrer les renseignements demandés par son chef :

— Le père de mademoiselle Braun enseigne au collège technique du quartier Schwabing. Sa mère est la fille d'un vétérinaire de Beilngries. On ne trouve pas une trace de sang juif chez ses ancêtres au cours de deux derniers siècles.

— Vous en êtes absolument certain ?

— Les registres sont disponibles, il suffit de regarder.

Son chef hocha la tête. Quand on faisait des Juifs les pires ennemis de la race nordique, le comble du ridicule aurait été d'en trouver une dans son entourage.

— Pas de squelette dans l'histoire de la famille ?

— Ses parents ont divorcé, puis ils se sont remariés.

— Voilà des gens qui ont du mal à se faire une idée.

La remarque s'accompagna d'un rire moqueur. Himmler lui-même en était à se poser des questions sur sa propre vie conjugale, aussi ce genre d'humour le laissait de marbre. Il continua :

— Toutefois, sa sœur est réceptionniste chez un médecin juif.

Cette fois, Hitler prit une mine dégoûtée.

— Un jour, ces gens n'auront plus le droit d'embaucher des Aryennes, sauf celles de soixante-dix ans.

Ce jour viendrait quand le Parti nazi prendrait le pouvoir. Cependant, rien ne permettait de penser que cet événement surviendrait dans un futur proche.

— Dois-je faire surveiller cette Eva Braun ? demanda le chef SS.

— Non. Elle travaille chez Hoffmann, le photographe. Nous nous trouvons parfois dans les mêmes endroits, j'aime autant savoir qui elle est. Toutefois, conservez ce dossier. Peut-être nous sera-t-il utile un jour.

Des dossiers de ce genre s'amoncelaient. Le chef du Parti national-socialiste entendait garder une liste de ses amis et de ses ennemis bien à jour. Il changea abruptement de sujet :

— Comment vont les choses, depuis la mort de Wessel ?

— Mes hommes ne demandent rien de mieux que de faire la chasse aux communistes.

— Non. Tenez-vous-en à des mesures défensives, assurez la sécurité de nos réunions. Pendant un temps, du moins… Plus le Parti communiste paraîtra menaçant, plus les bourgeois et les militaires seront enclins à nous faire confiance. Il faudra cependant que nos journaux entretiennent l'intérêt pour cette affaire jusqu'à la tenue du procès.

Himmler donna son assentiment d'un geste de la tête. De fauteurs de troubles, les nazis finiraient bien par être perçus comme les seuls pouvant ramener la paix.

Munich, mars 1930

Adolf Hitler était arrivé chez son photographe en milieu d'après-midi. Il avait salué les employés présents, s'attardant un peu au comptoir pour bavarder avec Eva qui avait encore une fois rougi au moment du baisemain. Cet intérêt affiché de la part du chef suscitait maintenant des conversations murmurées chez ses collègues.

Ensuite, le visiteur s'était enfermé avec Hoffmann jusqu'au moment de la fermeture. Les employés partirent tous ensemble. L'un d'eux lança :

— Tu comptes faire des heures supplémentaires ? Pas de doute, tu finiras par obtenir une promotion.

Les mots, et plus encore le ricanement, la mirent en colère. Elle eut envie de se justifier, de dire : « Il arrive qu'il ait besoin de moi pour aller chercher à manger. » Mais mieux valait se taire, jouer l'incompréhension. Ostensiblement, elle ouvrit la caisse pour en compter le contenu.

Plus tard, quand les deux hommes sortirent du bureau, Hoffmann s'étonna de sa présence.

— J'ai pensé que…

Le photographe regarda son chef, comme pour le consulter, puis esquissa un sourire avant de dire :

— Nous allions manger chez moi. Voulez-vous nous accompagner ?

— Mes parents…

Pourtant, elle s'était déjà mise en retard.

— Vous leur direz avoir fait des heures supplémentaires ; mais je vous préviens, je ne vous les paierai pas !

L'homme poussa la galanterie jusqu'à décrocher le manteau de son employée pour l'aider à l'endosser. Comme la dernière fois, Hitler la fit monter à l'arrière, le patron s'assit devant.

Le trajet vers le quartier Bogenhausen, au-delà de la rivière Isar, ne prit que quelques minutes. Eva se sentit intimidée en entrant dans la jolie villa, une demeure bien au-delà des moyens de ses parents, et même des Ostermayer. Quel époux pourrait lui donner un train de vie pareil ? De toute façon, les prétendants ne se bousculaient pas à la porte de l'appartement familial. Elle chassa cette pensée de sa tête.

Les enfants de la maison vinrent dans l'entrée. Henny accueillit le visiteur en disant :

— Oncle Adolf, vous venez souper avec nous ?

Tout en parlant, elle lui avait fait la bise.

— Je ne peux pas me priver longtemps de mon rayon de soleil.

La fille de la maison le remercia d'un sourire. Ensuite, elle salua Eva. Heinrich junior la regardait en gardant ses distances, visiblement heureux de la revoir. Cependant, il se révéla trop timide pour lui tendre la main. Hitler enleva sa veste pour l'accrocher dans la penderie, révélant les bretelles destinées à retenir son pantalon. Ensuite il enleva ses boutons de manchettes pour rouler ses manches jusqu'aux coudes. Dans cette maison, son sourire ne le quittait pas. Il y retrouvait ce qui pour lui ressemblait le plus à une vie de famille.

Une domestique servit le repas, des pâtes. Les conversations entendues dans la boutique du photographe avaient appris à Eva que jamais Hitler ne consommait de viande, et très rarement de l'alcool. Parfois un peu de vin, ou de bière, pour se mouiller les lèvres. Après le dîner, Hoffmann dit à ses enfants :

— Nous avons encore à parler affaires. Allez nous attendre dans le salon avec notre invitée, nous vous rejoindrons.

Dans la pièce voisine, le jeune Heinrich vint s'asseoir près d'Eva sur le canapé et Henriette choisit un fauteuil placé juste en face.

— Il vient souvent ici ? murmura la visiteuse.

Après un silence, le garçon expliqua :

— Moins souvent depuis que maman n'est plus là.

La photographie d'une jolie femme se trouvait sur le linteau de la cheminée, dans un cadre élégant. Celle de Therese, l'épouse décédée du photographe.

— À cette époque, dit le garçon, elle jouait du piano et chantait. J'ai même vu monsieur Hitler déclamer des poèmes de Ludwig Thoma.

Heinrich junior disait cela avec un sourire en coin. Il ajouta encore plus bas :

— J'imagine la tête des chemises brunes, si elles l'avaient vu.

Oui, la scène aurait eu quelque chose d'amusant.

— Maman l'aimait beaucoup, ajouta la grande fille. Un peu comme si elle l'avait adopté. Pourtant il avait à peu près le même âge qu'elle.

L'allusion à la disparue avait rendu ces jeunes gens tristes. Henny entendit changer le cours de la conversation.

— Tu travailles pour papa depuis peu de temps, n'est-ce pas ?

— L'automne dernier.

— En tout cas, tu lui as fait de l'effet.

Les yeux d'Eva se portèrent en direction du couloir. Son patron se trouvait dans la salle à manger, et parfois des bribes de conversation leur parvenaient. Son interlocutrice eut un rire bref, puis précisa :

— Je voulais dire : sur oncle Adolf. Penses-tu que l'idée de t'inviter vient de papa ?

La répartie avait quelque chose de blessant, comme si cette éventualité était ridicule.

— Il doit s'être lassé de s'accrocher à la jupe de Geli.

Cette fois, Eva était tout à fait perdue. D'abord, imaginer qu'Hoffmann lui faisait une petite place dans l'arrière-boutique, à l'Osteria ou dans sa demeure pour plaire à son plus important client lui faisait tourner la tête. Hitler s'intéressait-il vraiment à elle ? Cependant, l'allusion à une autre femme la prenait au dépourvu.

— Geli ?

— Comme dans Angela. Angela Raubal, la fille de sa demi-sœur.

La blonde se sentit soulagée : il s'agissait d'une parente.

— Depuis des années, il fait ses quatre volontés. C'est pire depuis qu'elle habite chez lui. Elle le traîne dans les magasins, et lui, il porte les paquets.

— Elle habite chez lui depuis qu'elle est inscrite à l'université Louis-et-Maximilien, précisa Heinrich. Sa mère, une veuve, tient la maison d'Hitler à Berchtesgaden.

Tout devenait clair : il jouait le rôle d'un père attentif auprès d'une orpheline. Le politicien, l'agitateur dissimulait un côté attendrissant de sa personnalité.

— Moi aussi j'entrerai bientôt à l'université, dit Henny.

Eva le ressentit comme une mise à distance. Cette nièce inconnue, puis « le rayon de soleil » étaient des universitaires. Comme son cours de secrétariat amputé d'un an lui paraissait pitoyable, en comparaison ! Juste à ce moment, les deux hommes vinrent les rejoindre. La cueillette d'information se poursuivrait une autre fois.

Au moment de quitter le domicile des Hoffmann, Eva se montra très déterminée :

— Ce ne serait pas convenable.

— Mademoiselle, le plus inconvenant serait de vous laisser rentrer seule à cette heure du soir.

Le photographe et ses invités se tenaient dans l'entrée. Déjà, les enfants étaient montés à l'étage.

— Pas avec vous et un autre homme.

— Alors je vais vous donner de l'argent pour prendre un taxi.

Déjà, Hitler cherchait son portefeuille dans la poche intérieure de sa veste.

— Je ne peux pas accepter d'argent.

— Vous ne pouvez pas rentrer à pied non plus, ni en tramway. Heinrich, appelez pour avoir une voiture.

Bien sûr, Eva craignait de parcourir toute cette distance une fois la nuit tombée. Mais partager la voiture d'un homme connu pour inciter à la violence et son chauffeur ne lui disait rien de bon. Quelques marks changèrent de main et Hoffmann se chargea d'appeler une voiture. Cette question réglée, Hitler continua :

— Vous avez bien vu, ce soir : chaque fois que je me retrouve avec un de ces hommes, la politique revient sur le tapis. Il n'y a qu'avec vous que je peux me reposer un peu.

« Et avec votre nièce ? » songea-t-elle.

— Voudriez-vous m'accompagner à l'opéra ?

La proposition la troublait d'autant plus qu'à leur première rencontre, il lui avait dit qu'il s'agissait de la seule musique valable. Après avoir entendu les projets d'études universitaires d'Henny et ceux de cette Geli, se montrer à la hauteur lui importait. Comme son hésitation se prolongeait, il ajouta :

— Évidemment, l'invitation inclut aussi votre amie Herta.

Eva entendit les pas de son patron qui revenait, alors elle donna son assentiment d'un geste de la tête. L'instant d'après, le politicien baisait sa main, puis il quittait la maison.

Demeurée seule dans le petit hall avec Hoffmann, Eva se sentit terriblement mal à l'aise.

— Je vais attendre dehors.

— Pour prendre froid ? Pas question.

Même si son invité n'appréciait guère l'alcool, Hoffmann ne s'était pas senti obligé de pratiquer l'abstinence. Aussi sa voix semblait-elle légèrement pâteuse. Pour mettre fin à un silence un peu gênant, Eva se résolut à faire la conversation.

— Henny m'a dit que monsieur Hitler s'occupait de l'une de ses nièces. C'est très généreux de sa part.

— Oui, il s'inquiète beaucoup de son bien-être.

Le ton avait quelque chose de grinçant.

— Il a une grosse famille ?

— Je connais sa nièce et sa demi-sœur, et je sais que cette dernière a eu un autre enfant. Pour le reste, je ne sais pas.

Pourtant, ces deux hommes paraissaient plutôt intimes.

— Vous savez, mademoiselle Braun, le chef est très discret sur sa vie privée, et il s'attend à ce que les autres fassent de même. Je dirai un mot à Henny à ce sujet.

Tout de suite la visiteuse regretta d'avoir abordé la question. Heureusement, le son bref d'un klaxon leur parvint.

— Voilà le taxi. Je vous remercie, monsieur Hoffmann. Bonne nuit, et à demain.

L'homme lui retourna son souhait. Dehors, Eva monta dans la voiture, donna l'adresse de ses parents. Le chauffeur tenta un moment d'entamer la conversation, sans succès. Déjà, elle se souciait de la façon dont on l'accueillerait à la maison.

Comme elle le redoutait, son père et sa mère étaient dans le salon à l'attendre.

— D'où viens-tu ? demanda le premier.

Jamais ces deux-là ne passaient la soirée en tête-à-tête. Qu'ils le fassent témoignait d'une inquiétude commune.

— Du travail. J'ai dû faire des heures supplémentaires.

Fritz consulta sa femme du regard, puis poursuivit :

— Aucune boutique de photographe ne reste ouverte aussi tard.

— Pas pour recevoir les clients, mais on ne trouve jamais le temps de faire l'inventaire, de classer des épreuves...

Eva fit une très courte pause, puis changea de tactique.

— J'aurais aimé vous appeler, mais comme vous n'avez pas le téléphone, impossible.

Depuis que ses parents connaissaient une certaine prospérité, elle avait réclamé en vain cet appareil.

— Nous n'avons pas les moyens, dit le père. Mais tu aurais pu contacter des voisins, et leur demander de faire passer le message.

Elle en convint d'un geste de la tête.

— Tu es revenue comme ça, à pied, au milieu de la nuit ? s'indigna Fanny.

— Non, bien sûr que non. Monsieur Hoffmann a payé la course en taxi.

— Encore heureux, maugréa son père.

— Ah, oui ! Il a aussi parlé de me donner des billets pour l'opéra, mais vous savez, les promesses des patrons...

— Il doit les avoir obtenus gratuitement, maugréa Fritz, et il te les donne au lieu de payer tes heures.

La petite enquête de moralité se transformait en une version simplifiée de la lutte des classes. Bientôt, la jeune femme put enfin regagner sa chambre.

Toutefois, le lendemain matin, sa mère reprit le sujet alors que son père se trouvait encore dans la salle de bains :

— Souvent, quand les patrons demandent à une secrétaire de faire des heures supplémentaires, c'est pour… profiter de la situation.

— Je sais, même les religieuses du couvent de Simbach nous entretenaient du sujet. Monsieur Hoffmann n'est pas comme ça.

Pourtant, au commerce, les rumeurs évoquaient une vie de débauche.

— Tous les hommes le sont.

— Ah, et puis je n'étais pas seule avec lui. Il y avait deux collègues. Un garçon et une fille.

La porte de la salle de bains s'ouvrit à ce moment. La conversation mère-fille sur les risques de subir des avances non désirées prenait fin.

Après l'invitation à l'opéra, il y en avait eu d'autres au cinéma. Lentement, Eva parvenait à afficher un certain naturel en compagnie de l'homme à l'étrange moustache. Son comportement rappelait vraiment celui d'un oncle affable. L'intérêt affiché par le politicien ne lui valait pas que des amis parmi ses collègues du commerce Hoffmann. Certains garçons lui proposaient une sortie, et devant son refus disaient : « Ah, oui, c'est vrai ! Tu les aimes vieux… » Les jeunes femmes tenaient leurs distances.

D'un autre côté, ce statut lui valait quelques avantages. Son employeur avait décidé de lui montrer le travail de laboratoire. Voir les images apparaître sur le papier flottant dans la solution acide lui semblait un miracle sans cesse renouvelé. Elle s'imaginait un jour derrière l'appareil, à prendre des photographies lors de défilés de mode, ou alors pour les catalogues des grands magasins. Ou mieux encore, à défiler elle-même avec les plus jolies robes.

Puis elle se reprochait d'entretenir encore des rêves de petite fille. Comme devenir mannequin, ou comédienne, ou championne de patin aux prochaines olympiades d'hiver, en 1932. Elles se dérouleraient aux États-Unis, à Lake Placid. Mais tant qu'à rêver… Une fois rendue là-bas, pourquoi ne pas pousser jusqu'à Hollywood, là d'où venait un film sur deux parmi ceux présentés à Munich ?

En réalité, son existence se limitait à occuper un emploi mal payé, à vivre chez des parents sévères, et à se prendre pour une princesse en attente de son prince charmant.

Grimpée sur sa bicyclette, ce dimanche-là, elle roulait dans la rue Straube derrière Herta.

— Fais un petit effort, sinon je vais te dépasser.

La brune regarda par-dessus son épaule et lança en riant :

— Toi et ton entraînement ! Il t'a répété que ta silhouette était parfaite.

L'argument revenait chaque fois qu'elle voulait la pousser à un effort supplémentaire. Eva se dressa sur les pédales et effectua un petit sprint pour arriver la première à la piscine publique. Puis, son sac sur l'épaule, un sourire moqueur sur le visage, elle attendit son amie.

La piscine Ungerer, dans Schwabing, était une de leurs favorites. L'hiver, certains soirs, il était possible de patiner au son d'une valse. L'été, la baignade attirait la plupart des usagers. D'autres pratiquaient divers sports dans un stade un peu délabré. Dans le vestiaire, elles se débarrassèrent de leurs vêtements. Avant d'enfiler son maillot, Eva pinça un bourrelet sur son ventre.

— Arrête ! Tu vas encore te lamenter pendant deux heures.

En soupirant quand même un peu, la blonde mit son maillot.

Quand les deux jeunes femmes arrivèrent près de la piscine, Eva entendit :

— Nous sommes là !

Heinrich Hoffmann junior leur faisait de grands signes. Au gré de leurs visites au studio, une certaine connivence s'était établie entre eux. Henny demeurait bien un peu hautaine, mais l'adolescent ne dissimulait pas son admiration. S'il avait eu une dizaine d'années de plus, elle l'aurait encouragé dans cette cour. Après tout, il deviendrait un bel homme, et son héritage serait significatif.

— Nous sommes sous le soleil depuis une demi-heure, dit-il. Vous venez vous rafraîchir ?

Des dizaines de baigneurs s'ébattaient déjà dans la piscine. Eva dépassa les autres en courant, plongea tête première, sans faire d'éclaboussures. Puis elle nagea entre deux eaux jusqu'au côté opposé. En se retournant vers ses amis, elle apprécia à nouveau la plastique d'Henny. Avec ses cheveux auburn toujours parfaitement coiffés, sa silhouette élégante, elle attirait les regards.

Une pointe de jalousie lui enleva l'envie d'entendre encore : « Cet automne, je commencerai à étudier l'histoire de l'art à Louis-Maximilien. » Cette façon de parler de l'établissement en utilisant seulement les prénoms faisait penser à l'évocation d'un bon ami. Eva sortit de l'eau et se dirigea vers les plongeoirs. Une fois sur le tremplin de dix mètres, tous les regards sur elle, elle s'élança. Son saut de l'ange fut parfait, son entrée à l'eau ne fit presque pas d'éclaboussures.

Elle ne ferait ni les Jeux olympiques d'hiver, ni ceux d'été en 1932, mais au milieu de ces sportifs du dimanche, la blonde se gagna un certain nombre d'admirateurs.

Chapitre 23

Munich, fin août 1930

Fin août, Eva Braun et Henriette « Henny » Hoffmann marchaient rue Kaulbach, à proximité de la faculté de droit de l'université de Munich. La seconde ne cachait pas sa satisfaction.

— Tu te rends compte ? Dans ma nouvelle pension, je suis à côté de l'université ! Regarde : c'est ici !

Elle portait une jupe de toile grise, une veste de la même couleur et un pull rouge. Le sourire d'un prisonnier libéré après des années de détention devait ressembler au sien. De nombreux jeunes hommes se retournaient sur son passage.

— Et tu les vois ? Si je ne m'en déniche pas un d'ici Noël, j'entre chez les sœurs.

À en juger par le regard admiratif des garçons, cela ne risquait pas d'arriver. Elle dit à Eva :

— Monte avec moi, nous allons prendre le thé.

Madame Weber avait sans doute connu des temps plus faciles, car elle occupait un grand appartement au second étage. Devenue veuve, elle tentait de maintenir son train de vie en louant des chambres à des étudiantes. Henny se présenta à la porte de la cuisine pour la trouver affairée à préparer le souper, aidée d'une bonne.

— Que voulez-vous ? demanda-t-elle sèchement.

Elle détestait être surprise dans l'accomplissement de ces tâches. Dans deux heures, elle occuperait le bout de la table, un rang de perles autour du cou, et tenterait de se donner des allures de grande dame.

— Je suis avec une amie. Nous aimerions prendre le thé.

L'autre fronça les sourcils.

— Je peux me charger de le préparer, vous savez, précisa Henny.

— Non, non. Allez dans le petit boudoir, je vous l'apporterai dans quelques minutes.

Dans le boudoir, Henriette affichait un petit sourire crispé.

— J'aime bien ce quartier et la proximité du campus, mais ma logeuse m'agace, dit-elle entre ses dents.

— C'est une belle demeure.

La visiteuse examinait les boiseries, les cadres anciens. Le mobilier avait vu des jours meilleurs, le tissu avait pâli en certains endroits, sans doute à cause des rayons du soleil. Toutefois, on devinait l'opulence passée, et cette élégance surannée valait bien mieux que le 93 de la rue Hohenzollern aux yeux d'Eva.

— Moins beau que chez papa, opposa l'étudiante. Mais au moins, ici je n'ai pas à endurer toutes les visiteuses qu'il reçoit.

Hoffmann trouvait plus simple de louer cette chambre à sa fille, et de mettre son fils dans un pensionnat, afin de vivre en veuf joyeux. La logeuse arriva enfin avec un plateau garni d'une théière, de tasses et de gâteaux dans une soucoupe.

— Merci, dit Henriette, je vais nous servir.

Jamais l'idée de verser la boisson chaude ne serait venue à madame Weber. Pourtant, elle ne regagna pas sa cuisine tout de suite.

— Êtes-vous aussi une étudiante de l'université ? demanda-t-elle plutôt à Eva.

Tout dans le ton disait qu'elle n'en croyait rien. Peut-être à cause de la modestie de ses vêtements, ou de son malaise visible dans cet environnement.

— Non, je…

L'hésitation à admettre son statut de vendeuse amena Henriette à intervenir :

— Eva est l'assistante de mon père. Vous savez, l'important photographe qui paie ma chambre ici.

La blonde rougit un peu, tout en se disant qu'au fond, l'idée de la présenter ainsi n'était pas mauvaise. Le travail en laboratoire, mais surtout éventuellement la prise des photos, la rendait un peu plus présentable en société. La logeuse n'insista pas. Après son départ, Henny revint au sujet antérieur.

— À dix-sept ans, il était bien temps que je quitte la maison.

Étant un an plus âgée, Eva se répéta combien elle aimerait faire la même chose. La tension dans l'appartement de la rue Hohenzollern demeurait grande ; les remariages de raison ne valaient rien pour créer un climat serein.

— Je me demande quand je pourrai me le permettre.

Comme pour la très grande majorité des jeunes filles : au moment de son mariage.

Munich, fin août 1930

Depuis quelques semaines, non seulement Adolf Hitler ne donnait pas signe de vie, mais Heinrich Hoffmann brillait par son absence un jour sur deux. Le pays se trouvait en pleine campagne électorale anticipée afin de renouveler l'assemblée législative. Dans un contexte économique de plus en plus difficile, la lutte promettait d'être serrée.

Aussi l'invitation, livrée par un membre de la SA affecté à la Maison brune, prit Eva tout à fait par surprise.

Mademoiselle Braun,

Me feriez-vous le plaisir de m'accompagner à la prochaine représentation de l'opéra Les Maîtres chanteurs de Nuremberg *au théâtre du Prince-Régent…*

Suivait l'offre de transmettre cette invitation à mademoiselle Ostermayer. L'idée de recruter Herta encore une fois en guise de chaperon lui tira un sourire désabusé. Le souci de respectabilité du politicien signifiait aussi qu'il la maintenait à distance. Devant témoin, la relation ne risquait guère de quitter le domaine des baisemains.

Le soir de la représentation, les deux jeunes femmes se tenaient devant l'entrée du théâtre, un majestueux édifice de pierre grise. Cette fois, Hitler arriva à pied. Surprise, Eva demanda :

— Vous avez donné congé à votre chauffeur ?

— J'habite à moins de deux cents mètres.

De la main, il montra la direction de la place du Prince-Régent.

— Je me serais senti coupable de le priver de sa soirée, dans les circonstances.

— Mais... n'est-ce pas dangereux pour vous ?

Au moins, il ne se présentait pas à l'opéra avec sa cravache en cuir de rhinocéros, ni en chemise brune.

— Les communistes ne sont pas si nombreux dans Bogenhausen.

Visiblement, le politicien ne voyait pas d'autres adversaires dangereux dans les dizaines de partis politiques qui participaient au suffrage. Pourtant, plusieurs passants jetaient sur lui des regards pas du tout amicaux, sinon carrément hostiles. Cette attention réduisit peut-être sa confiance d'un cran, car il proposa :

— Pouvons-nous entrer ?

Ce fut avec une jeune femme pendue à chacun de ses bras qu'il pénétra dans le théâtre. La grande salle était presque circulaire, avec un plafond lourdement décoré. Les loges se superposaient sur plusieurs étages. Le politicien avait des billets dans la sixième rangée, au parterre.

Herta s'engagea la première, Eva la seconde. Juste derrière elle, Hitler posa sa main sur sa taille. Un contact léger, peu menaçant. Le premier ailleurs que sur les mains. Son trouble fut tel qu'elle ne prêta pas attention au fait qu'au moins le tiers des sièges demeuraient vides au lever du rideau. Il s'agissait d'un indice de la détérioration de la conjoncture économique.

Dans l'œuvre de Richard Wagner, l'opéra *Les Maîtres chanteurs de Nuremberg* présentait une heureuse diversion. Pas de récit situé dans des temps très anciens, pas de mythes tirés de vieilles sagas, seulement une gentille histoire mettant en scène des artisans férus de musique. Toutefois, les quatre heures et demie du spectacle éprouvaient l'endurance des spectateurs.

Hitler demeura concentré tout au long de la présentation, les yeux dans le vague, comme s'il était ailleurs. À côté de lui, Eva s'efforçait de garder un visage impassible, feignant le plus grand intérêt, même si après quarante minutes elle regrettait de ne pas se retrouver devant un film d'Hollywood. Placée hors de la vue du politicien, Herta bâilla derrière sa main à quelques reprises pendant le troisième acte.

Toutefois, en marchant vers la sortie, la blonde et la brune trouvèrent les mots convenus pour dire toute leur admiration pour Wagner. Sur le trottoir, Hitler demanda :

— Voulez-vous me faire le plaisir de prendre une tasse de thé avec moi ?

Eva songea que le lendemain, elle devrait être présente au studio d'Hoffmann dès huit heures. Toutefois, après avoir consulté son amie du regard, elle accepta. Dans un hôtel voisin, le café demeurait ouvert. Ils s'installèrent à une table.

— Dans les journaux, j'ai vu toutes les villes où vous prononcez des discours, dit Eva. Vous ne prenez jamais de congé ?

Puis elle sentit le côté ridicule de sa remarque :

— Sauf ce soir, évidemment.

— C'est une véritable guerre de tranchées, répondit Hitler avec fougue. Parfois, les chefs d'une demi-douzaine de partis font un discours dans la même ville en même temps.

— J'aimerais assister à l'un de vos discours.

— Je serai au cirque Krone dans quelques jours.

Eva baissa les yeux pour murmurer :

— Je veux dire dans d'autres villes… Voir comment se déroule la campagne…

Puis, après une pause, comme revenant à elle :

— C'est ridicule, je travaille tous les jours.

Le sujet les occupa encore pendant quelques minutes, puis Hitler sembla s'apercevoir que ses compagnes faisaient un effort pour ne pas lui bâiller au visage.

— Je m'excuse, dit-il en faisant signe à un serveur de lui apporter l'addition, je n'arrive jamais à regagner mon lit avant le milieu de la nuit.

L'homme se contenta de signer la note, le parti verrait à la régler. Dans le lobby, il demanda à un employé d'appeler un taxi. Dehors, en attendant la voiture, il déclara :

— Je m'excuse, mademoiselle Ostermayer, mais puis-je parler un moment en privé à mademoiselle Braun ?

Il attira Eva un peu à l'écart et fouilla dans la poche intérieure de sa veste pour prendre une enveloppe.

— C'est pour vous. Attendez avant de l'ouvrir. En ce qui concerne votre participation à la campagne, j'en parlerai à Hoffmann.

Ce petit moment d'intimité ne permettrait pas à ces deux-là de mieux se connaître. Tout de suite, le politicien la ramena vers Herta. Peu après, le taxi se garait près du trottoir. Après les baisemains et les au revoir un peu empruntés, les jeunes femmes montèrent dans la voiture.

Eva avait convenu de coucher chez son amie. Cela lui éviterait d'avoir à justifier son retour tardif et à rendre des comptes sur un temps supplémentaire bien improbable. Ce ne fut que dans la chambre d'amis des Ostermayer qu'elle ouvrit l'enveloppe. Elle y trouva des billets, une cinquantaine de marks, beaucoup plus que son salaire d'une semaine. Puis un mot :

Eva,

L'usage du prénom, plutôt que le « mademoiselle » habituel, la surprit.

Un petit quelque chose pour vous remercier de me tenir ainsi compagnie. Je devine que nos sorties entraînent des dépenses supplémentaires pour vous. En vêtements, par exemple…

Rageusement, elle déchira le petit carton. Voilà qu'il lui signifiait que sa tenue n'était pas à la hauteur des activités qu'il lui proposait. Évidemment, dans un endroit comme le théâtre de la rue du Prince-Régent, ou même dans le café de l'hôtel, personne ne doutait de son identité : une fille de magasin résolue à coudre elle-même ses vêtements afin d'être un peu plus élégante.

Dès le lendemain, à sa grande surprise, Eva vit Heinrich Hoffmann entrer dans la boutique et se diriger vers le comptoir pour lui dire, souriant :

— Alors, ma petite, tu te passionnes pour la politique, maintenant ?

Il lui fallut un moment avant de comprendre que cette question faisait suite à l'expression de son intérêt pour la campagne électorale.

— Je suis curieuse de voir comment ça se passe. D'après les journaux et la radio, ça semble passionnant.

— Hum ! Autant qu'un film américain, sans doute.

Eva discutait suffisamment souvent des programmes à l'affiche avec ses collègues pour que sa passion soit connue de tous. Son employeur continua :

— Alors si tu en as envie, tu monteras avec nous la semaine prochaine. Nous irons à Cobourg.

Comme elle paraissait hésiter, il dit encore :

— Tu diras à tes parents que tu seras mon assistante personnelle.

Elle se souvint que, quelques jours plus tôt, Henny l'avait présentée ainsi à sa logeuse. Évidemment, cela rendait sa présence plus légitime.

— D'ailleurs, ce ne sera pas tout à fait faux. Je mettrai dans la voiture une boîte de photographies du chef, et une autre de cartes postales. Tu pourras les vendre aux personnes présentes.

Donc, elle serait là en tant que vendeuse. Ce genre de promotion ne lui monterait certainement pas à la tête. La suite la rasséréna un peu :

— Tu prendras un Rolleiflex aussi. Nous verrons à quoi tes photos ressemblent à notre retour.

Cette fois, elle bafouilla un « merci » sincère, tout en rougissant. Il lui proposait d'utiliser l'un des appareils du studio, un outil professionnel. Avec cela, ses clichés présenteraient une qualité bien supérieure à ceux produits avec son petit Kodak.

Hoffmann se dirigea vers son bureau, puis rebroussa chemin pour venir lui préciser :

— Il faudra coucher là-bas. Toi et moi nous reviendrons le lendemain, le boss continuera vers le nord. Tu pourras ?

Elle acquiesça d'un mouvement de la tête, cette fois terriblement troublée. Partir avec ces hommes – elle devinait qu'aucune autre femme ne serait là –, et découcher en plus, voilà qui menacerait irrémédiablement sa réputation de jeune fille sage.

— Tu veux partir avec ces gens-là ? Voyons, ça ne se fait pas !

Fanny allait à l'essentiel : aucun motif ne pouvait justifier de mettre ainsi sa réputation en danger.

— C'est pour le travail ! Je vais lui servir d'assistante. Un peu comme une secrétaire particulière. Pour moi, c'est une occasion d'améliorer mon sort.

Les yeux d'Eva avaient quelque chose de suppliant. Elle avait profité de l'une des sorties de Fritz pour aborder le sujet avec sa mère, nettement moins sévère.

— Les patrons qui emmènent leur secrétaire en voyage, ça ne me dit rien de bon.

— Monsieur Hoffmann n'est pas comme ça. En plus, je suis l'amie de sa fille.

Dire « une connaissance » aurait été plus exact. Henny se donnait volontiers des allures d'héritière, sa relation avec une employée gardait un brin de condescendance.

— Et en plus tu veux découcher !

— Dans un petit hôtel de Cobourg. Évidemment, j'aurai ma propre chambre.

Cela, elle devrait s'en assurer au préalable ! Elle avait tenu la chose pour acquise, mais son patron n'avait pas dit un mot sur les arrangements pratiques.

— Je vais emporter un appareil photo professionnel avec moi. C'est l'occasion parfaite de montrer ce que je peux faire.

Fanny fut sensible à cet argument. Couturière, passionnée de spectacles légers, elle se prêtait volontiers des inclinations artistiques. Que sa fille suive ses traces la comblait d'aise.

— Bon, j'en parlerai à ton père. Mais tu sais comment il est…

À dix-huit ans, Eva demeurait soumise à l'autorité paternelle. Particulièrement indulgent pour ses propres fautes, l'homme sentait le besoin de se préoccuper de la réputation de ses filles. Pouvait-il l'enfermer dans sa chambre ?

— Si tu le lui demandes, il dira oui.

Fanny haussa les sourcils pour exprimer un certain scepticisme.

Le samedi 6 septembre 1930, Eva quitta la maison à l'heure habituelle avec sa petite valise dans une main, et dans l'autre le Rolleiflex contenu dans un boîtier de cuir brun. L'appareil avait rassuré Fanny – elle pensait qu'un patron seulement désireux d'avoir une aventure avec une jeune employée ne lui mettrait pas un appareil photo de ce prix entre les mains. De son côté, au petit-déjeuner, son père lui avait jeté un regard soupçonneux, mais sans opposer son veto à ce projet. Ou l'histoire lui paraissait plausible, ou le maintien d'une paix fragile avec sa femme le rendait conciliant.

Quand elle arriva rue Amalie après une marche rapide, ce fut pour voir une longue Mercedes décapotable stationnée devant le commerce. Deux SA occupaient la banquette avant. L'un d'eux devina qu'il s'agissait de leur passagère, et il alla ouvrir le coffre pour y mettre sa valise. Les bagages de son patron, nombreux, prenaient déjà presque toute la place. Quand il voulut mettre le Rolleiflex au même endroit, Eva protesta :

— Non, c'est trop fragile.

Le garder dans son giron lui paraissait plus prudent.

— Si vous le dites.

L'homme devait avoir vingt-trois ou vingt-quatre ans, un visage affable. Son sourire facile allégea un peu ses préjugés à l'égard des chemises brunes. Ces hommes n'étaient peut-être pas tous des brutes déterminées à battre le premier communiste ou social-démocrate venu.

Il lui ouvrit la portière pour lui permettre de s'asseoir derrière. Bientôt, Hoffmann sortit du magasin en arborant un large sourire. Son veston grand ouvert et son chapeau porté à l'arrière du crâne lui donnaient l'allure d'un vacancier.

— Te voilà arrivée ! Je me demandais si tu allais nous faire faux bond.

À travers les grandes vitrines, elle vit quelques-uns de ses collègues. Aucun n'arborait un visage sympathique. Que l'une des nouvelles venues dans l'entreprise se trouve si vite dans les bonnes grâces du patron, et du chef nazi, ne lui valait pas que des amis.

— Ils ont compris que c'était pour le travail.

— Oui, évidemment, le travail.

Hoffmann s'était glissé près d'elle, sur la banquette. Tout de suite, le chauffeur démarra. Quelques minutes plus tard, il s'arrêtait devant un immeuble élégant de la place du Prince-Régent. Deux Mercedes identiques à la leur se trouvaient déjà là. Une quinzaine de minutes plus tard, Hitler sortait de l'immeuble, vêtu d'un trench-coat. Sur la tête, un casque d'aviateur en cuir lui donnait un air tout à fait ridicule. Cela ne l'empêcha pas de se pencher sur la portière pour lui faire son sempiternel baisemain.

— Alors, mademoiselle Braun, heureuse de participer à notre petite expédition ?

L'enveloppe, et sa signification, lui pesaient toujours sur le cœur. Pourtant elle lui offrit un beau sourire et répondit :

— Oui, beaucoup. Je vous remercie.

— Alors mettons-nous en route.

Bientôt, le convoi de trois Mercedes se dirigea vers le nord. Cobourg se trouvait à quatre bonnes heures de route. C'était assez long pour qu'Hoffmann lui expose des pans entiers de son existence : l'apprentissage de la photographie dans l'atelier de son père, son séjour à Londres avant la Grande Guerre, puis son rôle comme photographe de la dynastie des Wittelsbach.

La jeune femme répondait par des « hum hum », et ce pauvre encouragement suffisait pour inciter l'homme à continuer. Soudain il demanda :

— Te souviens-tu des événements survenus à Cobourg ?

— En 1922, j'avais dix ans.

Hoffmann poussa un soupir devant le temps qui passe. Puis il expliqua :

— À cette époque, la ville était sous le contrôle des communistes. Pourtant, le boss a été invité à participer à un jour de célébrations pour l'Allemagne. Il a gratté tous les fonds de tiroir du parti pour trouver de quoi réserver un train spécial, puis il est monté là-bas avec huit cents chemises brunes, des drapeaux à croix gammée, des tambours, pour effectuer une jolie parade.

Eva se souvenait d'avoir vu des défilés de ce genre. Il s'agissait pour les nazis de montrer leur force, de prouver à tous leur parfait contrôle des rues de Munich. Jusque-là, ce genre de manifestation l'avait effrayée, comme si une violence aveugle allait se déclencher d'une minute à l'autre.

— Ce devait être un piège, car une fois là-bas, la police a voulu interdire tout défilé. Mais nous en avons tenu un quand même.

Eva pensa que le « nous » excluait la personne qui parle ; Hoffmann devait être vêtu de vêtements de ville, pour mitrailler la foule avec son objectif.

— Si tu avais vu la pagaille ! Les communistes et les membres des syndicats se tenaient sur les trottoirs, puis ils ont attaqué. Les chemises brunes se défendaient à un contre dix.

La nuit, la jeune femme rêvait parfois des affrontements dans les rues de Munich pendant son enfance, de la république des conseils, de la lutte des corps francs pour les déloger. Que les événements se soient passés ainsi ne l'étonnait guère.

— Mais ils ont réussi à l'emporter. La population chantait nos louanges pour les avoir débarrassés des bolcheviques.

Eva regardait les deux SA assis devant elle. Ceux-ci semblaient se redresser, comme s'ils avaient eux-mêmes participé à cette action. Pourtant, à cette époque, ils n'étaient pas beaucoup plus âgés qu'elle.

— Et aujourd'hui ?

La jeune femme voulait dire : « Risque-t-on d'être accueilli de la même façon ? »

— Aujourd'hui, le parti est solidement implanté. Personne n'osera nous chercher noise.

Les voitures s'étaient arrêtées devant l'hôtel Golden Traube, un établissement d'une soixantaine de chambres. Eva se sentait maintenant terriblement intimidée de se trouver parmi tous ces hommes.

Au comptoir, un employé lui remit une clé. Le temps de passer par la salle de bains située dans le couloir, de replacer son béret sur ses cheveux en se regardant dans la glace, elle redescendit. Dans le hall et dans la salle à manger, les chemises brunes formaient l'immense majorité de la clientèle. Elle chercha son patron des yeux, le trouva et alla s'asseoir à ses côtés. Sa présence la rassurait, dans les circonstances. Elle ne s'éloignerait pas de lui jusqu'au retour à Munich.

Au milieu de l'après-midi, ils se réunirent tous sur la place du marché. Tout autour, de beaux édifices donnaient un cadre magnifique à la manifestation. Une immense croix gammée ornait la façade de l'hôtel de ville. Depuis 1922, le Parti national-socialiste avait gagné de nombreux sympathisants, et les Sections d'assaut locales des dizaines de membres.

Les chemises brunes formaient des haies tout autour d'une plate-forme dressée près de la statue d'Albert de Saxe-Cobourg, le prince consort de la reine Victoria d'Angleterre. Son excellent mariage lui valait cet honneur. L'effet était bien un peu curieux, car tout autour le vent agitait des drapeaux et des banderoles à croix gammée.

Devant trois, peut-être quatre mille personnes, Hitler resta immobile sur l'estrade pendant un long moment, jaugeant la foule. Sous son regard, un silence complet s'imposa lentement. Ce ne fut qu'à ce moment qu'il commença :

— En novembre 1918, les communistes se sont emparés du gouvernement, ils ont chassé les familles royales, celle de Prusse et celle de Bavière. Même après que les corps francs les eurent chassés, leurs complices dans le nouveau gouvernement les ont protégés des poursuites devant les tribunaux.

Jusque-là, la voix du politicien, quoique forte, était demeurée sous un parfait contrôle. Elle monta d'un cran au moment d'évoquer le rôle des communistes dans la signature de l'armistice, un coup de poignard dans le dos de tous les soldats qui tenaient toujours leurs positions en France et en Belgique.

Au gré du discours, Hitler se mit à serrer les poings, à agiter les bras. Eva songea aux personnages des épopées héroïques. Comme le Napoléon du film d'Abel Gance, présenté en 1927. Surtout, la réaction de la foule la fascinait. Au centre de la place, des hommes et des femmes semblaient en transe, comme s'ils assistaient à une manifestation religieuse. Une grand-messe célébrée par un nouveau prophète.

— Un seul peuple, un seul État, un seul chef*, hurla l'homme pour dire son aspiration aux plus grands honneurs.

Pour Eva, il s'agissait plutôt du Rienzi de l'opéra de Wagner, le tribun romain ayant refait l'unité de la cité antique. Qu'elle pense à ce héros, en ce moment, témoignait de son ignorance de l'œuvre du maître de Bayreuth. Le pauvre Rienzi échouait dans sa quête politique, et entraînait dans sa chute sa sœur Irène.

« Un jour il sera à moi. Je vais l'épouser. »

Pour tout le monde sur cette place, pour tous ceux qui la connaissaient à Munich, pareille prétention aurait provoqué des railleries. Et cette pensée lui venait alors que le politicien se tenait aux pieds du prince Albert. Comme si elle rêvait de devenir l'équivalant féminin du prince consort d'Angleterre, la compagne du sauveur de l'Allemagne.

---

* « Ein Volk, ein Reich, ein Führer. »

Soudain la jeune femme se rappela le Rolleiflex accroché à son épaule. Pendant de longues minutes, elle photographia les visages éperdus d'admiration des spectateurs. Elle devinait que bien des femmes se trouvaient à un doigt de l'extase, comme elle-même. Parmi ses clichés, certains révéleraient un talent certain.

Hitler continua de longues minutes, promettant aux marxistes une fin brutale. En périphérie de cette foule, il s'en trouvait sans doute quelques dizaines, sinon des centaines. Si l'un d'eux avait élevé la voix, il aurait signé son arrêt de mort. Les chemises brunes et les SS tout en noir contrôlaient les lieux. Cependant, Eva songea que depuis une fenêtre, ou un toit, un bon tireur pouvait mettre fin à l'aventure politique de son prince.

À la fin, l'assistance poussa des cris frénétiques, et plusieurs reprirent le salut nazi.

— Là... c'est le moment, dit une voix à son oreille.

Son patron la ramenait à la réalité. Dans un second sac accroché à son épaule, Eva transportait une centaine de photographies, et autant de cartes postales. Toutes représentaient le chef nazi en uniforme SA, sa croix de fer première classe épinglée sur la poitrine, tout comme son ruban des blessés de guerre. Une heure plus tard, elle avait écoulé le lot.

En soirée, une autre manifestation figurait au programme. Eva reprendrait son rôle de vendeuse, puis retournerait dans sa chambre, la tête encore bourdonnante de ses découvertes. L'oncle affable était devenu un surhomme.

Munich, le lundi 15 septembre 1930

Fritz Braun paraissait avoir perdu l'appétit. Le pain noir et le morceau de fromage du petit-déjeuner dans son assiette demeuraient intacts. Plutôt que de manger, il parcourait son journal.

— Les sociaux-démocrates ont perdu du terrain. Seulement huit millions et demi de votes.

Lui avait voté pour le Parti du peuple de Bavière, une organisation conservatrice ralliant seulement deux pour cent des électeurs allemands. Eva n'osa pas lui dire que le sort du chef du Parti social-démocrate, Otto Wels, ne l'intéressait pas du tout. Pourtant, son père continua :

— Ils étaient à trente pour cent, là c'est vingt-cinq. Les communistes ont reçu treize pour cent des appuis, en hausse de deux pour cent.

— Et Hitler ? osa-t-elle murmurer enfin, de crainte qu'il évoque d'abord les résultats de plusieurs dizaines de partis, y compris celui des fermiers et de la ligue agricole.

— Le petit caporal autrichien à moitié fou a quadruplé sa représentation, avec plus de dix-huit pour cent des voix. Ça lui donne une centaine de députés. Il en avait douze en 1928. Heureusement, quatre personnes sur cinq dans ce pays ne l'ont pas appuyé.

La blonde mordit sa lèvre inférieure. Pourquoi tous ces gens ne comprenaient-ils pas ? Lui seul pouvait sauver l'Allemagne. Dans son souvenir, Cobourg ressemblait à la rencontre du Messie.

Mais impossible de formuler sa déception à haute voix. Sa mère la regardait, étonnée de la voir si visiblement intéressée par ce résultat. Ce ne fut qu'en marchant vers la boutique qu'Eva retrouva un peu de sa bonne humeur. Il avait plus que quadruplé ses appuis au cours des deux dernières années. La prochaine fois…

Puis le découragement remplaça le bref moment d'optimisme. Tout pouvait survenir, d'ici le prochain rendez-vous électoral.

Chapitre 24

Munich, octobre 1930

Depuis l'expédition à Cobourg, la relation entre Eva et son employeur n'était plus tout à fait la même. Ensemble, ils avaient examiné les contacts de ses photographies de militants en extase devant leur Führer, avant de faire des agrandissements de quelques-unes. Les compliments de son patron avaient comblé d'aise Eva. L'idée que son appréciation visait tout bonnement à faire plaisir à Hitler, entiché d'elle, ne l'effleura même pas.

Début octobre, par un bel après-midi, Hoffmann sortit de son bureau, pour venir vers le comptoir en disant :

— Evie, prends un appareil et viens avec moi. Nous aurons certainement l'occasion de voir de beaux visages.

Si ses collègues avaient besoin encore d'un indice supplémentaire pour comprendre que cette préposée jouissait maintenant d'un statut privilégié, l'usage de cette forme affectueuse de son prénom le leur donnait. La jeune femme s'étonna de l'invitation, puis elle obtempéra. Après avoir endossé son manteau, elle se trouva dehors.

Hoffmann possédait sa propre voiture. Elle monta à ses côtés en demandant :

— Où allons-nous ?

— Contempler de beaux spécimens de Bavarois. La fête de la bière vient tout juste de s'ouvrir.

La célébration se tenait au même endroit depuis le début du siècle précédent. À l'époque il s'agissait d'une prairie un peu à l'écart de la ville. Depuis, l'agglomération l'avait rejointe, puis encerclée. La célébration de la bière se doublait d'une foire agricole. En conséquence, on y verrait de nombreux paysans coiffés de leur feutre décoré d'une plume, vêtus de leur culotte de cuir et fumant une longue pipe recourbée, accompagnés d'épouses toutes fières de porter le *dirndl*, le costume traditionnel des Alpes. Sur un chemisier blanc, elles enfilaient un corselet lacé sur le devant et une jupe assortie. Un tablier protégeait celle-ci.

Eva venait là depuis toujours, avec ses parents d'abord, puis, ces deux dernières années, en compagnie d'Herta et d'autres amies qu'elle s'était faites à l'école secondaire. Il s'agissait du meilleur endroit pour se faire inviter à danser, quand on aimait les airs pimpants interprétés par des fanfares. D'ailleurs, dès qu'Hoffmann éteignit le moteur, des flonflons leur parvinrent.

— Quel genre de photos vous intéresse ?

Ce type de fête populaire lui paraissait d'une extrême banalité. Rien à voir avec les défilés de mode ou les grandes compétitions sportives où elle aurait adoré se présenter.

— Ce qui attire ton œil.

Cela ressemblait à un examen dont elle ne connaissait ni les attentes, ni le mode d'évaluation.

Bientôt, ils arrivèrent dans un vaste terrain plat où se dressaient une dizaine d'immenses tentes. On reconnaissait les couleurs et la publicité de toutes les grandes brasseries de Bavière. Des montagnes russes et une grande roue, peu impressionnantes toutefois, devaient attirer les jeunes visiteurs.

— Je pourrais aller là-haut, dit-elle. J'aurais une perspective de tout le terrain.

Un après-midi de semaine, l'affluence demeurait limitée. Toutefois, de nombreux paysans endimanchés et des personnes à la fois trop âgées pour fréquenter l'école et trop jeunes pour occuper un emploi – ou plus probablement réduites au chômage – hantaient les lieux. Au moment où Eva et son patron s'apprêtaient à monter dans la grande roue, ils se trouvèrent face à un trio, un gradé de la SA avec une jeune femme pendue à son bras, et une autre pas plus âgée leur faisant office de chaperon.

— Ah ! Mademoiselle Raubal, dit Hoffmann, quelle heureuse surprise ! Votre oncle n'est pas avec vous ?

— Vous connaissez certainement son emploi du temps beaucoup mieux que moi.

La voix contenait un brin de mauvaise humeur. Peut-être parce qu'elle était prise en flagrant délit d'université buissonnière.

— Mieux que vous ? Cela j'en doute.

Hoffmann opposait son plus beau sourire à l'hostilité à peine dissimulée de la jeune femme.

— Vous ne me présentez pas vos amis ?

Elle fronça les sourcils, de plus en plus agacée par le gêneur. Toutefois, impossible de se dérober.

— Vous avez sans doute déjà croisé Bruno Schäfer à la Maison brune. Sa fiancée, Anni, l'accompagne.

Il y eut un échange de poignées de main. Eva se sentait cruellement de trop. Sans compter que cette inconnue la dévisageait sans aménité. Le photographe sembla enfin se souvenir de sa présence. En se tournant vers son employée, il commença :

— Voici Angela Raubal, la nièce du Führer.

Après une pause, il continua :

— Ma nièce, Eva Braun.

Tout en tendant la main, la blonde accusa le coup. Avait-il honte de la présenter comme « la fille qui s'occupe de la caisse, à la boutique » ? Peut-être cherchait-il à la mettre simplement à l'aise en évoquant le même lien de parenté que celui de son interlocutrice à l'égard d'Hitler.

Le petit groupe échangea encore quelques banalités. Eva demeura toutefois résolument silencieuse, les yeux fixés sur cette Geli. Il s'agissait d'une jeune femme au tournant de la vingtaine portant plusieurs kilos en trop – un détail qui lui donna une immense satisfaction. Ses cheveux bruns très frisés, son visage lunaire, la double rangée de petites dents carnassières visibles quand elle ouvrait la bouche la lui rendaient bien quelconque. Ou plus exactement, en faisant rapidement l'inventaire de leurs charmes respectifs, Eva se donnait l'avantage.

Peut-être qu'Angela se livrait au même examen, pour arriver à la même conclusion, car au moment où elle s'éloignait, elle murmura à l'oreille d'Anni, mais assez fort pour qu'Eva l'entende :

— Tu as vu son manteau ? Il lui donne l'air d'une guenon.

Le coup porta. Ce jour-là, Eva portait un manteau de fourrure au poil assez long. L'effet n'était pas très élégant, mais de là à lui adresser pareille insulte…

Hoffmann apprécia la scène avec un sourire. L'instinct des femmes l'impressionnait toujours. Dieu savait pourquoi, Raubal avait perçu cette blonde comme une rivale pour l'affection de son oncle. Il prit le bras de son employée pour l'entraîner en direction du guichet, il acheta des billets et tous les deux occupèrent un siège de la grande roue.

— Le chef est plutôt déçu d'elle, glissa-t-il quand la roue amorça sa rotation.

Il y eut un long silence pendant lequel Eva ne songea même pas à sortir le Rolleiflex de son étui. L'autre continua :

— Elle ne prête aucune attention à ses études. Elle a commencé la médecine d'abord, a vite abandonné, et maintenant c'est le chant classique.

Une universitaire doublée d'une artiste ! La fille de magasin devenait bien pâle, en comparaison. Hoffmann jouait avec ses sentiments. Puis, avec un air entendu, il conclut :

— Elle s'était même entichée du chauffeur du patron… Hitler l'a renvoyé comme un malpropre.

Hoffmann finit par se taire et Eva, le doigt sur le déclencheur, pointa son appareil dans toutes les directions et mitrailla la scène comme si elle était munie d'une véritable arme.

Munich, le lundi 13 juillet 1931

Depuis le début de l'année, comme partout ailleurs en Occident, l'Allemagne voyait le nombre de ses chômeurs monter en flèche. La situation était d'autant plus précaire que l'économie du pays demeurait terriblement fragile, et chacun vivait dans l'angoisse d'un retour à la situation des pires années de l'après-guerre.

C'est dans ce contexte difficile que ce matin de juillet, Eva trouva les employés de la boutique réunis au centre de la pièce donnant sur la rue, comme si former un cercle en tournant le dos au monde environnent offrait une parfaite protection contre les coups du sort.

— J'avais de l'argent dans cette banque, moi, se lamentait un technicien de laboratoire âgé d'une quarantaine d'années. Il va m'arriver quoi, maintenant ? En 1923, toutes mes économies et celles de mes parents se sont envolées. Pour eux, c'étaient les efforts de toute une vie.

— Une seule institution a annoncé être incapable d'honorer ses engagements, intervint le gérant Roemer. La Danatbank, pas tout le système financier.

Cela signifiait qu'elle s'était déclarée incapable de rendre leur argent à ses clients, si jamais ceux-ci se mettaient en tête de le récupérer. Elle se trouvait en faillite.

— Oui, mais c'est justement là que je mettais mon argent.

L'employé demeurait catastrophé, et il le serait tout le temps nécessaire pour faire son deuil de deux mille marks. L'un de ses collègues dit bientôt :

— Patron, moi je vais immédiatement tout retirer, avant de tout perdre.

Le gérant fronça les sourcils, mais l'employé n'attendit pas sa permission pour décamper. Puis un second fit la même chose, et ensuite un troisième. Bientôt, le tiers du personnel avait déserté, tous ceux qui possédaient la moindre épargne. À la fin, Roemer lui-même quitta son poste.

— Toi, tu n'y vas pas ? demanda Clara à Eva.

— Je n'ai pas un pfennig à la banque ou à la caisse d'épargne. En réalité, quand je reçois ma paye, elle est déjà à moitié dépensée.

L'autre hocha la tête. Sa situation ne devait pas être meilleure. Seules des femmes demeuraient maintenant dans la boutique. Avec la moitié du salaire d'un homme, aucune ne mettait quelque chose de côté.

— Toutefois, je me demande si mon père a vidé son compte...

— Tu peux toujours lui téléphoner pour l'avertir. Il y a un appareil dans le bureau du patron.

— Mes parents n'ont pas le téléphone. Bon, de toute façon, papa doit être au courant des événements. Il passe tous ses repas les yeux sur un journal.

Grâce à deux héritages successifs, les Braun profitaient d'une certaine aisance depuis quelques années, après une période de misère. Mais la crainte de la ruine demeurait vive pour eux, comme pour tous les Allemands.

La désertion d'une grande proportion du personnel ne posa aucun problème ce jour-là, puisque toute la clientèle potentielle faisait le siège des institutions financières. Rue Amalie, des groupes d'hommes passaient devant les vitrines en hurlant, parfois en direction du sud, parfois vers le nord. Dans l'après-midi, des strophes de *L'Internationale* vinrent aux oreilles des employées. Les partis extrémistes, à gauche et à droite, progressaient au gré de la misère ambiante.

Machinalement, Eva commença à fredonner les paroles de cet hymne entendu si souvent pendant son enfance.

— Le bolchevisme, ce n'est pas le genre de la maison, murmura Clara à son oreille.

Dans la boutique, tout le monde appuyait le Parti nazi. Souvent sans grande conviction, mais c'était une exigence de cet emploi. Et le but premier du Parti nazi était d'annihiler le Parti communiste.

— Je ne voulais pas…

La blonde n'eut pas à se justifier plus avant. Roemer revint à ce moment, flanqué de deux employés faisant affaire avec le même établissement financier que lui.

— Ils ont fermé les portes, dit l'un d'eux. Nous étions une bonne centaine à vouloir entrer.

— Nous sommes revenus quand les cailloux se sont mis à voler. Il ne doit plus rester une vitre intacte, à présent.

Comme pour confirmer cette assertion, un bruit de verre brisé leur parvint. Des manifestants passaient leur frustration sur les vitrines des commerces placés sur leur chemin. Bientôt, ce fut Hoffmann lui-même qui arriva sur les lieux. Propriétaire de l'entreprise, il ne ressentait pas la nécessité de se présenter tous les jours. D'ailleurs son haleine était chargée d'une forte odeur de bière.

— Fermez les rideaux et éloignez-vous un peu. Des morceaux de verre pourraient vous blesser, si ces idiots lancent des briques dans nos belles vitrines.

Pendant que Roemer obtempérait, le photographe continua :

— J'aurais dû installer un rideau métallique. Les appareils photo à eux seuls valent une petite fortune.

Jusqu'à ce jour, la présence de la Maison brune à proximité lui était apparue une protection suffisante. Des SA allaient et venaient dans le quartier tous les jours, le photographe officiel du parti ne risquait rien. Le personnel se réunit dans l'entrepôt à l'arrière.

— Que va-t-il se passer maintenant ? demanda Clara.

— Le gouvernement va fermer les banques et les caisses d'épargne pour quelques jours, le temps que les gens se calment un peu. L'économie, c'est une question de confiance. Hier, une seule banque a plongé. Aujourd'hui, la panique risque de faire sombrer toutes les autres.

— Mais notre argent… murmura quelqu'un. Le gouvernement ne peut pas nous empêcher de le récupérer.

— S'il n'agit pas, croyez-moi, vous ne récupérerez même pas un pfennig.

Sur ces paroles très sages, l'homme consulta sa montre. L'après-midi tirait à sa fin.

— Bon, rentrez chez vous. Nous ne vendrons même pas un rouleau de pellicule, aujourd'hui.

À deux ou à trois, les employés quittèrent les lieux. Eva sortit avec Clara. Toutes les deux purent voir quelques vitrines défoncées, et des marchands tentant, tant bien que mal, de clouer des planches pour protéger les marchandises. La blonde eut l'impression de se retrouver à sept ans, quand chaque jour elle et les siens craignaient de voir les hordes de manifestants s'en prendre à eux.

— Tu crois qu'il a raison ?

Comme Clara ne répondait pas, elle dut se faire plus explicite :

— En disant que mieux vaut fermer les banques et ne pas tenter de récupérer ses économies ?

— Lui, je suppose que son argent il le transforme en pièces d'or ou en dollars américains. Alors ça lui va bien, de faire la leçon aux autres.

Dans toutes les crises, certains s'enrichissaient. Le plus souvent, des Juifs, à en croire les discours enflammés d'Adolf Hitler. Cela se pouvait bien. Comme ils se trouvaient dans tous les pays, faire passer des sommes à l'étranger ne devait poser aucune difficulté.

Munich, septembre 1931

Avec une plus grande attention que d'habitude, Fritz Braun parcourait son journal tout en prenant son repas du soir. Depuis plusieurs jours, le gouvernement discutait des mesures à prendre afin de limiter son déficit annuel. Évidemment, la première mesure avait été de cesser les paiements de réparation. Mais cela ne suffisait pas.

— Je le savais, remarqua-t-il avec colère. Les traitements de tous les fonctionnaires sont réduits de dix pour cent.

Et, bien sûr, les enseignants figuraient parmi ceux-ci. Rageusement, il envoya voler le journal dans un coin de la pièce. La petite bonne s'empressa d'aller le ramasser. Les malheurs financiers de ses patrons l'inquiétaient au plus haut point. Le nombre de chômeurs dépassait les trois millions maintenant, et perdre cet emploi la condamnerait à la misère. Même très faibles, ses gages valaient mieux que rien du tout, sans compter que les Braun la logeaient, la vêtaient – si elle se limitait à porter son uniforme, bien sûr – et lui fournissaient trois repas par jour. Impossible de trouver mieux, dans les circonstances.

Eva préféra ne pas aborder le sujet du maintien du pouvoir d'achat. Cependant, au travail, ses collègues évoquaient des baisses significatives des loyers et des prix en général. Tout devait s'équilibrer, d'après les gens au pouvoir.

De toute façon, bientôt elle se leva en disant :

— Je m'excuse, mais Herta risque de m'attendre.

— Où comptez-vous aller ? demanda Fanny.

— Voir un film au cinéma de la porte Sendlinger.

— Pourquoi aller si loin ? D'habitude, c'est à la place Élisabeth.

Elle ne posait pas cette question pour la première fois. Eva s'inquiétait qu'un jour ou l'autre ses parents n'apprennent son histoire. Jamais ils n'accepteraient ses sorties avec un politicien dans la force de l'âge.

— Pas depuis la généralisation des films parlants. Là-bas le son est meilleur, et les sièges plus confortables.

— C'est plus loin aussi, et demain tu dois travailler.

— Je passerai la nuit chez Herta. Le retour sera moins long, et je ne risquerai pas de vous réveiller en arrivant.

L'argument sonnait faux, les Ostermayer demeuraient tout aussi loin que les Braun de la porte Sendlinger. Fritz présentait maintenant son visage des mauvais jours, celui du luthérien inquiet de la vertu de sa fille. Malgré ses propres inquiétudes, la mère prit sur elle d'éviter que l'échange ne s'envenime.

— Alors, bonne soirée.

Eva s'esquiva. Fanny s'attendait à une tempête. Son époux avait l'habitude des discours sur « la morale d'aujourd'hui », pour en dire le plus grand mal, évidemment. Il la surprit quand il ouvrit la bouche :

— Cette Herta est sans doute une jeune fille bien, mais en passant toutes ces soirées en sa compagnie à voir des films, Eva risque de finir vieille fille.

Fanny avait pourtant commencé à penser que ces sorties pouvaient dissimuler autre chose que des rencontres « entre amies »…

Après un trajet en tramway, Eva arriva à la porte Sendlinger la première. Herta la rejoignit, puis ce fut au tour d'Hitler. Les compliments sur leur tenue, les baisemains prirent un instant. Puis le trio assista à la projection du film *Les Amours de minuit*, une production franco-allemande. Ils n'en garderaient pas un souvenir impérissable.

Ensuite, au restaurant de l'hôtel voisin, le politicien leur offrit comme d'habitude du thé et des gâteaux. Après quelques commentaires sur la projection, Eva lui demanda :

— Croyez-vous que les mesures du président Brüning nous sortiront de la crise ?

— Vous vous intéressez à la politique, maintenant, mademoiselle Braun ?

Voilà un changement d'attitude qui ne lui paraissait pas particulièrement heureux.

— Je m'intéresse à la situation de mon père. Son traitement vient d'être réduit.

L'homme hocha la tête pour indiquer qu'il comprenait.

— Je ne pense pas... et pour être tout à fait franc, j'espère que ce ne sera pas le cas. Tous ces chômeurs permettent au Parti communiste de progresser. Plus les communistes seront puissants, plus les gens voudront nous voir au pouvoir pour les en débarrasser.

Même si elle ne s'intéressait pas vraiment à la politique, elle comprenait que le premier objectif des nazis était de nettoyer le pays des bolchevistes. Cela allait plutôt de soi que des nationalistes s'opposent à des gens se réclamant de la révolution mondiale.

L'Internationale
Sera le genre humain, disait la chanson.

— Mais en attendant, tous ces gens souffrent...

— La révolution vient dans la souffrance. Cependant, dès que nous prendrons les choses en main, vous verrez le changement.

Il continua un moment sur le sujet. Ses yeux d'un bleu profond plongeaient dans les siens, sa voix devenait grave, enveloppante. C'était le même pouvoir de conviction qu'à Cobourg, devant une foule enthousiaste, et c'était en même temps très différent. On en arrivait à le croire quand il affirmait être appelé par la Providence à sauver l'Allemagne.

Bientôt, un besoin pressant amena Eva à s'excuser et à se lever de table. Aux toilettes, elle sortit un petit rectangle de carton et un crayon, puis écrivit : « Merci encore pour toutes ces merveilleuses invitations. Ce fut une soirée mémorable. Je vous suis reconnaissante pour vos gentillesses. Je compterai les heures qui me séparent d'une autre rencontre. » Ces mots semblaient venir tout droit d'un roman sentimental. Peut-être était-ce le cas. Puis la signature : « Votre Eva ».

En revenant vers le restaurant, elle passa par le vestiaire, là où un employé avait accroché les manteaux. Il venait tout juste de s'esquiver. Une seconde lui suffit pour glisser le billet dans la poche de l'imperméable.

Dix minutes plus tard, Hitler leur souhaitait une bonne nuit. Il précisa :

— Je ne sais pas quand je pourrai vous inviter à nouveau. Actuellement, je vais de ville en ville pour faire de grands discours. Mais je le ferai dès que possible.

— Je comprends, dit Eva.

— Vous savez, je ne suis pas vraiment maître de mon temps. Soyez cependant certaine que nous nous reverrons, ma petite.

Ses lèvres s'attardèrent un peu sur ses doigts. Puis, malgré les protestations des jeunes filles, il héla un taxi en disant :

— Ce ne serait pas prudent de laisser deux jolies jeunes femmes rentrer seules. Surtout pas en ces temps de désordre.

Ce dernier argument les empêcha de protester, d'évoquer l'arrêt du tramway pas très loin. Il paya la course, leur souhaita bonne nuit une nouvelle fois. En route vers le quartier Schwabing, Herta demanda :

— Qu'espères-tu de lui ?

Murmurée, la question laissa Eva silencieuse un long moment.

— Devenir sa femme.

Voilà, elle l'avait dit à quelqu'un. À dix-neuf ans, l'idée d'épousailles avec un homme deux fois plus âgé la faisait rêver. Son amie voulut protester, lui dire que ce serait tout à fait déraisonnable. D'abord à cause des années de différence, mais aussi parce que Hitler avait déjà été emprisonné deux fois. Il pourrait l'être encore à tout moment. Ou se faire tuer. Les affrontements violents avec les communistes se multipliaient au gré de la misère ambiante. Il suffisait d'un militant acceptant d'y laisser sa vie pour l'exécuter d'un coup de couteau, ou d'une balle de revolver.

Munich, le lundi 22 septembre 1931

Quand Hoffmann revint à son commerce dans l'après-midi, il présentait un visage horrifié. Il passa en coup de vent de la porte d'entrée à celle de son bureau, un journal à la main, soulevant la curiosité de ses employés. Eva le suivit, imaginant une nouvelle en lien avec Hitler.

— Monsieur Hoffmann, dit la blonde en passant la tête dans la pièce, pouvez-vous me dire ce qui se passe ?

Comme il la regardait sans rien dire, elle insista :

— Il s'agit de lui, n'est-ce pas ?

— Entre, et ferme la porte derrière toi.

De la main, il lui désigna la chaise en face de la sienne, puis poussa le journal en sa direction. Il se trouvait plié de telle façon qu'un entrefilet en page huit se trouva immédiatement sous ses yeux.

Une étrange histoire. Samedi dernier, Anni Winter, la personne s'occupant de l'appartement du chef du Parti national-socialiste, a trouvé Angela Raubal, la nièce d'Adolf Hitler, morte. Les premières constatations de la police font penser à un suicide.

Eva sentit ses tripes se nouer. Geli, une fille d'à peu près son âge, était morte. Leur rencontre à la fête de la bière lui avait laissé une très mauvaise impression. Mais maintenant, la remarque sur son manteau paraissait si bénigne. En plus, il s'agissait d'un suicide.

— Vous savez ce qui s'est passé ?

Son patron haussa les épaules.

— J'ai bien essayé de parler aux policiers chargés de l'enquête, sans succès.

— Et monsieur Hitler ?

Malgré les circonstances, son inquiétude bien visible tira un petit sourire à son interlocuteur.

— Il est dévasté, bien entendu. Il l'aimait beaucoup.

Eva ressentit un petit pincement au cœur. Pourtant, quoi de plus naturel que d'aimer une nièce privée de son père ?

— Il est à Munich ?

— Quand c'est arrivé, il roulait vers Hambourg. Il est revenu.

La jeune femme marqua une pause, puis murmura :

— J'aimerais lui parler.

Déjà, elle rêvait de devenir la consolatrice de cet homme affligé. Mais que lui dirait-elle ? Elle s'imagina le prendre dans ses bras… Décidément, son esprit vagabondait.

— Je ne pense pas que ce serait une bonne idée.

Bien sûr que non. Qu'était-elle pour lui ? La vendeuse qu'il emmenait au cinéma, ou dans un café, pour le plaisir d'un peu de compagnie, et d'une conversation.

— Je voudrais lui écrire un mot. Mais je n'ai pas son adresse…

Hoffmann ne proposa pas de la lui donner. Alors, elle changea de stratégie.

— Je pourrais vous donner ma lettre, pour que vous la lui remettiez.

— Oui, ce serait une bonne idée. Faites cela, ma petite. Il appréciera, je pense.

Elle lui sourit. Bien sûr, cet homme souhaitait s'isoler, mais savoir que quelqu'un pensait à lui pourrait adoucir son chagrin.

— Je lui écrirai ce soir, à la maison.

Cela ne pouvait manquer. Au dîner, Fritz tint à exposer toute sa pensée sur le dernier événement relatif au petit caporal.

— J'en étais convaincu. Ce gars-là n'est pas net. Je l'ai vu faire un discours. On dirait qu'il a des apparitions.

Même si Eva avait eu la même impression à Cobourg – il lui avait fait penser à un prophète –, elle réprima à grand-peine son envie de le contredire.

— Un célibataire qui habite avec une fille ! Il devait s'en passer des belles, dans le grand appartement de la place du Prince-Régent.

Les journaux avaient souligné qu'Hitler vivait en grand bourgeois, tout en se disant près de la classe ouvrière.

— Fritz, pense à Ilse, avant de dire des choses comme celles-là, le rabroua Fanny.

L'homme la fixa un moment avant de déclarer :

— Justement, j'y pense.

Le silence dura un long moment, puis Eva trouva assez d'audace pour remarquer :

— J'ai rencontré Geli, une fois. Je veux dire Angela.

Cette fois, ses deux parents la regardèrent avec étonnement. Un peu rougissante, elle expliqua :

— C'est une amie de la fille du patron, Henny. Je l'ai vue au travail.

Cette version était tellement plus acceptable que « Nous l'avons croisée quand il m'a emmenée à la fête de la bière ».

— Tout de même, dit Fanny, tu pourrais dire « monsieur Hoffmann ».

Elle reçut docilement la petite leçon de politesse.

— Dans le journal, ils disent qu'Hitler se montrait partout avec elle. Une très jolie fille, en plus.

— D'après ce que dit Henny, elle le traînait dans les magasins, rien de plus.

— Elle était jolie ?

Fanny aussi cherchait l'histoire romantique, mais sans la condamnation implicite de son époux. Un bref instant, la blonde eut envie de dire « Moins que moi ». Elle opta pour une réponse plus neutre.

— Ça ne m'a pas sauté aux yeux. Elle sortait avec le chauffeur de son oncle.

Comme si la mésalliance s'avérait le meilleur argument pour mettre en doute sa beauté.

— D'ailleurs, il semble qu'Hitler n'appréciait pas, ajouta-t-elle.

Le père évoqua encore un moment la moralité douteuse de tous les politiciens, et en particulier celle du petit caporal. Une fois dans sa chambre, Eva sortit une plume, des feuilles de papier, puis demeura songeuse un long moment. Les mots pour consoler un homme de quarante-deux ans ne lui venaient pas. Puis elle commença :

Cher monsieur Hitler,
Depuis que je sais, je n'arrête pas de penser à vous.

La suite ne venait pas. À la fin, elle se contenta d'un bref :

Je vous offre mes plus sincères condoléances.

Cela ressemblait à la lettre d'un marchand destinée à un fournisseur devenu veuf. Une fois dans son lit, Eva décida au moins dix fois de ne pas remettre la lettre à Hoffmann, tellement elle se sentait ridicule. D'un autre côté, ne rien dire serait tellement indélicat.

Le lendemain, ce fut en rougissant qu'elle remit l'enveloppe cachetée à son patron. Elle avait pris la précaution d'écrire « PERSONNEL » à l'encre rouge.

Les jours suivants, une curieuse atmosphère régna à la boutique de photographie. À voix basse, toujours en l'absence d'Hoffmann, les employés évoquaient la relation entre Geli et son oncle. Déjà, Eva savait qu'Hitler dépensait sans compter pour elle, qu'il allait jusqu'à l'accompagner dans les boutiques et à porter ensuite les colis. Clara lui raconta que souvent, l'été, le chef politique organisait des excursions en direction du lac de Chiem, pour des pique-niques. La nièce se trouvait toujours de la partie, tout comme les enfants du patron. Cette dernière précision la rassura.

Son cœur sombra totalement quand le responsable de l'entrepôt murmura à un collègue :

— Paraît qu'il était fou d'elle. C'est peut-être une crise de jalousie.

Dans ce cas, l'homme se serait suicidé, pas la femme. Saisissant la contradiction, il ajouta :

— Ou alors, c'est elle qui n'arrivait pas à lui échapper.

Si elle avait été moins timide, Eva se serait adressée au patron pour en avoir le cœur net. Mais cela aurait exigé qu'elle admette la nature de ses sentiments.

Finalement, le contenu d'articles de journaux fermement opposés aux nazis lui donna plus d'informations qu'elle n'en voulait. Pire, Fritz tenait à en faire la lecture à table, pour mettre en évidence les turpitudes de l'Autrichien. Chaque fois, l'expérience la meurtrissait.

Dans un premier temps, *L'Écho** avait expliqué le suicide par l'amour fou de Geli pour son oncle qui aurait, apparemment, refusé de l'épouser. La cohabitation des deux était la preuve que la relation revêtait un caractère intime. Bientôt, une mise en demeure d'Hitler força le quotidien à se rétracter sur toute la ligne. Le *Post** de Munich, quant à lui, soulignait les blessures de la morte, notamment le nez cassé et des bleus sur tout le corps. Une violente dispute les aurait opposés quand la nièce avait demandé de se rendre à Vienne. Ce périodique aussi se rétractait dès le lendemain.

Hitler n'était pas tiré d'affaire pour autant.

Deux journaux résolument antifascistes, *Le Clairon** et la *Gazette du lundi**, allèrent beaucoup plus loin. Le premier utilisait un titre sensationnaliste : « L'amoureuse d'Adolf Hitler se suicide. Célibataires et homosexuels à la tête des nazis. » Sous l'article, un dessin représentait un SA

* *Regensburger Echo* ; puis les autres journaux évoqués : *Münchener Post* ; *Die Fanfare* ; *Neue Montagzeitung*.

obèse fouettant une femme étendue sur le sol. Le texte sous-entendait des pratiques sexuelles répugnantes, desquelles une personne honnête se serait soustraite par la mort. Le second écrivait : « La vie privée d'Adolf Hitler revêt des formes que la jeune femme ne pouvait endurer. » Surtout, il rappelait une tentative de suicide survenue quelques années plus tôt, celle de Mimi Reiter. Cette jeune fille n'avait que seize ans au début de ses fréquentations avec lui.

À chacune de ces lectures commentées des journaux, Eva quittait la table avec une forte envie de vomir. Tellement que sa mère avait brièvement soupçonné une grossesse.

Chapitre 25

Munich, fin septembre 1931

Au terme de l'un de ces dîners où la moralité d'Hitler avait été le seul sujet de conversation, Eva était allée se réfugier chez les Ostermayer, emportant avec elle une enveloppe pleine de coupures de journaux. Ces visites impromptues revenaient avec une telle régularité que la domestique venue ouvrir l'accueillit en disant :

— Mademoiselle se trouve déjà dans sa chambre.

La visiteuse commença tout de même par saluer les parents de son amie, assis dans le salon près d'un poste de radio. À l'étage, Eva trouva la porte d'Herta grande ouverte.

— Dis donc, un de ces jours nous allons t'adopter !

Devant la mine catastrophée de son amie, elle ouvrit les bras pour lui faire un câlin, tout en demandant :

— Que se passe-t-il ?

— Tu as vu les journaux ? Toutes les horreurs écrites sur lui ?

La jeune femme lui plaça son enveloppe sous le nez, comme une évidence. Hitler étant une célébrité, le même sujet occupait sans doute tous les foyers de Munich.

— Les nazis ne sont pas particulièrement tendres avec leurs adversaires.

En plus des échanges de coups lors des assemblées politiques, les journaux multipliaient les accusations de crimes en tout genre, de trahison des intérêts de l'Allemagne, avec en plus des commentaires abondants sur les turpitudes de la vie privée des opposants.

— Oui, mais de là à l'accuser de faire des choses horribles avec sa nièce…

Ces choses, la jeune femme les imaginait mal. Évidemment, au gré de ses conversations depuis ses quinze ans, Eva se représentait bien ce qui se passait entre un homme et une femme. Mais son expérience se limitait à quelques mains baladeuses. En tout cas, elle ne savait rien sur des pratiques suffisamment répugnantes pour pousser au suicide.

Eva demanda à son amie :

— Tu le connais, toi aussi. Penses-tu que ce soit possible ?

Herta se remémora l'homme en costume, avec un chapeau mou sur la tête, empressé de faire des baisemains et de formuler des compliments, mais demeurant toujours dans les limites de la plus stricte bienséance. Un oncle affable.

Cependant, affublé de l'uniforme brun des SA, le bon vieil oncle lui paraissait infiniment moins rassurant. Sa réponse visa surtout à réconforter son amie :

— D'après ma mère, et la tienne aussi je suppose, tous les hommes pensent à la même chose.

Si c'est vrai, vivre avec une jeune femme lui fournissait des occasions.

Les mêmes occasions que papa Fritz devait saisir, au cours des heures passées à la brasserie, ou dans des lieux encore plus mal famés.

— Quant aux choses horribles, je ne pense pas.

« Mais en réalité, je n'en sais rien », songea la brune. Tant l'enseignement maternel que celui des religieuses lui avaient appris à se méfier de tous les mâles. Eva chercha dans son enveloppe l'article de la *Gazette du lundi* pour le lui tendre.

— Celui-là parle de Mimi Reiter, une fille de seize ans.

— Il a plus de quarante ans. Espérais-tu être la première dont il a remarqué l'existence ?

— Si ses mains n'ont pas été plus envahissantes avec elle qu'avec moi…

Jusque-là, outre les lèvres sur ses doigts, et la caresse de l'étrange moustache sur sa peau, les contacts physiques se limitaient à ressentir sa paume à la base de son dos, lorsqu'ils entraient ou sortaient du théâtre, du cinéma ou d'un restaurant.

— Quand nous le reverrons, tu voudras le regarder de près, pour me communiquer ensuite tes impressions ?

« Cela, si jamais il se manifeste à nouveau », songea Eva. Le suicide de sa nièce avait eu lieu trois semaines auparavant, et depuis, aucune nouvelle.

— Je veux bien, mais tu sais, le problème avec les pervers, c'est que rien ne paraît sur leur visage. Alors à moins d'être enfermée dans une pièce avec l'un d'eux, comment savoir ?

La conversation porta ensuite sur leurs expériences des choses de la vie. Elles ne pesaient pas bien lourd. La visiteuse évitait toutefois d'aborder le sujet qui la troublait le plus. Si Geli aimait vraiment son oncle de façon passionnée, il existait un autre motif possible à son suicide : la découverte du petit mot glissé dans la poche de son imperméable lors de leur dernière visite au restaurant.

Munich, fin octobre 1931

À la fin du mois d'octobre, Adolf Hitler se présenta enfin à la boutique d'Hoffmann. Les membres du personnel présents y allèrent de leur « Bonjour, monsieur Hitler » habituel, pour le suivre ensuite du regard jusqu'au comptoir. Quand Eva leva les yeux de sa caisse, l'apparition la laissa interdite. Elle remarqua d'abord les poches sous des yeux rougis, l'hésitation avant de lui parler. Les baisemains cadraient mal avec son état d'âme actuel. Il s'abstint.

— Mademoiselle Braun, je vous remercie beaucoup pour votre petit mot. Il m'a été d'un grand secours lors de… ce moment difficile.

Elle qui s'imaginait qu'Heinrich Hoffmann ne le lui avait pas remis !

— Oh ! Je ne savais pas comment vous dire combien je pensais à vous.

— Vous l'avez fait de belle façon. Puis-je vous inviter à dîner, un jour prochain ?

À ce moment, au moins quatre employés gardaient les yeux fixés sur eux. Chacun irait de ses hypothèses sur la relation entre la caissière et le sauveur de l'Allemagne. Devant son hésitation, il précisa :

— Avec mademoiselle Ostermayer, évidemment. Nous pourrions aller manger au Troubadour. Vous le trouverez certainement plus élégant que l'Osteria.

Elle hocha la tête pour accepter.

— Après-demain ?

— Ce sera avec plaisir.

— Merci, mademoiselle Braun.

Puis le chef politique rejoignit le photographe dans son bureau. Sous les regards de ses collègues, le rouge monta aux joues d'Eva. Bientôt, Clara vint vers elle et lui murmura :

— Le chef voulait sans doute te vendre une carte de membre ?

Cette fois, elle répondit gaiement :

— Il m'a invitée à dîner !

Le ton contenait bien un peu d'orgueil. L'autre lui adressa un regard sceptique, puis retourna à son travail.

Hitler avait raison : le Troubadour était bien plus chic que l'Osteria Bavaria. Les nappes blanches, la vaisselle de porcelaine fine, les verres de cristal firent une forte impression sur Eva. Cet homme la sortirait de la médiocrité, maintenant elle en avait la certitude.

En quittant cet endroit, une nouvelle fois il lui glissa une petite enveloppe dans la main, rompant tout à fait le charme. Le geste tenait peut-être d'une délicate attention, mais il donnait une allure intéressée à la relation. Dehors, il renoua avec le baisemain, puis il proposa :

— Mesdemoiselles, merci pour cette excellente soirée. Puis-je vous inviter à m'accompagner à une manifestation politique, à Braunschweig ?

Son regard alla vers Herta, puis avec un sourire il ajouta :

— Oui, mademoiselle Ostermayer, je vous y invite. N'ayez crainte, vous serez logée confortablement, votre amie peut en témoigner.

— Je vous crois sur parole, monsieur Hitler. Mais je doute que mes parents me permettent de me rendre dans le nord du pays pour une réunion politique.

— Surtout du Parti national-socialiste, dit-il un peu moqueur.

Il s'amusa de son malaise.

— Et vous, mademoiselle Braun ?

— Mes parents sont moins libéraux que ceux d'Herta, alors je doute qu'ils soient d'accord.

— Mais dans votre cas, ce sera une demande de votre employeur. Peut-être se laisseront-ils fléchir à nouveau.

La jeune femme hésita avant de dire :

— Je le leur demanderai.

Un taxi s'arrêta près du trottoir. Après de nouveaux souhaits de bonne nuit, ils se séparèrent. Le chauffeur venait tout juste de démarrer quand Eva demanda :

— Qu'en penses-tu ? Je veux dire : de monsieur Hitler ?

Des yeux, Herta désigna le chauffeur. Commenter la moralité d'un chef politique en pleine ascension exigeait un minimum de discrétion. Et puis, attendre permettait à la jeune femme de réfléchir à sa réponse. Ce ne fut que dans sa chambre qu'elle commença :

— Tu me demandes l'impossible. Toi seule peux le connaître vraiment.

Malgré toute son insistance, Herta refusa totalement de porter un jugement sur Hitler. Eva devrait se faire son idée toute seule.

Un soir de novembre, Eva accepta d'aller à l'opéra sans se faire escorter par Herta. Le spectacle durerait quatre heures, ce qui l'effrayait bien un peu. Toutefois, de tous les opéras de Wagner, *Tristan et Isolde* était le plus susceptible de capter son attention. Reprenant une légende ancienne, inspiré par les sentiments de l'auteur pour la poétesse Mathilde Wesendonck, c'était une grande histoire d'amour. Peut-être la plus grande jamais écrite.

Tous les deux se rejoignirent devant le théâtre du Prince-Régent. En la guidant vers la sixième rangée, Hitler posa sa main sur sa hanche. Le contact amena Eva à se raidir. En s'asseyant, elle le regarda, apprécia les yeux d'un bleu intense, le sourire peut-être un peu amusé, qu'elle trouva essentiellement bienveillant.

— Mon petit, connaissez-vous l'histoire de ce neveu du roi de Cornouailles et de la princesse irlandaise ?

Voulait-il faire ressortir son inculture ?

— Avant de venir, j'ai lu un peu sur cet opéra.

La blonde se réjouit de voir le rideau se lever tout de suite. Elle avait l'impression d'échapper ainsi à un examen. Le premier acte leur présenta un curieux pacte de suicide heureusement sans suite. Le second, un long duo de quarante-cinq minutes, évoquait un amour éternel seulement possible dans la mort.

Ainsi nous mourrions
pour n'être plus séparés,
éternellement unis,
sans fin,
sans réveils,
sans crainte,
oubliant nos noms,
embrassés dans l'amour,
donnés entièrement l'un à l'autre
pour ne plus vivre que l'amour !

L'idée d'un amour parfait possible uniquement dans la mort troubla Eva. Juste à ce moment, Hitler prit sa main brièvement dans la sienne. La paume était chaude, comme s'il était fiévreux. Un moment elle songea à protester, puis préféra s'abandonner. De toute façon, dans un endroit public, elle se trouvait à l'abri de toutes les choses répugnantes évoquées dans les journaux.

Au terme de la représentation, qui se concluait par la mort des deux amoureux, Eva essuya discrètement ses larmes du revers de sa main. Dans l'allée, Hitler plaça à nouveau sa main sur sa hanche. Après avoir récupéré les manteaux, il l'aida à enfiler le sien.

Dehors, il lui dit :

— Vous voudrez bien accepter de m'accompagner au restaurant ?

— Non, non, pas ce soir. Il est tard.

Et cette fois, elle n'oserait pas aller coucher chez les Ostermayer. Cela signifiait rendre des comptes à ses parents.

— Je comprends. Traversons tout de même la rue, il y a des taxis devant l'hôtel.

De l'autre côté, il fit signe à une voiture. Le temps que le chauffeur s'approche, il sortit une enveloppe de sa poche. Eva recula d'un pas tout en secouant la tête de droite à gauche.

— Non, c'est...

Quel mot lui échappait ? Seule les femmes de mauvaise vie acceptaient une petite gratification pour leurs services.

— Ma petite Effie, cet argent vient des plus grands industriels du pays. Je dois pourfendre les communistes pour eux. Ils ne se privent de rien en me le donnant, alors acceptez-le. Vous aimez les belles toilettes, vous me l'avez dit déjà.

Elle hésita un moment, puis prit l'enveloppe d'un geste vif pour la faire disparaître aussitôt dans la poche de son manteau. Hitler se pencha pour donner un billet au chauffeur. Ensuite, il proposa :

— J'aimerais beaucoup que vous veniez dîner chez moi...

— Voyons, ça ne se fait pas !

Le souvenir des pratiques répugnantes évoquées dans le journal l'amena à reculer.

— En compagnie de mademoiselle Ostermayer, évidemment.

Il attendit un peu avant d'ajouter, un voile de tristesse obscurcissant le bleu de ses yeux :

— Si vous me connaissiez un peu mieux, vous pourriez faire la part du vrai, dans tout ce qui a été dit et écrit sur moi.

Il suivait sans mal le cours de ses pensées.

— Je vous laisse y songer.

Puis il s'avança pour poser tout doucement les lèvres sur son front. La jeune femme ne sut quelle attitude adopter. En s'engouffrant dans le taxi, elle dit « C'est d'accord ». Peu après, la voiture démarrait.

Pendant tout le trajet, Eva s'inquiéta de la réception qu'elle aurait dans l'appartement de la rue Hohenzollern. Cela ne pouvait manquer : son père et sa mère se trouvaient toujours au salon. Ces deux-là ne partageaient rien d'autre que le désir de la surveiller.

Son père l'accueillit en disant :

— Tu rentres tard. Il est presque minuit.

— *Tristan et Isolde* dure longtemps. Et encore, il ne s'agissait pas de la version la plus longue.

— Herta et toi, vous vous passionnez pour l'opéra, maintenant ? intervint Fanny.

Quelque chose lui dit que sa mère pouvait bien avoir pris la liberté de téléphoner chez les Ostermayer afin de vérifier son histoire. La prochaine fois, elle s'assurerait d'avoir leur complicité. D'ici là, mieux valait demeurer prudente.

— J'étais avec un garçon qui, lui, s'y intéresse beaucoup. Quant à moi…

Elle haussa les épaules, une façon de dire « J'aime mieux les films américains ».

— Quel garçon ? Tu ne nous as jamais parlé d'un amoureux.

— Parce que ce serait bien prématuré.

— Tu nous le présenteras, dit Fritz.

La jeune femme hocha la tête pour donner son assentiment. La prochaine fois que son père poserait des questions, elle n'aurait qu'à dire que celui-ci n'avait pas renouvelé l'invitation. Peut-être rassuré de ne distinguer aucune odeur suspecte dans son haleine, aucun froissement indiquant que le tissu de la robe avait été malmené, Fritz quitta son siège en disant bonne nuit.

Fanny, toutefois, entendait obtenir de plus amples informations. Elle tapa du plat de la main sur le siège du canapé, une façon d'inviter Eva à s'asseoir.

— Qui est ce garçon ?

— Un client de la boutique. Un avocat.

Quitte à mentir, autant donner toutes les réponses attendues.

— Il s'est montré… respectueux ?

Très bientôt, cela ferait deux ans qu'Hitler était entré dans sa vie. Il lui avait fallu tout ce temps pour se décider à poser ses lèvres sur son front.

— Très respectueux. S'il l'était un peu moins, je me sentirais plus rassurée sur la suite des choses.

Maintenant, alléguer son désintérêt deviendrait tout à fait plausible. Elle évoquerait un garçon apparu dans sa vie et disparu aussi vite. Quant à entretenir sa mère de sa relation avec Adolf Hitler, impossible. Les idées politiques, l'âge, la culture, tout les séparait. Elle lui interdirait de le voir.

— Bon, comme tu auras bientôt vingt ans, je pense pouvoir te faire confiance. Va dormir, maintenant.

L'allusion à son âge lui fit un drôle d'effet. Elle aurait tout aussi bien pu dire : « Comme tu es encore mineure, ton père peut t'enfermer dans ta chambre. » Les lèvres de sa mère se posèrent exactement au même endroit que celles d'Hitler, un peu plus tôt. Fanny regagna sa chambre sans un mot de plus.

Cette fois, Herta fut infiniment plus difficile à convaincre.

— Tu veux que j'aille manger chez lui ? Ça ne se fait pas !

— Ce qui ne se ferait pas, c'est que j'y aille seule.

— Moi, les vieux qui se promènent avec leur brosse à dents sous le nez…

Passé quarante ans, tous les hommes paraissaient bien vieux pour qui n'en avait que vingt.

— C'est important pour moi.

Le sourire contraint, la tête un peu inclinée faisaient toujours leur petit effet. À la fin, Herta céda.

— Quand ?

— Après-demain.

La confirmation du rendez-vous était venue grâce à Hoffmann. Celui-là continuait son rôle d'entremetteur.

Le jour dit, les deux jeunes femmes se présentèrent au 16 de la place du Prince-Régent. Il s'agissait d'un immeuble bourgeois, et Eva se dit que le loyer devait être au moins cinq fois plus cher que celui de l'appartement de la rue Hohenzollern. Dès l'entrée, au rez-de-chaussée, elle ouvrit des grands yeux admiratifs.

— Nous allons prendre l'ascenseur, dit Eva.

— Que fais-tu de tes mollets ?

La blonde profitait de chacune des occasions pour faire un peu d'exercice. La guerre aux rondeurs ne lui laissait aucun répit.

— Demain, nous irons marcher une ou deux heures dans le Jardin anglais. Viens.

La petite cage métallique pouvait accueillir deux personnes, pas plus. Au second étage, devant la porte d'Hitler, Eva respira profondément, puis frappa comme on se jette à l'eau. Peu après, Adolf Hitler vint ouvrir lui-même, tout sourire. Les baisemains furent un peu plus appuyés que d'habitude.

— Vous êtes ravissantes. Toutes les deux.

Toutefois, ses yeux ne quittaient pas Eva.

— C'est très beau, ici, dit-elle pour se donner un peu de contenance.

Elle regardait le hall spacieux, la table ronde avec une demi-douzaine de chaises.

— Vous voulez que je vous fasse visiter ?

— Nous ne voulons pas nous imposer.

— Voyons, je vous le propose.

Le vaste appartement s'étalait sur deux ailes. Il les conduisit d'abord vers un espace ouvert, avec une fenêtre en baie.

— Je travaille ici. Le soleil touche ma table de travail le matin, pour disparaître ensuite.

Le mobilier paraissait hétéroclite, avec des éléments de qualité et d'autres qui avaient l'air de provenir tout droit de chez un brocanteur. Toutes sortes de documents traînaient çà et là. Des livres aussi.

— De ce côté-là, vous avez la salle à manger.

Les couverts se trouvaient déjà sur la table. Huit personnes pouvaient l'occuper sans se donner des coups de coude.

— Mes quartiers sont aussi de ce côté de l'appartement.

Des portes s'ouvraient de l'autre côté du couloir. Il ouvrit celle du fond. On y voyait un lit étroit, une chaise faisant office de table de chevet avec quelques livres dessus, et une étagère. Les yeux d'Eva se portèrent sur un portrait accroché au mur. Elle en savait déjà assez en photographie pour constater qu'il s'agissait d'un agrandissement d'un vieux cliché. L'opération avait rendu le visage un peu flou. La bouche était petite, les traits plutôt réguliers. Les iris paraissaient très clairs.

L'homme suivit son regard, puis dit tout simplement :

— C'est ma mère. Elle est morte quand j'avais dix-huit ans.

Hitler referma la porte, désigna la suivante en disant simplement « les toilettes », mais il ouvrit la troisième. Là aussi un lit étroit, des meubles modestes.

— La chambre d'amis.

Une ombre passa sur le visage de la blonde. Tout de suite, elle imagina Geli dans ces lieux. À portée de voix, presque à portée de bras de son oncle. L'homme fit semblant de n'avoir rien remarqué.

— C'était la plus petite des ailes. La seconde est plus grande.

Ils repassèrent par le hall. Il leur montra ensuite la bibliothèque, et juste en face la cuisine. Quand il ouvrit la porte, une femme d'environ trente ans, portant un tablier, s'empressa de dire, un peu mal à l'aise :

— Ce sera prêt dans une vingtaine de minutes.

— Je sais bien, madame Winter. Comme tous les soirs. Georg sera là pour faire le service ?

— C'est ce qu'il m'a dit.

Quand il eut refermé, Hitler expliqua :

— Madame Winter et son mari s'occupent de la maison. Il y a une chambre de bonne près de la cuisine. C'est petit pour deux, mais ils doivent faire avec. Par là vous avez les quartiers de monsieur et madame Reichert. Alors je ne vous montrerai pas, ce n'est pas vraiment chez moi.

— Ce sont des parents à vous ? demanda Herta.

Son regard en biais sur son amie signifiait : « Si tu ne demandes rien, je vais m'en occuper. »

— Non, mes anciens logeurs.

Devant le regard surpris des deux jeunes femmes, il expliqua :

— J'ai vécu chez eux pendant près de dix ans. Quand je suis venu ici ils éprouvaient… certaines difficultés financières, et leur fille Antonia venait de quitter la maison. Comme j'ai de la place ici, cela m'a semblé une bonne idée de les accueillir.

L'homme hésita un instant avant de dire :

— Au fond il y a une autre salle de bains, celle des Reichert. C'était aussi celle de Geli.

La dernière porte donnait accès à une chambre très féminine. Le placard entrouvert laissait voir quelques robes. Sur la commode, un miroir et une brosse à cheveux rappelaient l'occupante.

— Je n'ai rien changé ici. Je ne sais pas si je le ferai un jour.

Morose, il referma la porte, puis se dirigea vers le salon, ses invitées à sa suite. Si Eva affectait la tristesse, intérieurement elle trépignait de plaisir. La nièce logeait à un bout du grand appartement, l'oncle à l'autre. Chacun utilisait sa propre salle de bains. Toutes ces histoires, dans les journaux, ne rimaient à rien.

Le repas ne laisserait aucun souvenir impérissable aux invités. Madame Winter s'avérait une cuisinière tout juste passable, et les pâtes plaisaient bien peu aux jeunes femmes. L'échange d'informations biographiques les occupa la majeure partie du repas. Quand Hitler évoqua son lieu de naissance, Braunau-sur-Inn, Eva s'écria :

— Braunau ! J'ai fréquenté le couvent juste de l'autre côté du pont.

— Celui des sœurs anglaises ?

Elle dit oui d'un hochement de la tête. Ce hasard lui paraissait être un excellent présage.

— Voilà qui explique vos excellentes manières.

Son sourire un peu moqueur la mit mal à l'aise.

— Mais en disant cela, je ne voulais pas manquer de respect à madame votre mère, qui a veillé à votre éducation.

Cette fois, Eva choisit de s'en amuser. Ensuite, la conversation porta sur les derniers films présentés à l'affiche. Le sujet les occupa jusqu'après le thé et les gâteaux.

— Ces temps-ci, dit Hitler, je passe tout mon temps à faire des discours. Remarquez, à cause des… tristes événements de septembre, je crois que cela vaut mieux.

Le rappel de la mort de Geli jeta un petit froid. Bientôt, Herta regarda sa montre d'une façon qu'elle voulait discrète. Eva comprit le message.

— Monsieur Hitler, je pense qu'il est l'heure pour nous de rentrer à la maison. Vous comprenez…

— Demain, Heinrich vous attend au lever du jour.

— C'est presque ça !

Bientôt, ils furent dans le hall. Après une hésitation, Herta demanda :

— Me permettez-vous d'aller…

Il s'amusa de son malaise.

— Vous avez le choix. Là ou là.

De ses index, il désignait les deux extrémités de l'appartement. Elle décida d'aller chez les Reichert. En son absence, Hitler fixa son regard si intense dans les yeux d'Eva, et demanda dans un murmure :

— Mademoiselle Braun, puis-je vous embrasser ?

Elle hocha la tête après avoir hésité trois secondes à peine. L'homme se pencha pour poser ses lèvres sur les siennes. La moustache la chatouilla un peu. Quand elle sentit la main sur sa nuque, la caresse dans les cheveux, elle se raidit un peu, puis bien vite s'abandonna. L'autre main effleura son sein très légèrement. Le bruit d'une porte qui s'ouvrait et se refermait la fit se redresser.

— Dès que la politique me laissera un petit répit, nous nous reverrons, Effie.

Herta trouva son amie rougissante, et Hitler arborant un petit sourire satisfait. Il les aida à enfiler leur manteau, puis il prit la main de la brune, puis celle de la blonde, pour les baiser.

— Mesdemoiselles, je vous remercie beaucoup pour cette soirée.

— C'est plutôt à nous de le faire, dit Eva. Et vous transmettrez nos remerciements à madame Winter.

Peu après, alors que toutes les deux attendaient un taxi, Herta n'y tint plus :

— Il s'est passé quelque chose.

— Que vas-tu imaginer ?

— Ne me prends pas pour une idiote. Il s'est passé quelque chose.

— Il m'a embrassée.

Adolf Hitler comme prince charmant. L'homme qui bousculait la vie politique allemande depuis plus de dix ans maintenant, promettant de ramener la grandeur d'avant 1914 et de punir les criminels d'octobre 1918, s'intéressait vraiment à la fille de magasin.

Chapitre 26

Quitter la maison s'avérait déjà difficile pour aller au cinéma ou à l'opéra. Les expéditions pour des rencontres politiques demandaient de plus longues explications. Une excursion à Berchtesgaden était bien difficile à justifier.

— Que feras-tu là-bas ?

— Des photographies.

— Voyons, tu n'es pas photographe !

— Et ça ?

Du doigt, elle désignait le Rolleiflex posé sur la table, dans son étui, comme s'il s'agissait d'un diplôme professionnel.

— Des photos que l'on ne voit jamais.

Cette fois, Eva se renfrogna. Hoffmann disait « C'est bien, c'est bien », mais jamais l'un de ses clichés n'était allé plus loin que l'un des classeurs de l'entrepôt, dans l'arrière-boutique.

— Je vous en ai montré quelques-unes.

Fanny fit un geste de la main, comme pour mettre fin à la dispute. Elle reprit, un peu plus doucement :

— Comment comptes-tu te rendre là-bas ?

— En train. J'aurais pu monter avec mon patron, mais vous savez, un trajet de plusieurs heures en auto, seule avec un homme…

La succession de ses mensonges lui faisait tourner la tête. L'argument parut néanmoins satisfaire la mère. Sa fille savait tout de même se montrer prudente.

— Bon, vas-y tout de suite, avant que ton père ne revienne de l'école.

Dans ce genre de situation, Fanny préférait agir comme intermédiaire. Les colères de Fritz finissaient par gâcher complètement le climat de la maison. Elles expliquaient la décision d'Ilse d'habiter chez son employeur, et celle de Gretl de réclamer depuis des années d'être pensionnaire.

Eva descendit les marches deux à la fois, sa petite valise dans une main, son appareil photo dans l'autre. Son cœur battait la chamade. Accepter de rejoindre Hitler dans son chalet, après le baiser brûlant, signifiait accepter la suite des choses.

Berchtesgaden, décembre 1931

Long d'un peu plus de cent cinquante kilomètres, le trajet prit plus de trois heures. Pendant toute sa durée, la jeune femme se remémora le destin funeste de toutes les filles perdues. Sa mère ne négligeait jamais de lui dresser la liste des cousines déchues pour une seule imprudence. Les religieuses, à l'école, énuméraient celles de l'Ancien et du Nouveau Testament.

Aussi, lors de l'arrêt du train dans la petite gare, Eva était prête à refaire le trajet dans l'autre sens. Pourtant, elle sortit et vit une longue Mercedes noire stationnée près du trottoir. Un SS se tenait appuyé contre le capot, avec devant lui deux jeunes filles venues lui faire la conversation.

— Vous êtes là pour moi ? demanda-t-elle en s'approchant.

— Si vous êtes mademoiselle Braun, oui.

Un peu à regret, il dit au revoir à ses admiratrices pour venir lui ouvrir la portière, puis se mettre derrière le volant.

— Vous me conduisez à la demeure de monsieur Hitler ?

Puis elle jugea que cette façon de dire les choses semblait terriblement compromettante.

— Je pense que mon patron, monsieur Hoffmann, doit déjà être rendu.

L'autre se tourna à demi pour répondre :

— Mes ordres sont de vous conduire à l'hôtel Platterhof pour vous permettre de déposer votre valise, et ensuite de vous emmener à la maison Wachenfeld.

Comme elle arquait les sourcils, il précisa :

— C'est le nom du chalet, sur l'Obersalzberg. En fait, c'était celui de l'épouse de l'homme qui l'a construit, pendant la Grande Guerre.

Durant le court trajet, la jeune femme remarqua les drapeaux portant la croix gammée plantés devant beaucoup de maisons, ou accrochés sur la devanture des commerces. Dans cette petite ville, s'opposer au Parti national-socialiste devait entraîner bien des ennuis. Bientôt, la voiture s'arrêta devant l'hôtel, une version agrandie des maisons paysannes de la région.

— Je vous attends ici, dit le chauffeur.

C'est une Eva très intimidée qui entra dans l'établissement. Au comptoir, une employée lui remit une clé. La chambre, minuscule, donnait sur l'arrière. Après avoir déposé sa valise sur le lit, Eva passa par la salle de bains. Puis, avec son seul appareil photo à la main – comme pour réaffirmer la raison de sa présence en ces lieux –, elle prit place dans la grande automobile.

La montagne se trouvait à peu de distance. La voiture gravit une route escarpée, puis s'arrêta devant une maison au toit pointu, comptant un étage, avec une grande galerie. Hitler devait surveiller son arrivée – une attention qui lui fit chaud au cœur –, car il sortit tout de suite pour l'accueillir.

— Mademoiselle Braun, vous voilà enfin !

Il prit sa main pour l'embrasser. L'homme avait relevé le col de son manteau pour se protéger du vent et portait un feutre mou sur la tête.

— Vous avez fait un bon voyage ?

— Très bon.

— Regardez comme c'est extraordinaire.

D'un grand geste, il lui montrait le paysage environnant.

— Là-bas, au loin, c'est Salzbourg, en Autriche. Cette montagne, c'est l'Untersberg. Selon la légende, le roi Frédéric Barberousse y serait enterré.

Le panorama était vraiment superbe. Sur les pentes environnantes, la neige de décembre tenait bon depuis quelques jours. Tout en bas, dans la vallée, le temps plus doux laissait voir l'herbe verte.

— C'est comme si nous nous trouvions sur le toit du monde ! s'exclama-t-elle.

Évidemment elle exagérait. D'ailleurs, le Zugspitze situé tout près atteignait trois mille mètres, beaucoup plus haut que l'Obersalzberg. Cela n'enlevait toutefois rien à la majesté de l'endroit. Soudain, un aboiement la fit sursauter ; un gros berger alsacien courait droit sur elle. La jeune femme vit bien que l'animal voulait jouer, alors elle s'accroupit pour le caresser.

— Tu es un beau chien, tu sais.

Le berger paraissait d'excellente humeur.

— Vous n'en avez pas peur ? demanda son hôte.

— Peur d'un chien ? Vous voulez rire ! À sept ans, je servais d'assistante à mon grand-père vétérinaire.

Si l'affirmation s'avérait un peu présomptueuse, le chef politique parut satisfait de la voir chercher un bâton pour le lancer de toutes ses forces.

— Il a un nom ? demanda-t-elle en regardant le chien courir dans la neige.

— Elle a un nom. Blondi.

Le jeu dura quelques minutes, puis Hitler lui dit :

— Venez. Boire quelque chose de chaud vous fera du bien, et je vais vous présenter des proches.

Ils entrèrent dans le chalet. La porte donnait dans une pièce au plafond bas, servant à la fois de cuisine, de salle à manger et de séjour. Les murs de pin noueux l'assombrissaient, cela d'autant plus que dehors le soleil déclinait déjà. Une grosse femme s'activait devant un poêle, occupée à préparer le repas.

— Angela, je te présente mademoiselle Eva Braun, une assistante d'Heinrich Hoffmann. Mademoiselle, ma sœur Angela.

La visiteuse tendit la main en lui souriant. L'autre grommela un « Bonjour » bourru, tout en montrant ses mains sans les tendre. Une façon de dire « Elles sont sales ». Cet accueil glacial mit la jeune femme terriblement mal à l'aise. Angela était la mère de Geli. Peut-être souffrait-elle de voir une jeune fille en bonne santé, alors que la sienne se trouvait six pieds sous terre depuis trois mois.

— Il y a quelques années, Angela s'occupait d'une résidence pour étudiants juifs, à Vienne. Je lui ai demandé de prendre en charge cette maison.

Il s'agissait d'un beau signe de confiance. Pourtant, l'autre continua de présenter le même visage maussade.

— Vous aurez reconnu au moins l'un de mes autres invités.

Heinrich Hoffmann était affalé dans un fauteuil, un verre de schnaps à la main. Il le leva comme pour porter un toast.

— Bonjour Effie. Je suis heureux de vous revoir.

Sa voix pâteuse laissait deviner qu'il ne s'agissait pas de son premier verre de la journée. Eva le salua d'une inclinaison de la tête. Un autre homme se trouvait là, vêtu d'un uniforme noir de la SS. Il se leva. Des yeux, il examina la jeune femme des pieds à la tête.

— Wilhelm Brückner, l'un de mes principaux assistants. Mademoiselle Braun.

L'homme tendit la main en s'inclinant. Son « Mademoiselle » sonna comme un claquement de fouet. Son regard disait tout son déplaisir de la voir. D'ailleurs, Hitler ne s'y trompa pas.

— Mademoiselle est l'assistante de notre ami Heinrich.

Une nouvelle fois, elle se faisait rappeler sa place dans la vie du grand homme. Une toute petite place. Le silence s'appesantit, au point que la blonde voulut relancer la conversation.

— Cette maison vous appartient, monsieur Hitler ?

— Je la loue depuis quelques années. Mais si les choses se déroulent comme je l'espère, cela ne durera pas.

À nouveau, il fit porter la conversation sur les charmes de la région, sur le fait que cet environnement grandiose lui permettait de se reposer des tensions de la vie politique.

Adolf Hitler se trouvait rarement seul, que ce soit dans son appartement ou dans son chalet. Pendant tout le repas, et la soirée ensuite, Eva se trouva en butte à l'hostilité d'Angela, et à la froideur du général SS Brückner. Heureusement, la gaieté avinée de Hoffmann et la sollicitude de son hôte compensèrent un peu.

À la fin de la soirée, Hitler reconduisit Eva jusqu'à la porte.

— Vous comprenez, une jeune femme célibataire parmi nous, ce ne serait pas convenable.

Déjà, elle avait Fritz et Fanny pour s'occuper de sa réputation. Voilà qu'Hitler s'ajoutait au nombre... Évidemment, la mort de Geli avait déjà lourdement affecté sa réputation. Être identifié comme un séducteur de jouvencelles n'aiderait en rien ses projets politiques.

— Oui, je comprends.

Le baisemain n'était plus de mise désormais dans les petits moments d'intimité. Le baiser de bonne nuit devint rapidement torride, ses mains s'égarèrent très brièvement sur sa poitrine.

Ce fut un peu échevelée qu'Eva monta dans la voiture. Son chauffeur SS lui jeta un bref coup d'œil narquois.

Le lendemain, au milieu de la matinée, un employé de l'hôtel vint prévenir Eva que quelqu'un souhaitait lui parler au téléphone. C'était Hitler qui, enjoué, lui proposa :

— Mademoiselle Braun, que diriez-vous d'une petite escapade à Chiem ? Pour le repas de midi.

— Ah ? Euh... Oui, bien sûr.

— Excellent ! Nous passons vous prendre dans quelques minutes.

L'usage du pluriel la déçut. Ce ne serait pas un déjeuner en tête-à-tête. Bientôt, deux Mercedes noires s'alignaient devant l'hôtel. Hitler se trouvait dans la première, avec le général Brückner et deux autres officiels locaux du Parti national-socialiste. Elle monta dans la seconde, avec Hoffmann. Lorsqu'ils traversèrent Berchtesgaden, des villageois et des touristes s'arrêtèrent sur les trottoirs et firent le salut nazi sur leur passage.

— Nous allons refaire la moitié du trajet vers Munich juste pour aller manger ? s'exclama Eva.

Cela lui paraissait absurde : aller de la ville jusqu'aux Alpes, puis refaire la moitié du chemin en sens inverse.

— Il est comme ça. Sans doute la mentalité d'un artiste.

Le photographe paraissait disposé à accepter toutes les excentricités de son illustre patron. Il portait un appareil Leica pendu au cou, Eva tenait son Rolleiflex sur ses genoux. Un jour, quelques images dans son album rappelleraient le repas dans une petite auberge, près d'une fenêtre donnant une vue idyllique sur le lac.

En soirée, elle retrouva la même hostilité chez la demi-sœur de son hôte. Heureusement, le général était reparti, et les deux officiels de la branche locale du parti rencontrés à midi étaient d'une compagnie plus agréable. Pour eux aussi, Eva demeurait l'assistante d'Hoffmann. Hitler réussit toutefois à prolonger les souhaits de bonne nuit en y mettant suffisamment de chaleur pour la convaincre de sa relation privilégiée avec lui.

Pour célébrer la venue de 1932, et se rendre un peu plus présentable pour le beau monde, Eva se rendit au salon de coiffure du grand magasin Oberpollinger, situé près de la gare centrale, pour en revenir les cheveux coupés court et teints d'un beau blond platine. À son retour à l'appartement de la rue Hohenzollern, sa mère l'accueillit en s'exclamant :

— Tu ne vas pas te promener en public avec cette coiffure ridicule ?

— C'est la dernière mode. De nombreuses comédiennes les portent comme ça. Tu l'as bien vu dans les magazines ou au cinéma, non ?

— Tu penses que ces femmes sont des modèles convenables pour toi ? Nous vivons dans le monde réel, pas celui des vedettes.

« Moi, oui », songea la jeune femme. Fréquenter celui qui serait bientôt l'homme le plus puissant d'Allemagne la rendrait bientôt l'une des personnes les plus en vue.

— Moi, j'aime ça, déclara Gretl.

La jeune couventine se trouvait à la maison pour les célébrations des fêtes. Assise dans le salon, elle tenait Prrrr sur ses genoux. Le petit chat reçu du grand-père Kronberger était devenu un très vieux matou, maintenant.

Pendant quelques jours, Eva renouerait avec l'obligation de partager sa chambre. Car si Ilse revenait le temps du repas du Nouvel An, ce ne serait pas pour y passer la nuit.

Fanny n'en avait cependant pas fini avec Gretl :

— Après des années à vivre chez les religieuses, tu ne connais rien de mieux que les actrices et les vedettes ? Je commence à regretter de t'avoir placée là…

— Justement, je recommencerai à vivre au terme de cette année scolaire. Vous comprenez que les sœurs veulent me recruter ? Elles m'ont même fait essayer leur accoutrement.

— Ce ne serait pas une mauvaise idée. Ta tante Anni échappe à la pauvreté, au moins. Tu as certainement vu tous les miséreux en revenant ici. Six millions de chômeurs, maintenant, et leur nombre augmente sans cesse. La situation est pire qu'en 1923. Penses-y : tu serais à l'abri au couvent…

La crise n'avait fait qu'empirer depuis 1929, et rien ne permettait d'espérer des jours meilleurs. À nouveau, les communistes multipliaient les manifestations, et les groupes de droite les contre-manifestations. Ou vice-versa.

— Pas au prix que paient ces femmes. Une affreuse robe noire, et le vœu de chasteté.

— Pour ça, elles ne perdent pas grand-chose. Avoir un mauvais mari, c'est pire que pas de mari du tout.

Ses yeux se portèrent à nouveau sur Eva, sur ses cheveux bouclés maintenant presque blancs à force d'être blonds.

— Je te préviens, ton père n'aimera pas ta coiffure.

— Des vendeuses perdent leur emploi au magasin. Toujours les plus vilaines.

La jeune femme exagérait à peine. Même sans la présence d'Hitler, elle se sentait relativement rassurée, à cause de ses succès derrière la caisse. L'argument porta. Au point de voir sa mère défendre les nouvelles modes auprès de son époux, quelques heures plus tard.

Ce fut un chauffeur qui vint prendre Eva à la porte du commerce un peu passé sept heures. Quelques minutes plus tard, la – plus que jamais – blonde prenait l'ascenseur pour atteindre le second étage du numéro 16 de la place du Prince-Régent. Le politicien vint ouvrir lui-même, souriant.

— Effie, nous nous retrouvons enfin !

Elle s'attendait à un baisemain. Il la prit plutôt dans ses bras pour l'embrasser goulûment, la langue dans sa bouche, les mains se baladant un peu partout sur son corps. Après deux ans de rendez-vous platoniques, toujours avec un chaperon, son empressement la prit par surprise. Toutefois, elle s'abandonna rapidement et volontiers.

Finalement, il s'éloigna d'un pas.

— Tu pardonneras mon emportement, Effie, mais comme ça, tu ressembles à Jean Harlow. En mieux.

Elle se félicita de ce petit changement à son style. Il la tutoyait pour la première fois.

— Monsieur Hitler…

Qu'allait-elle dire ? « Il faut me respecter » ? « Je suis une fille sage » ? Elle n'en avait pas la moindre envie.

— Je vous remercie de m'avoir invitée.

Les yeux d'Hitler fouillaient les siens. Il la possédait déjà. Son petit sourire trahissait le plaisir de la conquête. L'homme la prit par le bras pour la conduire vers la salle à manger.

— J'espère que tu ne me trouveras pas trop mauvais, pour faire le service.

— Et vos employés de maison ?

— Je leur ai donné des billets de cinéma.

Son sourire se fit gouailleur.

— En leur précisant de manger un petit quelque chose avant de revenir.

« C'est ce soir que ça va se passer », songea-t-elle. Un moment, la jeune femme eut envie de prendre la fuite. Cette hésitation disparut bien vite. Dans la salle à manger, les couverts se trouvaient déjà sur la table.

— Mets-toi là, près de moi.

Hitler occuperait le bout de la table, elle serait tout près, à côté. Il lui versa d'abord de l'eau minérale, puis servit la salade.

— Mademoiselle Ostermayer se porte bien ?

Le ton était bien un peu taquin. Jusque-là, il s'était plié sans mal à la présence d'un chaperon.

— Oui. Je l'ai vue au jour de l'An.

— Tu lui transmettras mes meilleurs vœux.

L'évocation de leur amitié les occupa un moment. Puis les derniers films vus, les événements survenus dans la boutique du photographe. Tous ces mots meublaient le silence. Toutefois, l'un et l'autre ne songeaient qu'à ce qui se passerait ensuite.

Eva ressentait une grande appréhension, et une excitation tout aussi grande. Quand ils se retrouvèrent sur le canapé du salon, les baisers s'enchaînèrent, avec les mains qui se glissaient sous son chandail, puis entre ses jambes. La culotte à mi-cuisse, elle réussit à articuler :

— Je ne peux pas… Si je tombais enceinte, mes parents me tueraient.

Eva exagérait à peine. L'affirmation tira un rire amusé à Hitler.

— Dans ce cas, nous allons faire très attention.

Il fit vraiment attention, assez pour qu'elle rentre à la maison avec son petit trésor entre les cuisses parfaitement intact. Toutefois, l'homme tenait pour acquis qu'au terme de la prochaine soirée de ses employés de maison au cinéma, ce ne serait plus le cas. Entre-temps, il verrait à se procurer des capotes anglaises.

Munich, le samedi 27 février 1932

Tous les matins, au moment de se présenter au petit-déjeuner, Eva se demandait si « cela » paraissait sur son visage. Surtout quand son père la fixait comme en ce moment précis. À l'école secondaire, des filles disaient que les yeux de celles qui « l'avaient fait » les trahissaient.

Fritz ne devait pas jouir de cette aptitude à lire l'âme des gens. Il en était encore à essayer de s'habituer au blond platine.

— Vraiment, cette couleur, je ne m'y fais pas.

Finalement, sa colère n'avait pas duré. Peut-être à cause de son habitude des serveuses des brasseries, obligées de révéler la moitié de leurs seins pour attirer les clients, son histoire l'avait convaincu. Dans ces commerces de matériel de photographie, que les vendeuses doivent ressembler à des vedettes américaines lui paraissait plausible.

— Tout le monde se teint les cheveux, maintenant, lui dit Eva.

— Tout le monde !

Tout en parlant, il ouvrait son journal. Son juron pétrifia Mina, la bonne.

— Le petit caporal qui se présente à l'élection présidentielle ! Je ne comprends pas pourquoi on laisse des étrangers se porter candidat.

— Il a reçu la citoyenneté allemande il y a deux jours.

Fritz fixa ses yeux dans ceux de sa fille, étonné.

— Dois-je te rappeler que mon patron est le photographe officiel du Parti national-socialiste ? Toutes les photographies de la campagne électorale viendront de la rue Amalie.

Son père réalisa pour la première fois que son emploi en faisait une personne mieux informée que la plupart des autres.

— Alors pourquoi se présente-t-il tout juste deux semaines avant le scrutin ? La campagne est commencée depuis un mois.

La jeune femme haussa les épaules. Tout de même, personne ne l'entretenait de la stratégie.

— De toute façon, il perd son temps. Hindenburg va l'emporter haut la main.

Après avoir été à la tête des armées pendant la Grande Guerre, ce général occupait le poste de président de l'Allemagne depuis sept ans. Tout le monde s'attendait à sa réélection.

— Pas avec tous ces chômeurs dans les rues. Et puis il a quatre-vingt-cinq ans, maintenant. À la fin de ce mandat, il en aurait quatre-vingt-douze.

— En tout cas, sois certaine que le petit caporal n'aura pas mon vote… Ni le tien.

Eva avait vingt ans depuis exactement trois semaines. Elle aurait le droit de vote le 6 février suivant. Son père paraissait se réjouir que pour cette fois au moins, Hitler ne bénéficierait pas de son appui. Elle le prit au dépourvu en changeant tout à fait de sujet :

— Ce soir, je dois sortir avec Herta. Comme il sera tard, je compte coucher chez elle. Je vais apporter de quoi me changer, pour demain.

Sa mère écoutait distraitement la conversation. Les questions politiques la laissaient froide. Rien ne changeait jamais pour le mieux, de toute façon. Mais ses oreilles se dressèrent dès qu'il fut question de sortie.

— Seulement avec Herta ? demanda-t-elle, inquisitrice.

— Évidemment. Ni elle ni moi n'avons quelqu'un dans notre vie. Nous irons danser à l'hôtel Kaiser Hof.

— Je me demande ce que tu trouves chez elle de mieux qu'ici, remarqua Fritz.

« La liste serait trop longue », songea la jeune femme. À haute voix, elle se contenta de dire :

— Rien. Seulement, comme ça je ne vous dérange pas en rentrant.

Depuis plusieurs années maintenant, ils faisaient semblant de croire à ces faux prétextes. C'était plus simple que d'admettre qu'Eva rêvait de se voir ailleurs depuis longtemps.

Parmi les privilèges d'une employée proche d'Hitler figurait celui d'utiliser le téléphone dans le bureau de son employeur. Chaque fois, Eva pestait un peu contre la modestie des moyens de ses parents qui l'empêchait d'avoir l'usage d'un tel appareil chez elle. D'un autre côté, elle profitait sans doute d'une plus grande intimité à cet endroit – dans la mesure où Hoffmann se trouvait ailleurs – que dans le salon ou la cuisine des Braun.

Une domestique décrocha d'abord, puis Herta vint au bout du fil. Sans même prendre le temps de dire bonjour, Eva débita d'un trait :

— Écoute, si jamais ma mère, ou mon père, téléphonait chez toi pour savoir où je suis, ce soir ou la nuit prochaine, invente une histoire plausible.

Il y eut un silence, puis Herta laissa tomber :

— Tu en es rendue là avec lui…

Le ton contenait une part de surprise. La blonde y vit aussi un reproche implicite, celui d'une catholique vertueuse à l'égard de la brebis égarée.

— Je te l'ai dit, je l'aime !

Jamais Eva n'avait formulé la chose de façon aussi claire, mais en lisant entre les lignes, Herta était déjà arrivée à cette conclusion.

— C'est bon. Mais je ne suis pas toujours la première à décrocher le téléphone.

Que son amie connaisse ses turpitudes était une chose, mais les parents de celle-ci, c'en était une autre.

— Pourrais-tu demander à tes parents de répondre de la même façon ?

— Je vais le leur demander.

Tôt ou tard elle devrait aborder le sujet avec eux, et obtenir leur complicité. Herta conclut, tout de même un peu abruptement :

— Je dois raccrocher. Je te souhaite une bonne soirée.

Eva eut la forte impression que son « Merci » fut accueilli avec une grimace.

Au moment de frapper à la porte de l'appartement de la place du Prince-Régent, Eva sentit la chaleur monter à ses joues. Son malaise augmenta d'un cran quand Anni Winter ouvrit la porte.

— Je viens voir monsieur Hitler.

L'autre l'examina de la tête aux pieds, et son regard s'arrêta sur la petite valise.

— Oui, je vois ça. Suivez-moi.

L'instant d'après, la domestique lui disait d'attendre dans le bureau. Après quelques minutes passées assise sur le bout des fesses, Eva alla se planter devant la fenêtre en baie. Elle vit une longue voiture noire s'arrêter devant l'entrée, un homme en imperméable en descendre.

Bientôt, Hitler était devant elle, souriant.

— Monsieur, je suis arrivée un peu à l'avance, je pense.

Même dans les situations les plus intimes, elle s'en tenait au vouvoiement, et évitait de l'appeler Adolf. De son côté, lui ne l'invitait pas à plus de familiarité. Il vint l'embrasser de façon un peu chaste. La présence de son personnel dans l'appartement lui imposait cette retenue.

— Ou moi en retard, ma petite Effie. Tu as passé une bonne journée chez le photographe ?

— Les autres me regardent d'une curieuse façon...

L'homme perdit son sourire pendant un moment.

— Tu dois demeurer discrète. Tu comprends, les journalistes sont toujours à l'affût des histoires croustillantes. Il ne faut pas leur fournir les sujets.

Comme elle ne semblait pas comprendre, il insista :

— Je m'engage dans la campagne à la présidence. Le moindre prétexte peut servir à me discréditer.

Difficile d'imaginer que serrer une jeune femme de près puisse porter préjudice à un politicien habitué à déchaîner une armée de chemises brunes contre quiconque ne partageait pas ses idées. Pourtant, il avait raison.

— Je vais faire plus attention encore.

Le reste de la conversation porta sur l'obligation de ne pas révéler la moindre inclination l'un pour l'autre. Un autre motif l'impressionna surtout :

— Ma situation ressemble un peu à celle d'un acteur d'Hollywood. Si les électrices savent qu'il y a quelqu'un dans ma vie, elles s'intéresseront à un autre.

Eva commença par esquisser un sourire, certaine qu'il s'agissait d'une blague. Mais non, Hitler était tout à fait sérieux.

À table, Georg Winter fit le service en se donnant des airs supérieurs. En s'adressant à l'invitée de la maison, il insistait sur le mot « Mademoiselle ». Eva en arriva à se sentir bien plus jeune que ses vingt ans. Enfin, après le dernier service, le couple de domestiques s'esquiva. Hitler entendait en faire des habitués du cinéma de la porte Sendlinger.

Profitant de cette relative intimité, le canapé du salon servit de terrain de jeux. L'homme se montrait attentionné, délicat même. Des adversaires politiques prétendaient que le chef de la section de Munich du Parti national-socialiste gagnait sa vie comme tenancier de bordel. Peut-être était-ce vrai, car il avait fourni des condoms à Hitler. En même temps, il affichait une pudeur de séminariste, gardant sa chemise, rabattant son pantalon sur ses cuisses pour le remonter une fois ses désirs satisfaits. Un « Aïe ! » strident annonça la perte de l'hymen. Malgré la douleur, cela lui tira un sourire de satisfaction d'être enfin une femme. Ensuite, ses yeux se portèrent sur le canapé.

— Oh ! Je suis désolée, dit-elle en voyant une petite trace de sang sur le coussin.

La blonde se sentait aussi un peu gênée d'avoir lâché ses petits cris de jouissance. Elle se tourna à demi au moment de retrousser un peu sa jupe pour accrocher ses bas de soie au porte-jarretelles. Pour se donner une contenance, elle dit en se relevant :

— Je vais chercher un linge mouillé pour essuyer, mais ça ne partira pas complètement.

— J'espère ne pas avoir été trop… brutal.

Elle le regarda pour lui adresser un sourire intimidé.

— Ce sera mieux la prochaine fois.

Car elle espérait de tout cœur qu'il y ait une prochaine fois. Ensuite, la conversation se fit plus détendue, jusqu'au moment de se coucher. L'invitation à passer la nuit ne signifiait pas partager la même chambre, à la grande déception d'Eva. Hitler regagna son petit lit étroit, et elle celui, guère plus large, de la pièce voisine.

Les yeux grands ouverts dans l'obscurité, la jeune femme se sentait affreusement seule, aux prises avec des émotions contradictoires : la fierté de « l'avoir fait », qui plus est avec le futur maître de l'Allemagne, et la culpabilité de la petite catholique, pour la même raison. Et un peu de peine, déjà, notamment celle de se retrouver toute seule à cet instant.

Pourtant, son amant ne dormait pas : en se rendant aux toilettes, elle avait vu la lumière, sous la porte de sa chambre.

Puis la voix d'Herta lui revint en mémoire. Le reproche implicite, la moquerie aussi, peut-être. À vingt ans, on rencontrait un garçon qui en avait tout au plus trente. Les plus prudentes limitaient les libertés à des jeux de mains, les autres cédaient leur virginité sous la promesse de l'officialisation prochaine de la relation. Les naissances venaient ensuite, à plus ou moins brève échéance.

Elle ne connaîtrait rien de cela.

Eva et Hitler se retrouvèrent devant le petit-déjeuner. Pour lui, il s'agissait d'un effort. Son habitude de lire jusqu'à trois heures de la nuit, et de traîner ensuite jusqu'à midi le lendemain, était légendaire. Heinrich Hoffmann s'en plaignait parfois, quand il y avait des photographies à prendre, ou des clichés à choisir. L'usage du diminutif « Effie », ou de mots comme « mon petit », et même « mon petit oiseau », devait adoucir la déclaration à venir :

— Tu sais, nous ne pourrons pas nous revoir bientôt. Avec la campagne électorale, je vais parcourir l'Allemagne du nord au sud, de l'est à l'ouest.

— Tout de même, vous passerez parfois à Munich, n'est-ce pas ?

Georg Winter choisit ce moment pour apporter un plateau chargé d'une théière et de tasses. Il jeta un regard amusé sur la jeune femme. Quand il fut reparti vers la cuisine, Eva continua :

— Je m'arrangerai pour être disponible, même si ce n'est que pour une petite heure.

Il tendit la main pour lui caresser la joue du dos de ses doigts.

— Tu es gentille, Effie. Je ferai de mon mieux. Mais mon seul avantage, dans cette campagne, c'est de pouvoir multiplier les discours. Par exemple, je serai au Palais des sports de Berlin demain soir. Je n'ai pas la réputation du maréchal Hindenburg, ni ses appuis dans l'armée ou dans le milieu des affaires.

Toute sa carrière politique tenait à cette faculté de pouvoir fasciner avec ses mots une assistance de plusieurs milliers de personnes. Il ajouta, doucereux :

— Mais cette campagne ne durera pas toujours.

— Il y aura un second tour, sans doute.

Pour le premier, dont le vote aurait lieu le 13 mars, il y avait cinq candidats. Aucun n'obtiendrait une majorité absolue, alors un mois plus tard ce serait le second.

— J'attendrai le temps qu'il faudra.

Peu après, la blonde embrassait son amant, puis repartait avec sa petite valise. Arrivée à la boutique, elle traversa la salle, un peu rougissante, pour aller la déposer dans le bureau d'Hoffmann. Quand elle prit son poste derrière la caisse, Clara lui demanda :

— Tu es allée passer la nuit à l'hôtel ?

Son malaise s'accrut d'un cran. « Demeurer discrète », avait dit Hitler.

— Voyons ! Tu penses vraiment que quelqu'un peut inviter une fille comme moi ?

La voix contenait assez de dépit pour convaincre l'autre de la laisser tranquille.

Chapitre 27

Allemagne, les dimanches 13 mars et 10 avril 1932

La prédiction d'Adolf Hitler s'était presque révélée fausse : au premier tour, Paul von Hindenburg obtint quarante-neuf pour cent et demi des voix exprimées. À tout le moins, le chef du Parti national-socialiste arrivait bon second avec trente pour cent, et le chef du Parti communiste troisième avec treize pour cent. Dans une certaine mesure, la mauvaise performance de ce dernier desservait le candidat nazi. Son meilleur atout, pour obtenir un jour la victoire finale, demeurait la crainte des bolchevistes.

Au second tour, exactement quatre semaines plus tard, le vieux président de quatre-vingt-cinq ans était reconduit à son poste avec légèrement plus de cinquante-trois pour cent des appuis. Son mandat devait durer sept ans, mais pour un homme de son âge, cela paraissait bien improbable. Hitler se classait second avec presque trente-sept pour cent, et le communiste perdait du terrain avec à peu près dix pour cent.

À la fin du mois de mai 1932, Gretl Braun descendit du train après un trajet de deux heures. À l'âge de seize ans, elle en finissait avec sa scolarité. Ses premiers mots à Eva, en mettant le pied sur le quai de la gare, furent :

— J'ai l'impression de revenir du bout du monde.

Elles échangèrent des bises.

— On ne peut pourtant pas dire que tu viens de bien loin !

Au cours des dernières années, elle avait fréquenté le couvent des sœurs franciscaines à Mödingen, sur le Danube.

— Une distance suffisante pour me libérer de l'atmosphère de la maison.

Eva prit la valise, puis se dirigea vers la sortie de la gare avec sa sœur sur les talons. En attendant le tramway, Gretl demanda :

— Comment ça se passe ?

— Je suis bien contente d'occuper un emploi. Je ne refuse jamais de faire du temps supplémentaire.

Intérieurement, elle se dit : « Si tu savais quel genre de temps supplémentaire ! » Une fois la campagne électorale terminée, sa relation avec Hitler avait repris là où elle s'était arrêtée fin février : les films, les déjeuners à l'Osteria Bavaria, et les visites à l'appartement de la place du Prince-Régent, avec sa petite valise à la main. Elle continua :

— Les vraies engueulades entre les parents sont rares, et les moments de bonne entente tout autant. Ça ressemble à un armistice : plus de coups de canon, mais pas de belles embrassades non plus.

Le tramway arriva bientôt. Une fois assise, Gretl remarqua :

— Tu dois regretter de perdre ton statut d'enfant unique...

Depuis quatre ans maintenant, Ilse habitait chez son employeur. Sauf pendant les congés scolaires, Eva occupait donc seule la chambre partagée avec les deux autres pendant l'enfance.

— Au contraire, je serai heureuse de les voir s'occuper de toi : ça fera diversion. Ils se soucient beaucoup trop de mes allées et venues.

— Toi, tu as quelqu'un dans ta vie.

Le ton était mi-amusé, mi-moqueur. Eva préféra mentir :

— S'ils me surveillaient de moins près, ça m'arriverait peut-être.

Pendant tout le reste du trajet, l'une voudrait en savoir plus, l'autre refuserait de livrer le moindre indice.

— Dans les circonstances, Gretl, tu auras bien du mal à te trouver un emploi. Il y a des millions de chômeurs en Allemagne, et toutes les politiques du chancelier Brüning empirent la situation.

La famille se trouvait à table, pour le petit-déjeuner. Fritz exprimait des craintes légitimes, mais surtout l'espoir que la benjamine défie les statistiques en trouvant à s'occuper de manière utile. Une fille de cet âge au chômage risquait de peser sur le budget familial.

— Voyons, Fritz, laisse-lui le temps. Hier elle était encore à l'école.

Fanny semblait vouloir profiter de quelques jours avec sa plus jeune fille. Le père et la mère échangèrent un regard sans chaleur. Gretl comprenait exactement ce que sa sœur évoquait la veille.

— Je vais voir avec monsieur Hoffmann s'il peut lui donner du travail, intervint Eva.

— Bien sûr, la fille à la caisse qui dit à son patron comment gérer son personnel, ricana Fritz.

— Peut-être que je suis plus importante qu'une simple caissière.

La voix contenait du défi. En disant ces mots, elle songeait plus à son influence auprès du chef du Parti nazi qu'à sa relation avec le photographe.

— Embaucher quelqu'un ?

Hoffmann semblait trouver la suggestion bien saugrenue. Il secoua la tête et dit à Eva :

— J'ai dû renvoyer du monde, l'an dernier.

— Pour en prendre d'autres cette année. L'affaire progresse en même temps que le parti.

Et avec trente-sept pour cent d'appuis à son chef lors de la présidentielle, elle prospérait. D'ailleurs, l'entreprise avait pris le nom de Service de propagande national-socialiste Hoffmann. Un service d'imprimerie permettrait de diffuser des livres richement illustrés avec comme thématique « le Hitler que personne ne connaît ». Tout le monde deviendrait familier avec son chien, son refuge un peu rustique dans les Alpes, et même ses promenades en forêt vêtu d'une culotte de cuir.

— Bon, je verrai ce que je peux faire. Quelle est la formation de ta sœur ?

— La même que la mienne. Chez les franciscaines, toutefois.

— C'est meilleur, ou moins bien ?

Eva sut la partie gagnée à ce moment.

— Ça, vous devrez en juger par vous-même.

— Bon, dis-lui de venir demain après-midi.

Hoffmann reporta ensuite son attention sur le dossier placé devant lui. L'entrevue était terminée. Pourtant, la blonde demanda :

— Monsieur Hitler paraît très occupé, ces temps-ci. L'autre releva les yeux, revissa le capuchon de son stylo-plume.

— Une nouvelle campagne électorale nous pend au bout du nez.

— Nous venons d'en traverser deux !

— Pour la présidence. Maintenant, il s'agit d'élire les membres de la Chambre des députés.

Tout cela, évidemment, elle le savait déjà. Les journaux évoquaient les étapes à venir tous les jours.

— Écoute, Evie…

L'usage de ce diminutif précédait toujours un conseil paternel.

— Ce sera encore plus difficile que la lutte contre Hindenburg. Ce sera la seconde, et la dernière chance. Si le Führer domine la chambre d'assemblée, il se retrouvera chancelier. Sinon…

Il fit un geste de la main, comme pour chasser une mouche.

— Alors tu devras être patiente.

La jeune femme se leva de la chaise placée en face du bureau et retourna à son poste de travail, la mine basse.

Hoffmann avait accueilli Gretl avec son sourire le plus charmeur, la main tendue tout en disant :

— Les sœurs Braun sont vraiment ravissantes. Décidément, j'aimerais rencontrer la troisième.

— Je ne ferai rien pour vous la présenter, dit Eva. En comparaison, nous apparaîtrions très fades.

Son sourire disait qu'il ne fallait pas la prendre tout à fait au sérieux. Il le prit bien ainsi.

— Alors, tu aimerais travailler à la caisse ?

Gretl avait observé sa sœur pendant quelques minutes, avant l'arrivée du patron. La succession des clients, son sourire charmeur pour chacun et le flirt sans cesse recommencé ne lui disaient rien.

— Je ne sais pas… Je m'attendais à du travail de secrétariat.

Elle marqua une pause, puis s'empressa d'ajouter :

— Évidemment, si vous voulez que je le fasse, je le ferai.

Eva se dit que sa cadette manquait de souplesse, en cette période de chômage. D'ailleurs, Hoffmann lui adressa un sourire entendu, avant de dire :

— Si tu es enthousiasmée par le travail de secrétariat, je peux te rendre ce service. Cent dix marks par mois. Si ça te convient, va voir Roemer.

Les salaires avaient bien baissé depuis 1929. Et c'était à prendre ou à laisser, plus aucun patron ne se donnait la peine de négocier. Il les regarda toutes les deux, puis conclut l'entrevue :

— Mesdemoiselles Braun, bonne fin d'après-midi.

Prenant sa sœur par le bras, la blonde l'entraîna hors du bureau. À l'extérieur, elle lui dit :

— Roemer, c'est le gérant. Allons le voir tout de suite.

— Je n'aurais pas dû…

— Ne t'en fais pas. Moins de quarante-huit heures après ta sortie du couvent, je comprends que la succession de tous ces séducteurs te laisse perplexe.

Eva, elle, s'y était faite sans mal. Son sourire et sa petite inclinaison de la tête lui permettaient de faire belle figure.

Le soir, à table, Fanny dissimulait mal son petit sourire satisfait. La preuve de l'influence d'Eva lui semblait une victoire personnelle. Elle dit à Gretl :

— Il t'a embauchée ?

Fritz, de son côté, montrait toute son incrédulité.

Eva répondit à la place de sa sœur :

— Je multiplie les efforts, dit la blonde, alors c'est tout naturel qu'il me montre un peu sa reconnaissance.

— C'est vrai, ça. Tu acceptes régulièrement de finir plus tard, acquiesça la mère.

Après cela, Eva susciterait moins de froncements de sourcils quand elle leur annoncerait que son patron exigeait sa présence pendant toute la prochaine fin de semaine. L'invitation à aller au chalet de Berchtesgaden lui était arrivée en fin d'après-midi, sous la forme d'un petit mot. Son statut de maîtresse secrète exigeait qu'elle soit disponible en permanence.

À nouveau, Eva avait pris le train en direction du sud dans l'après-midi du vendredi, et elle ne rentrerait que le dimanche soir. À nouveau aussi, une limousine l'attendait pour la conduire au Platterhof. Cette fois, le chauffeur SS lui remit une petite enveloppe quand elle descendit de voiture.

Ce ne fut que dans sa chambre qu'elle la décacheta.

Mon petit,

Les convenances me forcent à te réserver une chambre à cet endroit. Toutefois, je compte te retenir un peu dans ma retraite de montagne, ce soir et demain.

Il fixait la date, le lieu et l'heure, sans égard pour ses propres attentes. Pourtant, plutôt que de se rebiffer, elle passa sans tarder à la salle de bains, puis retrouva la Mercedes avec empressement, presque fiévreuse.

À nouveau, Hitler vint l'accueillir sur la terrasse devant le chalet, souriant.

— Mademoiselle Braun, comme je suis heureux de vous revoir.

Son baisemain s'avéra encore plus cérémonieux que d'habitude, toutefois son regard trahissait sa hâte d'en venir à moins de formalités.

— Ces jours-ci, le climat est plus propice à la promenade. Demain, nous pourrons profiter de cette belle journée de printemps.

Comme la fois précédente, le gros berger alsacien se précipita vers elle, comme s'il gardait le souvenir des quelques minutes de jeux. La jeune femme chercha un bâton sur le sol, pour s'y livrer à nouveau. Cette fois, son compagnon et elle le lancèrent chacun leur tour.

— J'aime beaucoup ces chiens. Ils sont fidèles à leurs maîtres, et très courageux. À vrai dire, je m'attends aux mêmes qualités chez les êtres humains que je fréquente, mais je suis plus souvent déçu avec eux.

L'homme rit de bon cœur, fier de son trait d'humour. Pourtant, Eva eut la certitude qu'il était tout à fait sérieux. Elle changea de sujet :

— Monsieur Hoffmann m'a dit, pour les prochaines élections… Vous croyez que ce sera difficile ?

— Il s'agit d'une véritable guerre, mon ange. Comme la dernière. Et crois-moi, il restera des cadavres sur le pavé.

L'idée de la lutte ne lui déplaisait visiblement pas du tout. Très intimidée de sa propre audace, Eva déclara :

— J'aimerais vous accompagner, comme l'année dernière, à Cobourg.

Hitler esquissa un sourire, puis murmura :

— Et j'aimerais t'avoir avec moi. Malheureusement, ce ne sera pas possible. Hermann a obtenu que la Lufthansa mette un petit avion à ma disposition.

Il parlait d'Hermann Göring, un collaborateur de la première heure. Son statut d'as de l'air, pendant la Grande Guerre, lui valait d'être bien vu dans le milieu de l'aviation.

— Nous serons trois ou quatre à voler d'une ville à l'autre. Ce n'est pas comme se promener dans un convoi d'automobiles, où tu peux passer inaperçue.

À nouveau, il la remettait à sa place, celle de maîtresse fantôme. « Pour garder l'appui des électrices », avait-il dit. Et sans doute aussi celui des notables, comme ceux de la Lufthansa. Ces gens importants se seraient gaussés de voir le Führer qui se disait choisi par la Providence pour sauver l'Allemagne en compagnie d'une fille de magasin.

Mais il n'y avait pas que les grands de ce monde qui trouvaient la présence d'Eva inopportune. À ce moment même, la demi-sœur d'Hitler, Angela Raubal, déplaçait le rideau de l'une des chambres à l'étage pour lui jeter un regard mauvais. Eva l'avait aperçue et Hitler suivit ses yeux.

— Elle ne m'aime pas.

— Depuis la mort de sa fille, elle paraît détester toutes les jeunes femmes bien vivantes ayant à peu près le même âge.

Jugeant cette attitude compréhensible, Eva décida de ne pas lui en tenir rigueur.

— Maintenant, nous devrions rentrer. Le dîner sera bientôt prêt. Tu retrouveras quelques visages connus.

Déjà, elle savait qu'Hoffmann serait là. Évidemment, difficile de croire à une affectation professionnelle pour elle en l'absence de ce dernier.

Celui-ci se leva à son arrivée dans la salle de séjour, tendit la main en disant :

— Mon Dieu, Evie, bientôt nous nous verrons tous les jours !

Elle lui trouva un visage d'entremetteur. Il lui avait présenté Hitler le premier jour – ce monsieur Wolf aux allures de gangster américain –, et à peu près tous leurs rendez-vous passaient par son entremise.

Puis ce fut au tour de Brückner de la saluer, plus amène que la première fois. Quand ils furent assis, Hitler lui demanda :

— Ta petite sœur ne souffre pas trop sous l'autorité de ce tyran ?

— Non. Elle m'a dit être très satisfaite de son travail.

— Elle manie la machine à écrire comme aucune autre, remarqua le photographe.

Eva s'y connaissait assez pour savoir combien Gretl était lente. Rien de plus normal pour une personne qui était à son premier emploi, mais en cette époque de chômage généralisé, les employeurs n'acceptaient rien de moins que la perfection.

— J'aimerais bien faire sa connaissance, dit le politicien. Avant de repartir pour Berlin, la semaine prochaine, je vous inviterai toutes les deux à l'Osteria Bavaria.

— Vous verrez, chef, c'est un beau brin de fille. Moins assurée que notre amie, et moins souriante, toutefois.

Ses camarades, à l'école, soulignaient déjà son humeur tristounette, presque renfrognée.

— Je suis certain qu'elle est très bien.

Angela Raubal mettait la table. Elle posa brutalement les assiettes pour exprimer son déplaisir.

À l'heure du repas, deux personnalités nazies des environs se joignirent au petit groupe. Hitler présenta Eva comme l'assistante du photographe, « une jeune personne devenue essentielle ». La conversation porta sur la campagne électorale à venir. Aimablement, le chef politique fit de son mieux pour l'orienter sur des questions légères, comme les derniers films, les derniers disques à la mode.

— Vous ne trouvez pas que mademoiselle ressemble à Jean Harlow ? alla-t-il jusqu'à demander.

Si Hoffmann voulut bien en convenir, les autres firent mine de n'avoir aucune idée de qui il s'agissait. Vers dix heures, le politicien annonça :

— Mademoiselle Braun, j'ai demandé à votre chauffeur de venir vous prendre.

Si les autres se rendirent compte de la déconfiture d'Eva, personne ne le montra. Hitler ajouta :

— Je vais vous reconduire à la porte.

Les souhaits de bonne nuit prirent un instant. Puis, dans le hall, il dit à haute voix :

— Nous nous reverrons demain, mademoiselle.

Et tout bas, en se penchant sur elle :

— Va dans la chambre donnant sur la façade, en haut de l'escalier, à ta droite.

Il lui adressa un gros clin d'œil. Visiblement, ce jeu de cache-cache l'amusait au plus haut point.

— J'essaierai de les mettre dehors bien vite, ajouta-t-il en chuchotant toujours.

Peut-être parce qu'il souhaitait se montrer un hôte parfait, l'homme ne regagna sa chambre que trois heures plus tard. Une nouvelle fois, Eva se retrouva seule après des ébats peu satisfaisants. La faute n'en incombait cependant pas à son partenaire. Enfin, pas directement. La présence d'Hoffmann juste de l'autre côté du couloir y était pour beaucoup.

Puis, Hitler lui abandonna la chambre d'amis pour regagner la sienne, contiguë. Cette fois encore elle dormit mal. Une part d'elle lui disait de fuir cette relation. Elle avait honte de se donner à un homme ayant deux fois son âge, résolu à tenir son existence secrète. Comme si sa présence dans sa vie était une tare. D'un autre côté, n'étant plus vierge, elle devenait un parti bien peu enviable. Évidemment, la virginité était une règle à sens unique.

Mais en réalité, tous ces inconvénients comptaient bien peu, comparés à la griserie d'occuper une place, si petite soit-elle, dans la vie du sauveur de l'Allemagne.

Depuis quelques semaines, tous les matins, les deux sœurs Braun marchaient ensemble jusqu'au studio de photographie Hoffmann. Sur les murs des immeubles, au gré du chemin, elles pouvaient mesurer l'intensité de la lutte électorale. Toutes les affiches collées pendant la journée étaient arrachées pendant la nuit, pour être remplacées par d'autres. Comme soixante et un partis politiques se faisaient la lutte, à ce jeu elles découvraient sans cesse de nouvelles organisations. Le Parti social-monarchiste avait excité leur curiosité un moment, tout comme le Parti des chômeurs pour du travail et du pain.

Dans cet affrontement, toutefois, quatre organisations se démarquaient : le Parti national-socialiste, le Parti social-démocrate, le Parti communiste et le Parti du centre.

— Si tu avais le droit de voter, demanda Gretl, qui choisirais-tu ?

— Le Parti nazi, évidemment. Toi aussi, j'espère. Après tout, nous lui devons notre emploi.

La plus jeune comprenait qu'Hoffmann tirait l'essentiel de ses revenus des membres de cette organisation, et surtout de son chef. Cela d'autant plus que depuis le début de la campagne, Fritz ne ratait pas une occasion de le rappeler, lors des repas.

— Mais si nous ne devions rien à personne ? Tu voterais nazi parce que le chef te plaît ?

Jamais la blonde n'avait abordé ce sujet avec sa cadette. Toutefois, pour quiconque l'observait un tant soit peu, son engouement sautait aux yeux.

— Tu crois que quelqu'un d'autre pourrait sauver l'Allemagne ? rétorqua-t-elle.

Dieu avait envoyé Jésus en Galilée, et Hitler en Allemagne ! Ce thème revenait sans cesse dans la propagande organisée par un curieux petit homme boiteux, Joseph Goebbels. Eva l'avait aperçu une fois, de loin. Ce gnome lui avait donné froid dans le dos.

En s'engageant dans la rue Amalie, Eva et Gretl se montrèrent circonspectes. Depuis des jours, les chemises brunes patrouillaient sans cesse le quartier. Après tout, le QG du parti et son principal organe se trouvaient tout près, rue Schelling, et

Hoffmann réclamait que la protection s'étende à son commerce. Son inquiétude s'avérait fondée : trois jours plus tôt une brique avait fracassé la vitrine.

Ce matin-là, des hommes coiffés d'une casquette, une vareuse sur le dos, agitaient un drapeau rouge en chantant *L'Internationale* – une véritable provocation pour les SA. Aussi disciplinés qu'un corps d'armée, une cinquantaine d'hommes vêtus de brun coururent vers eux en chantant le *Horst Wessel*. Les jeunes femmes en connaissaient maintenant aussi les paroles. Même à cent pas de distance, elles entendaient les cris, distinguant la colère, la peur, et aussi la souffrance. Les gourdins produisaient des « plocs » bien sonores sur les crânes. Un garçon tout pâle passa sous leurs yeux en tenant son avant-bras. Celui-ci présentait un angle curieux.

Puis des coups de feu retentirent.

— Entrons ici, dit Eva en poussant sa sœur.

Une boulangerie se trouvait sur leur droite. Déjà, une quinzaine de personnes se pressaient dans le commerce exigu. Le boulanger craignait de voir la bataille se poursuivre dans ses murs.

— Il y a une porte à l'arrière, répétait-il. Sortez, sortez.

Si la plupart des passants obtempéraient, certains se servaient sans vergogne. Déjà, il ne restait aucune miche sur les étals, et plus un gramme de farine dans l'arrière-boutique.

Les deux jeunes femmes se tenaient cependant près de la vitrine, pour surveiller les événements.

— Vous risquez de vous faire estropier, dit le marchand, désireux de les voir partir.

— Nous travaillons là-bas, dit Eva. Chez Hoffmann.

— Eh bien, j'espère qu'Hitler va gagner, et nous débarrasser définitivement de cette racaille.

Jusque-là sympathique au Parti du centre, l'homme venait de changer d'allégeance. L'ordre brun lui semblait infiniment préférable à l'anarchie rouge. Les deux sœurs assistèrent aux dernières minutes de l'affrontement. Quand elles sortirent, les bolcheviques encore en état de s'enfuir avaient disparu, les moins amochés soutenant les autres. En s'approchant de la boutique du photographe, elles virent des hommes essayer de se relever en geignant. Les SA ramassaient les leurs, et assénaient des coups de pied aux autres.

Quand quelqu'un cria : « Un de ces salauds a tiré une balle dans la tête de Will », et les blessés craignirent d'être exécutés sur place. Avec raison. Juste devant la porte de la boutique, elles virent un jeune homme étendu sur le dos, silencieux, le visage comme une pièce de viande, et une bouillie rosâtre sortant de son crâne défoncé. Gretl ajouta son vomi au sang qui tachait les pavés.

Quelqu'un avait verrouillé la porte du commerce, alors elles durent frapper longtemps sur la vitrine avant que Roemer ne vienne leur ouvrir.

Chapitre 28

Munich, le dimanche 31 juillet 1932

La relation entre Eva et sa petite sœur présentait une intimité nouvelle. Après toutes ces années de couvent, voilà que Gretl la côtoyait pendant la journée chez Hoffmann, et la nuit toutes les deux partageaient la même chambre.

À son éveil, Eva fit ses recommandations à sa cadette avant même de sortir du lit :

— Alors c'est entendu, tu diras que tu es… indisposée, et tu ne viendras pas à la boutique ce soir.

— Pourquoi ? S'il y a quelque chose…

— Je te l'ai dit, il n'y aura rien de particulier. C'est juste que j'aimerais écouter les résultats en paix, sans entendre sans arrêt les commentaires de père. Déjà que nous avons droit à sa lecture des journaux tous les soirs !

L'exercice devenait au mieux lassant, et carrément désagréable s'il entreprenait de gagner les femmes de la maison aux idées du Parti du centre. Sa situation était d'autant plus étrange que ce luthérien faisait la louange d'un parti catholique.

— Ce qui signifie que je serai seule à endurer ses paroles empreintes de tant de sagesse !

La seule manière d'y échapper serait de se réfugier dans la chambre en plaidant la fatigue. Mais Gretl avait l'habitude des dortoirs du pensionnat, ou de la pièce encombrée de trois lits à la maison pendant son enfance. Les moments de solitude la rendaient morose.

Dans la cuisine, Fritz Braun entendait répéter son commentaire de la veille, car au moment du petit-déjeuner, un dimanche en plus, il n'avait pas renouvelé sa provision de journaux. De toute façon, les imprimés du samedi lui fourniraient du matériel pour la semaine, au terme d'une campagne électorale violente et passionnée.

— Cinq cents morts ! s'exclama Fritz ce matin-là. La plupart en Bavière et en Saxe. Il a fallu l'armée pour calmer un peu le jeu. Si ce petit caporal l'emporte, ses chemises brunes vont multiplier les massacres.

— Ce sont les chemises brunes qui nous ont sauvé la vie quand les communistes ravageaient les environs de la boutique, intervint Gretl.

— Comme vous travaillez pour le service de propagande des nazis, rien de plus normal qu'ils vous protègent. Mais pour le reste de la population, la menace, ce sont les nazis eux-mêmes.

Ce genre de discours suscitait la colère d'Eva. Depuis presque trois ans maintenant, ces méchants nazis, elle les croisait tous les jours. Si certains l'intimidaient, notamment tous les SS porteurs des uniformes noirs, en réalité aucun ne lui avait manqué de respect. Quant au chef, il lui apparaissait clairement comme un messie.

— Les communistes ont fait la pluie et le beau temps sous mes fenêtres pendant cinq ans, intervint Fanny. Je sais ce dont ils sont capables. Alors s'il faut des chemises brunes pour les chasser…

Elle s'arrêta, peu soucieuse de donner à son époux un autre motif de querelle. Il en trouvait déjà assez. En Allemagne, les femmes avaient le droit de vote depuis 1918. Le parti qui leur procurerait des rues sûres recevrait certainement leur appui majoritaire.

— Je ne dis pas que je préfère les communistes, dit Fritz. Mais choisir entre la terreur rouge et la terreur brune ne me dit rien. Si les Allemands ne choisissent ni les uns ni les autres, le pays s'en portera mieux.

L'homme joignit le geste à la parole : il se leva et alla voter. Quant à Fanny, elle attendrait au retour de la messe. Ainsi, son époux ne ferait pas pression sur elle quand il s'agirait de marquer son bulletin d'un « X ».

— Ce soir, je compte aller écouter les résultats au bureau, dit Eva en baissant les yeux.

— On a une radio, lui dit son père. Tu peux les écouter ici.

Elle regretta de ne pas avoir recouru à son mensonge pieux habituel : Herta m'a invitée.

— Nous serons quelques collègues là-bas. Des gens de mon âge.

— Des gens des deux sexes ? demanda Fanny.

Jamais elle ne perdait de vue les convenances. Déjà, Ilse logeait chez son employeur. Que sa seconde fille s'expose au qu'en-dira-t-on n'augmenterait certainement pas ses chances de trouver un bon parti. Elle aurait bientôt vingt et un ans, et ne fréquentait personne sérieusement. En plus, si des gens exprimaient des doutes sur la moralité des deux premières, la troisième souffrirait d'une mauvaise réputation par association.

— Oui, puisque des hommes et des femmes travaillent là. Ce n'est pas comme si j'étais seule avec un homme. Ou deux ou trois hommes.

Des réceptions réunissaient parfois le personnel. Les filles revenaient toujours de ces soirées en sentant l'alcool et la cigarette.

— Bon, au moins Gretl sera là. Vous pourrez veiller l'une sur l'autre.

— Je ne comptais pas y aller, dit la plus jeune en baissant les yeux.

Eva esquissa un sourire. Sa sœur assumait sa part du scénario.

— Pourquoi pas ? Tu n'as pas été invitée ? Franchement, ce n'est pas parce que tu es la dernière embauchée qu'ils peuvent te traiter ainsi.

— Non, ce n'est pas ça. Mais aujourd'hui…

Son regard se porta sur son père. Toutes ses années de couvent ne l'avaient pas habituée à aborder certains sujets devant un homme.

— Euh… Disons que je ne suis pas dans mes meilleurs jours.

Fanny fit un « Ah ! » de connivence, puis se leva en disant :

— Bon, maintenant, mettons-nous en route. Je n'aime pas arriver en retard à l'église.

La fréquentation de la messe dominicale demeurait obligatoire dans la maison. Même Fritz allait jusqu'à dire : « Aussi longtemps que vous serez sous mon toit, vous irez ! » De la part d'un homme qui désertait le temple luthérien depuis deux décennies, ce genre de diktat étonnait.

Malgré sa réticence, Fanny avait regardé Eva partir sans faire de commentaire. Quant à Fritz, quelques bières dans l'après-midi l'avaient rendu plus conciliant. Même à l'égard du Parti nazi. Eva fit le trajet vers la boutique du photographe d'un pas rapide. Rue Amalie, elle fouilla dans son petit sac pour trouver la clé de la porte arrière. Avec le gérant Roemer, elle était la seule employée à en posséder une. Hoffmann avait bien hésité à la lui confier, pour céder quand elle lui avait dit : « S'il désire m'appeler dans la soirée, je dois être accessible. »

Maintenant, traverser l'entrepôt très sombre l'effrayait un peu. La radio se trouvait dans le bureau du patron, et elle y passerait la soirée toute seule. Jusqu'à la dernière minute, elle avait espéré qu'Hitler l'invite à venir le rejoindre à Berlin. Dans un moment pareil, sa place lui paraissait être au quartier général du chef, à ses côtés.

— Tu t'ennuierais à mourir, et je ne pourrais même pas bavarder avec toi. Toute la soirée j'aurai Goebbels et tous les autres sur le dos.

En plus d'être responsable de la propagande, Joseph Goebbels dirigeait le Parti nazi dans la capitale fédérale. Pour Eva, cela ressemblait à un prétexte. Le Führer disait maintenir la fable de son célibat pour attirer les électrices. L'argument ne tenait certainement pas auprès de ses collègues. Avait-il honte de la vendeuse, face à ses proches ?

Une seule chose la rassurait : dès le lendemain, il devait revenir à Munich.

Dans le bureau d'Hoffmann, Eva prit place dans un des fauteuils réservés aux visiteurs. Occuper le siège du maître des lieux lui aurait paru irrespectueux. Elle se contenta de déplacer le téléphone afin de pouvoir décrocher à la première sonnerie. Et un cendrier, pour laisser les lieux immaculés.

À la radio, les morceaux de musique s'enchaînaient, entrecoupés de commentaires sur le déroulement du vote. Ce ne fut qu'après dix heures que les premiers résultats furent donnés. Tout de suite, on annonça que le Parti national-socialiste avait pris de l'avance. À partir de ce moment, Eva garda les yeux sur le téléphone, comme si l'intensité de son regard allait suffire à le faire sonner.

Passé onze heures, la jeune femme commença à perdre espoir. Son amant était visiblement trop occupé pour lui faire la moindre place. Dans la rue, des nazis célébraient déjà leur victoire annoncée, mais les membres d'autres partis viendraient certainement leur disputer cette prétention. En outre, Eva ne pouvait revenir à la maison après minuit sans s'exposer à la colère de son père et à la privation du droit de sortir pour une demi-éternité.

Quand elle se résolut à quitter la boutique, les derniers chiffres n'étaient pas encore disponibles. À nouveau, elle se traita de sotte pour accepter de gaspiller son existence à attendre. D'un autre côté, l'idée de ne plus le voir lui paraissait insupportable, au point de lui enlever le goût de vivre.

Le Parti national-socialiste comptait le plus grand nombre de députés, 230 sur 608, avec plus de trente-sept pour cent des voix. Les sociaux-démocrates venaient ensuite, et les communistes en troisième. Comme aucun parti n'avait obtenu la majorité, la formation d'un cabinet serait difficile, sinon impossible.

Soixante et un partis avaient participé à l'élection. Les nazis avaient recueilli près de quatorze millions de votes exprimés sur les trente-sept millions possibles. Le Parti de la réforme avait les plus faibles appuis, avec cinquante-neuf électeurs.

À tout le moins, Adolf Hitler se montra fidèle à sa parole. Le lendemain de l'élection, il alla passer quelques heures à son chalet de Berchtesgaden puis revint à son appartement de Munich. À titre de chef du parti comptant le plus de sièges, le président Hindenburg aurait dû lui donner le poste de Premier ministre. S'il ne le faisait pas, le nouveau cabinet serait renversé très vite.

Pendant que se déroulaient des tractations pour former le cabinet, le Führer retrouvait ses habitudes en Bavière. Le 1er août, dans la soirée, Eva se joignit à lui, et à d'autres membres du parti, au théâtre du Prince-Régent. On y présentait *Tannhäuser*. Le 2, elle revoyait *Les Maîtres chanteurs de Nuremberg* en compagnie des mêmes personnes. Sans vraiment le vouloir, la jeune femme deviendrait une spécialiste du répertoire wagnérien.

Aller à l'opéra deux soirs d'affilée exigea de longues explications à ses parents, et ce fut à nouveau Herta qui lui servit de couverture.

Le Premier ministre choisi par le président Hindenburg n'avait pas réussi à former un gouvernement se méritant la confiance d'une majorité de députés. Cela signifiait le déclenchement de nouvelles élections, prévues pour le 6 novembre. Hitler multipliait les discours, s'imposant un rythme de coureur de marathon. Il volait d'une ville à l'autre, se présentait devant une foule de partisans en après-midi, et une autre en soirée. Les fins de semaine, il pouvait répéter l'exercice une troisième fois dans la journée. Quand le chef politique se libérait un peu, c'était pour négocier l'achat de son chalet à Berchtesgaden. Il finirait par posséder toute la montagne.

Pour Eva Braun, il s'agissait de semaines de solitude.

— Tu ne peux pas continuer comme ça, insistait Herta. Tu es tellement déprimée, tu vas te rendre malade.

Les deux amies se trouvaient dans la chambre d'Herta, en pyjama. Eva haussa les épaules.

— Quand j'ai accepté de coucher avec lui, je pensais que ça finirait par la grande demande. Ilse avait raison, je suis une vache stupide.

Dans ses plus mauvais jours, elle pouvait repenser aux mesquineries de son aînée pendant une heure, et ensuite se trouver plus stupide encore de se sentir toujours aussi affectée par ses remarques. Et dans les pires moments, se dire que mieux vaudrait se trouver sous terre, pour mettre fin à ce scénario déprimant.

— Eva, arrête.

Herta avait pris un air sévère, comme une mère devant une enfant particulièrement têtue. Elle continua :

— Ce bonhomme-là raconte à qui veut l'entendre que la Providence l'a mis sur terre pour sauver l'Allemagne. Il ne rêve pas de s'acheter une petite maison avec un jardin, et d'élever trois enfants.

— Je suis stupide, je sais. Mais quand je suis avec lui, il est si gentil, si attentionné. Je me sens… tellement importante. Puis il s'en va, et je deviens une moins que rien. Une petite vendeuse qui traîne six ou huit kilos en trop et qui gagne cent quarante marks par mois.

Si la perspective de retrouver son amant l'amenait à s'épuiser en longues marches dans le Jardin anglais, ou à subsister d'une poignée de noix, la solitude la rendait neurasthénique et gourmande. Quant à son salaire, n'avoir subi aucune baisse représentait en réalité une augmentation de trente pour cent : l'ampleur de la chute des prix.

— Une petite vendeuse qui se fait conter fleurette par au moins trois clients tous les jours, d'après ce qu'elle me raconte, dit Herta en souriant.

— J'ai peut-être exagéré pour t'impressionner. Entendons-nous pour deux seulement…

Malgré cet effort pour s'amuser de la situation, son visage exprimait la même mélancolie. Herta vint la rejoindre sur le lit pour passer un bras autour de ses épaules. Eva poursuivit :

— Ces hommes qui se succèdent devant ma caisse échangent trois ou quatre phrases, ils me font de jolis sourires, puis ils vont rejoindre une fiancée ou une épouse. Dans ma vie, il y a un homme extraordinaire qui m'invite à manger à l'Osteria Bavaria avec quatre ou cinq collaborateurs, qui m'invite à l'opéra pour voir toujours les mêmes spectacles interminables, qui me reçoit une fois de temps en temps dans son appartement. Le reste du temps, je le passe avec des parents qui se détestent... ou avec toi qui veux bien me faire une petite place.

Herta l'enlaça pour lui embrasser la joue, puis toutes les deux se laissèrent tomber à la renverse. C'est étendues côte à côte, la tête tournée l'une vers l'autre pour se regarder dans les yeux, que les confidences se poursuivirent.

— Quand il est là, il dit m'aimer, et tout dans son attitude me dit que c'est vrai. Mais quand il s'en va, il peut rester une, deux, ou même trois semaines sans se manifester.

« Et son absence m'est insupportable », compléta-t-elle mentalement.

— Là il est en pleine campagne électorale.

— S'il perd, il y en aura une autre dans six mois.

La jeune femme comprenait qu'il en irait de même aussi longtemps qu'un parti n'obtiendrait pas une majorité des sièges. Autrement, les coalitions demeuraient éphémères.

— Et s'il gagne, ce ne sera pas mieux, continua la blonde. Il sera à la tête du gouvernement. Penses-tu qu'il s'encombrera d'une vendeuse quand il recevra des chefs d'État ou des ambassadeurs ?

Les autres chefs du parti, Göring et Goebbels, avaient épousé l'un la fille d'un noble, l'autre une grande bourgeoise. Herta semblait marcher sur des œufs quand elle dit :

— Des hommes, il y en a d'autres.

À vingt ans, Herta rencontrait son lot de prétendants. Rien ne pressait à son âge, mais la crise économique retardait les projets de mariage de beaucoup d'entre eux.

— Pas tant que ça, tu sais. Je garde les yeux ouverts. Mais quand on connaît l'Allemand le plus extraordinaire du siècle, les autres semblent un peu fades.

« Le plus extraordinaire du siècle, ce sera celui qui te placera au-dessus de la mission confiée par la Providence », pensa Herta. Mais cela, bien sûr, ne se disait pas à haute voix. Elle dit plutôt, d'un ton enjoué :

— Si jamais je rencontre deux gars, tu voudrais qu'on sorte à quatre ?

— Pourquoi pas. Tu peux même accepter les rendez-vous les jours qui te conviendront, je ne risque pas d'être occupée.

La blonde demeura silencieuse un moment, puis elle demanda d'une voix un peu misérable :

— Je peux dormir avec toi ?

Pour toute réponse, Herta se contenta de lui faire la bise et de lui désigner le lit. Une idée folle traversa soudain la tête d'Eva : et si elle prenait pension chez les Ostermayer ? « Vache stupide », se dit-elle.

Pour reprendre la formule consacrée, l'élection du 6 novembre représentait une mauvaise et une bonne nouvelle pour les nazis. Le parti gardait la plus importante représentation à l'assemblée législative, mais accusait tout de même un recul de trente-quatre députés. Le Parti social-démocrate et le Parti du centre avaient aussi perdu du terrain. Quant aux communistes, leur représentation augmentait. Dans ces circonstances, même Fritz commençait à penser que mettre le petit caporal au pouvoir ne serait pas une si mauvaise idée. Il saurait débarrasser l'Allemagne de cette engeance maudite.

Après les élections, Hitler retrouva son habituelle vie de bohème, entre les petits restaurants et les cafés où les serveurs le reconnaissaient, le cinéma de la porte Sendlinger et les différents théâtres de la ville. Et Eva. Le sourire lui était revenu, tout comme les longues marches, et le calcul des calories.

Munich, le dimanche 1er janvier 1933

Eva se joignit à Hitler dans un état d'exaltation et de frayeur mêlées pour se rendre au Théâtre national de Bavière. Pour la première fois, il la présenterait en tant que « compagne » à des personnes de son entourage. Toutefois, la plupart lui étaient déjà connus : Heinrich Hoffmann et sa nouvelle fiancée, Erna, Rudolf Hess et son épouse Ilse, le général SS Wilhelm Brückner et son amie Sophie Stork, et Ernst Hanfstaengl et son épouse Helene.

— Qui est-elle ? demanda Hanfstaengl à Wilhelm Brückner. La fille de la nouvelle conquête d'Hoffmann ?

Du haut de son mètre quatre-vingt-dix, l'homme regardait la jeune femme blonde, qui se tenait entre le photographe et sa fiancée.

— Non, pas du tout. Mais tu ne devineras jamais…

— La sœur de quelqu'un ? La fille de quelqu'un ?

L'autre secouait la tête en souriant.

— Bon, on n'y passera pas toute la soirée. Ça va commencer bientôt.

— La petite amie du chef. Une employée d'Hoffmann.

L'autre parut étonnée d'abord, puis murmura :

— Après Mimi Reiter et Geli, il remet ça ! Pourtant, la moitié des femmes d'Allemagne, des nobles, des grandes bourgeoises, des comédiennes donneraient tout pour se pendre à son bras.

Le général haussa les épaules, comme pour dire « Comment comprendre ».

À ce moment, Eva regardait justement Brückner et Hanfstaengl.

— C'est un nouvel uniforme ? demanda-t-elle à son patron. L'assistant du chef a changé de grade ?

— Seulement d'habit, dit Hoffmann. Quelqu'un s'est occupé de refaire le dessin.

— Ça fait plus…

La jeune femme évita de dire « sinistre ».

— … impressionnant.

— Bien coupé en plus. Ça vient des ateliers d'Hugo Boss, comme les nouvelles chemises brunes et les uniformes des Jeunesses hitlériennes.

— Et le grand, qui est-ce ?

— Lui ? Tu ne l'as jamais vu ? Pourtant, avec sa taille, difficile de le rater.

Elle fit non de la tête.

— Ernst Hanfstaengl. Il a passé la moitié de sa vie aux États-Unis. Il a même étudié à l'université Harvard, près de Boston.

— Il a une jolie femme.

— Mi-américaine.

— Il connaît le chef ?

Eva ne savait plus trop comment le désigner. Utiliser le prénom ferait trop familier, le nom de famille trop formel.

— Depuis des années. C'est un gars qui a de l'argent, il l'a longtemps soutenu. Maintenant, il s'occupe des relations du parti avec la presse étrangère.

— Étrangère ?

— Tu ne réalises pas, mais partout dans le monde on s'intéresse au mouvement national-socialiste.

Quelques minutes plus tard, le petit groupe regagnait la loge mise à sa disposition. Le plaisir d'Eva fut rapidement gâché. Si elle se trouvait à la droite d'Hitler, lui se penchait plutôt en direction de Sophie Stork. Sauf son employeur et sa fiancée, personne ne lui avait encore vraiment adressé la parole.

Pendant les quatre heures suivantes, Eva fit mine de se passionner pour *Les Maîtres chanteurs de Nuremberg*. Elle le voyait suffisamment souvent pour en chanter des extraits.

Après l'opéra, tout ce beau monde se retrouva chez Ernst Hanfstaengl, dans un bel appartement de la rue Pienzenauer. Quand il lui offrit un verre de vin blanc, l'hôte demanda à Eva :

— Vous travaillez chez Hoffmann, je crois ?

Le ton avait quelque chose de condescendant.

— Oui, depuis plus de trois ans.

Il hocha la tête, comme si elle lui confirmait quelque chose. À ce moment, tout raide et le visage éclairé d'un sourire, Hitler discutait avec l'épouse d'Hanfstaengl. Il se retourna bientôt pour suggérer :

— Ernst, pourquoi ne nous joues-tu pas quelque chose ?

Un piano à queue se trouvait dans le salon. L'homme ne se fit pas prier. Il s'installa, puis commença une pièce de Chopin. Quand il eut terminé, le chef demanda :

— Du Wagner, Ernst, du Wagner !

Après un opéra long de quatre heures, le petit groupe eut droit à un concert improvisé. Une demi-heure plus tard, une domestique arriva avec un plateau garni de verres de champagne. Hitler leva le sien en disant :

— 1933 sera notre année.

Il les regarda tous, esquissa un sourire devant leur scepticisme, puis ajouta :

— Vous verrez.

Vingt minutes plus tard, après avoir souhaité une bonne nuit à tout le monde, Eva sortit en même temps que les Hoffmann. En montant dans la voiture, elle dit à son patron :

— Je vous remercie de me reconduire à la maison. À cette heure-ci, mes parents n'aimeraient vraiment pas me savoir dehors.

— En voiture, ça nous prendra un instant.

— Que voulait-il dire, 1933 sera notre année ?

— Avec le recul du parti aux élections de novembre, certains nazis rêvent de le remplacer. Tu imagines ? Quelqu'un rêve de faire mieux que lui !

Visiblement, Hoffmann ne l'imaginait pas du tout.

— Oui, mais pourquoi ?

— Le président est incapable de former un gouvernement, tôt ou tard il devra le nommer chancelier. Et ce jour-là…

Le photographe fit mine de saisir quelque chose flottant dans l'air. Le pouvoir.

Au sein du parti, certains commençaient à regarder Hitler comme un devin. Comme il l'avait prédit, personne ne paraissait capable de former un gouvernement susceptible de durer plus de quelques jours. Afin de rallier les nazis, on avait pensé à faire d'Hitler le vice-chancelier, mais il refusa tout net. Finalement, le 30 janvier 1933, avec la certitude de pouvoir l'utiliser pour éliminer la menace communiste, Paul von Hindenburg lui confia la responsabilité de diriger un nouveau gouvernement, tout en lui imposant certains ministres. On avait l'espoir de l'encadrer étroitement, tout en profitant de son ascendant sur les masses.

Ce jour-là, après le souper, tous les Braun se réunirent dans le salon pour écouter la radio. Pendant plus de trois heures, des commentateurs s'étaient succédé afin de commenter l'événement. Puis, en fin de soirée, quelqu'un dit :

— Présentement, des milliers de chemises brunes portant des flambeaux parcourent les rues de Berlin. Adolf Hitler se tient à la fenêtre de la chancellerie pour les saluer…

Eva souhaita d'abord crier sa joie. Puis la pensée lui vint que maintenant, elle risquait de le voir encore moins. Gretl la regardait par en dessous. En s'assurant qu'aucun des parents ne la voyait, elle formula un « Non » muet, pour s'assurer de sa discrétion.

— Voilà, c'est arrivé, commenta Fritz. Nous venons d'entrer dans un territoire inconnu.

Le professeur paraissait vraiment inquiet.

Chapitre 29

Munich, le mercredi 1er février 1933

Le lendemain, Heinrich Hoffmann entra dans son commerce au milieu de l'après-midi, une barbe de deux jours sur les joues, dans un complet fripé. Comme pour s'excuser, il dit à son personnel venu s'assembler autour de lui :

— J'ai passé une partie de la nuit dans le train. Je viens juste d'arriver.

— Cette fois ça y est ? intervint Roemer. Nous sommes au pouvoir ?

Le gérant de l'entreprise s'englobait dans le « nous » collectif du Parti national-socialiste.

— Le Führer vient de glisser son pied dans la porte. Aucune force humaine ne l'empêchera d'entrer et de prendre possession de toute la maison.

Si quelqu'un dans la pièce ne partageait pas son enthousiasme, il demeura coi. Exprimer le moindre doute coûterait cher.

— Ce soir, vous écouterez la radio, dit Hoffmann. Hitler doit faire une proclamation au Palais des sports de Berlin. Evie, tu viens avec moi ?

Hoffmann crut bon d'ajouter, afin que personne ne se fasse d'idées :

— Quand tu auras terminé, tu iras porter les photos à *L'Observateur populaire*.

Quand ils furent dans la chambre noire, Hoffmann ouvrit son appareil photo pour en extraire le rouleau de pellicule.

— Je les finis toutes, ils feront le choix eux-mêmes.

Pendant une demi-heure, ils travaillèrent en silence. La première photographie montrait le vieux président debout à côté du nouveau chancelier. Dans son habit de soirée, Hitler paraissait toujours terriblement mal à l'aise.

— Comme j'aurais aimé être là, hier.

— Tu sais bien que tes parents n'accepteraient pas de te voir partir ainsi avec moi.

Dans moins d'une semaine, elle aurait vingt et un ans. Pourtant, elle se faisait l'impression d'être une enfant. Le fait de partager parfois le lit de l'homme devenu le plus puissant d'Allemagne n'y changeait rien.

— Vous croyez qu'il reviendra à Munich bientôt ?

— Pour le moment, il n'a pas une minute à lui.

— Vous lui parlerez certainement au téléphone aujourd'hui…

L'homme attendit la suite, sans se compromettre.

— Pourriez-vous lui demander de m'appeler ? Si vous acceptez de me donner la permission de prendre l'appel ici, évidemment.

Cela aussi la faisait se sentir comme une enfant. Pourtant, ses parents avaient certainement les moyens de se doter d'un appareil. Sans doute étaient-ils trop vieux jeu pour en comprendre l'importance.

— Écoute, je peux le lui dire, et tu peux demeurer ici tous les soirs si tu veux, tu as la clé. Mais cela ne change rien à la réalité : le Führer n'aura vraiment pas une minute à lui.

« S'il m'aime, même juste un peu, il trouvera le temps », songea la jeune femme. Cette histoire de téléphone devenait à ses yeux un moyen de tester ses sentiments à son égard. Ils continuèrent en silence à développer les photographies. La suivante montrait des colonnes de SA marchant dans les rues de Berlin, puis la photographie du chef à une fenêtre de la chancellerie, saluant avec le bras tendu. Elles n'étaient pas très bonnes. Les images des actualités filmées donneraient une meilleure idée des événements, dans deux jours.

— Bon, dit le photographe après avoir accroché les photos à un fil tendu en travers de la petite pièce, laisse-les sécher, puis va les porter. Comme ce sera après la fermeture, je peux envoyer un messager pour avertir tes parents.

— Oui, c'est une bonne idée.

Au moins, ce jour-là, ils croiraient à son histoire de temps supplémentaire. Toutes les officines nazies devaient bourdonner.

Plus de quatorze ans se sont écoulés depuis le jour malheureux où le peuple allemand, aveuglé par les promesses de ses ennemis, ici même et à l'étranger, a perdu son honneur et sa liberté. Depuis cette trahison, le Tout-Puissant a privé notre peuple de Sa bénédiction.

Enregistrée par des micros, transmise sur les ondes, puis rendue par des haut-parleurs, la voix d'Hitler perdait beaucoup de sa clarté. Eva se tenait encore une fois dans le bureau, assise dans l'un des fauteuils prévus pour les visiteurs. Le téléphone n'avait pas sonné. Elle s'inquiétait qu'il l'ait appelée pendant sa courte absence pour aller livrer les photos à *L'Observateur populaire*.

Le politicien poursuivit son discours. Il réprouva l'affirmation du traité de Versailles selon laquelle l'Allemagne était la seule responsable du déclenchement du conflit. Puis il résuma en trois phrases la déchéance du pays :

La misère de notre peuple est horrible à voir ! Des millions de prolétaires sont sans emploi et affamés ; l'ensemble de la classe moyenne et les petits artisans ont été appauvris. Lorsque cet effondrement atteindra les paysans allemands, nous serons confrontés à une catastrophe incommensurable.

Eva se remémora avoir eu faim au lendemain de la guerre, les affrontements armés dans les rues, la disparition de toutes les épargnes à cause de l'inflation, et maintenant les millions de chômeurs. Oui, le pays paraissait abandonné de Dieu. Hitler évoqua de façon bien vague les moyens de ramener la prospérité. Après s'être étendu sur les ravages dus au communisme, il promit d'éradiquer cette menace.

« Il n'a pas de place pour moi », réfléchit la jeune femme. Le constat lui donnait envie de mourir.

Après l'avoir côtoyé dans l'intimité, elle savait que son absence deviendrait vite intolérable.

Selon Hoffmann, le monde entier avait les yeux fixés sur l'Allemagne et sa révolution nationale. L'occasion était belle pour rassurer les pays voisins.

En ce qui concerne sa politique étrangère, le gouvernement national considère que sa plus haute mission est d'obtenir pour notre nation le droit de vivre, la restauration de tous ses droits internationaux et sa liberté d'action. L'Allemagne doit pouvoir traiter d'égale à égale avec toutes les autres nations, et travailler avec elles au bien-être de l'Europe et du monde entier.

Malgré notre amour de l'armée, responsable de notre grand passé, nous serions heureux si le monde réduisait ses armements, ce qui nous permettrait de ne jamais augmenter les nôtres.

Eva imagina Ernst Hanfstaengl en train d'envoyer le texte de ce discours aux agences de presse et aux journalistes étrangers. Hitler promettait la prospérité et la paix, tant à l'intérieur du pays – en faisant disparaître la menace communiste – qu'avec les autres nations. Il changerait l'Allemagne et le monde pour le mieux, et elle donnerait tout pour être à ses côtés.

Mais le téléphone ne sonna pas. À cause de l'heure tardive, la jeune femme appela un taxi pour rentrer à la maison. Heureusement, tout le monde était couché. Ainsi, personne ne remarqua ses yeux rougis. En se glissant sous les couvertures, elle songea que le mieux serait de ne pas se réveiller, pour ne pas souffrir de son absence.

Pendant les jours suivants, Adolf Hitler se montra généreux de ses discours, mais Eva n'en recevait que l'écho, dans les journaux et à la radio. Tout de même, comme son amant savait pouvoir la joindre à la boutique, chaque sonnerie du téléphone, audible depuis la caisse, la faisait espérer. Puis la décevait.

Pourtant, il y avait des moments plus susceptibles que d'autres de lui valoir un petit geste. Le 5 février, au petit-déjeuner, elle annonça à sa famille :

— Ce soir je devrai travailler.

— Voyons, pas la veille de ton anniversaire ! protesta Fanny.

Dès le lendemain, avec ses vingt et un ans, la jeune femme obtiendrait le droit de vote… et son indépendance légale vis-à-vis de ses parents.

— Avec la nomination de monsieur Hitler au poste de chancelier, je me retrouve avec un surcroît de travail. Je suis responsable de classer la collection de photos à son sujet. Hoffmann prépare une publication. Un peu comme on en fait pour les vedettes de cinéma.

Tout en parlant, Eva surveillait Gretl du coin de l'œil. Si ses paroles n'étaient pas tout à fait vraies, elles n'étaient pas complètement fausses non plus. Le photographe préparait vraiment un document richement illustré pour montrer le nouveau maître de l'Allemagne sous le jour du célibataire pensif, porté sur la contemplation de ses montagnes, ami des gens simples et des enfants. Toutefois, se déclarer en quelque sorte la conservatrice des images, ou de l'image du politicien, s'avérait très exagéré. La benjamine ne pipa mot, les yeux rivés sur son assiette.

— Ton patron te paie pour toutes ces heures ? demanda Fritz.

— Il m'a payé le taxi au début de la semaine, et souvent, à midi, je suis invitée au restaurant, et même à l'opéra, comme au jour de l'An.

— Avec le petit caporal au pouvoir, cet Hoffmann a les moyens de t'augmenter. Pour lui, c'est comme avoir trouvé la poule aux œufs d'or.

Son père avait raison. La jeune femme donna son assentiment de la tête.

Une nouvelle fois, au moment où tout le monde quittait la boutique, Eva feignit d'être très occupée.

— Bon sang, remarqua un employé de l'entrepôt en traversant la salle de vente afin de sortir par la porte principale, est-ce que tu espères voir le patron te demander en mariage ?

— Dans ce cas-là, elle sera déçue, intervint un autre. Paraît qu'il est amoureux comme un fou.

Un peu de rose monta aux joues de la blonde. Pour la seconde fois dans la journée, son regard se posa sur Gretl pour l'inciter au silence. Pourtant, le coup de griffe vint d'ailleurs.

— Voyons, dit Clara, un photographe, ce n'est pas assez bien pour Eva. J'ai parlé à Johanna Wolf, à la Maison brune. Paraît qu'Hitler est l'objet de toutes ses pensées.

Elle faisait allusion à la secrétaire du chancelier. Cette fois, le visage d'Eva passa à l'écarlate.

— Sérieusement ? ricana l'homme de peine de l'entrepôt. On va devoir l'appeler comment ? Madame la chancelière ? Ou Votre Grandeur, comme pour l'archevêque de Munich ?

— Rien de moins que Votre Majesté, glissa un autre.

Déjà, le fait d'avoir refusé toutes les invitations à sortir venues de ses collègues masculins amenait ceux-ci à la croire prétentieuse. Ses cheveux platine, ses sorties à l'opéra, ses quelques séjours de ski dans les Alpes alimentaient les remarques mesquines de ses collègues féminines. L'année précédente, l'une d'elles avait demandé, après une évocation des *Maîtres chanteurs de Nuremberg* :

— Tu te prends pour une femme du monde, c'est ça ?

— Pour Jean Harlow, avait-elle rétorqué du tac au tac. L'un de ces jours, un producteur d'Hollywood passera cette porte pour m'offrir un rôle.

L'autre avait choisi de prendre ces mots au pied de la lettre, et avait sans doute songé « grosse vache stupide ».

Quand tous les autres employés furent sortis, Gretl s'approcha pour demander :

— Veux-tu que j'attende avec toi ?

— Non, rentre à la maison.

La benjamine alla vers la porte avec une mine un peu déçue. Son aînée ne lui faisait pas assez confiance pour lui avouer les motifs de sa peine. Eva ajouta au malaise :

— Ne dis rien à personne, surtout.

Évidemment, elle ne dirait rien. Si cela avait été son genre de trahir pareil secret, elle l'aurait fait dès la première semaine de son embauche !

Le téléphone demeura muet. Même pas quelqu'un qui aurait composé le numéro du commerce par erreur ! À nouveau, Eva dut payer un taxi afin de ne pas courir les rues en pleine nuit. Le lendemain matin, Gretl fut la première à venir l'embrasser et lui souhaiter joyeux anniversaire alors qu'elle se trouvait encore au lit. Sa mère fit la même chose quand elle se présenta à table. Puis son père, un peu raide, maladroit au moment de poser ses lèvres sur sa joue.

Aller au bureau lui fut difficile, d'abord à cause des railleries de la veille. La mesquinerie de ses collègues lui paraissait si injuste. Elle-même ne ménageait jamais les sourires, les paroles gentilles ou les services rendus. Quand elle prit son poste derrière la caisse, Clara lui jeta un regard contrit. Toutefois, elle n'irait pas jusqu'à lui présenter des excuses.

Un autre motif lui donnait envie de se trouver ailleurs. La même attente que la veille recommençait. L'oreille dressée pour entendre la sonnerie du téléphone, la déception de ne recevoir aucun message. Toute la matinée se passa ainsi. Quand Hoffmann arriva, elle posa sur lui un regard désespéré, au point qu'il s'approcha pour lui dire :

— Tu n'imagines même pas comment c'est à Berlin.

— S'il m'invitait à le rejoindre, je le saurais.

— Il est encore engagé dans une campagne électorale. C'est la quatrième depuis le printemps dernier.

Eva n'était pas certaine de comprendre pourquoi il fallait encore passer par tout ce processus juste après avoir accédé à la tête du gouvernement. Au milieu de l'après-midi, un SA se présenta. Depuis la porte, il annonça :

— Un colis pour mademoiselle Braun.

Quand il aperçut Eva, il alla directement vers elle. La blonde se rendait suffisamment souvent à la Maison brune, ou aux locaux de *L'Observateur populaire*, pour qu'il la reconnaisse. Tous les autres employés présents tournèrent les yeux dans leur direction.

— Voilà. Une bise pour le service ?

— Demandez-la à la personne qui vous envoie.

L'autre répondit « Sans façon », puis sortit. Eva contempla un moment le paquet enveloppé de papier brun. Quand elle l'ouvrit, ce fut pour découvrir un bracelet, des boucles d'oreilles et un anneau de tourmaline d'une jolie couleur bleue. « Comme mes yeux », pensa-t-elle. Et au fond de la boîte, une petite note écrite à la machine :

Bon anniversaire
Adolf Hitler

D'abord, elle mit le bracelet, toute à son plaisir. Pour les boucles d'oreilles à pince, la jeune femme se rendit dans les toilettes, afin de respecter une symétrie parfaite. À son retour, ses collègues la fixaient avec des yeux jaloux. Ce cadeau coûtait cher. Elle avait donc un prétendant avec des moyens conséquents. Peut-être pas le chancelier de l'Allemagne, mais certainement pas un employé de commerce.

Malheureusement, au cours de l'après-midi, son plaisir s'effrita. Dans le petit mot accompagnant l'envoi, pas de *Evie*, ou de *Effie*, ou de *ma petite* : les termes habituels d'Hitler quand il s'adressait à elle. Pas un mot pour lui dire son désir de la voir bientôt. Pas même une signature. Ce présent pouvait même avoir été choisi par l'un ou l'autre des employés de la Maison brune, et la note dactylographiée par n'importe qui. Elle imagina que son amant avait tout bonnement demandé à sa secrétaire, Johanna Wolf, de s'en charger.

À cinq heures, ses yeux se gonflaient de larmes. À six, elle imagina être la fille la plus malheureuse de la terre. Cela tenait à un nouveau scénario qu'elle s'était imaginé : Hoffmann, en voyant sa mine déconfite, pouvait très bien avoir demandé à quelqu'un d'acheter le cadeau et d'écrire la note. Elle imaginait le ténébreux Rudolf Hess, ou l'inquiétant Heinrich Himmler, se livrer à cet exercice. Le trajet en tramway dura juste assez longtemps pour lui permettre de retrouver un semblant de contenance. Quant à Gretl, ne sachant quoi dire, elle demeurait silencieuse. À la maison, ses parents avaient préparé un repas pour fêter son anniversaire, et Ilse avait annoncé sa présence.

En s'engageant dans l'escalier, Eva songea à enlever les boucles d'oreilles, le bracelet et l'anneau pour les mettre dans son sac. Son salaire ne lui permettait pas d'acheter de tels bijoux, et ses parents ne manqueraient pas de lui demander des explications.

Puis, en montant les marches, elle entendit la voix de sa mère :

— Toutes les deux, madame Berendt. Elles travaillent pour le service de photographie du nouveau chancelier. La plus jeune depuis quelques mois, et l'autre depuis plus de trois ans. Même que depuis son élection, elle s'occupe de toutes les photos de lui.

Jamais Eva n'avait entendu sa mère exprimer autant de fierté à son sujet. D'habitude, dans ce registre, elle se limitait à dire « Ilse est si bonne à l'école », ou « Gretl est si gentille ».

— Vous être sérieuse, madame Braun ? Il y a vraiment une personne juste pour s'occuper de ses photos ?

— Oui, je vous assure.

Puis la mère entendit les pas de ses filles dans l'escalier.

— Ah ! Les voilà. Je vais monter avec elles. Au revoir, madame Berendt.

La voisine du dessous posa un regard sceptique sur les jeunes femmes, puis ferma sa porte. Dans l'appartement, elles retrouvèrent Ilse, qui commença par souhaiter bon anniversaire à sa cadette, puis embrassa Gretl. Pendant trois heures, Eva présenta une mine de circonstance, remercia avec effusion ses parents et ses sœurs pour leurs petits présents. En se mettant au lit, elle enfonça son visage dans l'oreiller. S'endormir pour ne plus se réveiller. Car sa belle histoire semblait déjà terminée.

Le lendemain, Eva eut droit à un second repas d'anniversaire, chez les Ostermayer cette fois. Les mêmes souhaits se répétèrent, accompagnés de bises et de petits présents. Ses remerciements s'adressèrent à « monsieur » et « madame ». Elle se souvenait avec un peu de honte de les avoir déjà appelés, sans pudeur, « papa » et « maman ». Sa frustration face à ses parents était bien réelle, mais ce genre de chose aurait dû se vivre dans la discrétion, sans qu'elle essaie d'usurper un statut qui n'était pas le sien.

Quand ils furent à table, son hôte demanda :

— Maintenant qu'il est au pouvoir, vous devez être débordés de travail, chez ton photographe.

— Surtout que nous nous retrouvons encore en pleine campagne électorale. Mon patron travaille sur de nouvelles affiches. Nous avons pourtant celles de trois élections déjà, elles pourraient servir encore.

L'homme s'amusa de la répartie, puis lui dit :

— Mais tu imagines comment les candidats des autres partis se moqueraient de lui. Le chancelier incapable de se payer du nouveau matériel...

Eva hocha la tête, puis elle demanda :

— Pourquoi de nouvelles élections ? Je ne comprends pas trop.

— Hitler n'a pas la majorité des députés avec lui. Si tous ceux des autres partis votaient contre, le président demanderait à un autre de prendre le poste de Premier ministre. Alors Hitler essaie d'aller chercher cette majorité.

— Evie, nous auront toutes les deux le droit de vote, cette année, remarqua Herta. À côté de quel nom feras-tu un petit « x » ?

Les yeux de la brunette disaient tout son plaisir de la taquiner ainsi.

— C'est un secret ! De toute façon, si je dis que je vote pour lui, tu vas te moquer. Et si je dis que je vote pour quelqu'un d'autre, je perdrai mon emploi.

— Tu as sans doute raison de te méfier, dit madame Ostermayer. Cet homme ne doit pas prendre les questions de loyauté à la légère.

— Tout comme Herta qui ne rate jamais une occasion de se moquer de moi. Je suis vraiment coincée entre les deux !

Si Eva feignit de s'en amuser, ses hôtes échangèrent un regard entendu.

Le lendemain matin, après le petit-déjeuner, Eva et Herta marchèrent bras dessus, bras dessous jusqu'à un café du quartier Schwabing. La clientèle se composait surtout d'étudiants ; cela leur permettait des échanges de regards, et parfois des conversations.

Dès leur arrivée, Eva se précipita aux toilettes pour revenir en portant les bijoux de tourmaline. En s'asseyant, elle expliqua :

— Je ne voulais pas les montrer chez toi – ni chez mes parents, d'ailleurs. Autrement, je devrais expliquer d'où ils viennent.

— Il te les a donnés ?

— C'est arrivé samedi dans un beau paquet, avec « Bon anniversaire » écrit à la machine. Il a sans doute demandé à quelqu'un de s'en charger.

Un serveur vint vers leur table et chacune commanda un chocolat chaud. De quoi chasser le froid de février qui leur avait glacé les doigts.

— Ça, tu ne le sais pas. Et même si c'était le cas, ce ne serait pas la première fois dans l'histoire de l'humanité, tu sais… Je soupçonne d'ailleurs mon père d'avoir déjà demandé à l'une de ses jeunes employées d'acheter un cadeau pour moi.

— Mais il te le donne lui-même, et il te fait ses vœux de vive voix.

Cela, Herta ne pouvait le nier.

— Tu sais bien que ça ne sera jamais comme avec un des garçons à la table, là-bas.

Des yeux, Eva désignait quatre jeunes hommes un peu débraillés qui discutaient avec animation. Sans doute que les prochaines élections occupaient toutes leurs pensées. Qu'ils discutent, plutôt que de se taper dessus, témoignait d'un caractère plus civilisé que celui de la plupart de leurs compatriotes.

— En ce moment, au cas où tu l'aurais oublié, il dirige l'Allemagne, tout en faisant campagne.

— Juste un petit coup de téléphone ! Ou trois mots écrits de sa main…

Ces mots, Herta les devinait. « Je t'aime. » L'homme qui entrait en transe pour persuader les électeurs de sa mission reçue de la Providence trouvait-il parfois le temps de les dire à quelqu'un ? Sans doute que l'un ou l'autre des étudiants à la table voisine les prononçait toutes les semaines. Et pour les plus audacieux, à plus d'une fille. Eva suivait sans mal le cours des pensées de son amie.

— Je sais que ce serait plus simple avec ce gars frisé, celui avec des boutons qui regarde par ici. Mais j'aime Adolf.

Entendre Hitler désigné ainsi par son prénom tira un sourire à Herta.

— Il est tellement gentil quand il est avec moi. Puis après il disparaît…

Son amie devinait bien que le chancelier procurait un frisson plus intense que n'importe quel étudiant, avec ou sans boutons.

— Je vis pour les moments où il est là. Alors, toutes les couleurs du monde sont vibrantes. Mais ces jours-ci, tout est gris. Tiens, un peu comme les films, au cinéma.

— C'est pour ça que je te vois en Jean Harlow depuis plus d'un an ? plaisanta Herta.

Les cheveux platine attiraient leur lot de compliments, mais aussi de regards sévères. Pour une petite catholique de Munich, jouer la femme fatale entraînait un certain nombre de difficultés. Berlin lui aurait procuré une tout autre scène. Là-bas, elles devaient être nombreuses. Et toutes devaient tourner autour d'Hitler.

Toute son existence ne rimait à rien.

Munich, le lundi 27 février 1933

Depuis son anniversaire, Hitler était passé une fois, le temps de l'inviter à un repas à l'Osteria Bavaria avec quatre collaborateurs politiques, dont deux souhaitaient la voir ailleurs. Ensuite, il y avait eu une petite heure à son appartement. Juste assez pour lui faire sentir combien il lui manquerait pendant sa longue absence.

Eva se trouvait déjà au lit dans l'appartement de la rue Hohenzollern quand un cri parvint de la rue :

— Les communistes ont bombardé le Parlement, à Berlin !

Il s'agissait de l'endroit où se réunissaient les députés. Tout de suite, Gretl et Eva se précipitèrent dans le salon. Les parents les rejoignirent bien vite. Fritz ouvrit la radio afin d'en savoir plus. Si les commentateurs ne parlaient pas de bombe, les nouvelles n'étaient pas rassurantes pour autant. Des gens avaient mis le feu à plusieurs endroits de l'édifice. Déjà on identifiait les responsables : les bolcheviques.

— Si Hitler nous débarrasse d'eux, je finirai par voter pour lui ! commenta le professeur.

Plusieurs devaient se dire la même chose en Allemagne. Dehors, les cris venus de la place Hohenzollern s'amplifiaient. Bientôt, la colère s'exprimerait par des affrontements dans les rues.

Quand Eva arriva au travail, le lendemain, ce fut pour retrouver le même affolement que lors des drames politiques précédents.

— C'est la révolution ! s'écriait une jeune employée. Ce sera comme en Russie : les prêtres, les religieuses contre le mur, et « tatatata ».

Elle faisait le geste de mitrailler des gens.

— Nous ne les laisserons pas faire, affirma l'employé d'entrepôt.

Le bonhomme se découvrait un intérêt pour la SS. Bientôt, ce serait pour apprendre que les exigences physiques, ou raciales, rendaient l'enrôlement plutôt difficile. Le gérant Roemer frappa dans ses mains.

— Ça suffit ! Maintenant mettez-vous au travail. Notre gouvernement saura faire face à cette menace.

Son rappel à l'ordre n'eut aucun effet. Surtout qu'Hoffmann entra juste à ce moment. Sa relation privilégiée avec le chancelier fit que tout le monde se tourna vers lui pour connaître « la vérité ».

— Monsieur, que va-t-il se passer, maintenant ? demanda la jeune fille alarmée.

— Le gouvernement a promulgué un décret qui permettra de mettre fin à cette conspiration. Les principaux chefs communistes seront arrêtés. Déjà, les membres de la SA et de la SS patrouillent les rues en compagnie des policiers pour assurer la paix.

— Vous en êtes certain, monsieur ? intervint une autre femme. En venant au travail, j'ai vu des gens parader avec un drapeau rouge.

— S'il y en a encore d'assez stupides pour faire cela, croyez-moi, ils en seront bientôt empêchés.

Sur ces mots, le photographe disparut dans son bureau. Eva se sentit ridicule d'avoir autant pleurniché sur l'absence de son amant. Des choses vraiment importantes survenaient. Il devait se consacrer à sa mission.

Chapitre 30

Berchtesgaden, octobre 1944

Alors que tous les autres hôtels de montagne s'animaient à l'approche de la saison froide, le chalet de l'Obersalzberg s'était vidé de ses principaux habitants. Les généraux, les officiers de liaison, le Führer et son personnel de secrétariat se trouvaient à la Tanière du loup, en Prusse-Orientale.

Eva Braun tentait bien de maintenir l'illusion d'une vie normale, sans grand succès. En soirée, elle relevait les tentures dissimulant un écran de cinéma pour une projection à l'intention du personnel de maison. Cette tradition vieille de près de dix ans prit fin le soir où elle se retrouva seule à regarder *Autant en emporte le vent*. Les autres n'avaient plus le cœur au romantisme.

Dans ces circonstances, il ne lui restait plus qu'à se perdre dans la contemplation de ses albums photo. Elle en possédait plus de trente, assez pour se réfugier dans le passé afin de fuir le présent.

Quand, le matin du 24 octobre, elle descendit avec ses deux terriers sur les talons, Margarete Mittelstrasse, la responsable des domestiques, l'accueillit dans la salle à manger en disant :

— Mademoiselle, vous avez écouté la radio, ce matin ?

Immédiatement l'employée regretta son intervention. La maîtresse des lieux se montrait très volontiers cinglante, menaçante parfois, quand quelqu'un se risquait à mettre en cause les décisions du régime.

— Je viens tout juste de sortir du lit.

L'autre se troubla un peu plus, hésita encore avant de se lancer :

— Ces garçons, à Cologne…

Au cours des trois ou quatre derniers jours, dans les journaux ou sur les ondes de la radio, les services de propagande nazis ne cessaient de s'acharner sur ces jeunes gens contestant l'effort de guerre.

— Vous parlez des pirates Edelweiss ?

Il s'agissait d'adolescents ou de jeunes hommes opposés au régime nazi et particulièrement audacieux, au point de rosser des membres des Jeunesses hitlériennes, la pépinière des candidats de la SS.

— Tout un groupe a été exécuté hier. Treize en tout.

— Vous savez bien qu'au moment où la nation est menacée, on ne peut pas laisser ces traîtres détruire notre moral. S'il y a un moment de notre histoire où nous devons tous nous serrer les coudes, c'est aujourd'hui.

Joseph Goebbels n'aurait pu trouver un meilleur écho à ses efforts de propagande.

— Je sais bien. Mais treize exécutions ! Six de ces garçons avaient seize ans. C'étaient des enfants.

— Beaucoup de nos soldats qui affrontent les Russes ont cet âge.

Eva préférait ne plus rien entendre. Cette femme pouvait se retrouver dans un camp de concentration, pour avoir proféré de telles paroles... L'année précédente, c'étaient les Scholl, le frère et la sœur, qui passaient à la guillotine.

Un peu plus tard dans la journée, Eva vit sans grand plaisir le couple Bormann, Gerda et Martin, se présenter au chalet accompagnés de la moitié de leurs dix enfants. Depuis 1941, cet homme gérait les affaires du Führer et celles du Parti national-socialiste. Il aimait exercer sa domination, en particulier sur les femmes, y compris l'amante de son chef.

Les domestiques s'occupaient des plus jeunes pendant que le couple prenait place dans la grande salle, près du foyer. La maîtresse des lieux commença :

— Je suis contente de vous voir.

Toute son attitude disait pourtant le contraire.

— Peut-être que vous pourriez m'aider à convaincre le Führer de revenir à Munich, ou alors ici.

Gerda échangea un sourire avec son époux.

— Là-bas, sa vie est menacée tous les jours. La résistance serait plus facile à mener dans nos montagnes. Les abris souterrains couvrent des kilomètres, sous nos pieds. C'est une forteresse imprenable.

Eva faisait une bonne description des moyens de défense de l'Obersalzberg. Une force relativement modeste serait en mesure de repousser longtemps les assauts des Alliés.

— La place du Führer est au front, à diriger les armées, expliqua Bormann comme s'il s'adressait à une demeurée.

— Alors je devrais me rendre là-bas, pour me tenir à ses côtés.

— Ce n'est pas la place d'une femme.

Hitler refusait même de discuter politique avec elle. Pour lui, l'univers féminin se limitait aux soins du ménage et des enfants. Pas à la guerre. Eva avait de plus en plus de mal à masquer sa mauvaise humeur. Quand Margarete entra avec un plateau dans les mains, le souvenir de la conversation du matin ajouta à sa colère. La domestique déposa les verres sur une table basse, puis quitta les lieux.

— Alors, que me vaut le plaisir de votre visite ?

Le ton sarcastique de l'hôtesse n'entama en rien la suffisance du triste sire.

— Vous êtes proche de l'épouse du docteur Brandt, je pense ?

— Anni ? Oui, c'est une bonne amie.

Au point d'avoir partagé des vacances avec elle.

— Elle vous a parlé de ce qui est survenu il y a deux jours ?

La blonde haussa les épaules pour signifier son ignorance.

— C'est arrivé à la Tanière du loup, une querelle entre médecins. Brandt a accusé Morrell d'empoisonner le Führer.

Médecin personnel d'Hitler depuis des années, Theodor Morrell s'était gagné le titre d'empereur de l'injection. Ses traitements suscitaient bien des murmures ; l'accusation méritait certainement un examen sérieux.

— Comme Brandt n'avait aucune preuve pour supporter son accusation, on lui a demandé de quitter la Tanière, pour n'y plus revenir.

Bormann s'était déplacé jusqu'au chalet avec un témoin, seulement pour lui apprendre la déchéance d'un ami. Il la fixait de ses petits yeux porcins, attendant une réaction intempestive. Sans doute pour la décrire ensuite à son chef afin de lui porter préjudice. Elle décida de le prendre de vitesse :

— Mettez-vous en doute les décisions du Führer relatives au choix de son médecin ? Qu'il les embauche ou les renvoie, cela ne regarde que lui, n'est-ce pas ?

Les deux autres demeurèrent silencieux.

— Maintenant, nous allons descendre pour partager le goûter des enfants.

Sans attendre de réponse, laissant son verre de vin sur la table sans l'avoir touché, Eva se dirigea vers l'escalier.

La visite des Bormann, et surtout leur mesquinerie, avait donné envie à Eva de se retrouver sous d'autres cieux. Cela signifiait sa petite maison de la rue Wasserburger, dans le quartier Bogenhausen, à Munich. Même si elle savait conduire, son amant préférait la voir recourir aux services d'un chauffeur. Il se méfiait des accidents, mais aussi de toutes les marques d'indépendance.

Membre de la SS, l'homme derrière le volant devait lui servir aussi de garde du corps. L'attentat du mois de juillet exigeait un surcroît de prudence. Maintenant, elle trouvait un avantage au fait d'avoir toujours été tenue dans l'ombre. Personne ne l'attaquerait dans l'espoir d'atteindre ainsi le Führer indirectement.

Comme lors de tous ses séjours précédents dans la capitale de la Bavière, elle demanda à passer dans la rue du Prince-Régent. Le bel appartement d'Hitler demeurait à peu près intact, malgré les bombardements répétés de l'aviation alliée. Cependant, elle demanda expressément au chauffeur d'éviter la rue Muhlbaur. L'image du bel Heini Handschumacher écrasé par des tonnes de gravats lui revenait souvent, dans ses moments d'insomnie.

Au numéro 12 de la rue Wasserburger, Eva trouva le garde du corps SS déjà installé dans la petite guérite au fond de la cour. Dès le départ de la voiture de Berchtesgaden, quelqu'un lui avait intimé l'ordre de regagner son poste. Quand Eva entra dans la maison, la domestique Paula Mittelmeier vint à sa rencontre. Après l'échange de salutations, la femme entreprit de relater par le menu tous les bombardements alliés, et les dégâts causés par ceux-ci.

— Je vais monter dans ma chambre, dit la blonde pour interrompre le flot de paroles. Je dois écrire quelque chose d'important.

— Que voulez-vous manger ?

— Ce que vous préparerez sera parfait. On ne peut guère faire la difficile en ces temps de rationnement, n'est-ce pas ?

Négus et Stasi, ses terriers, l'avaient déjà précédée dans l'escalier. La blonde les trouva à la porte de sa chambre. Dans la petite pièce tendue de soie, la jeune femme s'assit devant sa table de travail, chercha du papier dans le tiroir mais n'en trouva pas. Elle traversa le couloir pour se rendre dans la chambre de Gretl afin de lui en emprunter. Trois minutes plus tard, avec son stylo-plume, elle faisait une croix sur le prénom de sa sœur, embossé dans le coin supérieur gauche de la feuille, et écrivait le sien.

Le plus difficile restait à venir.

Dernières volontés

Peu de personnes de trente-deux ans rédigeaient leur testament avec une conscience aussi aiguë de l'imminence de leur propre fin. L'exercice était troublant.

Autant commencer avec sa compagne des dernières années, Gretl. Cette dernière recevrait ses bijoux : des bagues, des bracelets, des pendentifs, certains ornés de diamants ou de pierres semi-précieuses. Afin de dresser une liste exacte, elle chercha une boîte à chaussures contenant de petites cartes. Chacune portait la description d'un bijou ou d'une pièce de vêtement.

Bientôt, l'énumération lui parut trop longue. Pour les vêtements, elle écrivit tout bonnement « la moitié de mes robes, mes chaussures, ma lingerie, mes manteaux, à l'exception de mes manteaux de fourrure ». Une autre précision limitait l'héritage de Gretl : avant d'en prendre possession, la domestique trop bavarde, Paula, prélèverait cinq robes, trois paires de chaussures et un manteau. À cela s'ajoutaient mille marks, une peinture et un pendentif. Sa collègue défaitiste du chalet de Berchtesgaden, Margarete Mittelstrasse, ne recevrait qu'une peinture et une bague.

Plus important encore, la cadette recevrait aussi toutes les lettres reçues du Führer, les brouillons des lettres d'Eva à son intention, tous ses autres documents, ses albums photo, ses films – toute sa vie, en fait –, une caméra, un projecteur, un écran, avec en plus une aquarelle réalisée par Hitler.

La majeure partie de l'après-midi d'Eva se passa à diviser ses possessions, essentiellement entre les membres de sa famille. Par exemple, Fritz recevrait un télescope et la Mercedes, Ilse la maison de Bogenhausen et la VW, Fanny la moitié de ses manteaux de fourrure, des chaussures, des valises, trois peintures, deux tapis, et tout l'argent disponible après la soustraction des autres dons.

Quant aux amis, Herta recevait la meilleure part avec des bijoux, un sac à main, des robes, des chaussures, des peintures, un service à thé, une caméra Siemens et un projecteur Agfa. Trois autres jeunes femmes se partageraient des présents : Traudl Windler, Kathe Fischinger et Miezi Linder ; trois hommes aussi : Georg Fischer, Joseph Kannamueller et Ernst Linder.

Le tout serait transcrit le soir même, et déposé dans le coffre placé dans l'abri antiaérien, au sous-sol. La liste de toutes les possessions accumulées au cours d'une relation de quinze ans avec le sauveur de l'Allemagne tenait sur cinq feuillets.

Eva fut alertée par la sonnerie du téléphone. Dans un pays en guerre, bombardé jour et nuit, que le téléphone fonctionne encore tenait du miracle. Quand elle décrocha, ce fut pour entendre :

— Mademoiselle Braun, le Führer veut vous parler.

Puis tout de suite, un murmure :

— Bonsoir, Evchen.

Le dictateur s'en tenait à l'habitude prise en 1935 de lui parler au moins un jour sur deux, toujours entre neuf et dix heures.

— Ta voix… Tu ne vas pas mieux.

— Tu sais, une bosse dans le larynx, ça se règle avec un scalpel. Et justement, si tu veux venir me rejoindre à Berlin, j'irai me faire opérer.

— Quand ? Évidemment, je serai là.

— Pas au téléphone.

Quelques années plus tôt, le dictateur craignait que l'on ne perce le secret de sa relation amoureuse. Maintenant, il se souciait de ne pas révéler le moment de ses déplacements. Une bombe sur les rails, un pilote de chasse capable de percer les défenses aériennes, et l'Allemagne perdrait son Führer.

— Tu t'inquiètes ?

Hitler craignait le cancer depuis la mort de sa mère, en 1907, au point de bannir de sa vie la cigarette, l'alcool, la viande et l'exposition au soleil. Malgré le polype, il réussit à hausser la voix au point d'amener Eva à éloigner le combiné de son oreille :

— Penses-tu vraiment qu'avec la guerre, j'ai le temps de me préoccuper de ça ?

— Non, bien sûr. Tu me trouveras à la chancellerie à ton arrivée.

La douceur du ton le rendit plus amène.

— Et toi, qu'as-tu fait aujourd'hui ?

L'évocation d'une longue promenade dans le Jardin anglais les occupa un instant, puis ils se quittèrent sur un « À bientôt » ému.

En temps normal, le trajet en train entre Munich et Berlin prenait huit heures, dix dans les pires conditions. Il lui en fallut le double, dans la nuit du 19 au 20 novembre. Les trains de passagers devaient sans arrêt emprunter des voies d'évitement, le temps de laisser passer des convois militaires. En plus, les équipes d'entretien arrivaient difficilement à effectuer les réparations à la suite des bombardements. Heureusement, Eva bénéficiait d'un compartiment. Une demi-douzaine de romans lui tinrent compagnie.

Une voiture attendait Eva devant la gare de la capitale. Peu après, elle montait un escalier discret conduisant au dernier étage de la vieille chancellerie. À titre de président, Hitler occupait les appartements de fonction depuis quelques années, après les avoir fait rénover de fond en comble. Comme dans le grand chalet, il avait fait aménager des quartiers privés pour sa maîtresse. La chambre de cette dernière était attenante à celle de son amant.

Elle venait tout juste de prendre son bain quand quelqu'un frappa à la porte de son appartement.

En ouvrant, les cheveux toujours mouillés, elle se retrouva face à un homme grand et maigre.

— Albert, quelle surprise !

Albert Speer sembla réaliser juste à cet instant que faire ainsi irruption sans être annoncé était indélicat.

— Quelqu'un m'a dit que tu venais d'arriver, alors j'ai pensé…

— Oui, oui, allez, embrasse-moi.

Il se pencha pour lui embrasser la joue droite, puis la gauche.

— Comment vas-tu ?

La jeune femme haussa les épaules, comme pour dire : « Tout s'effondre, et moi aussi. »

— Viens t'asseoir, je te sers quelque chose.

L'homme demeura un moment debout devant un petit canapé, admiratif.

— Je le trouve toujours aussi beau, dit-elle, même après toutes ces années.

L'architecte avait dessiné le mobilier de la pièce. Eva lui tendit un cognac.

— Tu es gentille.

— Et ça aussi, j'aime toujours.

Elle lui montra son verre. Son monogramme, EB, prenait la forme d'un trèfle à quatre feuilles. Quand Eva fut assise en face de lui, un silence embarrassé s'installa.

— Ça va aussi mal que le pensent les employés du Grand Hôtel ? murmura-t-elle.

Son vis-à-vis occupait le poste de ministre de l'Armement et des Munitions. Personne en Allemagne ne connaissait mieux la situation que lui.

— L'affaire de quelques mois.

Devant la mine surprise d'Eva, il lui expliqua :

— Quand nous produisons un char d'assaut, ils en produisent dix ou douze.

Il n'exagérait pas. Une demi-douzaine de pays produisaient du matériel pour les Alliés.

— Et… nos armes nouvelles ?

Le Führer les évoquait dans chacune de leurs conversations.

— Trop peu, trop tard. Si nous avions commencé dans cette voie dès 1939, il en irait peut-être autrement.

Eva avala la moitié de son verre, tendit la main pour prendre ses cigarettes et un briquet sur une table basse. Après cela, la conversation devint assez morne. À la fin, l'architecte regarda Eva dans les yeux pour dire :

— Il y a longtemps que tu ne l'as pas vu, n'est-ce pas ?

Il lui fallut un moment avant de comprendre.

— Le Führer a quitté le chalet en juillet.

Speer hocha la tête. Avant l'attentat, donc.

— Tu le trouveras… vieilli.

— Ce n'est pas son premier polype.

— Ce n'est pas ça. L'explosion, mais surtout toute cette pression sur ses épaules…

Cet ami avait tenu à lui dire de s'attendre au pire. Pourtant, la séparation ne datait que d'environ cinq mois. Ils se quittèrent avec émotion, comme si une nouvelle rencontre pouvait bien ne jamais survenir.

Berlin, le mardi 21 novembre 1944

Adolf Hitler avait quitté la Tanière du loup, son quartier général de Prusse-Orientale, en après-midi la veille, pour arriver dans la capitale au petit matin. Il regagna immédiatement son lit, pour se lever juste avant midi. Quand Eva le rejoignit dans la salle à manger, il se leva et fit un pas dans sa direction.

— Mademoiselle Braun, tu es absolument ravissante.

L'homme tenait sa main gauche dans son dos, de façon à dissimuler l'important tremblement. En vain : celui-ci était si marqué qu'il agitait le bras jusqu'à l'épaule. De la droite, il prit ses doigts pour les embrasser.

— Je suis heureux de te voir.

La voix paraissait voilée, rauque même. Il avait perdu une dizaine de kilos depuis juillet. Son dos voûté, son visage bouffi et pâle, ses cheveux grisonnants lui donnaient une allure de vieillard. Pourtant, Eva passa ses bras autour de son cou pour l'embrasser et resta stoïque malgré son haleine fétide.

Une fois assis, comme à son habitude, il lui demanda de décrire par le menu ses dernières semaines sur l'Obersalzberg. Bientôt, sa cuisinière Constanze Manziarly entra dans la salle à manger en poussant une desserte. L'employée plaça les assiettes sur la table en échangeant quelques mots avec Eva et son patron.

Les amants évitèrent soigneusement d'aborder le sujet de l'intervention chirurgicale du lendemain.

Avec le retour du Führer, c'était tout un commandement militaire qui s'installait à nouveau à Berlin. Des généraux, bien sûr, mais aussi les nombreux aides de camp et même le personnel de secrétariat. Eva croisa les uns et les autres dans les locaux administratifs de la chancellerie, les saluant au passage. Quand elle vit Traudl Junge, elle ouvrit les bras en disant :

— Viens ici.

La jeune femme de vingt-quatre ans hésita juste un instant avant de s'y précipiter.

— Je veux t'exprimer à nouveau toute ma sympathie. Par écrit, ce n'est pas la même chose.

En juin 1943, la secrétaire épousait un officier de la SS, Hans Hermann Junge. Jusque-là, ce soldat avait partagé le travail de majordome – de valet de chambre – avec Heinz Linge. Il avait réclamé d'aller au front, en Russie d'abord, puis en France, pour se faire tuer là-bas le 13 août précédent. La guerre faisait des victimes. Depuis 1939, cinq millions d'Allemands avaient été tués.

— Merci. J'ai beaucoup apprécié la délicatesse du Führer. Il a tenu à m'apprendre lui-même la nouvelle.

Depuis toujours, Hitler aimait jouer au marieur avec ses proches, de Rudolf Hess à Henriette Hoffmann, de Joseph Goebbels à Gretl Braun. Y compris avec Traudl et Hans.

— C'était tout naturel. Tu sais combien il t'apprécie. Viens prendre un café avec moi.

La secrétaire se laissa entraîner jusque dans la salle à manger. Pendant que les deux femmes buvaient leur café, Adolf Hitler se trouvait sur la table d'opération. À l'heure du dîner, Eva se rendit dans la salle du rez-de-chaussée où un chirurgien avait procédé à l'intervention. Quand elle entra dans la salle d'opération improvisée, le praticien vint la rejoindre.

— Il dort toujours.

— Tout va bien ?

Lors d'une intervention du même genre, en 1935, l'anesthésiste avait un peu forcé la dose, au point où Hitler était resté une semaine dans un état semi-comateux.

— Oui, oui. Il ne faut pas vous inquiéter. La tumeur que nous lui avons enlevée est bénigne. Aucune trace du contraire.

Tout de même, la blonde tint à s'en assurer. Elle s'approcha du lit pour voir son amant étendu sur le dos, les bras le long du corps. Très pâle, le visage paraissait cadavérique. Les draps blancs, tel un funeste linceul, ajoutaient à cette impression.

Dans une grande salle de la chancellerie, on avait disposé quelques tables rondes, et dans une autre, plus petite, une grande table rectangulaire pour les dîners officiels. Quand Eva se présenta dans la première un peu après six heures, elle entendit une voix forte :

— Voilà ma belle-sœur !

Hermann Fegelein abandonna quelques convives et marcha vers elle. Quand il la prit dans ses bras pour l'embrasser, elle se raidit bien un peu. L'homme ne s'en formalisa pas. Il répandait une forte odeur de schnaps.

— Tu es rayonnante, et tellement élégante.

Il avait reculé d'un pas, pour la regarder des pieds à la tête. Son effort pour lui faire du charme l'agaça. Elle dit :

— Tu pourras aller à Garmisch bientôt ? Gretl en est rendue à son cinquième mois de grossesse, et tu ne l'as pas encore vue.

Devant la rebuffade, autant ranger son arsenal de séducteur.

— Tu te rappelles ? Nous avons une guerre à gagner, répondit le général.

Toutefois, il réussit à retrouver son sourire en disant :

— Tu veux bien te joindre à nous ? Nous sommes quelques habitués du Grand Hôtel à cette table.

Elle accepta d'un geste de la tête. Déjà, elle avait reconnu Christa Schroeder, et un officier SS, Vogt. La secrétaire demanda tout de suite, sans autre préambule :

— Comment se porte le patron ?

— Il n'avait pas encore repris connaissance tout à l'heure, mais le médecin n'a pas découvert de mauvaises surprises.

— Depuis la bombe, il ne s'est pas tout à fait remis.

Christa consacra ensuite son attention à sa cigarette à demi consumée.

— Pour ça, dit Fegelein, c'était une sacrée bombe. Comme il l'a dit, la Providence veille sur lui.

Le SS marqua une pause, puis ajouta en ricanant :

— Ou alors le traître ne savait pas ce qu'il faisait. Ce gars avait un œil et une main en moins, et peut-être la moitié de sa cervelle aussi.

Eva se souvenait bien de l'officier Claus von Stauffenberg, le héros en visite au Grand Hôtel, début juillet, qui disait s'inquiéter de ne pas voir Himmler, Göring ou Goebbels parmi les invités... Dans la salle de réunion de l'état-major à la Tanière du loup, il avait placé l'engin explosif juste aux pieds du Führer.

Tout en parlant, le général SS fouillait dans l'une des poches de son uniforme, pour en sortir une douzaine de photographies. Il en posa une sur la table.

— Là-dessus, il a l'air moins fier.

Elle montrait le militaire sur le sol, la bouche grande ouverte. Les impacts de balle étaient bien visibles sur le devant de son uniforme. L'ivresse rendait Fegelein bien audacieux. Eva jeta un regard curieux sur la photo. Son beau-frère en posa une autre à côté de la première, puis une troisième, et une quatrième. Dessus, des hommes pendus avec un fil d'acier, le pantalon sur les chevilles, une langue noirâtre sortant de leur bouche.

— Il y en a des dizaines qui ont connu ce sort.

La jeune femme le savait bien, les journaux et la radio avaient longuement commenté les parodies de procès des traîtres, et fait état de leur exécution.

— Je ne veux pas voir ça, dit Eva en détournant les yeux.

Christa Schroeder les prit pour les examiner une à une. Fegelein fixa sa belle-sœur, avant de dire avec un air de défi :

— Tu te laisses émouvoir par le sort de ces conspirateurs ? Heureusement que tu ne visites pas les champs de bataille à l'est.

Il continua à étaler ses photographies. Certaines montraient des tranchées creusées dans le sol où s'empilaient des centaines de corps, d'autres des alignements d'hommes, de femmes et d'enfants, avec devant eux un peloton d'exécution. La dernière présentait une demi-douzaine de femmes nues, les bras repliés sur la poitrine par souci de pudeur.

Eva se souvint de la déclaration du quidam à Salzbourg, le jour du mariage de Gretl : « Celle qui va épouser ce gars-là a intérêt à ne pas avoir une goutte de sang juif, sinon elle se retrouvera dans une fosse commune en Pologne. »

Pourtant elle demanda :

— Qui sont ces gens ?

Son interlocuteur consulta son collègue du regard, puis murmura :

— Pensais-tu réellement que les Juifs occupaient une colonie dans l'est de l'Europe ?

Eva préférait ne rien penser à ce sujet. Ils disparaissaient de Berlin, de Munich et des autres villes allemandes, mais ensuite ? Elle secoua la tête de droite à gauche.

— Nous sommes en train de débarrasser l'Europe de cette vermine.

Le SS Vogt toussa brièvement et jeta un regard réprobateur à son collègue. Fegelein rompait la loi du silence, personne ne devait évoquer ce sujet. Surtout pas devant des civils. Le beau-frère reprit les photographies, puis changea abruptement de sujet. Bientôt, les deux officiers se découvrirent une obligation pressante. Quand ils furent partis, Eva demanda à la secrétaire :

— Vous aviez déjà vu des images semblables ?

— Les exécutions des traîtres ? Votre beau-frère se promenait avec ça dans sa poche à la Tanière du loup pour les montrer à tout le monde. Ceux qui ont été blessés par l'explosion trouvaient un certain plaisir à les voir.

— Je voulais dire les autres.

Christa chercha son paquet de cigarettes pour en offrir une à sa compagne, puis en prit une pour elle-même.

— Quelques-unes. Même si le patron interdit de parler de ça, des soldats reviennent du front avec des photographies dans leurs poches, d'autres les glissent dans des lettres à leurs familles.

— Moi je n'en avais jamais vu…

L'autre laissa échapper un petit rire bref.

— Vous avez l'oreille du patron. Personne ne prendrait le risque de vous révéler ce secret pourtant bien mal gardé. Cependant, comme il est parent avec vous, Fegelein se sent audacieux.

— C'est un autre univers. On ne se doute pas, à l'arrière.

En fait, tout le monde préférait ne pas y penser. Mais avec un dixième de la population allemande en uniforme, dont des millions dans l'Est, ne rien entendre, ou ne rien voir, s'avérait difficile.

— Pourquoi a-t-il abordé ce sujet aujourd'hui ?

— Notre beau général aime produire son petit effet. Et je crois qu'il est inquiet.

Devant l'air interrogateur d'Eva, la secrétaire continua :

— Quand les Russes entreront en Allemagne, tout le monde se fera massacrer.

Après ces mots, aucune des deux n'avait le cœur à la conversation. Eva termina sa cigarette puis décida de retourner auprès de son amant.

Le chirurgien ne se trouvait plus auprès de son illustre patient. Elle vit plutôt le docteur Morrell, un homme obèse affublé d'un uniforme du Parti nazi mal coupé. Son air débonnaire et ses lunettes à monture de corne juraient un peu avec sa tenue martiale.

— Bonjour, docteur. Notre Führer se porte bien ?

— Bonjour, mademoiselle Braun. Tout à l'heure il a ouvert les yeux, et il s'est rendormi. Dans deux ou trois jours, il sera sur pied.

Eva songea à la querelle avec Brandt. Ce gros docteur passait pour un charlatan auprès des proches du chef, mais Hitler lui accordait toute sa confiance.

— Bon, comme vous êtes là, je vais rentrer à la maison, dit le médecin en se levant.

Quand Eva fut seule avec le malade, elle lui prit la main. Hitler ouvrit les yeux, marmonna un mot inaudible. Elle crut deviner qu'il disait « Evchen ».

— Ne parle pas. Dans ton état, te voilà condamné au silence.

Le petit sourire en coin de son amant disait combien il réalisait l'ironie de la situation. Il n'aimait rien tant que discourir sans fin sur tous les sujets.

« Il ne sait certainement pas toutes ces horreurs, songea la jeune femme. Mais les autres… » Certains, en particulier Göring et Himmler, lui donnaient froid dans le dos. Ceux-là étaient capables de tout. Hitler demeurait le sauveur de l'Allemagne. Pourtant, se répéter ces arguments ne la convainquait pas parfaitement.

Chapitre 31

Allemagne, le dimanche 5 mars 1933

Même après avoir arrêté quatre mille membres du Parti communiste, dont son chef Ernst Thälmann, avoir transformé les SA et les SS en policiers spéciaux – pour soi-disant protéger le pays de la conspiration révolutionnaire –, et permis à ces hommes de main de perturber les rassemblements de tous les autres partis politiques, Hitler obtint un peu moins de quarante-quatre pour cent du suffrage exprimé. Pour éviter d'être minoritaire, il fallait compter sur le Parti national du peuple allemand, avec ses huit pour cent d'appuis.

Munich, le samedi 1er avril 1933

Depuis la nomination d'Hitler au poste de chancelier le 30 janvier 1933, Fritz se découvrait une passion pour la politique, au point de déplacer la radio du salon à la cuisine au moment des repas. Cela trahissait un mélange d'espoir et de crainte à l'égard du nouveau régime. Ce jour-là, pendant le petit-déjeuner, il y alla de recommandations :

— Ne traînez pas dans les rues aujourd'hui. Les chemises brunes seront déchaînées. Le Parti nazi a organisé un boycott de tous les commerces juifs*.

— Qu'est-ce que ça signifie ? demanda Gretl.

— Les SA vont se tenir devant la porte des magasins pour en interdire l'entrée.

Fanny vint poser une cafetière sur la table. Elle commenta :

— C'est dommage, mais ils l'ont cherché. Les Juifs américains organisent de grandes manifestations dans les rues des États-Unis pour convaincre leurs concitoyens de ne plus acheter de produits allemands. Comme s'il n'y avait pas assez de chômeurs dans notre pays...

En guise d'explication, *L'Observateur populaire* évoquait la haine viscérale des Juifs pour les Allemands. Le même périodique qualifiait les nombreuses exactions commises à l'encontre des enfants d'Israël de « crimes imaginaires ».

— S'ils n'achètent plus de produits venus d'ici, dit Gretl, c'est normal que l'on cesse d'acheter les leurs.

— On ne parle pas de ne plus acheter de produits américains, précisa Fritz, mais de ruiner des gens d'ici.

---

* Dès la nomination d'Hitler à la chancellerie, des Allemands de religion juive sont victimes de violences, en particulier de la part des SA : assauts, meurtres, déprédations de bâtiments. Cela provoqua la tenue de nombreuses manifestations à l'étranger. Le boycott du 1er avril toucha surtout les membres de professions libérales et les petits entrepreneurs.

L'homme paraissait encore peser les pour et les contre des politiques nationales-socialistes. L'appareil de propagande n'était pas encore venu à bout de ses réticences.

Sur le chemin du travail, les sœurs Braun virent des chemises brunes parader devant des commerces et des bureaux de professionnels. Certains écrivaient à la peinture blanche, sur les murs ou les vitrines, les mots « Les juifs sont notre malheur ». D'autres se promenaient avec des panneaux accrochés au cou avec un mot d'ordre.

Allemands !
Défendez-vous !
N'achetez pas chez les Juifs !

Pourtant, des clients et des clientes passaient les portes en jetant des regards méprisants aux chemises brunes. L'unanimité, sur des mesures de ce genre, demeurait à faire.

Quand Eva et Gretl entrèrent dans la boutique, des employés se tenaient devant les vitrines pour suivre les événements.

— Ces salauds vont finir par apprendre, commenta l'homme à tout faire de l'entrepôt.

Eva ne voulut pas lui demander s'il parlait des Juifs, ou des Allemands qui refusaient de respecter le mot d'ordre du boycott.

Un peu après le déjeuner, de nombreuses vitrines de commerces juifs étaient défoncées, des propriétaires – ou des professionnels libéraux – cherchaient à obtenir des soins médicaux. Et des clients peu enclins à respecter les mots d'ordre nazis ne se trouvaient pas en meilleur état. Toute cette violence était bien sûr néfaste pour les affaires dans la rue Amalie. Eva se tournait les pouces quand elle vit entrer une cliente très inhabituelle.

— Qu'est-ce que tu fais ici ?

Herta paraissait essoufflée.

— Je souhaitais mettre ma vie en danger pour venir te faire la bise.

Elle reprit son souffle et ajouta, sérieusement cette fois :

— Nous pouvons parler un moment ? En privé ?

Le commerce comptait trop d'employés pour y trouver un coin discret.

— Clara, tu peux t'en occuper ?

Elle désignait la caisse des yeux. La femme acquiesça de mauvaise grâce. Eva récupéra sa veste dans la petite pièce réservée aux employés puis rejoignit son amie sur le trottoir.

— Tu as vu ce qui se passe aujourd'hui ?

— Comme toi, je suppose. Des gars qui se mettent à quatre pour rosser quelqu'un.

— Traversons la rue, nous serons mieux.

Bientôt, elles s'attablaient dans le Café Stefanie. Jusqu'à ce qu'un serveur dépose les tasses de thé devant elles, la conversation porta sur le boycott. Puis Herta prit un air mystérieux pour annoncer :

— Ma mère est toute bouleversée. Il y a une heure, le chancelier lui a parlé au téléphone.

— Quoi ?

— Comme tu n'es pas si facile à joindre, il propose que tu prennes des appels chez nous, ou que je te transmette les invitations.

— Jusqu'ici, Hoffmann a joué ce rôle.

— Sans doute me trouve-t-il plus fiable, ou plus discrète.

Le photographe avait toujours un sourire en coin quand il jouait l'entremetteur. Herta montrerait certainement plus de retenue.

— Après tout, je suis sortie assez souvent avec vous deux pour qu'il me fasse confiance.

Son rôle de chaperon avait duré deux ans. Quand il la croisait, Hitler la traitait toujours avec cordialité.

— Il a même précisé que tes parents trouveraient plus crédible que tu passes tes soirées chez moi, plutôt qu'à la boutique.

— Qu'en pensent-ils ?

— Si c'était moi, ils m'enverraient sans doute au couvent. Mais toi, tu ne risques pas de te faire interdire la porte de la maison.

La répartie n'allégerait pas beaucoup son malaise, lors de leur prochaine rencontre.

Munich, le jeudi 13 avril 1933

Ce nouveau mode de communication n'était pas idéal, mais au moins Eva ne s'exposait plus à passer la soirée – ou même la nuit comme elle l'avait fait à deux ou trois reprises – à attendre que le téléphone sonne dans le bureau de son patron. Cependant, quand elle se présenta chez les Ostermayer « pour prendre un appel vers neuf heures », ce fut avec des joues brûlantes de honte.

Le couple regagna sa chambre avant l'heure annoncée, comme pour lui laisser le champ libre. Herta l'avertit :

— À la première sonnerie, je te laisserai seule.

Eva la remercia d'un sourire. Avoir un témoin, même bienveillant, l'aurait intimidée. Le scénario se déroula comme prévu. En décrochant, la blonde entendit :

— Mademoiselle Braun, je vous le passe.

Après quelques bruits métalliques vint sa voix :

— Alors Effie, comment vas-tu ?

La voix était caressante. Elle imagina les yeux bleus, le sourire charmeur.

— Je m'ennuie. Je passe ma vie à t'attendre.

Le ton tenait un peu de la jérémiade. Elle s'en voulut de se montrer si indélicate et se reprit aussitôt :

— Mais je comprends que tu t'occupes de l'Allemagne.

— Tu me manques aussi. De même que notre vie d'avant.

Il voulait dire les soirées passées au cinéma ou à l'opéra, les repas tardifs dans un café, les promenades sur l'Obersalzberg. Toutefois, les journaux avaient publié des photographies de son amant en compagnie de belles femmes. Magda Goebbels d'abord, l'épouse de son chef de la propagande, mais aussi de jeunes comédiennes, de jeunes chanteuses.

— Demain soir, pourras-tu me rejoindre ? Jusqu'à samedi ?

— Oui, bien sûr.

Elle songerait plus tard à l'histoire à raconter à ses parents. La justification serait plus difficile que pendant l'une ou l'autre des campagnes électorales.

— Alors, ma petite, on se voit demain.

— Oui, bien sûr, mon Führer.

L'intonation voulait dire « Je t'aime ». Eva entendit un bruit métallique. Il avait raccroché. Le cœur battant la chamade, elle se rendit à la chambre d'Herta pour lui dire :

— Nous nous verrons demain.

Si les parents d'Herta avaient eu la délicatesse de se retirer avant que le téléphone sonne, au moment où Eva s'apprêtait à rentrer à la maison, monsieur Ostermayer sortit de sa chambre et l'arrêta net en disant :

— Je peux te parler un moment ?

— Oui, bien sûr.

Ce fut un peu honteuse qu'elle le suivit dans son bureau. Cet homme entendait-il prendre le relais de Fritz, en tant que censeur ? Il lui dit, en désignant la chaise placée devant sa table de travail :

— Je sais bien que je me mêle de ce qui ne me regarde pas, mais comme tu m'as déjà appelé « papa »…

Le rappel de cette époque lui mit du rose aux joues.

— … nous allons faire semblant un moment que je le suis vraiment.

Une fois assis dans son fauteuil, il dit :

— Ma femme ne s'est pas trompée, ce matin. Il s'agissait bien de lui, n'est-ce pas ?

Ou Herta s'avérait l'amie la plus discrète du monde, ou cet homme était un grand acteur.

— Il s'agissait d'Adolf Hitler.

L'homme émit un petit sifflement admiratif. Tout de suite elle ajouta, sur la défensive :

— Ce n'est pas ce que vous pensez. Il sait se montrer tout à fait respectueux.

Immédiatement, la blonde se sentit ridicule de devoir ainsi se justifier en inventant une prétendue relation platonique.

— Je suppose que j'ai des collègues qui se comportent en conquérants au travail, et en parfait gentlemen dans leur vie privée. Tu me permettras tout de même d'être un peu surpris.

Son sourire exprimait un peu d'amusement, et beaucoup de bienveillance.

— Je vous assure que c'est vrai.

Il hocha la tête.

— En réalité, poursuivit-elle, je me demande ce qu'un homme comme lui trouve à une fille comme moi.

Elle n'était pas loin de le voir comme le plus grand Allemand ayant jamais vécu. Elle crut bon d'ajouter :

— Après tout, je tiens la caisse chez monsieur Hoffmann.

— Lui, comment explique-t-il son intérêt ?

Eva hésita un moment avant de répondre.

— Il dit qu'il veut parfois fuir tous ces gens qui lui parlent de politique. Je lui donne l'occasion de se détendre.

Cela faisait immédiatement penser au repos du guerrier. Elle voulut corriger cette impression :

— Nous parlons des derniers films, des derniers disques. Ou des tours qu'il apprend à ses chiens.

L'homme ne répondit rien et Eva laissa tomber tristement :

— Je me sens ignorante à ses côtés.

— Dans le sens « pas assez bien pour lui » ?

Elle hocha la tête.

— Je trouve Herta assez bien pour n'importe qui, et je te place à peu près à ça sous elle.

Avec ses doigts, il montrait un écart de tout au plus un millimètre.

— Mais tu comprends que ça ne sera jamais facile avec un homme comme lui.

— Je viens après la politique...

La voix contenait tout le dépit du monde.

— Alors sois prudente.

L'homme se leva, mettant fin à une conversation comme elle n'en aurait jamais avec son père. Il la raccompagna jusqu'à la porte, la main sur son épaule, répétant au moment de lui ouvrir :

— Bonne nuit et, vraiment, sois prudente.

La sollicitude la toucha, mais elle trouva le conseil superflu.

— Je vais passer le congé de Pâques chez Herta.

Debout dans l'entrée de l'appartement avec sa petite valise à la main, Eva s'adressait à sa mère. À la fermeture de la boutique, elle était revenue à l'appartement d'un pas vif, au point de soulever les protestations de Gretl qui peinait à la suivre. Puis, après avoir avalé un morceau, voilà qu'elle repartait.

— Tu es certaine que ta présence ne devient pas gênante ? dit sa mère. Ce n'est plus comme quand tu étais une petite fille.

— Tu sais qu'elle est comme ma sœur.

— Des sœurs, tu en as déjà. D'ailleurs, Ilse viendra dimanche.

Ne sachant plus trop quel argument invoquer, elle embrassa sa mère, puis quitta les lieux. En revenant dans la cuisine où les autres se trouvaient encore attablés, Fanny remarqua :

— Heureusement qu'elle n'a pas de petit ami, sinon je la soupçonnerais de prendre un sérieux acompte sur les joies du mariage…

Gretl baissa les yeux sur son assiette, rougissante.

Madame Winter lui ouvrit la porte, pour l'examiner des pieds à la tête, la réprobation inscrite sur son visage. Eva se demandait toujours si elle condamnait son immoralité, ou si elle se disait tout simplement que le chancelier de l'Allemagne pouvait trouver beaucoup mieux pour meubler ses loisirs.

— Monsieur Hitler n'est pas là ?

— Pas encore. Bon, je vais tout de même vous laisser entrer.

Bientôt, la visiteuse était devant la fenêtre du salon, en train de contempler la place du Prince-Régent. Dans ce décor bourgeois, avec une domestique revêche qui l'accueillait à contrecœur, elle se faisait l'impression d'être une petite fille se tenant au mauvais endroit, au mauvais moment. Comme si son statut de maîtresse du grand homme relevait de l'imposture.

Puis elle vit une grosse voiture décapotable s'arrêter devant la porte, un homme en descendre pour entrer dans l'édifice. La jeune femme eut un sourire. Il portait le chapeau de feutre mou qu'elle lui avait offert, dépensant ainsi une bonne part de son salaire mensuel. La question de la tenue vestimentaire du chef leur valait parfois des discussions animées. Hitler portait des vêtements souvent dépareillés, aux couleurs étonnantes. L'une de ses vestes de laine, jaune et orangée, lui faisait horreur.

Elle se précipita dans le hall, au grand déplaisir de madame Winter. La domestique semblait tenir à l'exclusivité des souhaits de bienvenue. Le Führer la salua distraitement, puis il se tourna vers Eva et lui dit :

— Evchen, je suis content de te voir.

Pourtant, il attendit le départ de sa gouvernante pour ouvrir les bras. Sa pudeur, devant des témoins, devenait blessante. Eva s'y jeta pourtant en disant :

— Oh ! Adolf, moi aussi. Tu m'as tellement manqué, pendant toutes ces semaines.

— Tu comprends que j'ai beaucoup à faire.

Il s'agissait d'un trio, et non d'un couple : le grand homme, l'Allemagne et, bien loin derrière, Eva Braun.

Peut-être à cause du sentiment de péché, ou de la charge hautement érotique du pouvoir absolu, ou encore de l'habileté de son amant, ou de la combinaison de ces trois facteurs, le passage dans la chambre laissa Eva épuisée, après quelques orgasmes puissants.

Ensuite, Hitler revêtit des vêtements décontractés. Après avoir cassé la croûte, le couple s'installa au salon. Il chercha un livre dans la bibliothèque, elle prit un magazine qu'elle avait apporté. Puis, chacun à son bout du canapé, ils passèrent une partie de la soirée plongés dans la lecture.

La jeune femme le savait bien, son compagnon se couchait tard, et se levait plus tard encore. Aussi ce ne fut que largement passé minuit qu'elle entama la conversation :

— Adie, il y a quelques semaines des Juifs ont été pourchassés rue Amalie.

L'homme fronça les sourcils, serra les mâchoires. Puis, les cheveux emmêlés, les yeux bleus, le sourire intimidé de sa compagne le rendirent plus amène, aussi choisit-il l'ironie :

— Tu sais ce que j'aime avec toi ? Tu me permets de sortir de la politique.

Il venait de la remettre à sa place. La jeune fille comme détente, comme évasion d'une lutte sans merci.

— Je ne parle pas de politique, mais des mères de famille qui craignent d'aller faire leurs courses, de peur d'attraper un mauvais coup.

— La fin de l'empire allemand, la signature du traité de Versailles, les gouvernements des conseils, les trusts qui exploitent les travailleurs, tout ça c'est à cause des Juifs.

Elle se mordit la lèvre inférieure. Le geste rappelait celui de son enfance, quand son père refusait de regarder son carnet de notes.

— Mais tu as raison, pourchasser les Juifs dans les rues ne donne rien. Mieux vaut des mesures politiques.

L'atmosphère était devenue plus tendue, Eva savait que mieux valait changer de sujet.

— Dans ta chambre, au mur, c'est un portrait de ta mère ?

La jeune femme le savait très bien. Aussi continua-t-elle sans attendre de confirmation :

— Tu lui ressembles. Les yeux surtout. Elle paraît si douce.

— Elle l'était. Elle m'aimait beaucoup. Tu comprends, elle a perdu ses trois premiers enfants en bas âge. Moi, j'étais le quatrième.

Depuis le début de l'année, Hitler avait vendu un million de copies de son livre, *Mon combat**, pour moitié une autobiographie – lourdement réaménagée –, pour moitié un programme politique. Eva y avait lu : « Je respectais mon père, et j'aimais ma mère. » L'évocation des souvenirs d'enfance les retint jusqu'aux petites heures du matin.

Le lendemain, le couple renoua avec les activités du début de leur idylle : le déjeuner dans un café, le cinéma… Cependant, le relatif anonymat était chose du passé. Le chancelier attirait les regards. La jeune femme à ses côtés aussi, ce qui déplaisait souverainement à Hitler. Il préféra même annuler le projet d'une soirée au théâtre pour retourner manger à la maison.

Peu après le dîner, il commença :

— Demain, c'est la fête de Pâques. Tu devrais rentrer chez toi pour la célébrer avec ta famille.

— Mais… nous avions prévu passer ce congé ensemble !

Le ton devenait tout de suite plaintif.

— Maintenant, le chalet est devenu trop petit, avec mes responsabilités j'y reçois beaucoup de monde. J'ai envie de me mettre en route tout de suite pour être à Berchtesgaden au petit matin.

---

* *Mein Kampf.*

Je dois rencontrer un architecte pour y faire des travaux.

— Je peux t'accompagner là-bas, si tu veux.

Elle quémandait un peu plus de temps en sa présence.

— Tu y serais seule avec ma demi-sœur, et moi en discussion avec Alois Degano.

Elle comprit que ce devait être l'architecte. Le sentiment d'être superflue la submergea.

— Très bien. Alors je partirai demain matin, dit-elle sombrement.

— Pour être là à temps pour le rendez-vous demain, je dois me mettre en route ce soir.

Ne pas pleurer, ne pas renouer avec le rôle de la petite fille malheureuse. Elle se leva et alla chercher sa valise dans la chambre d'amis. Hitler ne partageait jamais son lit pour dormir. Ce petit moment d'intimité lui permit de laisser couler quelques larmes. À son retour dans le salon, le bagage à la main, elle avait retrouvé une certaine contenance.

— Je vais appeler mon chauffeur, lui dit-il.

— Non, ce n'est pas la peine. Et puis, tu me vois descendre d'une Mercedes noire devant l'appartement de mes parents ?

Un soupçon d'immoralité, et son père la jetterait à la rue. Même après des années passées chez son médecin juif, Ilse protestait toujours de l'innocence de ses mœurs. Hitler le comprenait bien. Quand il la prit dans ses bras, elle murmura :

— Je ne peux même pas entendre ta voix sans devoir aller chez Herta, ou passer une partie de la nuit au studio de photographie.

— Alors nous essaierons de régler ce petit problème de communication. À bientôt.

Elle avait envie de rager, de se lamenter, mais ce serait le faire fuir. Mieux valait présenter le visage le plus conciliant possible.

— Oui, à très bientôt.

Une fois dans la rue, Eva laissa libre cours à sa frustration. Il lui fallut une bonne heure pour se calmer un peu. Après seulement, elle monta dans un tramway. À cette heure, elle attirait l'attention des autres passagers. À vrai dire, ses cheveux platine les amenaient probablement à soupçonner des mœurs légères.

Quand elle ouvrit la porte de l'appartement, sa mère demanda depuis le salon :

— Que fais-tu là ?

Comme accueil, elle avait connu plus chaleureux.

— J'ai repensé à ce que tu disais hier. Mieux vaut passer Pâques en famille. Je vais ranger ma valise.

— Pourtant, il y a une heure Herta me disait que tu ne rentrerais que demain. Elle a dit que tu te trouvais déjà au lit, avec un mal de tête.

Ainsi, Fanny avait voulu vérifier son histoire.

— Si je t'avais parlé, tu m'aurais demandé de revenir, non ? Elle me l'a dit, alors je suis revenue. Je vais me coucher tout de suite.

— Tu préfères vivre chez des étrangers, plutôt qu'avec ta famille !

La mère adoptait le ton d'une amoureuse déçue. Cela troubla d'autant plus Eva qu'elle avait le même, deux ou trois heures plus tôt.

— Là-bas, je n'ai pas l'impression de vivre sous surveillance, pas plus que je ne crains qu'un homme ne donne des coups à une femme.

Fanny demeura interloquée.

— Ça ne s'est pas produit depuis des années.

— Parce qu'il faut peser tous nos mots. Chez les Ostermayer, j'arrive à me comporter de façon naturelle. Pas ici.

La mère songeait que les visites chez Herta cachaient peut-être une idylle. Toutefois, ce rappel du climat familial la mit sur la défensive.

— Tu exagères. La situation n'est pas si difficile.

— Présentement, je suppose qu'il célèbre le samedi saint dans une taverne de la ville ?

La colère de Fanny faillit bien se traduire par une gifle retentissante assénée à sa fille. Cette dernière poussa son avantage :

— Voilà des années que j'envie Ilse. Malheureusement, monsieur Hoffmann ne m'a pas fait une place dans sa grande maison.

Elle marqua une pause avant d'ajouter :

— Ce genre de discussion n'a rien pour soulager mon mal de tête.

La jeune femme se dirigea vers la chambre partagée avec sa sœur. Même la porte refermée, Eva ne put laisser libre cours à ses émotions, car Gretl se trouvait dans le lit voisin. Au moins, la petite sœur eut le bon goût de ne faire aucune remarque.

Une heure plus tard, refoulant avec peine ses sanglots, elle se disait une fois encore que seul un long sommeil pourrait lui permettre d'échapper à la fois à un cadre de vie débilitant, et à un amoureux qui mettait l'Allemagne très au-dessus de sa petite personne.

Chapitre 32

Munich, juin 1933

Le technicien de la compagnie du téléphone s'était présenté un samedi. Pour l'occasion, Eva avait décidé de s'absenter de son travail. Le choix de l'endroit où installer l'appareil faisait l'objet de discussions.

— Tout le monde place ça dans le salon, plaidait Fanny, ou alors dans la cuisine.

— Mais c'est monsieur Hoffmann qui paiera l'abonnement, et il doit servir pour le travail. Il faut l'installer dans ma chambre.

— Je n'ai jamais entendu parler de ça, une fille ayant un téléphone dans sa chambre, alors que toute sa famille en est privée.

Le technicien écoutait la conversation, un peu impatient de les voir se décider.

— Je n'ai jamais dit que vous ne pourriez pas en profiter, mais mon patron veut pouvoir me contacter à loisir.

— Bon, fais à ta guise !

En colère, Fanny se retira dans sa chambre. Leur relation souffrait encore de l'échange acrimonieux du samedi saint.

— Monsieur, dans la pièce, là.

L'employé du téléphone la suivit. L'appareil fut posé sur la petite table entre son lit et celui de sa sœur. Maintenant, restait à savoir à quelle fréquence le chancelier trouverait le temps de lui dire quelques mots le soir.

Depuis quelques jours, le temps se maintenait au beau fixe. Le téléphone sonna dans le bureau d'Hoffmann. Après le « Allô » d'usage, deux brèves phrases seulement : « Pas grand-chose », et « D'accord, je le lui dis tout de suite ». L'instant d'après, il sortait de son bureau en passant sa veste.

— Evie, une mission spéciale avec le grand patron. Viens.

La blonde hésita brièvement, remarqua les sourires entendus de quelques collègues, puis elle rejoignit Hoffmann sur le trottoir. Bientôt, une Mercedes s'arrêtait devant eux.

— Où allons-nous ? demanda le photographe au chauffeur.

— Prien, près du lac de Chiem.

Ils montèrent sur la banquette arrière. Le SS démarra tout de suite. Parcourir cette distance prendrait deux bonnes heures, assez pour faire la conversation. Hoffmann commenta les étapes de l'établissement de la dictature nazie, l'ouverture du camp de Dachau* pour contenir les éléments

* Ouvert le 21 mars 1933, ce camp de concentration accueillit d'abord des opposants politiques, puis des prisonniers de guerre après 1939. On y voyait aussi des groupes de personnes victimes des politiques racistes : Juifs, Tsiganes, homosexuels.

« asociaux » du pays, l'interdiction de tous les autres partis politiques, l'élection prochaine avec la seule liste de candidats nazis – ceux-ci n'auraient aucun opposant –, comme pour donner un semblant de légitimité au régime.

Pour Eva, ces informations étaient superflues. Un homme exceptionnel assumait les destinées de l'Allemagne, elle lui accordait toute sa confiance. Deux limousines étaient déjà stationnées près du lac. Ils trouvèrent le messie allemand en bras de chemise, debout sous les arbres. Quelques officiels, comme Wilhelm Brückner, Julius Schreck, maintenant le chauffeur habituel du Führer, et Rudolf Hess. Et des gens figurant dans le cercle intime du dictateur : Johanna Wolf, la secrétaire, puis Henriette « Henny » et Heinrich Hoffmann fils.

— Qu'est-ce que vous faites là, tous les deux ? demanda le photographe.

— Nous étions allés rendre visite à Baldur à la Maison brune, expliqua Henny, et puis oncle Adolf nous a offert de nous joindre à lui.

Ce Baldur était son époux depuis plus d'un an. Baldur von Schirach. Eva fixait son regard sur elle, affreusement jalouse. Habituellement toute mince, elle affichait maintenant un ventre arrondi par une grossesse. Mariée à dix-neuf ans, bientôt mère à vingt ans. En comparaison, il ne se passait absolument rien dans sa propre existence.

Évidemment, ce Baldur ne se comparait pas à Adolf Hitler. Portant quelques kilos en trop, il

---

Plus de 200 000 personnes y furent internées, dont plus de 30 000 moururent.

paraissait efféminé. Mais au moins elle l'avait toutes les nuits dans son lit. Elle ne se morfondait pas des jours et des jours durant, et elle pouvait lui tenir le bras quand bon lui semblait, sans se soucier de conserver cette relation secrète. Ainsi, au lieu de se précipiter vers son amant, la blonde attendit que ce dernier « s'aperçoive » de sa présence.

— Bonjour Eva, dit le jeune Heinrich en s'approchant d'elle. Comment vas-tu ?

À dix-sept ans, le garçon la regardait toujours avec des yeux de séducteur.

— Bien. Et toi ?

La jeune femme n'écouta pas vraiment la réponse. Au même moment, elle remarquait la messe basse entre Brückner et Johanna Wolf. Ils jetaient vers elle des regards inamicaux. Elle crut lire « Qu'est-ce qu'elle veut de lui ? » sur les lèvres de l'officier SS. La réponse de la secrétaire ne devait rien avoir de flatteur.

Puis Hitler s'approcha. Les deux enfants Hoffmann eurent droit à quelques mots, puis enfin il prit la main d'Eva pour l'embrasser.

— Mademoiselle Braun, vous êtes toujours aussi ravissante. Je suis très content de vous compter parmi nous.

— Tout le plaisir est pour moi, mon Führer.

Intérieurement, elle criait « mon amour ». Toujours ce foutu secret.

— Venez vous asseoir près de moi. Vous devez avoir faim.

Maintenant, la secrétaire s'occupait de déposer les sandwichs enveloppés de papier gras, les fruits et le fromage sur les couvertures placées sur l'herbe l'une près de l'autre. Bonne fille, Eva alla l'aider. Des gardes du corps récupérèrent les bouteilles de bière ou de vin blanc mises à refroidir dans l'eau du lac. Quant au chancelier, il se contenta d'une bouteille d'eau, comme d'habitude.

Ces sorties, répétées avec régularité avant 1933, la laissaient insatisfaite. Pendant deux ou trois heures, elle échangea des banalités avec son amant, feignant d'être là à titre d'employée d'Hoffmann. Comme une assistante, ou une secrétaire. Pendant le trajet de retour, son visage demeura triste. De son côté, le photographe cuvait le vin et la bière consommés avec excès.

Début septembre, les midis au restaurant remplacèrent les pique-niques au bord de l'eau. L'endroit le plus fréquenté demeurait l'Osteria Bavaria. Heinrich Hoffmann incluait Eva tellement souvent dans ces activités que certains employés soupçonnaient qu'elle était sa maîtresse. Personne ne songeait vraiment à une aventure avec le chancelier – sauf parfois pour se moquer –, tellement cela paraissait invraisemblable.

En arrivant au coin des rues Schelling et Schraudolph en compagnie de son patron, Eva remarqua un petit cabriolet de marque Triumph garé près du trottoir. De chaque côté du capot se trouvait un fanion, le drapeau britannique à gauche, le drapeau nazi à droite. Surtout, un mastiff occupait le siège du passager.

— Seigneur ! Voilà une personne qui sait se faire remarquer, dit Eva.

— En tout cas, avec ses petits drapeaux, c'est quelqu'un qui prône l'amitié anglo-allemande, dit son compagnon.

Au restaurant, ils remarquèrent une très grande jeune femme blonde assise à la table la plus proche de l'entrée. Comme si sa taille ne suffisait pas à la faire remarquer, l'écharpe de couleur pistache la transformait en modèle du mauvais goût.

Le Führer occupait sa table habituelle, au fond de la salle, dans l'angle, à l'abri de cloisons destinées à le dissimuler aux passants. Julius Schreck, le chauffeur et garde du corps du Führer, se trouvait là aussi. Comme il portait lui aussi une moustache en forme de brosse à dents, on aurait dit une version obèse de son chef. Il salua les nouveaux venus avec cordialité. Quant à Wilhelm Brückner, son regard disait tout le contraire de ses mots affables.

— Mademoiselle Braun, dit Hitler, je suis heureux de te voir.

Il se leva pour lui prendre la main, et la baiser. Puis il la garda dans la sienne juste assez longtemps pour lui faire comprendre qu'il ne s'agissait pas d'un simple geste de politesse démodé inspiré par son éducation autrichienne.

— Venez vous asseoir ici, et dites-moi quel film vous avez vu récemment.

Il lui montrait la chaise juste à côté de la sienne.

Elle entreprit à contrecœur de faire un résumé de *Madame ne veut pas d'enfant* quand Rudolf Hess arriva. Lui se montrait tout à fait aimable, mais ses yeux profonds et brûlants, de même que son enthousiasme pour les phénomènes surnaturels, la troublaient toujours un peu.

— Elle est toujours là, commença-t-il par dire.

Puis, comme s'il n'avait rien dit, il alla serrer les mains des autres convives, avant de revenir à sa place.

— Qui est toujours là ? demanda Schreck, qui paraissait tout disposé à payer de sa personne pour éloigner les gêneurs.

— La grande Anglaise et son chien.

— Vous avez vérifié qui elle est, demanda Hitler, et ce qu'elle fait ici ?

— Unity Valkyrie Mitford.

— Valkyrie ?

Visiblement, voilà qui impressionnait le Führer. Les valkyries étaient des vierges guerrières au service du dieu Odin.

— Il s'agit vraiment de l'un de ses prénoms. Elle s'est inscrite à l'université de Munich pour apprendre l'allemand. Elle habite au 49, rue Kolbach.

Hess avait certainement demandé à un membre de la Gestapo de la suivre discrètement.

— Ça n'explique pas qu'elle partage son temps entre ici et le Café Heck, fit remarquer Julius Schreck.

Qu'elle se trouve si souvent au même endroit qu'Hitler ne tenait certainement pas du hasard.

— Sa sœur est la maîtresse d'Oswald Mosley, le dirigeant de l'Union britannique des fascistes. Ses parents sont des membres de la noblesse. Elle a écrit à la Maison brune pour avoir l'honneur de vous rencontrer. Je n'aime pas trop cette obsession…

— Laissez-la tranquille, trancha Hitler. Cette lubie finira bien par lui passer. Après tout, avec un prénom pareil, elle ne peut pas être animée de mauvaises intentions !

L'homme fit signe au serveur de venir prendre les commandes, puis, en se penchant vers sa voisine immédiate, il demanda :

— Alors, que pensez-vous de cette dame qui ne veut pas d'enfant ?

Après que son amant se fut intéressé autant à une autre femme, c'est de bien mauvaise grâce qu'Eva donna son appréciation. Négative, évidemment.

L'incendie du Parlement, et surtout le fait que l'on en fasse le premier acte d'une révolution communiste, avait permis l'adoption d'une loi donnant les pleins pouvoirs au chancelier. Hitler put prendre les mesures requises pour obtenir enfin une franche majorité de députés : ne présenter que des candidats du Parti national-socialiste lors du suffrage du 12 novembre 1933. Ainsi, la liste des candidats nazis reçut quatre-vingt-douze pour cent des votes. Les autres bulletins étaient annulés. Si le pouvoir d'Hitler était absolu, son exercice exigeait du temps. Après une longue période sans le voir, début décembre Eva passa deux jours à Berchtesgaden, à se faire regarder de haut par Angela Raubal, la demi-sœur, et Wilhelm Brückner, son principal assistant.

Le grand homme la laissait parfois deux, même trois semaines sans donner signe de vie. Le plus difficile demeurait toutefois les photographies que les journaux ne cessaient de publier : le Führer en habit de soirée avec madame Goebbels à son bras, le Führer en habit de soirée avec une jeune vedette de cinéma, une chanteuse, un mannequin, la fille d'un prince déchu ou d'un millionnaire. Le Sauveur était devenu le meilleur parti d'Allemagne, et probablement d'Europe.

— Je ne suis personne, murmurait Eva dans l'oreille du pauvre Prrrr. Pourquoi un homme comme lui s'intéresserait-il à moi ?

Dans ces moments, le chat sautait du lit pour se passionner pour une poussière chassée par un courant d'air.

— S'il ne m'invite pas à lui rendre visite à Berlin, je vais jeter mon dévolu sur un avocat, ou un employé de banque, menaçait-elle ensuite.

Herta ne cessait de proposer de lui présenter « quelqu'un » : un cousin éloigné, le frère d'une amie, le fils d'une vague connaissance de son père. Une petite blonde, même avec quelques kilos en trop, suscitait un certain intérêt. Cependant, à la fin, tous ces « quelqu'un » se révélaient très quelconques.

Une difficulté s'ajoutait à toutes les autres : elle n'était plus « une jeune fille respectable ». Bien des jeunes femmes accordaient leurs faveurs à leur prétendant sans nécessairement l'épouser ensuite. Mais existait-il un seul garçon susceptible d'accepter de suivre le chemin déjà frayé par le Führer ?

— Je ne lui ferais pas honte, pourtant. Il m'offrirait son bras, je me ferais toute petite à l'opéra, dans les soupers de gala, dans toutes les célébrations où il peut se retrouver…

Quand elle en était rendue là, non seulement Prrrr se sauvait du lit, mais il trouvait refuge sous un meuble.

— Toute petite, polie, souriante et muette.

Le chat disparut à la mi-décembre. Il était sorti un soir pour se dégourdir les pattes. L'animal n'était plus tout jeune, mais pas assez vieux pour perdre son chemin. Le chômage demeurait très élevé, même si le chancelier avait lancé de grands travaux routiers pour le réduire. Dans cette conjoncture, peut-être une famille en avait-elle fait son souper. Quinze ans plus tôt, les animaux domestiques connaissaient souvent ce triste sort.

Le pauvre animal pouvait aussi avoir choisi de ne pas revenir, lassé d'entendre sa maîtresse lui murmurer la liste de ses malheurs.

Eva espérait encore le retour de Prrrr quand vint l'annonce de la mort de grand-papa Kronberger, le 25 décembre. Saint Nicolas gardait de bien mauvaises surprises dans sa hotte. Le lendemain, un mardi, Eva se rendit au studio de photographie, toujours chavirée. Les habitués de la boutique s'étonnaient de sa mine défaite. À la fin de la journée, elle alla dans le bureau de son patron pour lui dire :

— Je suis tellement désolée de ne pouvoir me joindre à lui, ce soir. Répétez-lui que je m'excuse, mais demain ce sont les funérailles de mon grand-père.

Déjà, elle avait envoyé un mot à Hitler.

— Ne te mets pas dans cet état, petite, il comprendra.

Pourtant, le chancelier ne se montrait guère patient quand il attendait quelqu'un.

— J'ai bien essayé de le joindre au téléphone, hier soir, et encore ce matin, mais sans succès.

Les appels étaient maintenant filtrés, car tous les habitants du pays devaient tenter de joindre le Führer. Le SS de service au central n'avait pas reçu l'ordre de laisser passer ceux de mademoiselle Braun.

— Je le lui dirai, et il comprendra.

Hoffmann paraissait vraiment désolé de la situation. À force d'emmener Eva avec lui lors d'activités diverses, un certain attachement s'était créé. Un peu de pitié aussi, sans doute, pour l'amoureuse négligée.

Le lendemain, les parents Braun et leurs deux filles les plus jeunes montèrent dans le train à destination de Beilngries afin d'assister aux funérailles. Sur leur chemin et à la gare, des détachements de chemises brunes arrêtaient les gens en agitant des boîtes en fer-blanc pour faire sonner des pièces de monnaie. Près d'eux, de grandes caisses de bois servaient à recueillir des vêtements ou de la nourriture. Le Führer avait lancé la campagne des secours d'hiver avec un slogan évocateur : « Nul affamé ni congelé. » L'hiver était la saison de la grande misère pour les chômeurs. Les SA présentaient toujours une force menaçante, et si faire la charité permettait de gagner son ciel, c'est la peur des coups surtout qui rendait les Allemands généreux.

Même si le vieil homme avait préféré vivre ses dernières années à Munich, il rejoignait Sefi pour l'éternité. Pour la cérémonie, l'église de Sainte-Walburge était bondée. Des clients reconnaissants du vétérinaire s'ajoutaient aux amis et aux parents. Eva contemplait le cercueil placé dans l'allée centrale, juste en face de l'autel. Le vieillard au visage plissé, souligné par des cheveux, une moustache et des favoris devenus tout blancs, ne poserait plus jamais sur elle son regard bienveillant.

Ce grand sommeil valait peut-être mieux que sa souffrance quotidienne, faite de l'attente d'une présence, de caresses et de paroles complices. La jeune femme se découvrait des envies de dormir elle aussi pour toujours.

Après la cérémonie, les parents se regroupèrent au cimetière pour une dernière prière. Quand la bière fut déposée au fond de la fosse, et quelques poignées de terre jetées dessus, son oncle Alois Winbauer s'approcha d'Eva en souriant un peu tristement. Après les bises, il murmura :

— Toi, ça n'a pas l'air d'aller.

— Les gens ne paraissent jamais à leur mieux dans un cimetière.

— Non, ce n'est pas ça…

Fanny choisit ce moment pour les rejoindre en compagnie de Gretl, pour l'embrasser et s'informer de son métier de journaliste. L'homme répondit en jetant des coups d'œil navrés sur la jeune femme. Trop tard pour les confidences, maintenant. D'autant plus que la mère déclara, toute fière :

— Tu sais que mes deux filles travaillent maintenant chez le photographe du chancelier.

Voilà qui paraissait mieux que de dire « pour le petit caporal autrichien », comme l'aurait sans doute fait Fritz. Puis elle ajouta :

— Eva s'occupe des portraits du Führer. Tu te rends compte, notre petite Effie ! Son patron la traîne maintenant dans tout plein d'activités du parti, et même au chalet du chef !

Comme chaque fois que sa mère se mettait à faire son éloge et à embellir la réalité, Eva se mordait la lèvre en pensant : « S'il fallait qu'elle apprenne la vérité… »

L'année 1934 arriva avec son lot de petites joies, de grandes inquiétudes et, surtout, beaucoup de frustrations. En mai, pour la première fois, Eva avait lu son nom dans le bottin téléphonique. Du coup, elle faisait partie d'une minorité de privilégiés.

— Voilà qui est un peu ridicule, disait son père. Une vendeuse profite d'un appareil de ce genre, alors qu'un professeur ne peut se le permettre.

Fritz ajoutait rarement « de menuiserie », quand il évoquait son statut. Il préférait que ses interlocuteurs l'imaginent dans une école secondaire, ou même, pourquoi pas, à l'université. En réalité, ses vêtements, son vocabulaire, son haleine chargée des relents de tabac bon marché et de bière donnaient une idée exacte de son rang dans la société. Ce sentiment de subir une injustice augmentait encore une mauvaise humeur qui ne le quittait jamais.

Outre le fait qu'il illustrait une certaine réussite, l'appareil lui-même se révélait peu utile. Les parents s'en servaient parfois, et la jeune fille passait des soirées complètes à attendre une sonnerie qui venait rarement. Pire, elle s'interdisait de converser avec Herta, ou d'autres connaissances, de peur que le Führer ne trouve la ligne occupée, si jamais l'envie lui venait de l'appeler.

Un certain vendredi, la sonnerie la fit sursauter. Plutôt que la voix profonde de son amant, elle entendit celle de son employeur.

— Evie, ça te dirait de rencontrer Anny Ondra ?

— Pardon ?

— Anny Ondra, la comédienne. Écoute, le patron doit rencontrer Max Schmeling dimanche. Je ne pense pas que ce boxeur t'intéresse, mais elle, tu la connais, non ?

— Comme tout le monde.

Jusque-là, l'actrice d'origine tchèque avait tourné environ quarante-cinq films, dont *Chantage*, avec Alfred Hitchcock.

— C'est la femme du boxeur, et le boxeur est mon ami. Alors si tu veux monter avec moi demain, nous irons à Berchtesgaden, puis au retour nous ferons un long crochet du côté du lac Tegern.

— Bien sûr que je veux monter avec vous !

Maintenant, il lui resterait à convaincre ses parents de l'existence d'une tâche urgente à effectuer.

Près du lac Tegern, le dimanche 20 mai 1934

Le séjour à Berchtesgaden ressembla à tous les autres. Elle déposa d'abord sa valise à l'hôtel Platterhof, puis alla au chalet pour se faire appeler mademoiselle Braun et recevoir un baisemain, jouer avec les chiens un moment, affronter le regard mauvais d'Angela Raubal, la demi-sœur revêche. Puis, après un passage torride dans la chambre de son amant – au moins son appétit ne faiblissait pas –, elle regagnait sa petite chambre.

Le lendemain après-midi, Heinrich Hoffmann la fit monter avec lui dans son automobile pour gagner une jolie maison près du lac Tegern. Deux Mercedes noires se trouvaient déjà garées devant. La jeune femme contempla d'abord le lac, large d'un kilomètre et demi à cet endroit, et au-delà, les Alpes.

— Tu viens, Evie ?

Elle se sentait profondément intimidée de se trouver là.

— Nous sommes chez Ondra ? Ou chez Schmeling ?

— Ni l'un ni l'autre. C'est la maison de Franz Xaver Schwarz, le trésorier du Parti nazi.

Le photographe frappa à la porte. Schemling vint ouvrir, sans doute parce que les domestiques de la maison étaient occupés ailleurs. Il s'agissait d'un colosse au visage redessiné à coups de poing. Sacré champion du monde poids lourd en 1930 après avoir battu l'Américain Jack Sharkey, il avait perdu son titre en 1932. Il serra la main d'Hoffmann avec effusion, puis regarda la nouvelle venue.

— Eva Braun, mon assistante.

— Monsieur, j'ai vu votre dernier combat au cinéma.

— Donc vous m'avez vu me faire battre.

— Aux points. Dans ces cas-là, tout dépend des juges. C'étaient des Américains.

L'homme lui adressa un grand sourire, lui mit le bras autour des épaules pour la faire entrer en disant :

— Voilà une gentille fille !

Dans la maison, il continua :

— Anny, viens voir ! Enfin une jeune Allemande qui connaît la boxe. J'ai gagné contre Sharkey, les juges se sont trompés !

Si le ton trahissait son amusement, il n'y avait rien de vexant dans son attitude. Toute sa façon d'être trahissait son origine modeste et sa grande simplicité. La comédienne tendit la main à l'invitée à son tour. Eva la trouva terriblement jolie, avec ses pommettes hautes et sa bouche bien ourlée. Ses cheveux blonds ondulés lui rappelèrent les siens. Décidément, Jean Harlow exerçait son influence de ce côté de l'Atlantique.

— J'ai vu tous vos films, je pense. Vous êtes extraordinaire.

L'actrice échangea un regard amusé avec son mari.

— Nous devrions vous inviter quand tout va mal, dit celui-ci. Dommage que je ne vous connaissais pas quand j'avais tous ces bleus sur le visage, à New York.

Cette fois le rouge monta aux joues d'Eva. Pourtant elle ne put s'empêcher de préciser :

— Enfin, ceux des trois ou quatre dernières années. Le dernier était *Les Contes de mademoiselle Hoffmann*.

La conversation se poursuivit un moment sur les films passés et à venir de l'actrice, puis le trio se dirigea vers le jardin, à l'arrière de la maison. Une grande table accueillait des convives. Quand il vit Eva, Hitler se leva et vint à sa rencontre.

— Venez, mademoiselle Braun, que je vous présente à notre hôte.

Schwarz s'était levé aussi.

— Franz, voici une employée de notre ami Hoffmann.

Le sourire se figea sur le visage de la jeune femme. De sa place, Wilhelm Brückner lui jeta un regard méprisant.

Munich, le mardi 4 juillet 1934

Ce jour-là, une certaine commotion régnait dans la cuisine du 93 de la rue Hohenzollern.

— Certains articles parlent de centaines de morts, disait Fritz, un journal grand ouvert sur la table.

Fanny était allée à l'église Sainte-Ursule en matinée, comme à l'époque de la république des conseils. Dans les rues, certains s'horrifiaient publiquement de l'exécution des chefs de la SA. Les autres clamaient qu'Ernst Rohm préparait une nouvelle révolution, rouge celle-là, et que l'action d'Adolf Hitler s'était révélée providentielle*. Pire, ces gens étaient des pervers. La preuve, le chef des chemises brunes avait été trouvé au lit avec un autre homme.

— Selon Hermann Göring, il y aurait eu moins de cent victimes, dit Fanny.

L'ancien as de l'air de la Grande Guerre occupait la seconde place dans la hiérarchie du régime nazi à titre de ministre-président de la Prusse, la province allemande la plus populeuse, ministre de l'Aviation, ministre des Forêts, et président du Parlement. Elle ajouta :

— Ces gens sèment la peur dans les rues depuis quinze ans.

— Ils ont même tué le chef de l'ancien parti indépendantiste bavarois.

Le professeur de menuiserie avait été sensible aux arguments de ce politicien, à l'époque des corps francs. Il se livra à une véritable énumération :

— L'ancien chancelier Schleicher et sa femme, des journalistes, et même un prêtre. Il a réglé ses comptes des quinze dernières années.

Assise à table, Eva gardait la tête baissée. Son emploi lui valait parfois de devoir expliquer des

* L'événement est désigné du nom de « Nuit des longs couteaux ». Le nombre des victimes a parfois été estimé à plus de mille. Les dernières recherches évoquent quatre-vingt-neuf morts.

décisions du nouveau gouvernement. Pourtant, Hitler refusait d'aborder le sujet de la politique avec elle. Dès sa première invitation, il lui avait affirmé qu'il recherchait sa compagnie pour échapper à son entourage habituel.

L'histoire de ce prêtre la troublait beaucoup : selon la rumeur circulant parmi les employés de la boutique, il avait évoqué une relation incestueuse au moment de la mort de Geli. Cette indiscrétion lui aurait valu un arrêt de mort.

— Au moins, nous pourrons marcher dans la rue sans risquer une agression.

Ce sentiment de sécurité accrue justifiait l'opération, à ses yeux. Plus personne n'oserait s'opposer au nouveau régime. Autrement, cela pouvait bien se terminer à l'orée d'un bois ou dans la cour d'une prison, avec une balle dans la tête.

Si Hitler était devenu le maître absolu de l'Allemagne, le président Hindenburg gardait encore une forte autorité morale. Après sa mort, survenue le 2 août 1934, un plébiscite tenu le 19 de ce même mois entérina la désignation du Führer au poste de président-chancelier, avec quatre-vingt-dix pour cent des suffrages.

Chapitre 33

Déjà l'année 1935. Eva se désespérait de trouver sa place dans la vie de son amant. Jusque-là, elle se considérait comme une « commodité », un objet que l'on rangeait dans un tiroir après l'avoir utilisé. Heureusement, dans ses moments de forte déprime, Herta, sa confidente, se chargeait d'alléger sa peine. Sinon, sa désolation aurait pu la conduire à commettre un geste fatal.

Toutefois, la jeune femme n'osait plus solliciter son amie, car elle avait l'impression de la déranger. Herta fréquentait désormais un militaire, Erwin Schneider. La relation devenait suffisamment sérieuse pour aborder le sujet du mariage. Enfin ! Voilà six ans qu'elle avait quitté l'école, sans autre occupation que de trouver un bon parti. Même si elle était heureuse pour Herta, ce développement laissait Eva affreusement seule.

C'était comme un nouvel abandon.

Et puis, ce qui n'arrangeait vraiment pas les choses, le jour de son anniversaire approchait sans qu'Hitler n'ait prévu quoi que ce soit. Depuis des jours elle attendait un mot, un coup de fil ou une invitation transmise par Hoffmann. Cette année-là, le 6 février tombait un mercredi. Si le chancelier ne pouvait se libérer en milieu de semaine, il pouvait certainement se rendre libre au moins pour le dimanche suivant.

Pourtant, toujours rien le matin de son anniversaire. Au petit-déjeuner, quand sa mère évoqua la réunion familiale prévue le soir même, « pour célébrer l'événement », Eva se précipita dans la salle de bains afin de vomir. Elle partit travailler sans avoir reçu de nouvelles.

Puis, dans l'après-midi, une femme entra dans la boutique avec un bouquet de fleurs et s'approcha du comptoir. Eva l'accueillit en disant :

— Madame Schaub, votre époux vous a offert des fleurs ?

Même déprimée, elle arrivait à retrouver son sourire, à se montrer aimable envers les clients. Wilma Schaub était l'épouse d'un assistant du Führer. Elles se connaissaient depuis cinq ans, se croisaient parfois au gré de rencontres sociales ou politiques.

— Ça lui arrive parfois, mais celles-ci sont pour vous. Elles viennent d'un ami commun.

La jeune femme accepta les roses roses – le choix de la couleur devait témoigner de la tiédeur de ses sentiments –, songeant déjà à l'explication qu'elle donnerait à sa famille le soir. Évoquer un cadeau d'Herta vaudrait sans doute mieux que de l'attribuer à Hoffmann. Il ne serait évidemment pas question d'Hitler.

— J'ai aussi reçu ceci pour vous.

La visiteuse lui tendit une feuille de papier pliée en deux. Un télégramme.

Evchen,
Bon anniversaire. Nous nous parlerons bientôt.
AH

Comme lettre d'amour, difficile de faire pire.

— Savez-vous quand il passera à Munich ?

L'autre se troubla un peu.

— Je ne suis pas au courant…

— Votre mari connaît certainement ses allées et venues ?

Wilma Schaub tourna la tête en direction de la porte, trahissant son envie de prendre la fuite.

— Vous savez, je ne suis pas dans le secret des dieux. Là, je dois vous dire au revoir. Bon anniversaire, en mon nom personnel et en celui de Julius.

Elle se pencha au-dessus du comptoir pour lui faire la bise, puis déguerpit sans demander son reste.

Faire tout le trajet vers la maison avec des fleurs dans les bras lui valut quelques remarques. La plus difficile à entendre fut celle d'une femme : « Il doit vous aimer beaucoup, pour vous donner un si beau bouquet. » Gretl demeurait silencieuse, certaine de se faire rabrouer si elle posait des questions.

En entrant dans l'appartement, Eva vit Herta assise dans un fauteuil. Elle se précipita vers elle en disant :

— Je te remercie pour les fleurs. C'est si gentil de ta part.

L'autre présenta d'abord un visage étonné, puis elle accepta les bises en disant : « C'est la moindre des choses. » Pendant le repas, Eva réussit à se composer un visage presque joyeux. Au dessert, Fanny déclara :

— Effie, en guise de cadeau, Gretl, Isle, Herta et moi nous t'invitons à quelques jours de ski au mont Zugspitze.

Il s'agissait du plus haut sommet d'Allemagne. Dans un an, les Jeux olympiques d'hiver se tiendraient tout près, à Garmisch.

— Entre femmes, c'est ça ? remarqua Fritz, impassible.

Rester seul à la maison ne paraissait pas lui déplaire du tout.

Eva se troubla, car Hitler pouvait encore appeler, envoyer un autre télégramme, ou demander à Hoffmann de lui proposer un rendez-vous pour samedi ou dimanche. Elle improvisa :

— Ça ne sera pas possible… Malheureusement… Le patron a prévu un voyage pour cette fin de semaine. Pour faire des photographies. Mais la semaine suivante, je serai libre.

— Nous nous sommes toutes libérées pour le 9 et le 10.

Fanny paraissait très déçue. Herta, elle, baissa les yeux, blessée par ce refus, et pas du tout certaine d'avoir envie de reporter l'expédition d'une semaine.

Plus tard, dans la chambre, Eva avait placé une lampe sur le plancher. Étendue sur le côté, elle bénéficiait de la lumière indirecte pour écrire. Malgré cette précaution, Gretl avait exprimé sa frustration avant de se mettre un oreiller sur la tête.

« Je lui avais demandé un chien, un dachshund. »

Prrrr n'avait pas encore été remplacé, et Hitler préférait les chiens aux chats – ceux-ci lui paraissaient terriblement indépendants. Elle s'imaginait lui faire plaisir.

« Ou encore quelque chose d'utile, comme une petite commode. Pas ces maudites fleurs. »

— Eva, je dois dormir. Moi, le patron ne me répondra pas par des paroles gentilles si je fais mal mon travail.

La blonde remit la lampe à sa place avant de l'éteindre, et elle rangea son journal sous son oreiller. Toutefois, le sommeil ne vint pas. Ce télégramme avait sans doute été écrit par Wilma Schaub. Il ne s'était même pas donné la peine de rédiger ces sept mots.

Dormir pour oublier ; surtout ne pas se réveiller.

Son refus de l'expédition de ski avait heurté la sensibilité d'Herta et des membres de sa famille. Eva s'en voulait. À la boutique, elle était comme une âme en peine, au point où Hoffmann jugea préférable de l'affecter au laboratoire pour le reste de la semaine. Après avoir placé quelques épreuves à sécher sur un fil, elle ouvrit la porte de la chambre noire pour entendre la voix de son patron. Il devait être au téléphone, car personne ne lui répondait.

— À l'Osteria ?... Je vous rejoins tout de suite.

La jeune femme se planta devant la porte du bureau, pour attendre qu'il sorte. En se trouvant face à elle, Hoffmann eut un sourire embarrassé.

— Je dois sortir. Bon appétit, Evie.

Son malaise était palpable. Elle le regarda se diriger vers la porte, lui laissa cinq minutes d'avance, puis décrocha son manteau et l'enfila. Il n'existait qu'une seule Osteria, et elle était rue Schelling. En arrivant, elle aperçut la Triumph de Unity Valkyrie Mitford, la blonde Anglaise aux interminables jambes. Eva eut envie d'entrer pour aller droit à la table du Führer. Mais que ferait-elle s'il se trouvait là ? Mieux valait se placer dans l'encoignure d'une porte et attendre.

Hitler se plaisait toujours à converser avec les jeunes femmes. Aussi ce ne fut que deux heures plus tard qu'il sortit. Devant le restaurant, le politicien s'attarda un peu, le temps d'échanger quelques mots encore avec sa Valkyrie, et de lui baiser la main. Hoffmann et cet homme élevé aux États-Unis, Ernst Hanfstaengl, se tenaient un peu à l'écart.

— Il doit la complimenter sur sa tenue, ragea Eva. Au moins, il ne l'appelle certainement pas « ma petite ».

Quand le petit groupe se dispersa, Eva demeura un moment immobile, hésitante, puis décida de se donner congé pour l'après-midi.

Compte tenu de son statut de maîtresse secrète, Eva Braun ne pouvait se lamenter sur son sort qu'à une seule personne, Herta Ostermayer. Heureusement, cette dernière se trouvait à la maison. Pendant quelques minutes, elle se montra revêche, toujours frustrée d'avoir vu sa proposition d'un congé de ski repoussée. Mais la mine défaite de son amie l'amena bientôt à de meilleurs sentiments.

— Même s'il a rencontré cette Anglaise, cela ne signifie pas qu'il y a quelque chose entre eux. Tu me le dis toi-même, il adore passer du temps en compagnie de jeunes femmes.

— Justement !

— S'il passait du temps en compagnie d'une seule jeune femme, tu pourrais t'inquiéter. Mais depuis trois mois, les journaux l'ont montré avec une douzaine de beautés.

Ainsi, Herta se livrait elle aussi à ce petit calcul.

— S'il n'y avait rien, Hoffmann m'aurait invitée à me joindre à eux. D'habitude, c'est ce qu'il fait.

En vérité, elle n'avait aucune idée du nombre de fois où son patron partageait un repas avec le boss. Toutefois, le malaise d'Hoffmann au moment de quitter le bureau laissait penser à une histoire pas très nette.

— Tu ne le sauras que si tu lui poses la question. Mais tu sais ce que j'en pense.

Oui, elle savait. Pour Herta, le mieux serait de mettre fin à cette relation. Selon elle, Eva avait assez de charme pour attirer un bon parti. Le messie de la nouvelle Allemagne ne lui semblait pas se qualifier, à cet égard.

Après un après-midi misérable à se lamenter sur son sort, Eva avait refusé l'invitation à souper de madame Ostermayer et avait plutôt choisi de rentrer à la maison.

Dès le repas terminé, Eva alla se réfugier dans sa chambre. Un peu après neuf heures, le téléphone sonna. Une voix familière répondit à son « Allô ».

— Alors mon petit, tu te portes bien ?

Elle pensa, toujours amère : « Moins bien que la Valkyrie, sans doute… » Pourtant, elle trouva son ton habituel pour répondre :

— Je me sentirais mieux si je te voyais plus souvent.

Hitler tolérait mal les reproches, même sous-entendus. Tout de suite, elle regretta ces mots.

— Alors que dirais-tu de venir à l'appartement lundi ?

La proposition la prit totalement au dépourvu.

— Demain je passerai à Berchtesgaden, précisa-t-il. Les réaménagements au chalet prendront un temps fou, et coûteront une fortune.

Elle fut tentée de réclamer de l'accompagner, mais se retint.

— Mon travail…

— Hoffmann te donnera certainement congé, si je le lui demande.

Le photographe se montrait disposé à tout accepter pour plaire au patron.

— Alors oui, je viendrai.

La conversation s'étira sur quelques minutes encore, mais la jeune femme se sentait trop perturbée pour s'engager dans une discussion sur le dernier film vu, ou la dernière chanson entendue.

Dès son arrivée à l'appartement de la place du Prince-Régent, Hitler l'entraîna dans sa chambre. S'il partageait ses assiduités entre elle et Unity Mitford, cela ne nuisait pas à sa performance. Pourtant, en rangeant son pessaire dans sa petite boîte circulaire, elle songea « L'appétit vient en mangeant ».

Puis elle rejoignit son amant dans la salle à manger. Anni Winter fit le service en la regardant de haut, comme d'habitude. Bientôt, Hitler lui demanda :

— Tu parais soucieuse.

— Je ne te vois plus. Parfois, tu passes à Munich sans me donner de tes nouvelles.

Il ne broncha pas devant le reproche.

— Tu ne réalises pas tout ce que j'ai à faire. Tiens, j'essaierai de te faire venir à Berlin pendant quelques jours.

Ce n'était pas la première fois qu'il formulait cette promesse au cours des deux dernières années ; pourtant, cela ne s'était pas encore concrétisé.

Munich, le dimanche 17 février 1935

Dès le dimanche suivant, Eva rejoignait à nouveau Hitler dans son appartement. Le scénario se répétait chaque fois : une heure, pas plus de deux dans la chambre, puis un repas. Jamais de viande, jamais une goutte d'alcool. Et la jeune femme se privait toujours de fumer en sa présence.

Ils en étaient au dessert – son amant demeurait toujours aussi friand de pâtisseries – quand il nota, comme la dernière fois :

— Tu parais soucieuse.

Elle ferma les yeux et fit un grand effort pour conserver sa contenance.

— Je n'en peux plus de faire semblant. Encore aujourd'hui, j'ai raconté à mes parents que j'allais à la messe pour rejoindre Herta ensuite. J'ai vingt-trois ans, et je vis comme si j'en avais douze.

Hitler demeura silencieux un moment. Puis, la larme au coin de la paupière d'Eva parut l'émouvoir.

— Je comprends. Écoute, d'abord je vais tenter d'organiser une visite à Berlin. Tu viendras avec Herta, pour respecter les convenances. Tu comprends, les journalistes…

Toujours ce souci de discrétion ! Les exécutions nocturnes, les milliers de personnes dans des camps pouvaient être de notoriété publique, mais pas sa jeune maîtresse…

— Je passe mes journées derrière la caisse enregistreuse, au lieu de me rendre disponible quand tu peux te libérer.

— J'en parlerai à Hoffmann.

Ses jérémiades se poursuivirent encore quelques minutes. À la fin, Hitler s'engagea plus à fond.

— Je verrai à te trouver un logis. Un appartement, ou une petite maison. Tu pourras y habiter avec Gretl.

Ce n'était pas une promesse de mariage, mais Eva sentit la joie l'envahir. Gagner sa liberté vis-à-vis de ses parents, quitter sa demeure au climat malsain, voilà qui représenterait une amélioration considérable.

Munich, le samedi 2 mars 1935

Eva resta deux semaines sans recevoir de nouvelles de son amant. Puis, Hoffmann vint l'avertir que ce soir-là, Hitler l'attendrait chez lui. Elle le trouva particulièrement attentionné, et en appétit. Au point de l'accompagner dans sa chambre avant et après le dîner. Vers onze heures, après avoir remis ses vêtements, la jeune femme remarqua, mal à l'aise :

— J'ai promis à Wilma Schaub de l'accompagner au bal du Mardi gras, au Théâtre Allemand.

— Le bal du Mardi gras ? dit-il après un moment d'hésitation.

— Oui, je sais, nous sommes samedi, mais comme les gens travaillent pendant la semaine…

Il hocha la tête.

— Oui, bien sûr. Avec Wilma.

— Mais si tu préfères, je peux rester avec toi.

— Non, non, va t'amuser.

— Nous nous reverrons demain ?

— C'est ce que nous avions prévu, non ?

Après la chaleur des retrouvailles, le baiser d'au revoir se révéla terriblement triste.

— Tu me téléphoneras, et je viendrai en courant.

Munich, le dimanche 3 mars 1935

Même si elle était rentrée chez ses parents au milieu de la nuit, dès six heures Eva attendait le coup de fil. Quand sa mère et sa sœur partirent pour la messe, elle plaida une « indisposition ». Fanny ne tenait certainement pas un registre de ses menstruations, car celles-ci revenaient à une fréquence étonnante. De son lit, elle entendait son père aller et venir dans l'appartement, et Mina préparer à manger.

Pendant le repas, Eva ne participa à aucune conversation, tellement toute son attention était concentrée sur le téléphone. En sortant de table, elle n'y tint plus. D'abord, elle arriva à convaincre le SS au standard de la mettre en contact avec l'appartement de la place du Prince-Régent. Anni Winter lui répondit d'un ton revêche :

— Monsieur Hitler est parti depuis un bon moment.

— Pour aller où ?

— Croyez-vous qu'il me tient au courant de ses allées et venues ?

C'était bien improbable en effet, mais la domestique prenait un plaisir évident à lui signifier son mépris. Eva s'empressa de raccrocher, puis elle appela à l'Osteria Bavaria. Personne n'avait vu le chancelier. Ou alors on préférait demeurer discret.

Il lui restait une dernière option. Quand le téléphone sonna chez Hoffmann, ce fut sa seconde épouse, Erna, qui répondit. Sans même prendre la peine de dire bonjour, Eva demanda :

— Où se trouve le Führer ? Je devais le retrouver aujourd'hui.

— Tu ne le sais pas ?

Elle la tutoyait tout naturellement.

— Il est allé à Berchtesgaden avec Goebbels.

— Mais nous devions nous rencontrer !

Eva paraissait si pitoyable que son interlocutrice proposa :

— Viens à la maison. Il lui arrive de s'arrêter un moment ici, avant de prendre le train pour rentrer à Berlin.

Quand Eva revêtit son manteau pour sortir, Fritz remarqua :

— Tu ne te sens pas assez bien pour aller à la messe, mais tu peux aller chez Herta…

Elle sortit sans répondre, et alla prendre le tramway pour se rendre dans le quartier Bogenhausen. Quand elle frappa à la porte, Erna vint ouvrir.

— Entre, dit-elle, nous allons prendre le café ensemble.

À nouveau, la belle maison agit comme un rappel de la nécessité de trouver un meilleur parti. Son hôtesse l'entraîna dans un boudoir. Bientôt, une domestique leur apporta le café et les biscuits.

Après quelques minutes à essayer sans succès d'entamer la conversation, Erna Hoffmann dit à voix basse :

— Peut-être devrais-tu cesser d'attendre après lui. Mon mari me dit que des clients s'attardent tous les jours pour te faire la conversation.

Eva secoua la tête pour dire non, certaine que sa voix se casserait si elle osait parler.

— Toutes les femmes lui courent après. Tiens, prends la grande Anglaise. Selon Rudolf Hess, elle campe devant la Maison brune afin d'obtenir un rendez-vous.

« Elle l'a obtenu », pensa Eva. Heureusement, Hoffmann arriva juste à ce moment. Sa femme lui résuma la situation en quelques mots.

— Peut-être s'arrêtera-t-il ici, alors tu dîneras avec nous.

Elle hocha la tête pour accepter la proposition de son employeur, reconnaissante mais honteuse de s'imposer ainsi.

Après le café, ses hôtes l'invitèrent à passer du boudoir au salon. Elle fit mine de se passionner pour la dernière publication du photographe, *Les Jeunes avec Hitler*. Il s'agissait de présenter le Führer sous son meilleur jour, recevant des enfants venus en pèlerinage à Berchtesgaden. L'endroit attirait maintenant des foules désireuses d'entrevoir le maître des lieux. Le Führer apparaissait parfois, à la grande joie des visiteurs. En retournant chez lui, chacun entendait rapporter un souvenir : un caillou ramassé sur l'allée conduisant au chalet, un bout du fil de fer de la clôture…

Hoffmann avait réussi à réunir des photos susceptibles de faire passer Hitler pour le célibataire à l'instinct paternel le plus développé d'Allemagne. Selon la rumeur, des femmes accouchaient en criant « mon Führer », d'autres lui écrivaient pour le prier de les engrosser. Tout pour exciter la jalousie d'Eva.

Le dîner se passa dans la plus totale morosité. En sortant de table, peut-être pour se débarrasser de la visiteuse devenue encombrante, le photographe proposa :

— Je vais te conduire à la gare. Tu pourras l'entrevoir au moment où il prendra son train.

Elle accepta. Même si cet espoir demeurait ténu, cela valait mieux que de s'incruster dans cette maison. Elle descendit de la voiture en remerciant son employeur de toute sa patience. Une fois à l'intérieur, la jeune femme demanda à un préposé :

— À quel quai se trouve le train du Führer ?

— Vous lui voulez quoi, au Führer ?

Devant son visage chagrin, il reprit :

— Il est parti il y a déjà dix minutes.

Eva courut s'enfermer dans les toilettes pour pleurer un bon coup.

Journal personnel d'Eva : 4 mars 1935

C'est à cause du bal du Mardi gras.

Il m'en veut parce que j'y suis allée, plutôt que de rester avec lui toute la nuit. Mais quand j'ai dit oui à Wilma, je ne savais même pas qu'il viendrait à Munich. En plus, je lui ai demandé la permission, et il a dit oui. Je lui ai proposé de rester.

Et là, il m'en veut.

Journal personnel d'Eva : 11 mars 1935

Aucune nouvelle. J'aimerais être malade comme un chien, juste pour penser à autre chose, l'oublier. Pourquoi dois-je endurer cela ?

Jamais mes yeux n'auraient dû se poser sur lui. Je vais prendre à nouveau des somnifères. Cela me plonge toujours dans une espèce de transe, les pensées moroses cessent de se bousculer dans ma tête. Pourquoi le diable ne m'emmène-t-il pas ? Je serais mieux avec lui.

Quand Adolf me dit que je suis importante pour lui, c'est vrai à cet instant précis. Il me fait des promesses. Mais ensuite, il les oublie.

Journal personnel d'Eva : 15 mars 1935

Il vient de rendre le service militaire obligatoire. Papa dit que les Alliés de 1914-1918 risquent de nous déclarer la guerre. Normal qu'il ne pense pas à moi, avec tout ce qui se passe en politique.

Toutefois, une indiscrétion d'Hoffmann lui apprendrait qu'Hitler avait passé toute cette semaine en Bavière.

Après quatre bonnes semaines de silence, le téléphone sonna enfin le dernier samedi de mars, en soirée. Elle décrocha pour entendre :

— Bonsoir Evie, tu aimerais venir déjeuner à l'hôtel Quatre-Saisons ?

Il s'exprimait comme s'ils s'étaient quittés la veille. L'envie vint à Eva de dire non. Pourtant elle répondit d'une toute petite voix :

— Oui, bien sûr.

— Tu viendras avec ta sœur. À demain.

Puis il raccrocha. Que l'invitation s'étende à Gretl signifiait qu'il y aurait du monde à table. Le politicien ne serait pas accompagné de sa maîtresse, mais de deux employés de son photographe. S'attendait-il à ce qu'elle fasse semblant de prendre des notes en sténo ?

Munich, le dimanche 31 mars 1935

— C'est bien que ton patron pense à inviter ta sœur, cette fois, remarqua Fanny au petit-déjeuner. Je ne vois pas pourquoi il ne la traiterait pas aussi bien que toi.

La remarque fit sourire Gretl.

Un peu avant midi, elles entrèrent toutes les deux dans l'hôtel. Eva s'informa auprès d'un employé afin de savoir si le chancelier était arrivé. L'autre la prit pour une demeurée.

— Et le photographe Heinrich Hoffmann ?

— Oui, il est là.

L'homme désigna une pièce attenante à la salle à manger. Quand elles entrèrent, Hitler se leva en disant :

— Ah ! Décidément, toutes les sœurs Braun sont ravissantes. Heinrich, la prochaine fois, invitez les trois.

— Hélas ! seulement ces deux-là travaillent pour moi.

Le politicien leur baisa la main, les complimenta sur leur belle toilette, puis elles prirent place à table. Eva se trouva assise à sa gauche, mais toute l'attention de son amant alla vers Ernst Hanfstaengl et sa femme Hélène. Les Brückner et les Schaub étaient présents aussi.

Eva profita d'une pause pour remarquer :

— Mon Führer, tout à l'heure j'ai demandé au maître d'hôtel si vous étiez ici, et il m'a dit non.

— C'est pour cela que j'aime cet endroit. Tout le monde fait semblant de ne pas me reconnaître. Ailleurs, j'ai parfois droit à des applaudissements.

Ce serait leur unique échange direct. Par la suite, les activités du parti, la réaction internationale à la réintroduction du service militaire obligatoire, les discussions sur une réduction des armements en Europe retinrent toute l'attention. Au moment de partir, en la saluant il lui remit une petite enveloppe.

Journal personnel d'Eva : 31 mars 1935

Trois heures à ses côtés, sans échanger un mot. Puis à la fin, de l'argent. Il me prend pour une prostituée.

Chapitre 34

Munich, avril 1935

Dans d'autres circonstances, Fanny aurait soupçonné une grossesse. Autrement, comment expliquer la mine catastrophée d'une jeune femme, ses longues périodes aux toilettes, son humeur irascible, sans parler de ses nausées ? Une seule chose la rassurait un peu : plutôt que de prendre du poids, Eva paraissait en perdre.

Ses réactions les plus intenses venaient quand son père, un journal sous les yeux, entendait faire bénéficier toute la famille de sa sagesse politique. Peut-être s'agissait-il pour lui de se faire la main, avant d'aller partager ses arguments avec ses camarades de beuverie, dans une brasserie.

— Notre petit caporal a l'air de vouloir épouser quelqu'un de la *gentry* anglaise. Il a reçu à dîner de vraies ladies. Les sœurs Unity – quel curieux prénom – et Diana Mitford. Celle-là est la fiancée d'Oswald Mosley, le chef des fascistes anglais.

— Elle s'appelle Unity Valkyrie Mitford, fit remarquer Gretl.

Tout de suite, un peu de rose lui monta aux joues, et son regard se porta sur sa sœur.

— Valkyrie ! Rien que ça ! Mais notre Führer n'invite pas n'importe qui… Il y avait aussi la duchesse de Brunswick, l'arrière-petite-fille de la reine Victoria et la fille de l'empereur Wilhelm. Bon, et plus modestement, Winifred Wagner, la reine de Bayreuth.

« C'est certain que je n'ai rien à faire parmi ces gens-là ! » songea Eva.

— Tout de même, notre chef issu du peuple se la coule douce, conclut Fritz.

— Tu ne devrais pas parler comme ça, dit Fanny avec un pli au milieu du front. Des gens se retrouvent à Dachau pour des paroles de ce genre.

— Bon sang ! Tu ne crois tout de même pas que l'une de mes filles va me dénoncer à la Gestapo ?

Cependant, le professeur de menuiserie se promit d'être plus circonspect à l'avenir.

En avril, le journal *L'Observateur populaire* avait souligné la présence d'Adolf Hitler au second mariage de son principal collaborateur, Hermann Göring. La cérémonie avait eu lieu à la cathédrale de Berlin. Le Führer lui avait servi de témoin. Pour Eva, il s'agissait d'une autre preuve qu'il ne manquait jamais de temps pour des célébrations de ce genre, mais qu'elle n'y avait pas sa place.

Journal personnel d'Eva : 29 avril 1935

L'amour ne figure plus à son emploi du temps. Je dois me sacrifier pour l'Allemagne.

Munich, le vendredi 10 mai 1935

Erna Hoffmann passait parfois au commerce de son époux, habituellement pour le rejoindre dans le but de faire des courses, ou alors pour une sortie en soirée. Toutefois, ce jour-là elle se dirigea directement vers le comptoir pour proposer à Eva :

— Viens avec moi, je t'invite à manger en face.

La jeune femme eut une brève hésitation avant d'accepter.

Quelques minutes plus tard, elles étaient assises à une table du Café Stefanie. Après avoir commandé, Erna commença :

— Je suis ici pour te parler entre femmes. C'est une idée d'Heinrich.

Elle eut un petit rire gêné, puis continua :

— Je sais bien que je ne me mêle pas de mes affaires, mais le pauvre s'inquiète à propos de toi.

Ainsi, son employeur se souciait plus de ses états d'âme que son propre père.

— Tu sais, avec Hitler, ça ne ressemblera jamais à une relation normale. Remarque, ça ne l'est pas vraiment non plus avec Heinrich... Il ne rentre pas à la maison un soir sur deux, et quand il rentre, il empeste l'alcool.

Et sans doute aussi le parfum bon marché. Hoffmann avait vécu un veuvage joyeux, et même une fois remarié il semblait vouloir poursuivre sur sa lancée.

— Dans mon cas, on parle plutôt d'un soir sur soixante !

Sa voix trahissait un profond dépit, le picotement de ses yeux laissait présager des larmes prochaines. Elle continua néanmoins :

— Tout de même, il a l'air ridicule avec cette Anglaise.

La presse avait publié un lot de photos de la Valkyrie en compagnie du chancelier.

— Unity ? Ne t'inquiète pas d'elle. Ta vraie concurrente, c'est l'Allemagne, sa mission pour l'Allemagne.

Il lui avait dit avoir déjà une épouse : sa patrie. Impossible de lui faire compétition. La blonde porta une main à ses yeux, pour essuyer une larme. À sa demande, Erna n'aborda plus le sujet.

Lindau, mai 1935

En train, le voyage prenait plus de deux heures. Peut-être grâce à l'intervention de sa femme, Hoffmann avait accordé quelques jours de congé à Eva, et Herta lui avait offert de « les » accompagner à Lindau, sur la rive du lac de Constance. Son amie avait bien inversé les rôles : Erwin, son fiancé, était du voyage. Il les rejoindrait sur place. Pour une fois, Eva servirait de chaperon à son amie.

D'ailleurs, les deux jeunes femmes partageaient une chambre dans le bel hôtel Bad Schachen, une grande construction élégante. Bien des nouveaux mariés se retrouvaient là, mais aussi beaucoup de vieillards venus profiter des bains et des massages.

Après le dîner, toutes deux se rendirent dans la salle de bal, bras dessus, bras dessous. À vingt-trois ans, plutôt bien tournées, elles attirèrent leur part de regards. À peine assises à une table, elles virent un homme s'approcher. Peut-être à cause de l'air déprimé de la blonde, il s'adressa à la brune :

— Mademoiselle, souhaitez-vous danser ?

— J'attends mon fiancé, un officier de l'armée. Cependant, mon amie est tout à fait libre.

Eva lui jeta un regard noir, mais finalement elle accepta la main tendue. Alors que les membres du petit orchestre fouillaient dans leurs partitions, l'inconnu lui dit :

— Honnêtement, je vous trouvais la plus jolie des deux. Mais en m'approchant, la tristesse sur votre visage m'a fait changer d'idée.

En même temps, il lui adressait un petit sourire amusé. Il devait avoir trente ans… soit à peu près quinze de moins qu'Hitler.

— Je m'appelle Eva.

— Peter. Peter Schilling.

Les musiciens étaient arrivés à s'entendre, les premières notes d'une mazurka leur parvinrent.

— Seigneur ! Pourquoi ne s'en tiennent-ils pas à des valses ?

Le commentaire tira un vrai sourire à Eva.

— Estimez-vous chanceux, ce n'est ni un tango ni un paso doble. Suivez-moi, si vous êtes perdu.

Déjà elle levait les bras, il mit une main sur sa taille, prit ses doigts dans l'autre. La blonde ne se formalisait pas trop de « jouer l'homme ». La rareté des garçons, lors des cours de danse, l'avait rendue familière avec ce rôle. D'ailleurs, bien vite les regards des autres convives se portèrent dans leur direction.

— Décidément, je ne suis pas à la hauteur, et vous, vous dansez très bien.

Au moins, Peter prenait la chose en riant. Dans les circonstances, autant se montrer bon élève. Après trois autres danses, il ne se sentait guère plus adroit, mais quand même moins nerveux.

— Je peux vous offrir quelque chose à boire ?

Elle accepta. En revenant à la table, ce fut pour constater la désertion d'Herta.

— Je l'ai vexée ? remarqua l'homme.

— Prétentieux ! Elle a vraiment un fiancé, il s'appelle Erwin et il a déjà évoqué le mariage.

La conversation se poursuivit, agréable, un verre de vin à la main. Peter Schilling était voyageur de commerce, une employée de magasin ne lui paraissait pas indigne de lui. Finalement, ces quelques jours feraient du bien à Eva.

Si, le premier soir, Eva avait trouvé Herta en chemise de nuit en train de lire sagement dans son lit, ensuite la brune se fit invisible. Même la nuit. Aborder le sujet du mariage rendait les jeunes filles catholiques plus audacieuses.

Tout naturellement, Eva avait retrouvé Peter en fin de matinée le lendemain, pour une promenade en bateau sur le lac de Constance jusqu'à la rive suisse. Dans la soirée, les mains de l'homme se firent juste un peu envahissantes, sa bouche aussi. Le jour suivant il reprit là où il avait laissé.

Pourtant, Eva grimpa dans le train, après lui avoir fait ses adieux, sans le moindre regret.

Les yeux d'un bleu profond d'Hitler, la voix grave, même la longue mèche de cheveux retombant sur le visage lui manquaient tant ! Herta resta silencieuse pendant la moitié du trajet. Quand elle finit par parler, ce fut dans un murmure :

— Il ne te sort pas de la tête.

— Ni de la peau.

La brune insisterait encore pour l'inciter à sortir, elle chercherait même à lui présenter des cousins, des amis, et même des collègues de son fiancé. En vain.

Journal personnel d'Eva : mardi 28 mai 1935

Voilà trois mois qu'il ne m'a pas vraiment parlé. Je lui ai envoyé une lettre qui va régler la question. Si à dix heures il ne m'a pas contactée, je prendrai mes vingt-cinq comprimés et je m'en irai doucement.

Bien sûr, la politique occupe tout son esprit. Mais l'an dernier, même s'il en avait plein les bras avec Ernst Roehm, il trouvait du temps pour moi. S'il l'avait voulu, il aurait demandé à Hoffmann, ou à un autre, de me dire un mot pour me rassurer.

Il se passe quelque chose, mais ce n'est pas ma faute. Peut-être une autre femme, mais pas cette Valkyrie. Il y en a tant, autour de lui… Je ne peux penser à rien d'autre.

J'ai peur de ne pas recevoir de ses nouvelles aujourd'hui. Ma lettre est peut-être arrivée à un mauvais moment. Je n'aurais pas dû l'écrire. Cependant, c'est pire de rester dans l'incertitude que de mettre fin à tout ça. Mon Dieu, faites que j'aie de ses nouvelles aujourd'hui, demain ce sera trop tard. Je vais prendre trente-cinq pilules, juste pour être plus sûre.

Si seulement il demandait à quelqu'un de m'appeler...

Munich, le mercredi 29 mai 1935

L'envie de vomir, de se vider le corps, tout en sachant qu'il ne restait plus rien à expulser, lui fit comprendre qu'elle ne se trouvait pas au paradis. Puis le mal de tête... D'un autre côté, si c'était l'enfer, ses confesseurs en avaient lourdement exagéré les horreurs.

Il faisait jour. Même les paupières fermées, Eva s'en rendait bien compte. Ses souvenirs se mettaient en ordre. L'horrible journée au travail, les ricanements, les remarques mesquines. « Alors, le mariage, c'est pour quand ? » « Sa grande Anglaise, c'est sérieux ? » De retour à la maison, l'empressement de sa mère à partir au plus vite pour le théâtre :

— Dépêche-toi, sinon nous serons en retard.

Entendre les airs guillerets d'une opérette l'aurait mise en rage.

— Je suis désolée, mais je vais aller au lit tout de suite.

Et les paroles de Gretl :

— Si tu veux, je vais rester avec toi.

Pauvre Gretl, elle-même tellement morose, probablement victime aussi du harcèlement de ses collègues. Un harcèlement sans doute pire encore, parce que le patron ne montrait pas, par son comportement, qu'il l'appréciait particulièrement.

Peu après le départ de Fanny et de la benjamine, ce fut celui de Fritz, probablement déjà attendu à la brasserie, ou quelque part ailleurs. Ensuite, le tête-à-tête avec son journal, les phrases désordonnées, la tempête dans son cerveau. Le tube de Veronal, pour y mettre fin.

La jeune femme gardait les paupières closes, comme pour retarder le moment du retour dans sa triste réalité, de l'obligation d'expliquer son geste à ses proches. Elle se sentait honteuse. D'avoir essayé d'en finir, ou de s'être ratée ?

Vint le bruit d'une porte qui s'ouvre et se referme, puis des pas. Elle allait ouvrir les yeux quand elle entendit :

— Voulait-elle vraiment mourir ?

Sa voix à lui ! Venait-il répondre à sa lettre de désespoir en personne ? Puis celle d'Hoffmann :

— En tout cas, elle a mis les moyens pour que cela lui arrive. Si sa grande sœur n'avait pas décidé de faire une visite surprise à sa famille, elle y passait.

Ilse l'avait trouvée inconsciente. Il s'agissait d'un extraordinaire hasard.

— Comme elle travaille chez un médecin, sa sœur savait à qui demander de l'aide. Ensuite elle m'a téléphoné pour me mettre au courant. Elle m'a même précisé avoir arraché des pages à son journal intime, afin que personne ne sache…

Le photographe ne termina pas sa phrase. Si elle était morte, ainsi personne n'aurait rien su de son aventure avec le Führer. Ilse avait voulu épargner cette déception à ses parents. Toujours l'obsession du secret. Les pas se rapprochèrent du lit.

— Geli d'abord, et elle maintenant…

Hitler paraissait vraiment touché. Ou peut-être craignait-il seulement le scandale d'un second suicide…

— Dois-je vous laisser ? demanda Hoffmann.

Son amant devait avoir dit oui d'un geste de la tête, car elle entendit les pas, la porte qui s'ouvrait et se refermait. Maintenant, Eva se sentait intimidée de déranger tout ce monde, honteuse de sa propre faiblesse. Au point de feindre le sommeil encore un peu. Puis, quand des doigts touchèrent sa main, elle ouvrit les yeux.

— Evchen, qu'est-ce que tu as fait là ?

C'était bien lui, pas un ange du paradis ni un démon de l'enfer. Le ton était empreint de douceur, de compréhension.

— Si tu ne m'aimes pas, je n'ai plus de raison de vivre.

— C'est ce que j'ai lu dans ta lettre.

Ainsi il l'avait reçue, il l'avait lue. Il comprit immédiatement le reproche dans ses yeux.

— J'ai dû demander qu'on la retrouve. J'en reçois tellement, mes secrétaires ne me les remettent pas toutes.

Sans doute qu'Hoffmann avait lu les pages du journal intime, pour lui en résumer le contenu. Elle eut une pensée pour Johanna Wolf. Oui, ce genre de femme pouvait sans doute faire exprès de retenir la missive de la petite vendeuse désespérée.

Il rit doucement, puis lui dit :

— Te mettre dans cet état pour Unity ! Tu as vu ses dents ?

Eva fit signe que non d'un geste de la tête.

— Tiens, on dirait la gueule d'un brochet. Puis rien là...

Du geste, il désigna sa poitrine.

— En plus elle est plus grande que moi. Tu imagines ton Führer avec une amoureuse plus grande que lui ?

Cette fois, la jeune femme rit un peu.

— Quand tu me vois avec elle, ou avec une vedette de cinéma comme Anny Ondra, je fais de la politique.

Elle voulut le croire de toutes ses forces.

— Tu vas te reposer un peu ici, puis tu vas prendre quelques jours de repos avec Herta. Je lui en parlerai moi-même, et je m'occuperai de l'hôtel.

Il ne disait pas « Nous irons nous reposer », il confiait à quelqu'un la tâche de lui tenir compagnie. Pourtant, l'attention lui alla droit au cœur.

— Ensuite, tu réfléchiras à notre situation. Je me dois à l'Allemagne, je ne serai jamais tout à toi. Si tu préfères trouver un homme de ton âge...

L'image de Peter Schilling apparut brièvement. Elle s'empressa de dire :

— Non, jamais.

Le sourire de son interlocuteur lui signifia qu'il désirait cette réponse. Pourtant il continua :

— ... j'accepterai ton choix. Toutefois, si tu demeures dans ma vie, les choses changeront. Tu seras au courant de mes activités, tu n'apprendras pas par les journaux que j'ai reçu Unity Mitford. Et bientôt tu quitteras la maison de tes parents. Que dirais-tu de partager une maison avec Gretl, comme je te l'avais déjà proposé ? Je pense que ce serait plus convenable.

Il avait toutes les audaces en politique, mais il tenait tellement à sa respectabilité. Elle hocha la tête pour donner son assentiment.

— Ça ne se fera pas demain, mais ça se fera. Tiens, je te ferai rencontrer la décoratrice Gerdy Troost, pour que tu lui dises ce que tu désires dans les pièces qui seront les tiennes, dans mon nouveau chalet de montagne.

Eva enregistra que ce ne serait pas « nos pièces ». Ses sanglots de joie, puis son étreinte, signifièrent son accord. Elle prendrait la place qu'il lui faisait.

— Tout ce que je te demande, c'est de demeurer discrète.

Tout à coup, le rôle de la maîtresse dissimulée à tous les regards lui paraissait acceptable. Pour un temps, en tout cas. Dans toutes les histoires des frères Grimm, la belle finissait toujours par épouser le prince charmant.

Fin du tome 1

Note de l'auteur

Eva Braun n'a laissé aucun écrit, sauf quelques pages de son journal… si elles sont authentiques. Toutefois, ses albums photo sont très évocateurs. Elle y a mis en ordre les moments significatifs de son existence.

Tous ses biographes se sont essentiellement appuyés sur des témoignages d'autrui, recueillis le plus souvent après la guerre, dans un contexte où chacun cherchait d'abord à présenter une image « nette » de sa propre existence : ses parents, ses sœurs, ses amis, ses relations. Certaines de ces personnes l'ont évoquée à plus d'une reprise et, parfois, leur appréciation a évolué au fil du temps. Pensons à Albert Speer, qui en fait d'abord un portrait méprisant, pour lui trouver plus tard certaines qualités de cœur. Puis il y a les « mémoires » de toutes les personnes désireuses de se justifier, ou de monnayer leurs souvenirs, ou les deux. Elles y vont de remarques sur la maîtresse d'Hitler, que ce dernier soit décrit comme un monstre… ou l'objet de leur admiration.

Cela donne tout un fatras d'informations auxquelles j'ai tenté de donner un sens. Parfois j'ai fait des choix simplement pour rendre le récit plus lisible. Je ne donnerai qu'un exemple : ses tentatives de suicide.

Il y en aurait eu trois, pour une réussite : 1932, 1935 et 1945. Était-il nécessaire d'évoquer les deux premières, rapprochées et auxquelles on attribue des motifs identiques ? J'ai ignoré celle de 1932, qui me semble peu plausible. Eva Braun se serait tiré un coup de feu ayant raté de peu « l'artère du cou », selon un témoignage de sa sœur Ilse. Pour d'autres, elle aurait visé le cœur. Après quoi elle aurait téléphoné pour demander des secours. Avec quel appareil ? Ses parents n'avaient pas encore le téléphone en 1932. Difficile de l'imaginer ensanglantée courant dans les rues à la recherche d'une cabine. Et puis il existe une multitude de photographies et de films de la jeune femme en maillot de bain. Pas la moindre cicatrice apparente ! Un biographe peut exprimer des hypothèses sur un événement, discuter de sa plausibilité. Le romancier fait des choix.

Par ailleurs, le prince charmant de cette histoire s'appelle Adolf Hitler. On a tout dit au sujet de sa sexualité, de la pédophilie à la coprophilie, en passant par l'homosexualité et l'impuissance. Quelle est la part du mensonge ? En tout cas, une caractéristique me paraît jouer un rôle fondamental dans sa carrière et dans cette histoire : son pouvoir de séduction. Pas seulement sur des foules dans des brasseries enfumées, mais sur des personnes rencontrées seules ou en petits groupes, à table, dans des officines, dans des salons. Et sur plusieurs femmes.

L'imaginer dans ce rôle demeure toutefois assez troublant pour l'auteur et le lecteur. Nous connaissons ses crimes.

Jean-Pierre Charland

12293

Composition
PCA

Achevé d'imprimer en Espagne
par CPI (Barcelone)
le 17 septembre 2018

Dépôt légal : octobre 2018
EAN 9782290165096
L21EPLN002424N001

ÉDITIONS J'AI LU
87, quai Panhard-et-Levassor, 75013 Paris

Diffusion France et étranger : Flammarion